明代文学文献与文学思想

中国明代文学学会（筹）
第十届年会论文集

左东岭 主编

社会科学文献出版社
SOCIAL SCIENCES ACADEMIC PRESS (CHINA)

目　录

▶文学史、文体与文本研究

◎文学文献研究

《四库全书总目》明人别集
提要 20 篇订误[*]

西南大学文学院　何宗美

摘　要　危素文集的规模，同时代的宋濂记载是"五十篇"，其后廖道周亦称"五十篇"，后来误以为是"五十卷"，因此到明代中后期的文献家眼中就有了一个五十卷本的危素文集，但皆闻而未见，再到清代的《总目》就主观地提出"明代已散佚不存"的说法，而事实上原本就不存在所谓的"五十卷本"。诸如此类的问题，在《总目》明人别集提要中不乏其例，有必要通过考证加以澄清。

关 键 词　《四库全书总目》　明人别集提要　订误

余嘉锡先生《四库提要辨证》序曰："《四库》所收，浩如烟海，自多未见之书。而纂修诸公，绌于时日，往往读未终篇，拈得一义，便率尔操觚，因以立论，岂惟未尝穿穴全书，亦或不顾上下文理，纰漏之处，难可胜言。"[①] 他所说的存在于《四库全书总目》中的"难可胜言"的"纰漏"，在明人别集提要中迄今为止还很少有人专做考辨，拙著《明代文学还原研究——以〈四库总目〉明人别集提要为中心》[②] 亦限于宏观研究的模式，因此逐篇的考辨仍付阙如。笔者近日着力这一方面的工作，发现《总目》"纰漏"遗留之未考者在在皆是，兹整理若干则如下，以作《辨证》之补充，并就正于方家。

---

[*]　按，本文部分内容收入《明清文学与文献》第四辑，社会科学文献出版社，2016。

[①]　余嘉锡：《四库提要辨证》卷首，中华书局，2007。

[②]　何宗美、刘敬：《明代文学还原研究——以〈四库总目〉明人别集提要为中心》，人民出版社，2014。

一 危素《说学斋稿》提要

（一）据《千顷堂书目》，其文集本五十卷，明代已散佚不存。①

按，清代《千顷堂书目》载"危素说学斋集五十卷，又云林诗集一卷"②，则不能说"明代已散佚不存"。又，明焦竑《国史经籍志》亦载"危素学士集五十卷"③。归有光跋《说学斋稿》只云"公集五十卷，尚未之获见"④，未言时已散佚。散佚之说，最早或出自钱谦益，《列朝诗集小传》曰"有文集五十卷，宋元史稿若干卷，皆失传"⑤。朱彝尊也说过"太仆《说学斋文》，传钞都非足本"⑥。看来，从归有光到钱谦益、朱彝尊，再到后来的四库馆臣，都没有见过危素文集的五十卷本。但焦竑、黄虞稷又有确载。那么，这多少有点蹊跷的五十卷本到底是否存在呢？以下两条材料足以解开这一谜底。首先是与危素同时的宋濂所作《故翰林侍讲学士中顺大夫知制诰同修国史危公新墓碑铭》，该文载曰："有文集五十篇，奏议二卷，宋史稿五十卷，元史稿若干篇藏于家。"⑦ 原来，危素文集根本就不存在"五十卷"之说，而是"五十篇"，五十卷指的是其另一著述《宋史稿》。其次是明中期廖道南《殿阁词林记》中的危素本传，载"所著有《宋史稿》、《元史稿》、《文集》五十篇、《奏议》三卷"⑧，亦说是"文集五十篇"而非"五十卷"，与宋濂的说法相同。这样，问题的答案就浮出了水面，即所谓五十卷本，不过是据宋濂或廖道南所载而看走了眼，由此产生的一种误说。由此也证实，焦竑《国史经籍志》、黄虞稷《千顷堂书目》所载书目，并不一定都是作者亲自过眼或有实书收藏的。

①　纪昀等：《钦定四库全书总目》卷一六九，中华书局，1997，第2265页。
②　黄虞稷：《千顷堂书目》卷一七，上海古籍出版社，2001，第449页。
③　焦竑：《国史经籍志》卷五，中华书局，1985，第278页。
④　危素：《说学斋稿》卷末，《王忠文集》外四种，上海古籍出版社，1991，第753页。
⑤　钱谦益：《列朝诗集小传》甲集"危学士素"，上海古籍出版社，1983，第83页。
⑥　朱彝尊：《静志居诗话》卷二，人民文学出版社，1990，第36~37页。
⑦　宋濂：《芝园后集》卷九，《宋濂全集》（第3册），浙江古籍出版社，1999，第1465页。
⑧　廖道南：《殿阁词林记》卷六《弘文馆学士危素》，《景印文渊阁四库全书》（第452册），台湾商务印书馆，1986，第226页。

（二）此本乃嘉靖三十八年，归有光从吴氏得素手稿传抄。其文不分卷帙，但于纸尾记所作年岁，皆在元时所作。有光跋称共一百三十六篇，此本乃止一百三十三篇。又王懋竑《白田杂著》有是集跋，称赋三，赞二，铭二，颂三，记五十有一，序七十有六，共一百三十八首，以有光跋为传写之误。然据懋竑所列，实止一百三十七首，数亦不符。殆旧无刊版，好事者递相传录，故篇数参差不能画一，实则一本也。①

按，归有光跋文今附于四库本《说学斋稿》卷末，其原载曰"《说学斋稿》一百三十三首"②，故"有光跋称共一百三十六篇"有误。清汪由敦《跋危太仆文集》曰："危太仆文一百三十三首，后有震川先生跋，秀水曹倦圃侍郎家藏抄本，所谓《说学斋稿》也。危公以文名至正间，入明隐然为耆宿。其文雄浑博大，前逊虞、欧，后劣王、宋，而醇雅清婉，高处亦诸公所少。南宋冗蔓之习，洗刷殆尽。余读而爱之。抄手殊恶，间以意正其阙误。家弟凝之，从江西志中校录又二十余首，于是而不可读者或希矣。集有目无序，篇别而不分卷，体亦不备，盖未定之本。太仆云公有集五十卷，如得尽读之，以慰倾慕且正抄本之讹，岂不快哉，姑识之以竢。"③所谓"一百三十三首"当出于此。汪氏所跋，是在曹侍郎家藏抄本基础上由其弟据地方志校录和补入本，与归有光跋吴纯甫家藏本并非同一版本，故《总目》所谓"实则一本"亦属错误的说法。

又，王懋竑《书危太仆集后》曰："右危太仆先生《说学斋集》两帙，赋三、赞二、铭二、颂三、记五十有一、序七十有六，共一百三十八首，如议论杂著，如书如志铭之类，皆无之，盖轶其半矣。此本出归熙甫后，后有熙甫跋，然跋言一百三十六首，其数不合，或传写之误也。"④《总目》所谓"有光跋称共一百三十六篇"本于此，而非实据归有光跋文。按王氏具体所列篇数，加起来实为一百三十七而非一百三十八，但今据文渊阁四库本《说学斋稿》，记实为五十，序为七十八，其他则无异，总篇

---

① 纪昀等：《钦定四库全书总目》卷一六九，中华书局，1997，第2265页。
② 危素：《说学斋稿》卷末，《王忠文集》外四种，上海古籍出版社，1991，第753页。
③ 汪由敦：《松泉集》卷一五，《景印文渊阁四库全书》（第1328册），台湾商务印书馆，1986，第848~849页。
④ 王懋竑：《白田杂著》卷八，《景印文渊阁四库全书》（第859册），台湾商务印书馆，1986，第768页。

数又确为一百三十八。所以，王氏之误不在于总篇数，而在于记、序数目不确，四库馆臣未做考实，非但不能纠错，反而再生谬误。

二　危素《云林集》提要

（一）朱彝尊《曝书亭集》有是书跋，称发雕于后至元三年。则彝尊所见，乃元时旧版。此本卷帙相符，盖犹从原刻抄传者，特彝尊跋称前有虞集序，而此本所载乃集《赠行序》一篇，绝与诗集无涉，似为后人所附入。观其《静志居诗话》，亦称前有虞集《送行序》，则已自知其误而改之矣。①

按，朱彝尊《跋危氏〈云林集〉》曰："《云林集》二卷，元翰林学士承旨危素太仆之诗，葛逻禄乃贤易之编，而虞集伯生序之者也。……是集发雕于后至元三年，盖学士入明后续作诗文均失传矣。"② 又，《静志居诗话》曰："《云林集》系葛逻禄易之所编，前有虞伯生《送行序》。"③ 今观文渊阁四库本《云林集》，卷首有《云林集序》，署曰"至元三年十月雍虞集序"，其文首曰"临川危太仆释书山房，将有观乎江海之上，虞集酌酒送之，而为之言曰……"④ 知所谓虞集《云林集序》，与《送行序》实为一文，只是题名有异而已，并非《送行序》之外别有一篇《云林集序》。因为一是朱彝尊跋文只说"虞集伯生序之"，《诗话》则具体说到《送行序》，二者不矛盾，不存在"自知其误而改之"；二是《总目》认为《送行序》"似为后人所附入"的说法没有史实和版本依据，且果为后人附入，则按常理不至于把原有的《云林集序》删除，而更换为"绝与诗集无涉"的《送行序》；三是今所载或所见的《云林集》版本中皆未曾别有一篇虞集《云林集序》；四是虞集文集亦查无该文。

（二）原集共诗七十六首，浙江鲍氏知不足斋本复从他书蒐采，

---

① 纪昀等：《钦定四库全书总目》卷一六九，中华书局，1997，第2265页。
② 朱彝尊：《曝书亭集》卷五二，《曝书亭全集》，吉林文史出版社，2009，第545~546页。
③ 朱彝尊：《静志居诗话》卷二，人民文学出版社，1990，第37页。
④ 危素：《云林集》卷首，《王忠文集》外四种，上海古籍出版社，1991，第756~757页。

增入补遗十四首，较为完备，今并仍而录之焉。①

按，文渊阁四库本《云林集》"补遗十四首"②，与《总目》所说相符。但"原集共诗七十六首"误，而是八十首，加"补遗"共九十四首。

三　唐桂芳《白云集》提要

今观集中有《与陈浩书》，称"尝慕苏老泉闭户探赜，古今上下融液胸臆，故下笔源源而无艰险窘迫态，辄谓文不可学而能，气可以养而致，此苏老家传法也"。③

按，《与陈浩书》即《奉陈养吾书》，见《白云集》卷七。④ 对照集中原文，"辄谓文不可学而能"之"辄"显然为"辙"之误。辙即苏辙，"文不可以学而能，气可以养而致"为苏辙之语，见于《上枢密韩太尉书》。⑤ 故"辄谓"当为"辙谓"即苏辙说，如作"辄"，则"文不可学"云云，便误为苏洵之见了。

四　林弼《登州集》提要

弼又名唐臣，以时禁国号名氏，遂仍旧名。是弼其初名，唐臣乃其改名。朱彝尊《明诗综》则云弼初名唐臣，当由宋濂序谓唐臣更名为弼致误。然宋序未尝言初名唐臣也。至弼改名既久，而此本之首尚署"林唐臣撰"，殊乖其实。今仍署弼名，著之录焉。⑥

按，《明诗综》卷七"林弼"云："弼字元凯，初名唐臣，龙溪人。仕元为漳州路知事。戊申内附，以儒士登春官，修《礼乐书》，除礼部主

① 纪昀等：《钦定四库全书总目》卷一六九，中华书局，1997，第2265页。
② 危素：《云林集》卷下，《王忠文集》外四种，上海古籍出版社，1991，第771页。
③ 纪昀等：《钦定四库全书总目》卷一六九，中华书局，1997，第2265页。
④ 唐桂芳：《白云集》卷七，《王忠文集》外四种，上海古籍出版社，1991，第900页。按，陈浩字养吾，《白云集》卷首收其所撰之序，见第775页。
⑤ 苏辙：《栾城集》卷二二，《苏辙集》（第2册），中华书局，1990，第381页。
⑥ 纪昀等：《钦定四库全书总目》卷一六九，中华书局，1997，第2266页。

事，历登州知府。有《梅雪斋稿》。"① 宋濂《使安南集序》曰："元凯名唐臣，临漳人，今以时制所禁，更为弼。"② 据此，林弼原名唐臣，后改名为弼，《总目》"宋序未尝言初名唐臣"之说，显然未细核原文。又，朱彝尊之前已有钱谦益谓林弼"初名唐臣，以国禁改名"③。钱谦益之前，另有曹学佺谓"林登州初名唐臣，后更名弼"④。故朱彝尊"云弼初名唐臣"，最直接的来源应该是钱谦益、曹学佺二家之说，并不一定是"由宋濂序谓唐臣更名为弼致误"。又，黄虞稷《千顷堂书目》亦谓"初名唐臣"⑤，再综合曹、钱、朱诸人之说，说明"初名唐臣"当为晚明至清初的定说。关于林弼初名的问题，王廉《中顺大夫知登州府事梅雪林公墓志铭》载："公妣陈梦北斗旁星堕怀中，娠而生公，因名弼，又名唐臣，字元凯，时禁国号名字，仍用旧名。"⑥ 所谓"北斗旁星"，即指北斗七星外的左辅右弼。由此看来，林弼初名似当以弼为是，这一点张燮《林登州传》"林公唐臣，初名弼"⑦ 可做佐证。但问题并非这样简单，今从《林登州集》中林弼自称的使用情况来看，支撑的是"初名唐臣"而不是"初名弼"。林弼文中，有时自称"唐臣"或"林唐臣"，有时自称"弼"或"林弼"。考察发现，前一称谓皆使用于元末之文，后一称谓皆使用于明初之文。例如，《题胡敏中哀唁诗序》"至正十年庚寅，唐臣将试艺有司"⑧，《兰轩潘君墓志铭》"至正丁酉七月癸巳……泣拜请于唐臣"⑨，《直翁孙君墓志铭》"至正十四年正月三日临漳直翁孙君卒，里人林唐臣走哭之"⑩，《梓堂隐君墓志铭》"至正丁酉卒于清丘里居，卜以己亥正月壬寅葬，孤观泣遣义明来致言于博陵林唐臣"⑪，《方简夫义节传》"至正壬辰……林唐臣"⑫，等等；再

① 朱彝尊：《明诗综》卷七，中华书局，2007，第 263~264 页。
② 林弼：《林登州集》附录，上海古籍出版社，1991，第 204 页。
③ 钱谦益：《列朝诗集小传》甲集"林登州弼"，上海古籍出版社，1983，第 115 页。
④ 曹学佺：《石仓历代诗选》卷三二三，《景印文渊阁四库全书》（第 1391 册），台湾商务印书馆，1986，第 496 页。
⑤ 黄虞稷：《千顷堂书目》卷一七，上海古籍出版社，2001，第 452 页。
⑥ 林弼：《林登州集》附录，上海古籍出版社，1991，第 202 页。
⑦ 林弼：《林登州集》附录，上海古籍出版社，1991，第 200 页。
⑧ 林弼：《林登州集》卷一四，上海古籍出版社，1991，第 120 页。
⑨ 林弼：《林登州集》卷一九，上海古籍出版社，1991，第 158 页。
⑩ 林弼：《林登州集》卷一九，上海古籍出版社，1991，第 159 页。
⑪ 林弼：《林登州集》卷二〇，上海古籍出版社，1991，第 165 页。
⑫ 林弼：《林登州集》卷二一，上海古籍出版社，1991，第 176 页。

如，《同安丞刘君赴闽省序》"洪武二年夏……博陵林弼走送于万安江上"①，《送李本仁特告归觐序》"今上临御之年""复被选纂修元史""博陵林弼作而曰"②，《送韩君子煜之官海门序》"洪武丁巳春，弼再奉旨与礼部员外郎吴伯宗、顺庆府照磨韩君子煜同使安南"③，《丰城县改建东岳庙记》"洪武辛亥春，弼忝承上命"④ 等。又，《华川王先生诗序》曰："宋太史景濂、胡先生仲申既序之矣，而嘱唐臣（原注：后更名弼）序其诗之集。"⑤ 序作于元至正后期，时尚未入明。原注当为编者所加，提到"更名"之事。以上材料以充分的事实证明，林弼原名为林唐臣，改名是入明后的事情。而张燮之《传》、王廉之《铭》，之所以会有"初名弼"之说，并载其得名之梦，很有可能是根据"弼"字之义后来附会的故事。或者其母梦"弼"星的事确实存在，当时并未取"弼"为名，而是取了一个隐含"弼"义的名字即唐臣，入明后禁止以国号为名，林唐臣想到小时候听到的有关自己出生的故事，便顺理成章地改成了以"弼"为名。

另外，《殿阁词林记》《翰林记》《明史》等书载林弼事皆用"林唐臣"之称，《总目》谓"至弼改名既久，而此本之首尚署'林唐臣撰'，殊乖其实"，可谓大惊小怪，不免有井蛙之嫌。

五　释妙声《东皋录》提要

（一）洪武十七年，其徒德璔始刊行之。《明史·艺文志》《明僧宏秀集》皆作七卷。此本有"汲古阁"印，盖毛晋家钞本。前有晋题识，亦称德璔所刻。凡诗三卷，杂文四卷。而其书、杂文及诗仅共为三卷，盖传录时所合并也。⑥

按，毛晋题识，见于四库本《东皋录》卷首，但未见于《汲古阁书跋》⑦。题识曰："洪武十七年甲子春，法孙德璔跋而授梓。凡诗三卷，序、

---

① 林弼：《林登州集》卷九，上海古籍出版社，1991，第82~83页。
② 林弼：《林登州集》卷九，上海古籍出版社，1991，第83页。
③ 林弼：《林登州集》卷一〇，上海古籍出版社，1991，第90页。
④ 林弼：《林登州集》卷一五，上海古籍出版社，1991，第127页。
⑤ 林弼：《林登州集》卷一三，上海古籍出版社，1991，第109页。
⑥ 纪昀等：《钦定四库全书总目》卷一六九，中华书局，1997，第2266页。
⑦ 毛晋：《汲古阁书跋》，上海古籍出版社，2005。

记、赞、铭、传、跋、杂文四卷。"① 文中只说到七卷本，没有提及三卷本，说明其藏本为前者而非后者。《总目》谓"此本有'汲古阁'印，盖毛晋家钞本"毫无根据，又谓"盖传录时所合并也"亦无出处。且又前后矛盾，因既云此为"毛晋家钞本"，则不得复有"传录时所合并"云云。《东皋录》七卷本，今有明刻本传世，上海图书馆存一至五卷。② 关于三卷本，《续文献通考》卷一九四载："释妙声《东皋录》三卷。妙声字九皋，吴县人。洪武时，与释万金同被召，莅天下释教。"③《东皋录》的四库底本即《续文献通考》所载的三卷本，不是毛晋家藏的七卷本。

（二）妙声入明时年已六十余，诗文多至正中所作，故顾嗣立《元诗选》亦录是集。④

按，据《式古堂书画汇考》载妙声题跋"洪武戊辰八月东皋妙声谨识"⑤ 语，妙声至少到洪武二十一年（1388）尚在世。明初，妙声因得召而"莅天下释教"，是佛教界极具声望和影响的人物，故其集中入明作品实属不少。以其文为例，《东皋录》卷中收录"序"24篇，自第7篇洪武二年（1369）《周玄初祝祷雨诗序》后，皆当为入明后所作。再以该卷收入的"记"为例，25篇记中自第5篇洪武乙卯即八年（1375）《溪云山居记》后，亦当皆为入明后所作。《东皋录》刻于洪武十七年（1384），时作者健在，其集刊行当亦参与，作品以写作时间由元而明的顺序编排十分清楚，虽诗较少写作时间的信息，其文的写作时间信息则多有迹可循。其中，《善庆庵记》载有"洪武十二年"⑥，也就是说，《东皋录》至少收录了妙声入明后十二年的诗文作品。可见，《总目》"诗文多至正中所作"之说，并不符合事实。

另，今查阅顾嗣立《元诗选》初集、二集和三集，其中并未收入妙声之诗。《总目》之说，亦属不实。

---

① 释妙声：《东皋录》卷首，《林登州集》外四种，上海古籍出版社，1991，第564页。
② 崔建英：《明别集版本志》，中华书局，2006，第309页。
③ 张廷玉：《续文献通考》（第2册）卷一九四，浙江古籍出版社，1988，第4330页。
④ 纪昀等：《钦定四库全书总目》卷一六九，中华书局，1997，第2266页。
⑤ 卞永誉：《式古堂书画汇考》卷一七，《景印文渊阁四库全书》（第827册），台湾商务印书馆，1986，第769页。
⑥ 释妙声：《东皋录》卷中，《林登州集》外四种，上海古籍出版社，1991，第621页。

（三）四六俪语，亦具有南宋遗风。①

按，《总目》此语，实出于毛晋《东皋录题识》，原曰："尤长于四六俪语，卷末诸山、江湖等疏，堪与月泉吟社往复诗启并传。"② 此言"诸山、江湖等疏"，指《东皋录》卷下《良用贞禅师绍兴天章吴郡诸山疏》《印空岩黄龙吴郡诸山疏》《云谷法师上竺江湖疏》等文。"月泉诗社"，是元初吴渭等人创办的著名遗民诗社，创办时间为至元二十三年（1286），实已非南宋。《总目》一变毛晋原文之意，一是讳言文人结社，二是讳言汉族遗民。但这种主观擅改，使文意产生了龃龉。

六 朱同《覆瓿集》提要

集凡诗三卷，多元末之作。③

按，余嘉锡先生《覆瓿集》提要有考订，但不涉及上述内容。④ 此之欲辨者，是朱同之诗的写作时间问题。其诗多于题后注明干支，为澄清问题提供了便利。如卷一五古 15 首，署"癸卯""丙午"即元至正二十三年（1363）、二十六年（1366）所作者仅 3 首，署"戊申""辛亥""壬子""癸丑""甲寅"即明洪武元年（1368）、四年（1371）、五年（1372）、六年（1373）所作者为 6 首。另有 7 首，因其集以编年为序，也可以从编排的位置判定为明代之作。该卷有七古 16 首，以同样的方法，知其为元末所作者仅为 3 首，只占极少数。卷二五律 15 首，确知为元代所作者仅为 2 首。七律（含《总目》所谓"七言古体"）72 首，倒是多半为元末之作。卷三七律 26 首，全为明初所作。五绝 3 首，六绝 6 首，未著年代。七绝 65 首，元末所作者 27 首。其诗总计 218 首，确为元末所作者为 86 首。《总目》"多元末之作"的说法难以成立。

---

① 纪昀等：《钦定四库全书总目》卷一六九，中华书局，1997，第 2266 页。
② 释妙声：《东皋录》卷首，《林登州集》外四种，上海古籍出版社，1991，第 564 页。
③ 纪昀等：《钦定四库全书总目》卷一六九，中华书局，1997，第 2266 页。
④ 余嘉锡：《四库提要辨证》，中华书局，2007，第 1499～1501 页。

七　凌云翰《柘轩集》提要

（一）所作诗、文、杂著，藏稿于家，至永乐中其孙始编为
四卷。①

按，《柘轩集》有宣德五年（1430）瞿佑序，曰："宣德初，自山后召
还北京，先生曾孙遏来见，求为尊德堂制记。盖先生在日，蓄前代典籍甚
富，遏父敬与收藏无遗，于所居作堂崇奉之，可谓知所尊者矣。今予告老
赐归，则先生所作若文、若诗及诸杂著，悉汇次成集矣。遏以予受知先
生，虑得传写有所舛误，乞为校正，且俾为之序。"② 瞿佑在此所说的"自
山后召还北京"，时在洪熙元年（1425），凌云翰曾孙遏来见，则在宣德元
年（1426）之后。"告老赐归"，具体是宣德三年（1428）自北京启程，
五年到达杭州③。因此，凌遏编订《柘轩集》的时间，当在宣德三年至宣
德五年之间。据此，《总目》之说有两点需要纠正：一是《柘轩集》并非
编于永乐中，二是编订者是凌云翰曾孙而非其孙。

关于《柘轩集》的卷数，《总目》谓"四卷"，文渊阁四库本《柘轩
集》提要谓"五卷"④，对照该著确为五卷，即诗文四卷，词一卷。中华书
局整理本《总目》按曰："文渊阁本作五卷，《总目》之与不符。"⑤ 其实，
不只是"不符"，而且是本为五卷而误为"四卷"了。何有此误？我们可
以把崔建英《明别集版本志》据四库底本的说法作为解释："大题原作
'柘轩诗集'（卷一至卷三）、'柘轩文集'（卷四）、'柘轩词'（卷五），
馆臣删去'诗''文'作'柘轩集'。"⑥ 底本今藏国家图书馆，可备核阅。

---

① 纪昀等：《钦定四库全书总目》卷一六九，中华书局，1997，第2267页。
② 瞿佑著，乔光辉校注《瞿佑佚作·柘轩集序》，《瞿佑全集校注》，浙江古籍出版社，
　　2010，第879页。
③ 瞿佑著，乔光辉校注《瞿佑全集校注》附录《瞿佑年谱补订》，浙江古籍出版社，2010，
　　第929~931页。
④ 凌云翰：《柘轩集》卷首，《林登州集》外四种，上海古籍出版社，1991，第733页。
⑤ 纪昀等：《钦定四库全书总目》卷一六九，中华书局，1997，第2267页。
⑥ 崔建英：《明别集版本志》，中华书局，2006，第407页。且据崔《志》，四库馆臣还删除
　　了宣德五年瞿佑《柘轩先生文集序》和陈敬宗序。

另，《钦定续通志》载"《柘轩集》四卷，明凌云翰撰"①，抑或四库馆臣撰写《总目》提要时所本。

（二）朱彝尊《静志居诗话》称云翰学于陈众仲，故其诗华而不为靡，驰骋而不离乎轨。今案集有宣德中王羽序云：莆田陈众仲提举浙路儒学政，以文鸣于东南，程以文声誉与之伯仲。柘轩泛扫程门，获承指授，其里人夏节，作云翰行述，亦云早游黔南程以文之门。是云翰所师事者乃程文而非陈旅，诸家所记甚明，彝尊之言未知何据。②

按，朱彝尊之语见于《静志居诗话》卷五③，其谓"学于陈众仲"之说当无误。《总目》提出的疑问，在于四库馆臣对王羽序中"泛扫程门"的理解出现了偏差——此所谓"程门"，非指程以文之门，而是通常所说的"程门立雪"之"程门"，即师门之意，故前著一"泛"字，意凌云翰所师者是兼师陈、程二家而非一人，否则王羽序中大不必在程以文之前先大叙陈旅（众仲）一番。

八　朱右《白云稿》提要

（一）所著《白云稿》本十卷。今世所传仅存五卷，杂文之后仅有琴操而无诗。检勘诸本并同，无可校补。朱彝尊《静志居诗话》谓后五卷尝得内阁本一过眼，恨未钞成足本。则彝尊家所藏亦非完帙也。④

按，朱右的著述情况，最早且叙之最详者是其挚友陶凯于洪武九年（1376）四月即朱右逝后数月所撰《故晋相府长史朱公行状》，其曰："公平生著述有《白云稿》十一卷，《春秋传类编》三卷，《三史钩玄》三卷，《秦汉文衡》三卷，《深衣考》一卷，《邾子世家》一卷，选《唐宋六先生

---

① 嵇璜：《钦定续通志》卷一六二，《景印文渊阁四库全书》（第394册），台湾商务印书馆，1986，第552页。

② 纪昀等：《钦定四库全书总目》卷一六九，中华书局，1997，第2267页。

③ 朱彝尊：《静志居诗话》卷五，人民文学出版社，1990，第112页。

④ 纪昀等：《钦定四库全书总目》卷一六九，中华书局，1997，第2267页。

文集》，修《李邺侯传》一卷，《补注汉魏诗》四卷，《历代统纪要览》一卷，《元史补遗》十一卷，藏于家。"① 《白云稿》十一卷本未见他载，同时的宋濂撰《故晋相府长史朱府君墓铭》则载"其杂著文有《白云稿》十二卷行于世"②，另如《明史》卷九九、《千顷堂书目》卷一七、《浙江通志》卷二四九，皆载《白云稿》为十二卷。《总目》所谓十卷本，较早见于朱彝尊《静志居诗话》，其载："《白云稿》凡十卷，予仅钞得前五卷，止有《琴操》无诗，其后五卷，仅得内阁本一过眼，恨未钞成足本。"③ 但《浙江通志》载："《白云稿》十二卷，内阁书目，天台朱右诗文。"④ 可见，内阁所藏亦十二卷本，因朱彝尊"一过眼"，或误记为十卷本了，故有"前五卷""后五卷"之谓，其实未抄者尚有七卷。晚于《静志居诗话》者又有《续文献通考》载："朱右《白云稿》五卷……臣等谨案史称《白云稿》本十卷，今世所传仅存五卷，杂文之后有琴操而无诗。"⑤ 此显然出自朱彝尊之说。十二卷本，今有国家图书馆所藏明初刻本。⑥ 四库馆臣谓"检勘诸本并同，无可校补"，不过限于其版本视野而已，且"诸本"并无具体所指，或欺人之语耳。

（二）右为文不矫语秦汉，惟以唐宋为宗，尝选韩、柳、欧阳、曾、王、三苏为《八先生文集》。⑦

按，陶凯《故晋相府长史朱公行状》谓"选《唐宋六先生文集》"，朱右在《元朝文颖序》亦自谓"邹阳子右既辑《春秋传类编》《三史钩玄》及《唐宋六先生文集》"⑧，又《新编六先生文集序》曰："邹阳子右编《六先生文集》总一十六卷，唐韩昌黎文三卷六十一篇，柳河东文二卷四十三篇，宋欧阳子文二卷五十五篇，见五代史者不与，曾南丰文三卷六

---

① 朱存理：《珊瑚木难》卷五，浙江美术出版社，2012，第419页。
② 朱存理：《珊瑚木难》卷五，浙江美术出版社，2012，第421页。
③ 朱彝尊：《静志居诗话》卷二，人民文学出版社，1990，第52页。
④ 嵇曾筠等：《浙江通志》卷二四九，《景印文渊阁四库全书》（第525册），台湾商务印书馆，1986，第656页。
⑤ 张廷玉等：《钦定续文献通考》卷一九一，浙江古籍出版社，1988，第4301页。
⑥ 崔建英：《明别集版本志》，中华书局，2006，第262页。
⑦ 纪昀等：《钦定四库全书总目》卷一六九，中华书局，1997，第2267页。
⑧ 朱右：《白云稿》卷五，上海古籍出版社，1991，第65页。

十四篇，王荆公文三卷四十篇，三苏文三卷五十七篇。"① 故朱右所选，就人而言虽含韩、柳、欧、曾、王及三苏八大家，但其集命名却为《唐宋六先生文集》或《新编六先生文集》，《总目》称《八先生文集》与原题不符。

又，《总目》以朱右之文"惟以唐宋为宗"，亦不免说得过于绝对。一是朱右虽然编有《唐宋六先生文集》，但也编过《春秋传类编》《秦汉文衡》《元朝文颖》等；二是朱右虽然说过"故唐称'韩柳'，宋称'欧曾王苏'，六先生之文，断断乎足为世准绳而不可尚矣"② 之类的话，但同时也说"愚读《春秋三传》《国语》，爱其文焕然有伦，理该而事核，秦汉以下无加焉"③，还说"文莫古于六经，莫备于史汉；六经蔑以尚矣，史汉之文庸非后世之准衡也欤"④，认为五经之文"皆言近而指远，辞约而义周，固千万世之常经，不可尚已"，司马迁、班固之文"足为后世之准程"，而唐之韩、柳，宋之欧、曾、王、苏之文"未免互有优劣"⑤；三是朱右一生中对唐宋之文的态度并非一以贯之，自谓"予幼读之未知也，壮而知之未好也，年将五十始知好之，未能乐而不厌也，迩以课子之余取六先生所著全集遍阅而编辑之"⑥，即年近五十岁才开始喜欢唐宋八大家之文。综合这几点是完全得不出"惟以唐宋为宗"的结论的，《总目》执其一端而不及其余，显然受到四库馆臣先入为主观念的错误支配。

九　谢肃《密庵集》提要

《明史·艺文志》、焦竑《国史经籍志》、黄虞稷《千顷堂书目》俱载肃《密庵集》十卷，而传本久稀，藏书家罕著于录。惟《永乐大典》中所收肃诗文颇多。其时肃没未久，而姚广孝等已录其遗集，与古人同列。知当日即重其文矣……谨采掇编次，厘为八卷。又戴良原序二首别见《九灵集》中，今并取弁简端，以略还其旧焉。⑦

① 朱右：《白云稿》卷五，上海古籍出版社，1991，第64页。
② 朱右：《白云稿》卷五，上海古籍出版社，1991，第65页。
③ 朱右：《白云稿》卷四《春秋传类编序》，上海古籍出版社，1991，第57页。
④ 朱右：《白云稿》卷五《秦汉文衡序》，上海古籍出版社，1991，第69页。
⑤ 朱右：《白云稿》卷三《文统》，上海古籍出版社，1991，第35~36页。
⑥ 朱右：《白云稿》卷五《新编六先生文集序》，上海古籍出版社，1991，第65页。
⑦ 纪昀等：《钦定四库全书总目》卷一六九，中华书局，1997，第2267~2268页。

按，十卷本今仍传世，"传本久稀"云云，不过是限于四库馆臣的版本视野而言的。据《明别集版本志》，国家图书馆现藏明汇印本一种，为《密庵稿》五卷，《密庵文稿》五卷，皆明初刻本，有戴良《密庵先生稿序》《密庵文稿序》，刘翼南《密庵诗稿后序》。① 傅增湘注曰："明初刊本，十二行二十二字，黑口，四边双阑。全书分甲至癸十卷，前五卷诗，有洪武戊寅刘翼南后序，后五卷文，有戴良序。题门人作任守礼校正，刘翼南编次。此书四库所收为八卷本，辑自永乐大典。此为洪武三十一年原刊全帙，比四库本多诗一百三十六首，文三十首，然四库本有而此本无者亦有二首。此本已印入四部丛刊三编中。明天启五年粤中刊本，夏孙桐旧藏，今在北京图书馆。"② 《明别集版本志》则载，明末粤刊本藏于美国普林斯顿图书馆。③

一〇　贝琼《清江诗集・文集》提要

《两浙名贤录》载琼集二十卷，明万历中所刻乃止三卷。此本凡诗集十卷，文集分《海昌集》一卷，《云间集》七卷，《两峰集》三卷，《金陵集》十卷，《中都稿》九卷，《归田稿》一卷，仅有钞本流传。康熙丁亥，桐乡金檀购得之，始为刊版。④

按，据《明别集版本志》，贝琼集在明初洪武间即有刻本，包括《清江贝先生文集》三十卷、《诗集》十卷、《诗余》一卷，合四十一卷，有徐一夔序。今上海图书馆、重庆图书馆有藏本。⑤ 由此可知，明代不止有过三卷刻本，其全集亦非至清康熙时"始为刊版"。另，康熙本刻于己亥即康熙五十八年（1719），而非丁亥即康熙四十六年（1707），有金檀、唐孙华《清江全集序》各一，金序曰："先君子每以邑中往哲如鲍征士恂、贝助教琼当购其集以传……泊先君子见弃，越十年始得贝先生清江集四

① 崔建英：《明别集版本志》，中华书局，2006，第47页。
② 莫友芝撰，傅增湘订补《藏园订补邵亭知见传本书目》卷一五上，中华书局，2009，第1375页。
③ 崔建英：《明别集版本志》，中华书局，2006，第47页。
④ 纪昀等：《钦定四库全书总目》卷一六九，中华书局，1997，第2268页。
⑤ 崔建英：《明别集版本志》，中华书局，2006，第638～639页。

卷,又借得钞本四十卷,亟并录之。因次第校刻,深喜先志之克成。"①
《总目》"购得"之说实属不确。再,今四库本《清江诗集》十卷,《文
集》三十卷,不含清江词,共四十卷。其中,文之《归田稿》未单独成
卷,而是与《文集》卷三十之《中都集》(即《中都稿》)合为一卷。②
《总目》所说不确,不免致误。

一一　苏伯衡《苏平仲集》提要

(一)是集卷首有洪武四年刘基序,而集中《厚德庵记》云庵成
于洪武壬戌十二月,则是记乃洪武十五年以后之作,基所序者,尚未
定之初稿也。③

按,刘基之序见于《苏平仲文集》卷首,亦收入《诚意伯文集》,但
文字异甚。特别是叙明代之文一段最为突出,如前者曰:

大明抚运,土宇之大,上轶汉唐,下与元同,而广于宋。虽混一
未久,而高文宏辞,已有若翰林诸公,余故人子苏平仲其一人也。平
仲于文定公为九世孙,文定公长子讳迟,以徽猷阁待制工部侍郎守
婺,遂家于婺,故平仲今为金华人。起前乡贡进士,选为国子学录,
即升学正,上亲擢翰林国史院编修官,一时号称得人。见于著作者,
语粹而辞达,识不凡而意不诡,亦由其明于理而昌于气也。余与之同
朝,每得而读之,未尝不为之击节焉。圣天子龙兴,江左文学之士,
彬彬然为朝廷出者,金华之君子居多。典册之施,文檄之行,故实之
讲,煜然足以华国,所谓如圭如璋,令闻令望,而颙颙卬卬者,则莫
能或过于平仲,有由然哉!他日征我朝文章,言语之工,有以鸣国家
之盛,而追配汉唐诸作者,其必于平仲有取也。夫平仲文稿,留余所
良久,今得告省亲金华,于其行也,特举古人之大概,序而归之,以
致期望之意云。洪武四年春正月十日,开国翊运守正文臣资善大夫前

---

① 崔建英:《明别集版本志》,中华书局,2006,第639页。
② 贝琼:《清江文集》卷三〇,《白云稿》外三种,上海古籍出版社,1991,第501页。
③ 纪昀等:《钦定四库全书总目》卷一六九,中华书局,1997,第2268页。

御史中丞兼太子赞善大夫护军诚意伯括苍刘基序。①

而后者曰:

> 今我国家之兴，土宇之大，上轶汉唐与宋，而尽有元之幅员。夫何高文宏辞未之多见，良由混一之未远也。金华苏平仲起国子学录，迁翰林编修，以其所为诗文示予。予得以谛观之，见其辞达而义粹，识不凡而意不诡，盖明于理而昌于气者也。与之游，知其勤而敏，不自足其所已能。且年方将而未艾也，知其它日必以文名于盛代，耀于前而光于后也，故为之叙，而举昔人之大以期之。年月日叙。②

二文对照，前署"洪武四年"，后则只注"年月日"。前谓"平仲文稿，留余所良久，今得告省亲金华"，因此序之；后谓"（苏伯衡）迁翰林编修，以其所为诗文示予。予得以谛观之"，因为序。二者内容差异较大，但又有一些相同的信息。当然，有一点是可以肯定的，那就是苏伯衡集的刘基序本绝非最后的全集定稿，因不少作品是刘基卒后所作。《总目》举到洪武十五年（1382）十二月以后作的《厚德庵记》，其实，苏伯衡另一篇名为《书龙渊集后》的文中提到"洪武二十五年二月"③，比《总目》所举还晚十年，以此为例更能说明问题。

（二）又集末有洪武八年胡翰跋，谓伯衡选为太学官，居太学六年。考《明史》称伯衡以丙午岁为国子学录。伯衡所著《国子学同官记》，称以丁未升学正。其诗又有《庚戌七月十日奉命编摩国史口号》，则伯衡由学正擢编修，实在洪武三年，上距丙午仅五年。翰与伯衡同时，所叙不应有误，或史误移后一年欤？④

按，胡翰之跋并非《苏平仲集》之跋，而是《瞽言》又名为《空同

---

① 苏伯衡：《苏平仲文集》卷首，《白云稿》外三种，上海古籍出版社，1991，第523~524页。
② 刘基：《诚意伯文集》卷一五《苏平仲文集序》，上海古籍出版社，1991，第365页。
③ 苏伯衡：《苏平仲文集》卷一〇，《白云稿》外三种，上海古籍出版社，1991，第722页。
④ 纪昀等：《钦定四库全书总目》卷一六九，中华书局，1997，第2268页。

子瞽说》之跋，今附于其集卷十六"别集"之后，又见于《胡仲子集》卷八，题曰《苏平仲瞽言后跋》。《总目》所引胡翰跋文确见于文中，曰："右《瞽言》若干篇，空同子之所作也。空同子习于六艺之学，天子选为太学正，居太学六年，诸生从之授经，皆曰空同子诚吾师也。"①《明史·文苑传》苏伯衡本传载"丙午用为国子学录"②，亦诚如《总目》所说。其诗《庚戌七月十日奉命编摩国史口号》，见于《苏平仲文集》卷十五，题曰《明日入见于奉天门有国史编摩之命口号》③，因前一首题曰《庚戌七月九日哺时钦奉御笔宣唤赋此》，故《总目》有"庚戌七月十日"之谓。由此看来，苏伯衡在太学六年，洪武三年（1370）已为编修，从丙午即元至正二十六年、宋龙凤十二年（1366）到洪武三年不足六年，这几点皆如《总目》所说。但这并不能证明《总目》的结论是正确的。问题究竟出于何处？是《明史》记载有误，还是胡翰跋语并不像《总目》那样仅以为"翰与伯衡同时"即得出"所叙不应有误"的看法？为此，我们可以《总目》中提到的苏伯衡自撰的那篇《国子学同官记》来做出回答。因收入《苏平仲文集》卷七的《国子学同官记》有阙文，我们引用《文章辨体汇选》中同一文章为证。"乙巳秋，诏即应天府学为国子学，设师弟子员，其博士、助教、正录非有德望邃于经学者不得登用。维时博士则今上亲擢，金华许君存仁为之。丙午春，以章贡刘君宗弼为博士、临安李君宗表、河南张君用周、济宁潘君文秀为助教，高昌完君彦明为学正，广信郑君一中、金陵杜君叔循为学录，临江张君以诚为典膳。其夏，用周除淮安卫参谋。其秋，彦明除建平知县，以诚除管渎场管勾。其冬，一中除上海县丞。继用周则广平郭君可久，继彦明则南昌李君克正，继以诚则章贡吕君仲善，继一中则东阳张君孟兼，而余以七月忝授学录。丁未秋，学升正四品，始设祭酒、司业、典簿员，即拜存仁祭酒，宗弼司业，钱塘陈彦博由元翰林编修署典簿，浚仪陈君子方由元进士署博士，栋州高君仲晖由太子伴读署助教，而余亦忝进学正，补余处则吴兴张君伯渊也……然甫六年，而升沉出处、去就离合不齐已若

① 胡翰：《胡仲子集》卷八，上海古籍出版社，1991，第102页。
② 《明史》卷二八五，中华书局，2000，第4885页。
③ 苏伯衡：《苏平仲文集》卷一五，《白云稿》外三种，上海古籍出版社，1991，第831页。

是，况于他日乎？此余之所以慨然也，因为之记。"① 据此所载，问题的眉目便变得清晰起来。首先，乙巳即元至正二十五年、宋龙凤十一年（1365）秋，应天府学改为国子学。此年许存仁被后来的明太祖"亲擢"为国子博士，但苏伯衡任学录并非与之同年。其次，苏伯衡"忝授学录"的确切时间是丙午年七月，即比许存仁任博士晚一年。最后，"甫六年，而升沉出处、去就离合不齐已若是"讲的不是苏伯衡个人的情况，而是从乙巳设立国子学最初一批国子学同僚的整体情况。弄清了这几点，问题就昭然若揭了。原来胡翰"居太学六年"的说法出自苏伯衡《国子学同官记》，但他误读了原文。《总目》根据的是胡翰之说，亦未认真阅读苏伯衡此《记》的详载。结果是，《明史》无误，胡翰所说反倒不确，与《总目》结论正相反。

一二 胡翰《胡仲子集》提要

（一）翰字仲子，一字仲申，金华人。洪武初以荐为衢州府教授。事迹具《明史·文苑传》。②

按，胡翰字仲申，号仲子，"翰字仲子，一字仲申"的说法有误。此可据宋濂《胡仲子文集序》，濂与翰为相交五十年的挚友，其说当确切无疑。序曰："濂与先生同师于吴公，相友五十余年……先生名翰，字仲申，金华人，仲子其别号云。"③ 以"仲子"为字之误并不始于《总目》，如《静志居诗话》谓"胡翰，字仲申，一曰仲子"④，《佩文斋书画谱》谓"胡翰，字仲申"，并注云"《列朝诗集》云'一字仲子'"⑤。此二家已不知"仲子"为胡翰之别号，显然是未读宋濂序文或虽读过而有所忽略。考其渊源，或出自明杨士奇《胡仲子文》："《胡仲子文》刻板在金华，吾家

① 贺复徵：《文章辨体汇选》卷五六七，《景印文渊阁四库全书》（第1409册），台湾商务印书馆，1986，第56页。
② 纪昀等：《钦定四库全书总目》卷一六九，中华书局，1997，第2268页。
③ 宋濂：《文宪集》卷七，上海古籍出版社，1991，第421页。
④ 朱彝尊：《静志居诗话》卷二，人民文学出版社，1990，第46页。
⑤ 孙岳颁、王原祁等：《佩文斋书画谱》（第3册）卷四〇，浙江人民美术出版社，2014，第1079页。

二册，周纪善是修所惠者。仲子名翰，一字仲申，与宋学士同门。"① 杨士奇在此未明言"仲子"是字或号，是为后人所误。

（二）是集乃其门人刘刚及浦阳王懋温所编，以洪武十四年刊版。今印本罕传，惟写本犹存于世。凡文九卷，诗一卷。史称其文曰《胡仲子集》，诗曰《长山先生集》。今合为一集，岂刚等所并欤？②

按，据《明别集版本志》，《胡仲子集》十卷本传世者除明抄本、清抄本外，还有明洪武十四年（1381）王懋温刻本，今国家图书馆和南京图书馆有藏。③ 但王懋温题识曰："杂著文十卷、古近体诗二卷、附录一卷，共九万九千六百九十余言。"④ 则洪武刻本，实乃十三卷本，正文为十二卷，与今所谓十卷本不同。文渊阁四库本《胡仲子集》卷十是诗文合为一卷，较之王懋温所言，其诗少去一卷，附录亦不见存。另，刘刚《胡仲子集后序》云："刚也不敏，安敢秘先生之言而靳其德，敬效荀卿、贾谊诸书，文居诗赋之首，编次成帙，号《胡仲子集》，通若干卷。"⑤ 诗文合为一集，确为刘刚所为，《总目》不必作推测之语。

（三）史又称翰少从吴师道及吴莱学为古文，复登同邑许谦之门。今观其文章，多得二吴遗法，而持论多切世用，与谦之坐谈诚敬小殊。⑥

按，《明史》载，胡翰"长从兰溪吴师道、浦江吴莱学古文，复登同邑许谦之门"⑦，《总目》"史称"云云指此。《总目》论及学缘关系，似疑胡翰曾出许谦之门。但《明史》之说，实本之吴沉《长山先生胡公墓铭》，其谓："既长侍架阁君宦游兰溪，从礼部吴公学。公一见即期以远器。继

---

① 杨士奇：《东里续集》卷一八，《东里集》（一），上海古籍出版社，1991，第 609 页。
② 纪昀等：《钦定四库全书总目》卷一六九，中华书局，1997，第 2268～2269 页。
③ 崔建英：《明别集版本志》，中华书局，2006，第 601～602 页。
④ 崔建英：《明别集版本志》，中华书局，2006，第 601 页。
⑤ 胡翰：《胡仲子集》卷末，上海古籍出版社，1991，第 136 页。
⑥ 纪昀等：《钦定四库全书总目》卷一六九，中华书局，1997，第 2268 页。
⑦ 《明史》卷二八五，中华书局，2000，第 4885 页。

从吴先生于浦阳，博览经史，靡所不究。又登文懿许公门，南北士在讲下者，皆愿与交。"① 这是真实可信的原始材料，不当置疑。略析之，四库馆臣之误当因曲解许氏之学而致。事实上，史载许谦于"天文、地理、典章、制度、食货、刑法、字学、音韵、医经、术数之说，靡所不该贯"，其史著《治忽几微》"仿史家年经国纬之法……原其兴亡，著善恶"，就是著名的经世之作。② 四库馆臣所谓"坐谈诚敬"，完全是对他的极大误解，而这种误解又导致《总目》对胡翰与许谦思想传承关系的误判。

一三　张孟兼《白石山房逸稿》提要

> 孟兼名丁，以字行，浦江人。洪武初征为国子监学录，与修《元史》。③

按，张孟兼"征为国子监学录"，其时不在"洪武初"，而是在元至正二十六年即宋龙凤十二年（1366）。此有苏伯衡《国子学同官记》为证。"丙午春，以章贡刘君宗弼为博士，临安李君宗表、河南张君用周、济宁潘君文秀为助教，高昌完君彦明为学正，广信郑君一中、金陵杜君叔循为学录，临江张君以诚为典膳。其夏，用周除淮安卫参谋。其秋，彦明除建平知县，以诚除管渎场管勾。其冬，一中除上海县丞。继用周则广平郭君可久，继彦明则南昌李君克正，继以诚则章贡吕君仲善，继一中则东阳张君孟兼。"④ 丙午冬，郑一中由国子监学录调任上海县丞，其学录一职由张孟兼替任。

一四　孙作《沧螺集》提要

> 作自号"东家子"。宋濂为作《东家子传》，推挹甚至……《东

---

① 程敏政：《明文衡》卷八四，《景印文渊阁四库全书》（第 1374 册），台湾商务印书馆，1986，第 636 页。
② 《元史》卷一八九《许谦传》，中华书局，2000，第 2887 页。
③ 纪昀等：《钦定四库全书总目》卷一六九，中华书局，1997，第 2270 页。
④ 贺复徵：《文章辨体汇选》卷五六七，《景印文渊阁四库全书》（第 1409 册），台湾商务印书馆，1986，第 56 页。

家子传》一字不及其诗，盖有微意，非漏略也。①

按，宋濂《东家子传》，见于四库本《沧螺集》卷首，题曰《沧螺集原序》。需要指出的是，宋濂之文何以名以"传"而不名以"序"？观其自谓："唯东家子宜有序，又故左丞周公伯温已述于前，独小传缺然未书，余辱在记载，姑摭其概，贻知是书而不知其人者观焉。"而"是书"何指？这便是其前文已经提到的"著书十二篇，号《东家子》"②。《明史·艺文三》载"孙作《东家子》一卷"③，同书《艺文四》载"孙作《沧螺集》六卷"④，前者属于子类，后者归于集部，二者不为一书。《千顷堂书目》亦载"孙作《东家子》十二篇"⑤，说明此书在明清之际仍有单本流传。宋濂《东家子传》评曰："《图说》《答性难》等篇，神采俊发，正气满容。濂洛之外，康成辈有是言与。人言东家子书，其醇正似孟轲，其环玮似庄周，其谨严似《通书》，其峭厉似《法言》，而又约以六经之渊奥，周以天下之知虑。博大哉！仁义之言。斯其为东家氏之学也，吾于公之文亦云。"⑥ 评价的对象显然是《东家子》一书，而非孙作的一般诗文之作。他说的《图说》，今未见。《答性难》则收入《沧螺集》卷五。今翻检《沧螺集》卷五、卷六，其篇目共为十三，应该就是通常所说的《东家子》一书的内容。朱彝尊《孙作传》曰："著《东家子》十二篇，宋濂比之《法言》《通书》。其座右铭曰：'多言，欺之蔽也。多思，欲之累也。潜静以养其心，强毅以笃其志。去恶于人所不知之时，诚善于己所独知之地。毋贱彼以贵我，毋重物以轻身，毋徇俗以移守，毋矫伪以丧真。能忍所不能忍，则胜物。能容所不能容，则过人。'其自赞画像曰：'贫至于屡空，而心富如万钟千驷。长不踰中人，而志可夺三军之帅。此何得而然哉？盖庶几乎自返而无愧。'门人称之曰清尚先生。"⑦ 此可证实两点：一是宋濂所评且"比之《法言》《通书》"的，确为《东家子》一书；二是今见于《沧螺集》卷六的《坐右铭》《自赞画像》（即《小像自赞》）确为《东

---

① 纪昀等：《钦定四库全书总目》卷一六九，中华书局，1997，第2270页。
② 孙作：《沧螺集》卷首，《胡仲子集》外十种，上海古籍出版社，1991，第477、478页。
③ 《明史》卷九八，中华书局，2000，第1615页。
④ 《明史》卷九九，中华书局，2000，第1636页。
⑤ 黄虞稷：《千顷堂书目》卷一一，上海古籍出版社，2001，第297页。
⑥ 孙作：《沧螺集》卷首，《胡仲子集》外十种，上海古籍出版社，1991，第478页。
⑦ 朱彝尊：《曝书亭集》卷六三，吉林文史出版社，2009，第629页。

家子》中的篇目。

综上所述，《总目》认为宋濂"《东家子传》一字不及其诗，盖有微意，非漏略也"的说法，是没有弄清宋濂评价的对象是《东家子》而致误。该书本来就没有诗作，故根本谈不上什么"微意"。弘治时薛章宪《记沧螺集后》载："得公所为文曰《沧螺集》于都君玄敬，既又得公诗于黄君应龙，各丐以归，如得重货。"① 说明孙作之诗是在弘治间才与其文被合为一集的，此可作为佐证。

一五　钱宰《临安集》提要

> 其集，《明史·艺文志》、焦竑《国史经籍志》俱未著录，则在明代行世已稀。今从《永乐大典》中采摭编排，参以诸选本所录，厘为六卷，以备明初之一家。②

按，钱宰文集未著录于焦竑《国史经籍志》和《明史·艺文志》确为事实，但并不能因此便说"在明代行世已稀"，因为《千顷堂书目》载"钱宰《临安集》十卷"③，《浙江通志》也有同样的载录④，可知到清代除四库馆所辑永乐大典六卷本外，尚有十卷本传世。今国家图书馆仍藏有《临安集·诗》五卷、《文》五卷，为明末祁氏淡生堂抄本。另有清抄十卷本，亦传世。⑤ 十卷抄本有钱宰自撰《临安诗集叙》《临安文集叙》各一篇，今四库本卷首仅见文集之序。

一六　赵撝谦《考古文集》提要

> 此本所录诗仅十余篇，古文亦只五十余篇。前有顺治丁酉黄世春序，称"其子孙式微已甚，而能录其遗集，出没于藏书之家，殆天将藉是而彰考古"云云。盖其后人掇拾散亡，重裒成帙者耳。集后附遗

---

① 孙作：《沧螺集》卷末，《胡仲子集》外十种，上海古籍出版社，1991，第512页。
② 纪昀等：《钦定四库全书总目》卷一六九，中华书局，1997，第2270页。
③ 黄虞稷：《千顷堂书目》卷一七，上海古籍出版社，2001，第452页。
④ 嵇曾筠等：《浙江通志》卷二四九，《景印文渊阁四库全书》（第525册），台湾商务印书馆，1986，第656页。
⑤ 崔建英：《明别集版本志》，中华书局，2006，第770页。

言十六条，又载其裔孙诸生讙《上琼州姜参政请复姓书》，及与浙中族姓札数通……①

按，浙江巡抚采进本《考古文集》为写本，《浙江采集遗书总录》载："《赵考古集》二卷，写本。右明琼山教谕余姚赵撝谦撰。洪武时征修《正韵》，归筑考古台，述《声音文字通》一书，今著于录。其所作诗一名《考古余事》，不传。是编其遗稿耳。末附《造化经纶图》。"② 据《明别集版本志》，除写本二卷外，今尚有乾隆三十八年张廷枚铭西堂刻本《赵考古先生遗集》六卷首一卷，又有乾隆四十年铭西堂刻本《赵考古先生续集》一卷。前后两种刻本皆有张廷枚题识，三十八年刻本题曰："岁壬申，得考古先生古文五十四篇、古今体诗十九首、杂言十三则、遗言十一则于竹浦黄氏，继于谢丈雪渔处得《造化经纶图》一卷、《续武王铭》五十二首、《雪窗夜话》一则，次第补诸传、像用授梓人。"四十年刻本题曰："又得杂文数篇，并赵氏海南世系图续刻于后。"《遗集》及《续集》二种，中国社会科学院图书馆皆有藏。③

四库本《赵考古文集》存录诗文的情况是，文66篇（含《杂言》），其中卷一序20篇、记13篇、书8篇，卷二传6篇、跋6篇、书后4篇、铭3篇，其他杂文5篇；诗见于卷二，共9题21首。此与《总目》所述"诗仅十余篇，古文亦只五十余篇"不符，与乾隆三十八年刻本张廷枚题识"古文五十四篇、古今体诗十九首"亦不相一致。卷二有《遗言》11则，与《总目》谓"十六条"亦不符，与张廷枚题识则相同。

一七　刘炳《刘彦昺集》提要

（一）炳字彦昺，以字行，鄱阳人。洪武初献书言事，授中书典签，出为大都督府掌记，除东阿知县。阅两考，引疾归。《明史·文苑传》附载《王冕传》中。④

---

① 纪昀等：《钦定四库全书总目》卷一六九，中华书局，1997，第2271页。
② 沈初等：《浙江采集遗书录》，上海古籍出版社，2010，第632~633页。
③ 崔建英：《明别集版本志》，中华书局，2006，第607页。
④ 纪昀等：《钦定四库全书总目》卷一六九，中华书局，1997，第2271页。

按，《明史》卷二八五载："炳，字彦昺，鄱阳人。至正中从军于浙，太祖起淮南，献书言事，用为中书典签。洪武初，从事大都督府。出为知县，阅两考，以病告归。久之卒。"① 据此，刘炳任"中书典签"时，尚在元至正即宋龙凤间。《总目》系于"洪武初"，有误。下文引《江西通志》所载可证。

（二）所著诗文本名《春雨轩集》，乃其门人刘子升所编。杨维桢尝为评定，其评亦附载集中。维桢及危素、宋濂、徐矩皆为作序，王祎、俞贞木、周象初皆为作跋。此本题曰《刘彦昺集》，不知何人所改也。②

按，刘炳诗文集，《国史经籍志》载为"刘彦昺《春雨轩集》七卷"③，《千顷堂书目》载"镏炳《春雨轩集》十卷"④，《明史·艺文志》载"刘炳《春雨轩集》十卷"⑤，《钦定续通志》载为"《刘彦昺集》九卷"⑥。集名与卷数，皆有异说。今中国科学院图书馆藏有明嘉靖十二年刻本，为"《春雨轩集》十卷"⑦。《刘彦昺集》之名，今可知者当自乾隆三十二年敕修《钦定续通志》始。

明嘉靖刻本正集九卷，附录一卷，今四库本附录未单成卷而是附于卷九之后，故为"九卷"。嘉靖本卷一至卷九之端题曰"鄱阳刘彦昺撰，门生同郡刘子升编，太史会稽杨廉夫评，裔孙刘塾刊"，卷十则题"鄱阳刘彦昺撰，同邑刘塾刊"。有危素、宋濂、杨维祯、徐矩、周象初《序》，俞贞木《后序》，蒋瑶重刊《序》，刘塾《题识》。⑧ 综合起来看，《春雨轩集》原为刘子升编，九卷，曾刊于洪武间；至嘉靖时，其裔孙刘塾重刊，编有附录一卷，为十卷本。

---

① 《明史》卷二八五，中华书局，2000，第4886页。
② 纪昀等：《钦定四库全书总目》卷一六九，中华书局，1997，第2271页。
③ 焦竑：《国史经籍志》卷五，中华书局，1985，第278页。
④ 黄虞稷：《千顷堂书目》卷一七，上海古籍出版社，2001，第456页。
⑤ 《明史》卷九九，中华书局，2000，第1636页。
⑥ 稽璜等：《钦定续通志》卷一六二，《景印文渊阁四库全书》（第394册），台湾商务印书馆，1986，第553页。
⑦ 崔建英：《明别集版本志》，中华书局，2006，第660页。
⑧ 崔建英：《明别集版本志》，中华书局，2006，第660页。

今观四库本，卷首原序作者有玄虚羽人、危素、宋濂、杨维桢、俞贞木，卷末有王祎《春雨轩记》而非跋，周象初《后序》（自亦云"以备后序"①）亦非称跋。《总目》所述与此多有龃龉，可见其提要并非认真依据版本而撰。

（三）案：炳事迹略具《明史·文苑传》中，而《江西通志》引《豫章人物志》所纪炳历官本末，与史多有不合。如史云炳至正中从军于浙，而志乃云为参政于光使金陵，不知所据；史云炳以言事为典签，而志乃云先参赞沐总制守镇江，寻授广东卫知事。考其吊余阙墓文，结衔称"大都督府掌记"在洪武十二年。而《哀曹国公》诗有"三年参记府"句，《沐西平挽诗》有"十年参幕府"句，李文忠以洪武三年领大都督事，沐英以洪武四年同知大都督府，以年数计之，不应未授典签，先参赞沐英军事。前后亦相舛迕，盖稗官野史传闻异词，往往如此。今一以史文为据，而并存其同异以备考核。②

按，《明史》刘炳传已见前引，《江西通志》引《豫章人物志》本传载："镏炳，字彦昺，鄱阳人。元季兵乱，与弟煜结里闬相保，寇至却走。闻安庆左丞余廷心贤，往依之。余待以国士，计孤军不振，辞归。说参政于光曰：'当今豪杰无可望者，惟金陵仁义之师，盍就之以立功？'光喜，即遣炳往金陵，太祖嘉之，留参赞帷幄。久之，命参赞沐总制守镇江，寻授广武卫亲军指挥使司知事。未几，苦目疾，得请还乡。复征大都督府掌记，乞外补，知东阿县，寻引疾归。著有《春雨轩集》。"③ 按，余阙（廷心）元至正十八年（1358）败于陈友谅，自刭死。故刘炳"往依"且"辞归"，当在此前。又，《国榷》载，至正二十年即宋龙凤六年（1360）七月，"汉院判于光、左丞余椿守浮梁，来降"④，则炳之劝降当在此际，"太祖嘉之，留参赞帷幄"，及"献书言事，用为中书典签"，亦当在此年七月后。《明史·沐英传》载："年十八，授帐前都尉，守镇江。稍迁指挥

① 刘炳：《刘彦昺集》卷九附录，《胡仲子集》外十种，上海古籍出版社，1991，第769页。
② 纪昀等：《钦定四库全书总目》卷一六九，中华书局，1997，第2271页。
③ 高其倬等：《江西通志》卷八九，《景印文渊阁四库全书》（第516册），台湾商务印书馆，1986，第59页。
④ 谈迁：《国榷》卷一，中华书局，1958，第291页。

使，守广信。已从大军征福建，破分水关，略崇安。"① 沐英生于元至正四年（1344），十八岁时为至正二十二年即宋龙凤八年（1362）。《国榷》载沐英破分水关在至正二十七年即吴元年（1367）十二月。因此，刘炳"参赞沐总制守镇江"，其时当在至正二十二年至二十七年间。《总目》把刘炳生平事迹多置于入明之后，又缺乏对史事的深入考察，故致很多事实混淆不清。

另，"广东卫"原文为"广武卫"。《哀曹国公》诗及"三年参记府"句，今未见于四库本《刘彦昺集》中。"十年参幕府"句，见于《东武吟》②而非《沐西平挽诗》。这几处也是《总目》的疏误。之所以出错，原因出在《总目》暗抄钱谦益之语，《列朝诗集小传》云："集载《哀曹国公诗》云：'三年参记府，龙钟侍文墨。'又《沐西平挽诗》云：'十年参幕府，惭愧簪缨客。'曹国公以洪武三年领大都督府事，西平以四年同知大都督府。盖彦昺初任中书典签，而后从事于都府也，出宰未知何地。"③ 四库全书本与钱氏当时所据版本不同，而馆臣照抄钱氏之语，故致误。

一八　蓝仁《蓝山集》提要

《明史·艺文志》载仁集六卷。朱彝尊作《诗综》时，犹及见之。今外间绝少传本，杭世骏言吴焯家有之（原注：语详《蓝涧集》条下），然吴氏藏书今进入书局者未见此本，其存佚不可知。恐遂湮没，谨从《永乐大典》中采掇裒辑，得诗五百余篇，仍厘为六卷，以符原目，著之于录焉。④

按，蓝仁之集见载者，《国史经籍志》谓"《蓝静之集》六卷"⑤，《徐氏红雨楼书目》谓"崇安蓝仁静之《蓝山集》"⑥，《千顷堂书目》谓

① 《明史》卷一二六，中华书局，2000，第2491页。
② 刘炳：《刘彦昺集》卷三，《胡仲子集》外十种，上海古籍出版社，1991，第728页。
③ 钱谦益：《列朝诗集小传》甲前集，上海古籍出版社，1983，第38页。
④ 纪昀等：《钦定四库全书总目》卷一六九，中华书局，1997，第2272页。
⑤ 焦竑：《国史经籍志》卷五，中华书局，1985，第277页。
⑥ 徐𤊹：《徐氏红雨楼书目》，上海古籍出版社，2005，第382页。

"《蓝山集》六卷……集有蒋易、张椠二序"①，《明史》谓"《蓝仁诗集》六卷"②，朱彝尊《静志居诗话》谓"有《蓝山集》……惜其著作罕传矣"③，又说"《蓝山》《蓝涧》二集，选家误有参错。今据明初雕本刊正"④。看来，《蓝山集》并没有"湮没"。《总目》所提杭世骏语，见《榕城诗话》，在《蓝涧集》提要中有引。杭氏曰："《二蓝集》闽人无知者。何氏《闽书》：'蓝仁有《蓝山集》，蓝智有《蓝涧集》。'竹垞尝辑入《诗综》中，以为十子之先，闽中诗派实其昆友倡之。集本合刻。吴明经焯尝于吴门买得《蓝山集》，是洪武时刊，有蒋易、张椠二序，与竹垞言吻合。而蓝涧究不可购，徐惟和辑《风雅》时，二蓝阙焉，则此集之亡久矣。"⑤后被清人辑入《全闽诗话》中。⑥ 据《明别集版本志》，国家图书馆、南京图书馆和重庆图书馆都藏有明嘉靖刻本《蓝山先生诗集》六卷，⑦ 今以重图所藏嘉靖本来看，就比四库本多出100多首诗。⑧ 可见，杭世骏所谓"此集之亡久矣"的说法仅仅是限于他当时的眼界而言，四库馆臣受其影响，便得出"其存佚不可知。恐遂湮没"的结论，其实不然。

一九　蓝智《蓝涧集》提要

（一）其字诸书皆作明之，而《永乐大典》独题性之，当时去明初未远，必有所据，疑作明之者误也。⑨

按，《总目》以为蓝智字明之疑为误，仅仅依据《永乐大典》"去明初未远"来判断，这种方法是最不可靠的。今观宋禧《过崇安县留赠税使夏文敬》一诗，其小序曰："今年秋七月，予有闽中之行。廿三日入分水

---

① 黄虞稷：《千顷堂书目》卷一七，上海古籍出版社，2001，第456页。
② 《明史》卷九九，中华书局，2000，第1637页。
③ 朱彝尊：《静志居诗话》卷四，人民文学出版社，1990，第90页。
④ 朱彝尊：《静志居诗话》卷四，人民文学出版社，1990，第104页。
⑤ 杭世骏：《榕城诗话》卷中，福建人民出版社，2012，第17页。
⑥ 郑方坤：《全闽诗话》卷六，福建人民出版社，2006，第292页。
⑦ 崔建英：《明别集版本志》，中华书局，2006，第496页。
⑧ 按，笔者硕士生吴文庆赴重庆图书馆查核，并抄录。又，陆心源《仪顾堂书目题跋汇编》卷一三《原本蓝山蓝涧集跋》："此本从明刻本抄出，《蓝山集》多得诗一百五十余首。"中华书局，2009，第189页。
⑨ 纪昀等：《钦定四库全书总目》卷一六九，中华书局，1997，第2272页。

关，其暮抵崇安县驿而宿。明旦遇税使夏文敬于县郭中，文敬益都人，年未三十，既问予姓，而笑曰：'畴昔之夜，梦造蓝明之先生之庐，先生不见，见一人状貌若吾子者，在其门外官道上，吾问曰子何姓，曰姓宋，其梦若是。吾与子虽并生于世，而南北之居相去数千里而远，且生平素不相闻，何夜之所梦，旦之所见，其容其姓其邂逅之地，无一之不有征耶？是可异也。'予闻其语，亦有乐于中，乃赋七字八句诗一首以赠之。"① 此言及崇安蓝明之即蓝智。又，刘炳《七夕对月，怀蓝明之、黄彦美、蒋师文先生》②，也提到"蓝明之"，而另一个"蒋师文"恰是给蓝智之兄蓝仁之《蓝山集》作序的蒋易。宋禧、刘炳都是与蓝智同时代的人，其中刘炳与蓝智有很深的交情。他们以"明之"称蓝智，是蓝智字明之的最有力的佐证。后来，《笔精》《列朝诗集小传》《静志居诗话》《全闽诗话》《明史》《福建通志》等皆作"字明之"，是渊源有自的。

但这不能证明"字性之"的说法就一定是错误的。今据蓝智之友云松樵者为蓝智《书怀十首示小儿泽》所作跋语，其称"友人蓝性之"③，则《永乐大典》题曰"性之"亦不为无据。不过，此或为四库馆臣擅自所改。如原文如此，则结论应该是，蓝智，字明之，一字性之。

（二）《明史·文苑传》附载《陶宗仪传》末，称洪武十年以荐授广西按察司佥事，著廉声。志乘均失载其事迹。考集中有《书怀》诗十首，乃在粤时所作，以寄其子云松樵者。张槩为之跋，称其持身廉正，处事平允，三载始终无失。则史言著廉声者，当必有据。《刘彦昺集》有《挽蓝氏昆季》诗云"桂林持节还，高风振林谷"，则晚年又尝谢事归里矣。④

按，蓝智任广西按察司佥事，《笔精》载为"永乐中"⑤，《明史》载

① 宋禧：《庸庵集》卷六，《景印文渊阁四库全书》（第1222册），台湾商务印书馆，1986，第430页。
② 史简编《鄱阳五家集》卷一三，《景印文渊阁四库全书》（第1476册），台湾商务印书馆，1986，第458页。
③ 蓝智：《蓝涧集》卷一，《胡仲子集》外十种，上海古籍出版社，1991，第845页。
④ 纪昀等：《钦定四库全书总目》卷一六九，中华书局，1997，第2272页。
⑤ 徐𤊻：《笔精》卷四，福建人民出版社，1997，第111页。

"洪武十年被荐,起家广西金事"①,《广西通志》载为"洪武间任"②,诸家说法不一。《总目》以为"志乘均失载其事迹",并引录蓝智《书怀诗》及诗后跋语有所考据。但遗憾的是,《总目》误把作跋的云松樵者当成了蓝智之子,而蓝智诗题中明明提及其子名"泽",跋语的落款也明明称蓝智为"友人",这说明四库馆臣根本就没有认真读蓝智的诗和云松樵者的跋。另外,跋中对蓝智出任的时间也详载,也被四库馆臣所忽略。现录跋文如下:"右友人蓝性之所作《书怀十诗》也。性之天赋淳美,学行超诣,尤长于诗。庚戌秋,以才贤荐授广西金宪。筮仕之初,即膺重选,非素有抱负者孰能当此任耶?性之持身廉正,处事平允,于今三载,始终无失,于吾道有光矣。今观是诗,述其平生力学之由、田园之趣,不以家事萦心,付之令子,惟以致君泽民为念,不远数千里,作此诗令其官属楷书以寄其子,忠孝之道两尽之矣。为其子者,诚能体此,熟玩服膺,以为训戒,庶几不负乃父愿望之深意,使人见之,莫不曰:'性之幸哉有子!'岂不韪欤?尚其勉之。壬子季冬望日,云松樵者书。"③ 庚戌为洪武三年(1370),是蓝智出任广西金宪的确切时间。壬子为洪武五年(1372),是蓝智作《书怀诗》并寄其子的时间,当时他已在任三年。蓝智另有一诗《癸丑元夕柳州见梅忆泽》:"忽见繁花乱客愁,东风寂寞古龙州。故园穉子无消息,坐对寒江月满楼。"④ 此诗作于癸丑即洪武六年(1373),写的是作者思念其子蓝泽,此前寄诗而不得回音,故有此念。此与《书怀诗》恰前后关联。同时,这也证实洪武六年作者正在广西任官,《笔精》和《明史》所载皆为错误,《总目》的疑惑也有所解答。

(三)智集原目已不可考,观焦竑《经籍志》所载,惟有蓝静之集,而《蓝涧集》独未之及。是明之中叶已有散佚,近亦未见传本……惟《永乐大典》各韵中所收尚夥,蒐辑裒缀,共得古今体三百余首,虽篇什不及《蓝山集》之富,而大略已见。谨以类编次,釐为

① 《明史》卷二八五《文苑传》,中华书局,2000,第4896页。
② 金鉷等:《广西通志》卷五三,《景印文渊阁四库全书》(第566册),台湾商务印书馆,1986,第539页。
③ 蓝智:《蓝涧集》卷一,《胡仲子集》外十种,上海古籍出版社,1991,第845页。
④ 蓝智:《蓝涧集》卷六,《胡仲子集》外十种,上海古籍出版社,1991,第880页。

六卷，俾其兄弟著作均不致泯没于后世云。①

按，《明史·艺文志》载有"《蓝智诗集》六卷"②，《静志居诗话》载有"明初雕本"③，《千顷堂书目》载有"蓝智《蓝涧集》六卷"④，《福建通志》载"蓝智《蓝涧集》"而未及卷数⑤。据《明别集版本志》，《蓝涧诗集》六卷，为明嘉靖五年（1526）重刻本，有张昶、张榘、蒋易三序，今藏于国家图书馆，另有清抄本藏于北大图书馆。⑥ 由此可见，《总目》"明之中叶已有散佚，近亦未见传本""泯没于后世"云云，并不足信。

二〇 孙蕡《西庵集》提要

（一）洪武三年举于乡，旋登进士，授工部织染局使，迁虹县主簿，召入为翰林院典籍，出为平原主簿。坐累逮系，旋释之，起为苏州经历。复坐累，戍辽东。既而以尝为蓝玉题画，坐玉党论死。事迹具《明史·文苑传》。⑦

按，孙蕡入明的生平事迹，《明史》所载较《总目》更详。《文苑传》之本传曰："洪武三年始行科举，蕡与其选，授工部织染局使，迁虹县主簿。兵燹后，蕡劳徕安辑，民多复业。居一年，召为翰林典籍，与修《洪武正韵》。九年遣监祀四川。居久之，出为平原主簿。坐累逮系，俾筑京师望都门城垣。蕡讴吟为粤声，主者以奏。召见，命诵所歌诗，语皆忠爱，乃释之。十五年起为苏州经历，复坐累戍辽东。已，大治蓝玉党，蕡尝为玉题画，遂论死。"⑧ 对照起来，《总目》明显是《明史》原有记载的"压缩版"，但落实到具体细节，二者又非完全一致。

---

① 纪昀等：《钦定四库全书总目》卷一六九，中华书局，1997，第 2272 页。
② 《明史》卷九九，中华书局，2000，第 1637 页。
③ 朱彝尊：《静志居诗话》卷四，人民文学出版社，1990，第 104 页。
④ 黄虞稷：《千顷堂书目》卷一七，上海古籍出版社，2001，第 456 页。
⑤ 郝玉麟等：《福建通志》卷六八，《景印文渊阁四库全书》（第 530 册），台湾商务印书馆，1986，第 444 页。
⑥ 崔建英：《明别集版本志》，中华书局，2006，第 497~498 页。
⑦ 纪昀等：《钦定四库全书总目》卷一六九，中华书局，1997，第 2275 页。
⑧ 《明史》卷二八五，中华书局，2000，第 4899 页。

如科举一项，《明史》仅曰"与其选"，而未确言其为举人还是进士，而《总目》谓"举于乡，旋登进士"。今检阅《明清进士题名碑录索引》，洪武四年（1371）辛亥科并无孙蒉之名①，他年登科名录亦未见。再查《广东通志·选举志》，"举人"中孙蒉之名见于"明洪武三年庚戌乡试榜"②，"进士"中则未见于"明洪武四年辛亥吴伯宗榜"③。这说明，所谓"与其选"是指中了举人，并非登进士第。《明史·孙蒉传》出自朱彝尊之手，现保存在《曝书亭集》中的《孙蒉传》载录的就是"洪武三年，举乡试"④，而朱氏之传又本之于黄佐《孙蒉传》，黄传于此载为"庚戌应运首科，以毛诗中式"⑤，庚戌为洪武三年，故亦指乡试之"中式"。那么，《总目》"旋登进士"的说法是从何而来呢？宋濂给孙蒉《孝经集善》作序时曾言蒉为"乡贡进士"⑥，"乡贡进士"指的是经地方选拔参加礼部考试而未能擢第者。朱彝尊《静志居诗话》曾对此专做考证，曰："考明初士子举于乡者，例称乡贡进士。樊余庆诗云：'圣代新开进士科。'而千之《送闽人黄彦机》诗，亦云'两省同年进士科'是也。如南海孙蒉、番禺李德，皆乡贡进士，而辑地志者，削去'乡贡'字，竟称进士。钱氏《列朝诗集》，遂谓蒉中洪武三年进士。不知洪武三年，第下科举之诏，以是年八月为始，未尝会试天下士，且虽下三年叠试之诏，惟辛亥有登科进士耳，此一误也。"⑦ 由此可知，所谓乡贡进士就是举人，后通常简称进士，多有所误，钱谦益亦所不免。四库馆臣亦疏忽于此，把乡贡进士当成进士，故有了"旋登进士"的错误说法。

（二）是编前有黄佐、叶春及所撰小传，称蒉著述甚富，自兹集外，尚有《通鉴前编纲目》《孝经集善》《理学训蒙》《和陶》《集古律诗》。其《孝经集善》则宋濂为之序。蒉殁，诸书散逸。其诗文今

① 朱保炯、谢沛霖：《明清进士题名碑录索引》，上海古籍出版社，1979，第2415~2416页。

② 郝玉麟等：《广东通志》卷三三，《景印文渊阁四库全书》（第563册），台湾商务印书馆，1986，第377页。

③ 郝玉麟等：《广东通志》卷三二，《景印文渊阁四库全书》（第563册），台湾商务印书馆，1986，第363页。

④ 朱彝尊：《曝书亭集》卷六三，《曝书亭全集》，吉林文史出版社，2009，第627页。

⑤ 孙蒉：《孙西庵集》卷首，载罗云山编辑《广东文献》（第2册），江苏广陵古籍刻印社，1994，第982页。

⑥ 宋濂：《文宪集》卷五《孝经集善序》，上海古籍出版社，1991，第366页。

⑦ 朱彝尊：《静志居诗话》卷五"郑真"，人民文学出版社，1990，第117~118页。

行世者，为门人黎贞所编。然佐称《西庵集》八卷，而是编诗八卷，文一卷，卷端题"姑苏叶初春选"。或初春别加厘订，抑佐但举其诗集欤？①

按，"黄佐、叶春及所撰小传"未见于文渊阁四库本《西庵集》卷前，说明四库馆臣编录该集时将其删除。黄传载："贇生平著述甚多，有《纲鉴前编》七卷、《孝经集善》一卷、《理学训蒙》一卷、《西庵集》八卷、《和陶集》一卷、《集古律诗》一卷行世，宋濂为之序。贇没后，书散佚。今所传者，黎贞所编也。"②《总目》上段文字即出于此。据《明别集版本志》，叶初春编选者为万历十五年刻本，卷端题"明翰林典笈五羊孙贇仲衍甫著，姑苏叶初春选，邑人曾仕鉴校"，卷首有蔡汝贤万历丁亥即十五年序，曰："古吴叶处元甫令顺德……裒先生所遗佚若古诗、歌行、五七言律诸体合而梓之。"③《总目》所叙未及此序，则四库底本亦当不是万历十五年所刻原本。另有明弘治十六年金兰馆铜字印本《西庵集》十卷，今藏国家图书馆。此本有张习序，顾恂题记。④ 傅增湘曰："前弘治十六年张习序，言取箧中旧本厘为十卷云云，则即习所编定也。"并说，弘治本比万历本多出诗作九十一首。⑤

（三）贇当元季绮靡之余，其诗独卓然有古格。虽神骨隽异不及高启，而要非林鸿诸人所及。小说载书生见苏轼侍姬朝云之魂者，得集句七言律诗十首，七言绝句十五首，今乃在此集第八卷末。盖贇游戏之笔，即黄佐《传》中所称《集古律诗》一卷是也。黎贞乃缀于集后，又并载其序，遂似贇真有遇鬼事者，殆与林鸿集末附载张红桥诗同一无识。姜南《蓉塘诗话》又从而盛称之，更无当矣。⑥

按，文渊阁四库本《西庵集》卷八"五言排律"，首为《朝云并序》，

---

① 纪昀等：《钦定四库全书总目》卷一六九，中华书局，1997，第2275页。
② 孙贇：《孙西庵集》卷首，载罗云山编辑《广东文献》（第2册），江苏广陵古籍刻印社，1994，第983页。
③ 崔建英：《明别集版本志》，中华书局，2006，第201页。
④ 崔建英：《明别集版本志》，中华书局，2006，第201页。
⑤ 莫友芝撰，傅增湘订补《藏园订补郘亭知见传本书目》，中华书局，2005，第1380页。
⑥ 纪昀等：《钦定四库全书总目》卷一六九，中华书局，1997，第2275~2276页。

次为《琪琳夜宿联句一百韵并序》，仅此而已。《总目》谓"今乃在此集第八卷末""黎贞乃缀于集后"者，为不实之辞。又，既说《朝云》诗"即黄佐《传》中所称《集古律诗》一卷是也"，则前云"然佐称《西庵集》八卷，而是编诗八卷、文一卷……抑佐但举其诗集欤"不当有疑，因黄佐《传》明言"《西庵集》八卷""《集古律诗》一卷"，合而言之不为九卷乎？

姜南《蓉塘诗话》"盛称"之语曰："孙仲衍典籍，南海人，诗格高粹。其《朝云》三律，皆集句而成，若出自一手，而不见其牵合。本朝集句，虽多其人，视之仲衍，盖不止于退三舍也。"① 其所称者是指孙蕡"集句"之造诣，并非就诗歌创作的素材而言，与《总目》所讨论的是不一样的话题，并非"不当"。《总目》之所以不能接受孙蕡这种"游戏之笔"，是由四库馆臣先入为主的文学观决定的。在提要中，四库馆臣已有所谓"蕡当元季绮靡之余，其诗独卓然有古格"的观念定式，故对孙蕡《朝云》诗这类仍不脱"元季绮靡之余"的作品难有允评。其实，孙蕡之诗既有"卓然有古格"的一面，也明显有"元季绮靡"风格的另一面。不光《朝云》诗是一个例子，《骊山老妓行补唐天宝遗事戏效白乐天作》同样是这类风格的作品。这说明"游戏之笔"并非限于孙蕡的某一作品，这也证实《总目》对孙蕡诗歌的定位是较为片面的。

---

① 姜南：《蓉塘诗话》卷五"孙仲衍"，载周维德集校《全明诗话》（第1册），齐鲁书社，2005，第782页。

南明词人方惟馨《菩萨蛮》五首的"词史"价值*

周明初

摘　　要　南明词人方惟馨《菩萨蛮》五首组词，是他在南明隆武朝任瑞金知县期间的词作，实录了南明时期瑞金一带复杂之情势，反映出当时南明社会的普遍状况，具有"存史""补史"的价值，在千年词史上是目前所见的最早的真正具有"词史"意义的作品，开启了清代的"词史"之作，值得重视。

关 键 词　南明文学　南明词人　词史

　　产生于明末清初易代之际的南明文学，近年来已逐渐引起研究者的重视，并取得了一定的研究实绩。① 不过，与整个明末清初文学研究相比，南明文学研究总的来说还比较薄弱。造成这种局面的一个重要原因是文献资料的缺失，因为涉及南明的各种资料，在清代遭到了不同程度的禁毁，能够流存至今的显得零散、残缺、错舛和隐晦，需要花费很大的工夫进行辑佚、考辨和还原，然后才能有所利用。

　　本文想要做的就是这样一项工作。南明词人方惟馨，有关他的生平的存世资料不多，需要考辨梳理；他的作品，现仅存五首词和两首诗，其中五首《菩萨蛮》组词，首见于《（康熙）瑞金县志》卷九《艺文志》"诗余"中，端赖《瑞金县志》才存于世。然而这五首组词，实录了南明时期瑞金一带错综复杂之情势，虽所叙为一时一地之事，却反映出当时南明社

---

*　本文为国家社科基金重大项目"《全明词》重编及文献研究"（项目编号 12&ZD158）阶段性成果。

①　如专著方面，已有潘承玉《南明文学研究》（中华书局，2012）、张晖《帝国的流亡——南明诗歌与战乱》（中国社会科学出版社，2014）等。

会的普遍情状，具有"存史""补史"的"词史"价值，可以加深我们对南明时期抗清士人心态的认识和理解，而且这五首词在千年词史上来说是目前所见的最早的真正具有"词史"意义的作品，值得重视。因为这五首词所述当时情势，需要结合有关史实进行解读才能明了，因此本着诗（词）史互证的方法，本文花费相当的篇幅对这五首词进行释证。因此，本文所做的工作有三项：一是稽考方惟馨之生平大略，二是释证《菩萨蛮》五首所涉之史事，三是讨论五首词作之"词史"价值。希望通过这样的实例，对南明文学的研究有所助益。

一　方惟馨之生平考略

《（康熙）瑞金县志》卷九《艺文志》"诗余"中录有"邑令方惟馨"的《菩萨蛮》五首并小序，而该志卷六《官制志·职官》中，方惟馨列在"明知县"中最后一位，并有注云："字蕴羞，直隶寿州人。由拔贡丙戌年任。详《宦迹志》。"① 又查同卷《宦迹志》，其小传全文为：

> 方惟馨，忠臣震孺之子。父任两广巡抚，闻怀宗殉难，哭灵而死，有"麻衣如雪见先皇"之句。公雅擅风骚，性多感慨。见于诗歌，有《菩萨蛮》诗。见《艺文志》。②

据《（康熙）瑞金县志》卷六《职官志》，方惟馨是"丙戌年"任瑞金知县的。该志"明知县"部分，方惟馨的前任是刘翼，"乙酉年任"；刘翼的前任是熊文梦，"崇祯十五年任"；自熊文梦往前的明朝各任知县，任职年份均用年号纪年标示。再查该志"国朝知县"即清朝知县部分，第一位李德美为"暂署县事"，"顺治三年任"；第二位徐珩，也是"顺治三年任"；第三位钱江，"顺治七年任"。自钱江以下任职年份也均用年号纪年标示。

明代在崇祯十七年甲申（1644）就结束了，该年也是清朝开始的顺治元年，而崇祯十五年后的"乙酉年""丙戌年"，实际上是清顺治二年

---

① 《（康熙）瑞金县志》，《中国方志丛书》（华中地方第 901 号），台湾成文出版社，1989，第 278 页。

② 《（康熙）瑞金县志》，《中国方志丛书》（华中地方第 901 号），第 330 页。

（1645）和三年（1646）。方惟馨在"丙戌年"所任的仍是明代知县，而同一年即顺治三年之清知县又有李德美和徐珩两位，也就是说，在同一年里瑞金一县出现了三位知县。这是怎么回事？

《（康熙）瑞金县志》卷十《杂记·祥异》中称："是岁（指顺治三年）八月，清兵追隆武至汀州。闻报，阖城一夜逃去。"① 而该志卷六《官制志·职官》"国朝知县"所列第一人李德美下有附注称："浙江山阴人。由吏员原汀州府经历，顺治三年任。大兵围赣未下，贝勒统满兵，由福建汀州府先收服版图。当委，暂署县事。"② 结合计六奇《明季南略》卷八"清兵从容过岭"及钱澄之《所知录》卷一等可知，该年八月，清兵突破浙闽交界处的仙霞关进入福建，二十八日在闽赣交界处的汀州俘获南明隆武帝。③

联系起来看，可知在清顺治三年八月底南明隆武帝被清兵俘获前，地处赣闽交界处、与福建汀州府接壤而行政上属于江西赣州府的瑞金还未被清军占领，仍在南明隆武朝的版图内，而清兵在福建汀州俘获隆武帝后，才趁势由汀州进入邻近的瑞金。因为刘翼、方惟馨所任知县是南明知县，故康熙志中在记载他们的任职时间时，不用清朝顺治的年号纪年，但它又不承认南明的小朝廷，因此也不用南明弘光、隆武这些年号纪年，而改用干支纪年。可知康熙志中所说的"乙酉年"是指南明弘光元年、隆武元年（1645），"丙戌年"是指隆武二年（1646），若以清朝纪年，则分别对应的是顺治二年和三年。方惟馨作为南明时期的瑞金的知县，是隆武二年才上任的，而在该年八月底或九月初清兵占领瑞金时他的知县身份也就终止了，可知他的知县任期是很短的，一年时间都不到。

《瑞金县志》中的方惟馨小传，只有寥寥数语，过于简单，显然对于我们较为全面地认识方惟馨是远远不够的，因此还需要结合别的材料对他的生平进行考索。然而方惟馨身前声名不彰，又身处明清之际，且又出仕于南明，故未见关于他的完整的传记行于世。涉及他的生平事迹的资料，不但零散，而且歧异，需要辑录、考辨、梳理。

方惟馨为明末广西巡抚、忠臣方震孺之子，故在明清之际的史书中有

---

① 《（康熙）瑞金县志》，《中国方志丛书》（华中地方第901号），第727页。

② 《（康熙）瑞金县志》，《中国方志丛书》（华中地方第901号），第279页。

③ 计六奇：《明季南略》，中华书局，1984，第325~326页；钱澄之：《所知录》（与鲁可藻《岭表纪年》、瞿共美《天南逸史》合刻），浙江古籍出版社，1985，第173~174页。

关方惟馨之事迹多附于其父的传记之后。邹漪《启祯野乘》一集卷三《方巡抚传》附传云:

> 长子至朴,仲子惟馨,端凝博雅,俱负至性,为磊落奇男子。惟馨仕闽兵部司务,署篆瑞金。其上封事有曰:"萧王为将而不为天子,此光武所以复旧物也;宋高为天子而不为将,此绍兴所以终南渡也。"时谓名言。寻以清兵南下,痛哭疾走南雄。委顿逆旅,呕血而卒。子居易,发覆额,亦不愿回里,随死之。①

徐开任《明名臣言行录》卷八十三《巡抚方公震孺》、计六奇《明季北略》卷十一《方震孺守寿州》、查继佐《罪惟录》列传卷十三下《方震孺传》所记方惟馨事迹同此,而文字上略有省减,或不记方震孺长子至朴事,或不记方惟馨之子居易事,这里不具引。

此传中所载方惟馨任瑞金知县之后之行迹,为《瑞金县志》所缺失,可补《瑞金县志》记载之不足。据此传,方惟馨"寻以清兵南下,痛哭疾走南雄。委顿逆旅,呕血而卒",又钱澄之《藏山阁集》诗存卷九《生还集》有诗《过韶州,知方蕴羞以丙戌秋病殁,哭成》②,可知方惟馨在隆武二年的八月底或九月初清兵占领瑞金前撤离并进入广东境内的南雄,不久即过世了。

现已知方惟馨卒于南明隆武二年(1646,清顺治三年)秋,而其生年,据其父方震孺(字孩未)身前自编、后人修订的《方孩未年谱》"辛亥,先生年二十七岁"条末"是年举次儿馨"③,可知是在明万历三十九年(1611)。

方惟馨早年的活动已很难稽考,现在只知道他曾在南京大会名士,替朋友排难解纷。据钱澄之之子钱撝禄为其父所作的《先公田间府君年谱》:

---

① 邹漪:《启祯野乘》一集,《四库禁毁书丛刊》(史部第 40 册),北京出版社,1999,第384 页。

② 钱澄之:《藏山阁集》,《续修四库全书》(第 1400 册),上海古籍出版社,2003,第600 页。

③ 方震孺:《方孩未年谱》,《北京图书馆藏珍本年谱丛刊》(第 59 册),北京图书馆出版社,1999,第 8~9 页。

値方蘊修大会名士，府君以直之随造会所，拉尔止于诸君前，述其本末。责尔止报复，辞理备畅。尔止语塞。诸君子皆以府君言为然，众议毁板不行，祸遂止。①

此条中之"方蘊修"即方惟馨，"府君"为年谱编者钱撝禄称其父亲钱澄之，"直之"指方以智（字密之）之弟方其义，"尔止"指方以智、方其义之从叔方文。据该谱前文所叙，方文仗着自己是方其义长辈，常在众人前凌辱方其义，弄得他很狼狈。方其义的朋友陈焞（字默公）为取悦方其义，将方文诗文中的病句摘出，制成小揭加以嘲讽。性格褊狭的方文怀恨于心，这时正好方其义之父湖广巡抚方孔炤（字仁植，也是方文的从兄）在与张献忠的作战中失利而被朝廷逮捕，方文趁机刻了揭帖送给阮大铖，想要借助阮大铖的力量报复方其义。方其义和陈焞向钱澄之求助，钱澄之乘方惟馨大会名士之机会，排解了方文、方其义叔侄间的纠纷。据该年谱中"是时方仁植以楚抚被逮下狱，密之新第"②，可知此为崇祯十三年（1640）间事。

所谓大会名士，很可能就是复社成员间的一次活动，因为钱澄之、方文、方其义等均为复社成员。由此看来，方惟馨不但是复社成员，而且在南京一带的复社活动中曾起着组织者的作用。不过，关于方惟馨与复社之间的关系，由于资料较少，现已难以详细考查了。

关于方惟馨出仕南明隆武朝事，据他的朋友钱澄之的相关记述，也可略知一二。钱澄之《藏山阁集》文存卷二有作于乙酉年即隆武元年（1645）十二月的《寄黄石斋阁部老师书》，其称："方生惟馨自信州来，言：车前义士云集，唯得法书奖语数字，荣于诰敕。"③ 黄石斋指黄道周，隆武朝以吏部尚书兼武英殿大学士，故称阁部。据庄起俦所编《黄忠端公年谱》卷四可知，黄道周因在朝与掌握兵权的平虏侯郑芝龙关系不谐，于隆武元年七月自请以师相身份去江西募兵，十月初到达江西广信府。在募得三个月的兵粮后，兵分三路，向清军进攻，十二月六日黄道周率兵向婺

---

① 钱撝禄：《先公田间府君年谱》，《清初名儒年谱》（第4册），北京图书馆出版社，2006，第654页。
② 钱撝禄：《先公田间府君年谱》，第654页。
③ 钱澄之：《藏山阁集》，《续修四库全书》（第1400册），第630页。

源出发，二十四日兵败于婺源并被清军俘获。① 钱澄之于该年十月到达隆武行朝的所在地福京（即福州），因为受到黄道周的举荐，故写此信表示感谢。钱澄之写此信时，黄道周应当还未兵败被俘。信中转述方惟馨所言，说的正是该年十月、十一月间黄道周在广信募兵事，可知方惟馨应当是在这个时候途经广信来到隆武行在福京的。

钱澄之与方惟馨本是相识的友人，又是差不多同时到达福京的，两人一到福京即开始了密切的交游，《藏山阁集》诗存卷三中《酬方蕴修》、《同鉴在、蕴修饮徐闇公司李署》即写于此时②。诗题中"鉴在"即吴德操，"徐闇公"即徐孚远。他们在到达福京后，与钱澄之一起得到了黄道周的举荐，徐孚远很快接受了天兴府推官的任命，吴德操、钱澄之没有接受任命而在等待参加乡试。诗题中的"司李署"即指徐孚远所在的天兴府推官公署。所谓天兴府也即福州府，隆武朝在福建建立后，改福州府为福京天兴府，作为行朝所在地。

据《先公田间府君年谱》，因为钱澄之、吴德操是被黄道周举荐的，还未等到乡试，在该年十二月，就得到了赴吏部参加官吏选拔考试的通知，方惟馨与他们一同参加了铨试。考试结果是钱澄之获第一名、吴德操第七名。《先公田间府君年谱》接着说：

> 次日榜发，府君得推官，鉴在得知县。同试方蕴修得教谕，愤甚。往谒谢，太宰指府君曰："观子才，固奇士也。吉安推缺，即以相屈。奇男子须为朝廷任危疆，勿求安乐地。"府君不能辞，因言方生亦奇才，置之散地可惜。太宰问之，知为方孩末（当作未）子也，即改县，随补瑞昌。而鉴在得长汀。③

文中之"太宰"指时任吏部尚书的曾樱。文中说一同参加考试的方惟馨因为仅得教谕之职而"愤甚"，经钱澄之居中说情，改补瑞昌知县，这与邹漪《启祯野乘》一集卷三《方巡抚传》附传所说"仕闽兵部司务，署篆瑞金"，说法不一。"瑞昌"显为"瑞金"之误记。方惟馨实际所任为瑞

---

① 庄起俦：《黄忠端公年谱》，《北京图书图书馆藏珍本年谱丛刊》（第 59 册），第 355~387 页。
② 钱澄之：《藏山阁集》，第 570 页。
③ 钱撝禄：《先公田间府君年谱》，《清初名儒年谱》（第 4 册），第 662~663 页。

金知县，并非瑞昌知县，已见前文所引《（康熙）瑞金县志》等的记载。瑞昌属江西九江府，在长江中游南岸，其时长江中下游沿江地带早已为清军所占领，南明隆武朝实际所能控制的地区限于福建、两广及江西中南部，所以也不可能往已为清军所占领的瑞昌派出官员。这里说方惟馨得教谕，而据上文所引邹漪《启祯野乘》一集卷三《方巡抚传》附传可知，方惟馨在到达福京后，与钱澄之他们一起参加吏部铨试前，已经先行担任了兵部司务一职。钱澄之《所知录》卷一谓隆武朝建立时：

> 其科道各官或起旧，或召对特授，或用大臣荐举，破格用之。惟翰林、吏部，专循资格。而兵部职方一司，督抚、藩镇题请虚衔为军前赞画、监纪，甚至滥赏，不可胜纪。上亦轻畀之。由是清流往往耻与其列。①

可知隆武朝建立后，前来投奔的士子很轻易就能得到官职。因此，方惟馨刚到达福京，很可能就得到了兵部司务一职。因为方惟馨之父亲方震孺本是崇祯时广西巡抚，南明弘光时自请带兵渡黄河，与李自成军队决战，为崇祯帝报仇，为马士英、阮大铖所阻，郁郁不得志而卒。在隆武朝中，原与方震孺相识而交好的"督抚、藩镇"应当不在少数。方惟馨很可能是在他们的题请下得到类似于"军前赞画、监纪"的兵部司务这一虚衔的。因为这样的虚衔在当时"滥赏不可胜纪"，为清流之士所轻视，因此方惟馨要和钱澄之他们一起参加吏部铨试，期望得到一个更为实际的官职。但是，主持铨试的吏部尚书曾樱并不知方惟馨其人，因此他仅得到"教谕"一职，后来在钱澄之等人的介绍下，才得到瑞金知县之职位。

《先公田间府君年谱》中记载钱澄之得到吉安推官一职后，"即以是冬随江抚刘广胤出，度岁于横塘。次年行"②。而《藏山阁集》诗存卷三《授官后呈黄石斋、曾二云两师》后一首即《入虔，次芋园驿，同方蕴修守岁刘中丞远生昆仲寓中》，诗题有附注："芋园驿，在福建侯官县境。远生，名广胤；令弟客生，名烟客。"③（按：附注中"烟客"当作"湘客"，属误记或刊刻有误。）可知方惟馨在得到瑞金知县一职后，是与钱澄之、

---

① 钱澄之：《所知录》（与鲁可藻《岭表纪年》、瞿共美《天南逸史》合刻），第 157 页。
② 钱揖禄：《先公田间府君年谱》，第 663 页。
③ 钱澄之：《藏山阁集》，第 571 页。

刘广胤他们同行的，在福州近郊侯官县的横塘芋园驿过了年。因此，方惟馨到达瑞金上任的时间应当已经是在第二年即隆武二年丙戌的正月了，也由此可知他在瑞金知县任上只有短短八个月的时间。

二 《菩萨蛮》五首所涉史事释证

《（康熙）瑞金县志》卷九所收方惟馨《菩萨蛮》五首并序，全文为：

菩萨蛮

秋气袭人，凉风入牖。山衙索处，孤闷无聊。悲客子之流离，悯孑遗之凋瘵。兴之所感，吐为诗余。倘此邦之硕彦名流，读之而伤其志，庶几得与道州之咏并传矣。

其一

伤流落也。劳劳末吏，不能造福残疆，徒噉雪瓜，真无辞于饕餮矣。

家山回首沧桑换。孤踪又到绵江畔。墨绶一葳蕤。狂奴态便非。腰支浑欲折。斗米终难得。无力种名花。低头愧雪瓜。

其二

痛焚烧也。城外屋宇，一望萧然，寇兵之祸至此。

云龙桥下滔滔水。中间多少伤心泪。父老咽声声。连年苦寇兵。寇兵烽火恶。树木通焚却。燕子欲巢林。衔泥何处寻。

其三

感田兵也。田兵激而生乱，以致合邑皆殃。安所得惟正之供？秋获届期，新租不入。奈何，奈何。

郊原百里村田偶。农夫社日皆酾酒。丰岁获盈车。枌榆共一家。祝鸡声忽变。牛犊成刀剑。万虎啸平畴。新租那得收。

其四

悯驿站也。驿站之困极矣，而后辈骄横如此。弹丸疲瘠，其何以堪。

城边路接虔汀道。邮符络绎红尘报。叠叠上瑶台。呼童扫不开。蝎毛罗案立。叱咤连声急。凋敝汝何关。长夫且折干。

其五

愁檄羽也。杨兵肆逆，库藏如烟，而上台催饷甚迫。又田兵啸聚，不便开征。令君岂有点金之术耶？

健儿夜入河阳县。东西库藏成烟焰。檄羽又频追。量沙情可悲。黄金天不雨。点石侬非侣。勉强欲催科。其如鸿雁何。①

现将五首词并序所涉史事略做梳理。其序中言"秋气袭人，凉风入牖"，可知此诗作于隆武二年秋天七八月间，其时正当清军攻灭隆武朝、占领瑞金之前夕。方惟馨一方面感伤自己流离于此，另一方面悲悯民生之困苦，于是写下了这组词。词序中的"道州之咏"，是指唐朝诗人元结在安史之乱后出任道州刺史时所作的《舂陵行》，其诗序曰："癸卯岁，漫叟授道州刺史。道州旧四万余户，经贼已来，不满四千，大半不胜赋税。到官未五十日，承诸使征求，符牒二百余封，皆曰'失其限者，罪至贬削。'於戏！若悉应其命，则州县破乱，刺史欲焉逃罪；若不应命，又即获罪戾，必不免也。吾将守官，静以安人，待罪而已。此州是舂陵故地，故作《舂陵行》以达下情。"② 这首诗写经过战乱后统治者不顾当地百姓困苦不堪的惨状而加紧横征暴敛的实状，以及作为一个有良知的地方官员在催征赋税时的复杂心态。此诗曾深得杜甫的赞赏，杜甫在《同元使君舂陵行》中说："观乎《舂陵》作，欻见俊哲情，道州忧黎庶，词气浩纵横。"③ 因为题材内容和思想感受相同，方惟馨也希望自己的这组词能够像元结的诗作《舂陵行》那样流传于世。

组词的第一首"伤流落"是感伤自己生当乱世，流落于此。在食用雪瓜时，因为自己不能造福于残山剩水之地的百姓，而感到内心有愧。雪瓜是瑞金一带特产的一种瓜，"长逾一尺，围径二尺，青皮红瓤，味甘多浆"④。词中"家山回首沧桑换。孤踪又到绵江畔"，是说自己的家乡已经为敌方所占领了，自己孤身一人来到瑞金。方惟馨的老家安徽寿州以及后来的寓居地南京都在去年先后为清军占领，这时候早已是清朝的版图了。"绵江"是瑞金境内的一条主要河流，而瑞金县城正处于绵江河畔，《（康

---

① 《（康熙）瑞金县志》，第 711~713 页。
② 元结：《元次山集》卷三，中华书局，1960，第 34 页。
③ 杜甫著，仇兆鳌注《杜诗详注》（第 4 册）卷十九，中华书局，1979，第 1692 页。
④ 《（乾隆）瑞金县志》卷二《舆地志下·物产·果类》，乾隆十八年（1753）刻本。

熙）瑞金县志》卷二《地舆志·山川》载："绵江，水出黄竹岭下，至湖洋由罗汉岩、壬田寨抵县前，其源有八十里；又贡水，出汀州新乐山白头岭下，流五十里抵县前，与绵水合流，经会昌、雩都入赣水。"①

　　第二首"痛焚烧"是写瑞金经过"寇兵"焚烧后的惨状。诗中的"云龙桥"是瑞金县城南门外绵江上的一座桥，《（康熙）瑞金县志》卷九《艺文志》中收有五篇有关修建云龙桥的碑记文。所谓"寇兵"指的是活动于这一带的"山贼""土寇"。福建、江西和广东三省交界之地，民风剽悍，土匪猖獗，历来较难治理。处在明末清初这样的乱世，这一带更是盗贼蜂起。这些土寇山贼，流窜于各地，大肆劫掠，其中有一些名义上还接受南明朝廷的招安，受南明军队的节制。《（康熙）瑞金县志》卷十《杂志·祥异》载：

　　　　顺治二年，广贼谢志良假兵由瑞，邑人误视以为兵，因不设备。及至，大肆掳掠，城外财物一空。围数匝攻城。逼城之屋恐贼举火，邑人自焚，贼亦焚屋之十一二乃去。②

对照《（乾隆）瑞金县志》卷十六《杂志·兵寇》此条，"谢志良"作"谢至良"，谓"顺治二年广贼谢至良假称官兵，道由瑞邑，人不设备……"则表述更明确。顺治二年（1645）实际是指南明弘光元年及隆武元年，其时清兵尚未南下，瑞金仍在南明的疆域内。因为康熙志是清代官修的志书，不承认南明诸朝廷，因此两志书在这里改用清帝年号。谢志良原是广东的少数民族武装头领，在该年为受封于江西的明朝藩王益敬王之子永宁王所招安，参与了明军与清兵在江西鄱阳湖东的作战，并收复了建昌、抚州、进贤等地，后因粮草不继而溃败。③《瑞金县志》此条所记，当是谢志良军溃散后流窜于各地时经过瑞金之事。因谢志良军队曾受明藩王招安，故其得以假称官兵，容易迷惑人。方惟馨组词第二首所写，应当正是瑞金城外在上一年即隆武元年经过谢志良的军队劫掠和焚烧后的惨象。

---

① 《（康熙）瑞金县志》，第98页。
② 《（康熙）瑞金县志》，第725页。
③ （清）温睿临：《南疆逸史》卷四十八《永宁王由楥传》，《续修四库全书》（第332册），第422页；徐鼒：《小腆纪传》补遗卷一《永宁王由楥传》，《续修四库全书》（第333册），第230页；邵廷采：《西南纪事》卷二，《续修四库全书》（第332册），第108页。前两书"谢志良"作"谢之良"。

所谓"连年苦寇兵",是指瑞金一带连续遭受这些半匪半兵的山贼土寇的骚扰。据《(康熙)瑞金县志》卷十《杂志·祥异》可知,崇祯四年和五年,瑞金各乡遭受过境的"广贼钟凌秀"的骚扰,而崇祯十五年、十六年两年"广贼十余种,有阎王总、锅刀总、番天营、猪婆总,名色甚多,皆沿劫各县村落"①。这里所提到的阎王总,又称"阎罗总",在隆武元年接受了永宁王的招安,被授予参将之职,而谢志良正是他的同党。②

第三首"感田兵",写因"田兵"兴起所造成的祸乱。所谓"田兵",是指由佃农组成的武装抗租组织。《(康熙)瑞金县志》卷十《杂志·祥异》载:

> 顺治三年丙戌春,何志源、沈士昌作乱,鸠集八乡,立百总、千总之号,名曰"田兵"。挟田主更券,欲负租据田。县令刘翼利其赂而主之,田主亦无如何。③

据此可知,"田兵"是顺治三年(实际当为隆武二年,1646)春天所产生的佃农们的武装抗租组织。这一组织强逼田主变更田券,想要占据原属田主的田地而不负担租税。而瑞金当地人杨兆年的《上督府田贼始末》对田兵的起源有更详细的叙述:

> 瑞金,山邑也,城如斗大。巨族市肆,皆在城外。无他产殖,惟树五谷。承平之时,家给人足。闽广及各府之人,视为乐土,绳绳相引,侨居此地。土著之人,为士为民,而农者、商者、牙侩者、衙胥者,皆客籍也。即黔徒剧贼,窜匿其中,亦无分别。明季谢、阎二贼交炽,凡闽广侨居者思应之。皂隶何志源、应捕张胜、库吏徐矶、广东亡命徐自成潘宗赐、本境惯盗范文贞等,效宁化、石城故事,倡立"田兵",旗帜号色,皆书"八乡均佃"。"均"之云者,欲三分田主之田,而以一分为佃人耕田之本。其所耕之田,田主有易姓,而佃夫

① 《(康熙)瑞金县志》,第724~725页。
② 见(清)温睿临《南疆逸史》卷四十八《永宁王由楥传》,第422页;徐鼒《小腆纪传》补遗卷一《永宁王由楥传》,第230页。此两书称"阎王总"为"阎罗总"。
③ 《(康熙)瑞金县志》,第726页。

> 无易人，永为世业。凡畲插之家，苟有龃龉，立焚其屋，杀其人。故
> 悍者倡先，懦者陪后，皆蚁聚入城，逼县官印均田帖以数万计，收五
> 门锁钥，将尽掳城中人……①

由杨文可知，田主与佃农的矛盾又是与这一带由来已久的土著与客籍两大族群之间的争端交织在一起的。当地的土著居民拥有土地，成为田主，而从福建、广东及江西本省其他各府侨居于此的客家人或者租种田主的田地，成为佃农，或者经商及从事各种杂役。在明末清初大动荡的情势下，一些客家籍人士趁机行动起来，成立田兵组织，以均田相号召，想要瓜分并永久占有原属田主的田地。

田主和佃农相争斗所造成的后果是"秋获届期，新租不入"，即到了秋收季节，新的租税收不上来，政府也就很难维持正常的运转，"安所得惟正之供"。作为知县这一级的地方官员，最重要的事务即"刑名"和"钱谷"，即处理各种刑事、民事案件，征收各种赋税。租税收不上来，对于知县来说是一种严重的失职行为，但在"田兵激而生乱"的情况下，作为瑞金知县的方惟馨也只有徒唤奈何了。

第四首"悯驿站"是感叹驿站的凋敝。从"城边路接虔汀道"可知瑞金城边有连接福建汀州府和江西赣州府（虔州是赣州的旧称）的驿道，这是从福建到岭南的交通要道。从词中可知在瑞金城边原是设有驿站的，而这时候已经凋敝了。事实上，驿站的凋敝是从崇祯初年开始的。崇祯二年四月，崇祯帝为节省费用，因兵科给事中刘懋之疏请，裁撤驿站，遣散驿卒，造成全国的驿路基本瘫痪，大量驿卒失业。而在陕西、山西一带，因失业而生活无着的驿卒纷纷加入当地的农民军，加速了明王朝的灭亡，像推翻明王朝的李自成本是陕北的一位失业驿卒。关于崇祯年间裁撤驿站及造成的后果，《明史》卷二十三《庄烈皇帝本纪》、卷二百四十《韩爌传》、卷三百〇九《流寇传·李自成传》等都有所记载，而计六奇的《明季北略》卷五"刘懋请裁驿递"条记载尤详：

> 初上即位，励精图治，轸恤民艰。忧国用不足，务在节省。给
> 事中刘懋上疏，请裁驿递，可岁省金钱数十余万。上喜，著为令：

---

① 《（乾隆）瑞金县志》卷七下《艺文志中》，乾隆十八年（1753）刻本。

有滥予者，罪不赦。部、科、监、司多以此获遣去，天下惴惴奉法。顾秦晋土瘠，无田可耕，其民饶膂力。贫无赖者，藉水陆舟车，奔走自给。至是遂无所得食。未几，秦中叠饥，斗米千钱，民不聊生。草根、树皮，剥削殆尽。上命御史吴牲，赍银十万两往赈，然不能救。又失驿站生计，所在溃兵煽之，遂相聚为盗，而全陕无宁土矣。①

裁撤了驿站，南方地区虽然没有造成陕西、山西一带那样的严重后果，但驿站凋敝、驿卒失业却是一样的。而到了南明时期，由于南北分属于不同的政权，驿路受到阻隔，驿站也就更加衰败。"蝎毛罗案立"这是说原来驿站的案头上都长满了虫毛，这是极写驿站之衰败。蝎，指的是蝤蛴，即天牛的幼虫。《诗经·卫风·硕人》"领如蝤蛴"，毛传："蝤蛴，蝎虫也。"孔疏引孙炎说："关东谓之蝤蛴，梁益之间谓之蝎。"② "长夫且折干"是说驿站的役夫还要索取额外的钱物。"长夫"这里是指驿站长期雇用的役夫，序中所说的"后辈"也应当指此。"折干"是指额外的财物。由于驿站裁撤，驿卒大量裁减，而经过驿站的人员和货物并没有因此而减少，使仍留在未被裁撤的驿站的役夫所承担的任务更重，故役夫们就趁机抬高要价，索取额外的钱物。方惟馨词中所写的虽是瑞金一地的驿站状况，而实际上当时南明驿站的状况应当是普遍如此的。

第五首"愁檄羽"写上司催征粮饷的文书频频发来，而粮饷一时间又征不上来，因此发愁。"檄羽"为插有羽毛表示紧急的征召类文书，这里是指上司发出的非常急迫的催征粮饷的文书。

南明隆武朝建立后，为维持各级政权机构的运转和较大规模的军队的生存，都需要庞大的财政开支，而隆武政权直接控制的地区又局限于福建全境及与福建接壤的江西、广东部分地区，这就加重了这些地区民众的赋税负担，除正常的赋税外，还加派"义饷"，自然引起民众的抵制和反抗。各级地方官吏的首要任务就是为朝廷征收钱粮赋税，而粮饷收不上来，上司自然是催征频频了。黄宗羲所编的《行朝录》卷一《隆武纪年》载：

---

① 计六奇：《明季北略》，中华书局，1984，第99页。
② 《毛诗正义》卷三，影印《十三经注疏》本，中华书局，1980，第322页。

　　郑芝龙掌户、兵、工三部尚书，奏军兴饷急，请两税内一石预借银一两。民不乐从，反怨正供。每府差侍郎、科道征发。①

当时的瑞金，"田兵"正在聚众抗租抗税，没法进行开征，而作为"官军"的"杨兵"来到了此地，又将瑞金原有的库藏钱粮耗尽了，这使作为知县的方惟馨不知所措。

　　"杨兵"当指杨斌（杨元斌）所统领的军队。《（康熙）瑞金县志》卷十《杂志·祥异》载田兵作乱后：

　　　　有刑馆来代篆，田贼闭城拒之，使不得入，又杀一职方主事。邑人相议曰："田贼拒官杀官，肆行极矣。不除，即为大患。"适统兵杨斌至，进而与谋。斌不介马，而驰杀何志源数十人。②

此事杨兆年的《上督府田贼始末》也有记，而"杨斌"作"杨元斌"：

　　　　（田兵）悍者倡先，懦者陪后，皆蚁聚入城。逼县官，印均田帖以数万计，收五门锁钥，将尽掳城中人。赣刑厅汤讳应龙来署篆，何志源陈兵拒阻，不容入城。赖客将杨公元斌斩之，城中人幸获安堵。③

又陈燕翼《思文大纪》卷七记隆武二年五月事，也作"杨元斌"：

　　　　安插迎驾副总兵杨元斌兵于将乐。④

今按：《（康熙）瑞金县志》称"统兵杨斌"，而《思文大纪》称"副总兵杨元斌"，三条材料放在一起看，可知"杨斌""杨元斌"当为同一人。据《思文大纪》可知，这支"杨兵"原是在隆武二年五月安插驻守于福建延平府将乐县的，而在该年秋天来到了江西，并从瑞金过境，因为不是驻扎于本地的原本属于卫所中的军队，故杨兆年的《上督府田贼始末》中称

---

①　黄宗羲：《行朝录》，《续修四库全书》（第442册），第527页。
②　《（康熙）瑞金县志》，第726页。
③　《（乾隆）瑞金县志》卷七下《艺文志中》，乾隆十八年（1753）刻本。
④　陈燕翼：《思文大纪》，《续修四库全书》（第444册），第75页。

杨元斌为"客将",可知"杨兵"是一支"客兵"。

明代军队原本实行卫所制度,各地的卫所负责本地的保卫工作,士兵也来源于本地卫所的世籍军户。但在明代中叶以后,由于卫所制的逐渐废弛,更由于抗倭等需要,常常需要从外地调集招募士兵,这种士兵被称为"客兵",正如《(万历)高州府志》卷二《戎备志》所说:

> 客兵者,旧无兵制而随时调募者也。有事急调集于他郡者,有事平留守者。有初以郡饷供他郡兵,后议撤回。守土者,率非境内民也。①

而南明隆武朝因为自身防御及对清军作战,需要扩充军队,调募来的"客兵"的数量是很大的。原来卫所制下的军队实行屯田制,士兵所需的粮饷也主要来自屯田。调募客兵,其粮饷也自然要从地方上解决,这就加重了地方上民众的赋税负担,而临时向地方上加派额外赋税,还不一定能够及时地征收上来,由此常常造成"客兵"对地方上的骚扰和掳掠。

作为"客兵"的"杨兵"经过瑞金,虽然对遏制"田兵"势力,稳定瑞金的局势起了积极作用,但这支军队同样对地方上造成了很大的骚扰和破坏,而且使瑞金多年来积聚起来的钱粮消耗殆尽,方惟馨词序中"杨兵肆逆,库藏如烟",词中"健儿夜入河阳县。东西库藏成烟焰"说的正是这些情况。

"健儿夜入河阳县",当用唐代郭子仪军队在与史思明军队作战溃败后退守河阳事。据《资治通鉴》卷二二一《唐纪》三七,唐乾元二年三月,安庆绪之叛军被郭子仪等围困于邺城,史思明领军前来救援,在邺城之南与李光弼等进行交战,而后到的郭子仪军尚未完成布阵。交战之时,狂风大作,天昏地暗,两军皆溃。郭子仪之军队退守河阳,而其余军队在溃逃途中,"所过剽掠,吏不能止,旬日方定"②。杜甫《石壕吏》中"老妪力虽衰,请从吏夜归。急应河阳役,犹得备晨炊"③,《新婚别》中"君行虽

---

① 《(万历)高州府志》(与《(万历)雷州府志》合刊),《日本藏中国罕见地方志丛刊》,书目文献出版社,1991,第30页。
② 《资治通鉴》(第15册),中华书局,1956,第7069页。
③ 杜甫著,仇兆鳌注《杜诗详注》(第2册)卷七,第529页。

不远，守边赴河阳"①，所写也正与此有关。"健儿"本是唐代对戍守边关的士兵的称呼，这里借指防御清兵的南明官军"杨兵"；"河阳县"在这里借指瑞金县。此处用"健儿夜入河阳县"，可能是说杨（元）斌的军队也是在前线失败后进入瑞金的，因为是败兵，所以军纪涣散，骚扰剽掠，肆逆于地方。

以上是对方惟馨《菩萨蛮》五首组词涉及的史实所做的释证，从中可以看出，方惟馨这五首词是纪实性的词作，对于瑞金当时的社会情状的描写，完全是实录性质的，这对于我们认识南明时期的社会历史面貌，具有直观的史料的价值。可以说，这是具有"词史"性质的作品。

三 《菩萨蛮》五首的"词史"价值

"诗有史，词亦有史。"② 换种说法也就是，有诗史，也就有词史。这里的"诗史"和"词史"，不是指诗或词发展、演变的历史，而是指诗或词能够反映历史事件和面貌，具有征史的功能。而"词史"的概念，也正是从"诗史"引申出来的。众所周知，"诗史"之说最早出现于唐代，用来指杜甫写于"安史之乱"时期的带有纪实性的诗作。唐孟棨《本事诗·高逸第三》称："杜逢禄山之难，流离陇蜀，毕陈于诗，推见至隐，殆无遗事，故当时号为'诗史'。"③

自孟棨提出"诗史"一说之后，关于何谓"诗史"，自宋以来直到现在，众说纷纭。④ 其实，"诗史"究竟该如何理解，我们还是应当回到起点，看看孟棨的《本事诗》中对杜甫"诗史"是如何表达的。在这段文字中，值得注意的有三点：一是写于特定的重要历史时期（逢禄山之难），二是将自己的亲身经历全部写入诗中（流离陇蜀，毕陈于诗），三是说具有实录性质，本来为官方所隐讳的各种史实，在诗中毫无遗漏地可以推见（推见至隐，殆无遗事）。这其中，诗歌真实记录时事，具有实录功能，应

---

① 杜甫著，仇兆鳌注《杜诗详注》，第 531 页。
② 周济：《介存斋论词杂著》"词亦有史"条，载唐圭璋编《词话丛编》（第 2 册），中华书局，1986，第 1630 页。
③ 孟棨：《本事诗》（与《续本事诗》《本事词》合刻），上海古籍出版社，1991，第 18 页。
④ 张晖的《中国"诗史"传统》（三联书店，2012）一书中，对"诗史"一词在不同时代的内涵做有详细梳理，此不赘述。

当是作为"诗史"的核心内涵。离唐代较近的宋人虽然对于杜甫"诗史"的理解各有不同，但对其实录时事这一点的认识是基本一致的，如《新唐书》卷二〇一《文艺传上·杜甫传赞》中说："甫又善陈时事，律切精深，至千言不少衰，世号'诗史'。"①陈岩肖《庚溪诗话》卷上说："杜少陵子美诗，多纪当时事，皆有据依，古号'诗史'。"②李复《与侯谟秀才书》说："杜诗谓之诗史，以班班可见当时事。"③文天祥《文信国集杜诗原序》中说："昔人评杜诗为'诗史'，盖其以歌咏之辞，寓记载之实，而抑扬褒贬之意，灿然于其中，虽谓之史可也。"④

杜甫之后，凡是作者以亲身经历所写的具有实录性质的、能够充分反映出历史大变动时期的社会状况的具有历史价值的诗歌，可称为"诗史"。如南宋末年汪元量（号水云）作《湖州歌》九十八首叙述自己随南宋六宫被押北上燕京的种种经历，《越州歌》二十首记述元兵南下蹂躏南宋半壁河山的惨状，《醉歌》十首记录南宋朝廷投降元军的经过及降后情况，明末钱谦益在《跋汪水云诗》中说这些诗作"记亡国北徙之事，周详恻怆，可谓'诗史'"⑤。又如明清之际钱澄之（字幼光）的《藏山阁诗存》用诗歌的形式真实记录了自己在南明隆武、永历两朝所经历的史事，本着"每有记事，必系以诗"的写作宗旨，其中有 68 首诗歌后来被选录收入在他本人所著的记载南明史事的《所知录》中，钱谦益在《金陵杂题绝句二十五首继乙未春留题之作》第十四中评价道："闽山桂海饱炎霜，诗史酸辛钱幼光。"⑥

相对于"诗史"这一诗学观念，"词史"这一词学观念的提出则相对较晚，直到清初才出现。明末清初的著名词人曹尔堪（号顾庵）曾评吴伟业的《满江红·白门感旧》说："陇水呜咽，作凄风苦雨之声。少陵称诗

① 《新唐书》（第 18 册），中华书局，1975，第 5738 页。
② 陈岩肖：《庚溪诗话》，载丁福保辑《历代诗话续编》，上海古籍出版社，1983，第 167 页。
③ 李复：《潏水集》卷五，影印文渊阁《四库全书》（第 1121 册），台湾商务印书馆，1986，第 50 页。
④ 文天祥：《文信国集杜诗》，影印文渊阁《四库全书》（第 1184 册），第 808 页。
⑤ 钱谦益：《牧斋初学集》（第 3 册）卷八四《题跋》二，上海古籍出版社，1985，第 1764 页。
⑥ 钱谦益：《牧斋有学集》，上海古籍出版社，1996，第 419 页。张晖《中国"诗史"传统》（三联书店，2012）第五章有附录《诗与史的交涉——钱澄之〈所知录〉"以诗为史"的书写样态》，对钱澄之《藏山阁诗存》与《所知录》之关系有较详细的梳理，后又收入《易代之悲：钱澄之及其诗》（人民文学出版社，2014）第二章。

史，如祭酒可谓词史矣。"① 这里称吴伟业为"词史"，与称杜甫为"诗史"相提并论，可知清初"词史"观念的提出，正是受到诗学中称杜甫为"诗史"这一观念的启发而发展、引申出来的。② 这一"词史"观念在清初提出后，至清中叶渐趋成熟。③

作为"词史"观念在清中叶成熟的标志，周济在《介存斋论词杂著》中的这段话常常为学者们所引述：

> 感慨所寄，不过盛衰。或绸缪未雨，或太息厝薪，或已溺已饥，或独清独醒，随其人之性情、学问、境地，莫不有由衷之言。见事多，识理透，可为后人论世之资。诗有史，词亦有史，庶乎自树一帜矣。若乃离别怀思，感士不遇，陈陈相因，唾沈互拾，便思高揖温、韦，不亦耻乎？④

在周济看来，文学作品中对于各种时势盛衰的感慨，都是与个人的性情、学问和境地有关的，没有不出自作家的内心的。如果"见事多，识理透"，这样发出的感慨，可以为后人评论时世所资用。能做到这样，无论作为"诗史"还是作为"词史"，都能自树一帜。对于词的创作来说，如果只是写些"离别怀思，感士不遇"之类的题材，不过是"陈陈相因，唾沈互

---

① 吴伟业著，李学颖集评《吴梅村全集》，上海古籍出版社，1999，第564页。

② 清初所说的"词史"还有其他含义。如尤侗《词苑丛谈序》中称："夫古人有'诗史'之说，诗之有话，犹史之有传也。诗既有史，词独无史乎哉？"（《词苑丛谈校笺》，人民文学出版社，1988，第1页）《词苑丛谈》是一部词话性质的书，而"词话"这一概念正是由"诗话"这一概念引申而来的。这一条材料中，将诗话比附史传，视诗话为"诗史"，从而推导出词话即词史，可见这里所说的"词史"主要不是指词具有反映重大社会事件的历史价值这一功能。又陈维崧在《词选序》中称："选词所以存词，其即所以存经存史也夫。"（《陈维崧集》，上海古籍出版社，2010，第55页）这里的"词选"是指他与朋友合编的当代词选《今词苑》。选词为了存词，而存词又与存经存史一样重要，这主要是为了提高词的社会地位，即所谓"尊体"，此"词史"同样不是指词具有反映重大社会事件的历史价值这一功能。

③ 严迪昌《清词史》第二编第一章之第一节（江苏古籍出版社，1990）、侯雅文《论清代"词史"观念的形成与发展》（台北《国立编译馆馆刊》2001年第1、2期合刊）、陈水云《清代的"词史"意识》（《武汉大学学报》2001年第5期）、叶嘉莹《论清代"词史"观念的形成》（《河北学刊》2003年第7期）、张宏生《清初"词史"观念的确立与建构》（《南京大学学报》2008年第1期）等均对"词史"进行过讨论。

④ 周济：《介存斋论词杂著》"词亦有史"条，载唐圭璋编《词话丛编》（第2册），第1630页。

拾"而已，而想要取得与温（庭筠）韦（庄）那样的地位，不过是自取其辱。在这里，周济将"词史"与"诗史"并提，强调能够自树一帜，具有"诗史"或"词史"价值的作品，是感慨时世盛衰的作品中那些"见事多，识理透，可为后人论世之资"的作品。周济的"词史"说，在传统的"诗史"说强调纪实的基础上，加上了作者个人的主观感受性，可以说这是对传统的"诗史"说的发展。但怎样才算"识理透"，周济并没有做进一步的解释，别人也很难说得清楚。

不过，清代虽然形成了"词史"的观念，但用"词史"来评论词人词作的并不是很多，只是到了清中叶以后尤其是晚清时期才有一些。虽然在清中叶以来较为成熟的"词史"观念中加进了作者的主观感受、"识理透"之类内容，但清中叶以来尤其是晚清时期评论词人词作为"词史"的，其实还是着眼于其人是否亲身经历、其作是否带有纪实的性质，很少有强调作者的主观感受和是否"识理透"这一些内容的。如清嘉庆、道光年间陶樑《红豆树馆词》中五、六两卷，"举生平境遇，自系以词"，其中《壶中天》（刀光如雪）一词，所记为嘉庆十八年（1813）陈爽、陈文魁等率天理教徒突入大内滋事一事，其时任翰林院编修的陶樑正在文颖馆编校《全唐诗》，得以亲见其事。丁绍仪《听秋声馆词话》卷十二评这首词（在该词话中词调名作《百字令》）为"昔人称少陵韵语为诗史，此词正可作词史读也"[1]。又如在太平天国攻陷常州时殉难的赵起作有《约园词稿》十卷，其中的《晚唱词》"多记寇乱之篇"，有鉴于"粤乱以来，作诗者多，而词颇少见"，谢章铤在《赌棋山庄词话续编》卷三中评价赵起的这部词稿是"诗史之外，蔚为词史"，并且认为"词之源为乐府，乐府正多纪事之篇"，作为长短句的词作正可以"抑扬时局"。[2]

又如谭献是周济之后常州词派的重要作家和词论家，其论词主张是本之于张惠言、周济而有所发展的，在他所编的清词选集《箧中词》中，多处用"比兴""寄托"之类词学理论来评论清人词作。但是，在这部词选中，评论清人词作为"词史"的共有五处，这五处都是仅着眼于这些词作是否纪实而言的，并没有涉及比兴、寄托方面的内容，也没有强调识理如何。今集四中评王宪成作于道光二十二年（1842）写鸦片战争后扬州衰落

---

① 丁绍仪：《听秋声馆词话》，载唐圭璋编《词话丛编》（第3册），第2723页。
② 谢章铤：《赌棋山庄词话续编》，载唐圭璋编《词话丛编》（第4册），第3529页。

情势的《扬州慢·壬寅四月过扬州,用白石韵》为"鹾纲既坏,海氛又恶。杜诗韩笔,敛抑入倚声,足当词史"①;评范凌霄作于咸丰三年(1853)写扬州饱受太平天国战争之苦的《迈陂塘·癸丑七夕和吴让之》,只用"词史"二字②;今集五中评蒋春霖作于咸丰三年(1853)写南京为太平天国所攻陷的《踏莎行·癸丑三月赋》为"咏金陵沦陷事,此谓词史"③;今集续二中评张景祁作于光绪十年(1884)写中法战争中失陷于法军的台湾基隆情势的《秋霁·基隆秋感》为"笳吹频惊,苍凉词史。穷发一隅,增成故实"④;今集续三中评汪清冕写经过太平天国战乱后的杭州的《齐天乐·燹余归里,百感丛生。痛饮狂歌,继之以词。用周美成韵》为"浩劫茫茫,是为词史"⑤。

因此,我们可以说,虽然在"词史"观念上清人在继承"诗史"的基础上有所发展,但具体在评论词作时,仍然是以杜甫"诗史"为参照标准,即注重是否亲身经历、是否纪实。至此,我们仍以杜甫"诗史"的标准为参照来界定"词史"。所谓"词史",是作者以亲身经历所写的具有实录性质的、能够充分反映出历史大变动时期的社会状况的具有历史价值的词作。用这样的标准来衡量自唐五代至清末的词人词作,那么在晚清以前,符合这样的"词史"标准的实在是少之又少。

方惟馨的《菩萨蛮》五首,可说是标准的"词史"之作。第一,其词作于南明时期,正是历史大变动时期;第二,写的是他本人在担任瑞金知县期间的所见所思,正是以自己的亲身经历所写;第三,写瑞金城外遭寇兵焚烧后的凄惨景象,写当地因土客之争而产生的田兵抗租据田所造成的混乱,写驿站凋敝和驿卒骄横的情状,写官军的肆逆和掳掠,写上司催交粮饷之紧迫和自己作为地方官收不上租税之窘迫,无不带有实录性质;第四,所写虽然为瑞金一地之事,实际反映出的是整个南明隆武朝的带有普遍性的现状,因此具有历史价值;第五,在纪实的基础上,作者寄托了自己很深的感慨,正如作者自己在序中所说"悲客子之流离,悯孑遗之凋瘵。兴之所感,吐为诗余",而写作的目的是"倘此邦之硕彦名流,读之

---

① 谭献:《箧中词》,《续修四库全书》(第1732册),第672页。
② 谭献:《箧中词》,《续修四库全书》(第1732册),第680页。
③ 谭献:《箧中词》,《续修四库全书》(第1732册),第683页。
④ 谭献:《箧中词》,《续修四库全书》(第1733册),第17页。
⑤ 谭献:《箧中词》,《续修四库全书》(第1733册),第40页。

而伤其志，庶几得与道州之咏并传矣"，希望能够流传后世，"为后人论世之资"的意图非常明显，即使用周济的"词史"观念来衡量，也是非常合乎要求的。

明确了方惟馨这五首组词为"词史"，我们就可以讨论其"词史"价值了。

首先，我们从"史"也即史学的角度看，方惟馨这五首组词虽然描写的是瑞金一地的社会状况，但它却反映了整个南明隆武朝直接控制地区的真实社会状况，因而具有"征史""补史"的功能。

南明隆武政权是在南京的弘光政权灭亡后，建都于福州的一个小朝廷，偏安一隅，其能够影响和控制的范围其实非常有限，直接控制的地区是福建全省及邻近福建的江西、广东的部分地区。与福建汀州接壤的江西瑞金正是在隆武朝的直接控制范围内。瑞金由于地处赣闽两省之边界，又与广东省相邻近，从一个更大的区域来说，正是处于粤闽赣三省边地。粤闽赣三省边地民风剽悍，土匪山贼猖獗，加上此地为客家人的主要聚居地，土著和客家人之间的矛盾和争斗历来激烈，号称难治之地。在明清易代之际，王朝对地方的控制力与承平之时相比大为削弱，南明隆武政权虽然在福建建立起来了，但处于建政初期，各项工作并没有进入轨道，加上这个政权本身就比较弱势，因此在明清易代之际，各种社会矛盾表现得尤为激烈，而属于隆武政权直接控制的粤闽赣三省边地更是如此。

方惟馨五首《菩萨蛮》组词中第二首"痛焚烧"所写"寇兵"过境对瑞金的掳掠焚烧的惨状以及"连年苦寇兵"所反映出的情况，在当时的粤闽赣三省边地是个普遍现象。《（康熙）瑞金县志》卷十《杂志·祥异》所记载的崇祯四年和五年"广贼钟凌秀"对瑞金的骚扰、崇祯十五年和十六年两年"广贼十余种""沿劫各县村落"的情况，粤闽赣三省各府县的地方志，几乎都有记载。除了过境的"寇兵"，各地本土的"山贼""土寇"也非常猖獗。据南炳文对陈燕翼《思文大纪》所做的统计，从隆武元年七月至隆武二年六月，不到一年的时间，在福建一省范围内20多个县发生16起"寇警""匪乱"，如隆武二年四月至五月诏安县为"山寇"攻陷，"杀官劫库"，该年五月沙县"山寇窃发，焚掠原野一空"。①

---

① 南炳文：《南明史》，南开大学出版社，1992，第150页。

第三首"感田兵"中所写"田兵"抗租据田的状况，也发生在瑞金周边的几个县。粤闽赣三省边地是客家人的最大聚居地，土著与客家人之间围绕土地而产生的争端，可以说从客家人迁入当地时就产生了，而处于明末清初这样的历史大变动时期更加激化了，客家人乘势而起，组织成"田兵"，武装抗租占田。这一"田兵"组织，起始于江西省的石城县，并蔓延瑞金和邻近的福建汀州府下属的宁化、清流等县。

据陈燕翼《思文大纪》卷五，隆武二年二月：

> 青（当作"清"）流县因主佃混争，聚众激变，县官谕散，为定租斗。诏褒之。①

又据该书卷六，该年四月：

> 命兵部主事李言，前往宁化、清流，解散乱民。时二县百姓乌合纠众，号为"长关"，又托名曰"田兵"。今以较斗为由，恐抢掠成变。故着李言察所害何在，即与销除。②

又据《（乾隆）石城县志》卷七《纪事志》：

> 国朝顺治二年乙酉九月，石马下吴万乾倡永佃，起田兵。本邑旧例：每租一石收耗折一斗，名为"桶面"。万乾借除桶面名，纠集佃户，号"田兵"。凡佃为之愚弄响应，初辖除桶面，后正租止纳七八。强悍霸佃，稍有忤其议者，径掳入城中。③

《石城县志》中的"国朝顺治二年乙酉九月"，实际上是指南明隆武元年（1645）九月，其时邻近瑞金的石城还未为清军所占领，仍在南明控制的范围内，因是清朝官修的志书，故不用南明隆武年号而径书清顺治年号。将上面的几则联系起来看，可知"田兵"起始于石城县，而蔓延至周边的江西和福建几个县。

---

① 陈燕翼：《思文大纪》，《续修四库全书》（第444册），第46页。
② 陈燕翼：《思文大纪》，《续修四库全书》（第444册），第58页。
③ 《（乾隆）石城县志》，《中国方志丛书》（华中地方第765号），第980页。

按照收租的通例，在收取租谷时，在原有的定额上要加收一定的损耗粮。如石城县的旧例是"每租一石收耗拆一斗"，也即定额为一石的租谷，实际要收一石一斗，其中加收的一斗是作为损耗而收取的。各地具体的收租法可能有所不同，但要加收损耗则是一定的。故宁化、清流的"以较斗为由"、石城的"借除'桶面'名"，组织"田兵"，可以说都是由田租问题而引起的冲突。发展到后来，如在石城、瑞金等县，则演变为使用武力抗租占田。

第四首"悯驿站"、第五首"愁檄羽"所写驿站的凋敝状况和上司对地方官频频发文紧急催征粮饷的状况，在当时的南明社会更具有普遍性，前文已有较详细的考析，这里不再赘述。

这里需要强调的是，方惟馨的这五首组词，除了作为"词史"的"征史"功能外，还具有"补史"的功能，能够像杜甫的"诗史"那样"推见至隐"，即朝廷所隐晦或缺乏记载的史事，也写入了该组词中。如第五首"愁檄羽"所写的"杨兵肆逆，库藏如烟"的状况就是这样。"杨兵"是南明隆武朝的官军，同样地对地方上造成了极大的破坏。而作为抗清主力的南明官军对地方社会造成极大破坏的史实，在涉及南明的史料中记载得是很少的。方惟馨词中所述可以弥补这方面的不足。

其次，我们从"词"也即文学的角度看，方惟馨的这五首组词是词学史上目前所见最早出现的真正具有"词史"意义的词作，不但洗净了明代中期以来以《花间集》《草堂诗余》为宗尚的艳词习气，开启了清代的"词史"之作，而且其词作词序与词正文相互结合、相互补充的"词史"创作形式，为清代的"词史"之作所接续。

第一，从有明一代的词史来看，明人学词作词，最大的仿效对象首先是《草堂诗余》，其次是《花间集》《尊前集》之类，其中明代最为流行的词集是《草堂诗余》，明代中期以来又加入了《花间集》，晚明时期又加入了《尊前集》。以《花间集》《草堂诗余》为写作的主要范本，造成了俗艳之词在明代的盛行，也造成了明词的"衰敝"局面。明代中后期的词作，要么是传统的香艳题材的强化和扩展，要么沦为世俗生活中应酬社交的工具，还有不少是抒写个人际遇的作品，在词的题材功用上虽然较唐宋词有了进一步的扩大，但仍然很少有深刻地反映社会现实特别是重大历史事件的作品出现。

明末清初的历史巨变，使词人能够直面现实，感事伤时的词作由此产生,出现了像陈龙正因崇祯十四年(1641)李自成军队进攻河南并攻占洛阳而作的《浪淘沙·道中闻河南有变》、徐石麒因崇祯十七年(1644)明朝覆亡而作的《拂霓裳》(望中原)以及吴易作于南明时期的《满江红·和王昭仪》《满江红·丹阳除夕道中》《满江红·姑苏怀古》《浪淘沙·临刑绝命》这样的词作。而方惟馨的《菩萨蛮》五首,正与这些感事伤时之作一起,突破了明代中期以来艳俗之词的创作传统,对清初词风多元格局的形成、清前期词坛的重大转向以至于清代词"中兴"局面的出现,都是具有导夫先路之功的。

第二,从现存的唐宋金元明清的千年词作来看,虽然在宋代以来尤其是南宋以来的词作中有数量不少的以史入词、以词纪事、寄寓感慨的词作,但符合以杜甫"诗史"为参照标准的"词史"之作,在方惟馨《菩萨蛮》五首出现之前,并没有真正产生,在此之后的清代虽有产生,其实也不多见,只是到了晚清才出现得比较多。因此可以说,方惟馨的《菩萨蛮》五首,是词学史上目前所见最早出现的真正的"词史"之作,开启了清代的"词史"创作。[①]

上文提到的吴伟业创作的《满江红·白门感旧》被曹尔堪评为"词史"之作,当今学界对吴伟业的"词史"之作也做了进一步的研究,但从所举的词作《风流子·掖门感旧》《贺新郎·赠柳敬亭》《满江红·蒜山怀古》《木兰花慢·话旧》《满江红·金陵怀古》来看,这些词作以怀古、话旧、赠别为题材,虽然有一定的纪事在里面,其实还算不上"词史"之作,[②] 即使是被曹尔堪评为"少陵称诗史,如祭酒可谓词史矣"的《满江红·白门感旧》,此词以"感旧"为题,所写的也并非像杜甫那样是"纪当时事",而是出于事后追忆,而且所涉史事(如清军占领南京、南明弘光朝的灭亡)也并非吴伟业亲身经历,因为在此之前两个月吴伟业已经离

---

① 近年来,随着对清代"词史"观念和意识之探讨的展开和深入,学界对于词史观念的发生和"词史"作品的出现有了一些新的探讨。一些学者认为南宋时期就有了"词史"意识的自觉,并且认为南宋前期的"中兴词",宋元之际文天祥、汪元量、刘辰翁的词和收入《乐府补题》中的词都是"词史"性质的作品。实际上,这不过是误读误解了"词史"观念的结果。这一问题因为涉及多位学者的论述,需要用较多的文字篇幅才能说清,拟另撰文章加以探讨。

② 刘萱:《吴伟业的词史观及词史创作》,《山西师范大学学报》2010年第2期。

开了南京①，其与杜甫以亲身经历记录反映重大事件的具有实录性质的"诗史"还是有很大区别的，也算不上严格意义上的"词史"之作。

明清之际，有许多词人参加了抗清斗争，有的在抗清斗争中献出了生命，如吴易、陈子龙、夏完淳、钱肃乐等，有的在抗清失败后隐居或逃禅，如万寿祺、曹元方、余怀、方以智、曾灿、来集之、金堡、王夫之、屈大均、陈恭尹等，还有一些虽未参加抗清但也在清亡后选择隐居，如朱一是、彭孙贻、贺贻孙等。他们的笔下，有些词作是涉及了明清之际的史事的，但要找出像方惟馨的《菩萨蛮》五首这样具有"词史"性质的作品，实在是很困难的。

具有"词史"性质的词作，在清中叶以后尤其是晚清才出现得较多，除了上文所举的已为丁绍仪、谢章铤、谭献等所品评的这些词作外，晚清道咸时期、光宣时期均出现了较多的"词史"之作。②

第三，方惟馨《菩萨蛮》五首，以小序的形式交代并纪录史事，在词的正文中用纪实的手法叙写史事，并寄托了自己内心的感慨。这样序与正文互相配合、互相补充，构成了完整的"词史"。这一形式的"词史"创作，为后来清中叶以后的"词史"创作所接续。

词前有序的形式产生于宋代，苏轼、辛弃疾、姜夔等宋词大家的许多词作都带有词序，词序已经成为词作的重要组成部分。宋人的词序中，有些词序交代作词的缘起和背景，其中涉及一些重要的历史事件。如刘辰翁的《六州歌头》（向来人道）词序为"乙亥二月，贾平章似道督师至太平州鲁港，未见敌，鸣锣而溃。后半月闻报。赋此"③，对于贾似道兵败鲁港的史实做了简要的记录。但这首词之所以笔者不视作"词史"之作，是因为序中的史实记录仅仅作为词作的写作缘起或背景出现，相当于"词本事"，而词作正文着重于抒发作者的感慨，对于事件本身是做虚化处理的。

① 据冯其庸、叶君远《吴梅村年谱》（文化艺术出版社，2007，第124页），可知吴梅村在弘光元年正月底已经"乞假归里"，而弘光朝覆亡是在该年三月。
② 相关研究见严迪昌《清词史》第四编第二章"道咸衰世的词史"，江苏古籍出版社，1990；巨传友《论临桂词派的"词史"精神》，《学术论坛》2007年第1期；卓清芬《王鹏运等〈庚子秋词〉在"词史"上的意义》，《河南大学学报》2010年第3期等。由于对"词史"认识的不同，这些研究成果中将许多主要以比兴、寄托手法表达历史大变动时期个体心灵感受的词作当成"词史"，但也确实发现了不少与杜甫"诗史"相接近的"词史"之作。
③ 刘辰翁：《须溪词》，上海古籍出版社，1998，第351页。

方惟馨的《菩萨蛮》五首则与此不同，序中交代写作缘起，涉及有关史实，词的正文也是以纪实的方式叙写史实为主，作者的感慨是通过纪实描写抒发出来的。

方惟馨所创作的这一"词史"写作形式，为清代中叶以后的"词史"所接续。如上文所举的陶樑《红豆树馆词》卷六中的《壶中天》，作于嘉庆十八年（1813），词序为：

> 首逆林清，潜伏京畿，以八卦教倡乱。癸酉九月十五日，命其党陈爽、陈文魁等进大内滋事。并勾结太监刘得财、高广福、阎进喜等内应。余以编校《全唐文》，在文颖馆，距西华门口近，数贼持刀突入，供事倪大铨、苏清、戴杰暨茶房李得俱被戕。家人骆升，因拒门，受伤最重。时贼方谋纵火，值雷雨大作，仰见云中关帝圣像，遂弃刀惊逸。是时禁兵入内者尚少，人情惶惧。设少缓须史，几难救挽。乃值急难之时，仰蒙神佑。克日巨魁授首，余党殄平，洵我国家亿万年之福也。余详见是年九月内上谕并史馆撰进林清、曹纶传中。

其词正文为：

> 刀光如雪，镇惊魂、一霎头颅依旧。秘馆校书，刚日午、猝遇跳梁小丑。义胆同拚，凶锋正锐，血溅门争守。狼奔豕突，半空霹雳惊走。　更遣飞骑讹传，款关谍报，匪党还交构。往事思量，成噩梦、差幸余生虎口。净扫欃枪，肃清辇毂，功大谁称首。神枪无敌，当今圣武天授。①

此词词序中详记八卦教（即天理教）教徒在宫中太监的内应下进入大内滋事并杀人事。其谓"贼方谋纵火，值雷雨大作"，当为实事，但云"仰见云中关帝圣像，遂弃刀惊逸"，当出于传闻（或出于被俘获之教徒审讯时所言）。此词正文则是在序文的基础上进一步叙写当时的史实，并抒发自己的感慨。词序与词正文互相补充、互相配合，正与方惟馨《菩萨蛮》五

---

① 陶樑：《红豆树馆词》，《清代诗文集汇编》（第507册），上海古籍出版社，2010，第585~586页。

首相同。丁绍仪《听秋声馆词话》卷十二评陶樑的《红豆树馆词》卷五、卷六"举生平境遇，自系以词。寓编年记事于协律中，实为词家创格"①，实际上这种创格并非始于陶樑，方惟馨的《菩萨蛮》五首即如此了。

晚清光绪年间张仲炘的"词史"之作也是如此。光绪年间，北方各地的义和团在清政府的支持下"扶清灭洋"，引发"庚子事变"。光绪二十六年（1900）六月，张仲炘自京南下，在赴天津的途中目睹八国联军与义和团作战后的惨况，作《浣溪沙》一首记录了当时的情景。其序云：

> 行次丁字沽，距天津只数里耳，为兵所阻。烽火连天，浮尸蔽河而下。傍惶五日，莫可复之。返棹北行，打桨寄兴。

其词正文为：

> 曲曲芳堤浅浅河。微风吹起万层波。橹柔无力奈伊何。　申浦潮黄鸥梦断，丁沽月黑鹤声多。明朝愁是雨滂沱。②

此词上片全为写实，下片"申浦潮黄""丁沽月黑"也为写实，"申浦"原是春秋时楚国春申君所开凿的沟通长江的江南水系，这里借指丁字沽所在的海河水系。海河之水直通渤海，回潮时潮水浑黄，故词中称"潮黄"。"鸥梦断""鹤声多"为实中有虚，"明朝"句为感慨语。该首词词序与词正文也是互相配合、互相补充。词序交代史事，词正文叙写史实并发出感慨。

虽然现在没有材料能够证明清中叶以后的"词史"创作方式是直接受到方惟馨《菩萨蛮》五首的创作方式影响的，但实际上两者之间的形式竟是如此相似。

作为明清易代之际的人物，方惟馨的声名不彰，其诗文创作也很少能够留存下来。如此一位人物，在通常的状况下，是会彻底湮没在文学史的长河中的。然而，他所创作的《菩萨蛮》五首，因为康熙以来历次修纂的《瑞金县志》所收录而留存于世。虽然清代历次官修的《瑞金县志》并不

---

① 丁绍仪：《听秋声馆词话》，载唐圭璋编《词话丛编》（第3册），第2722页。
② 张仲炘：《瞻园词》卷二，光绪三十一年（1905）刻本。

承认南明小朝廷的合法性地位，却仍然破格收录了在南明隆武朝短暂担任过瑞金知县的方惟馨的这五首《菩萨蛮》组词，究其原因，应当是这五首词有着与唐朝诗人元结的《舂陵行》一样的感事伤时、忧世爱民的情怀，具有直观的史料价值的缘故。虽然这五首《菩萨蛮》组词的文学艺术价值并不一定有多高，但其作为目前已知的最早的真正意义上的"词史"之作，具有较高的文学史价值。而其文学史特别是词史价值尚未为世人所认识，故作此文，以期引起学界注意。

（已刊《文学遗产》2017 年第 3 期）

从《诗法要标》看晚明诗法著作的生产与传播*

复旦大学中国古代文学研究中心　陈广宏

摘　　要　本论文从《诗法要标》这部诗法著作入手，考察其与王樗《诗法指南》、吴默《翰林诗法》的渊源关系及编法之差异。在印证香港学者邝健行教授提出的朱之蕃不是《要标》真正的编选者，《要标》可能由山人程途辑合成书说法的同时，尝试将这样的问题置于更为普泛的商业出版背景下，对元明诗法类著作的系谱，以及晚明此类著作如何被坊间利用已有公共资源加以编刊，以适应读者的市场需求做出梳理。其目的一是借此令文献学考察动态化，二是试图发掘其书籍文化史的价值与意义。

关　键　词　诗法要标　诗法著作　晚明商业出版

《诗法要标》三卷，钞本，题无障吴默、二曲王樗选集，兰嵎朱之蕃评，山人程途校；卷首有朱之蕃序，书末有程途跋。是书现藏韩国，韩国学者赵锺业编《韩国诗话丛编》（附中国资料卷）尝据以影印（卷首序页钤"赵锺业印""鹤山文库"）。赵锺业教授在其所著《中韩日诗话比较研究》资料篇"中国诗话资料"该诗法著作条下曾注曰："此书尚在于唯一钞本而已，笔者所藏。尝购之于书肆，其时不知是书之为唯一本。后考之，今中国亦无之。盖书成后朱使携来朝鲜而传之，在中国欲刊，但明末国势渐移，遂不果欤？故《序》有'付剞劂'之言而已，书则一无所

---

*　本论文为国家社科基金重大项目"全明诗话新编"（项目编号 13&ZD115）的阶段性成果。

传。”[①] 所谓“朱使”，即朱之蕃，万历三十四年作为正使出使朝鲜[②]。后邝健行教授撰《韩人钞本明代诗话〈诗法要标〉指瑕证析》一文，述20世纪90年代初中期曾多次到韩国忠南大学拜访赵锺业教授及其所捐鹤山文库，发现文库中尚有另两种该著钞本，谓当是《中韩日诗话比较研究》出版后入藏。该文考证三种钞本皆出自韩人手笔，同时指摘其多粗疏缺误，进而疑非朱之蕃编选[③]。

一 关于《诗法要标》的版本、编选者

如前所述，目前已知该诗法著作存三种钞本，皆藏韩国。赵锺业教授推测收入丛编一种或即朱之蕃奉使朝鲜日携入，应是当时未察其详；其疑是书在中国欲刊而不果，则不能说没有理由，迄今海内外尚未有刊本发现。邝健行教授据汉字韩式俗写、与中国不同的平仄谱式列法及目录书写方式等项，判断三种皆当韩人所抄，为我们提供了很好的思路与方法。从结论上说，因为本书乃以朱之蕃之名义相号召，无论否明其就里，韩人热衷于传抄，确有很大的概率[④]，况其本身皆在韩国出现。不过，邝先生在上揭论文的“余论”部分，疑心因朱氏为韩人所重，不排除“韩人编书，用他的名字以提高作品的声价”之可能[⑤]，或未免过虑。倒是邝先生早先所撰《韩国诗话丛编中明代诗歌散佚数据述论》一文，分析韩人可以用朱氏之名，却没有理由配上吴默、王槚、程逵诸人，推断合理，其实已经消除了这样的疑虑[⑥]。

今检得伍涵芳康熙间梓行《说诗乐趣类编》二十卷[⑦]，“因采古今名人

① 《中韩日诗话比较研究》，台北学海出版社，1984，第157页。

② 朱之蕃（1558~1624），字符介，号兰嵎，茌平（今属山东）人，著籍金陵。万历二十三年（1595）举进士第一，授翰林修撰。仕至吏部右侍郎，卒赠礼部尚书。著有《使朝鲜稿》《南还杂著》等。传详顾起元《通议大夫吏部右侍郎兼翰林院侍读学士协理詹事府事赠礼部尚书兰嵎朱公墓志铭》，《雪堂随笔》卷三（明天启七年刻本）。

③ 该文收入氏著《韩国诗话探珍录》，学苑出版社，2013，第113~131页。

④ 至今韩国犹珍存朱之蕃奉使朝鲜时为慕华馆牌楼题“迎恩门”、为成均馆题“明伦堂”之匾额等，亦可佐证。

⑤ 《韩人钞本明代诗话〈诗法要标〉指瑕证析》，《韩国诗话探珍录》，第129页。

⑥ 该文收入氏著《诗赋合论稿》，江苏古籍出版社，2002，第307页。

⑦ 康熙四十年华日堂刻本。伍涵芳，字芝轩，於潜（今属浙江临安）人。康熙丁卯（1687）浙江乡试第一。《四库全书总目》“集部诗文评类存目”著录其此著。方苞《望溪集》外文卷四收录《伍芝轩文稿序》（代）。

诗话，择其雅驯者分类编之"①，辑为四十一门，其中卷一"体格门"所列
"近体用字""绝句作法""题目章法""律诗法则""句法""情景兼者为
上"六则，皆标引《诗法要标》②。乾隆年间，有萧山蔡钧所辑《诗法指
南》六卷，又录此《要标》六则。其《自序》云："爱采诗家各体暨古今
名人诗话，并检先大父《近轩偶录》、叔祖《梅庵笔记》诸书，分类编之，
为子弟初学津梁。"③ 同样是杂采历代诗话、笔记、诗格、诗法之作，编为
指授习诗之蒙学书，且蔡氏此著另录有伍芝轩诗论三则，按理说，此相同
条目的六则《要标》文字当据《说诗乐趣类编》而引，然其间亦有启人疑
窦处，如《乐趣》"绝句作法"条已删略钞本《要标》"论律诗绝句"中
"句绝而意不绝"一句，蔡氏《指南》却仍保留此句。无论如何，以上二
本摘录可谓《要标》至少在清代盛期有所流传之铁证。尽管尚无法确定所
传即刊本，然此类书原本出于商业出版的目的，今中土不存未必意味着当
初未梓行，如日本内阁文库藏《翰林诗法》即可为例证。

　　稍加比勘，伍氏《说诗乐趣类编》所录《要标》文字，较之赵锺业教
授影印之钞本，似显精善。"绝句作法"条，较之钞本"论律诗绝句"虽
有节略，然"宫商自谐"之"谐"，钞本误作"诺"，而《乐趣》同《要
标》所据之王槚《诗法指南》，不误；其例诗《宫词》"错教人恨五更风"
之"恨"，钞本误作"唤"，《乐趣》亦不误。"题目章法"条，较之钞本
"诗有题目章法"亦有节略，如略却杜诗《堂成》之诠解，然其中"自本
自支"，钞本误作"有本有支"，《乐趣》同王槚《指南》，不误。"情景兼
者为上"条，对应钞本"论情景虚实"一则，其中引前人诗句曰"如
'露从今夜白'"，钞本"如""露"倒乙；"长拟即见面"，钞本"即"误
作"仰"，《乐趣》皆不误；"但以情结之"以下，《乐趣》所录尚有"变
格也"三字，而钞本无；"故曰融情于景物之中、托思于风云之表者难
之"，钞本"物"与"之中"倒乙，《乐趣》所录正确。综上，虽说不排
除伍氏自己勘误之可能，但此钞本有其所本毕竟是常理，尽管我们今天尚
未寻获。蔡镇楚教授编纂《中国诗话珍本丛书》亦收入此本钞本《诗法要

---

① 杨军校注《说诗乐趣校注》卷首《自序》，收入程千帆主编"明清文学理论丛书"，齐鲁
　书社，1992，第8页。
② 见《说诗乐趣校注》正文第1~5页。
③ 蔡钧：《诗法指南》卷首，乾隆戊寅（1758）年序刊本。

标》，卷前题作"明吴默、王樨辑，明稿本"①，显示了于编选者、版本皆有他自己的认真思考与判断，唯定为"稿本"尚须有证据证实，不然文本中众多疏误恐难解释。

总之，有关《诗法要标》的版本问题，诸如所存三个钞本的时代、抄写者乃至相互关系，究竟是否有刊本梓行，伍氏《乐趣》、蔡氏《指南》引《要标》文字之所据，皆尚有进一步求证的空间，当然，亦有待于任何相关资料的发现。

在更早的时候，如邝健行教授另文所撰《韩国传本明人朱之蕃〈诗法要标〉序跋读后》，已经发现《诗法要标》"序"与王樨《诗法指南》"题辞"有太多相同处。同样，《诗法要标》之程逵跋语与该《诗法指南》"题辞"及"引"之间亦复如此。这样一种文字上的袭用，以及呈现出的文意窒碍，令他不得不怀疑，朱之蕃不是《要标》真正的编选者，《要标》可能由山人程逵辑合成书。② 这样的推论有其依据，颇为可信。略可补充的是，此种剽剥割裂、改头换面之作为，乃典型的商业出版手法，所谓山人程逵，很可能正是操作是书出版的书商。

我们首先来梳理所谓朱之蕃序的由来。事实上，作为蓝本的王樨《指南》"题辞"，并未如《要标》"序"这般堂而皇之地大书"秣陵朱之蕃撰"落款，然其文内所述人事，确可令其中并不醒目之自称"蕃"者，得以落实即朱之蕃其人。

《指南》"题辞"中涉及一关键的中介人物，即所谓"存吾刘公"，此人既是编选者王樨的"门下士"，又是"上元父母"，而与题词者"蕃"有所交往——"政事之暇，寄兴风雅，出先生所为《诗法指南》见示"③。检相关方志，知此"存吾刘公"即刘一佺（一作"全"），存吾为其字（一字"修初"），与王樨同为鄠屋（今属陕西）人④。其为上元令，见嘉庆《重刊江宁府志》卷二十二所载（道光《上元县志》卷五将其名误刻作"刘一金"），然仅录为"万历间任"，并无具体年份。乾隆《鄠屋县志》卷八"人物"云：

---

① 《中国诗话珍本丛书》（第13册），北京图书馆出版社，2005，第549页。

② 参详氏著《韩国诗话探珍录》，第103~112页。

③ 《诗法指南》卷首"刻诗法指南题辞"，载周维德集校《全明诗话》（第3册），齐鲁书社，2005，第2411页。

④ 参见《（乾隆）鄠屋县志》卷八"人物"、《（乾隆）汾州府志》卷十一"宦绩"等。

　　刘一全，字修初，万历丙子举人。选临晋谕，躬行率士，升马邑
知县。以循声调赣榆、上元，内擢部郎。出为常德、汾州知府。历滇
南兵备、晋参政，以权珰擅政求去。今崇祀乡贤。①

叙其仕历甚详。嘉庆《海州直隶州志》卷四"职官表"，载刘氏万历二十
一年任赣榆县知县，则可推知其任上元县知县的时期，很可能在万历二十
四年至二十七年。

　　再看朱之蕃的经历。朱氏原籍茌平（今属山东），著籍南直隶锦衣卫
（今属江苏南京）。万历二十三年举进士第一，自是其声名大噪之机。据顾
起元为朱之蕃所撰墓志铭，是年四月授翰林修撰；万历二十五年丁酉，其
父杜村公即世，"公奉太宜人匍匐南归"②。以三年之丧计，《指南》成书
付梓日（王榗《诗法指南引》、焦秀实《诗法指南后跋》皆署"万历己亥
春"），朱氏恰丁忧家居，刘一佺作为上元父母官，请相与交游的本地清
望为其师所著题词，自有其机会。

　　据《要标》卷端题署以及题朱之蕃序"偶检笥中二帙，得二曲王先
生、无障吴太史汇诸言诗法，间出己意删定增选"，可知书中内容实据王
榗、吴默之诗法著作编选而成。王榗《诗法指南》二卷，为万历二十七年
蕴古堂刊本；吴默所编，题《新镌吴会元增订翰林诗法》十卷，为万历二
十八年序刊本。既如此，《要标》剽剥《指南》之"题辞"及"引"攘为
己有，似不足为奇。且其编者与《指南》编者可谓同时代之人，于所盗用
自然心知肚明，干脆大张旗鼓以近科状元朱之蕃作招牌，亦顺理成章。由
序中并不高明的叙事观之，操刀人在剽剥《指南》"题辞"之余（可参看
邝健行教授上文之比对分析），有意假朱之蕃之口，安置自己出场，所谓
"会有程山人者，寄兴风雅，见案牍是编，津津云：'斯帙虽谭及有法，而
法无所法之旨跃然以呈。'"③略易数语，即将《指南》"题辞"中关键的中
介人物改换成自己，还顺手窃取朱氏之句，其伎俩不可不谓妄诞。同样出
于商业出版的营销策略，如果说，身为新贵的朱之蕃受刘一佺之托，为前
辈王榗所编诗法题词，属锦上添花之举，那么，《要标》则全然是虚假其

① 清乾隆五十八年补刻本。
② 《通议大夫吏部右侍郎兼翰林院侍读学士协理詹事府事赠礼部尚书兰嵎朱公墓志铭》，《雪堂随笔》卷三。
③ 《诗法要标》序，《诗法要标》卷首，《续修四库全书》本。

名，因程山人本人尚无任何号召力，而该著所据编辑的吴默、王樗之诗法
著作自有其版权，故作意假托朱之蕃赋予其"评""选"之重任，指望别
立帜志招徕生意。

其次，我们再就程迤其人略做考察。书中可获线索，仅《要标》"跋"
末署"新都人"，故此疑为晚明颇为活跃的徽州书商。循此查检相关传记
资料，仅搜得如下一条疑似材料，见乾隆《绩溪县志》卷八"乡善"
（明）：

> 程迤，字履慕，市中人。诸生。博学善诗，以孝友闻。尝建石
> 桥，蠲积负。①

除姓名、籍贯及"博学善诗"而无更高功名、饶财诸项颇合外，并无其他
证据可助完全坐实。这也不奇怪，晚明大量自由职业者或生员，原未必能
有更多材料留存下来。在尚未获得其他更为确凿的证据之前，姑存之以为
参考。值得注意的倒是姚际恒《好古堂书目》"子部"著录的一条："《警
语类抄》八卷八本，（明）程迤。"② 此类警语隽句"类抄"之纂辑，亦为
典型的商业出版物，故"制作"此书者与《要标》实际编选者为同一人的
可能性更大。

二 《诗法要标》之取资与编法

既然《诗法要标》明言是书乃据王樗、吴默之诗法著作"删定增选"
而成，我们的考察自应由此着手，看看是否如其所言，而作为商业出版，
编者究竟如何利用这两种材源。在这方面，香港城市大学的董就雄博士已
着先鞭，于2011年发表了《〈诗法要标〉诗法来源述论》一文，将《诗法
要标》与王樗《诗法指南》、吴默《翰林诗法》二著做了相当细致的较
析。简要说来，其一是从目录及内容的比对得出，《要标》卷一至卷二
"哭挽诗法"条主要见于《指南》及《翰林》，但以见于《指南》者较多；
卷二"哭挽诗法"条后之"诗学禁脔"条至卷三全卷则主要见于《翰

---

① 清乾隆二十一年刻本。
② 清抄本。

林》，其内容俱为《指南》所无。① 又就《要标》内容之见于二著者按六类情况分条统计：主要见于《指南》，而《翰林》亦有，但《指南》内容较多者，计十三条；分见于《指南》及《翰林》者，计三条；见于《指南》但文字有异，而《翰林》所无者，计七条；与《翰林》全同，而《指南》所无者，计十一条；见于《翰林》但文字稍异，而《指南》所无者，计七十九条；见于《翰林》但内容、文字大幅减少，而《指南》所无者，计二十条。② 其二是总结出《要标》以《翰林》为主、《指南》为辅，新增二书所无内容，删减二书原有内容，并合二书内容以及檃括或改写等五种采编方法。③ 其按该著实际条目计，《要标》全书共一百二十五条，有一百零三条出自《翰林》，二十二条出自《指南》（所计并分至各卷）。④ 毫无疑问，如此基于量化的条分缕析，不啻检证了《要标》题署及所谓朱之蕃序的说法，亦相当具体地展示了由此观察到的是书取用王、吴二著的分布状况及其分量。

不过，这或许仍是一种静态的考察办法，实际情形可能远为复杂。如果我们将这三部诗法著作看作相互关联的文本，并且置于整个明代诗法著作的生产与传播环境，那么就须进一步追问，三者间除了局部的材源关系，还构成怎样的关系，其编纂方法、体例各呈现怎样的编者意图与时代特点，并如何体现这种构成关系。更为重要的，考虑到如《指南》《翰林》同样是一种诗法汇编之作，它们所利用的又是什么资源？是否有可能借此清理这个时代承前代诗格、诗法著述而累积的公共资源谱系？

基于上述考察目标，本文对此三部诗法著作重新做了比勘，尤从体现编者主观动机的编法角度探究《要标》与《翰林》《指南》间建立起的联系。因为诸如此类的诗法汇编，基本上皆利用前代相关著述辑成，既然绝大部分资源是共有的，那么，如何编纂才成为关键所在。需要指出的是，作为商业出版的特点，编法往往首先体现的是营销策略，其次才考虑到指导诗歌作法的进阶与效果。由此我们发现，事实上，《要标》依据或谓窃取《指南》处，较之《翰林》要多得多。或许可以这么说，就其编法、编例言，《要标》主要取法《指南》——其前一卷半，无论构架抑或内容大

---

① 刊载于韩国渊民学会编《渊民学志》（第 16 辑），2011，第 297 页。
② 刊载于韩国渊民学会编《渊民学志》（第 16 辑），2011，第 298～308 页。
③ 刊载于韩国渊民学会编《渊民学志》（第 16 辑），2011，第 309～325 页。
④ 刊载于韩国渊民学会编《渊民学志》（第 16 辑），2011，第 310 页。

抵皆承《指南》而来，唯细部颇有取《翰林》者以避抄袭之嫌；后一卷半虽几乎全取资于《翰林》，然仍循《指南》之编例，将前人指导初学者之诗格及作诗原理、宜忌等，直接取二级标题以类相从编次。详情如下。

《要标》卷一基本上从《指南前》来。起首"诗学正源"条，大抵承《指南》。《指南》当据《诗法家数》之"诗学正源"略作删改①，《要标》则又据《翰林》予以复原，并一直录至其下"作诗准绳"（此部分前半又据《指南》抄入"诗学正义"文字录入，因《指南》仅录至"琢对"；后半复据《翰林》录入，与《诗法家数》不同，"押韵"条在"下字"条后）。"对至于得意处，则又对意而不对句矣"句以下至结束，系由《指南》"诗学正义"条移入此条，而《指南》当据《文式》引严羽"音节"条、《诗法源流》论一诗之赋比兴段穿插辑成。②

"诗学正义"条，除去已移至前条"若夫立意"至"切忌俗对"一段，仍承《指南》（其中"突兀"作"平直"同《指南》，而无"或就生结意亦可"句，及末句作"言有尽而意无穷"又同《翰林》，最后改《指南》"此其大略也"作"此诗之正义也"）。《指南》则系抄撮《诗法源流》《诗法家数》而成，标题当在《诗法家数》之"诗学正源"影响下自拟。"夫作诗有四字"以下至"合处必至匮竭矣"，节抄自《诗法源流》论起承转合段③；"起承二句固难"以下，据《诗法家数》"绝句"条④；"以律诗言之"以下，据《诗法家数》"律诗要法"之"破题""颔联""颈联""结句"诸条⑤。

"诗有平仄"条，承《指南》，唯例诗诗题有缩略，如刘禹锡《自朗州至京戏赠看花诸君子》作《戏赠看花》。《指南》此条则据通行之律诗体式、口诀编成（费经虞《雅伦》卷十"近体入门法"标引《指南》"平对仄，仄对平"口诀⑥，实由来已久），并示诗例，略作诠解。

"诗重音节"条，系据《翰林》卷一《翰苑诗议》引王世贞所论增

---

① 参见张健编著《元代诗法校考》，北京大学出版社，2001，第15~16页。
② 分别见陈绎曾《文式》卷上（明刻本），张健编著《元代诗法校考》，第244页。
③ 张健编著《元代诗法校考》，第241~242页。
④ 张健编著《元代诗法校考》，第23页。
⑤ 张健编著《元代诗法校考》，第17~18页。
⑥ 清康熙四十九年刻本。

入①，此点邝先生《韩人钞本明代诗话〈诗法要标〉指瑕证析》已经指出。《要标》如此编排，应略动了一番脑筋。诗例略其诗题，所引前贤诸说亦略。然其下"句重对偶""近体中虚活字极难"条标题皆未单列，目录亦未标列。

"论律诗绝句"条，承《指南》"诗有律诗绝句八句为律四句为绝"而略改标题。《指南》系据《诗法源流》论绝句、《诗法家数》"绝句"等辑成②，并以诗例诠解。

"诗有题目章法"条，承《指南》，然解说有删减句例处。董就雄博士已指出"又须百炼成字，千炼成句"（原出《皮子文薮》）为《要标》所增。此条尚未寻及出处，其以杜甫《堂成》等二诗为例详加诠解，疑出前代杜诗评著作③。《雅伦》尝标引《指南》"章之明洁"至"则又在乎意匠之经营耳"④。

"论句法对法"条，承《指南》"诗有句法对法"。《指南》系据《诗法家数》"律诗要法"之"五言七言"条⑤。《指南》其下"诗联准绳"诗例悉数删却。

"论情景虚实"条，承《指南》"诗有情景虚实"，亦参《翰林》卷一"明宗伯瞿景淳曰"，除"言苟无法驻之，易入流俗"句同《翰林》，余多同《指南》。

"诗有内外意"及以下二十条，至"诗有物象比"，主要据《翰林》卷二插入，系《金针集》全部内容。《要标》"诗有内外意"条亦参《指南》，虽未采《指南》所加例诗，然"初学者必须知此，然后可以学诗"亦《指南》所加，《要标》保留其"初学者必须知此"句。

"诗有明暗例"条，既承《指南》，亦参《翰林》。原出《木天禁语》"六关"末，所列诗例为《黑鹰》《双鹭》《白鹰》《鹧鸪》⑥。《指南》易为《双鹭》《双松》《鹧鸪》《鹊》，《翰林》自然同《木天禁语》，《要标》

---

① 见陈广宏、侯荣川编校《稀见明人诗话十六种》上册，上海古籍出版社，2014，第390~391页。
② 分别见张健编著《元代诗法校考》，第255、23页。
③ 仇兆鳌注《杜诗详注》（第2册）卷九《堂成》诗末注中，此段文字被略作改易写入解题，中华书局，1979，第735页。
④ 费经虞：《雅伦》卷十六。
⑤ 张健编著《元代诗法校考》，第19页。
⑥ 张健编著《元代诗法校考》，第179~180页。

则为《双鹭》《黑鹰》《白鹰》《鹧鸪》。末段解说系出《指南》，然《要标》用以说明诗题已换。以下"起句式""结句式"亦出《木天禁语》（作"起句""结句"），《指南》略却，《要标》系据《翰林》录入，末句有删略。

"诗有字眼"条，承《指南》，有删略。《指南》当据敖英《唐诗绝句类选》卷一"吊古"王建《绮绣宫》眉评①。

"诗有着题泛说"条，承《指南》，有删略。此条亦见《翰林》卷十《诗教指南集》，然《指南》较《翰林》解稍详并增诗例。

"诗有浅浅语"条，承《指南》"诗有浅语"。《指南》当据敖英《唐诗绝句类选》卷三"时序"张籍《秋思》眉评，另辑丘濬诗语一条。

"诗法口诀"条，承《指南》。《指南》据《诗家模范》②。

"诗有体志作者须辨别详明"条，《指南》无，系据《翰林》卷一《翰苑诗议》引王世贞所论增入。原出《文式》卷上，系皎然《诗式》"辨体有一十九字"例证。

《要标》卷二仍可谓基本从《指南后》，直接以二级标题编列《诗法家数》（《杨仲弘诗教》）"荣遇"诸条（同《西江诗法》本，题作"荣遇诗法"等），亦参酌《翰林》所录。其后则据《翰林》所录《诗学禁脔》《木天禁语》编列诸诗格。

"荣遇诗法"条，"学者熟之，可以（一）洗寒陋"，系据《翰林》补入，不同于《指南》自加之"录之于左，以为初学法，则……"余诗例诠解等皆承《指南》，然亦略有增删改易。如王维和早朝诗诗题节略；诗末小字注"气象阔大，音律浑厚，句法典雅，运用守清"，与"赋也"后"诸公唱和，此当为首"，《指南》无；改《指南》苏颋奉和应制诗末注解"盖神品也"作"诗之品也"。

"颂美诗法"条，承《指南》"诵美诗法"，《翰林》所录《杨仲弘诗教》为"赞美"，在"咏物"条下。"大抵颂德贵乎实"下，《指南》删略其余而加"拟人必以其伦故也"作结，《要标》袭之。亦略有增删改易处，如改李燧（憕）《酬郭给事》诗末注解"凡言兴仿此"作"余仿此"，"结句叙情"作"终句叙其情"。杨巨源《酬于驸马》诗末小字注"清意俱

---

① 敖英编，凌云补辑，明末吴兴凌氏刻三色套印本，中华再造善本续编。
② 仅见于朱权《西江诗法》，载吴文治主编《明诗话全编》（第 1 册），江苏古籍出版社，1997，第 568 页。

到"，《指南》无，《指南》此诗注解"此诚可为诵美诗法耶"略作"可诵法也"。删《指南》李白《少年行》后韩翃《赠张千牛》一诗，诗末小字注"赋也"后加"得颂美意"，系移《指南》被删诗后所注"二诗得诵美意，故录之以备参考"而删得之。

"讽谏诗法"条，除"触物感伤"从《翰林》（《指南》"物"作"事"），余皆承《指南》。如"或犯（托）物以陈谕"以下，《翰林》所录《杨仲弘诗教》有"以通其意"，《指南》删，据《西江诗法》本接"务要动得人主，回得天意，方是作手"，《要标》从之，以下"观汉魏古诗"数句则删。其他于《指南》有所增删，如删张谓《杜侍御送贡物戏赠》；李白《清平调词》诗末注解"词中以巫山妖梦、昭阳祸水入调，盖风之也"，略作"词中之意，讽之也"；钱仲文《暮春归故山草堂》诗末注解仅录至"不落色相"；戎昱《移家别湖上亭》诗末注解录至"而所居交情亦（良）薄矣"；《华清宫词》诗末注解"尝爱谢迭山《蚕妇吟》云……合而观之"，删其引诗，略作"此诗与《蚕妇吟》合而观之"。

"赠行诗法"条，承《指南》。《指南》与《翰林》所录《杨仲弘诗教》"赠别"字句上有不少差异，且《翰林》此条在"征行"条下。其增删改易《指南》处，如例诗《送浙西李相公赴镇》诗末注解"用事比李公之贤"作"用二人事比二公之贤"，"末联以公孙弘开阁之事，翻空结之，其望引荐之意至意"，略作"末联以开阁之事，翻空结引荐之意深矣"；删《送元二使安西》注解末"唐人别诗，此为首唱"句；删许用晦《谢亭送客》；删韦端己《送客》诗末注解所举袁海叟《题李陵泣别图》诗；删韩君平《送客贬五溪》及刘长卿《送李判官之润州行营》以下十首。

"登临诗法"条，承《指南》。《指南》题作"登临留题诗法"（同《西江诗法》本），《翰林》所录《杨仲弘诗教》"登临"在"讽谏"条下。唯于《指南》例诗删杜牧《九日齐山登高》以下六首、李拯《退朝望终南山》以下十三首。

"咏物诗法"条，承《指南》，《翰林》所录《杨仲弘诗教》"咏物"在"赠别"条下。于《指南》例诗删王贞白《洗竹》、李远《失鹤》、曹唐《勘剑》及李白《春夜洛城闻笛》四首。

"宫词诗法"条，承《指南》，《翰林》所录《杨仲弘诗教》无，或为

《指南》编者所增①。于《指南》例诗则删李益《宫怨》以下八首。

"赓和诗法"条，基本承《指南》，然如"以其意和之"，同《翰林》；"雄健壮丽之语"之"壮丽"，亦据《翰林》补。删略《指南》所举杜甫、岑参、王维句例，末句"学者宜留心焉"亦删。

"哭挽诗法"条，承《指南》，与《翰林》所录《杨仲弘诗教》文字略异。其于《指南》例诗，如柳子厚《同刘二十八哭吕衡州兼寄江陵李元二侍御》略作《哭吕衡州》，下首刘梦得《哭吕衡州》作"又"，删李颀《题卢五旧居》以下五首。

以下据《翰林》卷七，接《诗学禁脔》所列诗格。删《翰林》所录《诗学禁脔》首段题识并目录（杨成《诗法》本此识语置于篇末）。诗题、格名同《翰林》，然"颂中有讽格"等加"格"字又同杨成本。内容亦有删改处，如《上裴晋公》诗末注解"尊任之隆"，"隆"作"重"；"见唐之衰气象"，略作"见唐衰"。《三月三日泛别》诗末注解"'复如何'，问之之词；'闻道'乃答之之词"删，"烟景已晚，有俯仰兴怀之寓也"略作"烟景晚，有兴怀"。《子初郊墅》诗末注解"亦欲卜邻于其间，有悠然源泉之意，此乃诗家最妙之机也"，仅删略作"欲卜邻其间"。《写意》（四句立意格）、《感事》（物外寄意格）二诗倒乙，《感事》诗末注解中"不与上联相接，似若缓散，然诗之进退正在里许"删略。《江陵道中》诗末注解"则全篇之旨趣，如行云流水，篇终激厉"略作"则全篇旨趣如一意矣"。《送元源中丞赴新罗国》略"赴新罗国"，故诗末注解中"初句以殊方指新罗也"亦删；"落联"以下四句脱略，"节奏高古"下三句又脱略。《惜春》诗末注解中"颈联上句言芳时往矣，不可再得"脱略。

以下据《翰林》卷四，接《木天禁语》"七言律诗篇法"。《木天禁语》谓广李淑《诗苑》为十三格并列目，其中"中断"一格未单独举例，而是于"数字连序"格后小字注"中断在内"。而《诗法要标》删却《翰林》所录《木天禁语》首段题识并目录及"数字连序"下小字，遂使十三格变为十二格；其格式又照怀悦《诗家一指》本、史潜《杜少陵诗格》本，前五格后标"格"，后七格后标"体"，且列于诗题后，与《翰林》不同。又删"二字贯穿"下小字注"三字栋梁在内"、"后散"下小字注"二字贯穿在内"，而"三字栋梁格"误刻为"一字栋梁格"。

---

① 《雅伦》卷十二引"唐人作宫词"至"失风人旨矣"，作"王贾（樻）云"。

《要标》卷三几乎全然取材于《翰林》，然并非如其据独立成书的诗法著作编次，而是仍同前例，据诸书二级标题所录，尤以数字标示法标目者加以类编。

首"十科""诗有四则""诗法二十四品""诗法一指""诗法三造"等条，据《翰林》卷六《诗家一指》，标题略有变易。其中"诗法一指"，系《诗家一指》卷首一段移此。"三造"原题下小字注"三段中分关键、细义、体系"删；所录内容有大段删略，如"诗贵入门之正"段至"后即取诸名家熟参"，删以下数句，自以"斯得之也"作结；"诗，性情也"一段删，"学者虽熟看古人"及以下十段删，"诗以意义为主"及以下五段删；末段"诵诗须沉潜讽咏义理"，系取"普说外篇"中晦庵论诗一段。

"眼用实字"至"不对之对"条，据《翰林》卷八《沙中金集》上。诸条五七言句例众者，一般仅各录两例乃至各一例，余删。"眼用响字""拗句换字""扇对格""颔联不对"题下引证有删略改易。"眼用拗字""句中对""交股对""借韵对"题下引证删。删"律诗不对"条。"颈联不对"条，唯《翰林》作"颈"（据《天厨禁脔》当仍作"颔联不对"），《要标》于所引杜诗例特将颔联、颈联调换。

"押虚字"至"五言绝句失粘"条，据《翰林》卷九《沙中金集》下。诸条句例众者亦有删略。"流水曲（句）"题下引证有删略。"失粘句""引韵便失粘"两条被并作一条，"二联失粘"移置"四联失粘"后，"三联失粘""四联失粘""二三联失粘"例诗皆仅举首句，下作"云云"。

"诗有三偷"条，据《翰林》卷十《诗教指南集》"偷用古诗"一条插入。

"诗家最难（得）者气像"引论并以下十气象，据《翰林》卷一录"明司寇王凤州曰"（《木天禁语》"气象"列有十目），引论中"此会题而通之"并以下数句删，前句"又会题而通之"被删略后，以小字补于末。标题中"××气"均改作"××气像"。例诗稍改格式，以与本书大多引诗统一。"七曰江湖气像"，例诗张继《枫桥夜泊》仅录首句，小字注曰"此诗已载前"；"十曰武弁气像"，例诗《塞上曲》三首录前二首。

"总论"条，系自《指南后》移入，出自《诗家模范》末段。①

---

① 张健编著《元代诗法校考》，第421页。

"诗不越赋比兴"至"题赶茧"条，据《翰林》卷十《诗教指南集》。
例诗格式稍有变异，诗题下赋比兴之案断移至诗末作小字注，句中小字注
删。"弹绵诗"前标题"小题大做"删，移入"题赶茧"末二诗总批中予
以改写。

"名公雅论"条，据《翰林》卷三《严沧浪诗体》，唯十病、十美目
前"揭应奉云""虞待制云"删。

"作诗用韵"条，据《翰林》卷十《诗教指南集》首条，唯其末《要
标》编者加"故诗韵附辑要于后，以便学者之吟诵云"，虽未见实有附录，
可示编者以此条作结意。

之所以如此不惮琐屑地将《要标》与《指南》《翰林》重新核对一
遍，并将其依据及编辑的细节一一标示出来，当然是希望比较直观地揭示
《要标》是如何利用二著"制作"出来的。我们看到，《要标》编者并未
逸出二著之范围，即轻易编裁出又一部诗法汇编著作，所谓"间出己意删
定增选"，用在这里简直无懈可击。其取用二著材料确实颇费心机，往往
你中有我、我中有你又似是而非，或许个别之处也不能说没有编者自己的
话语或意见，然归结到其编纂意图，则完全出于商业出版的现实考虑。一
方面，以一种效益最大化之原则，追逐满足极为庞大的阅读市场对于诗歌
作法需求所带来的利润，如此"拿来主义"地剽剥割裂最新两部诗法汇编
著作，可谓制作成本小而且快捷、高效。另一方面，剩下的唯一问题便是
如何规避版权纠纷，所使用的种种看似繁复混杂的编纂法，包括袭意类
仿、切割置换、增插删改等，实质上皆为在一定的时间与效益前提下稍作
改头换面，消除些许抄袭的痕迹。当然，在其选定巧取或仿袭对象的同
时，应该说，编者已经具有营销的定位及策略。这是晚明商业出版的常
态，只不过这一部诗法著作较为典型而已。

三 《诗法指南》《翰林诗法》的材源及编纂特点

《指南》《翰林》二著当然也是商业出版的产物。如前所述，《指南》
为万历二十七年蕴古堂刊本，蕴古堂为南京之书坊，而应邀作序题拂者，
恰为万历二十三年（1595）乙未科状元朱之蕃；《翰林》为万历二十八年
序刊本，署"会元无障吴默集书林泗泉余彰德梓"，则为建阳著名书坊主
操作，直接标举的招牌即万历二十年（1592）壬辰科会元吴默。二著的出

版日期如此接近，我们或可据此类书籍出版之频密，窥测那个时代的市场需求。

《指南》之编者王㮏，亦有相关事实可辨。"终南野叟藻洲焦秀实"万历己亥春撰《诗法指南后跋》曰：

> 渭阳君自垂髫称颖拔，博稽群籍，雅好声律。每有所作，即以示余，传播里中，同志者共奇之。岁癸酉，君以礼经魁三秦，禄仕晋庠，晋秩邑侯。曾著有《宦游稿》，脍炙人口久矣。解组归田，优游于山水林壑，日惟诗书，而唐人诸体，评品甚精。①

《全明诗话》据此撰成提要，然言"万历五年（一五七七）以礼经魁三秦"则误②。按，癸酉实为万历元年（1573），乾隆《盩厔县志》卷十四谓"后癸酉科，赵（而守）以麟经举第一人，㮏以礼经举第五人"③，又雍正《陕西通志》卷三十一云："万历元年癸酉科王㮏，盩厔人。浮山知县。"④均为佐证。又据后者可知王㮏仕至浮山知县。据乾隆《汾州府志》卷九，"宁乡县教谕王㮏，陕西盩厔举人"⑤，知"禄仕晋庠"，即为宁乡县教谕。至于焦秀实，乾隆《盩厔县志》卷七"封赠·明"载："贡生，以子蕃贵，赠奉训大夫。"知为邑中先达。

《指南》设定的读者是初学诗者，欲导引之入作者之门。说起来，编者乃由一己之学诗经验，所谓"及诸名家诗法出，余益莫知所适从"⑥，而试图删繁化简，另辟蹊径，令初学者能有所得。据上举王㮏该《引》，其要在于：一是认识到学诗不必先拘于格式之学；二是所编故不从其格，而唯取其说之近体者录之；三是选唐诗一二以证之；四是诗之下又有诠解，意在分其经纬，别其情景，详其虚实，辨其事意。所述进路、取材及编纂方法甚为明晰，重点则在后两条。当然，此类自陈未必不是营销宣传手段，不过，至少我们从《要标》卷二后半，不明就里地于《指南后》接入《翰林》所录《诗学禁脔》《木天禁语》之种种诗格，还是可以反观《指

---

① 周维德集校《全明诗话》（第 3 册），第 2460 页。
② 《全明诗话》（第 1 册）"前言"，第 40 页。
③ 清乾隆五十八年补刻本。
④ 清雍正十三年刻本。
⑤ 清乾隆三十六年刻本。
⑥ 王㮏：《诗法指南引》，载周维德集校《全明诗话》（第 3 册），第 2412 页。

南》编者的某种守持。

其所取材，如前已分析的，无非是《诗法家数》《诗法源流》《木天禁语》《诗家模范》等常见元代诗法论述，可以说，均来自明前期以来刊传的各种诗法汇编著作。在编法上，与之前这些汇编著作较多按独立成书的诗法著述收录编次不同，其已是全然据己意拆散重编，以原有二级标题为单位，杂采众说，凭臆增损，不复注明出处。

作为一本集实用性与普及性于一身的入门书，编者当然并非无所用心。既然欲以教示诗歌作法常识取代如同描红一般的格式之学，那么其编排，至少在效益最大化的前提下，看上去还大抵有一个循序渐进的逻辑。《指南前》首列"诗学正源""诗学正义"，所谓"入门须正"，说起来是以"诗六义"示诗学宗本，以起承转合示作诗关键及体式结构，此可视为习诗总义。以下无论平仄、律绝体式，还是题目章法、句法对法，皆关近体诗体制之基本质素；至若情景虚实、内外意、明暗例、字眼、着题等，则其所绍介知识似又进入表义层面的诗歌修辞法。《指南后》将"荣遇""诵美"等若干必备的情景诗法辑入并加以示范，从习诗的立场来说，或有助于因事立题、随境所宜之完形演练，应该也算更进了一层。总之，这是一种法要的编纂法，材料并不难得，关键是编者采用何种定位及构设与之前的诗法编著标异。更为重要的是，这位"雅好声律""而唐人诸体，评品甚精"的退休官员，更愿意用一种例解法来做这种诗学普及的工作，尽管选录的唐诗多有前人已用之现成例诗，但毕竟算统一有所诠解。

《翰林》题吴默所集。关于吴默，朱鹤龄《太仆卿吴公传》有生卒年记载，云其卒于崇祯丁丑（1637），年八十七，则当生于嘉靖三十年（1551）[①]。其于万历二十年（1592）会试第一，官至太仆寺卿。查检相关传记资料及公私藏书目，并未有吴氏纂辑此《翰林诗法》之著录，盖此著乃坊间所为甚明，然亦未必为毫无干系之伪托。同时代如《要标》编者，后代如清嘉庆间据《翰林》摘抄之《诗法集要》[②]，对于吴氏的著作权似并无异议。在晚明的出版环境中，以会元之名招徕读者，或许难以排除其本人与坊间利益均沾之可能。

---

① 朱鹤龄：《愚庵小集》卷一五，清康熙刻本。《明人传记数据索引》著录有误（文史哲出版社，1978，第255页）。

② 可参看朱恒夫教授《海内孤本〈诗法集要〉的文献价值与诗学意义》一文，《文献》2007年第1期。

《翰林》的编法仍大体保持各诗法著述之独立，并标明出处。我们看该著十卷之构成：卷一《翰院诗议》，录宋、明两代词臣论诗语；卷二题白乐天《金针集》；卷三《严沧浪诗体》《名公雅论》；卷四题范德机《木天禁语》；卷五《杨仲弘诗教》（即《诗法家数》）；卷六《诗家一指》；卷七《诗学禁脔》；卷八、九《沙中金集》上、下；卷十《诗教指南集》。其基本上是一种常规的历代诗法选汇。其中卷二至卷九，亦皆不用特地搜辑，就近而言，如杨成《诗法》、黄省曾《名家诗法》等，皆可为现成取资。

其中唯卷一的情形有所不同。《翰林诗法弁言》曰：

> 某不敏，弗获游玉堂，该综群籍，然亦雅志诗赋，窃闻其略矣。因以暇日搜罗宋明两代词臣诗议及前代名家要语，集为法则，以便来学。①

其以吴默之口吻，言己未入翰苑，与其经历亦符。至于"暇日搜罗""集为法则"云云，似表明《翰院诗议》乃其费心辑得。故从书名已可见，其出版策略是以卷一为广告，打包将其他诗法著作一同发售。

问题是，即便是此卷《翰院诗议》，实亦有其现成之来源。其中宋人部分，临川吴氏、真西山、象山陆氏、南轩张氏、晦庵朱氏、龟山杨氏、程氏共七人所论，当出自胡广《性理大全书》卷五十六"学"十四"论诗"（唯次序颠倒）②。明人之议论部分，出处未详，相关内容又见《骚坛千金诀》"诗议"，唯所录缺宋濂、吴伯宗、胡俨（二条）、杨荣、商辂"又曰"一条、吴宽以及唐顺之"又曰"一条，瞿景淳论情景、王世贞析"十气象"等具体条例亦从略③。是著有明博极堂刻本，题温陵卓吾李贽辑、公安中郎袁宏道校、仙亭冰雪释如德阅，或万历三十二年前后刊行，收入《大雅堂订正枕中十书》④。因其时间稍晚，当然难脱抄袭《翰林》之嫌（如上卷"诗学正源""诗准绳"部分），然亦不排除有共同来源的

---

① 《翰林诗法》卷首，日本内阁文库藏万历序刻本。
② 《文渊阁四库全书》本。
③ 全文见收于周维德集校《全明诗话》（第4册）。
④ 《大雅堂订正枕中十书》卷首释如德序曰："吾闻卓老被收，以书嘱三教寺老僧曰：'善为秘枕中，三年后必有识吾书者在。'今未三年，而卓吾书大行，四方求者亦如怡，是书竟为中郎袁先生所得。"（明万历刻本）李贽入狱并自刭于万历三十年（1602）。

可能。以下引明馆臣诗，或当选自《增定国朝馆课经世宏辞》卷十二至卷十三，还包括一些评语。① 显然，其所编集，一般不会背离效益最大化的原则。

自元末明初以来，以元人诗法为主的汇编著作，编刊可谓长盛不衰。张健教授尝予以梳理，厘为三个高峰时代。一是成化年间。重要的有怀悦分别刊于成化元年与二年之《诗法源流》一卷、《诗家一指》一卷，杨成刊于成化十五年的《诗法》五卷。二是嘉靖年间。重要的有王用章刊于嘉靖二年的《诗法源流》三卷，黄省曾刊于嘉靖二十四年的《名家诗法》八卷，以及梁桥同年编成的《冰川诗式》十卷，熊逮刊于嘉靖四十一年的《清江诗法》三卷。三是万历年间。重要的有朱绂刊于万历五年的《名家诗法汇编》十卷，万历二十七年、二十八年先后刊行的《诗法指南》《翰林诗法》，万历三十一年胡文焕辑刊《格致丛书》所收诗法，万历四十四年王昌会刻其所编之《诗话类编》，此外尚有谢天瑞所刊《诗法大成》十卷。② 如此生产之盛况，加上这些著作断续被重刊或重印，我们可以想象当时社会日趋发达的私人刻书业与巨大阅读市场之间的相互作用及影响。

在《指南》《翰林》刊行之前，这些诗法类著作的编法，除梁桥《冰川诗式》外，其承袭前人资源，无论如何分合卷帙、变幻书名，基本上还是以一家或一种诗法著作为单位加以汇编而成。《冰川诗式》已出现按编者之意将前代诗法著述打散重编、没其出处的现象，然其情况较为特殊，看上去更像类书，而将诸多格式之学必备的句式、诗名、句法、韵法、平仄乃至前人要法解说等集成类编。从这样的历史来看，应该说，《指南》《翰林》在诗法类著作编刊上开启了万历中后期的新动向，即在不同程度上追求新变，于效益最大化的原则下，尽力在更趋实用性、普及性上施展其开拓市场的营销能力，这也是一种时代特点。《要标》及上举《骚坛千金诀》当也是这个过程中的产物。之后如王昌会所编《诗话类编》，同样按己意将古今诗话（包括诗法）类分二十九目录入，却并不注明出处。至天启年间，题钟惺朱评之《词府灵蛇》二集各四卷，一方面继续采用这种编法，面向大众读者，直接从前人诗法著作之二级标题入手予以择选编排，如一集之元集，集中近、古诸体篇法，包括所呈现格局、气象，附有

---

① 题太原王锡爵元驭父增定、四明沈一贯肩吾父参订，周氏万卷楼藏版。
② 张健编著《元代诗法校考》"前言"，第14~18页。

例解；亨集则将诗法口诀、宜忌，以及命意、句法、对法、练字、用事、用韵、平仄等基本常识汇为一编。另一方面则强调其搜括之广，较之《指南》《翰林》《要标》等，如二集不但取材更多向宋元诗法以上之唐五代诗格著作，以及唐前如《诗品》《文心雕龙》等拓展，而且类别上试图由诗歌作法向评品、诗序乃至摘句等充扩。整套著作还在版式、字体及彩色套印等书籍形式上有意革新。

四 结语

以上我们在明代诗法类著作编刊的历史回顾中，同时在商业出版的背景下，考察了《要标》及其据编材源《指南》《翰林》间的构成关系与各自编法。它们的生产与传播，总体上与晚明社会识字阶层和文学担当阶层的扩容，以及私人刻书业的又一波发达，皆有十分密切的关涉。事实上，我们也已经看到，作为商业出版物的这类指导大众作诗的入门书，若从传统文献学角度加以鉴定的话，无论其资料来源、编法编例还是文字本身的准确、可靠程度等，皆很难说有多大价值。然而，若正视这种商业出版，转而从书籍社会史的角度，看坊间如何通过诸如此类的"制作"，有效应对并引导、开掘如此庞大的市场需求，透过空前繁荣的出版文化，窥测更为广大的人群对于诗歌的日用之需，理解通俗诗学之于整个时代文学价值体系的意义，则显然会有一种新的拓展。

另外，在业已成为传统的中国诗学史、文学批评史著述中，所重仍在"成一家之言"的作者一端，其话语基本上仍由精英与经典构建，即便在近世阶段，作为曾在当时大众社会产生过较大影响的诗法类著作，仍很难像那些表现精英作者文学主张及相关观念的诗论或诗话著作一般受到足够的关注，我们应该思考，原来的研究范式是否存在盲区，是否应尝试加以转换。而当我们调整考察诗学文献的角度，就文本制作、传播的各个环节，深入观照诗法、诗话或诗论所在的话语系统生成、交换、过滤或改造的动态过程，那么，循其特有的近世性质性，上述格局将因面对庞大的阅读市场而发生改变。它的任务是综合考察各种诗学文献的生产主体与消费主体在同一场域的交互作用，如何共同构建话语之意义，并联结成为一个系统。由此所针对的研究对象亦将有所转向，即从观念、主张的提出者一方，转到影响受容者一方，因其互动，相对构建起一个立体、动态的场域，这样更能观测到整个社会沉积于下的所谓一般知识或感性经验的来龙去脉。依据这类诗法著作，我们可以测定市场、受众及诗学知识的普及程度，观察体裁、法律、风格等知识如何定型、简化，理想范型如何建立，也可以借此更清晰地认知传统诗学的实践诗学特征。

（刊载于《文学遗产》2016 年第 4 期）

薛益《杜工部七言律诗分类集注》考

北京师范大学文学院　李小龙

摘　　要　明人薛益《杜工部七言律诗分类集注》一书是一部重要的杜律注本，但存世极少。目前可知者，海内仅吉林图书馆有孤本存世，海外则日本、美国各有庋藏。此外，日本也有此书的和刻本。其书曾参考修默居士《杜律心解》，但并非以其为蓝本增广而成；后之学者均不知修默居士为何人，本文据文献考其为诸暨人刘瑄。薛益生平亦颇不详，本文钩稽文献，考其生卒及生平重要行事，并考其为文徵明外从曾孙。最后，本文进一步考证了薛益与薛雪的关系，并指出周采泉先生著录另本《杜律集注》实即此本。

关 键 词　薛益　杜工部七言律诗分类集注　杜律心解　薛雪

杜诗之注，号称千家，至今亡佚者，不计其数。亦有书虽存却晦而不彰者，如明人薛益《杜工部七言律诗分类集注》一书即如此。由于其传本稀少，所以与之相关一些基本问题多未得到梳理。笔者于东瀛访书时偶获其书之和刻本，故得以参酌文献，对此书进行一些初步的考证。

一　著录与流传

此书最早著录于同治《苏州府志》卷一百三十八，原云："薛益。《泸州志》：《杜律集注》、《倡和诗》、《薛虞卿诗集》二卷。"① 知同治《苏州府志》乃据《泸州志》转录，而《泸州志》之所以有薛氏的记录是因为薛氏曾官泸州训导。黄虞稷《千顷堂书目》卷二十七曾将其附在天启科

---

① 李铭皖等修《（同治）苏州府志》，《中国方志丛书》本，台湾成文出版社，1970，第3279页。

中，云"薛益：《薛虞卿诗集》二卷。长洲人，四川训导"①，而前引之《苏州府志》卷六二更明确地记录道："薛益虞卿，泸州训导，二年副榜贡。"②

不过，此书仅在《苏州府志》中出现，然后便绝无影踪，可知早已湮没无闻了。

直到三百年后，王重民先生游历欧美，方在美国国会图书馆得见此书，并撰写了详尽的叙录③，据此提要，知其书全名为《杜工部七言律诗分类集注》，《苏州府志》所载《杜律集注》为简称，全书二卷四册，半叶八行二十字，卷内题"明长洲后学薛益集注，海阳社弟程圣谟、男薛桂、薛松同较"。前有徐如翰崇祯十一年（1638）序、林云凤崇祯十四年序、杨士奇序、白云漫史序，后有崇祯十四年自跋，则可推定其书刊于崇祯十四年。

1986 年，国内分别出版了两部杜甫诗集叙录著作，都收录了此书。周采泉先生《杜集书录》仅据王重民先生叙录对其有极简要的介绍④，并未补充新的材料，可知周先生并未见到此本。而郑庆笃等先生编著《杜集书目提要》却对此书有相当详尽的著录，一方面介绍了此书的体例："全书将杜甫七言律分为纪行、述怀、怀古、将相、宫殿等三十二类。"另一方面细致描述了其书的文献特征："是书书牌有'金阊五云居梓行'字样。半页八行，行二十字，四栏双边，白口单鱼尾。虽系崇祯末之刊本，然最为罕见。"⑤ 而之所以能有更全面的著录，原因就在于他们看到了原本。郑庆笃先生在《书到用时方恨少》一文中便提到此书，他说："当时和图书馆打交道还不算难。唯我国图书馆管理方法不一，亦颇多缺漏，有目无书者有之，有书无目者有之，历经十年动乱"文化革命"，这种情况尤甚。往往按图索骥，索不到，徒劳往返。而有时又有意外的发现。如明人薛益《杜工部七言律诗分类集注》二卷，虽为明崇祯间刻本，据《中国善本书提要》著录，以为'益注颇肤浅'。但毕竟为一明人注本，传世罕见。据

---

① 黄虞稷：《千顷堂书目》，瞿凤起、潘景郑整理，上海古籍出版社，2001，第 669 页。
② 李铭皖等修《（同治）苏州府志》，第 1599 页。
③ 王重民：《中国善本书提要》，上海古籍出版社，1983，第 501 页。
④ 周采泉：《杜集书录》，上海古籍出版社，1986，第 337 页。
⑤ 郑庆笃、焦裕银、张忠纲、冯建国诸先生编著《杜集书目提要》，齐鲁书社，1986，第 113 页。

《杜诗版本目录》载，仅美国国会图书馆珍藏，国内未见。我们有一次到东北各大图书馆访书，无意中在吉林省图书馆见到，并慷慨应允，予以拍照全书。"①

此后，《中国古籍善本书目》出版，其中也的确仅收录吉林省图书馆所存孤本②，在吉林省图书馆的网页上也确可检索到此书，著录情况与郑庆笃先生所录相同，只是将崇祯十四年误标为 1640 年了；最新的《中国古籍总目》也只增加了美国国会图书馆③。以上为公藏的情况，私藏或许还有孑遗。2010 年，北京歌德拍卖有限公司在其古籍文献专场的春拍上，便拍出了一部此书的明刻本，其标云"明重振金五云居"或许为"明金阊五云居"之误。

不过，学界可能都忽略了日本的和刻本。事实上，这本在国内几于失传的杜律注本在其刊行十年之后便在日本有了和刻本，为日本庆安四年（1651）京都中村市兵卫刊本，其书全仿明本，扉页右上为"薛虞卿先生集注"，中为"杜工部七言律诗"，左下为"金阊五云居梓行"，同样为白口，单黑鱼尾，四周双边，半叶八行，行二十字，而且从字体上看，其为明本的忠实复刻本，若说有改动，则有二处：一是以当时和刻本的惯例去掉了栏线，二是增加了一些日文符号。不过，此和刻本现存极少，目前所知，日本也仅东京都立中央图书馆、公文书馆、早稻田大学图书馆及石川县立图书馆四家有藏，国内则未见。其存世较之明刻原本尚要稀少，因为明刊原本除上述美国国会图书馆、吉林省图书馆所藏外，日本的东洋文库、公文书馆及宫内厅书陵部也有藏本，加上前述歌德拍卖公司拍出的一部，已有六部之多了。

二　白云漫史、修默居士及其与薛注的关系

王重民先生评价此书云："益注颇肤浅，然为乡塾之用亦足矣。此本有《白云漫史序》云：'余使流虬，见彼国所读书独无经，而以《杜律虞注》当之。'其所以传之远者，正以其肤浅故也。薛益则据万历间修默居

---

① 郑庆笃：《书到用时方恨少》，参见曹积三、闫桂笙主编《当代百家话读书》，三联书店，1997，第 545 页。

② 《中国古籍善本书目》集部，上海古籍出版社，1996，第 80 页。

③ 《中国古籍总目》集部，上海古籍出版社，2012，第 85 页。

士《心解》而广之，余不详修默为何人，谅亦县学训导或塾师之杰出者。"据此可知王先生认为薛注是以修默居士《心解》为蓝本增广而成的，但实际上并非如此。

首先，看王重民先生的著录：

> 徐如翰序崇祯十一年（1638）
>
> 林云凤序崇祯十四年（1641）
>
> 杨士奇序
>
> 白云漫史序
>
> 自跋崇祯十四年（1641）

这种排列模糊了一个问题。其实，这里只有徐、林二序是专为薛书所作的，接下来的两篇序不过是薛益辑录的资料罢了。

因为其书以虞注为本，所以便又将虞注的资料附录，第一篇即杨士奇《杜律虞注旧序》，接下来是白云漫史的《少陵纪略》，紧接着是《杜律心解》题词，然后又是白云漫史《杜律虞注叙略》，再接薛氏跋，最后又录《杜律心解凡例》。在其原三条凡例后，薛益有识语云：

> 右《心解》系晋陵修默居士挟以宦游，万历甲辰春刻于湖西。竟不知《心解》者与修默、白云为谁，姑仍原号以竢之。

从这则识语可以知道，其所引白云漫史的《少陵纪略》《杜律虞注叙略》与题词、凡例同出于《杜律心解》。薛氏只看到了万历甲辰（三十二年，1604）所刻的《杜律心解》，并未看到白云漫史之书，所以他不知道"白云为谁"。其实，这里的"白云漫史"是明人谢杰（1537～1604），其为福建长乐人，曾任册封琉球副使，并与正使萧崇业一起撰写了《使琉球录》二卷。他曾撰《杜律詹言》二卷，以虞注为本，自序云"专为斥驳虞注而作，断虞注为赝书"。据周采泉先生所录谢氏书自序可知，其序写于万历二十四年（1596），署为"白云漫叟谢杰汉甫书于龙山精舍"[1]。而薛书所录之《杜律虞注叙略》实即此序，只是把最后数句及题署删去，只剩

---

① 周采泉：《杜集书录》，第333页。

下"白云漫史书"五字。那么也可以知道，这并非薛氏所为，而应是《杜律心解》所为，所以薛氏不知"白云为谁"。

其次，薛注并非来自《杜律心解》。原因有两个方面。一是薛氏自己说："用是只管笺杜，一秉于虞，误则竭博稽之力，正则任习气之口。前庚辰岁始事，再庚辰岁告成，岁次一周……又重之以修默悬符，胥钞密印。"可见，他的注其实是以虞注为蓝本的，白云漫史序中对虞注进行了很严厉的批评，举出了许多疏误，将其定为伪书，而薛在跋中却说："白云先生之说是矣，然亦未若此之甚。"之后便为虞注回护。而他又说"前庚辰岁始事，再庚辰岁告成"，即从万历八年（1580）到崇祯十三年（1640），则费时甚久。二是他说："今辛巳秋，海阳旧社兄程伯洋力任梓传，林若抚社长又不惜自伤藻鉴，盛费青黄，以起沟断，复出（修）默居士《心解》，旧闻其相底成天机辐辏，痴管固然，乃赘跋其缘由，听从剔刜如此。"可知作者看到《杜律心解》时书已完成，只是据此补入数篇序文而已，并非"以修默居士《心解》为蓝本增广而成"的。

此点在徐、林二序中也可看到。

徐序云："余友长洲薛虞卿兄，真胸中破万卷人也。迳且杜门谢客，坐卧一高楼中，即家之人亦不得数起居焉。……因忆凤所稽核杜律虞注之误阙……悉为釐正。"林序也说："余友薛虞卿先生有慨焉，亟以釐正增注自任，久之成书。"

接下来，还可以进一步考证修默居士及其《杜律心解》。此人此书不仅王重民先生不详，就是当时的薛益亦不详。郑、周二书亦均未叙录。不过，其书虽佚，却或可考知。

明人骆问礼（1527~1608）《万一楼集》卷二十八有《答黄雨高》一文，末云："《杜律心解》，素不见其书，辱谕，当遍访之。"[①]

王世贞（1526~1590）《弇州四部稿》卷六六有《刘诸暨杜律心解序》一文，中云：

> 余里中老人刘诸暨，间与为杜，甚乃捻鼻酸楚，读不能篇，而时呜咽，赞一语，涕洟涔淫下，或愤厉用壮挥如意击唾壶尽缺……老人

---

① 骆问礼：《万一楼集》，《四库禁毁书丛刊》（集部第 174 册），北京出版社，1997，第 381 页。

困诸生，久释褐，仅得一尉，以谗罢，贫病且死。其于所从逆而入可知也。老人之尊杜氏诗，极以为古无匹者，而不能不有所弹射，间为之雌黄窜易，虽以余不自量，亦窃骇其狂。然竟无以难之也。老人名瑄，其称诸暨，则尝为其邑尉云。①

根据以上材料基本可以确定，王世贞与骆问礼所记之《杜律心解》即薛益所据者。理由有二。

一是书名相同，时代相同，在同一时代同时出现两部同名的对杜律的注解本，可能性很小。当然，可能性小却也不能完全排除，不过我们还有第二个原因。

二是薛益云"晋陵修默居士"，此"晋陵"二字自然来自他所见到的《杜律心解》一书，即其作者修默居士的籍贯。而王世贞说其作者为"余里中老人"，王世贞为太仓人，然其作序著书自署均为"吴郡王世贞"，晋陵古称毗陵，实为吴郡下属之县，则其人籍贯正相合。事实上，刘瑄其实就是太仓人，万历《绍兴府志》卷二十八在"主簿"之职"诸暨"下便有"刘瑄，太仓人"②的记载，此刘瑄任职诸暨，自为王世贞所说的刘诸暨无疑。

从骆问礼的信中可以推测出，黄雨高来信提及《杜律心解》一书，或向骆称扬此书，或打听此书消息甚至托骆查访。而之所以托骆亦有原因，因为骆氏为诸暨人，他的书也署为"诸暨骆问礼"，则黄氏知《杜律心解》之书为官诸暨之刘瑄所著，故托已归隐家乡的诸暨人骆问礼查访，不亦宜乎。这里之所以说此信定为骆已归隐，原因仍在此信中，信前半云："昔人谓父不得而授诸子，殊非虚语。然弟非好为此无益，闲中视塾课，不慊人意，既不免技痒，又不欲显言塾师之失，把笔伸纸，彼览之将自悟，而徒博其呶呶，犹然且宝燕石而什袭。"而据《万一楼集》前附陈性学所撰墓表知其"嘉靖乙卯以礼经魁浙闱，逾十年，乙丑上春官对大延箓仕行人"，也就是说，嘉靖乙丑（四十四年，1565）始登仕途；又云："丙戌，计吏拾遗及之，赖庙堂公论，久而益明，奉特旨留用，公幡然曰，棒庭垂白，景冉冉迫桑榆矣，奈何恋五斗废温清乎？遂坚辞引退。"最后说："公

① 王世贞：《弇州四部稿》，《文渊阁四库全书》（第1280册），商务印书馆，1985，第155~156页。
② 萧良幹等：《绍兴府志》，台湾成文出版社，1983，第1927页。

廻翔仕路二十余年，疏归侍养、韬光林壑者又二十余年。"则知其在万历十四年（1586）即已辞官归乡，乡居二十二年之久。墓表中形容其乡居之生活时有"万一楼圮而复新，公燕居容与其中，敲枰对客，搊文课孙，挥麈赋诗，逍遥日月"① 的句子，将此与前信对比，可知前信亦当为乡居时所作。

事实上，以上材料也可以在时间上证明。王世贞文不知写于何时，然其前有《孙清简公集序》云"二公后先殁垂五十年"，王世贞祖父王倬死于正德十六年（1521），而从"后先"的词序可知孙需死于王倬之后，则大体可知此序写作之时当为隆庆末年，那么《刘诸暨杜律心解序》亦当在此后不久，或在万历初。可以想见，刘瑄多年积累，写成此稿，请王世贞为序，王世贞辞世后，刘又看到了谢杰于万历二十四年出版的《杜律詹言》，遂将其纪略与序移于己书，并于万历三十二年出版。黄雨高后来知有是书，又给乡居的骆问礼写信询问此书。又过三十余年，薛益出版其《杜律集注》，出版前看到林云凤出示之《杜律心解》，遂采其所录白云漫史（叟）纪略、序及《杜律心解》的题词和凡例入书。

三 薛益生平小考

前述文献资料提及薛益时均只知薛益字虞卿，长洲人，官泸州训导，余皆未详。其实，此人的生平亦可以钩稽出大体脉络。

首先，此人又名薛明益，这在许多文献中均有记载。

陆绍曾《古今名扇录》录一"五人合书金扇"，除王穉登、张凤翼外，第四首诗下题"薛明益为胜泉书，虞卿"②，倪涛《六艺之一录》卷三七二直接便云"薛明益，字虞卿，衡山后一人也"③。《石渠宝笈》卷三录有《明人书扇二册》，其中下册多有"薛明益"书加盖"虞卿"印的。④ 而陆心源《穰梨馆过眼录》卷三二有薛虞卿行书《鹤林玉露》立轴，末署"万历壬辰新春廿又六日燕坐玉汝斋书吴郡薛明益"，同时还有薛虞卿行书

---

① 骆问礼：《万一楼集》，第 73~74 页。
② 陆绍曾：《古今名扇录》，《续修四库全书》（第 1111 册），上海古籍出版社，2002，第 578 页。
③ 倪涛：《六艺之一录》，《文渊阁四库全书》（第 837 册），第 872 页。
④ 《石渠宝笈》，《文渊阁四库全书》（第 824 册），第 92 页。

轴，诗云："公事回来夜雪埋，儿童灯火小茆斋。人家不必问贫富，惟有读书声便佳。为 碧甫丈书。薛益。"①

其次，根据这些记载也可以还原其人生平的大致情形。

仔细翻检文献，会发现薛益其实并不是王重民先生所言"县学训导或塾师"那么简单，他在当时颇有声名，擅书画，交往亦广且曾辞官归隐，为时人赞赏。

第一，薛益甚擅书法。明人王心一《兰雪堂集》卷五有《题薛虞卿书法后》一文，中云："我明书法，文衡翁集诸家之大成，擅一时之宗工，独推服祝京兆，既赏其草圣而复本于行楷，亦见京兆有此一段功力耳。其实颠史狂僧，殆有天授，吾于京兆亦云然也。衡翁而后名家递起，惟薛虞卿先生擅名最久，得力最深，盖其嗜书有癖。即今年逾古稀，日坐一楼，作蝇头小楷。先是已有《监池心诀》与《当家四体》诸刻，兹复出所藏京兆草书，手摹上石，用公同好。予不知书，然每见近来作者，颇多魔气。先生以此开示后学，岂非书家之宝筏，抑亦二王之功臣乎。"② 其将薛益推为文徵明后之名家，似言过其实，然此亦为当时很多人的见解。如时人汪砢玉《珊瑚网》卷十八即收录薛书数封后云："先子尝称虞卿楷书，衡山后一人也。壬子秋，得晤薛君子鸡鸣山房，时获其墨妙，欣幸为何如。"③ 同时，从《石渠宝笈》等书中也可以看到大量由其题款的字画作品，比如《石渠宝笈》卷三九有《明周之冕花竹鹌鹑》一轴，"素绢本，着色。画款云：汝南周之冕写。上方有范允临、陈继儒、朱之蕃、董其昌，左方有文震孟、薛明益、严澄、杜大绶诸题句"。叶昌炽《语石》卷一云明代书法家："董香光书碑遍南北，若汇而录之，可与赵文敏埒。薛虞卿、文征仲、周公瑕之流，骨董家市骏千金，未必真迹，则何如石刻之为可信乎？"④ 亦可见其已将薛视为明代书法的代表性人物。

第二，他晚年当辞官归隐以著书。时人张自伟《自广斋集》卷四有《薛虞卿唱和诗序》一文，中云："若乃阛阓市廛之间有屋一区，有楼数楹，入其门阒然，行其庭俏然，而中有隐君蹲焉，异矣！且所谓隐君者，翰墨倾寰宇，酬答遍人伦，无翼而无不蜚，不胫而无不走，更异矣！……

---

① 陆心源：《穰梨馆过眼录》，《续修四库全书》（第 1087 册），第 338 页。
② 王心一：《兰雪堂集》，《四库禁毁书丛刊》（第 105 册），第 578 页。
③ 汪砢玉：《珊瑚网》，《文渊阁四库全书》（第 818 册），第 283 页。
④ 叶昌炽：《语石》，《续修四库全书》（第 905 册），第 178 页。

隐君者，虞卿先生，姓薛氏，工书学起家，有官爵名位矣，一旦弃去归隐，人以是高之。子吉从余暨儿曹游，具隽才，能养志，所以悉楼居倡和本末为引其端以此。"① 刘嵩《槎翁诗集》卷七有《寄薛益》七绝一首云："细雨荒荒白下城，茅堂深隐称高情。清晨读罢淮阴传，坐看门前江水生。"其"茅堂深隐称高情"也透露出此中信息。②《穰梨馆过眼录》卷二九录有卞文瑜浅绛山水图，即赠薛益者，因其末有薛益长诗一首，并有小跋云："崇祯八年二月廿七日，辱先生见贻此幅。次日走笔长歌奉报，并戏解虞卿之嘲。余兴附书存稿。大明学人薛益书曰朕虞。"而此前作者题云："闭户著书多岁月，种松皆作老龙鳞。昔有虞卿，乐于著书，名垂千古。今先生谢客却尘，日阖扉坐，真不啻古虞卿矣。聊图小景，以博一粲云。乙亥仲春卞文瑜识。"③ 此时为崇祯八年（1635），卞云"今先生谢客却尘，日阖扉坐"，亦证实了此点。

因其工书，故徐邦达先生《古书画过眼要录》中亦录此人云："薛明益，字虞卿，吴人。工书，传为文徵明的外甥，但据墨迹，此人已生在明末，比文氏要晚得多，或为外孙，亦未可知，待考。生卒年岁不详。"④

其实，根据文献资料也可以知道他的生年。陆绍曾《古今名扇录》中"养心殿贮明人便面集锦"第十七幅为"墨画兰花。无款，有刘振之氏、原起二印"。上有薛益题诗云："谁写三湘九畹真，墨花璀璨四时新。知君生至南陔性，一见清芬便袭人。丙子十月七十四老夫薛益题。"⑤ 按：此丙子只能是崇祯九年（1636），则其人当生于嘉靖四十二年（1563）。此外，陶樑《红豆树馆书画记》卷八有明陈古白墨兰，亦有薛益题诗，而且一题四首，不过第一首仍然用了前为刘振之题扇之原诗，其末云："右题陈脱古字白画兰四绝句，久埋稿中。崇祯庚辰二月抄客示此纸，不胜山阳之感，因为再书识之。七八老人河东薛益。"⑥ 则可与前论印证。

当然，上述陶樑这则资料最后署为"河东薛益"与此前所知其为长洲人不符，其实这也是有原因的。彭蕴灿《历代画史汇传》卷六十云："薛

① 张自伟：《自广斋集》，《四库禁毁书丛刊》（第162册），第219页。
② 刘嵩：《槎翁诗集》，《文渊阁四库全书》（第1227册），第509页。
③ 陆心源：《穰梨馆过眼录》，《续修四库全书》（第1087册），第312页。
④ 徐邦达：《古书画过眼要录》之三，《徐邦达集》（第4册），紫禁城出版社，2006，第1246页。
⑤ 陆绍曾：《古今名扇录》，《续修四库全书》（第1111册），第665页。
⑥ 陶樑：《红豆树馆书画记》，《续修四库全书》（第1082册），第407页。

虞卿，未详名，河东人，为文徵明之甥，遂居长洲，得外家指授，书画诗文俱精妙。"① 此条资料出自《槐云道人传》，槐云道人为薛雪，故此言当可信（参下文）。那么，也就是说，薛益原本为河东人，但后来依其外家，便成为长洲人了。更有趣的是，其外家竟然便是前文所引王心一、汪砢玉、叶昌炽等人将其与之并论的文徵明，无怪乎他们纷纷有"衡山后一人"之类的提法，或许这一提法不完全是取决于书法造诣，或者也有一些亲眷关系的因素。

不过，这里说薛益是文徵明之甥或须辨别，因为文徵明生于成化六年（1470），卒于嘉靖三十八年（1559），而薛益出生于嘉靖四十二年，年岁差别太大，所以不大可能是文徵明姊妹之子。徐邦达先生推测"或为外孙"，则当取《毛传》"外孙曰甥"之义②。但黄佐《将仕郎翰林院待诏衡山文公墓志》云文氏："女二人，长适王曰都，次适刘鲲……（孙）女四人：长适袁梦鲤，次适朱循，次适顾咸宁，次适尹象贤。"③ 并无适薛姓者，则可知《历代画史汇传》之记载当有微误。

其实，薛益是文徵明的"外从曾孙"。苏州博物馆于 2013 年 11 月 12 日开始举办名为"衡山仰止"的文徵明特展，展品中即有文氏弟子周天球所画"文待诏小像"，像后有薛益小楷书王世贞所撰《文先生传》，后又有薛氏小跋，跋末署云"崇祯七年岁在甲戌仲冬二日长至之辰，外从曾孙薛益顿首拜手敬识，时年七十有二"④，旁有"薛益""虞卿"二印，则二人关系无可置疑了。

关于薛益的生平资料，林云凤序中倒透露出更多信息。

林氏在序中很无趣地夸薛：

> 盖先生履历同于杜者五，胜于杜者六，故能设身以处其地，推心以代其口……杜下第困长安，献《三大礼赋》，而先生以名诸生入成均，贡于京师，其同于杜者一；杜谒肃宗特授左拾遗，而先生奉恩旨除授泸州儒训，不由荐授，其同于杜者二；杜号诗史，而先生所辑郡

---

① 彭蕴灿：《历代画史汇传》，《续修四库全书》（第 1084 册），第 180 页。
② 李学勤主编《毛诗正义》，北京大学出版社，1999，第 356 页。
③ 文徵明著，周道振辑《文徵明集》，上海古籍出版社，1987，第 1634 页。
④ 周道振、张月尊《文徵明年谱》亦引此资料（百家出版社，1998，第 653～654 页），唯其引文多有脱误之处。

乘、博学宏词，当道引重，及吟咏篇什，古今诸体，炉锤焕然一新，无一字无来处，同于杜者三……杜挈家依严武，几遭其杀，而先生里居之宅则长洲江令公所赠，兼有诗期玉堂弃官杜门，则开府张公隆式庐之典署其门曰盛世醇儒，其胜于杜者二；杜流落剑南，负薪拾橡，稚子恒饥，而先生足不下楼，心织笔耕，重以钟王旭素衣钵，兼传大名，最早青蓝晋国，胜于杜者三……杜年未六十厄于耒阳，而先生登耄耋，色腴神王，能于灯下作蝇头小楷，其胜于杜者五。

这段文字很无聊，本不值一引，却提供了薛益生平的不少资料。如其"以名诸生入成均""奉恩旨除授泸州儒训""里居之宅则长洲江令公所赠"等，均可补其生平行事。

四 两种薛益注本及薛益、薛雪关系考

周采泉先生《杜集书录》所录除前述之外，还著录了《杜律集注》二卷，注云"坊刻题《杜诗七律解注》"，叙录云：

明薛益撰。
益，字虚舟，无锡人。嘉靖时人。仕履待考。
【著录】
薛雪《一瓢诗话》云："其先祖亦注杜诗，坊间流传杜诗七律解注是也。"未知是否即系此书。
未见。仇注未引。
【版本】
明天启间刻。①

非常奇特的是，同样在明代晚期，有两个同名的人，都对杜甫的七律进行了注解并先后出版，这确实过于巧合。所以，我很怀疑此书与前书实为同一书。要考证这个问题，首先要考察薛益与薛雪的关系。

我们先来看一下薛雪的记载：

① 周采泉：《杜集书录》，第 634 页。

  一友与余论诗，引朱竹垞、王阮亭两先生云：杜诗中"老去诗篇
浑漫兴"是"漫与"，钱虞山改为"漫兴"。余曰：先曾祖注杜诗一
首，今坊间流传杜诗七律薛注者是也。系天启初刻本。其中亦是"漫
兴"，可见虞山笺本以前已皆如是。若果所改，必非无据。朱、王两
公，南北名家，骚坛宗匠，亦非无见者。改"漫与"而对"深愁"，
恐无其说，姑互存之。①

  首先，周书或非据原文而转引者，故所引原文并不准确，一是薛雪所
说是"先曾祖"而非"先祖"；二是云其书为"杜诗七律薛注"而非"杜
诗七律解注"，这一误引很可能造成新的混乱，因为笔者最初看到这个记
载也是下了大力气查找所谓的"杜诗七律解注"，却百觅不得。

  不过，清代著名的诗论家薛雪这里所说的"杜诗七律薛注"却正是我
们前文详细讨论的薛益之书，而其曾祖父也就是薛益即薛虞卿。理由
如下。

  首先，薛益与薛雪一定有亲缘关系。叶昌炽《缘督庐日记抄》卷五
载："初九日，再同见示宋搨怀仁《圣教序》……又《兰亭叙》三种：一
定武金龟本；一颖上本，有程易畴跋；一北雍本，有薛虞卿跋，又有薛
松、仙客、生白诸印。生白名雪，吾吴国初时名医，与叶天士齐名者也，
技实精于叶。"②

  叶昌炽看到的《兰亭叙》北雍本后有薛益（虞卿）的跋文，后有薛松
的印章，此人为薛益之子，这在本文所论《杜工部七言律诗分类集注》的
首页题署"男薛松、薛桂同较"中便可知晓。后边的"仙客"可能便是薛
松或薛桂的字——从字面联系看二者皆有可能。最关键的是第三个印章
"生白"，这正是薛雪的字。这些印章盖在一处自非偶然，当是薛家世袭珍
藏并一一钤印，则薛雪自为薛益后人。

  其次，前举彭蕴灿《历代画史汇传》卷六十在薛益的记录之下隔了一
人便记载了薛雪，原文如下：

   国朝薛雪，字生白，号一瓢，虞卿子，家有扫叶山庄，称扫叶山

---

① 薛雪著，杜维沫校注《一瓢诗话》（与《原诗》《说诗晬语》合刊），人民文学出版社，
 1979，第 100 页。
② 叶昌炽：《缘督庐日记抄》，《续修四库全书》（第 576 册），第 456 页。

人，又号槐云道人，磨剑道人。工六法，写兰精妙，诗出叶巳畦，书法东坡居士。有司征荐不出，遇异人授金丹火炼之术，多学窑医，名冠当时。著《扫叶山庄集》。归愚文钞　墨林韵语　耕砚田斋笔记

彭蕴灿认为薛雪是"虞卿子"，在年代上是错乱的，因为薛益出生于1563 年，薛雪则出生于 1681 年，相隔一百余年，自然不可能是父子。不过，这一错误并不影响我们对二人关系的推断，彭蕴灿上文所据资料亦可证明此点，即沈德潜《归愚文钞》中《周伯上画十八学士图记（薛虞卿书传）》一文云："前明神宗朝，广文先生薛虞卿益命周伯上廷策写唐文皇十八学士图……虞卿，文待诏外孙，工八法，此册尤生平注意者，顿挫波磔，几欲上掩待诏。盖薛氏世宝也。曾孙雪与予善，故出而观之。雪亦能书。"① 此处向上追记云薛益是文氏外孙不切，向下记录薛雪为薛益曾孙则当无可疑。

最后，这部《杜工部七言律诗分类集注》也可以贡献一个锦上添花的旁证。此书卷一收录了《江上值水如海势聊短述》一诗，其中第三句正作"老去诗篇浑漫兴"，其后注云："浑漫兴，言无复着意于惊人也。"串讲又云："自谓性癖喜工诗句，每造语必欲惊人，不然虽死不止。然此壮年之事，今则老矣，所作皆漫兴成之，春来花鸟不用深愁我之咏汝。"则与薛雪之说若合符契。

如此，便可确定，薛雪所说其曾祖之注便为薛益《杜工部七言律诗分类集注》，并非另有一书。周先生所云"字虚舟，无锡人"的薛益则未知从何而来。

（本文原刊于张伯伟、蒋寅主编《中国诗学》第 22 辑，
人民文学出版社，2016）

① 沈德潜著，潘务正、李言编辑点校《沈德潜诗文集》，人民文学出版社，2011，第 1254～1255 页。

明末戏曲家陈情表及其著述辑考[*]

中国计量大学　赵素文[**]

摘　　要　明末越中戏曲家陈情表创作成就颇高，祁彪佳誉之为"天才豪放"，但他的作品多已散佚，近人曲录均谓其生平事迹不详。今考陈情表本名陈褅，字圣鉴，又字自营，绍兴会稽县人，童生身份，负才不遇，贫病而终，卒年为崇祯十一年（1638）八月。又通过辑佚梳理陈情表的现存遗作，对他的戏曲创作、诗词创作成就做出了简单评述。

关键词　陈情表　圣鉴　祁彪佳　远山堂曲品剧品

明末越中戏曲家陈情表，著有《钝秀才》杂剧和《弹指清平》传奇等作品，祁彪佳《远山堂曲品》《远山堂剧品》（以下简称"两品"）著录，列为"逸品"，并称赞其"天才豪放，不一语入人牙慧"[①]，其艺术成就应十分突出。可惜这些作品均未传世，关于他的文献载录，亦甚有限，故傅惜华《明代杂剧全目》称："陈情表，名、号、籍里、生平事迹，皆不详；待考。所制杂剧一种，传奇一种，均未流传。"[②]《明代传奇全目》载："陈情表，字圣鉴，籍里及生平事迹，今无可考。传奇作品一种，未传于世。"[③]庄一拂《古典戏曲存目汇考》云："陈情表，字圣鉴。里居、生平均未详。所制杂剧一种、传奇一种，均未流传。"书中叙录《钝秀才》，

---

　*　本文系国家社科基金后期资助项目"祁彪佳年谱长编"（14FZW034）的阶段性成果。

**　赵素文，女，汉族，浙江乐清人。浙江大学文学博士，师从廖可斌教授。复旦大学博士后。现为中国计量大学人文社会科学院中文系副教授。研究方向为明代文学研究（诗文、戏曲）与文献整理。

① （明）祁彪佳著，黄裳校录《远山堂明曲品剧品校录》之《剧品·逸品·钝秀才》，上海出版公司，1955，第193页。

② 傅惜华：《明代杂剧全目》，作家出版社，1958，第193页。

③ 傅惜华：《明代传奇全目》，第273页。

称："远山堂《剧品》著录。《读书楼目录》亦载之。其他戏曲书簿未见著录。"① 可见由于作品亡佚，陈情表的生平行迹和创作事实，今人了解十分有限。

陈情表的创作事迹，最早见于明祁彪佳远山堂"两品"。笔者在阅读明末浙中文献时发现，陈情表与祁彪佳两人同里，交往相当密切。虽然《乾隆绍兴府志》《康熙会稽县志》中未载录陈情表其人，然而在祁彪佳尺牍、日记和《远山堂诗集》、《远山堂诗始》（国家图书馆藏，明末远山堂抄本）、《寓山题咏》（浙江图书馆藏，明末远山堂稿本）、《寓山十六景诗余》（国家图书馆藏，明末远山堂稿本）等著作中，却保留了诸多关于陈情表的文字。现将所见资料综合罗列如下，对陈情表的姓名、行实和创作情况做出考述。

一 姓名考证

《远山堂剧品》"逸品"收录《钝秀才》杂剧，作者署名陈情表。祁彪佳论曰："圣鉴不得志于时，借钝秀才舒自己胸臆。"② 可知，陈情表字圣鉴。

笔者所得有关陈情表的文献如下。

首先，见于祁彪佳日记《涉北程言》，从崇祯四年（1631）八月底至除夕四个月间，记述涉及陈圣鉴事迹的内容有三十余条。包括陈圣鉴创作《渔灯儿》③《桐江老》等戏剧作品的情形④。这位与祁彪佳同寓的陈圣鉴，就是"两品"中所论及的圣鉴，即陈情表。

其次，祁彪佳崇祯五年（1632）《栖北冗言》正月初四日记写道："与圣鉴出门看雪，遇姚心无，因邀李子木同步泌园，坐于观先楼上。……而予与壮其诸兄步自大清宫，见天际有彩云之瑞。晚邀李子木联句，以紫气

---

① 庄一拂：《古典戏曲存目汇考》，木铎出版社，1986，第 473~474 页。
② （明）祁彪佳著，黄裳校录《远山堂明曲品剧品校录》之《剧品·逸品·钝秀才》，上海出版公司，1955，第 193 页。本文引用祁氏二品，均据此版本，以下只标页码，不再详注。
③ （明）祁彪佳：《祁忠敏公日记·涉北程言》十一月二十六日条，收入《祁彪佳文稿》，国家图书馆出版社，1991，第 932 页。本文引用祁氏文稿，均据此版本，以下只标页码，不再详注。
④ 《涉北程言》闰十一月十九日条，见《祁彪佳文稿》，第 934 页。

访真人为题。"① 此诗收入祁彪佳《远山堂诗始》，题名《元旦后三日同李子木、颜壮其、陈自甞、蒋安然小集联句，赋得紫气访真人，是日有彩云之瑞》。日记所称"圣鉴"与诗题中"自甞"互证，可知陈圣鉴即陈自甞。

另有两条材料，可佐证陈圣鉴与陈自甞为同一人。祁氏《远山堂诗集》收崇祯四年（1631）秋祁彪佳外服阕后乘舟赴京候铨旅途中所作《十舟诗引》曰："《十舟诗》者，客途无事，与友人郑季公、陈自甞、汪照邻拈题为十，互相评骘以资笑谈乐也。"诗集七绝《慰陈圣鉴病》《喜圣鉴病起》《陈圣鉴累日长吟百篇未已诸友有勉之者予两解焉》，皆为祁彪佳同一旅次所作。可见崇祯四年（1631）夏秋随祁彪佳同行入都的陈姓友人，陈圣鉴、陈自甞虽二名，实则一人，即陈情表。

那么，陈情表是否系戏曲家之真名呢？祁彪佳有《都门入里尺牍·与张撤藩》（南京图书馆藏明抄本）函，向会稽令张夬恳托："敝友陈祶，治某向携之都门，以才情受知于贵同年李灌溪。"从前面日记、诗集载录已经可以确定，当日彪佳携入京城的陈氏友人，就是陈情表，也就是这里提到的"携之都门"的"敝友陈祶"。

还有一个有力证据，可确证上函所谓"敝友陈祶"即陈情表。祁彪佳崇祯九年（1636）日记《林居适笔》写道："（八月十一日）午后约陈自甞携眉儿至山，坐月远阁，各赋五言古一首，予感怀时事，有'西北有烽火'、'欢极生百忧'之句。"② 该诗收入《远山堂诗集》，题名《秋夜同陈自甞坐月寓园远阁》。浙江图书馆善本部藏明末远山堂稿本《寓山题咏》，经笔者查核，可判定此书系祁彪佳编撰《寓山志》的未刊资料集，下册幸存《秋夜坐月于寓园之远阁》一诗，可与前祁彪佳诗呼应，作者署名"陈祶"。至此，已经充分坐实，陈自甞、陈圣鉴、陈情表同为一人，名为陈祶。

由此可知，明末戏曲家陈情表，本名祶，字自甞，又字圣鉴。祶，有细察之意，如"观者祶心"。名"祶"，表字"圣鉴""自甞"，符合古人以字释名的习惯。陈情表当系他戏曲创作时所署别名，或因出身贫寒且屡试不第，用晋李密《陈情表》典故自述孤寒之志。

---

① 见《祁彪佳文稿》，第 941 页。
② 见《祁彪佳文稿》，第 1058 页。

二　行实系年

崇祯二年己巳（1629）

与祁彪佳正式结交，在是年或稍后。

祁彪佳《远山堂尺牍》（南京图书馆藏，明抄本）己巳册有《与赵应侯》："昨阅陈兄大作，尖爽之语每出人意表，真妙才也。此兄若在，弟愿与之言交，乞仁兄为我介绍之。尚有下半卷祈惠示，余不一。"函作于崇祯二年（1629），称已读陈剧半卷，极推"尖爽之语出人意表""妙才"，并恳请引介结交，则对陈氏才华必非面谀。今查黄裳《远山堂明曲品剧品校录》，祁彪佳于远山堂"两品"中，评剧曲态度公允，"能品"以下，不乏指斥，如："眼界不宽，手笔入俗"（具品·八德，第107页）、"音调不明"（具品·宁胡，第116页）、"才思庸浅"（具品·西游，第117页）、"呼应全无，效颦华赡"（具品·雷峰，第122页）、"全不识构局之法"（具品·赐剑，第124页）、"学究气"（具品·冰山，第127页）。"两品"所及陈姓作家，"能品"以上当得"尖爽""妙才"之夸的，有陈与郊、陈汝元、陈情表、陈贞贻、陈继儒、陈□□六人。其中陈与郊卒于万历三十九年（1611），彪佳尊为"先生"（逸品·樱桃梦，第10页）。而称陈汝元为"太乙舅"（《远山堂尺牍·与陈太乙舅》）。陈□□姓名不详。而从《曲品·当垆》看，彪佳对陈贞贻全无了解。这两人都不像有中人引介与彪佳有交往者。则此四人必非上函所谓"陈兄"。陈继儒年长祁彪佳四十多岁，早为名士，祁彪佳心向往之。南京图书馆藏《按吴尺牍》甲戌春季册有《与陈眉公》，国家图书馆藏《里中入都尺牍》也有《与陈眉公》多函致意，尊称"先生"，亦不会是"陈兄"。排除以上诸人，则《与赵应侯》函中所及的"陈兄"，唯陈情表一人。祁彪佳评《弹指清平》称之"超逸""惊破世眼"（第16页）；《钝秀才》"天才豪放，不一语入人牙慧"（第193页）。评语与上函所赞"出人意表""妙才"可谓异曲同工。如此，可知赵应侯是陈情表为祁彪佳所知的引荐人。赵应侯，名善征。浙江图书馆藏祁彪佳《林居尺牍》秋季册有《与赵应侯》函，作于崇祯九年（1636），提到为其府试事宜向时任宁波推官的李清请托事。可知赵善征为宁波人，生员身份。又据祁彪佳崇祯十一年（1638）日记《自鉴录》："（正月）二十四日，作书致杨子常，为赵应侯馆谷地。"同年《里中尺牍》春季册《与杨子常》《与郑寿子玄子》函，托请杭州仁和县郑寿昌、郑铉兄弟，常熟杨彝等人为赵善征觅馆。秋季册有《与杨子常》函，为赵得荐馆致谢杨彝。可知赵善征身份亦是未第士子。

崇祯四年辛未（1631）

春夏间，参与萍社诗会，遍阅越中名胜。同游者祁彪佳、赵可孙、郑季公等。

陈情表初入萍社事，祁彪佳《远山堂诗集》有《喜陈圣鉴入社各赋五言限社字》叙及。① 诗列《辛未元旦》（1631）后，《壬申元旦分得五微》（1632）前，旧《祁忠敏公年谱》称，崇祯四年（1631）春夏间，祁彪佳父服阕后，与亲友遍游越中名胜，得诗八十二首。该诗可推定为崇祯四年（1631）春夏作。同时所作七律《薄寒初换，微雨新霁，偕社中诸子放舟鉴湖，探兰荡之胜，是为萍社之四集。时舟中酒甏倾倒，亟呼酪奴解渴。于其归也，各赋近体一章。翁艾诗不成，罚依金谷例，无酒以水沃之，满腹而止》，是为萍社聚会情状作注。可知陈情表初入萍社，参与了第四次集会。此番越游细节，祁彪佳同年作《望北寄言引》述及："迨时逾重五，……驰约友人陈圣鉴、赵可孙同莆中客郑季公载酒登舟，过兰亭，探禹穴，宿九里，上炉峰，时怒眦叫绝，时浮白夷犹，凡三日而归，囊已满。简之，得诗八十二首。"② 同书另一《游兰亭禹穴纪》所载更详。据《寓山志》诗注，郑季公，名茂烨，莆田人。赵可孙，越人，事迹不详，从祁彪佳日记《归南快录》所载九月初四日以陈情表参试下第，赵特地来慰观之，与陈情表甚善，或即赵善征。

六月，随祁彪佳晋京。途次多吟咏唱和，累日长吟百篇，遭疾。时祁彪佳服阕赴京候铨，同行郑季公、汪照邻等。

《远山堂诗集》有七律《慰陈圣鉴病》《喜圣鉴病起》《陈圣鉴累日长吟，百篇未已，诸友有止之者，有勉之者，予两解焉》，皆舟途所作，叙及陈情表性情行迹。《慰陈圣鉴病》题注"圣鉴喜阅楞严如说"③；《喜圣鉴病起》注"圣鉴不能饮，故众戏及之"④；《陈圣鉴累日长吟，百篇未

---

① 《远山堂诗集》，收入《祁彪佳文稿》。
② （明）祁彪佳：《远山堂文稿》，国家图书馆藏，明抄本。
③ 见《祁彪佳文稿》，第1561页。
④ 见《祁彪佳文稿》，第1562页。

已，诸友有止之者，有勉之者，予两解焉》"客边推尔执词盟，妒尔豪吟众喙鸣"①；五律《十舟诗引》："十舟诗者，客途无事，与友人郑季公、陈自誉、汪照邻拈题为十，互相评骘以资笑乐也。"② 可见陈情表为人嗜好文艺，崇佛好禅，不善饮酒。据《寓山志》诗注，汪照邻，名时曜，华亭人。众人行途联句作品，有现存于《远山堂诗始》之《秋月移帆与郑季公、汪照邻、陈圣鉴联赋》二首。

七月二十八日抵京。

据《涉北程言》七月二十九日条。③

八月，陪祁彪佳出入应酬。出游昌平。

据《涉北程言》八月初二、二十六日条。二十六日日记称，圣鉴去昌平五日矣。

九月，多与祁氏散步、游赏、访友。初一，观京城报国寺松，戏坐其上。

据《涉北程言》九月初一、初八、十一日、二十日、二十五日、二十七日、二十九日条。

十月，幕于祁氏。初一，礼佛忏悔。初八，送许惺庵出任州倅。十四日，助祁彪佳卜寓，祁卜筮得"白马渡江虽日暮，虎头城里看巍峨"之句。

据《涉北程言》十月初一、初七、初八、初九、十四日、十八日、二十日、二十六日、二十七日条。综祁彪佳日记所载，许惺庵，字玄度，绍兴人。十月初八，祁彪佳与陈情表送许惺庵于其东家。祁彪佳作《赠许惺庵》诗送别，题注：惺庵丈夫子八人，婿为大老。

十一月，游幕祁氏。初二，为祁彪佳卜筮定寓。十九日，协助祁彪佳编订《辽事始末》一书，收录彪佳诸疏尽一卷。二十六日，作《渔灯儿》套曲。

据《涉北程言》十一月初一、初二、二十二日、二十五日、二十六日条。

闰十一月，多与祁彪佳漫步闲游、文酒唱和。十九日，作《桐江老》一剧。

---

① 见《祁彪佳文稿》，第 1563 页。
② 见《祁彪佳文稿》，第 1545～1546 页。
③ 《祁忠敏公日记·涉北程言》，见《祁彪佳文稿》，第 921 页。

据《涉北程言》闰十一月初五、初九、十八日、十九日条。

十二月，多与颜壮其、祁彪佳等闲谈性理。

据《涉北程言》十二月十七日、十九日、二十日、二十六日、二十七日、三十日条。据《漳州府志》卷七，颜茂猷，字裒白，又字壮其，龙溪人，崇祯甲戌（1634）进士，授精膳司主事，著《天皇河图》二卷。

崇祯五年壬申（1632）

正月，由祁彪佳引荐，以才情受知于李子木等，多从诸人赏景漫游、读书观戏、即席联诗。

据《栖北冗言》① 正月初一、初二、初三、初四、十二日条。查《明人传记资料索引》，李子木，名模，号灌溪，吴县人，天启五年（1625）进士。诸即席联诗见《远山堂诗始》中《元日同李子木、郑季公、陈自营、蒋安然集吕祠，即席联句，命童子击磬为节，磬三击句不成浮大白，刻寸烛得二十韵》，正月初一作；《泡影亭仝子木、郑季公、蒋安然、陈自营飞觞晓雪，各拈四韵，刻香成句》，正月初二作；《元旦后三日同李子木、颜壮其、陈自营、蒋安然小集联句，赋得紫气访真人，是日有彩云之瑞》，正月初四作。三诗联句者皆为祁彪佳、李模、郑茂烨、陈情表、蒋倪。

二月，初五，得张氏西席，迁出祁寓。十二日，往贺祁彪佳妻至京团聚。二十五日，戏曲家沈泰从南京来访祁寓，相与述旧事。二十九日，随祁彪佳、蒋安然走访李子木。

据《栖北冗言》二月初五、十二日、二十五日、二十九日条。

三月，初七，作《咏杏十首》示祁彪佳。十一日，自营致书祁彪佳，言与主人不合，大恸中日，故书多愤语。次日，祁彪佳欲迎请解慰之为果。十四日，祁彪佳、陆叔度为自营评新作剧，众人联作《立夏前四日姚次白、陆叔度、郑季公、陈自营、蒋安然偶集送春，即席联句》诗。十七日，托祁彪佳索书法家王铎书扇。二十九日，与祁彪佳等有西郊之游，拈韵赋诗。诗未详。

据《栖北冗言》三月初七、初九、十一日、十二日、十四日、十七日、二十九日条。三月十四日日记称："门役云叔度在邻家，遂邀之，方

---

① 《祁忠敏公日记·栖北冗言》，收入《祁彪佳文稿》。

与评陈自營新作剧，姚次白至，……予同叔度、次白再访教宗师，适蒋安
然亦自外来。……次白、叔度从至予寓，索酒为欢，联送春之句。适陈自
營亦至，续成之。次白大醉，归。自營就榻，与予再剪烛而谈。"联句诗
收入《远山堂诗始》，参与者为蒋倪、郑茂烨、陆启浤、祁彪佳、汪时曜、
陈情表、姚次白。

四月，屡晤友赴席，赋诗看戏。诗未详。

据《栖北冗言》初三、十七日条。

五月十五日，赴康庄衢席。

据《栖北冗言》是日条。康庄衢，其人不详。吕坤（1536～1618）
《去伪斋文集》卷三有《答康庄衢礼部》云："遇事要活泼，如走盘之珠；
机缄要深沉，如在璞之玉。"毕自严《石隐园藏稿》卷一诗有《送康庄衢
少司农擢南大司寇》，当即此人。

六月，屡赴席应酬。观《琵琶记》。

据《栖北冗言》六月十七日、二十二日、二十七日。

七月，东家疑以偷窃，情表怒难自遏，屡自白于祁彪佳，彪佳为之巽
言拨转。

据《栖北冗言》七月初六、十一日、十三日、二十七日条。

八月，居京，与祁彪佳继续往来。

据《栖北冗言》八月初六、二十六日。

崇祯六年癸酉（1633）

偕赵可孙、董天孙来送祁彪佳外放苏松巡按任。

据《役南琐记》五月二十七日条。①《寓山志》诗注，董玄，字天孙，
会稽人。

崇祯七年甲戌（1634）

居乡。祁彪佳延为子师。

《里中人都尺牍》（国家图书馆藏，明抄本）有《与陈自營》函，云：
"此月惟十八日宜入学。"当时祁彪佳巡按吴中事毕，归乡暂歇以待年底赴
京岁考。可知此时陈情表已由京返乡。

---

① 《祁忠敏公日记·役南琐记》，见《祁彪佳文稿》，第1009页。

崇祯八年乙亥（1635）

五月二十六日，访祁彪佳于其西湖上别墅偶居。时祁彪佳巡按事毕，告病归乡。

据《归南快录》是日条。①

秋，游幕祁彪佳门下。

据《归南快录》七月初四条，董天孙来访祁氏，留饭，陈情表作陪。董出诗文以示。二十二日，祁彪佳仲兄凤佳设馔邀马元常、王金如、陈自誉饮。午后，彪佳简书稿令陈情表誊写。王金如，名朝式。据清邵廷采《思复堂文集》卷一《姚江书院传》，王朝式，字金如，嵊人，山阴诸生，学于沈国模、刘宗周，崇祯十三年（1640），年三十八而卒。刘宗周《刘子全书》卷二十三有《祭王金如文》。八月初三，祁彪佳作《彼家解》复其季兄骏佳《彼家说》之恐其溺于男女之欲，情表两是其说，彪佳乃作《三教战守和论》。十七日，祁彪佳邀与董天孙共酌桂树下。

八九月间，郡试童生落榜，赵可孙来慰。祁彪佳为之向会稽令张夬请托。

据《归南快录》八月二十六日、二十九日，九月初一、初四条。又，祁彪佳《都门入里尺牍》（南京图书馆藏，明抄本）有《与张撤藩》函，为陈情表向会稽令张撤藩求青目。据《乾隆绍兴府志》，张撤藩，名夬，丹阳人，崇祯五年（1632）诸暨令，八年（1635）转会稽令，寻升南仪曹。祁彪佳崇祯八年（1635）六月二十六日作《喜雨为谢山阴张会稽两令作》、七月二十七日作《送邑令张撤藩升南仪曹》。

九月初九，受祁彪佳幺弟象佳邀，与彪佳、凤佳、骏佳以及刘北生、郑九华、金大来及祁氏诸子侄泛舟羊山。自羊山游下方寺，再至金白山，登山高眺。泊暮始归，归已逾子夜。

据《归南快录》是日条。

十月，助祁彪佳构筑寓山园林。

据《归南快录》，十月十七日，随祁彪佳、骏佳至项里，观将壶草堂，拟将移为寓山读书处。二十一日，祁彪佳邀与豸佳、熊佳、卢伯安、郑九华等放舟寓山，登其巅，画卜筑之规制，再泊湖南山下观鱼，归舟见月。

---

① 《祁忠敏公日记·归南快录》，见《祁彪佳文稿》，第1018页。

二十八日，午后，祁彪佳与赵应侯、情表棹小艇游鉴湖，自桐山之阳至新桥而返。

十一月初九，暂别祁氏。当以年末归家故。

据《归南快录》，初六，与彪佳坐话。初九，以暂归来别彪佳。三十日，祁彪佳寓山联取杜甫诗"高枕乃吾卢"，并自为"扫石听长松"，托自誉于杜集觅属对下联。

崇祯九年丙子（1636）

春，复来游幕于祁氏。

据《林居适笔》①。正月十八日，陈自誉至，小饮。二月初九，齐企之至，皆归，与陈自誉同宿。二月二十二日，与陈自誉、何芝田约将开社于寓山，以天雨撤。二十五日，祁彪佳偕自誉与诸儿至寓山。二十六日，祁彪佳与赵应侯共读自誉和彪佳寓山卜筑诗。二十七日，祁彪佳与赵应侯、自誉、凤佳放舟寓山。三月初四，祁彪佳偕董天孙、陈自誉及同、理二儿放舟南塘，登稽山书院，出城至于六和庄、净业山房及水印庵，薄晚舟至小隐山下。另，十八日、二十五日条亦皆及自誉来至，寓山畅饮。

四月十四日，以董持阿之招，欲赴天台入试，祁彪佳力止。五月十七日，祁彪佳以数行书迎自誉。此后暂离祁氏幕下，然过往频繁。

据《林居适笔》四月十四日、十八日和五月十七日条。董持阿，名标，时任台州备倭军把总。据日记，同年八月初十，得董持阿函，得知台兵鼓噪。九月二十五日，以台州兵变，彪佳致函巡按郭符甲为董持阿求解。函见《林居尺牍》秋冬季册《与郭太薇公祖》，称台州备倭军把总董标被诬挑激兵变。又十八日称，骏佳邀酌自誉于舟中。

秋冬间，屡至寓山造访祁彪佳，观其造园。八月十一日午后，与祁彪佳坐远阁，各赋五古。陈情表所作为《秋夜坐月于寓园之远阁》。

据《林居适笔》七月二十八日，八月十一日、二十四日，九月初三日，十二月十七日、二十日条。又，《寓山题咏》现存陈祢诗《秋夜坐月于寓园之远阁》称："荷戈驰霜白，搦管占槐黄。孰胜与孰负，各逞乎其强。相惭无所与，空作闲工商。"如果句中"工商"不是"宫商"的传抄笔误，则陈情表屡试落第后，不但担任过祁氏幕僚，且穷寒无奈，中年为

---

① 《祁忠敏公日记·林居适笔》，收入《祁彪佳文稿》。

谋食曾从事工商之业。又，日记称十二月十七日，祁彪佳与陈自訾等出至寓山，始竖雨花台亭。

崇祯十年丁丑（1637）

二月，家居。初一，泪暮来顾祁氏。

据《山居拙录》是日条。①

十一月初三，祁彪佳来函乞《寓山词》。

据《山居拙录》是日条。祁彪佳编撰《寓山十六景诗余》，收入陈裕所作《蝶恋花》词十六首，当即应邀所作。此组词，浙江图书馆藏本《寓山志》残帙中已逸出不见，但日本尊经阁藏本《寓山志》有所收入。

十二月十四日，与董持阿过访祁彪佳，留饭。

据《山居拙录》是日条。

崇祯十一年戊寅（1638）

春，为祁彪佳作《寓山十六景诗》和《寓山问》文。

据《自鉴录》②正月十七日、三月初八、四月初九条。按，国内现存祁彪佳编《寓山志》（浙江图书馆藏本）、《寓山题咏》、《寓山续志》皆未收陈情表《寓山问》《寓山十六景诗》，或因编书筛选，或因残本遗佚。正月十七日，祁彪佳灯下阅陈自訾作十六景诗。四月初九，为陈自訾删改《寓山问》，则诗、文各在之前完成。

秋八月初，病故。

《自鉴录》云："八月初九，遂易小舟至车家浦吊陈自訾。自訾负才而贫，贫而死，一棺郊外，令人悲痛。其兄出谈于田。"

综上可见，陈情表为绍兴府会稽县车家浦人，有长兄。贫病而卒，卒于崇祯十一年（1638）秋初。生员身份，屡试落第，穷寒无奈，或曾行工商之业谋食。与祁彪佳（1602~1645）同辈友好，唯生年不详。

三 创作辑考

陈情表无文集传世。其戏曲创作除历代曲目载录的《弹指清平》

---

① 《祁忠敏公日记·山居拙录》，见《祁彪佳文稿》，第 1074 页。

② 见《祁忠敏公日记·自鉴录》，收入《祁彪佳文稿》。

《钝秀才》《桐江老》外，还有散曲《渔灯儿》未见叙录。但以上作品皆已亡佚不见。另外，陈氏所作诗文亦多。从祁彪佳日记内钩稽得篇名而内容散佚的，有文《寓山问》，诗《咏杏十首》《寓山十六景诗》等。笔者在查阅各大图书馆现存相关古籍时，发现目前仍有陈情表作品幸存全篇，分别是《秋夜坐月于寓园之远阁》古诗一首，《寓山十六景词》寄调《蝶恋花》十六首，在他与友人即席唱和的联句诗六首中，也留存了口占佳句若干。现将所见陈氏佚作辑录考述如下，以备治明代文学诸同好借鉴。

（一）戏曲创作

远山堂"两品"载录陈情表杂剧《钝秀才》、传奇《弹指清平》两剧。傅惜华称："所制杂剧一种，传奇一种，均未流传。"① 唯叙录其《钝秀才》《弹指清平》两剧。庄一拂则叙录《桐江志》《钝秀才》《弹指清平》三剧，《桐江志》条称："此戏未见著录。《曲目钩沉录》引祁彪佳日记《涉北程言》'陈氏有《桐江志》一传'，当衍严子陵事。佚。"② 按，庄先生或未亲见祁彪佳日记，今查《涉北程言》，可知传奇名应是《桐江老》。③ 同书《钝秀才》云："远山堂《剧品》著录。《读书楼目录》亦载之。其他戏曲书簿未见著录。"④

《弹指清平》《钝秀才》今虽皆亡佚，从祁彪佳列为"逸品"观之，作品意趣较高。《远山堂曲品》评《弹指清平》："圣鉴不得志于时，此记多寄其感慨。而珠娘、檀娘婉媚之态，令人魂消。至其超轶处，自行自止，惊破世眼，当别设一格以待之。"⑤《远山堂剧品》评《钝秀才》："圣鉴不得志于时，借钝秀才舒自己胸臆。天才豪放，不一语入人牙慧。当是临川后身，不得复绳以韵律。"⑥《钝秀才》剧虽然内容不详，现参明冯梦龙《警世通言》第十七卷《钝秀才一朝交泰》，清沈启凤《谐铎》卷十一《扫帚村钝秀才》，则陈情表《钝秀才》杂剧的故事情节，或亦相类，叙述落魄秀才穷窘狼狈之态，感慨命运遭际。而《弹指清平》或是幻想通达，

① 见《明代杂剧全目》，第 193 页。
② 见《古典戏曲存目汇考》，第 474 页。
③ 据祁彪佳日记《涉北程言》闰十一月十九日条，见《祁彪佳文稿》，第 934 页。
④ 据祁彪佳日记《涉北程言》闰十一月十九日条，见《祁彪佳文稿》，第 934 页。。
⑤ 见《远山堂明曲品剧品校录》，第 16 页。
⑥ 见《远山堂明曲品剧品校录》，第 193 页。

建功立业。此两剧，祁彪佳日记中未涉及创作时间，当系祁、陈论交之前完成。

陈情表与祁彪佳的交往，开始于崇祯二年（1629）或稍后。当时祁彪佳父丧丁艰期间，为整理补作其戏曲论著《剧品》《曲品》，向诸亲友广搜时人新作，以备评议。他从赵应侯处借得陈情表剧作，观阅后怜才，恳请引荐。前文《与赵应侯》函所指令彪佳惊艳崇推的一剧，或即上两剧之一，则作于崇祯二年（1629）或之前。

从祁彪佳剧评大体可知，陈情表的戏曲创作，系文人之剧，气格豪放，文采斐然，人物形象萧散不俗。但他的戏曲创作观念，倾向于汤显祖式的尚文采、擅才情。故祁彪佳表旌为"临川后身"，但从祁彪佳日记中的戏曲场上演出观赏记录看，并未提及两剧曾上演。

前述二剧之外，祁彪佳崇祯四年（1631）日记《涉北程言》十一月二十六日载："晚，炉坐有感，因与圣鉴、安然言古人有以爱妾换马者。予昨得王觉斯诗，不忍释手，倘挟艳姬便当易此。安然以题极佳，不可无词，乃刻烛共构《渔灯儿》一套，漏下三商，已可歌矣。安然次成之，圣鉴又次成之。"[1] 可知陈情表也曾经作《渔灯儿》套曲。从题材来说，此曲亦意在表现男儿不为儿女物累的洒脱气度。

又《涉北程言》闰十一月十九日载："圣鉴思作剧，苦无佳题。乃就陈伯武借《艳异编》，阅一过，皆儿女子态。圣鉴以其非英雄本色也，乃别为《桐江老》一传。"[2] 从中可知，《桐江老》一传，亦非表儿女情事，而抒散淡豪气。又，崇祯五年（1632）《栖北冗言》载，三月十四日，邀陆叔度共评陈圣鉴新作剧。[3] 祁彪佳和陆启浤所评剧，当即《桐江老》，则《桐江老》剧崇祯五年（1632）三月之前已经完成并小范围内传布。

总之，陈情表的戏曲作品基本以表现其慷慨豪气为旨归，借戏曲自述仕途未达之慨与自身高远情志，他是一个推崇男儿高志、才情过人的戏曲作家。

（二）诗词创作

祁彪佳对陈情表诗歌颇为推崇。其《远山堂诗集》中多褒奖之辞。如

---

① 见《祁彪佳文稿》，第932页。
② 见《祁彪佳文稿》，第934页。
③ 见《祁彪佳文稿》，第949页。按，据（清）卓尔堪编《明遗民诗》卷十四（陆启浤，字叔度，平湖人。著有《贲趾山房集》），中华书局，1961，第571页。

《慰陈圣鉴病》诗云："割累忘情便解欢，医魔却懒亦无难。求凰赋就何多渴，洗马神伤不耐看。梦渡江枫愁树老，起临边月怕秋残。楞严解得如如意，病里维摩空际观。"《喜圣鉴病起》云："为问朝来病体轻，晴帆隐隐作吟声。一灯心事听蛩语，两岸风涛到枕生。叔夜养生方识懒，休文因病却多情。想应困酒倾蕉叶，五斗还须解宿醒。"仕途不达，陈情表把文学创作当作展现自身才华、获取他人认同的载体，对创作执着投入，甚至因此伤身。又，《喜陈圣鉴入社各赋五言限社字》云："世风日趋靡，谁其作大雅。独有素心人，词章多满架。"另《陈圣鉴累日长吟，百篇未已，诸友有止之者，有勉之者，予两解焉》注曰："陈圣鉴累日长吟百篇未已，诸友有止之者，有勉之者，予两解焉。"诗云："客边推尔执词盟，妒尔豪吟众喙鸣。语默喜无名士态，静深绰见古人情。禅参半偈理皆足，赋就三都价始成。若把诗肠换酒意，便教人唤小刘伶。"祁彪佳认为陈情表为人素朴自然，文字静深雅逸。

陈氏现存诗词作品，辑录评述如次。

1. 即席联句诗六首

秋月移帆与郑季公、汪照邻、陈圣鉴联赋　二首
其一

忽有此一夕，纵怀不自繇。无声移草露，有影吊潭秋。（幼文）暗艇随流火，毒龙栖怒湫。（季公）橹摇琐碎月，帆动浅深洲。（幼文）所得皆堪志，追随尽属眸。（照邻）荷风凛到雁，柳岸静于鸥。（幼文）活泼鱼凫国，依稀烟雨楼。（圣鉴）他乡无俗想，永夜聚良侪。（季公）即不访安道，如何返子猷。（圣鉴）偶惊衣袖薄，并念道图修。（季公）一水清光满，诸峰远意收。图为摩诘写，句自少陵搜。（幼文）旅思载于舶，乡书达以邮。（圣鉴）莼丝聊可供，鲈鲙亦堪求。（照邻）坐则心逾细，眠之梦亦幽。（幼文）更深清笑语，人散乱觥筹。（季公）试把笺来续，因将灯再篝。（圣鉴）

其二

友边多所得，客里亦何求。（季公）云树尝相识，清虚未可留。（幼文）晴帆过蓼岸，野火点芦洲。（季公）薄照澄如洗，微痕滑似油。（圣鉴）烟林俯水石，画舫度篁篠。（季公）苹藻皆知喜，鸱鸥只合休。枫根能作语，槐市直通畴。（幼文）梅自笛声落，竹从杯影浮。

（圣鉴）天人俱迹化，物我尽绸缪。愿学鸱夷泛，宁为志和舟。（照邻）琉璃一国泻，鼍蠡九天秋。（幼文）赤壁主人赋，沧浪童子讴。（圣鉴）倩诗消客况，把盏慰花愁。（照邻）不辨谁宾主，相逢无应酬。懒吟过夜半，狂啸在中流。（季公）但得忘游子，因之作醉侯。（幼文）

按，以上二诗，系崇祯四年（1631）初秋，祁彪佳外服阕，北上晋京候选，携友同行，众人舟途中联句。祁彪佳《十舟诗引》述及联诗始末："《十舟诗》者，客途无事，与友人郑季公、陈自誉、汪照邻拈题为十，互相评骘以资笑谈乐也。"客途同行者为郑茂烨、汪时曜、陈情表。

从联句观之，陈情表极擅写景状物，佳句如"活泼鱼凫国，依稀烟雨楼""薄照澄如洗，微痕滑似油""梅自笛声落，竹从杯影浮"，字句精雕细琢，落笔尖新生动，刻画细腻，意境悠远。而"即不访安道，如何返子猷""旅思载于舶，乡书达以邮""赤壁主人赋，沧浪童子讴""试把笺来续，因将灯再篝"诸句也颇见孤怀静行，幽绪廓远，隐现钟谭"竟陵"气质。

> 元日同李子木、郑季公、陈自誉、蒋安然集吕祠，即席联句，命童子击磬为节，磬三击句不成浮大白，刻寸烛得二十韵
>
> 旅集当元日（季公），微晴入雅筵（安然）。开新虽有象（幼文），道旧岂有常（子木）。淡岫浮空霁（幼文），澄襟袭远香（子木）。袤炉寒已辟（安然），吹律景初芳（幼文）。侣雪孤怀壮（子木），哦云别韵扬（自誉）。醉心茹野况（自誉），解趣脱名航（安然）。春穉风犹峭（自誉），情深话愈长（季公）。兰馨蒸满座（安然），松响细长廊（幼文）。酒泛余杭姥（安然），檀分树顶王（幼文）。冰融茶灶润（子木），冻结笔床凉（自誉）。僧磬催诗帖（季公），邻钟点烛光（安然）。新衔兼曲部（幼文），夙悟问空桑（子木）。慧点琉璃照（自誉），玄甍玉鉴堂（季公）。流晖凭笔墨（安然），抚景倒衣裳（幼文）。静里参荣落（幼文），圜中抱翕张（子木）。应酬忘世法（自誉），晤对悉他乡（季公）。天地私吾辈（安然），文章见古狂（幼文）。直声毁几席（子木），道貌俨宫墙（自誉）。宾主随缘作（自誉），悲欢与众尝（季公）。因之知物候（幼

文），只此历星霜（子木）。元响开兹夕（子木），长吟聊以偿（自誉）。

按，祁彪佳崇祯五年壬申（1632）日记《栖北冗言》正月初一云："晚子木邀至其寓，快饮将醉，复联句，命童子击磬为节，磬三击句不成，浮大白，刻烛成二十一韵而别。"① 此诗共四十二句，二十一韵，合乎日记所志。然诗题称"刻寸烛得二十韵"，或是取其成数，亦可能《远山堂诗始》抄本传抄有误。

从此诗中陈情表联句来看，写景之句"哦云别韵扬""醉心茹野况""春稚风犹峭""冻结笔床凉"固然是寒冬实景的写照，但笔调幽寂峭刻亦见竟陵习气。而叙事之句"慧点琉璃照""应酬忘世法""宾主随缘作"则呈现很深的佛禅痕迹，祁彪佳《远山堂诗集》有七律《慰陈圣鉴病》题注："圣鉴喜阅楞严如说。"② 可以佐证陈情表崇佛好禅。

> 泡影亭仝子木、郑季公、蒋安然、陈自誉飞觞晓雪，各拈四韵，刻香成句
>
> 冻光乘古木（季公），素色税玄都。拨火初挑兽（安然），凝云乍点乌。瘦驴鸣狭巷（幼文），饥鹊睨荒厨。返照纷空艳（子木），回风洗画图（自誉）。春渐桥影活（安然），寒尽陇尽徂。聊拾江蓑意（幼文），还怜始射肤。迟杯斟太古（子木），泼墨傲穷途。剧谈笑忘分（自誉），情深理若愚。分题还刻烛（季公），敲字屡催壶。集胜心逾静（安然），吟长客似逋。梅妻林叟梦（幼文），莲漏远公跌。气迥声闻寂（子木），时清道貌腴。昏钟犹带湿（季公），□□□□□。月知应早胐（子木），花解尚迟须。魄以半酣接（子木），调惟共和孤（自誉）。岂其忘适境（幼文），所贵在真吾（安然）。

按，据《栖北冗言》，正月初二，"李子木邀予辈至寓观雪，因再联晓雪飞觞之诗。燃香击钵，且限人各十韵，韵穷许别借，以卮酒偿之，以为觞政"③。据诗，参与者有郑茂烨、蒋倪、祁彪佳、李模、陈情表。

---

① 见《祁彪佳文稿》，第 941 页。

② 见《祁彪佳文稿》，第 1561 页。

③ 见《祁彪佳文稿》，第 941 页。

此诗中，陈情表的接对并不积极，可见陈情表并非急才横溢的作家，但他以"回风洗画图"对李模的"返照纷空艳"，同是冬日晚景，李极浓艳，陈却极其冷峭空远。"剧谈笑忘分""调惟共和孤"也体现了陈情表创作中非常显著独特的幽冷孤拔气质。

> 元旦后三日同李子木、颜壮其、陈自营、蒋安然小集联句，赋得紫气访真人，是日有彩云之瑞

> 季世追鸿秘（安然），微言肇太玄。气来匪倚象（子木），律动自飞烟。蜃阁镌青碱（壮其），龟幢引碧天。帝文脂枭篆（自营），井宿耀移躔（幼文）。法籍空中接，希声教外传（壮其）。郁蓝垂玉几（幼文），沉澄俯金埏。物色通天朕（安然），沉浮同大年（子木）。荣光摇北斗（壮其），壶日照西川。梦破灵关透（自营），虚归凤器全（幼文）。欲疏真性命（安然），聊示假蹄筌。杖舄凭云挽（子木），梯航抵岸捐（壮其）。时逢生数五（子木），运阐道经千（壮其）。胎息真元会（幼文），谷神橐篇坚（安然）。三教经开祖（自营），无为道自远（幼文）。神游乞留影（自营），悟到不容诠（幼文）。万物初裁正（安然），孤根乃湛圆。师乎必有母（子木），法也遂无边（壮其）。身在原非我，机来若作缘（子木）。青羊如肯待（幼文），玄牝果谁绵（安然）。

按，据《栖北冗言》，正月初四，"予与圣鉴出门看雪，遇姚心无，因邀李子木同步泌园，坐于我先楼上。心无言其所得光景，水火相见，婴姹既交，乐莫至焉，但结丹之后出神须一转耳。归寓颜壮其已立候于门，乃邀子木同饭。饭讫同访姚心无，壮其叩以内道，心无谈益畅。继而予与壮其诸兄步自大清宫，见天际有彩云之瑞。晚邀李子木联句，以'紫气访真人'为题"[1]。参与联句者有蒋倪、李模、颜茂猷、陈情表、祁彪佳。又据日记，"初五日，李子木来，与颜壮其订定昨联句"[2]。

> 立夏前四日姚次白、陆叔度、郑季公、陈自营、蒋安然偶集送

---

① 见《祁彪佳文稿》，第 941 页。

② 见《祁彪佳文稿》，第 941 页。

春，即席联句

春阴惊晚艳（安然），小雨歇高堂。低接鸟声碎（季公），遥开树影香。轻云吹不散（叔度），落絮点初妆（幼文）。林待封姨惜（安然），水飞瓜蔓光（叔度）。到帘依杂翠（幼文），分眼殢新簧。蝶梦江村远（叔度），莺歌水国凉（自誉）。游丝应熟恋（安然），野马共相商（次白）。迟月醉勾渚（季公），占星薄火房（叔度）。久怜风信断（次白），欲吊化工殇（自誉）。客里花期过（幼文），闲中物候伤（叔度）。赠之思折柳（幼文），行矣漫沾裳（次白）。莫道杯痕绿（叔度），因之意短长（自誉）。

按，据《栖北冗言》，三月十四日，"门役云叔度在邻家，遂邀之，方与评陈自誉新作剧，姚次白至，……予同叔度、次白再访教宗师，适蒋安然亦自外来。……次白、叔度从至予寓，索酒为欢，联送春之句。适陈自誉亦至，续成之。次白大醉，归。自誉就榻，与予再剪烛而谈"①。此次联句者有蒋倪、郑茂烨、陆启浤、祁彪佳、汪时曜、陈情表。

以上六首联句诗，现见收于国家图书馆藏明远山堂抄本祁彪佳《远山堂诗始》。观照陈情表在其中留下的诗句，可见他虽不是勇于临席接对的急才，但极擅写景状物，诗句造景弘远，格调高旷，笔触细腻，文字尖新，具有较高的审美价值。

2.《秋夜坐月于寓园之远阁》

山面絲人改，人面依山光。剪除又三月，雨露洗天荒。□□（人迟）来薄暮，更苦迎接忙。凿径入松曲，及肩迁循墙。□□□□□，石流羲之筋。一亭望一榭，疏如五柳行。□□□□□，层阁尤翚张。冥鸿晦鸣凤，秋风哭文章。□怀寄苏啸，清舞病鹤狂。杯尽地新霁，醉余吐琳琅。胐魄虽尚半，倍明于夜良。居高气已肃，湿翠寒衣裳。静对余别赏，因以卜行藏。荷戈驰霜白，搦管占槐黄。孰胜与孰负，各逞乎其强。相惭无所与，空作闲工商。高枕不知谓，羲辔追扶桑。

按，此诗收录在浙江图书馆藏明稿本《寓山题咏》不分卷（上、下二

---

① 见《祁彪佳文稿》，第949页。

册）之下册，系陈情表唯一幸存全文的诗篇。祁彪佳日记《祁忠敏公日记·林居适笔》（崇祯九年，1636）八月十一日条云："午后约陈自莹携眉儿至山，坐月远阁，各赋五言古一首。予感怀时事，有'西北有烽火，欢极生百忧'之句。宿静者轩中。"稿本此诗多文字漶灭脱落，故以□代。"□□来薄暮"句，空格文字模糊，疑为"人迟"二字。

本篇作于作者中年之后，多忧生喟老之叹，情调黯沉，应是长期穷窘不遇、壮怀销蚀之故。底本"工商"若非"宫商"的传抄笔误，则陈情表应是屡试落第后，穷寒无奈，中年后为谋食而从事工商之业。

又，祁彪佳所作同题诗为《秋夜同陈自莹坐月寓园远阁》，收入《远山堂诗集》，全文如下：

> 开园志孤僻，朗怀发林丘。相赏泉石间，领略入精幽。东山吐皎月，肃肃高新秋。寂矣静万籁，长松响飕飕。矫首舒长啸，纤云尽卷收。向阁接光影，苍茫江海浮。徘徊不能寐，欢极生百忧。西北有烽火，一轮照逃流。尔我生此际，幸且保锄耰。拜谢君王赐，鉴曲恣悠游。但愿享太平，饮酌长无愁。

3.《寓山十六景词》十六首

蝶恋花　远阁新晴

若带晓光凌露滑。花重啼痕，接日初轻午。槛外流莺新振羽。野香熨气熏袍组。

百尺危巢天际俯。纵目所之，豪爽神轩举。得失阴晴翻覆谱。奈何中道嗟风雨。

蝶恋花　通台夕照

百尺危台峰反见。草细花砖，人踏西来面。薄暮彩云天外绚。女娲石碎为珠溅。

鸟背斜阳还以倦。赤帜招招，鼓作韩彭战。只恐桑榆无可恋。函关紫染吴门练。

蝶恋花　清泉沁月

月与清风新有约。索入琼台，清坠回溪壑。穴石通泉天半落。忽然天底浮盈握。

当欲烹泉愁月涸。并月烹来，寒透鲛绡幕。若使青莲乘醉捉。何如许子连瓢酌。

蝶恋花　峭石冷云

悬级平台眠石怪。饥骨查牙，啮尽泥丸快。泉出其中云出外。峨眉雪意如常在。

笛亭空有知音蔡。暖谷迟春，调冷愁寒黛。友石榭边欹客盖。荒苔可语鲜遗爱。

蝶恋花　小径松涛

曲径画栏随折入。下即深坡，上即为苔壁。夹道青青松翠滴。游人疑雨惊衣湿。

遥鼓天风邀倦翼。小沸茶铛，大沸回潮汐。洗耳有泉声写出。湘江何事弹瑶瑟。

蝶恋花　虚堂竹雨

寂寂草堂云自锁。外不留人，中亦非藏我。壁立几竿争袅娜。雨中竹叶鲜花朵。

雨意晴光相较可。一滴一清，幻梦消因果。留伴不知何物妥。鹤琴在右图书左。

蝶恋花　平畴麦浪

麦秀雨岐天也稚。香饱春风，呕作秋涛碎。游女颉颃随卷至。湘妃溺抱烟波媚。

目送平畴千里逝。鸟不能追，堕作沙鸥戏。岌岌寓园无所系。鉴湖荡漾偕园势。

蝶恋花　曲沼荷香

座仿莲台依绝巘。绿满宫云，幽度湘妃辇。暑退不知风力转。香光醉予先沉湎。

茂叔身过花径软。立品如之，不圣为狂狷。读易一椽天地浅。其中逗出人清远。

蝶恋花　柯寺钟声

对月黄流沉琥珀。句落华胥，未出东方白。半枕自宽身世窄。云中鸡犬谁家宅。

午夜有闻童子获。北寺钟声，著意过南陌。消息一般惊梦百。入山学道呼诗客。

蝶恋花　鉴湖帆影

百里湖山皆影立。画桨兰桡，缕缕如烟织。一镜天光随手劈。长空写字无留迹。

舟重帆轻风有力。妒煞鱼凫，追蹑何能及。人向画图行自得。却忘此际身生翼。

蝶恋花　长堤杨柳

一线家风陶氏古。腰可折乎，不折先生五。十里苏藏一曲庞。六桥迁在于酃圃。

鸟乱游人阴自舞。桥上马惊，桥下游鱼迕。来掷归停因倦阻。风流知己非张绪。

蝶恋花　古岸芙蓉

客径萧然清落叶。独得花开，向水而言别。朝夕改容谁已悦。岂其自有伤情切。

岸断人来愁与接。日也无光，黯似秋江月。盆沼劈天虽小绝。大收离恨长如劫。

蝶恋花　隔浦菱歌

秋水蒹葭藏小艇。放出菱歌，与昨莲歌等。采采鲜分风味冷。吾家宿酒开之醒。

芡实莼丝堪济鼎。家作其羹，别熟桑麻景。客至不皇烹雨茗。扁舟偕摘凌波影。

蝶恋花　孤村渔火

朝出暮归耽晚眺。三两烟村，渐没微星耀。风急不能传语笑。残灯写出渔家傲。

今夜波涛休下钓。身放小船，大梦凭其觉。明灭随之如野烧。隔邻乱影空生闹。

蝶恋花　三山霁雪

安顿园林无巧缪。不在雨中，在雪初晴后。数树老梅肥且瘦。香消花落清依旧。

遥拱三山螺黛又。虢国夫人，连袂轻罗袖。我退举觞他进侑。镜湖百胜皆归毂。

蝶恋花　百雉朝霞

昨夜醉眠高阁上。一枕东方，间阖开霞帐。斗大蠡城村渺望。断云人碎翻桃浪。

　　城市初喧天意旷。镜曲湖光，蜀锦春江漾。绝胜凤城春色荡。纱笼弘景山中相。

按，以上蝶恋花词十六首，收入祁彪佳所编《寓山十六景诗余》，国家图书馆藏明稿本，一册。

祁彪佳寓山十六景，分别是内景八：远阁新晴、通台夕照、清泉沁月、峭石冷云、小径松涛、虚台竹雨、平畴麦浪、曲沼荷香；外景八：柯寺钟声、镜湖帆影、长堤杨柳、古岸芙蓉、隔浦菱歌、孤村渔火、三山霁雪、百雉朝霞。陈祧的这组《蝶恋花》词，咏十六景俱全。

十六景词的创作时间，《祁忠敏公日记·山居拙录》（崇祯十年，1637）十一月初三日载："致书陈自誉，乞为寓山词。"① 则可明确，陈情表作这十六首《蝶恋花》词当在此后。又，《祁忠敏公日记·自鉴录》（崇祯十一年，1638）正月十七日条云："灯下阅陈自誉作十六景诗。"② 陈自誉写十六景诗此时已经完成，惜未留存。然其十六景词的创作，也当在此前后，即崇祯十年（1637）底十一、十二月之间。

国家图书馆藏明稿本《寓山十六景诗余》页眉有批注。陈祧诸词，《清泉沁月》页眉批："上选""刻""猿公舞剑"；《小径松涛》页眉批："上选""刻""以卓荦之句子写出真景，尤是词"；《虚堂竹雨》页眉批："又次选""可刻""磊落有欲起之势"；《通台夕照》《远阁新晴》页眉批："不"。这是根据词的艺术水准，确定交付刊刻或不刊刻。现存的《寓山志》，有浙江图书馆藏明刻本与日本尊经阁藏明刻本两种版本，其中浙江图书馆藏明刻本目录显示：《后游记》嗣出，《注》下嗣出、《曲》嗣出。书中没有《远山十六景词》亦即《曲》内容。又查日本尊经阁《寓山志》中《十六景词》一体，收录陈祧《蝶恋花·小径松涛》。眉批："如梅花道人嚼雪，清香散入肺腑。"内容同前文。可知，国家图书馆藏《寓山十六景诗余》一书，当是祁彪佳选刻《寓山志·十六景词》参据的底稿。

以上十六首词，虽亦不免"半枕自宽身世窄"（《柯寺钟声》）、"得失阴晴翻覆谱，奈何中道嗟风雨"（《远阁新晴》）怀才不遇、忧生喟老

---

① 见《祁彪佳文稿》，第1103页。
② 见《祁彪佳文稿》，第1111页。

之叹，却突兀奇崛，景趣高远，如《远阁新晴》"纵目所之，豪爽神轩举"，《通台夕照》"赤帜招招，鼓作韩彭战"，《孤村野火》"风急不能传语笑，残灯写出渔家傲"，自有开旷爽迈之气，符合祁彪佳对陈情表戏曲文风超迈豪放的评价。我们从中能感受到陈情表戏剧的风格魅力。

四　结论

作为明末越中曲派的重要作家，陈情表的戏曲创作被论者称为"临川后身"，其戏曲创作继承了汤显祖重才情、尚文采的美学追求，无疑为明中后期戏曲创作热潮的发展和延续做出了贡献。陈情表本名陈禘，字自营，又字圣鉴，别署情表，为绍兴府会稽县生员，车家浦村人。他的姓名和里籍的判定，不仅为今人了解这位戏曲作家的生平事迹提供了可能，也能直接帮助研究者辑录得到他的现存遗作。通过对陈情表现存古风一首、词十六首、联句诗六首的辑考评析，我们可以从他诗词宏远高旷的景趣、细腻尖新的文字、崇禅萧散的思想倾向中，窥探到他已经遗逸了的戏曲作品面貌之一斑。

（原载于《戏曲与俗文学研究》2018 年第 2 期）

《西汉演义》在韩国的传播和影响

韩国庆熙大学　闵宽东

摘　　要　根据 1569 年《宣祖实录》的记录,《西汉演义》最初传入朝鲜的时间可推定为 1569 年以前,但以《楚汉衍义》为名所传。另外,1595 年吴希文的《锁尾录》记录也名为《楚汉演义》,从其他资料来看《楚汉演义》的版本实存可能性很大。如此,在朝鲜时代《楚汉演义》流通于市可推定为 17 世纪初期以前。17 世纪初中期《西汉演义》传入朝鲜以来,《楚汉演义》通称改为《西汉演义》,并在朝鲜翻译本上也通用了《西汉演义》的书名,但现存的原文笔写本和翻译本也多冠名《楚汉演义》。现在韩国收藏的《西汉演义》版本有中国原版本、原文笔写本、翻译笔写本、翻译出版本等,大部分为出自剑啸阁批评本的《西汉演义》。

关 键 词　《楚汉演义》　《西汉演义》　朝鲜时代

《西汉演义》,一名《西汉通俗演义》。这部作品中,记叙了上至东周末期即战国末期,下到西汉初期为止,一百余年的历史变迁。作品前半部分述说秦始皇身世来历和秦朝天下的兴亡;作品后半部分则侧重对秦末楚汉相争,汉高祖一统天下,韩信之死,以及高祖死后惠帝登基等秦末汉初历史进行文学阐述。若据作品本身内容而言,则《西汉演义》实应叫作《秦楚汉演义》似乎更为严谨妥当。

《西汉演义》一书与其他诸多同类文学作品一样,都是在较早时期便传入韩国,曾对朝鲜时期的文坛产生过很大影响,并深受广大读者好评。韩国现存《西汉演义》版本有相当大的存世量,有多类翻译本与出版本存留。此外,作品所载之秦代兴亡、西汉时期众历史事件被演绎流传为各种成语故事和民间传说野史,为韩国文坛提供了丰富的文学创作题材与素材。然而,与作品的重要文学历史意义相比,有关《西汉演义》的研究尚处于一个比较初步的阶段。

笔者整合分析了现存各类资料，从历史角度出发，对作品的传入、评论、版本、翻译、出版等诸多方面的问题予以考察研究。

一 《西汉演义》在韩国的版本现状与分析

（一） 中国的版本状况

查考《西汉演义》的发展样式，我们推断其源流可追溯至宋代话本小说。在现存诸版本中，《全相平话五种》中的《续前汉平话》可算最古老的底本（一名《吕后斩韩信》）。此版作品作者未详，作品本身一般被认为是元代"说讲人"所用之原始底本，具体时间则为元朝英宗至治年间（1321~1323），此作品是建安虞氏之新刊本《全相平话五种》之一种。

在此后的一段历史时期内，有关《西汉演义》的出版记录不复见于世，直到明朝末年才有《全汉志传》版本的出现。此版本为熊大木所刊行（14 行 22 字式），共 12 卷，由西汉部分（6 卷）和东汉部分（亦 6 卷）共同构成，于明朝万历十六年（1588）由清白堂刊行。另，其序记中写道"鳌峰后人熊钟谷（熊大木之字）编次，书林文台余世腾梓"。此后，到了清代，又根据明代的三台馆本于宝华楼重新刊印（14 卷，13 行 23 字，"汉史臣蔡邕伯喈编，明潭阳三台馆元素订梓"）刊行于世。①

此后出现的又一版本为《两汉开国中兴传志》，此版本为明朝万历三十三年（1605）刊出，共 6 卷，全 42 回（西汉部分 4 卷 28 回，东汉部分 2 卷 14 回），书内文题为"按鉴增补全像两汉志传"。另，名为"卤清堂詹秀闽藏板"之出版记录亦见于世，页面式样为每面 11 行 23 字式，上为插画，下为本文，只是序文与跋文无存，现藏于日本蓬左文库。据了解，此版本系以《全汉志传》为底本，经适当增删补订而成书。

另有，明朝万历四十年（1612），甄伟所撰《西汉演义传》（书名为《重刻西汉演义通俗演义》）由大业堂刊行。该本题"钟山居士建业甄伟演义，绣谷后学敬弦周世用订讹，金陵书林敬素周希旦校锓"。此版本为

---

① 江苏省社会科学院编，吴淳邦等译《中国古典小说总目提要》（第 1 卷），蔚山大学出版部，1993，第 83、177~178 页。

棉纸，无插图；总共仅 8 卷 101 则；页面样式为每面 14 行 30 字。① 《西汉演义》诸本之中，此《西汉通俗演义》流传最广，可谓脍炙人口。与《西汉演义传》大约同时面世的，是谢昭所撰《东汉十二帝通俗演义》（一名《东汉演义传》）之大业堂刊行本。此版书眉印写"重刻京本增评东汉十二帝通俗演义"；总 10 卷 146 则，无插图，页面式样为 12 行 28 字；卷头有陈继儒所书之序文。②

再后来，明朝末年（刊行年代不详），由剑啸阁所刊之《东西汉通俗演义》（一名《两汉演义传》）一本出现。此本乃由甄伟所撰之《西汉通俗演义》（8 卷 101 则）与谢昭所撰之《东汉十二帝通俗演义》（10卷 146 则）两本合编整理而成。其中，将《西汉通俗演义》原 8 卷 101则变为 8 卷 100 则，《东汉通俗演义》原 10 卷 146 则变为 10 卷 125 则，即上下两部共 18 卷 225 则。此版本其实是对上述二书略加增删修订，再编辑而成之合刊本。其中之《西汉通俗演义》卷头题为《新刻剑啸阁批评西汉通俗演义》，页面式样为每面 10 行 22 字式，其中有 19 面配有插图。

在剑啸阁评本面世以后，以其为母本，又有许多子本面世出版，例如，清初拔茅居刻本（西汉部分：6 卷，11 行 28 字），经纶堂刊本、味经堂刊本（10 行 22 字），同文堂刊本（1815 年，8 卷 100 则），上海广百松斋铅印本（1892 年，8 卷 100 回）等许许多多的剑啸阁本子本刊行于世。此外还有善成堂刊本，以《东汉演义评》为书题，8 卷 100 回，标有回次，书文前并有袁宏道所题之序。③

（二）在韩国的版本情况分析

首先，在此对韩国各图书馆所藏之《西汉演义》诸版本加以整理，如下所示。④

---

① 江苏省社会科学院编，吴淳邦等译《中国古典小说总目提要》（第 1 卷），蔚山大学出版部，1993，第 435~440 页。
② 孙楷第：《中国通俗小说书目》，台湾广雅出版公司，1983，第 33~34 页。
③ 江苏省社会科学院编，吴淳邦等译《中国古典小说总目提要》（第 1 卷），蔚山大学出版部，1993，第 440 页。
④ 闵宽东等：《韩国收藏中国通俗小说版本目录和解题》，韩国学古房，2013，第 257~264 页。

《西汉通俗演义》系列（中国出版本）

(1)《新刻剑啸阁批评西汉演义传》：锺惺（明）批评，8卷8册，刊年未详，曾数次重印。

　*10行22字本：刊年未详，序有公安袁宏道题，成均馆大学等收藏。

　*10行24字本：序有公安袁宏道题，梨花女子大学收藏。

　*10行25字本：序有公安袁宏道题，扫叶山房刊，全南大学等收藏。

　*11行25字本：刊年未详，序题为东西汉通俗演义，三余堂刊，延世大学收藏。

　*11行26字本：序为袁宏道题，版心题为西汉演义评，善成堂刊，成均馆大学等收藏。

(2)《新刻剑啸阁批评西汉演义》：锺惺（明）批评，8卷8册（8卷4册），11行26字，高丽大学等收藏。

(3)《新刻剑啸阁批西汉演义评》：锺伯敬（明）批评，，8卷8册，11行26字，版心题为西汉演义评，善成堂刊，庆州东国大学收藏。

(4)《绣像西汉演义》：锺惺（明）批评，8卷4册（8卷6册等多种），17行32字（18行40字等多种），广百宋斋等刊行，庆北大学等收藏。

(5)《西汉通俗演义》：锺惺批评，1册（残本），14行30字，版心题为官版西汉通俗演义，岭南大学收藏。

(6)《增像全图西汉演义》：锺惺（明）批评，4卷4册，20行57字等，鸿宾斋书局等刊，高丽大学收藏。

(7)《绘图西汉演义》：锺惺（明）批评，4卷4册，天宝书局等刊行，圆光大学等收藏。

《东西汉通俗演义》系列（中国出版本）

(1)《东西汉全传》：锺惺（明）批评，8卷8册，袁宏道题，嘉庆二十年（1815）同文堂刊，高丽大学收藏。

(2)《绣像东西汉全传》：锺惺（明）批评，8卷8册（10卷8册/16卷14册等），袁宏道题，善成堂刊（1872年），建国大学等收藏。

（3）《绣像东西汉通俗演义》：锺惺（明）批评，18 卷 6 册，18 行 40 字，广百宋斋等刊行（1892 年），韩国学中央研究院等收藏。

（4）《增像全图东西汉演义》：锺惺（明）批评，8 卷 6 册，20 行 47 字（24 行 55 字等），三元书局刊行（1897 年），东国大学等收藏。

（5）《新刻剑啸阁批评东西汉演义》：锺惺（明）批评，10 卷 6 册（18 卷 4 册），10 行 22 字，庆熙大学收藏。

（6）《绣像东西汉演义》：锺惺（明）批评，6 卷 6 册（18 卷 6 册等），10 行 30 字（18 行 40 字等），经元堂等刊行，国立中央图书馆等收藏。

（7）《绘图东西汉演义》：锺惺（明）批评，6 卷 6 册，中国石印本，29 行 63 字，锦章书局刊，启明大学收藏。

原文（汉字）笔写本（朝鲜手抄本）

（1）《西汉演义》：12 卷 12 册（第 1、2、6 册缺），延世大学、釜山大学、庆北大学等收藏。

（2）《西汉演义书略》：1 册，岭南大学收藏。

（3）《楚汉演义》：1 册，国立中央图书馆、岭南大学、檀国大学罗孙文库、庆北大学等收藏。

（4）《楚汉演义全传》：1 册（49 页，83 回），甲辰八月日，李贤朝收藏。

（5）《楚汉演义抄》：1 册，雅丹文库等收藏。

（6）《楚汉传》：1 册（20 页），隆熙二年戊申（1908）二月十八日誊书，延世大学等收藏。

（7）《楚汉志》：1 册（44 页），檀国大学罗孙文库收藏。

（8）《楚汉记》：1 册，岭南大学等收藏。

（9）《楚汉演语三国志合部》：1 册，庆北大学收藏。

（10）《帷幄龟鉴》：不分卷（6 册，28 回），韩国学中央研究院收藏。

以上是笔者从包括韩国国立中央图书馆与奎章阁在内的韩国各主要图

书馆发现的所藏《西汉演义》的版本资料。通过对上述资料的分析，可得出以下结论。

1）现在韩国的诸图书馆所存《西汉演义》诸版本中，不见明代版，大多以清代剑啸阁评本之《西汉演义》或剑啸阁本为母本的后印版本等为主。

2）《西汉演义》版本大体上可分为《西汉演义》单行本与《东西汉演义》合刊本两大类，其中又可细分为若干种类。观其书名，则有《新刻剑啸阁批评西汉演义传》《新刻剑啸阁批评西汉演义》《新刻剑啸阁批西汉演义评》《绣像西汉演义》《西汉通俗演义》《增像全图西汉演义》《绘图西汉演义》《东西汉全传》《绣像东西汉全传》《绣像东西汉通俗演义》《增像全图东西汉演义》《新刻剑啸阁批评东西汉演义》《绣像东西汉演义》《绘图东西汉演义》等。另外，按其册数、卷数亦可分为 4 卷 4 册、6 卷 6 册、8 卷 4 册、8 卷 6 册、8 卷 8 册、10 卷 6 册、18 卷 4 册、18 卷 6 册等种类。这些大多是明代锺惺评本的后印本。

3）《西汉演义》一书的出版出处也显得复杂多样，计有善成堂、三余堂、上海扫叶山房、渔古山房、鸿宾斋书局、上海广百宋斋、上海章福记书局、上海鸿章书局、大成书局、上海书局、上海同文堂、经元堂、上海著易堂书局、上海锦章书局、图书集成局、上海三元书局等主要出版单位。

4）韩国所藏《西汉演义》诸版本大部分都内附插画，每页插图都附有与本文情节相关的描写，这使读者在阅读时更能体会小说情节描写栩栩如生，富有真实感。

5）朝鲜时期传入韩国的《西汉演义》各种版本中，现存的版本达一百余个。我们可断想这些版本的传入对于孕育韩国古典小说的形成和促进其发展都曾起到过不小的历史作用，并且小说所记叙的中国战国时代末期直至汉代初期的各种历史事件与成语故事也随着小说的流传而变得广为人知，从而亦可断想这些都不仅曾经给韩国古代文坛提供了丰富的知识资源，还为其注入了强力的活性因素。

6）《西汉演义》在韩国的众版本中，不单有从中国传入的原版本，还有相当数量的韩国笔写本，以及一定数量的韩国语翻译本。此外，尚有如《张子房传》《张子房实记》《鸿门宴》《楚汉战争实记》《项羽传》《楚汉传》等从《西汉演义》相关情节内选取较为有趣味的部分进行节选性翻译出版作品，亦为数不少。

二 《西汉演义》在韩国的传入与评论

《西汉演义》的传入时间大致可推定为壬辰倭乱前后，即与《三国志演义》的传入时间大体相当。有关《西汉演义》传入的最早记录，可见于许筠（1569~1618）之《惺所覆瓿稿》卷十三著录《西游录跋》，其曰：

> 余得戏家说数十种，除《三国》、《隋唐》外，而《两汉》龊，《齐魏》拙，《五代残唐》率，《北宋》略，《水浒》则奸骗机巧，皆不足训，而著于一人手，宜罗氏之三世哑也。《西游记》云出于宗藩，即玄奘取经记而衍之者。其事盖略见于释谱及众僧传，在疑信之间。而今其书特仿修炼之旨。如猴王坐禅，即炼己也；老祖宫偷丹，即吞泰珠也。大闹天宫，即炼念也，侍师西行，即搬运河车也；火炎山红孩，即火候也；黑水河通天河，即退符侯也；至西而东还即西虎交东龙也；一日而回西天十万路，即攒簇周天数于一时也；虽离支漫衍，其辞不为庄语，种种皆仿丹诀而立言也。固不可废哉！修真之眼，卷则以攻睡魔焉。①

查考此段资料我们可知，《西汉演义》的传入时间应在许筠《惺所覆瓿稿》成书之前。若进一步确切地考虑其生卒年代（1569~1618）的话，可推断该书传入时间至晚当于 17 世纪初之前。而且，据许筠《惺所覆瓿稿》中所言及之"两汉龊"，此时期所传入的《西汉演义》版本大致上可推断其为明朝万历三十三年（1605）所刊出之总 6 卷 42 回版式（西汉部分为 4 卷 28 回；东汉部分为 2 卷 14 回）《两汉开国中兴传志》的可能性最大。因为，在《两汉开国中兴传志》刊世前，《全汉志传》虽于 1588 年已出现，但许氏在记载该书时似乎并无理由将书题由"全汉"改为"两汉"。至于剑啸阁本《两汉演义传》之出版时间则在这以后，因此许氏所言之"两汉"不可能是该书。故此说，将许筠《惺所覆瓿稿》中所言及之"两汉"视为《两汉开国中兴传志》一版当最为准确。

---

① 许筠：《惺所覆瓿稿》卷一三《西游录跋》，成均馆大学大东文化研究院刊行，第 137 页。

　　此外，通过上述资料我们也可以了解到，当时似乎文人阶层对于小说这一文体尚未予以相当的关注，只是将其作为学问研习之余解乏逗闷的一种边缘文体而已。另，《西汉演义》相关记录亦可见于与之年代相近的黄中允（1577~1648）之《东溟先祖遗稿》8《逸史目录解》：

　　　　或问于余曰："《天君记》何为而作也？"曰："慨余之半生迷乱失途，而欲返辔复路之辞也。"曰："然则谓之逸史，而各分为题目者何也？"曰："此效史家衍义之法也。尝考诸《列国志衍义》、《楚汉衍义》及《东汉演义》、《三国志演义》、《唐书衍义》及《宋史衍义》、《皇明英烈传衍义》等诸史，则皆为目录，意盖欲易于引目，务于悦人，而使观者不厌。"

　　此段记录中所言及之"《楚汉衍义》及《东汉演义》"之语颇堪玩味。即，《楚汉衍义》就是指称《西汉演义》，而许筠所跋《西游录跋》资料记录却显示两书合编成为一本，即《两汉演义》。然而，本段记录却显示书（两汉演义）分两本。这就明显意味着，当时已经有《楚汉演义》《东汉演义》两本各自成书之单行本刊出于世。

　　此后，有关《西汉演义》之传入记录可见于《洪万宗全集》上《庄岳委谭》，相关记录显示如下：

　　　　今按《庄岳委谭》，则《水浒传》耐庵施某所撰，许筠则记以罗氏所编。以筠之博古，有此谬认，何也。古话之表表可称者，《西游记》、《水浒传》外，如《列国》、《东西汉》、《齐魏》、《五代》、《唐》、《南北宋》皆有演义，皆行于世。至大明末诸文士，尤尚浮藻，凿空构虚，辄成一部。至于坐衙按簿之官，越视职事，务得新语，得一款则附会增演，作为卷帙。故其为也，汗马牛，充栋宇，指不胜屈，徒为好事者之传玩。而仍成习俗，竞相慕效，遂使世道委靡，竟致宗社之瓦裂，有若晋代之尚，以清谈误世，可胜叹哉！[1]

---

　　① 洪万宗：《洪万宗全集》上《庄岳委谭》，太学社，1980，第89~91页。

此段文字出自《洪万宗全集》之《旬五志》，根据洪万宗本人生卒年代（1643～1725），此段记录大约出于 18 世纪初期。洪氏在此段文字中将《西汉演义》记为《东西汉》，而此《东西汉》无疑是《新刻剑啸阁批评东西汉通俗演义》。剑啸阁批评本主要流行于明朝末年直至清代，洪万宗必确然读此评本而加以引用。

通过上述资料我们可以得知，当时各种演义类小说流行于世，并且通过洪万宗历数明末通俗小说的传承形成，以及对在此过程中对世风所产生的不良影响进行的指责等，我们可以看出他对小说这一文体是不抱有任何褒义态度的。

此类之外，尚有其他记录。如尹德熙（1685～1776）之《字学岁月》（46 部，1744 年）以及《小说经览者》（128 部，1762 年）也载录了《西汉演义》之别类书名。我们亦可清楚得知文献记录中所载之"《东汉记》《西汉记》"即《西汉演义》和《东汉演义》。①

尹德熙之《字学岁月》（46 部）：1744 年
*历史小说：《三国志》、《西汉记》、《隋唐志》、《列国志》、《五代史》、《南宋衍义》、《北宋衍义》、《开辟演译》、《东汉记》。……【以下省略】

尹德熙之《小说经览者》（128 部）：1762 年
*历史小说：《三国衍义（三国演义）》、《开辟演译（开辟演绎）》、《列国志（东周列国志）》、《五代史（残唐五代史演义）》、《南宋衍义》、《东汉记（东汉演义）》、《西汉记（西汉演义）》、《隋唐志（隋唐演义）》、《后三国志》、《北宋衍义》、《隋炀艳史》、《韩魏小史》。……【以下省略】

另据朝鲜时期英祖三十八年（1762）完山李氏《中国小说绘模本》序文，其所记载之中国小说书目亦达到数十种之多。

---

① 朴在渊：《尹德熙的小说经览者》，《文献和解释》通卷 19 号，韩国文献和解释社，2002，第 207～216 页。

其诸作中书目大质者如《开辟演义》、《涿鹿演义》、《西周演义》、《列国志》、《西汉演义》、《东汉演义》、《三国志》、《东晋演义》、《西晋演义》、《禅真逸史》、《隋唐演义》、《残唐演义》、《南宋演义》、《北宋演义》、《皇明英烈传》、《续英烈传》、《樵史演义》等。……【以下省略】①

通过观察以上记录我们可以得知，当时除《西汉演义》外，还有其他许多中国小说也已传入韩国。而在记录中，之所以将此小说分为《西汉演义》与《东汉演义》两部来提及，是因剑啸阁评本将小说如此分类记述为东西汉之故。至于完山李氏在书中所言之诸小说可为龟鉴、醒世之作，滑稽可爱之篇，颇堪慕读并加以整理修编成册等言语，我们更能从中看出其时人们对于小说并不持太多消极否定态度，而是带着颇为肯定与欣赏的眼光去看待的。此外，还有一则记录，在被一般认为是温阳郑氏（1725~1799）于1786~1790年所抄写之《玉鸳再合奇缘》15卷的书签表纸内载有当时存世之小说作品目录，其内容如下：

第15卷：《开辟演义》、《西周演义》、《列国志》、《楚汉演义》、《东汉演义》、《唐秦演义》、《三国志》、《南宋演义》、《北宋演义》、《五代史演义》…（省略）…《西游记》、《忠义水浒志》、《圣叹水浒志》、《九云梦》、《南征记》。

[《玉鸳再合奇缘》第15卷中的小说目录（乐善斋本）]

在此段记录中，有一点值得我们注意，就是在记录有关《楚汉演义》与《东汉演义》书名时，将《西汉演义》记为《楚汉演义》。而《楚汉演义》这一书名，不仅未见于中国记录，亦未被孙楷第之《中国通俗小说书目》所言及。既然如此，那么这里所谓之《楚汉演义》，究竟是这一小说作品在流传进入韩国时被重新译写而成的书名，还是另有名为《楚汉演义》的一部中国小说作品存在呢？而这一名为《楚汉演义》的作品，在上文中所提及的黄中允（1577~1648）之《东溟先祖遗稿》8《逸史目录解》中亦曾被言及。此外，其亦可见于《宣祖实录》之相关记录中。《宣祖实

---

① 完山李氏：《中国小说绘模本》序文，江原大学出版部，1993，第152~153页。

录》中相关记录如下：

> 　　上御夕讲于文政殿，进讲《近思录》第二卷。奇大升进启曰：项
> 日张弼武引见时，传教内，'张飞一声走万军'之语，未见正史，闻
> 在《三国志衍义》云。此书出来未久，小臣未见之，而或因朋辈问闻
> 之，则甚多妄诞。如天文地理之书，则或有前隐而后著，史记则初失
> 其传，后难臆度，而敷衍增益，极其怪诞。臣后见其册，定是无赖者
> 袠杂杂言，如成古谈。非但杂驳无益，甚害义理。自上偶尔一见，甚
> 为未安，就其中而言之，如董承衣带中诏及赤壁之战胜处，各以怪诞
> 之事，衍成无稽之言。自上幸恐不知其册根本，故敢启，非但此书，
> 如《楚汉衍义》等书，如此类不一，无非害理之甚者也…（中略）…
> 《剪灯新话》，鄙袠可愕之甚者，校书馆私给材料，至于刻板，有识之
> 人，莫不痛心。…（中略）…《三国志衍义》则怪诞如是，而至于印
> 出，其时之人，岂不无识。观其文字，亦皆常谈，只见怪僻而已。..
> （中略）…薛文清《读书录》亦其一也。今方印出，议论亦不能无疵
> 学者以为考见之资可也。…（中略）…《四书章图》今虽印出，而此
> 意当可知也。近来印出者，又有《皇明通纪》。凡作史者，必见一国
> 终始而成之，乃为正史。[1]

　　如上所示，在宣祖时期已有《楚汉演义》这一小说书名之相关记录，
那么此书极可能是尚不为我们所知的已逸失版本。宜乎此前所述，在现存
版本中，最古老的底本为《全相平话五种》中《续前汉书平话》本，此本
原为出自元朝英宗至治年间（1321~1323）建安虞氏之新刊本。而在后一
段历史时期内，不见有关《西汉演义》的出版记录存世，直到明朝末年方
有《全汉志传》的出现，此部作品为熊大木所刊行之西汉部分6卷和东汉
部分6卷（共12卷），于明朝万历十六年（1588），由清白堂所刊出之版
本。而此前所述之宣祖年间已有论及名为《楚汉演义》小说作品的历史记
录则为我们提供了当时另一部名为《楚汉演义》的小说作品存世的历史
资料。

---

① 《朝鲜王朝实录·宣祖实录》卷三24~25"宣祖二年六月，壬辰"条。

中朝传播时间比较表

年代	中国版本出刊年度	在韩国的文献记录和年度	朝鲜记录的书名
14 世纪	全相评话五种（续前汉书评话），1321～1323 年	无	无
15 世纪	无	无	无
16 世纪	全汉志传（1588）	宣祖实录，1569 年	＊楚汉衍义
		锁尾录，1595 年	＊楚汉演义
17 世纪	两汉开国中兴传志（1605）西汉演义传（1612）东西汉通俗演义，明末（未详）拔茅居刻本（清初）	惺所覆瓿稿，1613 年前后	两汉（演义）
		东溟先祖遗稿/逸史目录解，1623～1633 年（推定）	＊楚汉衍义
		承政院日记（显宗十三年条），1672 年	西汉演义
18 世纪	经纶堂刊本（清/未详）味经堂刊本（清/未详）	洪万宗全集，18 世纪初	东西汉（演义）
		字学岁月，1744 年	西汉记
		小说经览者，1762 年	西汉记
		中国小说绘模本，1762 年	西汉演义
		玉鸳再合奇缘（第 15 卷），1786～1790 年	＊汉楚演义
19 世纪	渔古山房（1800？/未详），同文堂本（1815），善成堂本（1872）广百松斋本（1892），三元书局（1897），上海书局（1899）等多数	大畜馆书目，1801～1834 年	西汉演义（谚文）
		梅山文集，1776～1852 年	西汉演义
		壬辰录序文，1876 年	汉演（西汉演义）

　　如上表，根据 1569 年的《宣祖实录》记录文献与 1595 年吴希文的《锁尾录》记录也名为《楚汉演义》可知，《楚汉演义》的实存可能性比较高。鉴于以上几点，《楚汉演义》的流通于市中可推定为 17 世纪初期以前。17 世纪初、中期《西汉演义》传入韩国以来，《楚汉演义》通称为《西汉演义》，并在翻译本上也使用了该书名。现存的原文笔写本和翻译本的诸多冠名均为《楚汉演义》的书志状况也可提供佐证资料。

　　据此可以更进一步推定的是，在后来历史时期中，《西汉演义》与

《东汉演义》两部作品并立传世而《楚汉演义》这一书名则消失于历史视野。若这种假说果真成立的话，那么《西汉演义》这部小说作品流传进入韩国的历史时间在《宣祖实录》之1569年以前。

此外，有关《西汉演义》之相关历史记录可以见于洪直弼（1776～1852）的《梅山文集》与韩栗山的《壬辰录序文》（1876年）。

> 沧海力士姓名，《太平广记》称黎明，《西汉演义》称黎黑，未知孰是。而出于吾东之江陵者，其事尤奇，当与张良并传，不朽于天下万世者也。
>
> （《梅山文集》，卷五二·33杂录）

> 竹史主人颇好集史。《水浒》、《汉演》、《三国志》、《西厢记》，无不味甜。而以至谚册中有可观文，则虽闺门之秘而不借者，因缘赍来，然会一通，然后以为决心。肇锡竹下之史，号因其宜矣…光绪二年丙子（1876）冬下澣。上党后学韩栗山序。①
>
> [《壬辰录序文》，精神文化研究院所藏本（现韩国学中央研究院）]

此处两则历史记录虽然只是提及了《西汉演义》作品书名，并不具有很大研究意义，然而，它却间接性地为我们提供了揆度当时广大读者所具有的丰富历史知识，以及对于阅读的热忱的历史资料。

通过对以上资料的分析，我们可以推测出《西汉演义》传入韩国的时间在1618年前，即在壬辰倭乱前后这一段历史时段内，与当时其他各种演义类小说作品一同传入韩国，并且可以看出当时文人阶层对于这种中国通俗小说普遍抱有一种贬低或蔑视的态度，至多不过是将其作为一种消磨时间、打趣解闷的读物而已。与这种态度截然相反的是，当时处于闺阁内室的广大女性倒是显示出成熟的文学观与真挚的阅读热忱。当时女性阶层所持之成熟的文学观对于韩国古典小说的形成和发展起到了莫大贡献，这一点是谁也不能否认的事实。

---

① 柳铎一：《韩国古小说批评资料集成》，韩国亚细亚文化社，1994，第187页。

三 《西汉演义》在韩国的翻译本与翻译样态

《西汉演义》的韩文翻译本，最晚于 16 世纪后期出现。其根据可见于朝鲜文人吴希文（1539~1613）的《锁尾录》（乙未日录：1595 年 1 月的日记）：

> 初三日，终日在家，无聊莫甚，因女息之请，解谚《楚汉演义》，使仲女书之。

吴希文《锁尾录》中记录的书名也为《楚汉演义》，由此也可证明此书曾实际存在。另外，从文中"解谚"之语亦可确认当时韩文翻译本已经出现，但此书现已不传。以下，先从现存《西汉演义》的翻译笔写本和翻译出版本的情况说起。

【翻译笔写本】

（1）《西汉演义》：29 卷 10 册，奎章阁收藏。

：16 卷 16 册，国立中央图书馆收藏。

：16 卷 16 册，高宗三十二年（1895），高丽大学收藏。

：16 卷 16 册，朝鲜末期（推定），成均馆大学收藏。

：6 卷 6 册（全 12 卷 12 册中），西江大学收藏。

：10 卷，李能雨收藏。

：8 卷 8 册，1880 年（推定），朴在渊等收藏。

（2）《西汉演义》：10 卷 10 册（全 12 卷 12 册），梨花女子大学收藏。

（3）《西汉传》：1 卷，美都民俗馆等收藏。

（4）《楚汉演义》：1 卷，韩国学中央研究院，檀国大学罗孙文库等收藏。

（5）《楚汉传》：1 卷，韩国学中央研究院等收藏。

（6）《楚汉志》：1 卷（53 页），1913 年，金戊祚、檀国大学罗孙文库（哲宗七年，1856 年）等收藏。

（7）《楚汉录》：1 册（卷下），光武三年（1899）写，尚熊文库收藏。

（8）《楚汉实记》：20 册（尚和堂印），韩国国会图书馆收藏。

【翻译出版本】（包括日本殖民时代出版本）

（1）《西汉演义》：1 卷，中韩翻译文献研究所（朴在渊）收藏。

（2）《谚文西汉演义》：全 4 卷，1917 年（李柱浣编译，永丰书馆），国立中央图书馆等收藏。

（3）《楚汉演义》：1 册，檀国大学等收藏。

（4）《楚汉传》：2 卷 1 册（上 42 页，下 44 页），完南龟石里新刊（完本），丁未（1907 孟夏）。

1 卷（上 44 页，下 44 页，合 88 页），全州卓钟佶家，完西溪新刊（完版本），隆熙二年（1908）戊申秋七月西汉记，国立中央图书馆等收藏。

2 卷 1 册，己酉季春完山新刊（1909 年，上楚汉传，下西汉演义，完版本），韩国学中央研究院等收藏。

2 卷 1 册，卓钟佶编，西溪书铺（完版本），1911 年，启明大学等收藏。

1 卷，1915 年 11 月洪淳泌发行，岭南大学等收藏。

1 卷，1918 年，汉城书馆出刊。

1 卷，大正 8 年（1919 年 9 月），忠南大学等收藏。

1 卷（72 页），1921 年，世昌书馆出刊。

1 卷（79 页），1925 年，永昌书馆、韩兴、三光书局出刊。

1 卷（79 页），1926 年，申泰三发行，以文堂刊行。

1 卷（79 页），1929 年，大成书林刊行。

2 卷 1 册，昭和七年（1932），梁册房出刊，檀国大学等收藏。

（5）《张子房传》：3 卷 3 册，南谷书版，韩国学中央研究院收藏。

（6）《（楚汉乾坤）张子房实记》：2 卷（上 106 页，下 113 页），1913、1915、1917、1918、1924、1926 年等，汇东、世昌书馆刊行。

（7）《楚霸王》：1 卷（134 页），李源生，以文堂，1919、1923 年刊。

（8）《项羽传》：1卷（130页），李文演，博文书馆，1918、1919年刊。

如上述记录所示，《西汉演义》有多种韩文翻译本存世。其中，除延世大学与梨花女子大学所藏等几种版本为残本，以及据悉于1895年所翻译笔写之高丽大学所藏本由于近期丢失无法寻回等原因而将它们从研究对象中排除之外，国立中央图书馆本（16卷16册）和奎章阁本（29卷10册）等相对保存较好，因此将它们作为重点进行比较，并对其翻译样态进行分析。

笔者将对这些版本的章回书目进行观察，明确其译本是以何种版本为底本翻译而成的。中央图书馆本与奎章阁本的《西汉演义》翻译底本无疑皆为《剑啸阁批评西汉通俗演义》，其翻译时间则可推断为1895～1896年。尤为值得注意的是，奎章阁本（29卷10册）书志状况记录所显示的1896年2月5日、7日、8日等不同日期表明此本各卷是由抄写而成的。这也就意味着这是多名抄写者于同一时段内各自分担缮写彼此不同的卷册内容，而从缮写笔体上也能看出此本不是出自一两人而是出自多名译者之手。将此本笔写内容与中央图书馆本（16卷16册）进行比较的话，可以看出此本在内容翻译上存在相当多的遗漏或省略，其字体亦显示有端正的宫体字及杂乱字体等多样字迹。此外还值得注意的事实是，此本是于一相对短暂的时日内集中突击翻译出来的版本，这想必是由于当时受人所托而匆忙缮写抑或为了某种营利目的而匆匆缮写出来的。然而，从其笔体杂乱这一点上，我们可推测此笔写本似乎不是为了打入宫闱，应当是为了在市中通过贳册刊行达到营利目的而缮写出来的。

与之形成反差的是中央图书馆本，此本字体自始至终皆为宫书体，在作品内容翻译上亦可明显看出译者颇为用功而且译文端正。此译本的翻译时间可推断为由李钟泰等所译写而进入宫闱之版本的1884年前后。此外，在内容翻译上，奎章阁本与中央图书馆本两者既有一致之处也有彼此相异之处。

在某些内容翻译上，奎章阁本与中央图书馆本的译文除却一两个字词的差异外，其余所有部分几乎完全一致。除此以外，尚有《西汉演义》"遣樊哙明修栈道"一回内容，中央图书馆本（卷之七）与奎章阁本（卷之十一）在译写内容上有彼此完全不相同的地方。

如上所论，这两种翻译本在内容上既有几乎一致的部分也有相当部分内容的译文彼此毫不相同。由此可见，在当时并非只有一种译本，而是有多种翻译本同时存在。不同译本间几乎一致的部分内容则意味着两种翻译本之间存在若干相互影响的关系。尤其是奎章阁本，此本起始部分翻译相对忠实于原著，而越到末尾部分，其省略语缩约的情况越是严重，并且每卷之初始部分中省略回目的情形也是一再出现。此种状况似乎说明了此奎章阁本是将当时市中刊行之诸翻译本加以部分甄拔而缮写出来的，并且是在一个相对短暂的时段内完成的，故而其在内容翻译上显得语句不够通顺。而且从译文中偶尔出现韩语古语的情况来看，还存在一种较大的可能，即此本是将之前流传的翻译本再次缮写而成的。

四　结论

《西汉演义》的初胎是至治年间（1321～1323）《全相平话五种》中的《前汉书平话》；其后，历经《全汉志传》（1588 年）和《两汉开国中兴传志》（1605 年）两版，1612 年书名以《西汉演义传》正式出刊。不久，《东西汉通俗演义》在剑啸阁出版以后，流传至今。

根据《宣祖实录》卷三（宣祖二年，1569）的记录文献，《西汉演义》最初在韩国的传入时间可推定为 1569 年以前，但以《楚汉衍义》为名所传。因 1595 年吴希文的《锁尾录》记录也名为《楚汉演义》的缘故，《楚汉演义》的实存可能性很高。

鉴于以上几点，《楚汉演义》流通于市中可推定为 17 世纪初期以前。17 世纪初、中期《西汉演义》传入韩国以来，《楚汉演义》通称为《西汉演义》，并在翻译本上也使用了该书名。现存的原文笔写本和翻译本的诸多冠名《楚汉演义》的书志状况也可提供佐证资料。

在韩国所藏的《西汉演义》版本除了中国原版本以外，还存在原文笔写本、翻译笔写本以及翻译出版本。通过分析，确认了原文笔写本和翻译笔写本大部分是出自剑啸阁批评本的《西汉演义》的压缩笔写本或翻译笔写本。翻译出版本的完版本，初刊于朝鲜时代的 1907 年，其后出现了日帝时代的多数压缩本。

◎文学思想研究

"话内"与"话外":明代诗话范围的界定与研究路径

首都师范大学中国文学思想研究中心　　左东岭

摘　　要　明代诗话的研究存在两个方面的问题:一是将诗法著作混同于诗话,二是将诗论著作混同于诗话,遂造成诗话界限混乱并忽视诗话文体自身特性的弊端。其产生原因则是清人对诗话小说特性的贬斥与现代学界视诗话为文学理论批评研究资料的学术偏差。诗话具有自身"资闲谈"和重纪事的特征,其研究路径应重在关注其对诗坛状况的记述与诗学风气的描绘,并进一步对其与诗法、诗论的互动关系进行考察,以便将明代诗学研究引向深入。

关 键 词　诗话文体　时代诗学　诗论　诗法

近 30 年以来,伴随着中国古代史话研究的整体进展,明代诗话的研究也取得了令学界瞩目的成绩。仅以文献整理而言,便有吴文治的《明诗话全编》、周维德的《全明诗话》、张健的《珍本明诗话五种》、陈广宏和侯荣川的《稀见明人诗话十六种》,以及瞿佑、李东阳、杨慎、徐祯卿、谢榛、许学夷等人的诗学著作整理本的出版。但是,随着研究的深入,其中隐含的问题也逐渐呈现出来,最为明显的有两个方面。一是明代诗话的范围应如何界定。比如吴文治的《明诗话全编》除了收录成为专书的诗学著作外,还大量搜集别集、笔记中的序跋等作品,以至于明诗话几乎就等于明代诗学文献汇编。其实当这部书还在立项时就有人提出异议:"既然所辑大部分并非传统意义中的诗话,而是辑自诗文集、笔记、史书、类书中论诗之语，则似改为'历代诗论'较为合宜。"① 待该书出版后更是质疑声四起。其实，明诗话收录范围的模糊混乱并不仅仅存在于《明诗话全编》中，可以说，对诗话文体界限的忽视与混淆自清人起就已经开始，并呈现愈演愈烈的趋势，《明诗话全编》是此种演变的极端结果而已。二是尽管学界已经整理出如此丰富的诗话成果，但能够被学界所采用的却又相当有限。比如周维德《全明诗话》共91种，虽然遗漏尚多，但即使如此也还是很多没有进入学者研究的视野。比如学界比较集中使用的依然是《谈艺录》《艺苑卮言》《诗薮》《诗源辨体》等理论性比较强的著作，而对《诗学梯航》《冰川诗式》《欣赏诗法》《作诗体要》等书却很少涉及。既然难以被学界所采用，那么整理这些文献的意义又何在呢？其实如果加以深究，这两个问题产生于同一个原因，那就是对于诗话文体的单一化理解，即将所有的明代诗学文献汇编都归之于文学理论或者说诗学理论的研究资料，搜集目的在此，选择标准在此，使用价值亦在此。与此同时，也就忽视了它们当中所包含的文人交际、诗社活动、诗坛风气、文人素养、风气趣味等有关文学经验的丰富内涵。因此，无论从文献整理的角度还是从文献使用的角度，都有必要对明代诗话的性质、边界、范围进行重新界定，并探讨其使用的方式与途径。

一 明代诗学文献的三种主要类型：诗话、诗论与诗法

到底什么是诗话，在不同时代、不同学者那里都有不同的理解，但有两点是可以肯定的。一是它的流行时间是从宋代开始而贯穿宋元明清四个朝代，无论在此之前是否有相关因素的出现，那些性质相近的著作一律不可称之为诗话。不论钟嵘的《诗品》还是孟棨的《本事诗》，均不可径称为诗话。二是其根本属性是有关于诗歌的事件。因为"话"在宋代语言中就是故事的意思，无论是诗话受了宋人"说话"的影响还是"说话"受到了诗话的影响，都不会改变"话"是故事的内涵。当然，诗话的纪事不同于史书，它必须与诗相关，同时又必须出之于轻松有趣、自由活泼的文

① 傅璇琮：《明诗话全编序》，载吴文治主编《明诗话全编》，江苏古籍出版社，1997，第7页。

笔。欧阳修认为他的诗话是"集以资闲谈"①，司马光则说："诗话尚有遗者，欧阳公文章名声虽不可及，然纪事一也，故敢续书之。"② 将此二人的话合起来，就是记述关于诗之事以供闲谈乃诗话最主要的特征。稍后的宋人许顗又加以发挥说："诗话者，辨句法，备古今，纪盛德，录异事，正讹误也。"③ 尽管增加了"辨句法"和"正讹误"的内容，但纪事依然是最主要的内容。因此，尽管后来随着诗话的演变，其所包含内容日益丰富复杂，但如果完全没有纪事的成分，均难以列入诗话的范围。鉴于此，现代学者蔡镇楚为诗话定了三条标准：

> 第一，必须是关于诗的专论，而不是个别的论诗条目，甚至连古人书记序跋中有关论诗的单篇零札，也不能算作诗话。
> 第二，必须属于一条一条内容互不相关的论诗条目连缀而成的创作体制，富有弹性，而不是自成一体的单篇诗论。
> 第三，必须是诗之"话"与"论"的有机结合，是诗本事与诗论的统一。一则"诗话"是闲谈随笔，谈诗歌的故事，故名之曰"话"；二则"诗话"又是论诗的，是"论诗及事"与"论诗及辞"的契合无垠，属于中国古代诗歌评论的一种专著形式。④

从此种标准出发，则吴文治《明诗话全编》中所收大部分都不属于诗话的文字。蔡镇楚还以此标准进行了论述对象的选择，比如其诗话史在明代部分没有论及许学夷的《诗源辨体》。但这一标准依然受到现代风气的影响，规定必须是"诗的专论"，是"中国古代诗歌评论的一种专著形式"，其实这并不是必需的，其核心在于记述有关于诗的事，而不一定专门论诗。诗话可以论诗，可以教诗，可以评诗，可以作诗，但都不是必需的，而是在纪事时连带涉及的。正是由于太过于注重论诗，所以他还是将徐祯卿《谈艺录》、胡应麟《诗薮》这些基本没有纪事的论诗著作算在了诗话的范围，因而其标准依然失之于宽。

具体到明代诗话范围的界定，显然与宋代应该有所不同。明代的诗话

---

① 欧阳修：《六一诗话》，载何文焕辑《历代诗话》，中华书局，1982，第 264 页。
② 司马光：《温公续诗话》，载何文焕辑《历代诗话》，中华书局，1982，第 274 页。
③ 许顗：《彦周诗话》，载何文焕辑《历代诗话》，中华书局，1982，第 378 页。
④ 蔡镇楚：《中国诗话史》，湖南文艺出版社，1994，第 7 页。

是产生于当时的社会土壤与文学需求基础之上的，因而其内涵与特点便有了新的拓展与变化，其中最明显的一个侧面便是系统化与理论化色彩的增加。但是，在对明代诗话的认定上，至今依然存在重大的失误，从而导致其范围界定的模糊不清。其中最重要的体现有如下两个方面。

一是误将诗法著作纳入诗话之中。诗法是有关作诗规范与技巧方法的著作，有时又被称为诗格或诗式。在现有的明代诗话总集编纂中，都毫无例外地将此类内容置于其搜罗范围。其实这显然属于常识性的失误。其原因有三点。第一是诗法是唐代最为流行的诗学著作体式，尽管此类著作缺乏理论深度，但是普通人学习诗歌创作不可或缺的入门书。至宋人宋应行将此类诗学文献搜集编纂为《吟窗杂录》一书，今人张伯伟则又广为搜罗，编为《全唐五代诗格校考》。而宋人魏庆之所编辑的《诗人玉屑》，历来都将其作为诗论性质的诗话，其实它主要是汇集的诗体、诗格、诗法及评论历代诗人诗作的文字，基本是较少纪事的。元代是一个很特殊的历史时期，尽管诗话在宋代广为流行，但元代的诗话著作却寥寥无几，诗法著作却广受欢迎。今人张健曾著有《元代诗法校考》一书，搜集诗法著作20余种。由此可知，诗法著作较之诗话产生更早而自成体系源流，因而诗话无法将其涵盖。第二是明代诗法著作中有许多是对元代或更早的诗法著作的编纂，如赵撝谦编撰的《学范》、朱权刊刻的《西江诗法》、怀悦汇集的《诗法源流》和《诗家一指》、黄省曾的《名家诗法》、梁桥的《冰川诗式》等，都是对前代诗法著作的汇编或改编。可知此类著作的性质属于初学者的指导用书，目的在于诗体规范的把握与诗歌创作基本方法的训练，往往被初学者视为秘籍而广受欢迎。既然它与唐、宋、元的诗法著作一脉相承，就没有理由再将其归入诗话名下。第三，也是最重要的一点，诗法的内涵与诗话差异甚大，即诗法著作基本没有"话"（纪事）之内容，而集中笔墨介绍诗歌之规范法式，其目的是便初学而非资闲谈。关于此点，《四库总目提要》辨析得颇为细致具体：

> 文章莫盛于两汉，浑浑灏灏，文成法立，无格律之可拘。建安、黄初，体裁渐备，故论文之说出焉。《典论》其首也。其勒为一书，传于今者，则断自刘勰、钟嵘。勰究文体之源流，而评其工拙；嵘第作者之甲乙，而溯厥师承，为例各殊。至皎然《诗式》，备陈法律；孟棨《本事诗》，旁采故实；刘攽《中山诗话》、欧阳修《六一诗

话》，又体兼说部。后所论著，不出此五例矣。①

此处除了明确将皎然《诗式》与说话分为不同种类外，更重要的是指出了其"备陈法律"和"体兼说部"的不同文体特征。② 而且明人自身也对此有过明确的分类意识，祁承㸁《澹生堂藏书目》在卷十四集部类设诗文评类，并分为文式、文评、诗式、诗评和诗话五类，就是将诗式和诗话分为两个不同小类的。③ 所有这些都说明，今人将诗法类的诗学文献归之于诗话的做法既不符合其实际内涵，也不符合明人的分类标准。当然也有例外，胡应麟曾举出"唐人诗话入宋可见者"几乎全为诗格诗法类著作，如王昌龄《诗格》、皎然《诗式》等共20种，这种混淆诗话与诗格的看法既可能是胡应麟的个人认识偏差，也与其当时未能亲眼所见这些著作内容有关，因为他在引过上述书名后说："今惟《金针》、皎然《吟谱》传，余绝不睹，自宋末已亡矣。"④ 胡应麟的长处在于辨析诗体，其看重的是诗体与诗歌创作的关系，辨析诗法与诗话之异同非其所擅长，更何况他并没有看到多少诗格、诗法类著作，当然不可能有真切的认识了。从文体分类的角度看，藏书家的看法显然更具参考价值。

二是误将诗论、诗评著作纳入诗话之中。诗话当然可以论诗与评诗，但必须以记述有关诗坛之逸事掌故为主，纯粹的论诗与评诗则属另外类别诗学文献。与宋代诗话相比，明代诗话的主要特色之一便是论诗成分的增加。比如李东阳的《麓堂诗话》，提出了诗法盛唐而不废宋元、主于法度声调、倡言雄浑盛大诗风、贬斥模拟剽窃之习等重要诗学命题，对明代诗坛影响极大。其主要内容尽管已偏于论诗而非纪事，但依然记述了许多重要的诗坛掌故，其中不仅包含与当时诗人的交往逸事（如数则与好友彭民望的唱和交游），还有不少宋元以来的诗坛佳话。其中一则云：

① 永瑢等：《四库全书总目》，中华书局，1983，第1779页。
② 此处将《本事诗》亦视为一体，而不同于许多学者所认为的，诗话体乃来源于《本事诗》的看法。求诸实际，应以四库馆臣之看法为是。盖因二者虽均着眼于纪事，《本事诗》之重心乃在作品的本事之追踪，近于后代之《宋诗纪事》《元诗纪事》等体例；诗话之纪事则不限于作品之本事，而是以资闲谈之诗坛掌故、文人雅趣、诗人遭际及风气影响等作为涉猎对象，而且重在文笔轻松、自由活泼，所谓"体兼说部也"。
③ 《澹生堂藏书目》卷十四，载《宋元明清书目题跋丛刊》（第5册），中华书局，2006，第150页。
④ 胡应麟：《诗薮》杂编卷二，载周维德集校《全明诗话》（第3册），齐鲁书社，2005，第2681页。

元季国初，东南人士重诗社，每一有力者为主，聘诗人为考官，隔岁封题于诸郡之能诗者，期以明春集卷。私试开榜次名，仍刻其优者，略如科举之法。今世所传，惟浦江吴氏月泉吟社，谢翱为考官，《春日田园杂兴》为题，取罗公福为首，其所刻诗以和平温厚为主，无甚警拔，而卷中亦无能过之者，盖一时所尚如此。闻此等集尚有存者，然未及见也。①

这是典型的诗话内容，它既非评诗，亦非论诗，而重在记述流行于元代的诗人结社活动，以及对于作者时代的影响，属于诗歌史上重要的逸闻趣事。元代科举废止，文人在政治上被长期边缘化，不得不结社吟诗以抒发自我性情与郁闷不平，本来是那一时代文人不幸命运的体现，但在明人看来，却成了展现文人诗兴雅趣的风流之举，这大概与明代思想控制严苛有关，文人生活单调乏味，易生向往羡慕之情。因此，无论《麓堂诗话》的论诗成分多么浓厚，依然无法与徐祯卿的《谈艺录》、许学夷的《诗源辨体》这样的专门论诗著作相比，所以这样的诗学著作也不应该被列入诗话的范围。

明人对此是心知肚明的，在此可举二例为证。一是《澹生堂藏书目》所列诗话类基本全是严格意义上的诗话著作，而不包括诗论著作。其所收诗话共 42 种：《全唐诗话》《诗话总龟》《诗话汇编》《六一诗话》《温公诗话》《石林诗话》《苏子瞻诗话》《刘贡父诗话》《洪驹父诗话》《陈后山诗话》《吕东莱诗话》《许彦周诗话》《庚谿诗话》《竹坡诗话》《珊瑚钩诗话》《紫薇诗话》《周平园诗话》《风月堂诗话》《梅磵诗话》《严沧浪诗话》《苕溪渔隐丛话》《五家诗话》《杨升庵诗话》《诗话补遗》《埜翁诗话》《蓉塘诗话》《陆俨山诗话》《都玄敬诗话》《夷白斋诗话》《存余斋诗话》《拘虚诗话》《定轩诗话》《麓堂诗话》《续豫章诗话》《蜀中诗话》《神仙诗话》《客窗诗话》《妙吟堂诗话》《谢伋四六谈麈》《王公四六话》《木天禁语》《诗家要法杜陵诗律》《骚坛密语》。② 其中有两部谈四六文的，最后三部大约应归之于诗法一类，其他则全是典型的诗话著作。像宋

---

① 李东阳：《麓堂诗话》，载周维德集校《全明诗话》（第 1 册），齐鲁书社，2005，第 487 页。

② 《澹生堂藏书目》卷十四，载《宋元明清书目题跋丛刊》（第 5 册），中华书局，2006，第 278 页。

代《白石道人说诗》、徐祯卿的《谈艺录》、王世贞的《艺苑卮言》、许学夷的《诗源辨体》等论诗著作一律未能列入，而胡应麟的《诗薮》被列入了"诗评"类中，可见该藏书目对于诗话是有明确界限的。此处需要辨析的是严羽的《沧浪诗话》，自明代后期始，该书就被学界视为南宋诗话的代表性作品，并由此建立起以《六一诗话》为代表的重纪事闲谈的诗话传统和以《沧浪诗话》为代表的重诗学理论的诗话传统，并认为越到后来这种重诗学理论的诗话影响越大，以至于改变了诗话的基本属性。但从今天看来，这种看法是有问题的。张健在其《〈沧浪诗话〉非严羽所编——〈沧浪诗话〉成书考辨》① 一文中，对该书的文献演变有翔实的考证，其主要观点包括：其一，宋代文献从未记载《沧浪诗话》之名，郭绍虞认为《沧浪诗话》有宋代版本的说法得不到文献的支持；其二，元人黄清老首次将严羽论诗文字汇为一集，名称为"严氏诗法"；其三，明代正德二年的严羽论诗著作单行本，名称为《严沧浪先生谈诗》；其四，正德十一年刊刻的本子，开始将严羽的论诗文字取名为《严沧浪诗话》；其五，以后的明清众多刻本，大都以《沧浪诗话》为书名。尽管本文作者声明还有个别现存的严羽诗集自己尚未过目，但他的论证基本是严谨扎实的，其结论也基本可靠。其中最值得注目的是，元代诗法著作流行，故称其为"严氏诗法"，明代前期则称之为"严沧浪谈诗"。正如《白石道人说诗》一样，是将其视为论诗文字而非诗话。至于后来被称为《沧浪诗话》，则是在明清诗话概念逐渐扩大化的大潮中受裹挟的结果。其实，对于严羽论诗文字的性质，早就有人提出过质疑，台湾学者黄景进说："比起宋以前的论诗专著，宋人的诗话明显地带有浓厚的消遣成分。《沧浪诗话》与宋人诗话相较，显得极不调和，因为其中全是议论，并不叙说故事，学者们每以为这是诗话体裁演变的必然结果。"② 黄景进认为日本学者船津富彦所提出的《沧浪诗话》之体例来源于唐代皎然《诗式》等论诗著作，较能为人所信服。根据张健的研究，这种"不调和"也就很自然了，因为它原本就不是诗话，而是专门的论诗文字。至于日本学者船津富彦的看法，其实也还可以商量，因为真正的诗学专论最早应该追溯至刘勰《文心雕龙》中的《明诗》《乐府》《物色》《比兴》等文章。与《沧浪诗话》情况相近的还有现

---

① 张健：《〈沧浪诗话〉非严羽所编——〈沧浪诗话〉成书考辨》，《北京大学学报》1999年第4期。

② 黄景进：《严羽及其诗论之研究》，台湾文史哲出版社，1986，第48页。

存谢榛的《四溟诗话》，其实在所有明代刊刻的谢榛别集中，其中的四卷论诗文字一律被标之以"诗家直说"，一直到清顺治年间陈允衡所编《诗慰》所收的谢榛论诗文字，依然叫作"四溟山人诗说"，也就是将其视为诗论而非诗话。直到清乾隆十九年的耘雅堂刊本，才将《诗家直说》改名为《四溟诗话》，但后来却成为谢榛论诗著作的定名。

二是明代万历间人李本纬所编选的《古今诗话纂》所体现的诗话观念。本书共六卷，收有《选〈唐诗纪事〉》《选〈初潭集〉》《选〈鹤林玉露〉》《选〈苏长公外集〉》《选〈百川学海〉》《选〈西湖志余〉》等有关诗坛逸事及论诗文字。这里牵涉到一个至今还存有争议的问题，即可否从历代笔记中重新搜集与诗歌相关纪事的文字为诗话的问题。从今人整理诗话文献的角度看，也许应该遵从以古代专书为搜集对象的原则；但从历史的角度看，要看作者所搜集的内容以及所遵从的编纂原则而定其是否可以为诗话。从内容看，本书所选均为笔记，且全系记述诗坛相关掌故及诗歌评论，符合诗话纪事的根本属性。从编选原则与诗话理念看，作者始终围绕"诗"与"话"的核心要素而运作，他将所收诗话分为"话诗遘""话诗梦""话诗谑""话诗舛""话诗怪""话诗排""话诗祸"七个方面，也许概括得还不够全面，但无疑全是围绕"诗"与"话"而展开的。其关键在于编选诗话之目的，叫作"能使诗脾乍醒，尘听渐清"，从而达到"不越谈丛而转移韵府，未脱说苑而潜进吟坛"的诗学目的。[1] 也就是说，诗话的内容不是要从理论上去论诗或者教人作诗，而是通过有关诗坛的种种历史事件的叙述，引起人们对于诗歌的兴趣，陶冶读者的心灵，从而达到既了解熟悉诗坛状况，又增加提升诗学修养的目的。

从上述二例可知，至少在明代多数人的眼中，诗话是有其自身的内涵与特征的，不能与纯粹的论诗著作混为一谈。

既然明代诗学文献从实际状况而言不能仅用诗话一种体式加以囊括，那就应该根据其内容与文体特征进行重新归类。笔者以为起码可以将其分为三个大类。一是以纪事为主要内容、以资闲谈为主要目的的诗话类，从宽泛处说，包括像《何元朗诗话》这类从笔记中辑录的著作也可以纳入其中。二是以论诗为主要内容、具有理论化与系统性的诗论类，同时也可以

---

[1] 李本纬：《古今诗话纂序》，载陈广宏、侯荣川校点《稀见明人诗话十六种》，上海古籍出版社，2014，第 523 页。

将诗评一类的文字纳入其中。三是以讲授诗法规范为主要内容、具有普及性质的诗法类，其中又可分为诗格类的规范讲授与诗法类的技法传授。此三类可统称为明代诗学文献。其实，在清代诗学文献整理中，早已有人不再以诗话之名加以概括，而统称为诗学著作，颇足资以参考。张寅彭《新订清人诗学书目》例言指出："清人说诗，例有诗评（说）、诗式、诗格、诗话、论诗诗、诗句图诸种体例，今以民国以来渐趋通行之一'诗学'一词通辖之。"① 明清二代尽管在诗学研究上有颇多关联，但区别也显而易见。清代在诗学上具有明显的集成性，总结前人成果多而自我创获少，所以其诗学理论研究以诗评概括之较为名副其实，而诗说可涵盖其中。明人理论多偏颇，又有较强之流派意识，但思想活跃、论说大胆，故其谈诗多有创造性，所以应以诗说的论诗著作为其主要特色，而将诗评涵盖其中，庶几符合诗坛实情。

二 明代诗话概念模糊的历史由来及其后果

对明代诗话范围的重新界定具有文献研究自身的重要意义，探究名实相符历来都是学术研究所孜孜以求的目的。但本文所关注的还不仅仅是这些，甚至不是主要的目的。从明代诗学研究的角度讲，传统的做法是扩张诗话的范围而包罗诗法与诗论，然后再做出诗话内部的细致划分以进行分类考察，这种做法当然也无损于诗学思想的研究。但从明代诗话研究的角度看，这种做法却是以伤害诗话自身的文体功能和历史作用为代价的。明代学者对于诗话的认知当然也存在种种不同的看法，比如将研讨诗论和诗法的严羽作品更名为《沧浪诗话》，从而模糊了诗话与诗论的界限，但他们的看法毕竟是多元而充满活力的。进入清代之后，诗坛的整体氛围发生了很大的变化，清朝文化政策的严厉与乾嘉学风的浸染共同导致了诗坛的沉闷与文人传统意识的回归，从而对于诗话的认知向着正统化与理论化倾斜，而对于诗话的追求雅兴趣味与文笔轻灵活泼的特点多持贬斥的态度。

---

① 张寅彭：《新订清人诗学书目》，上海古籍出版社，2003，第1页。在2015年6月初由复旦大学中文系陈广宏教授主办的"鉴必穷源"诗话研究学术研讨会上，张寅彭教授做了"清代诗学文献体例谈"的发言，主张将清代诗学文献分为诗评、诗法与诗话三种体例，是对此前思考的进一步深化，也对本人的研究有很大的启发。但明代诗学文献与清代毕竟有明显的区别，故须进行独立的研究。

其中最有代表性并对后人造成了巨大影响的是清人章学诚的观点。他在
《文史通义》专列"诗话"一节进行议论，认为"诗话之源，本于钟嵘
《诗品》"，其优点在于"知溯流别"而"探源经籍"。随后便论及后人之
诗话：

> 唐人诗话，初本论诗，自孟棨《本事诗》出，乃使人知国史叙诗
> 之意。而好事者踵而广之，则诗话而通于史部之传记矣。间或诠释名
> 物，则诗话而通于经部之小学矣。或泛述见闻，则诗话而通于子部之
> 杂家矣。虽书旨不一其端，而大略不出论辞论事，推作者之志，期于
> 诗教有益而已矣。《诗品》《文心》专门著述，自非学富才优，为之不
> 易，故降而为诗话，沿流忘源，为诗话者不复知著作之初意矣。犹之
> 训诂与子史专家，为之不易，故降而为说部，沿流忘源，为说部者不
> 复知专家之初意也。诗话说部之末流，纠纷而不可犁别，学术不明，
> 而人心风俗或因之而受其弊矣。①

随后，章学诚就将诗话与小说放在一起进行检讨批评，一一指出其败
坏世道人心之弊端。作为一位正统的史学家，他以经史之学衡量诗话小说
并持批评的态度，这原是可以理解的。最关键的是他将诗话文体泛化的做
法导致了诗话范围的模糊。他将诗话的源头追溯至钟嵘《诗品》，已经把
诗评与诗话相混淆；然后又推出"唐人诗话"的概念，使诗话流行的时间
也趋于扩大化；接着再概括出"论辞论事"的著述主旨，则又模糊了诗话
与诗论的界限；最后则推测诗话的创作目的在"期于诗教有益"，更是为
诗话规定了一个难以承担的沉重责任。至于其通于"国史叙诗""史部传
记""经部小学""子部杂家"的说法，更是将诗话文体进行了无限的扩
张。本文最后总结说："诗话论诗，全失宗旨；然暗于大犹明于细，比于
杂艺，小道可观，君子犹节取焉。"② 此处所言的"全失宗旨"，当然是与
"国史叙诗"的经学相比，那是诗话难以企及的，但起码也要在具体的诗
学问题上有所发明，才会有存在的价值。概括章学诚对诗话的看法，其主
要观点有二：一是论事论辞而有见解，二是要有益于诗歌教化。在此，他

① 章学诚著，仓修良编注《文史通义新编新注》，浙江古籍出版社，2008，第290页。
② 章学诚著，仓修良编注《文史通义新编新注》，浙江古籍出版社，2008，第295页。

丝毫未涉及欧阳修"资闲谈"的消遣功能，更缺乏对于文人雅兴的关心，将诗话的文体特征基本消解于正统诗论之中。章学诚对诗话的这种认知评价对后世影响极大，别的不说，就以在现代学术史上具有最重要影响的文学批评史专家郭绍虞而言，其见解几乎与章学诚如出一辙。他评价《六一诗话》说："曰'以资闲谈'，则知其撰述宗旨初非严正。是以论辞则杂举隽语，论事则泛述闻见，于诗论方面无多阐发，只成为小说家言而已。后此诗话之滥，不能不说欧氏为之滥觞。"评《温公诗话》曰："则其撰述宗旨，原非严正，亦可知诗话之起，本同笔记。"随后，他还引了自己的一首绝句作为评价："醉翁曾著《归田录》，迂叟亦记《涑水闻》，偶出绪余撰诗话，论辞论事两难分。"① 在此，郭绍虞也是用"严正"的标准来衡量欧阳修和司马光的诗话的，无疑也是持的批评态度，以至于将其视为"小说家言"，这恰与章学诚将诗话比附于小说的做法如出一辙。

自章学诚以来，诗话"以资闲谈"的小说家特征就一直受到轻视，而其论诗论事的特征则日益得到强调，这从影响甚大的四部诗话总集编撰中可以得到明确的印证。何文焕《历代诗话》收录诗学著作 28 种，主要是将诗话与诗法著作混为一书，故而前两部便是钟嵘的《诗品》和皎然的《诗式》，明人诗学著作则收有徐祯卿《谈艺录》、王世懋《艺圃撷余》、朱承爵《存余堂诗话》、顾元庆《夷白斋诗话》四种，大都偏重于理论阐述及品评作家作品。可知编者看重的是诗法的讲论与诗歌的批评，所以在序中称赞诗话"洵是骚人之利器，艺苑之轮扁"②。他更看重的是论诗要有新意，故而明确表示不收王世贞的《艺苑卮言》，而对诗话的"资闲谈"特点毫无涉及。丁福保《历代诗话续编》收诗学著作 29 种，体例与《历代诗话》大致相同。明人诗学著作收有杨慎《升庵诗话》、王世贞《艺苑卮言》、顾起纶《国雅品》、谢榛《四溟诗话》、瞿佑《归田诗话》、俞弁《逸老堂诗话》、都穆《南濠诗话》、李东阳《麓堂诗话》、陆时雍《诗镜总论》共九种，依然是诗论与诗话混收而未加鉴别。有意思的是关于对王世贞的评价，何文焕在《历代诗话》凡例中特意指出："诗话贵发新意，若吕伯恭《诗律武库》、张时可《诗学规范》、王元美《艺苑卮言》等书，多列前人旧说，殊无足取。"③ 丁福保却在《艺苑卮言》小序中说："其论

---

① 郭绍虞：《中国文学批评史》上册，商务印书馆，1950，第 409~410 页。
② 何文焕辑《历代诗话》，中华书局，1981，第 3 页。
③ 何文焕辑《历代诗话》，中华书局，1981，第 1 页。

诗独抒己见，能道人所不敢道，推崇汉魏，唐以下蔑如也。其魄力直可谓前无古人，后无来者。"① 在此暂不追究二人对王世贞相反评价的原因，在二人相对立的态度背后，其实有一点是相同的，那就是他们都认为诗话创作应该在论诗方面有所创新，至于作为初学读物的诗格诗法以及"以资闲谈"的逸闻琐事，当然不在其搜录范围之内了。在何文焕那里，与《艺苑卮言》并列而斥而不收的《诗律武库》与《诗学规范》，正是这样的诗法著作。

丁福保的《清诗话》和郭绍虞的《清诗话续编》本来与明人诗话无涉，可以存而不论，但由于郭绍虞为二书所作序言对于后来的明诗话研究的学术理念影响甚大，不能不在此略加征引论说。其《清诗话》前言说："诗话之体，顾名思义，应当是一种有关诗的理论的著作。"② 作为文学批评史家的郭绍虞，在诗学文献中更关注诗歌理论的文献这是可以理解的，但径直说诗话就是"有关诗的理论的著作"，不仅可能误导学界，也可能使自己的学术判断出现误差，比如他接着说："我觉得宋人诗话虽是'以资闲谈'为主，但自《岁寒堂诗话》、《白石道人说诗》及《沧浪诗话》以后，诗话之体转向严肃，所以明人诗话多文学批评之作，清人诗话则于论文谈艺之外，更是当时学者比较严肃的读书札记。"③ 这就定下了现代诗话史研究的基本调子，即诗话至南宋以后发生了转向，主要标志便是严肃的理论研究成为主要内容。这其实隐含着很大的学术误解，郭绍虞所举的三部宋人诗话，其中的后两部都不能算诗话著作，至于他后来所说的明人诗话，就更不属于诗话的范围。明清时期并非不存在纪事为主的诗话著作，只是由于它们不符合郭绍虞等现代学者的诗话标准，就常常被有意无意地忽视了。郭绍虞在《请诗话续编序》中说："清人诗话中，除评述历代作家作品外，亦有专述交游轶事及声韵格律者。本书为提供研究中国古典诗歌理论参考之用，故所选者以评论为主。"④ 像清代一样，明代亦并非没有记述交游轶事的诗话，而是因为它们不合乎后来以理论探讨为主的诗话标准，而被湮没遮蔽了。郭绍虞在此有两点失误：一是将诗法与诗论混同于诗话，二是将诗话的价值收缩为诗歌理论之一端。而且这两点误解对

① 丁福保辑《历代诗话续编》，中华书局，1997，第5页。
② 丁福保辑《清诗话》，中华书局，1963，第1页。
③ 丁福保辑《清诗话》，中华书局，1963，第3页。
④ 郭绍虞编选《清诗话续编》，上海古籍出版社，1983，第1页。

于后来的明诗话研究造成了极大的影响，其标志便是两部明诗话总集的编撰。吴文治的《明诗话全编》除了沿袭了混诗法、诗论与诗话为一体的传统观念外，甚至将别集、笔记、史传等文献中的论诗文字一并收入，可谓走得最远。当时有许多名流为之作序，居然没有一人提出异议。原因很简单，因为编撰该书之目的不在诗话之研究，而是为古代文论研究提供全面翔实的资料，诗话文体自然不在众人视野之中。周维德《全明诗话》则是专门收集明人论诗专书，其所受郭绍虞影响不仅体现在将诗法、诗论一并归入诗话之中，更在于将诗话之主要性质归结为诗歌理论之内容。其前言说：

> 诗话之体，有广义、狭义之分。广义的诗话，"辨句法，备古今，纪盛德，录异事，正讹误也"。"辨句法"，属于诗歌理论的批评；"备古今，纪盛德"，多言逸闻逸事；"录异事"，乃资谈助；"正讹误"，涉及考据。因此，作诗话"以资闲谈"，"作诗话教人"，作诗话"标致己作"，作诗话"表彰遗逸而道扬风雅"，都属于广义的诗话。至于"诗话以论诗"，"凡涉论诗，即诗话体也"，则属于狭义的诗话。①

此处对于诗话的定义初看颇有几分道理，而且都有前人说法作为依据，但仔细品味令人颇为愕然。作者划分广义诗话与狭义诗话的标准虽未明言，但根据其行文可推测为以内容之驳杂与单一为其标志，由于"辨句法，备古今，纪盛德，录异事，正讹误"所涉领域广博，故属广义之诗话；而专以"论诗"就较为纯粹明确，故称之为狭义诗话。由此可以看到郭绍虞"诗话之体，顾名思义，应当是一种有关诗的理论的著作"的影子。可是，如果从文体上看，"辨句法，备古今，纪盛德，录异事，正讹误"才是以《六一诗话》《温公诗话》为代表的宋人诗话正宗，属于狭义的诗话概念；而专以"论诗"的是后人扩张了的诗话概念，就其本意而言应不属于诗话文体，将错就错只能归之于广义的范畴。以上所有这些对于诗话的误解，都是建立在忽视诗话纪事特性，而转向重视其诗学理论价值的基础上的，而这无疑是对诗话文体自身的伤害，自然也就严重影响了对于诗话的真正研究。

---

① 周维德集校《全明诗话》，齐鲁书社，2005，第1页。

三　明代诗话的研究路径与价值

就其本质意义看，诗话不是只为诗论研究提供的诗学文献，它拥有自身的文体特性与历史功用。当代学人傅璇琮说："中国古代诗话，其本身即有一种极大的艺术感染力，人们读诗话，不一定即想从中得到某种知识的传递，而是在不经意的翻阅中不知不觉地获得一种美的启悟，一种诗情与理性交融的快感。这种中国特有的对审美经验的表述，是十分丰富的，是有世界独特地位的。"① 获得审美启悟与快感当然不是诗话要达到的唯一目的，它还可以传达诗坛风向，揭示文人心态，反映文人交际，展现文人活动，当然也可以透视文人在诗歌理论与诗学观念上的一些看法。因此，其中所表述的不仅仅是"审美经验"，还是更为宽泛的文学经验，而这样的文学经验通过理论著作是无法得知的。具体到明人诗话来说，是否能够从事文学经验的考察与研究，取决于它是否还保留着这样特性的诗话作品。就笔者所经眼的诗话著作看，此一点无疑是肯定的。像瞿佑《归田诗话》、单宇《菊坡诗话》、都穆《南濠诗话》、闵文振《兰庄诗话》、蒋冕《琼台诗话》、何孟春《余冬诗话》、陆深《俨山诗话》、姜南《蓉堂诗话》、顾元庆《夷白斋诗话》、游潜《梦蕉诗话》、杨慎《诗话补遗》、俞弁《娱老堂诗话》、黄甫汸《解颐新语》、何良俊《元朗诗话》、王兆云《挥麈诗话》、郭子章《豫章诗话》、陈继儒《佘山诗话》、李自华《恬致堂诗话》、谢肇淛《小草斋诗话》、叶秉敬《敬君诗话》、曹学佺《蜀中诗话》等，尽管其中部分作品增加了论诗成分，但基本都保持了宋人诗话的传统特征。这些诗话作品，无论在目前的文学批评史还是诗话史上，都没有什么地位，或略而不提，或一笔带过。究其原因，大都是以其是否有理论价值作为衡量标准的。可以说，正是研究路径的偏差，导致了研究方法与研究结论的失误。当然，明代诗话自身也有一个发展过程，其中各阶段所呈现的特征也有明显差异，比如明代前期主要是对于元明之际诗坛状况的历史记忆的描述以及作者个人诗学经历的记载，中期则融入了较多的谈论诗艺的内容和诗歌体貌的辨析，自万历后则趋于多元，举凡诗坛趣事、理论争辩、诗法讲求及文人交际等无不蕴含其中。但有一点又是共同的，

---

① 吴文治主编《明诗话全编》，江苏古籍出版社，1997，第8页。

就是大都是结合作者的诗歌创作与批评的经历来展开讨论的，带有个体的体验色彩与趣味性，与承袭汇集前人成果的诗法和系统论述理论问题的诗论具有明显的差异。关于明人诗话的具体情况，笔者将另外撰文论述，以避免本文横生枝节而过于冗蔓。

其实，明代的这些诗话除了诗学理论的价值外，更重要的仍在于其自身的价值。现以《归田诗话》为例，说明此类诗话应具备之研究路径及其价值所在。四库馆臣曾批评说"此书所见颇浅"，就是从论诗的角度着眼的。但同时又说："犹及见杨维桢、丁鹤年诸人，故所记前辈遗文，时有可裁焉。"① 仅承认其文献价值，倒算没有一笔骂倒。现代学者认为四库馆臣所说并不公允，但依然从论诗的角度评价说："谈诗多能联系诗人的身世和时代环境去探求诗歌的立意、情感和社会作用，提倡诗歌'直言时事不讳'，表现出一种比较现实的诗学观点。"② 暂且不论此种评价是否比四库提要更为公允，关键是论诗实在不是该书的主要价值所在。因为从体例上讲，瞿佑明言是依仿欧阳修诗话而撰作，因而论诗非其主要目的。他曾说自己的诗话所记是"有关于诗道者"，其内容则是"平日耳有所闻，目有所见，及简编之所记载，师友之所谈论"③。也就是说，围绕"诗道"而记述自己的所见所闻，内容是相当宽泛的。但有一点又是很明确的，那就是结合自己读诗、论诗及所见之诗坛掌故的切身感受来纪事谈诗，其中当然有对诗学问题的认识，但更多的是其自我体验。人们读这样的诗话，不是衡量其理论是否正确深刻，而是在其诗学阅历中受到感悟与启示。这有《归田诗话》的第一批读者的阅读感受为证：

> 观诸录中所载先生诵少陵诗，则有识大体之称；颂太白诗，则有大胸次之美；诵唐人采莲诗，则美其用意之妙；诵晦庵感兴诗，则知其辟异端之害；诵东野诗，而服前人终身穷苦之论；诵晏元献诗，则叹斯人富贵气象之豪。及见前人林景熙《咏陆秀夫》诗，而知表殉国之忠；《咏家铉翁》诗，而知表持身之节。④

---

① 永瑢等：《四库全书总目》，中华书局，1983，第 1800 页。
② 蔡镇楚：《中国诗话史》，湖南文艺出版社，1994，第 150 页。
③ 瞿佑：《归田诗话自序》，载（明）瞿佑著，乔光辉校注《瞿佑全集校注》，浙江古籍出版社，2010，第 404 页。
④ 木讷：《归田诗话序》，载（明）瞿佑著，乔光辉校注《瞿佑全集校注》，浙江古籍出版社，2010，第 401 页。

《归田诗话》其实就是瞿佑所记录的有关自己作为诗人的人生经历，里边既有其学诗、读诗、作诗的种种感受与经验，也有诗带给他的苦辣酸甜的人生遭遇和由此遭遇所形成的种种时代认知。通过对诗话的研读，可以获得如木讷那样的诗学感悟，也可以体味到瞿佑所经历的种种诗学因缘与师友情感，更能够通过瞿佑的人生经历去认识那个时代文人的生存状态与时代环境。如其《唐三体诗序》条全文引述了方回的序文，其中核心观点为："唐诗前以李、杜，后以韩、柳为最。姚合以下，君子不取焉。宋诗以欧、苏、黄、陈为第一，渡江以后，放翁、石湖诸贤诗，皆当深玩熟观，体认变化。虽然，以吾朱文公之学而较之，则又有向上工夫，而文公诗未易窥测也。"瞿佑在文后评曰："此序议论甚正，识见甚广。"并言愿"与笃于吟事者共详参之"。① 从论诗的角度看，瞿佑并没有什么创造，但由此却透露了元明之际诗坛的诗学取向。现代学者至今依然在通过当时诗论讨论元明之际的宗唐与宗宋问题，但瞿佑却认可方回唐宋兼宗的看法，并以朱熹的诗歌创作成就为最高。瞿佑是铁崖派的成员，那么他的这种诗学取向是其本人的爱好呢，还是该派的共同倾向，就需要做出认真的考察。不过，《归田诗话》最大的价值还是它承载了瞿佑对于元明易代之际诗坛状况的种种历史记忆，诸如他与杨维桢的香奁八咏的唱和与对铁崖诗体的体认（"香奁八题""咏铁笛""廉夫诗格"），对于元代文人江南情结与仕途失意的心理的描绘（"翰院忆江南""年老还乡"），对东南文人与张士诚复杂关系的感受（"哀姑苏""纪吴亡事"），对于西域诗人丁鹤年元末诗歌创作及生存状况的记述（"梧竹轩"），以及种种的诗坛所见所闻。当然，这些诗坛往事其他历史文献也有记载，但通过当时人的历史叙述，依然具有不可替代的文献价值。而有些事件的记述是无可替代的，如其《年老还乡》条记载：

> 鄞士黄德广，至正初，入大都求仕，所望不过南方一教职而已。交游竟无一援引之者，客居以教书为生，娶妻生子二十年余。元末，天下扰攘，比岁饥馑，南北路阻，始附海舟而归。去日少壮，回则苍颜华发，故旧罕在者。诵贺知章"儿童相见不相识，笑问客从何处来"之句，以寓慨叹。予从先师往访之，见其所持扇上一诗，乃在北

---

① （明）瞿佑著，乔光辉校注《瞿佑全集校注》，浙江古籍出版社，2010，第406页。

日所作者。诗云："东风一曲《浣溪沙》，客子行吟对日斜。犹记金陵赏春酒，小姬能唱后庭花。"亦蕴藉可诵，而命运不遇如此。盖元朝任官，惟尚门第，非国人右族，不轻授以爵位。至于南产，尤疏贱之，一官半职，鲜有得者。驯至失国，殆亦由此矣。①

关于元代的民族隔阂与江南文人的政治遭遇及心态呈现，是元史及文学史中经常讨论的话题，但这种状况在易代之际到底情况如何，却并没有确切的记载。瞿佑在此确凿无疑地提供了历史的证据，那是他曾经造访过的邻居，他们有过交往与对话，瞿佑亲眼所见了其扇上题诗，因而其北上求仕不遇，其落魄困苦，其失意感叹，就具有典型的代表性，是那一时代文人心态的共同体现。更重要的是瞿佑本人对此遭遇的态度，他不仅是同情的，还由此做出概括："元朝任官，惟尚门第，非国人右族，不轻授以爵位。至于南产，尤疏贱之，一官半职，鲜有得者。驯至失国，殆亦由此矣。"这就是他自身对于元朝政治的认识，更具有说服力，因为他也是重要的当事人。在进入明朝之后，瞿佑的所有历史记忆均指向诗人的不幸与诗坛的诗祸，而且是结合自己切身的经历进行叙述的。为节省文字，仅引一则为例：

> 永乐间，予闭锦衣卫狱，胡子昂亦以诗祸继至，同处图圄中。子昂每诵东坡《系御史台狱》二诗，索予和焉。予在困客中，辞之不获，勉为用韵作二首。时孙碧云、兰古春二高士，亦同在圄室，见之过相叹赏。今子昂已矣，追念旧处患难，为之泫然。诗云："一落危途又几春？百忧交集未亡身。不才弃斥逢明主，多难扶持望故人。有字五千能讲道，无钱十万可通神。忘怀且共团圞坐，满炷炉香说善因。""酸风苦雾雨凄凄，愁掩圄扉坐榻低。投老渐思依木佛，受恩未许拜金鸡。艰难馈食怜无母，辛苦回文赖有妻。何日湖船载春酒，一篙撑过断桥西。"②

在此，除了瞿佑在历史上留下了作品及声誉外，其他三人胡子昂、孙碧

---

① （明）瞿佑著，乔光辉校注《瞿佑全集校注》，浙江古籍出版社，2010，第485页。
② （明）瞿佑著，乔光辉校注《瞿佑全集校注》，浙江古籍出版社，2010，第482页。

云、兰古春都已淹没在历史的尘埃中，但由于《归田诗话》的记载，后人得以重新感受他们身处囹圄的状况与感受。他们同为读书人，大概也都是因为写诗而招致了祸端。[①] 他们在狱中经受了孤独与饥饿，时日漫长而毫无希望，支撑他们生命的就只剩下诗了。他们依靠一向以旷达而著称的苏东坡的狱中诗作来获得心灵安慰，同时也通过自己的诗歌创作来相互慰藉。这种复杂的人生经历使他多年后还为之"泫然"。再看瞿佑的狱中诗作，尽管其难属诗中之上乘，却情真意切，颇为感人，他通过诗品味痛苦，通过诗寄托希望，他已经没有什么远大的政治理想，唯一渴望的就是出狱回乡，"何日湖船载春酒，一篙撑过断桥西"就是人生最为理想的结局。就在当时歌功鸣盛的台阁体诗作广为流行时，大量的底层诗人依然在进行虽不高昂却很真诚的诗歌写作，也许《归田诗话》的真正价值就是这种对当时诗坛风气与状况的真实记忆与描绘。当然，由于瞿佑元末时年纪尚幼，入明后又辗转于低级官位，很难进入文坛主流，所以他的诗坛记忆往往是片段零碎的，加之写作条件简陋，许多引诗仅凭记忆而录入，也就难免出现讹误。这些在四库提要中均已被指出。但《归田诗话》的价值也是无可替代的，因为作者所记多为其亲见亲闻，也就具有历史的现场感与真实性，因而可以弥补正史之缺漏。更重要的是，我们能够通过这些文字体察到作者本人的心灵跳动与情感波澜。这不仅仅是《归田诗话》的价值所在，也是明代其他诗话著作的价值所在。就是说，研究诗话的途径是对于诗坛状况与文学经验的考察，而不是对于诗学理论的研究。

需要强调的是，明人诗话的研究不仅可以从总结诗学经验、考察诗坛状况的角度加以切入，也可以从诗法运用及理论总结的角度进行考察。这首先是此类诗话著作内涵的丰富性所导致的必然结果，诗话文体的重要特征之一就是其极强的包容性及笔法的灵活性，因此其中的谈诗论艺必然包括了对于诗法的讲求和对于诗歌价值及审美特征的讨论，因而现代研究者切不可忽视这些有价值内涵的发掘。其次是不同学科、不同学者对于文献价值的关注也会有显著的差异，因而对于诗话既可以从其文体特征出发探讨其自身的价值与作用，也可以从诗法或诗论的角度去发掘其理论内涵，还可以从文学史角度去概括当时的文坛风气与流派特性。比如李东阳的

---

① 关于瞿佑获罪的原因，目前学界有"辅导失职"与"诗祸被谪"二说。其实本条记录已足以证明是因诗获罪，因为既然说"胡子昂亦以诗祸继至"，则说明瞿佑之入狱亦因"诗祸"无疑。此亦可知诗话确有资考据之功用。

《麓堂诗话》，明显处于明前期诗话至中期诗话的过渡阶段，其中既有对于元明诗坛历史记忆的描绘，又有对当时文人交际的记载，当然也有对于许多诗学问题的讨论，不同学者出于不同的研究目的，其侧重点当然也应该是有区别的。其实这种现象在文史研究中颇为常见，同一段材料、同一种文献，在不同学科与学者那里，所呈现的特性与价值是有很大差异的。诗史互证早已成为学界的常用手段，但在史学家与文学批评家的眼中，其关注点又是有明显区别的。但是，扩展诗话的研究路径不应该成为忽视诗话文体特征的理由，这就像学界常常将文人别集中的序跋作为诗学理论的研究文献一样，这些序跋的确包含了丰富的理论内涵，但它们却并不等同于纯粹的诗论著作，因为序跋有自身的文体价值，其中的写作动机、与所序对象之间的关系以及不同的写作环境，都会深刻影响其理论观念的表达。如果将诗话著作等同于诗法与诗论，那么犹如将序跋等同于诗论著作一样的粗俗与危险。

厘清明代诗话文献的范围，明确明代诗话研究的途径，也将对其与诗法、诗论的相关性研究提供极大的帮助，从而使明代诗学研究更具有立体感与丰富性。因为诗话、诗法与诗论所承载的功能不同，所以他们既有各自的独立性，又构成立体的诗学空间，显示出诗坛的丰富色彩。诗法在明代是一种诗歌写作的基本训练，是进入诗歌门径的必备读物，因此这种诗学读物从明初到晚明一直在社会上广为流行。它们的特点是大多整合唐宋元以来的前人成果而缺乏创新，但对于明代诗坛又是不可或缺的书籍。研究诗法的途径当然不能以理论性与创新性进行衡量，而应该考察不同读者群的阅读状况、不同地域的流行状况以及不同历史阶段的刊刻状况，借以了解明代诗人在诗学训练方式、书籍获取途径以及诗歌普及程度方面究竟较之前代有了怎样的改进，并对明代整体诗学文化基础做出恰当的评估。明代诗论的研究主要在于考察诗学观念的演变及理论创新的水平。徐祯卿《谈艺录》无论著述的方式还是所提出的理论命题，都是明人诗论研究的开端，真正的理论繁荣则是明代的嘉靖、万历时期，《艺苑卮言》《诗薮》《诗家直说》《诗源辨体》《唐音癸签》等著作代表了明代诗论的最高水平。其核心理论是以抒发情感为前提的诗体辨析，即各种诗体的源流演变与体式功能及审美特征的细致论说。诗话则介于诗法与诗论之间，既可以进行诗歌理论的谈论，也可以进行诗法的讲授，但最重要的还是诗坛状况的反映与诗学风气的展示。比如明代不同历史阶段的诗话无论所关心的诗学话题、情感基调还是所记内容，均有明显的差异。瞿佑《归田诗话》所言多沧桑之感，是元明易代的见证。俞弁《逸老堂诗话》从书名即可见闲适的倾向，因为他不仅有从容的心态，还有优越的读书条件，故而在书中论诗纪事，笔调轻松。比如他记载元代初年的月泉吟社的诗歌评比活动，就与他人不同。月泉吟社核心成员谢翱、方凤、吴思齐等人大都是南宋遗民，因而此次诗社活动其实带有浓厚的遗民色彩，包括俞弁所引述罗公福"老我无心出市朝，东风林壑自逍遥"的诗句，就很难说没有拒仕新朝的寓意，可俞弁却视此为一桩风流佳话，并无限向往地说："安得清翁复作，余亦欲入社厕身诸公之末，幸矣夫。"① 化沉痛忧伤为轻松有趣，可见真是恍如隔世了。可见不同的诗学文献有不同的研究途径和研究目的，只有明乎此，才能真正认识到它们各自的价值。但是，它们之间又是有学术关联的。衡量明代诗坛的活力与成就，就要注重考查诗法、诗话与诗论所构成的整体状况。明初近百年仅有一部《归田诗话》出现，而且大都是元末的历史记忆。在当时诗坛勉力维持的是一些诗法类的书籍，说明了当时诗坛的沉寂。而到了嘉靖、万历时期，诗法、诗话与诗论同时趋于繁荣，诗法总集一再翻刻，诗话著作层出不穷，诗论著作水平日高，都说明了当时诗坛的活跃。而且它们之间具有互动的关系，诗法著作的广泛流行显示了写诗群体的日益增加，基数的扩大自然会增进诗坛的活力，活力的增进会使诗歌创作的水平不断提升，创作水平的提升必然会促进诗歌理论的研讨与总结，而所有这些诗坛的状况必然会反映到诗话的创作之中。在这样的关联性研究中，既没有忽视各种诗学文献的独特性，又能将其融入整体诗学研究之中，从而将明代诗学的研究推向更高的水平。

　　本文的目的是厘清长期以来被学界混淆了的诗话文献的界限与范围，并说明厘清诗话文献范围的学术意义，以及所导致的不同研究途径及其产生的学术效果。因此，本文中对明代诗话的研究都仅仅是为了说明问题而举出的个案，既说不上全面系统，也很难说正确深入。明代诗话的真正有价值的学术研究，尚有赖学界有志者的共同努力。但我还是想再加强调，在进入明代诗话的本体研究之前，厘清其范围界限，认清其内涵特点，寻觅出其切入途径，依然是必须要做的准备工作。笔者深知对于诗话的研究

---

① 俞弁：《逸老堂诗话》，载周维德集校《全明诗话》（第 2 册），齐鲁书社，2005，第 1224 页。

已经在漫长的学术史中堆积了过于厚重的误解，将诗话作为中国诗学著作的独特表述成为许多学人不加思索的知识前提，甚至有一些学者据此要建立有别于西方诗学话语的所谓东方诗话学。笔者无意对于这些认知和努力去说长道短，但我想说的是，从追求历史真实的角度，从诗话文体考察的角度，任何人都不能用积重难返和约定俗成的理由去忽视正本清源的还原性研究。

（原载《文学遗产》2016 年第 3 期）

明代前期台阁诗学与唐诗宗尚

复旦大学中国古代文学研究中心　郑利华

摘　　要　检视明代前期台阁诗学体系，其在基本的层面上不同程度表现出的对于唐诗的推重，成为不少台阁文士在古典诗歌接受中的一种倾向性态度，它从历史与现实两方面反映了台阁诗学的重要取向，其中既受到宋代以来唐诗经典化趋势的深刻影响，又和台阁文士自觉的国家意识相关联，体现了要求合乎明帝国文学书写之需求的理性关切，即重视从往昔的文化资源中寻求与当下文学实践更相对应的取资目标。宗唐与台阁诸士对唐诗价值意义的自我解读相关。一方面，他们着重揭橥唐诗"追古作者"的意义所源，将其纳入抒写"性情之正"的诗歌传承的正宗系谱，融贯其中的功用意识及道德诉求显而易见，尤其是利用杜诗的经典效应，极力放大包孕在杜诗中的政治或道德意蕴，反映了重塑诗歌价值体系、建构理想抒情范式的某种诉求。另一方面，唐诗作为成熟的文学典范，特别是其表现体制的完备性以及美学特色，也促使一些台阁文士注意对唐诗在审美层面的价值抉发，体现了他们唐诗接受的多重面向。这种接受上的多重性或复杂性，不仅因宗尚对象而异，也因接受个体而异。明代前期台阁诗学基于特定的官方背景，浸润和引导当时及继后诗学领域的作用不可低估，其宗尚唐代尤其是盛唐诗歌的诗学取向，成为推助唐诗在明代经典化进程无法忽略的一种动力。

关 键 词　明代前期　台阁诗学　唐诗

明代前期尤其自成祖永乐年间以来，台阁文学势力相对活跃①，台阁

---

① 关于台阁之概念，台湾学者简锦松在《明代文学批评研究》中辨别台阁体时曾论及，以为所谓台阁体乃馆阁文人诗文之体，而于"馆阁"一词的含义，其引述明人罗玘（转下页注）

文风呈现扩张态势,清人沈德潜在描述有明一代诗歌"升降盛衰之大略"时,即指出"永乐以还,体崇台阁,骩骳不振"①,于时"诸大老倡之,众人靡然和之,相习成风"②。站在明代诗学发展史的角度,综观有明前期台阁文士的诗学取向,特别是其在唐诗接受过程中不同程度表现出的宗尚立场,是呈示其中的重要特征之一。同时,台阁诗学以其带有官方特征的影响力,对明代前期乃至以后的诗学领域发生显在或潜在的浸润和引导作用,也是我们梳理有明诗学发展演变脉络必须面向的目标之一。本文所要探讨的,乃明代前期凸显在台阁文士中间的宗唐诗学取向是在何种基础上形成的,它在观念形态的层面上,又反映着什么样的诗学诉求和精神特质,包括这种宗唐诗学的不同面向和变化特征,并企冀通过如此,对明代台阁诗学的基本特征与内蕴,以及作为有明诗学的有机构成,其于时代诗学发展趋势所产生的不同层面的影响,获得更为深切的认知。

一 以唐为宗:古典诗歌接受的一种倾向性态度

检视明代前期台阁诗学体系,尽管台阁诸士各自的境遇、学养及文学趣味难免有差异,是以他们秉持的诗学宗尚目标以及相应的诉求或因人而异,但其在基本的层面上不同程度表现出的对于唐诗的推重,成为不少台阁文士在古典诗歌接受中的一种倾向性态度。"三杨"之一的杨士奇在《题东里诗集序》中即指出:

(接上页注①)《馆阁寿诗序》中所言解释道:"今言馆,合翰林、詹事、二春坊、司经局皆馆也,非必谓史馆也;今言阁,东阁也,凡馆之官,晨必会于斯,故亦曰阁也,非必谓内阁也。然内阁之官亦必由馆阁入,故人亦蒙冒概目之曰馆阁云。"[罗玘:《圭峰集》卷一,《景印文渊阁四库全书》(第 1259 册),台湾商务印书馆,1986] 台北学生书局,1989,第 20 页。罗氏所言"馆阁",盖指涉翰林院、詹事府、内阁,以及隶属詹事府的左右春坊、司经局等。台阁与馆阁概念时或互用,如郭正域《叶进卿文集序》云:"国初馆阁体,大半模拟宋人,期乎明白条畅而已。世之拟古者,遂不胜其凌厉诼诟,大略用汉人、唐人以胜宋人,合诸缙绅暨诸草泽,以胜词林。……比年以来,馆阁英贤跨轶前辈,一时文章酝酿历代,声貌色泽、神髓气骨大变其初,海内操觚之士扬扢风雅,又靡然左辟词林矣。……往者王司寇遗余书,文章之权往在台阁,后稍旁落矣。余深愧其言。……近代鸿儒伟士,麟集凤翔,所为朝堂典要,雄文大篇,式于宇内,而向者叫噪儇佻之士,几改步而革心,视往时台阁体如何也?"郭正域:《合并黄离草》卷十八,《四库禁毁书丛刊》(集部第 14 册),北京出版社,1997。

① 《明诗别裁集序》,载沈德潜、周准编《明诗别裁集》,上海古籍出版社,1983,第 1 页。

② 沈德潜、周准编《解缙》,《明诗别裁集》卷三,第 59 页。

　　夫诗志之所发也。三代公卿大夫，下至闺门女子，皆有作，以言其志，而其言皆有可传。三百十一篇，吾夫子所录是已。……观水者必于溟渤，观山者必于泰华，央渎附娄奚取哉？《国风》《雅》《颂》，诗之源也。下此为楚辞，为汉、魏、晋，为盛唐，如李、杜及高、岑、孟、韦诸家，皆诗正派，可以沂流而探源焉，亦余有志而未能者也。①

据上序，杨士奇因 "族孙挺来京师，录余新旧诗为三卷，且求引诸其首"，故为题语，实属自序其诗集，所言也更有对自己诗歌阅读经验和创作目标做出总结的意味。序者在用心辨察古典诗歌源流之际，不仅明确《诗经》作为经典文本的源头地位，还从追本溯源的角度，将盛唐李、杜诸家与楚辞、汉、魏、晋视作诗之 "正派"，强调它们和《诗经》的渊源关系。在题宋杨齐贤集注、元萧士赟删补的《李太白诗集分类补注》而述及学诗径路时，杨士奇也提出："学诗者，必求诸李、杜，譬观山必于嵩华，观水必于河海者焉。"② 比照起来，其显然和上序观山水必于 "泰华" "溟渤" 而不取 "央渎附娄"，为诗必于如盛唐李、杜诸家 "正派" 的主张相差无几。

　　像杨士奇这样基于对古典诗歌系统的分辨而尤属意李、杜等盛唐诗家的立场，在有明前期台阁文士中绝非个案。如永乐十一年（1413），时任翰林编修闽人林志序同邑赵迪《鸣秋集》，其曰："诗自《三百篇》而下，语古体则汉魏、六朝而已，备诸体则唐而已。" 并鉴评历代所作："三代以降，秦汉犹为近古，东京渐失之，至建安已萎薾不振矣。开皇痛刮其习，而习而气稍变。贞观振以文治，而气又变。于是诗至李、杜而备，文至韩、柳而备，后世虽有作者，蔑以加矣。" 其中将诗歌发展的巅峰定格在唐代特别是盛唐李、杜这样的大家。是以他论及当代林鸿、赵迪等闽籍诗人为诗唱和之举，认为 "自是学者知读汉、魏、唐诗矣"，谓赵迪《鸣秋集》中所录诗作，"古诗要不下魏晋，而诸作则醇乎唐矣"③。这又是从诗歌习学的层面，表彰林、赵等人致力于唐诗等古典诗歌摹习的楷模作用。

---

① 杨士奇：《东里文集续编》卷十五，明天顺刻本。
② 杨士奇：《李诗》，《东里文集续编》卷十九。
③ 赵迪：《鸣秋集序》，《鸣秋集》卷首，《四库全书存目丛书》（集部第 36 册），齐鲁书社，1997。

林志推挹林、赵等人为诗之道，固然含有某种乡邦的情结，但倘若参照他特别对李、杜盛唐诗家的定位，当和其鲜明的唐诗宗尚意识不无关联。又如历官翰林侍读、南京国子监祭酒的陈敬宗，在为元袁士元所作的《书林外集叙》中云："夫自孔子删《诗》之后，有足羽翼乎《三百篇》者，汉魏苏、李、曹、刘诸君子而已，沈、谢而下，不足论也。逮至李唐，变古为律，而擅名当时者，若高适、岑参之流，不可胜数，而千载之下，独称李、杜焉。读其诗，粲然星汉之昭回，而蔚然烟云之出没；巍乎嵩华之屹立，而浩乎江海之沛然。"① 其中除古体自《诗经》而下推许汉魏诸家，律体则独标有唐尤其是李、杜等盛唐诗家。又陈敬宗曾序高棅《唐诗正声》，评棅是编之选，以为"自贞观迄于龙纪三百余年，得作者陈子昂以下若干人，五七言古律排绝若干首。其声之舂容，有黄钟大吕之音；体之高古，有商敦周彝之制；而其淡泊也，则又有太羹玄酒之味焉。正韩子所谓'铿鎗发金石，幽妙感鬼神'者，是也"，明确传递出他对有唐诗歌的基本看法，倾重之意，自在其中。而他在比较元人杨士弘《唐音》于李、杜诗未选"皆缺"而高棅所编"兼而选之"的选诗体例差异时，又对李、杜诗风做了重点标示："李之诗雄丽奇伟，驱驰屈、宋，横被六合，力敌造化；杜之作浑涵汪洋，千汇万状，兼古今而有之。夫观泰山者，不可以寻丈计其崇卑；临沧海者，不可以限量窥其浅深。读李、杜者，又岂敢以精粗柄其去取哉？"虽说如此标示，要在突出高棅选诗"其才识可谓超出者矣"②的过人眼识，但也透露了其重以李、杜这样盛唐大家为标格的信息。

明代前期台阁文士在唐诗接受上的倾向性态度，也反映在他们对唐诗选本的特别关注上。如杨士弘《唐音》③，虽系元人所编的一部唐人诗歌选本，但它对明代诗学曾产生不小的影响。有研究者指出，明代中叶以前，《唐音》的影响远超高棅的《唐诗品汇》。④ 而在有明前期关注唐诗选本尤其是《唐音》者中不乏台阁之士。"三杨"之一的杨荣，曾为四明张楷和《唐音》七律之作题识："夫诗自《三百篇》以来，而声律之作始盛于唐开元、天宝之际。伯谦所选，盖以其有得于风雅之余、骚些之变。"⑤ 于

---

① 袁士元：《书林外集》卷首，《续修四库全书》（第 1324 册），上海古籍出版社，2002。
② 陈敬宗：《唐诗正声序》，《澹然先生文集》卷四，《四库全书存目丛书》（集部第 29 册）。
③ 杨士弘：《唐音姓氏并序》，《唐音》卷首，《湖北先正遗书》影印明嘉靖刻本。
④ 陈国球：《明代复古派唐诗论研究》，北京大学出版社，2007，第 170~173 页。
⑤ 杨荣：《题张御史和唐诗后》，《文敏集》卷十五，《景印文渊阁四库全书》（第 1240 册）。

《唐音》之选多予褒扬，以为其得承《诗经》和楚辞之传统。景泰年间进士登第而既官翰林的王偁，因大学士万安之子万翼取《唐音》及周弼《三体唐诗》和之，遂为作序，称"唐诗行于世者，其编选固多，然惟杨伯谦之《唐音》，号为精粹。下此则周伯敬之《三体》而已。二诗合百余家，为诗千有余篇，深醇浩博，读之者率未易悉其词，通其旨"①。比较诸唐诗选本，乃以《唐音》和《三体唐诗》为翘楚，而尤倾重前者。当然，限于选诗者的主观立场以及品评者的各自趣味，对于选本的接受或因人而异，《唐音》一书亦不例外。曾官翰林修撰、仕至翰林侍读兼右春坊右赞善的梁潜，其《跋唐诗后》云："唐诸家之诗，自襄城杨伯谦所选外，几废不见于世。虽予亦以为伯谦择之精矣，其余虽不见无伤也，然而学诗者于名家之作固当观其全也，况夫珠璧之产汰弃瑕疵之余，精英奇绝之未泯，尚有足爱而不忍弃者，读者要知所择可也。"② 这是说，《唐音》之选诚"精"，然也因此不够"全"。成化、弘治间相继入翰林内阁而为台阁重臣的李东阳，曾就"选诗诚难，必识足以兼诸家者乃能选诸家。识足以兼一代者，乃能选一代"的话题发议，认为"选唐诗者，惟杨士弘《唐音》为庶几。次则周伯敬《三体》，但其分体多于细碎。而二书皆有不必选者"③。尽管如梁潜、李东阳这样对《唐音》选诗的标准多加挑剔，间有微词，但总体上仍予以认可。这些台阁文士就《唐音》编选所表达的推重之意居多的论评，同时传递出一个信息，那就是他们对该唐诗选本的熟稔，而这或与他们研习《唐音》的阅读经历有关。杨士奇就是一个例子，他对是集曾一再称许之，其《沧海遗珠序》指出："近代选古惟刘履，选唐惟杨士弘，几无遗憾，则其识有过人者矣。"④《录杨伯谦乐府》乃谓《唐音》之选，"前此选唐者皆不及也"⑤；题张楷和《唐音》七律之作的《书张御史和唐诗后》又云："诗自《三百篇》后，历汉、晋而下有近体，盖以盛唐为至，杨伯谦所选《唐音》粹矣。比年用力于此者鲜，御史张楷取《唐音》中七言律悉和其韵，可谓有志。"⑥ 这意味着，

---

① 王偁：《和唐诗序》，《思轩文集》卷八，《续修四库全书》（第 1329 册）。
② 梁潜：《泊庵集》卷十六，《景印文渊阁四库全书》（第 1237 册）。
③ 周寅宾点校《怀麓堂诗话》，《李东阳集》第二卷，岳麓书社，1985，第 536~537 页。
④ 杨士奇：《东里文集续编》卷十四。
⑤ 杨士奇：《东里文集续编》卷十九。
⑥ 杨士奇：《东里续集》卷五十九，《景印文渊阁四库全书》（第 1239 册）。

《唐音》以其超出之前众唐诗选本的编选优势，自具作为诗歌习学范本的资质，而杨氏"比年用力于此者鲜"的感慨，更从反面提示了熟习此本的特别意义。其题《唐音》又言："余读《唐音》，间取须溪所评王、孟、韦诸家之说附之。此编所选，可谓精矣。近闻仲熙行俭在北京录唐诗甚富，用之读之快意，而颇致憾此编，以为太略。其所录余未及见，然余意苟有志学唐者，能专意于此，足以资益，又何必多也。"① 这表明，杨氏本人当曾用心习读《唐音》，故有是编所选颇为精粹乃至于学唐者足以取资的深切体会。宋讷在作于至正十四年（1354）的《唐音缉释序》中指出，《唐音》"镂梓"以来，时"天下学诗而嗜唐者，争售而读之"②。台阁诸士如此青睐和熟稔这部唐诗选本，或与是集早在元末已广为流传的深入影响有关，然而他们宗尚唐诗的诗学取向，当是一个更为重要的因素。

二　历史与现实之间：经典意识与国家意识

从接受的层面而言，唐代诗歌尤其是盛唐诸家之作受到明代前期台阁文士不同程度的推重，其重要原因之一，不能不归结到他们在唐诗自宋代以来的经典化趋势下激发的经典意识。诗至唐代进入了前所未有的成熟和繁盛期，胡应麟《诗薮》即指出，"诗至于唐而格备，至于绝而体穷"③，"其体则三、四、五言，六、七杂言，乐府、歌行、近体、绝句，靡弗备矣；其格则高卑、远近、浓淡、浅深、巨细、精粗、巧拙、强弱，靡弗具矣；其调则飘逸、浑雄、沉深、博大、绮丽、幽闲、新奇、猥琐，靡弗诣矣"④。唐诗的成熟和繁盛，自是其经典化的根本基础。

明初瞿佑在《归田诗话》中述及，他曾仿效元好问《唐诗鼓吹》之制，然专取"宋、金、元三朝名人所作"，名为《鼓吹续音》，编纂的动机是鉴于"世人但知宗唐，于宋则弃不取"。又题诗其后，中云："吟窗玩味韦编绝，举世宗唐恐未公。"⑤ 所编对抗世人"宗唐"的意图明显，而他说"举世宗唐"难免夸张，但也说明明初宗唐已成风气的事实。这种宗唐意

---

① 杨士奇：《东里文集续编》卷十九。
② 宋讷：《西隐集》卷六，《景印文渊阁四库全书》（第 1225 册）。
③ 胡应麟：《古体上·杂言》，《诗薮·内编》卷一，中华书局，1958，第 1 页。
④ 胡应麟：《唐上》，《诗薮·外编》卷三，第 157 页。
⑤ 瞿佑：《归田诗话》卷上"鼓吹续音"则，载丁福保辑《历代诗话续编》下册，中华书局，1983，第 1249 页。

识的崛拔，可追溯至宋人或伴随对本朝诗家的质疑而表现出的对唐代诗歌尤其是盛唐诸家之作的尊崇。如张戒《岁寒堂诗话》本乎"言志乃诗人之本意，咏物特诗人之余事"的评判原则，推尚唐李、杜于言志及咏物"兼而有之"①。也因基于言志为本之则，张戒提出诗歌"用事押韵，何足道哉"，认为宋苏、黄之诗背离言志之本而专注于"用事押韵"，由此断言："然究其实，乃诗人中一害，使后生只知用事押韵之为诗，而不知咏物之为工，言志之为本也，风雅自此扫地矣。"② 并且扩展至诗歌演变史的角度，视苏、黄为诗风趋劣的始作俑者："《国风》《离骚》固不论，自汉魏以来，诗妙于子建，成于李、杜，而坏于苏、黄。"③ 张戒强调言志，根本上又与他注重"思无邪"相连，以为诗"其正少，其邪多"，"孔子删《诗》，取其思无邪而已"，就此表示"余尝观古今诗人，然后知斯言良有以也"④。故四库馆臣言其诗话"始明言志之义，而终之以无邪之旨"⑤。如果说张戒尊李、杜而抑苏、黄，多少已在分辨唐宋诸家诗歌之轩轾，而这样的分辨主要乃衡之以一种道德的基准，那么继后严羽在《沧浪诗话》中鉴别"盛唐诸人"与"近代诸公"诗的差异，则更多立足于审美的层面。其认定"盛唐诸人惟在兴趣"，"近代诸公乃作奇特解会"⑥，并且判断"唐人与本朝人诗，未论工拙，直是气象不同"⑦，已明确指出唐宋诗歌表现在审美价值上的一种时代性反差。而他从"诗有别材，非关书也；诗有别趣，非关理也"这样更能反映诗歌本质意义的角度，声张唐代尤其是盛唐诗歌的价值优势，以及展开对宋诗负面特征的清算，在强度上无疑有着前所未有的彻底性。当然，这本身也和严羽有意确立为诗宗旨、辨识"盛唐诸公大乘正法眼"及奠定盛唐诗歌为重点取法目标之典范地位的根本动机相关，犹如他所言，"不自量度，辄定诗之宗旨，且借禅以为喻，推原汉魏以来，而截然当以盛唐为法"⑧。就明代前期的台阁文士来说，宋

① 张戒：《岁寒堂诗话》卷上，载丁福保辑《历代诗话续编》上册，第 450 页。
② 张戒：《岁寒堂诗话》卷上，载丁福保辑《历代诗话续编》上册，第 452 页。
③ 张戒：《岁寒堂诗话》卷上，载丁福保辑《历代诗话续编》上册，第 455 页。
④ 张戒：《岁寒堂诗话》卷上，载丁福保辑《历代诗话续编》上册，第 465 页。
⑤ 永瑢等：《四库全书总目》卷一百九十五集部《岁寒堂诗话》提要（下册），中华书局，1965，第 1784 页。
⑥ 郭绍虞：《沧浪诗话校释·诗辨》，人民文学出版社，1961，第 26 页。
⑦ 郭绍虞：《沧浪诗话校释·诗评》，第 144 页。
⑧ 郭绍虞：《沧浪诗话校释·诗辨》，第 26~27 页。

代以来形成的唐诗经典化趋势，包括唐诗自身具备的美学特色和流延在文人圈的接受惯性，不可避免地成为影响他们鉴别古典诗歌系统、选择具体取资范本的一个重要因素。事实上，前述台阁诸士中如注重以李、杜等这样的盛唐大家为标格，极力表彰其在古典诗歌系统中的非凡价值和超特地位，已俨然折射着早在如张戒、严羽等这些宗唐前辈身上散发出来的经典意识。

促发台阁诸士投注唐代尤其是盛唐诗歌的另一个重要因素，则是萦绕其怀的察见"王政""治道"，以及颂圣鸣盛的国家意识。台阁之士作为上层文臣的特定身份，特别是大多所具有的"以供奉文字为职"的翰林背景①，以及朝廷日常"礼接优渥"的特殊待遇，易使他们认同自己的职能担当且向官方意识形态紧密靠拢，也易使他们产生遭逢盛世之遇和回报朝廷君主的独特心理。这种意识和心理，同时成为他们勉力从以往文化资源中寻求与当下文学实践更相对应的目标作为取资和依据的某种驱动力，在诗学领域，唐代尤其是盛唐诗歌，也因此被凸显出相对符合明帝国文学书写需求的资源性价值。杨士奇《玉雪斋诗集序》所述颇能说明一些问题：

> 诗以理性情而约诸正，而推之可以考见王政之得失、治道之盛衰。三百十一篇，自公卿大夫下至匹夫匹妇，皆有作，小而《兔置》《羔羊》之咏，大而《行苇》《既醉》之赋，皆足以见王道之极盛。至于《葛藟》《硕鼠》之兴，则有可为世道慨者矣。汉以来代各有诗，嗟叹咏歌之间，而安乐哀思之音各因其时，盖古今无异焉。若天下无事，生民乂安，以其和平易直之心，发而为治世之音，则未有加于唐

① 前面注文引述的明人罗玘《馆阁寿诗序》指涉的翰林院、詹事府、内阁，以及隶属詹事府的左右春坊、司经局等机构，多涉及翰林院系统，其中的詹事府和内阁，或出于翰林，或在行政上与之相联系。参见黄卓越《明永乐至嘉靖初诗文观研究》，北京师范大学，2001，第5页。《明史·职官志二》载："詹事掌统府、坊、局之政事，以辅导太子。……凡府僚暨坊、局官与翰林院职互相兼，试士、修书皆与焉。"（第6册卷七十三，中华书局，1974，第1783~1784页）《明史·选举志二》载："成祖初年，内阁七人，非翰林者居其半。翰林纂修，亦诸色参用。自天顺二年，李贤奏定纂修专选进士。由是，非进士不入翰林，非翰林不入内阁，南、北礼部尚书、侍郎及吏部右侍郎，非翰林不任。而庶吉士始进之时，已群目为储相。通计明一代宰辅一百七十余人，由翰林者十九。"（第6册卷七十，第1701~1702页）所记也说明了詹事府、内阁与翰林院之间构成的密切关系。

贞观、开元之际也。杜少陵浑涵博厚，追踪风雅，卓乎不可尚矣。一时高材逸韵，如李太白之天纵，与杜齐驱，王、孟、高、岑、韦应物诸君子，清粹典则，天趣自然，读其诗者，有以见唐之治盛于此，而后之言诗道者，亦曰莫盛于此也。①

杨士奇在此申明的，无非是诗歌表现和政治情势紧密的对应关系，即"王政""治道"的得失盛衰，通过诗歌这一特定的表现样式得以呈示。当然，如此以诗观政之说并非杨氏本人的发见，诚属早如《毛诗序》所言"治世之音安以乐，其政和；乱世之音怨以怒，其政乖；亡国之音哀以思，其民困"② 这一强调诗与时世政治关系理念的某种翻版。循着杨氏上述的理路，如果说其中还有多少值得注意的，便是努力表彰被他视作"治世之音"而多为盛唐诗家之作的理由，在以诗观政理念主导下，这些盛唐诗家作品反映有唐一代治政盛世的政治蕴含得到强化，诗道之"盛"的本质意义，更集中地被诠释为对于时世治政之"盛"的观照。与此有关，历官翰林院修撰、詹事府少詹事兼侍读等职的黎淳，为莆田林英之父所撰《静斋诗集序》，本于"君子观诗道之隆替，可以验世道之盛衰"的基本理念，认为"古诗《三百篇》卓已，圣人删之，非徒尚其文，亦将以为世道计耳"，而"后人论诗者，率有取于盛唐，非以三百年崇文之治，气还浑雅，时则有若李、杜、韩、柳诸人，诗道至此而始昌耶？"③ 则示意盛唐诸家诗多承"圣人删《诗》之意"，体现"世道"之验，较之杨士奇上论，对盛唐诗歌昌盛标志的认定，又是何等的相似。凡此意味着，盛唐时代"天下无事，生民乂安"的政治气象更多被用来比附明帝国的盛世景观，而作为"治世之音"的盛唐诗歌，则是借以表现明帝国政治盛世相对谐配的一种文学样板。

如此在强调以诗观政基础上标举盛唐诗歌，涉及分别唐诗发展变化阶段的依据问题。以唐诗的分期而言，早如宋人严羽《沧浪诗话》即"以时而论"辨析诗体，在唐诗的范围内就有"唐初体""盛唐体""大历体""元和体""晚唐体"之分④；又从习学的层级别之，"汉、魏、晋与盛唐

① 杨士奇：《东里文集》卷五，明嘉靖刻本。
② 《毛诗正义》卷一，阮元校刻《十三经注疏》（上册），中华书局影印本，1980，第270页。
③ 黎淳：《黎文僖公集》卷十，《续修四库全书》（第1330册）。
④ 郭绍虞：《沧浪诗话校释·诗体》，第52~53页。

之诗，则第一义也。大历以还之诗，则小乘禅也，已落第二义矣。晚唐之诗，则声闻辟支果也"①。严羽尤重"盛唐诸人惟在兴趣"，又拈出"体制""格力""气象""兴趣""音节"为诗之五法②，由此可以说，其主要是从审美层面区分唐诗的阶段性差异。另外，对唐诗发展变化过程的分别，则不同程度地渗入来自政治层面的考量。如杨士弘《唐音》分《始音》《正音》《遗响》三编，以"盛唐、中唐、晚唐别之"③。尽管杨氏自称"审其音律之正变，而择其精粹"④，以音律体制作为选诗的重要标准，这也使明初苏伯衡基于"诗之音系乎世变"的立场，指摘其"以体裁论而不以世变论"⑤，然事实上杨士弘又表示："诗之为道，非惟吟咏情性、流通精神而已，其所以奏之郊庙，歌之燕射，求之音律，知其世道，岂偶然也哉？"⑥ 又《唐音·凡例》谓《正音》之编"以五七言古、律、绝各分类者，以见世次不同、音律高下"⑦，说明由诗歌探知"世道"同样为编者所要求。杨氏的编选思路，意在有唐诗歌的音律体制与时代变迁之间理出对应的线索，达到诗歌审美与政治鉴别的某种平衡。诚然，在分别唐诗发展变化阶段性差异上，台阁诸士依据的标准不可一概而论，如洪熙初召入翰林官修撰的张洪，在为张楷所作的《和唐诗正音序》中就《唐音》的分别法提出："然初唐尚有六朝气习，体制未纯，盛唐则辞气混厚，不求奇巧，自然难及，晚唐则有意于奇，语虽艰深，意实短浅。"并称楷之和诗"辞气浑厚，不求奇巧，自然难及"，"上无六朝气习，下无晚唐流丽，得《正音》之体制者也"⑧。其区分唐诗之变和标举盛唐之作，或多于审美层面着眼，这自和杨士奇、黎淳的相关说法有所不同。然受制于某种自觉的国家意识，围绕唐诗发展变化阶段的划分和盛唐诗歌的宗尚问题，具有显著政治意味的以诗观政说，在其时的台阁之士中占据上风，他们更直接从唐代政治情势的变化中去寻求诗道盛衰的充分依据。前述林志《鸣秋集序》，即重以"气运"为辨诗之则，申明"知声文之高下，关乎气运之盛

---

① 郭绍虞：《沧浪诗话校释·诗辨》，第 11~12 页。
② 郭绍虞：《沧浪诗话校释·诗辨》，第 7 页。
③ 苏伯衡：《古诗选唐序》，《苏平仲文集》卷四，《四部丛刊》。
④ 杨士弘：《唐音姓氏并序》，《唐音》卷首。
⑤ 苏伯衡：《古诗选唐序》，《苏平仲文集》卷四。
⑥ 杨士弘：《唐音姓氏并序》，《唐音》卷首。
⑦ 杨士弘：《唐音》卷首。
⑧ 魏中平校点《水东日记》卷二十六《录诸子论诗序文》，中华书局，1980，第 254~255 页。

衰”，将“诗之李、杜而备”，“后世虽有作者，蔑以加矣”的唐诗昌盛局面的出现，归根于贞观以来“振以文治，而气又变”。当然，他同时没有忘记以此为本朝“治世之音”的流行根本上由乎“气运”兴盛作注脚：“今皇上嗣位，制作大兴，士竞以学古为高，数年来文日趋厚，沨沨乎治世之音，讵非气运之还，曷克以臻兹盛哉？”① 又，永乐间除翰林典籍、历官左春坊左司直的金实，在《螺城集序》中论唐代律诗的演变趋势曰：

> 初唐变五言，虽未能尽去梁、陈之绮丽，而思致幽远，有不可及者。至开元、大历，五七言则浑厚和平，无间然矣。中唐以后，作者刻苦以求痛快，无复前人之沉浑，而正音渐以流靡矣。是盖有关于国家气运，先儒所谓与时高下者是也。②

其认为追究初、盛唐及中唐以后律诗兴盛衰落之变的终极原因，实由时世不同所致，与唐帝国的“气运”相绾结，表明像开元、大历间作为律诗极盛标志的“浑厚和平”诗风的形成，不能不从盛唐政治情势的发展中去究察。说到底，这还根植于诗歌表现与政治情势相对应的以“诗道”观照“世道”的思维模式。

三　重塑诗歌价值体系诉求的呈现

进而言之，明代前期台阁文士的唐诗宗尚倾向，是与他们对唐诗价值意义的特定解读相联系的，从中表达了重塑诗歌价值体系的一种诉求。观台阁诸士对于诗歌价值意义的基本认知，视诗为“末事”或忌为“无益之词”显是一个根深蒂固的观念。宣德间进士登第，历官翰林学士、华盖殿大学士的李贤，曾自序诗稿云：“诗为儒者末事，先儒尝有是言矣。然非诗无以吟咏性情，发挥兴趣，诗于儒者似又不可无也。而学之者用功甚难，必专心致志于数十年之后，庶几有成。”③ 这除了说明学诗不易、儒者不可无诗之外，同时做出诗乃儒者“末事”的价值定位。杨士奇《圣谕录》关于永乐七年（1409）其向时为皇太子的朱高炽解释诗之价值优劣的

① 赵迪：《鸣秋集》卷首。
② 金实：《觉非斋文集》卷十六，《续修四库全书》（第1327册）。
③ 李贤：《行稿序》，《古穰集》卷四，《景印文渊阁四库全书》（第1244册）。

记载，更为人所熟知。针对是年因春坊赞善王汝玉以诗法进说，朱高炽询问"古人主为诗者，其高下优劣如何"的问题，杨士奇答以"诗以言志，明良喜起之歌，南薰之诗，唐、虞之君之志，最为尚矣。后来如汉高《大风歌》、唐太宗'雪耻酬百王，除凶报千古'之作，则所尚者霸力，皆非王道。汉武帝《秋风辞》，气志已衰。如隋炀帝、陈后主所为，则万世之鉴戒也"，同时劝朱高炽"于明道玩经之余，欲娱意于文事，则两汉诏令亦可观，非独文词高简近古，其间亦有可裨益治道。如诗人无益之词，不足为也"。当朱高炽问及"世之儒者亦作诗否"时，杨则表示"儒者鲜不作诗，然儒之品有高下，高者道德之儒，若记诵词章，前辈君子谓之俗儒"①。无论说明古代君主为诗有轩轾之别，还是申述虽"儒者鲜不作诗"，近乎李贤"诗于儒者似又不可无也"，然认为儒者之品不一，其诗遂有高下之分，均在强调"诗人无益之词"不足为的习文原则。这里杨士奇无意排斥一切诗歌创作实践，尽管他比照如两汉诏令这样有益于"治道"之文，不无轻忽诗歌之意，但强烈的功用意识和来自道德上的警戒，使他在诗歌的价值取向上秉持格外严正的态度。这种意识和警戒表现在同样具有台阁背景的丘濬身上也很明显，丘濬于景泰间中进士，后擢翰林学士，累官文渊阁大学士。其《钟太守诗序》议论《诗经》之后诗道的发展变化趋势："自《三百篇》后，诗之不足以厚人伦，美教化，通政治也，非一日矣，风云月露、花鸟虫鱼作者日多，徒工无益，是以大雅君子不取焉。"②其中蕴含的不仅是牢骚，还有面对后世"无益"之作泛滥、诗道沦丧的忧虑之心。凡此，在根本上还来自传统儒学根植深厚的重道轻艺观念的深刻浸润。

这种基本认知，同时印刻在此际台阁诸士针对唐诗价值意义的诠解。永乐初擢翰林修撰、历翰林侍读兼右春坊右赞善的梁潜，在为翰林故交三山陈思孝之父所作《雅南集序》中指出：

> 诗以道性情，而得夫性情之正者尝少也。《三百篇》风雅之盛，足以见王者之泽。及其变也，王泽微矣，然其忧悲欢娱哀怨之发，咏歌之际，尤能使人动荡感激，岂非其泽入人之深者久犹未泯耶？自汉

---

① 《圣谕录中》，《东里别集》卷二，《景印文渊阁四库全书》（第 1239 册）。
② 丘濬：《重编琼台稿》卷十二，《景印文渊阁四库全书》（第 1248 册）。

魏以降，其体屡变，其音节去古益远。至唐作者益盛，然皆有得乎
此，而后能深于诗也。

在诗歌演变历时统绪的梳理中，唐诗的价值意义受到特别标示，这不仅
是因为"作者益盛"，更主要还在于其被视作上承《诗经》风雅之精神，
成为汉魏以来为数不多抒写"性情之正"的重要典范。一如作者对陈父
诗"诚得于古作者之意"的释读，所谓"温厚和平之音，褒美讽刺之
际，抑扬感慨，反复曲折，而皆不过乎节"[①]，核心的精神，无非是落实
在主于道德教戒又不失温厚之旨的传统诗教。这一诠释立场，在"遭际
之隆，几与三杨相埒"[②] 的显要之臣黄淮的《读杜诗愚得后序》中，有
更为清晰的表述："诗以温柔敦厚为教，其发也本乎性情，而被之弦歌，
以格神祇，和上下，淑人心，与天地功用相为流通，观于《三百篇》可
见矣。汉魏以降，屡变屡下，至唐稍惩末弊而振起之，而律绝之体兴
焉。"[③] 这进一步突出诗歌道德淑化的特殊作用，而唐诗定格在汉魏以来
惩弊振衰的位置，说明其以承沿《诗经》传统而被纳入诗歌历史演化的
正宗系谱。相较而言，永乐以迄宣德"皆掌文翰机密，与杨士奇诸人相
亚"[④] 的台阁权臣金幼孜，其为友人饶俊民所撰《吟室记》，虽同样主张
诗歌以抒写性情为本，且注意揭橥唐代诗歌"追古作者"的意义所源，
但更着重从诗人道德自觉的主观角度，阐释诗歌发抒性情之正的必要性：
"大抵诗发乎情，止乎礼义。古之人于吟咏必皆本于性情之正，沛然出
乎肺腑，故其哀乐悲愤之形于辞者，不求其工，而自然天真呈露，意趣
深到，虽千载而下，犹能使人感发而兴起，何其至哉！"这是说，古之
人于诗一发于情而又止于礼义，在性情的自然呈露中已寓含不失其正的
道德规度。金氏在是记中还指出："夫诗自《三百篇》以降，变而为汉
魏，为六朝，各自成家，而其体亦随以变，其后极盛于唐，沨沨乎追古
作者。故至于今言诗者，以为古作不可及，而唐人之音调尚有可以模仿，
下此固未足论矣。"[⑤] 有意彰显唐诗在经历前朝诗歌演变之余尚能追踪古

① 梁潜：《泊庵集》卷五。
② 永瑢等：《四库全书总目》卷一百七十集部《省愆集》提要下册，第 1484 页。
③ 单复：《读杜诗愚得》卷末，《四库全书存目丛书》（集部第 4 册）。
④ 永瑢等：《四库全书总目》卷一百七十集部《金文靖集》提要下册，第 1484 页。
⑤ 金幼孜：《金文靖集》卷八，《景印文渊阁四库全书》（第 1240 册）。

作的独特价值，提示其和古人吟咏在抒写"性情之正"层面的意义联结。

如此标表唐诗"追古作者"特别是承继经典文本《诗经》的风雅精神，刻意剥露它们得于"性情之正"的抒写内质，融贯其中的功用意识及道德诉求自不待言。而当这种多少带有主观设计的诠解方式施之于具体对象，其任意性和单一性不可避免被强化；在试图将唐诗的价值意义简化为更多含有政治或道德用意的诸如风雅精神的传续及"性情之正"的呈露时，唐诗自身精神内蕴及表现特征的丰富性或被减损，其价值意义或遭曲解，抒情规范化的解读期待，代替了对唐诗固有价值的客观还原。这从另一面显示支撑在其背后一种重塑诗歌价值体系的意图，一种借此建构理想抒情范式的目标。这一点也特别体现在台阁诸士对杜甫诗歌的推崇上。元明的杜诗注本中，有题元人虞集注《杜工部七言律诗》二卷，明人单复撰《读杜诗愚得》十八卷，当时杨士奇、黄淮、王直等台阁文士都曾为之作序①，可见他们重视杜诗之一斑。比较杜诗不同的面向和特点，台阁诸士多着力从"性情之正"的角度去抉发和表彰之。陈敬宗《筦籀集序》云："夫诗本性情，有邪有正，商周《雅》《颂》之音，荐于郊庙朝廷，得其性情之正也。"以为杜诗"其言皆时政所关，有忧国爱民之心，君子学之，无非防范于规矩尺度，而流连光景、淫哇靡丽之言，不得杂吾心胸之中，虽不能造其精微，然亦不失其为正也"②。示意杜诗关乎"时政"又寓含"忧国爱民"意识，符合见于《雅》《颂》"性情之正"之特点，为后来者提供了一种抒写规范。这种以《诗经》为原始标杆而昭揭杜诗步武"性情之正"抒情路线的观点，在黄淮、王直、杨士奇等人的著论中可以看得更清楚。如黄淮《读杜诗愚得后序》认为杜诗："其铺叙时政，发人之所难言，使当时风俗世故，瞭然如指诸掌，忠君爱国之意，常拳拳于声嗟气叹之中，而所以得乎性情之正者，盖有合乎《三百篇》之遗意也。"③ 王直《虞邵庵注杜工部律诗序》指出："开元、天宝以来，作者

---

① 如杨士奇有《杜律虞注序》（杨士奇：《东里文集续编》卷十四）、《读杜愚得序》（单复：《读杜诗愚得》卷首），黄淮有《杜律虞注后序》［黄淮：《黄文简公介庵集》卷十一，《四库全书存目丛书》（集部第27册）］、《读杜诗愚得后序》（《读杜诗愚得》卷末），王直有《虞邵庵注杜工部律诗序》［王直：《抑庵文后集》卷十一，《景印文渊阁四库全书》（第1241册）］。

② 陈敬宗：《澹然先生文集》卷五。

③ 单复：《读杜诗愚得》卷末。

日盛，其中有奥博之学、雄杰之才、忠君爱国之诚、闵时恤物之志者，莫如杜公子美，其出处劳佚、忧悲愉乐、感愤激烈，皆于诗见之，粹然出于性情之正，而足以继《风》《雅》之什。"① 而杨士奇在认肯杜诗上承《诗经》正宗意义的同时，更强调它们一以"性情之正"出之的卓绝地位，其《读杜愚得序》曰"少陵卓然上继三百十一篇之后"，"而一由于性情之正"，以为"诗人以来，少陵一人而已"②。《杜律虞注序》又说杜诗"皆由夫性情之正，不局于法律，亦不越乎法律之外"，因而谓"为诗之圣者，其杜少陵乎？"这表示，那些"力愈勤而格愈卑，志愈笃而气愈弱，盖局于法律之累也，不然则叫呼叱吒以为豪，皆无复性情之正矣"的"厥后作者"，固然无法望其项背，而即使是开元、天宝之际其诗"犹皆雍容萧散，有余味，可讽咏也"的"王、孟、岑、韦诸作者"③，也和杜诗不在同一层次上。④

在宋代以来唐诗趋向经典化的背景下，杜诗的地位随之显突，乃至尊杜成为某种普遍的现象。如上台阁诸士之于杜诗的推崇，除了带有接受历史的惯性，更有他们特定的尊尚意向。从主观上说，杜诗言关"时政"，尤和诗人身历有唐由盛趋衰的时代体验及强烈的经世意识有关。这一特点，也为后人解读杜诗含藏的政治或道德意蕴留存了一定的空间。这些台阁文士显然准确而充分利用了杜诗的经典效应，反复强调其发夫"性情之正"的表率作用，重以"忠君爱国""闵时恤物"的诗心相标识，包孕在杜诗中的政治或道德意蕴被极度放大，一如王偁《增注胡曾诗序》论杜诗："诗格尚雅而厌凡俗，不贵该洽而贵精严。故自《三百篇》以来，独杜子美凌跨百代，以其述纲常，系风教，而又善陈时事，世号诗史。"⑤ 加强开掘杜诗关乎人伦纲纪、风俗教化价值的用意，显得格外明确。总之，杜诗在明代前期台阁诗学中的地位较为特殊，这既牵涉它的经典影响，又和台阁诸士的解读立场有关，作为唐诗接受中被重点关注和释读的对象，它在重塑诗歌价值体系、建构理想抒情范式的诉求下，充当了与之更相协调的一个经典性的目标。

---

① 王直：《抑庵文后集》卷十一。
② 单复：《读杜诗愚得》卷首。
③ 杨士奇：《东里文集续编》卷十四。
④ 参见拙文《明代前中期诗坛尊杜观念的变迁及其文学取向》，台湾《中正大学中文学术年刊》2011 年第 2 期。
⑤ 王偁：《思轩文集》卷五。

四　对唐诗价值意义的另面解读

尽管围绕唐诗价值意义的诠解，明代前期台阁诸士基于强烈的功用意识及其道德诉求，强调"追古作者"的意义所源，偏重于"性情之正"内质的剥露，但若据此认为这可以涵括他们唐诗价值观之全部，则未免失之不察。事实上，唐诗作为诗歌史上趋于成熟的文学典范，特别是其表现体制的完备性及其美学特色，令台阁文士无法完全忽略之，这种接受取向上的多重性或复杂性，不仅因宗尚对象而异，还因接受个体而异。

林志永乐十三年（1415）为四明王莹所作《律诗类编序》云：

> 近代言诗者，率喜唐律五七言，而唐律之名家者，毋虑数十人。以予观之，大都有四变：其始也，以稍变古体而就声病，宜立于辞焉尔；其次也，则风气渐完，而音响亦以之盛，其于辞焉弗论也固宜；又其次也，作者踵继之，音响寖微，然犹以其出之兴致者，成之寄寓也，虽不皆如向之所谓盛者，而犹不专于其辞也；又其次也，则辞日趋工，而音响日益以下也又宜。……然则善言诗者，必于其辞其音而观之焉，而古今之变，不其可论也欤？[1]

《律诗类编》"自唐初以及今人之作，皆博蒐而深味之"，故林序论及唐律，并以"四变"划分唐律演变的不同阶段，"四变"的主要依据是"辞"与"音"或"音响"的递变。相对于"辞"，"音"或"音响"似更为作者看重。联系前述林志所谓"知声文之高下，关乎气运之盛衰"，上如"风气渐完，而音响亦以之盛"的说法，实含某种审音辨世、以诗观政之义。尽管如此，较之"音"或"音响"，"辞"在这里作为一个更多被赋予技术含义的审美因素，并未因为前者而受到完全忽略，序称王莹是编之选"而于其辞其音，殆必有取乎尔也，是岂不足以传焉"，说明衡量包括唐律在内律诗品位的高下，"音"固然重要，而"辞"亦不可废弃。所以此处"辞"与"音"作为辨诗的基本要素，与其说被视作有此无彼的对立关系，

---

[1]　魏中平校点《录诸子论诗序文》，《水东日记》卷二十六，第254页。

不如说调和兼取的意味更为明显。就此，还可注意黄淮的一些说法。如他的七言排律《与节庵论唐人诗法因赋长律三十五韵》①，较集中阐述唐人诗法问题。黄淮论诗注重功用，道德意味浓厚，其《遁世遗音序》云："诗关乎世教，其来尚矣。孔子删定《三百篇》，以及太师所采，上自宗庙朝廷之雅颂，下至里巷之歌谣，所以扶植纲常，淑正人心，裨益理道，其致一也。"② 可见其于诗基本的价值取向，论唐人诗法长律，亦终以"要使从容归大雅，须教敦厚更温柔"作结，未脱诗教为本之大端，但这并未完全掩盖该诗议论唐人诗法而涉及对唐诗价值意义的审美认知。据诗间小注，其中鉴评唐诗，既有关乎创作径路和总体特征的评断，如谓之"充之以气""济之以才"，"遣兴咏怀，各极其理"，"洁而不污""高而不露"，"实处还虚""无中生有"，"体虽不同，各有攸当"，"去陈腐""涤渣滓"，"合自然""中律吕"；又有涉及具体风格类型的点示，如罗列出的"文采""清新""险怪""森严""波澜""奔放""卓绝""苍老""整肃""飘逸""温润""光华""古雅""节奏""富丽""连续""沉着""佚荡""凄凉""雄壮""飞腾""驱驰"等，分门别类，包络众相。大凡着眼唐人作诗要则，归纳一代诗歌的创作特色。这种在诗歌功用与审美之间多少以调和代替对立的立场，也见于黄淮对杜诗的评骘。其《读杜愚得后序》，除留意杜诗"铺叙时政"，表彰流露其间的"性情之正"，又不忘指出："盖其体制悉备，譬若工师之创巨室，其跂立翬飞之势，巍峨壮丽，干云霄，焜日月，而墙高数仞，不得其门而入。析而观之，轩庑堂寝，各中程度；又析而观之，大而栋梁，小而节棁榱桷，皆梗柟杞梓，黝垩丹漆也。"③ 其《杜律虞注后序》，则形容杜诗"开阖变化，不滞于一隅"，"如孙吴用兵，因敌制胜，奇正迭出，行列整然而不乱"④。这里，杜诗体现在法度制式上的优越性或独特性，成了"诚一代之杰作"的一个特定标志，也成了备受作者推崇的一个重要依据。

如果说黄淮上论唐人诗法虽具一定眉目，然终流于简略或笼统，其中当然有受诗歌表达限制的因素，那么相比起来，周叙所编《诗学梯航》在这方面则要细致得多。周叙于永乐间举进士，选庶吉士，授编修，仕至南

---

① 黄淮：《省愆集》卷下，《景印文渊阁四库全书》（第1240册）。
② 黄淮：《黄文简公介庵集》卷十一，《四库全书存目丛书》（集部第27册）。
③ 单复：《读杜诗愚得》卷末。
④ 黄淮：《黄文简公介庵集》卷十一。

京翰林院侍读学士。除《诗学梯航》，他还编有《唐诗类编》，"以己意精选有唐诸名家诗，益以李、杜二集，自乐府五七言古选律绝，以类分之"。这自然透露了他对唐诗的某种偏好。《诗学梯航》虽属"其先大夫职方先生集其叔祖子霖及东吴王汝器先生二家之作，合而一之者也"①，但据周叙正统十三年（1448）所作书序，自谓"曩岁，叙丁艰家居，阅故籍，得先君所校录读之，已多残缺，遂再用编定，间以己意补之"②，则该书显由周叙重新编订，且掺入了他个人的看法。所以从某种意义上来说，是书也代表着周叙本人的诗学主张。全书分《叙诗》《辨格》《命题》《述作》《品藻》《通论》，其中《述作》由"总论诸体""专论五言古诗""专论唐律"三部分构成。周叙在序首即提示该书"论作诗法序源流"，揭出书中述论的要义。观全书所论，其以唐代尤其是盛唐诗歌为宗意向明确，如谓"有唐之业，后世始有不可及者，以故诗家至今莫不宗之"。又分唐诗之体为初、盛、中、晚唐四期，以为"初唐之诗，去六朝未久，余风旧习，犹或似之"，"中唐之诗，历唐家文治日久，感习既深，发于言者，意思容缓"，"晚唐之诗，丁唐祚衰歇之际，王风颓圮之时，诗人染其余气，沦于委靡萧索矣"，比较起来，"盛唐之诗，当唐运之盛隆，气象雄浑"，其中糅合了"诗系国体""大抵诗之盛衰与世升降"③这种以世变论诗的思路。但基于该书的讨论主旨定位在诗歌的"法序源流"，故书中多有针对唐诗法度制式及其特色的解析与标扬。如以命题论，认为题语演变"渐流至唐，愈加精密矣"，"一诗之意具见题中，更无罅隙。其所长者，虽文采不加而意思曲折，叙事甚备而措辞不繁"，不但宋人"命题虽曰明白，而其造语陈腐，读之殊无气味"，终究"有非唐人之比"，而且元朝诸家"承宋旧习，互相传袭，自非确然有识论"④，亦逊于唐人。以五古论，其认为较之唐初，"景云以后，风气稍变，至开元、大历之间，自成一体"，"观其词语充赡，理气通畅，虽不及魏晋之稳微，而其据事直书，展转开阖，各尽一长，律以风雅，得六义之赋焉，有不必求之汉魏也"⑤，指示唐人五古尤其是盛唐之作自有其长。鉴于律诗在唐代的成熟，书中又专门论述唐律

---

① 彭光：《诗学梯航》后序，载周叙《诗学梯航》卷末，周维德集校《全明诗话》（第1册），齐鲁书社，2005，第108页。
② 《诗学梯航序》，载周叙《诗学梯航》卷首，周维德集校《全明诗话》（第1册），第87页。
③ 周叙：《诗学梯航·叙诗》，周维德集校《全明诗话》（第1册），第88~89页。
④ 周叙：《诗学梯航·命题》，周维德集校《全明诗话》（第1册），第94~95页。
⑤ 周叙：《诗学梯航·述作中》，周维德集校《全明诗话》（第1册），第100页。

之法。其谓"律诗，必截然祖于唐人"，明确为取法唐律定论，这是因为宋人之作"求其韵度，始觉与戾矣"，元人之作"方唐之音，直是气象不类"。而揣度唐律，律诗之法"大略先以起、承、转、合为一诗之主，既起端于首联，颔联便须接其意，颈联又须宛转斡旋，至末联将一诗之意复合而为一矣"①，落实到五七言律，又各有具体的作法，参照唐人之作，法度精切，则堪为楷式。②

比较明代前期台阁诸士，在唐诗价值意义的辨析上更多给予审美关注的，在成化、弘治间操持文柄的李东阳诚属其中的一位。李东阳论诗推重唐音，如云："唐诗，李、杜之外，孟浩然、王摩诘足称大家。"③ 又曰："诗贵意，意贵远不贵近，贵淡不贵浓。浓而近者易识，淡而远者难知。"并据此述评唐诸家诗："如杜子美'钩帘宿鹭起，丸药流莺啭'，'不通姓字粗豪甚，指点银瓶索酒尝'，'衔泥点涴琴书内，更接飞虫打著人'；李太白'桃花流水杳然去，别有天地非人间'；王摩诘'返景入深林，复照莓苔上'，皆淡而愈浓，近而愈远，可与知者道，难与俗人言。"④ 这与他

---

① 周叙：《诗学梯航·述作下》，周维德集校《全明诗话》（第 1 册），第 100~103 页。

② 如论五言律："起句先欲拆破题意，令观者即知此篇为何而作，中间一联证实，一联妆点，互相答应；结语贵有出场，贵有深意，看到尽处，使人不忍读竟。……假如刘长卿作《巡去岳阳却归鄂州使院留别郑洵侍御先曾谪居此州》起云：'何事长沙谪，相逢楚水秋。'只此二句，已尽包括题意。颔联'暮帆归夏口，寒雨对巴丘'，此二句特承上句之景以实此。颈联云：'帝子椒浆奠，骚人木叶愁。'此二句就鄂州事物上变换出，以模写题意，妆点此诗。结云：'谁怜万里外，离别洞庭头。'只就本题中拈出此二句，收合一诗之意，以为出场。"〔周叙：《诗学梯航·述作下》，周维德集校《全明诗话》（第 1 册），第 101 页〕论七言律："其法要一句接一句，脉络须贯通，不可歇断，才歇断，意便不接；中间有说景处，虽似歇断，而言外之意，其脉络自然贯通连属，题咏犹贵乎相着，又不可一向粘皮带骨。欲令脱洒，不可浅近，浅近则语俗；不可纤巧，纤巧则气弱；不可气馁，即是晚唐；不可气盛，便类宋元。须教浑成，浑成中却欲间华典雅。气象深沉，全藉韵度，全藉性情，从容涵泳，感叹无穷。假如杜子美《蜀相》诗首云'丞相祠堂何处寻'，便接以'锦官城外柏森森'，而承之以'映阶碧草自春色，隔叶黄鹂空好音'。可见武侯于蜀有许多大功，而今皆忘之，唯有碧草自能春色，黄鹂空复好音而已。因而思其往事，乃云：'三顾频繁天下计，两朝开济老臣心。'转此一意，已断武侯之出处，言因当日先主三顾之勤，故武侯所以报施之效，非图身后之事。而千载之下，蜀人之思不思，焉足系武侯之重轻哉！若此则先主之顾，乃为天下之计；武侯之报，实历事两朝，老臣之心又可见；当时君臣皆公天下之心，非私心也。结云：'出师未捷身先死，长使英雄泪满襟。'以收合上文句意。谓当时君臣际遇如此之笃，似可中兴汉室，而汉之兴与否，只在武侯一人，惜其出师未捷而先死矣，所以千载之下英雄为沾襟也。多少笔力，多少意思，杜诗谓之史者，非以此乎？"（同上，第 102 页）

③ 《怀麓堂诗话》，周寅宾点校《李东阳集》第二卷，第 532 页。

④ 《怀麓堂诗话》，周寅宾点校《李东阳集》第二卷，第 529 页。

比较唐宋诗，以为"唐人不言诗法，诗法多出宋，而宋人于诗无所得"，"其高者失之捕风捉影，而卑者坐于粘皮带骨"① 的抑宋以尊唐说相吻合。同时，李东阳论诗还持有一鲜明的观点，即着重从文体的角度强调诗有别于文的体式规制的独特性，他定义诗歌的概念，"盖兼比兴，协音律，言志厉俗，乃其所尚"，相较于"后之文皆出诸经"，"而所谓诗者，其名固未改也，但限以声韵，例以格式，名虽同而体尚亦各异"②。特别是他格外注意诗歌"兼比兴""协音律"的文体独特规定性，这也反映在他针对唐诗的论评中。假如说指点李白、杜甫、王维等人诗"淡而愈浓，近而愈远"，主要还从"有所寓托，形容摹写"以臻于"言有尽而意无穷"③ 的比兴要求来考量，那么注重"协音律"，同样是李东阳品鉴唐诗的一个着眼点。如曰：

> 诗用实字易，用虚字难。盛唐人善用虚，其开合呼唤，悠扬委曲，皆在于此。用之不善，则柔弱缓散，不复可振，亦当深戒，此予所独得者。④

运用虚字不善，容易导致负面的后果，这更能证明盛唐诗人善于用虚的高明。而讲究字法的运用，实际指涉诗歌产生的音声效果，它自当与李东阳强调诗歌异别于文而"以其有声律讽咏"⑤ 的文体特性的论点联系起来看。说盛唐诗人善于用虚，主要还是指他们能结构出"开合呼唤，悠扬委曲"的音声抑扬调谐之美感。李东阳以为，"若歌吟咏叹，流通动荡之用，则存乎声，而高下长短之节，亦截乎不可乱"⑥，从"协音律"的角度来说，诗歌之"声"之"节"的调控相当关键，如他所言，要"比之以声韵，和之以节奏"⑦。在他看来，唐诗正是能够营造这种音声美感的理想实践者，特别是杜甫诗歌，成为"音响"与"格律"相协调的典范之作。"长篇中须有节奏，有操有纵，有正有变，若平铺稳布，虽多无益。唐诗类有

---

① 《怀麓堂诗话》，周寅宾点校《李东阳集》第二卷，第 531 页。
② 《镜川先生诗集序》，周寅宾点校《李东阳集》第二卷，第 115 页。
③ 《怀麓堂诗话》，周寅宾点校《李东阳集》第二卷，第 535 页。
④ 《怀麓堂诗话》，周寅宾点校《李东阳集》第二卷，第 536 页。
⑤ 《沧洲诗集序》，周寅宾点校《李东阳集》第二卷，第 72 页。
⑥ 《春雨堂稿序》，周寅宾点校《李东阳集》第三卷，第 37 页。
⑦ 《镜川先生诗集序》，周寅宾点校《李东阳集》第二卷，第 115 页。

委曲可喜之处，惟杜子美顿挫起伏，变化不测，可骇可愕，盖其音响与格律正相称。"① 而杜诗中尤其是一些异于声律常规的平仄运用者，在李东阳眼中，更显示在看似违拗声律节奏的字句结构中却能做到"自相谐协"及音调"起伏顿挫"的不俗功力，自属长于"协音律"的诗中翘楚。② 概言之，有鉴于注重诗之为诗文体的独特性，李东阳关于唐诗价值意义的察识，蕴含其中的技术思路格外分明，特别是出于对诗歌"兼比兴""协音律"特定体式规制的恪守，其于唐诗的审美观照显然高出其他。作为成化、弘治之际文坛的一位巨擘，李东阳的言论可谓自具某种风向标的意义，从一个方面折射出台阁之士唐诗宗尚观念的变化动向。

五 结语

明代前期显现在台阁文士中间针对唐代尤其是盛唐诗歌的宗尚倾向，从历史与现实两方面反映了台阁诗学的重要取向，其中既受到宋代以来唐诗经典化趋势的深刻影响，又和台阁文士自觉的国家意识相联系，体现了要求合乎明帝国文学书写之需求的理性关切，即从往昔文化资源中寻求与当下文学实践更相对应的取资目标。作为古典诗歌接受的一种倾向性态度，宗唐和台阁诸士对唐诗价值意义的自我解读相关。一方面，他们着重揭橥唐诗"追古作者"的意义所源，将其纳入抒写"性情之正"的诗歌传承的正宗系谱，尤其是利用杜甫诗歌的经典效应，极力放大包孕在杜诗中的政治或道德意蕴，显为典型之例，从根本上说，这反映了他们重塑诗歌价值体系、建构理想抒情范式的某种诉求。另一方面，唐诗作为成熟的文学典范，特别是其表现体制的完备性以及美学特色，也促使一些台阁文士正面审视之，注意对唐诗在审美层面的价值抉发，体现了他们唐诗接受的

---

① 《怀麓堂诗话》，周寅宾点校《李东阳集》第二卷，第533页。

② 李东阳《怀麓堂诗话》一再论及杜诗善于"协音律"的特点，如曰："诗有纯用平仄字而自相谐协者。如'轻裾随风还'，五字皆平。'桃花梨花参差开'，七字皆平。'月出断岸口'一章，五字皆仄。惟杜子美好用仄字，如'有客有客字子美'，七字皆仄；'中夜起坐万感集'，六字仄者尤多。'壁色立积铁'，'业白出石壁'，至五字皆入，而不觉其滞。此等虽难学，亦不可不知也。"（周寅宾点校《李东阳集》第二卷，第544页）又曰："五七言古诗仄韵者，上句末字类用平声。惟杜子美多用仄，如《玉华宫》《哀江头》诸作，概亦可见。其音调起伏顿挫，独为遒健，别似出一格。回视纯用平字者，便觉萎弱无生气。"（同上，第547页）参见拙文《明代前中期诗坛尊杜观念的变迁及其文学取向》，台湾《中正大学中文学术年刊》2011年第2期。

多重面向。明代前期台阁诗学基于深重的官方背景，浸润和引导当时及继后诗学领域显在或潜在的作用不可低估，其宗尚唐代尤其是盛唐诗歌的诗学取向，成为推助唐诗在明代经典化进程不应忽略的一种动力。与此相关，在明代文学史的叙述中，崛起于弘治文坛以李梦阳、何景明为代表的复古派诸子，多被视为与明代前期台阁文士群体相对而立，以反台阁文风相标置，这自然是基于二者无论文学背景还是文学诉求都有很大的差别。然而也应看到，李、何等人曾大力推尚唐诗，认为"近诗以盛唐为尚"①，除了他们宗尚目标与台阁诸士相近，难以排除其在唐诗价值观上与后者之间存在某种隐性的交会点，尽管这样的交会或非自觉，尤其是台阁诸士或标示唐诗的文学典范性，重以审美相观照，则不可谓和李、何等人倾向具现于包括唐诗在内的古人作品的技术性规则或方法，持守文学"技巧概念"② 以合乎相应审美要求的理路毫无关联。从这个角度说，明代前期台阁文士的宗唐取向，客观上为复古派诸子对唐诗的全面弘扬奠定了某种基础。

（本文发表于《复旦学报》2016 年第 4 期）

---

① 何景明：《与李空同论诗书》，《大复集》卷三十，明嘉靖刻本。
② 刘若愚著，杜国清译《中国文学理论》，江苏教育出版社，2006，第 137~139 页。

"真诗乃在民间"论的再认识

北京师范大学文学院　张德建

摘　要　"真诗乃在民间"作为理论命题有高度一致的论述逻辑，皆在历史、现实、艺术三重逻辑下展开。核心逻辑是"真"，但"真"义认识本身没有为民歌进入文人创作提供可能性。"真诗乃在民间"陷于理论与创作相矛盾的困境。本文将从诗法与自由表达之间的相互制约、格律与歌唱的差异、雅俗交融的可能性、民歌情感内涵单一化与晚明文化情欲化、元气离散与近代精神的变化五个方面分析民歌不能完成文人化转换，不能成为一种新诗歌体式的原因。我们不能高估民歌在明代文学中的地位，需要为这些讨论确立一个前提，超越现象，看到这一命题的本质。

关 键 词　论述逻辑　诗法　情欲化　元气离散

国风源于民间，乐府亦源自民间，词、曲亦莫不源于民间，而终被文人接受、改造，成为主流文体。唯有明代民歌，受到多方重视、推崇，但终未能融入主流，成为新的文人诗歌体式，而是绝唱。明代民歌早已引起了研究界的重视，关注点多在于民歌地位的提升与文人的高度评价上，很少注意民歌对于明代诗歌创作的具体影响，以及为什么会有这种极力推崇，但民歌却未能融入创作并产生新诗体的研究。

一　"真诗乃在民间"论述逻辑

李梦阳《诗集自序》云：

李子曰："曹县盖有王叔武云，其言曰：'夫诗者，天地自然之音也。今途咢而巷讴，劳呻而康吟，一唱而群和者，其真也，斯谓之风也。'孔子曰'礼失而求诸野',今真诗乃在民间,而文人学子顾往往为韵言,谓之诗。"……予尝聆民间音矣,其曲胡,其思淫,其声哀,其词靡靡,是金元之乐也,奚其真?……王子曰:"真者,音之发而情之原也。古者国异风,即其俗成声,今之俗既历胡,乃其曲乌得而不胡也?故其真者,音之发而情之原也,非雅俗之辨也。"……王子曰:"诗有六义,比兴要焉。夫文人学士比兴寡而直率多,何也?出于情寡而工于词多也。夫途巷蠢蠢之夫,固无文也,乃其讴也呻也,行呿而从歌,食咄而寤嗟,此唱而彼和,无不有比兴焉,无非其情焉。斯足以观义矣。"①

李梦阳关于"真诗乃在民间"的讨论从三个方面入手。其一,认为"今途咢而巷讴,劳呻而康吟,一唱而群和者,其真也,斯之谓风也。"借三百篇中风诗之义来提升民歌的价值和地位。其二,民歌曲胡、思淫、声哀、调靡,但其价值并不在此,而在"真":"真者,音之发而情之原也。"产生"真"的原因是民歌保持着自然兴发状态,而这正是斤斤于体格、法度的文人创作所无法比拟的。其三,由比兴入手,批判文人学子之诗"往往为韵言,谓之诗",并成为主流话语,风诗传统遂断绝,结果是"文人学子,比兴寡而直率多",比兴之义失,雅颂之音衰微。

明代民歌作为一个话题始于正德间李梦阳提出"真诗乃在民间"的著名论断之后,遂成为明代诗学中的一个无法回避的问题。李梦阳曾向李濂谈起这个观点,李濂《题沔风后》云:"襄数会空同子于夷门,尝谓余曰:'诗者,天地自然之音也,文人学子之诗比兴寡而直率多,文过其情,不得谓之诗。涂巷蠢蠢之人,乃其歌也讴也,比兴兼焉,无非其情焉,故曰其真也。'"李濂是李梦阳的弟子,故有机会亲聆其论,并在他的启发下编纂了《沔风》,收录沔人"鼓棹之歌,击柝之吟,相杵之讴,插秧之曲"②,"多里谈巷语,乐而不淫,怨而不怒,性也,乃真也"③。陈文烛得原本于李濂仲子而刻之,《沔风集序》云"余闻李献吉谓真诗在民间,惜今无列国采风使耳,学士韵语非诗之真也",并"质于先生,先生首肯之"。陈文烛又在《漫兴稿序》中再次强调李梦阳"真诗"之论:"昔李

---

① 黄宗羲编《明文海》(第三册)卷二百六十二,中华书局据涵芬楼钞本影印,1987,第2736~2737页。
② 李濂:《题沔风后》,《嵩渚文集》卷七十三,明嘉靖刻本。
③ 陈文烛:《沔风集序》,《二酉园续集》卷二,万历刻本。

献吉谓途咢巷讴，劳伸康吟，风也，诗之真也。彼学士为韵言而称雅，雅亡而风犹存，则真诗在民间，其言达矣。"① 二人立论方式与李梦阳相同，李濂感慨道："古者，列国有风，风者，民俗歌谣之诗也。诸侯采之以贡于天子，天子受之而列于学官，以考其俗之美恶，而知其政之得失，是故先王之世特以此为重，后世不复讲此矣。犹幸途歌而巷谣不绝于野。夫田妇之口往往有天下之真诗，特在上者弗之采耳。"陈文烛亦云："若云诗三百篇，多出于妇人女子之口，而桑间濮上，仲尼存而不删。"（《沔风集序》）"山人诗属兴就，而其咢也讴也吟也，直途巷语耳。乃比兴寓焉，亦真矣。古有观秦风而叹周道者，今列郡无采风使者，假令有之，则山人诗可被音律，庶几哉见楚声矣。"（《漫兴稿序》）

一个理论命题的提出和论证需要围绕三个相关要素展开：一是现实需要，现实赋予的要求具有强大的号召力，并且引发人们的附议，使之渐于成熟，成为流行话语；二是要从强大的历史传统中获得支持，使理论具有历史合法性；三是要从历史或现实中选取某种典范，以满足理论建构的需要。李梦阳正在这三个前提下进行"真诗乃在民间"理论的建构，仔细分析，我们发现他的论述逻辑包括三个层次：一是现实逻辑，二是历史逻辑，三是艺术逻辑。现实逻辑是要以民歌之"真"救正学人士子诗的失却真情，历史逻辑则试图通过历史追溯提升民歌的地位，如文中多次提及的三百篇、风诗、采诗，艺术逻辑则侧重于对民歌中自然比兴的强调。此后的相关论述都承续这三个论述逻辑，李开先《市井艳词序》云："故风出谣口，真诗只在民间。《三百篇》太半采风者归奏，予谓今古同情者此也。"②《词谑》云：

> 如十五《国风》，出诸里巷妇女之口者，情词婉曲。有非后世诗人墨客操觚染翰、刻骨流血所能及者，以其真也。每唱一遍，则进一杯酒，终席唱数十遍，酒数亦如之，更不及他词而散。③

陈尧《鹤峰诗稿序》云：

> 余读十三国风，见当时田夫里妇，至微眇耳，皆能以其咨嗟咏叹

---

① 《二酉园文集》卷三，天启陈之蘧重刻本。
② 《李中麓闲居集》卷六，明刻本。
③ 《词谑·二十七》，《李开先全集》，文化艺术出版社，2004，第1276页。

之意，触口而成诗。彼其人固未尝操笔引纸，学为如是之文也。其音响节奏往往合乎中声。夫子删而定之，上配雅颂，使夫人歌之以养性情而为化成天下之本，故曰真诗在民间，言出之自然也。季世词人习为绮靡之言，不复求诸性情之正，辄仿前代名家，袭其口语，而曰某也唐人诗，某也宋人诗，某也汉魏人诗，不知宋人之不能为唐人，犹唐人之不能为宋人也。其于汉魏人亦然，吾非唐宋汉魏人，奈何欲为唐宋汉魏之诗而上逼其真乎，余未见其能似也。①

钱谦益《王元昭集序》云：

> 古今作者之异，我知之矣。古之作者，本性情，导志意，谰言长语，《客嘲》《僮约》，无往而非文也。涂歌巷春，春愁秋怨，无往而非诗也。今之作者则不然，矜虫鱼，拾香草，骈枝而俪叶，取青而妃白，以是为陈羹像设斯已矣，而情与志不存焉。昔有学文于熊南沙者，南沙教以读《水浒传》。有学诗于李空同者，空同教以唱琐南枝。二公于古学不知何如，而其言则可以教世。②

三人的表述各有不同，且其思想影响都源于李梦阳，但背后的逻辑是一致的，即以现实、历史、艺术三者为立论的基础。不仅李梦阳以来的论述一致，自宋以来论及这个问题的逻辑也都是一样的，如刘祁认为"今人之诗"，"虽得人口称，而动人心者绝少，不若俗谣俚曲之见其真情而反能荡人血气也"③。罗大经说："赵昌父云：'古人以学为诗，今人以诗为学。'夫以诗为学，自唐以来则然，如呕出心肝，掐擢胃肾，此生精力尽于诗者，是诚弊精神于无用矣。乃若古人，亦何尝以学为诗哉？今观《国风》，间出于小夫贱吏妇人女子之口，未必皆学也，而其言优柔谆切，忠厚雅正。后之经生学士，虽穷年毕世，未必能措一辞。"④ 这样的论述在后世几于比比皆是，杨维桢《吴复诗录序》云：

---

① 《梧冈文正续两集合编》卷二，康熙五十一年陈世□辑钞本。
② 《牧斋初学集》卷三十二，上海古籍出版社，1985，第931页。
③ 《归潜志》卷十三《乐郊私语》，上海古籍出版社，2012，第94页。
④ 《鹤林玉露》乙编卷三，中华书局，1983，第162～163页。参见刘绍瑾《复古与复元古》，中国社会科学出版社，2001，第215～217页。

古风人之诗，类出于闾夫鄙隶，非尽公卿大夫士之作也。而传之后世，有非今公卿大夫士之所可及，则何也？古者人人有士君子之行，其学之成也，尚己，故其出言，如山出云、水出文、草木之出华实也。后之人执笔呻吟，模朱拟白以为诗，尚为有诗也哉？故愈拟愈偏而去古愈远。吾观后之抚拟为诗，而为世道感也远矣。①

释妙声《三吴渔唱集序》云：

> 古者咏歌谣咢之辞多出于草野，所以写其悲忧愉佚之情，著其俗尚美恶之故，诗之国风是已。若夫宗庙朝廷则公卿大夫之述作，雅颂在焉。自采诗之官废，而诗道息，然发乎性情者，今犹古也，故齐讴楚歌吴歈越吟遇事而变，杂然并兴，盖有不可胜纪者矣，诗道曷尝息哉！②

也就是说，在从经典中获得了风诗的支持后，在"今犹古也"的认知中，人们将这种认识扩展到了当代，不仅古风诗高于公卿大夫，今人之"齐讴楚歌吴歈越吟"也代表着自采诗制度丧失之后"诗道"一脉。从大量的文献资料看，这种表述已经成为各类人物都接受的"共同知识"。更为有趣的是，不仅文人学士接受了这种观点，公卿大夫自己也赞同这一点。杨荣《逸世遗音集序》云：

> 嗟夫，诗自三百篇之后，作者不少，要皆以自然醇正为佳，世之为诗者，务为新巧而风韵愈凡，务为高古而气格愈下，曾不若昔时闾巷小夫女子之为，岂非天趣之真与夫模拟掇拾以为能者，固自有高下哉！③

虽然文中含混地批评"世之为诗"者，出于批评者角度而将自己排除在外，但不可否认对文人士大夫诗歌的批评已经成为共同的认识。

山野鄙夫之诗何以能够超越文人士大夫之诗呢？陆深《澹轩集序》云：

---

① 《东维子文集》卷七，《四库全书》文渊阁本。
② 《东皋录》卷中，《四库全书》文渊阁本。
③ 《文敏集》卷十一，《四库全书》文渊阁本。

诗之作工体制者乏宽裕之风，务气格者少温润之气，盖自李杜以来，诗人鲜兼之矣，兼之曰：诗不其难矣乎！得其一体者然且有至焉有不至焉，则诗之道或几乎废矣。而世未尝无人也，三百篇多出于委巷与女妇之口，其人初未尝学其辞旨，顾足为后世经，何则？出于情故也。诗出于情，而体制气格在所后矣。此诗之本也。①

王时槐《谷似先生集序》云：

世恒以诗文为希奇珍怪谲异非常之事，必探玄蓦古，称物引类，雕章琢句，疲精剔虑而后仅能之，故凡学为诗文者必颛颛焉，忘寝食，摧肾肠，睥睨古人之近似，剽掠百家之弃余，曼衍于荒忽谬悠，掩袭于艰涩险奥，其自以为工诗文矣。然其述作竟湮坠以不传，何哉？彼其中诚未之有也。予尝读孔子所删三百篇，往往出于闺房贞女岩壑幽人之手，而濯缨本孺子之吟，设科为馆人之语，乃皆附七篇以传，至如方外之徒，南能不识之一字，及吐词为偈，虽近俚俗而垂世不刊，彼固未尝颛颛焉苦心握管为也，顾能传若是，何哉？彼其中诚有之也。盖诗文者，言之寄，而心之影也，心有所未至而强饰于言，以为至人将即其言之似至者，而测其中之所未至，固昭昭乎不可掩也。童年而老态，燕产而越谈，知其难矣。信笔札自足以传神，而论笃殆未可袭取也欤！②

二人的认识有着惊人的一致。一是对"诗出于情"的赞赏，认为"诗文者，言之寄，而心之影"，只有真实情感的表达才能获得感人的力量。二是对诗歌自然感发特征的赞赏，诗歌只有出于自然感生状态下才能成为好诗，而文人过多地依靠"体制气格"，"恒以诗文为希奇珍怪谲异非常之事，必探玄蓦古，称物引类，雕章琢句，疲精剔虑而后仅能之"，破坏了诗歌的天然自工之美。这便是民歌论证中的艺术逻辑，从诗歌表达中最根本的"情"感出发，保持诗歌自然感发、天然自工的审美特征。

上述相关论述虽出发点不同，但在逻辑上却有着相当的一致，在中国

---

① 《俨山集》卷四十八，《四库全书》文渊阁本。
② 《塘南王先生友庆堂合稿》卷三，光绪三十三年重刻本。

古代的诗学建构当中"古今"早已成为一个绕不开的前提，任何问题的提出都要获得历史的支持，才能对现实发出针对性的主张，才能得到诗学体系的认可。艺术逻辑的讨论根本上也是在"古今"观念下展开的，前引各家主张都强调三百篇的自然感发特征，刘绍瑾就指出："后世诗论家大多习惯于把'风'传统与受文明的体制化、概念化、礼文化框架遮蔽的'后世诗人'对照，揭示出它的诗性的本质特征。"[1] 也就是说，在现实、历史、艺术的逻辑框架下的论述是紧密关联的一个整体，虽表述方式各有不同，但在整体上是一致的。

二 "真"义认知的变迁

整体论述逻辑完全一致，结论却并不一样，原因在于对"真"义理解的差异。现实逻辑即"真""情"是一切讨论的前提，从前引各家表述看，"情"不仅是出于艺术逻辑的要求，更是整体论述的基本前提。

明代前中期，对"情"的认识基本在伦理教化的背景下展开，姜宝从文学应"关于世训"的实用功能出发，认为"山谣野语"的价值在于能够"切中于伦理事物之大端"[2]。刘丙承认古圣王时期民为上所教化，故风俗醇正，发之于诗"优柔平淡，往复微婉，足以感人励俗"[3]，这种认识并不符合三百篇的实际，是儒家教化理论的产物。在这个前提下，他只承认平淡"微婉"之作，认为三百篇以后"愈变愈工，而于性情愈远"，只认可陶渊明、谢灵运和朱熹的诗歌。张琦《儒林赠言序》云：

> 市之立衡而四方之观低昂者取平焉，道述其长之上善不自士君子出之弗信也。衡为市之平，君子为义理之平，夫安得参其私哉？里巷之歌，前史多述为美谈，然怨德分而声音殊，终非义理之极。莫若是编之出我君子口也。[4]

---

[1] 《复古与复元古》，第215~216页。
[2] 《姜凤阿文集》卷三，万历刻本。
[3] 《题丁君劝世文后》，《西轩效唐集录序》，《西轩效唐集录》卷首，光绪二十一年钱塘丁氏刻本。
[4] 《白斋先生文略》卷七，正德八年自刻嘉靖二年续刻本。

张琦更愿意坚持"君子"立场，将为前史"述为美谈"的"里巷之歌"视为不合义理的产物，"终非义理之极"。这些对三百篇的理解和认识，是儒学教化理论长期熏染的结果，加以理学性理学说的影响，在正统文人中有着相当的代表性。章懋《诗论》正是典型的例证："《诗》之二南，盖所以咏歌文王之化也。圣人采民谣，被管弦，而用乡人邦国，以化天下，以教后世。……今考其诗，大率多述闺门之事，与夫村谣野咏之声。其词曾无少及于文王者，是岂文王之德无足称耶？噫！此文王之所以为至德，所谓其民皞皞，而莫知为之者也。"① 倪谦《北园宴集序》云："若《康衢》之谣，《击壤》之歌，《二南》之咏，是皆髫童野老、委巷女妇达其情之所欲言者，初岂有意而为之哉？以今观之，虽学士大夫反有所不能道，何耶？由其被先王教化之深而发乎天性之真者，自然而成音也。"② 将"村谣歌咏"与先王教化解释成因果关系，既是儒学教化理论的产物，也是台阁文学的必然结果。

明代中期李梦阳等针对诗歌创作中源于现实生活的真实情感被遮蔽，仍把传统的感物论作为文学发生论，强调文学情感产生于遇物而动，应物起感，这就决定了主观情感源于作家主体对客观事物的感知和认识，即社会境遇决定情感体认。在《结肠操谱序》一文中，李梦阳把感物论归结为"应感起物而动"，"情"是"随所遇而发"③，所遇不同，即生不同情感。同时，他还将所遇归结为"时"，将情感的产生与作为外在因素的时代变化纳入其中。《鸣春集序》云："天下有窍则声，有情则吟。窍而情，人与物同也。然必春焉者，时使之然也。……圣以时动，物以情征，窍遇则声，情遇则吟，吟以和宣，宣以乱畅，畅而永之，而诗生焉。"④ "鸣"具有普遍性，人与物同，这就使感物论具有更深广层面的存在基础，打破了台阁文学将复杂的性情统一于雍容大雅的局面。自然万物"并育而同生"⑤，不能拘于主观之见，将万物不齐之美固定化。这与理学认为天地万物之中皆孕育天理的认识截然不同，理学化的感物论是有特定的指向性的，恰是李梦阳所说的"皆拘之类也"。以感物论为核心的

---

① 《枫山集》卷三，《四库全书》文渊阁本。
② 《倪文僖集》卷十九，《四库本书》文渊阁本。
③ 《空同集》卷五十一，《四库全书》文渊阁本。
④ 《空同集》卷五十一，《四库全书》文渊阁本。。
⑤ 《物理篇第三》卷六十五。

复古派文学理论，必然否定程朱理学中的先验之理。李梦阳认为道纯粹自然，一任本真，甚至说"道者，吾之自事也"，任何务名媒利的好异行为都是对道的背离。《遵道录序》中提出"道者，吾之自事"，故"君子贵真"，而"真"是"无所为而为者"①，即任何掺杂了个人名利的作为都是对道的背离。《论学篇第五》中还说："流行天地间即道，人之日为不悖即理，随发而验之即学，是故撷陈言者腐，立门户者伪，有所主者偏。"② 道、理、学是三而一的，道行于天地之间，应用于人伦日常即理，随性情所发而验证理的存在是学术的根本，理不再高于日常。如果说这种观点还有理学影子的话，同文中还说："杜甫见道过韩愈，如'白小群分命，文章有神交'，有道。又如'随风潜入夜''水流心不竞''出门流水住'等语，信手拈来，头头是道。"这里的"道"当然不再是抽象的理学化的"道"，甚至也不是儒道，而是当下目前存于万事万物中的"道理"。在这样的思想背景下，李梦阳关于民歌真义的论述强调文学情感产生于遇物而动，应物起感，这就决定了主观情感源于作家主体对客观事物的感知和认识，即社会境遇决定情感体认。这种情感与时代变迁密切相关，并且具有普遍性和丰富的个体性。与此相对，理学思想则具有先验特征，去除了现实生活的丰富性，且在意识形态化后远离人伦日常，甚至对现实生活加以严格规范，限制了自然真实情感的产生。故此，提倡民歌真情论，并非李梦阳一时兴起，而是他文学思想的必然产物。

晚明以来，人们也以"情"作为论述的前提。李开先赞美民歌"语意则直出肝肺，不加雕刻"③，徐渭《奉季师先生书》云："今之南北东西虽殊方，而妇女儿童，耕夫舟子，塞曲征吟，市歌巷引，若所谓竹枝词，无不皆然。此真天机自动，触物发声，以启其下段欲写之情，默会亦自有妙处，决不可以意义说者，不知夫子以为何如？"④ 袁宏道《叙小修诗》云："吾谓之今之诗文不传矣。其万一传者，或今闾阎妇人孺子所唱《擘破玉》《打草竿》之类，犹是无闻无识，真人所作，故多真声。不效颦于汉魏，

---

① 《空同集》卷五十一。
② 《空同集》卷六十六。
③ 《市井艳词序》，《李中麓闲居集》卷六。
④ 《徐文长三集》卷十六，《徐渭集》，中华书局，1999，第 456 页。

不学步于盛唐，任性而发，尚能通于人之喜怒哀乐嗜好情欲，是可喜也。"① 强调民歌"天机自动""多真声"，"要以真情而语直"②。这样的论述非常多，茅坤《白坪先生诗序》云："诗三百篇其所列之为国风雅颂者，非特后世王君公卿大夫士所歌之阙庭，奏之宗庙，可以征天地，感鬼神，即其田野里巷妇人女子并本之性情心术之间，发诸咏叹，淫泆之际，神动天解而得其至者也。"③ 强调民歌"本之性情心术"，与其他人的观点是一致的。冯梦龙《叙山歌》云：

> 书契以来，代有歌谣，太史所陈，并称《风》《雅》，尚矣。自楚骚唐律，争妍竞畅，而民间性情之响，遂不得列于诗坛，于是别之曰山歌，言田夫野竖矢口寄兴之所为，荐绅学士家不道也。唯诗坛不列，荐绅学士不道，而歌之权愈轻，歌者之心亦愈浅。④

冯梦龙的论说是晚明相关表述中说得最透彻的，正因为山歌被排除在文坛之外，才能保持其"矢口寄兴"的品性，心愈浅则情愈真，盖其心性保持着天然真淳的状态，不受文坛种种法则的束缚。李维桢《读苏侍御诗》指出"诗以道性情，性情不择人而有，不待学问文词而足"，而文人创作往往"以学问文词为诗，譬之雇佣，受直受事，非不尽力于其主人，苦乐无所关系；譬之俳优，苦乐情状极可齰齿流涕，而揆之昔人本事，不啻苍素霄壤，何者？非己之性情也"⑤。人的自然天性被各种法则、规矩束缚，如雇佣、俳优，种种创作皆与自己之性情无关。

通过比较，我们发现明前期与中、后期对"真"义的认识和评价有很大不同，前者的认识仍局限在儒学教化论和实用论的框架内，并且被转用为制造政治舆论的工具，实际上是对"真"义内涵的抽离。明代中期李梦阳等针对诗歌创作中源于现实生活的真实情感被遮蔽，仍以传统的感物论作为文学发生论，强调文学情感产生于遇物而动，应物起感，这就决定了主观情感源于作家主体对客观事物的感知和认识，即社会境遇决定情感体

---

① 《袁宏道集笺校》卷四，上海古籍出版社，1981，第188页。
② 《陶孝若枕中呓引》，《袁宏道集笺校》卷三十五，第1114页。
③ 《白华楼续稿》卷八，嘉靖至万历递刻本。
④ 刘瑞明注《冯梦龙民歌集三种注解》，中华书局，2005，第317页。
⑤ 《大泌山房集》卷一百二十九，万历三十九年刻本。

认。同时，他还将所遇归结为"时"，将情感的产生与作为外在因素的时代变化纳入其中。① 后期则将"真"理解为人的自然本性，在"道理闻见"日益遮蔽人的自然性情的晚明，"真"被视为回归自然真实的一个有效途径。"真"作为一个理论命题，包括伦理之真、情感之真、自然人性之真三种，不同时期对"真"的理解和认识不同，构建的民歌理论便有了很大差异。但不同的对"真"义的理解并没有带来民歌的转换，仍然只是理论问题，而与真正的民歌写作和文人创作无关。明代民歌讨论中的"真"义不是一个孤立的现象，求真是古代诗学当然的理论基础，并非只限于民歌。古代诗学为求真提供了多种途径，民歌只是其中一个，因而不能占据影响创作的全部。在创作中，会有众多因素进入人们的真义视野，因此，"真"义认识本身不能为民歌进入文人创作提供可能。

三 "以诗为谣"：理论与创作的脱节

由于在相同的逻辑下论证民歌的价值，李梦阳提出的"真诗乃在民间"便有了广泛的接受基础，并在晚明的特殊文化情境中获得广泛传播、深度认可并得到进一步的阐释。尽管民歌在明代得到空前认可，但实际上民歌并没有在文学中发挥更大的作用，这一点无可否认。李昌集说："尽管一些有识见的文人对民间文学的地位和价值予以极高的评价，对一些民间文学做了宝贵的收集整理，但这并不是文人的群体性行为，其对民间文学的收集整理亦只是一种局部的、极有限的工作，文人们并没有将自身的文学与民间的文学视为一个互有关联的文体整体。"② 从历史文献上看，文人对民歌的强调和赞美确实只是局部的、极有限的，并没有引发文化和文学格局的根本变化，只能说是一种提示和补充。理论倡导和创作实践不是同步的，这很容易理解，但我们不能满足于这种简单的解释。问题就出在相同的论述逻辑上，历史逻辑将人们的视野局限在三百篇的典范意义上，并由此延伸至后世现成的带有民歌性质的典范上，如乐府、竹枝词、南北曲等，反倒忽视了明代民歌本身的创作，也极少有人尝试创作民歌。现实逻辑表明人们要借用民歌来反对文人的丧失真情，失却自然感兴，因此，

① 参见拙文《明代文学感物论的历史变迁》，《中州学刊》2013 年第 6 期。
② 《中国古代曲学史》，华东师范大学出版社，1997，第 416 页。

在创作中，只停留在零星借鉴而非实在转化的创作实践。历史逻辑与现实逻辑为民歌论述提供了强有力的支持，但同时也限制了民歌转化的可能空间，所以对民歌的倡导和赞美并没有带来更多的内容，而仅成为一个理论命题。民歌讨论中的艺术逻辑也是如此，也同样有着深厚的历史渊源，比兴即这样一个范畴，其早已是人所共知的诗学理论。但在创作中，比兴只能是一个抽象的理论原则，当民歌作为新的诗歌形式出现时，对民歌中比兴即自然感兴的称赞应该是文人的第一反应。但随后呢？各种诗体早已有完整的体式，尽管有着深厚的历史渊源，文人也仍无法跳出体式的限制，以民歌中的自然感兴方式进行创作。

长期以来，明代诗歌创作受到民歌的影响，主要以两种方式展开：一是借鉴民歌的俚言俗语、俗情俗趣，并纳入诗歌创作中，但这多是一种变格，一种装点，顶多算偶尔的尝试；二是从创作情况考查，他们大量创作带有民歌性质的诗歌主要是乐府、竹枝词、南北曲，很少直接写作民歌，或试图改造民歌。黄卓越将前七子乐府述民事类分为十二种类型，指出其关注范围的广阔性，分析了乐府诗歌创作中的两种模拟方式：间距模拟与替身模拟。他指出：在一种文体实验中，放弃原有的优势身份而进入对底层角色的体验本身，并非如今天想象的那样简单，也须经历一番观念改造的过程。但"前七子及其追随者们除了向古已有之的乐府体不断学习，并进入重新仿制之外（创新是有限的，否则又会背离乐府法式，进入其他诗体），的确很难再找到别的更合适的途径了"[1]。但吴应箕否定了他们的实践和努力，《杨学博诗序》云：

> 往楚人江箓萝论诗谓：古诗所命题如《君马黄》《雉子班》《艾如张》《自君之出矣》之类皆就其时事构词，因以命篇，自然妙绝。而我朝词人乃取其题各拟一首，名曰复古。夫彼有其时有其事，然后有其情，有其词，我从而拟之，非其时矣，非其事矣，情安从生，强而命词，纵使工致，如巧匠塑泥刻木，俨然肖人，全无人气。至哉言乎！嘉隆以还，未有闻斯语者矣。[2]

---

① 《明前中期文学思想研究》第二章"前七子乐府诗制作与明中期的民间化运动"，北京大学出版社，2005，第67页。
② 《楼山堂集》卷十六，清刻本。

文人拟作古乐府存在为文造情的问题，时事已非，却还要"强而命词"，结果自然是"全无人气"。袁宏道《与伯修书》云："近来诗学大进，诗集大饶，诗肠大宽，诗眼大阔，世人以诗为诗，未免为诗苦，弟以《打草竿》《劈破玉》为诗，故足乐也。"① 但他并没有创作过类似明代民歌的诗，只是将民歌创作的自然感兴、真情发露精神融入创作中去。锺惺曾进行过改造民歌的试验，《秣陵桃叶歌并序》云："予初适金陵，游止不过两三月，采欲观风十不得五。就闻见记忆，杂录成歌。此地故有桃叶渡，借以命名，取夫俚而真，质而谐，犹云《柳枝》《竹枝》之类，聊资鼓掌云尔。"② 试图去除以往借鉴民歌创作者多采用旧调的习惯，"云《柳枝》《竹枝》之类"。他还说谭元春也曾作《竹枝词》百首，"其体则七言绝，其所采民谣土风，自江陵至吾邑，上下二三百里耳，乃遂能至百首。矧余舟发鄂渚，迄于金陵，历吴门。荆、吴俗迁，冬春序改，纵其目览口传，足涉手书，所得宁当止百首哉"③，但仍采用竹枝词的形式，仍要"难其事，广以七言，限以四韵，拘以排比声偶，要使体浑而响切，事杂而词整，气诙而法严，令才有必尽，而意有不得逞，亦蚁封盘马意也"。竹枝词是民歌的一种形式，体式类似于七言绝句，多为文人采用，但属于旧民歌的形式。虽然锺惺意识到了要去除《柳枝》《竹枝》旧体式的影响，但大部分文人在向民歌学习的过程中仍多采用旧体式，很少采用新体式。陈仁锡《古文正集序》云："其不敢为诗也，不敢侈雅颂郊庙之章，亦不敢袭儿童女妇之口，何也？诗生于情，儿童女妇，其情至则传矣，可以采而贡矣。今之诗与文大率有情者少，无情而好尽者多。无情则无法，还以古文正之。"④ 他认为儿童妇女之歌只能"采而贡"，缺乏真实情感的文人无法学习到民歌之真，反而会陷于"无情而好尽"的陷阱之中，倒不如讲"法"更易规范创作，道出了文人创作的本质特征。

当然也有直接创作民歌的，陈鹤"所作为古诗文若骚赋词曲、草书图画，能尽效诸名家。既已间出己意，工赡绝伦。其所自娱戏，虽琐至吴歈越曲、绿章释梵、巫史祝咒、棹歌菱唱、伐木挽石、薤辞傩逐、侏儒伶唱、万舞偶剧、投壶博戏、酒政阄筹、稗官小说，与一切四方之语言、乐

---

① 《袁宏道集笺校》卷十一，第 492 页。
② 《隐秀轩集》卷十四，上海古籍出版社，1992，第 209 页。
③ 《隐秀轩集》卷十，《江行俳体并序》，第 153 页。
④ 《无梦园遗集》卷二，崇祯八年陈礼锡陈智锡等刻本。

师矇瞍，口诵而手奏者，一遇兴至，身亲为之，靡不穷态极调"①。这里的"吴歈越曲""棹歌菱唱、伐木挽石"应该都是仿民歌类创作，但《海樵先生全集》中却没有收录这些作品。钱谦益说赵南星："更为长歌小词庾语、吴歌《打枣竿》之类以戏侮之，其人衔之次骨，梦白不知也。"②其别集亦不收，仅收录在《芳茹园乐府》中。③ 王象春也写过民歌，姚旅曾记：

> 今为诗者，皆蹈袭古人唇吻，犹女子缠足，非其本来。余以为杂诗犹有风人之趣，如新城王季木《打枣竿》诗："打枣竿，光莹莹，岸上小儿赤身擎。去而复来无时停，终日剥啄不盈升。低枝已尽高枝熟，我竿恨无三丈六。"《山老雅》诗："山老雅，过河拾杜梨。群呼若云聚，朝东暮复西。日晚腹饱不归去，风塞蒹葭迷归路，缯缴又潜河边树。尔腹已饱尔不知，饱人之腹良足悲。"《东皋曲》："牧羊东皋，蒺藜生满路。刺牛口，不可食；血我足，不能步。欲驱牛归，又恐逢主之怒。不是蔓难除，自是偏雨露。吁嗟上天，胡不令黍稷茂生蒺藜死，饱我牛腹饮河水，笛儿欢杀牧牛子。"《空城雀》诗："空城雀，飞且鸣。厉风吹沙羽无力，怨云愁月一声声。空城雀，鸣相随。晴日晒羽古庙碑，徘徊莫不昔人悲。空城雀，飞且止，不营栖巢不哺子，相呼莫向网罗死。"皆寓风人规刺之意，为足佳耳。④

但王象春却一直不被文坛接受，王士禛《问山亭诗集选》卷首批语："季木公诗与钟伯（佚一"敬"字）、文太青诗皆魔也。然钟有慧心，去其魔十可得二；文与公唯以伧气叫嚣怒张，去其魔，十才得一而已。"⑤ 诗魔、伧气之说当然是针对他的整体创作而论，亦包含对他的这种尝试的否定。茅元仪《文启美秦淮竹枝词序》云："古之诗盖采谣而献之太史，用于朝廷则为雅，用于庙则为颂，而国风其余也。雅颂变而廊庙之士别有诗，诗

---

① 徐渭：《陈山人墓表》，《徐文长三集》卷二十六，第 641 页。
② 《列朝诗集小传》丁集中，上海古籍出版社，2009，第 554 页。
③ 参见赵南星《芳茹园乐府》，江苏广陵古籍刻印社，1980。据徐文翔博士提供的资料，明代文人拟作民歌的还有金銮（著有《萧爽斋乐集》）、刘效祖（著有《良宸乐事》）、孙楼（著有《大明天下春》）、冯梦龙（著有《夹竹桃顶针千家诗山歌》）。
④ 《露书》卷三韵篇上，福建人民出版社，2008，第 96 页。
⑤ 《王季木问山亭诗集选》，清抄本。

以纪事则史也，以叙意则书也，以评骘则春秋也，以言理则易也，而诗之为诗，始存于谣，于是诗人反抑而为谣，或感于事，或感于时，或感于地，而均之附于国风之义者也。昔以谣为诗，今以诗为谣，亦古今一大变易哉。"① 茅元仪指出诗皆出于"谣"，因所用不同而分为风、雅、颂，甚至认为五经也都是诗之变，是对诗之源起的高度概括。这段话将风诗源于谣，而诗行之后"反抑而为谣"的现象分析得十分透彻，而"均附之于国风之义"则保证了诗歌创作源于现实。但最重要的是最后一句"昔以谣为诗，今以诗为谣，亦古今一大变易哉"，即现实中多是以"以诗为谣"，明确指明明代借鉴民歌进行创作的现实。

虽然晚明文学的标志性口号是尚今尚俗，但这只是晚明文学变化的一个标志，就整体而言，文学创作依然无法跳出正统的限制。梅守箕《程太冲诗序》云：

> 夫三代无诗人，太史采风于民间，即里巷而无不能者，至汉人犹未以诗名家，魏晋而下乃始有之矣。相仍以至于今，学士大夫能之而未有能之者，何耶？无亦其知者不言，而言者不知耶？夫诗之不古者，以其不能为古也，其不能为今者，以其不能为今也。其不能为古也者，以今人心缀古人词也。其不能为今也者，徒以古人词后今人意也。以其心以其词以其意而后能诗人者寡矣。其不能其能而不知终于不能耳，岂惑也哉。②

正是因为不能在古今之间建立一个完善的交融可能，诗歌创作陷入了不能为古、不能为今的尴尬局面。在接受民歌并试图融入文人创作时也是如此，在形式上也只能"以诗为谣"，而不可能回复到"以谣为诗"的原初状态。就文人对待民歌的整体态度而言，肯定民歌的主张依然是少数，多数人正如汪道昆在《丰干社记》中所说，读书人还坚持着上层文化的傲慢。

> 古者采诗民间，则太师事。近世以诗论士，其业常有。自经术兴，学士鲜称诗者。夫国风出自闾巷，即妇子犹或能之。学士诵说百

① 《石民四十集》卷十六，崇祯刻本，《续修四库全书》（集部第 1638 册），第 217 页。
② 《梅季豹居诸集二集》卷九，万历刻本。

家，莫不囊括，程材絜智，岂不间巷妇子若哉？与之言诗，辄退然避席：士固有正业，恶用诗？藉第令囊括百家，其才智悉出间巷妇子下，非夫也。①

汪道昆指出当时普遍追求功名的社会风气之下，在人们的认识中，诗歌是妨碍科举的，民歌当然更不在人们关注的视野里。甚至有文人读不懂山歌，蒋一葵记："吴中乡村唱山歌，大率多道男女情致而已，惟一山歌云：'南山脚下一缸油，姊妹两个合梳头。大个梳头盘龙髻，小个梳做羊兰头。'不知何意，朱廷评树之尝以问陆式斋（注：陆容），陆思之，翼日报云：'此歌得非言人之所业本同，厥初惟其心之趣向稍异，则其成就遂有大小不同者，作如是观，可乎？'树之云：'君之颖悟过我矣，作如是观，此山歌第一曲也。'"② 民歌所表现的生活和思维与文人完全不同，读不懂倒也正常。在这个层面上，朱自清虽承认"在中国民歌中可以寻到一点真的诗"，但认为民歌可以作"创作新诗的参考"，却不能独立地"发展为新体"。③

四　无复堂奥可开，门户可立

王世贞《古今诗删序》云：

> 当三代盛时，国中之乐盛奏而畅天地之和，歌咏盛行大业，合而名之曰雅颂。野之人，人遭其触发，是名之若青萍之末，而动于地曰风。顾其循性蓄旨，雍如穆如，则亦雅颂之类也。三代而降，天下多感慨而鲜称述，故诗在下而不在上，盖风之用广，而雅颂微矣。④

"诗在下而不在上"比"真诗乃在民间"更进了一步，是更理论化的表述。他认为风诗之用广，即普遍的存在和广泛的传播，从文化分层理论看，这

① 《太函集》卷七二，万历刻本。
② 《尧山堂外纪》卷八十六，明刻本。
③ 《朱自清全集》第八卷，江苏教育出版社，1993，第 276 页。参见周玉波《明代民歌研究》导论，凤凰出版集团，2005，第 15 页。
④ 《弇州山人四部稿》卷六十七。李梦阳《郭公谣》附记："世尝谓删后无诗，无者谓雅耳，风自谣口出，孰得而之哉？今录其民谣一篇，使人知真诗果在民间。"（《空同集》卷六）

是一种合理的理论判断。但汪道昆的认识更合乎现实状况,《信州稿序》云:"诗三百,或出里巷,或出学士大夫。其言一秉于性情,至今诵之不绝。其后则艺士为政,而里巷无闻。顾忧患者思深,厄穷者愤发,君子犹有取也。陶谢以还,作者或在郡县。彼其孳孳民治,务尽里巷之情。民忧则志忧,民喜则志喜,虽或不轨于风雅,其亦性情之遗音乎!"① "艺士为政,而里巷无闻"的现象正是士大夫话语权力全面掌控文坛的产物。上层文化即文中"雅颂"占据更高地位和更大话语权力,却仍然抵挡不了衰微的命运,而下层文化则以其顽强生命力,即使面临空间被遮蔽和文本被忽略甚至改篡的局面,仍获得了真实和广泛的存在。但我们又不得不承认由于话语权力掌握在文人士大夫手中,受众的广泛和民间传播速度之快依然无法改变民歌的劣势。

统治者在文化和制度上的忽视即采风制度的缺失是民歌不被重视的一个原因。徐𤊹《风教编序》云:

> 盖自风雅教衰,采诗官废,四始既缺,六义寝微,朝廷无观风之政,闾巷绝歌谣之声。即有骚雅之士,托物抒怀,濡毫寄兴,然传播仅止于词林,浸淫不及于闾阎,古意渐乖,而风俗奚补乎?②

这种观点属于老生常谈,而且其间也不乏疏漏之处,如"朝廷无观风之政,里巷绝歌谣之声",前一句是对的,后一句则是想当然耳。这是人们从经典教育中自然得出的结论,也是民歌不能上升到更高层面的一个原因。但这并不是重要原因,其他被成功转化的民歌资源如词、曲等也都是在没有制度支持的情况下完成的。制度上的缺失并不妨碍民歌的转化,这早已被历史证明。另外,采风、风诗之义在现实中被扭曲变形,失去原有的意义和价值。这方面的例子相当多。吴国伦有《里巷歌谣序》,初看似为民歌集所作,实"里巷歌谣为仁甫杨侯作也",吴国伦采取一个巧妙但并不贴切的转换:"予惟古者里巷歌谣风人采而为诗,郡人士诗得无闻羔羊素丝之余风乎?"③ 这类歌颂功德的官场奉酬诗当然算不得风诗,不论是作者的身份还是表达的内容都毫无相似之处,却依然被冠冕堂皇地称为风

---

① 《太函集》卷二十。
② 《幔亭集》卷十六,《徐𤊹集》,广陵书社,2005,第896页。
③ 《甔甀洞稿》卷四十二,万历刻本。

诗。茅坤《采风录序》云："邑之缙绅先生与博士弟子及他山泽之能言者往往共为采其行事，以歌谣讽颂于野，或为衷而梓之。"① 王沂《循政风谣序》云："于是缙绅大夫博士弟子山臞野叟相与讴歌吟咏，赞扬德美而乐余年，虽村歈俗唱无足以预太师陈诗之选，顾不当存之方策，与慷慨之歌，楚相舆人之诵郑大夫者其垂不朽耶!"② 这类诗歌按实际内容应称为"政录"，茅坤《题桐庐政录序》云："政录者，桐庐县学诸生所相与采风于其里，而画次其令杨君善政而传之者也。"③ 但被堂而皇之地称为风谣，显见官场需要的力量。从风教到政录，风诗被彻底篡改了，彻底失去了政治功用，所谓采诗便沦为官场制造政治舆论的工具，面目全非，失去了采诗制度的本意。

同时，民间的"采诗"活动也集中在下层文人诗歌的采集以供出版上。自晚宋至元代以来，社会上出现了"采诗"者，但他们的采诗活动仍属于风雅之事，所采集诗歌是作为正宗文体的诗歌，而非民间诗歌。④ 明代的民间采诗活动也是如此。胡松《盛明风雅初集序》云：

> 布衣江问山采诗四方，实勤且博，间以鲁国非车子所梓《盛明风雅》故帙遗余，因以其叙见属……问山君雅好吟，颇通诸词，闵作者之苦心，悼后来之失传。⑤

由于目前没有看到采集民歌的材料，姑且断定宋元明以来的采诗与古代采集民间诗歌不同，不属于民歌范畴。

徐熥《风教编序》云：

> 惟传奇之作，虽体有殊于风雅，而意实寓乎劝惩，演于伶人而笑貌衣冠无不逼真，其响像谐于里耳，即孺人稚子皆能领略其旨归，尽古今于须臾，鉴兴亡于瞬，遇可喜则破颜于既往之欢，遇可悲则兴哀于无情之地，惊心动魄，陨泪销魂，可谓感人最深而移俗最易者矣。⑥

---

① 《白华楼续稿》卷九，嘉靖至万历递刻本。
② 《王侍御类稿》卷五，万历四十八年王思义刻本。
③ 《玉芝山房稿》卷四，万历十六年刻本。
④ 参见史洪权《试论元代的采诗》，《第四届中国文体学国际学术研讨会论文集》。
⑤ 《明文海》卷二二二，中华书局，1987，第2245页。
⑥ 《幔亭集》卷十六，《徐熥集》，广陵书社，2005，第896页。

为什么传奇之作能够在同样没有观风、采风使的情况下激起了社会的普遍热情并得以提升到文人传情达意之作的呢？这涉及几个方面的问题。

其一，诗法与自由表达之间的相互制约。诗法、诗式著作的兴起是文体成熟的标志，但同时也是某种制约，限制诗人的自由表达。某种文体进入士大夫创作领域的一个重要标志就是法式的出现，近体诗、词、曲莫不如此，而那些无法形成法式的文体则长期处于边缘，无法进入文人的创作。梅鼎祚《刻冰川诗式序》云：

> 古诗在民间，多小夫妇孺之口，太师氏之所采而陈者，是物也。乃后学士大夫直欲仿佛其遗响，而患不得其似，则诗固自有真，何以式为？自五七言兴，诗之说略昉于典论，开以隐侯之声律八病，记室之原出三品而刘彦和《文心》特列《明诗》之篇，以下迨唐宋论者纷糅，人相习识，亦互雌黄，《沧浪》之法称著矣。至我明，而有《谈艺》《解颐》《卮言》《诗薮》四家，颇行世。

一方面是"诗固自有真，何以式为"的理直气壮的提问，另一方面是谈艺论法的著述不断出现的事实。主张法式与废除法式都没有合理性，梅鼎祚接着说："或以古有诗而无式，非无式也。夫人而诗为式也，今欲藉口于小夫妇孺，其能耶？故谓诗独尽于式，与诗不必式者，皆固也。"① 古诗并非没有法式，而"小夫妇孺"也不可能创为诗式，这其实是在原地打转，两种主张都是泥守固执。胡应麟指出："盛唐而后，乐选律绝，种种具备，无复堂奥可开，门户可立。"② 这种主张正基于对乐选律绝体式完备认识的基础上，因此明代的诗歌创作不可避免地走上复古之路。"真诗乃在民间"的呼声自明中期以来一直很高，为别开堂奥、自立门户开启了一条出路，为什么走不通呢？关键就在体式的创立上，旧的体式似乎已经不能有所新创了，但体式的惯性和强大的权力话语仍然阻止文人进入全新的世界。彭辂《李珠山诗序》云："夫声诗之在宇宙，无论金门石槷、田农闺妇意有所触，即矢口肝臆，粗者为谣，雅者为诗，本无青紫禄利可歆艳，而世有耽嗜，至废寝食，似有不得不诗者在。第学鲜师

---

① 《鹿裘石室集》文集卷二，天启三年玄白堂刻本。
② 《诗薮》续编卷一，上海古籍出版社，1979，第349页。

承，以盲拊象，阳慕唐调，实昧所以为唐。此后来诗道如鶪起萤息，不得与神龙仪凤后先协响也。"① 一方面承认有"不得不诗者在"，另一方面顽固地坚持法式，认为民歌毕竟"学鲜师承"，是"以盲拊象"，这是在强大诗学传统面前的普遍体认。高启《独庵集序》云："诗之要有三：曰格，曰意，曰趣而已，格以辨其体，意以达其情，趣以臻其妙也。体不辨则入于邪陋，而师古之义乖。情不达则堕于浮虚，而感人之实浅。妙不臻则流于凡近，而超俗之风微。"② 格法是诗歌写作的基础，否则诗歌便会流于邪陋。王世贞主张"不屈于其意以媚法，不馘斩其法以殉意"③，主张在格法与才情之间进行调剂，"夫辞不必尽废旧而能致新，格不必趋古而能无下，因遇见象，因意见法，巧不累体，豪不病韵，乃可言剂也"④。但这只能视作复古理论的内部调剂，格法仍然是复古文学的基础，无法完全跳出格律法度的限制。旧体式是一个完备的系统，乐府、古诗、近体莫不具备，其他如竹枝词、南北曲也自有其可以依据的完备的体式，但仍属于历史存在的范畴，向民歌学习的冲动会马上被吸引到乐府、竹枝词、南北曲之中去。

其二，歌唱与格律。最初的诗、词、曲都是配乐演唱，一旦进入文人创作领域，就会出现格律定式，歌唱渐渐消失，只剩下高度人工化的格律规则。黄宗羲说："原诗之起，皆因于乐，是故三百篇即乐经也。……今学者只玩其文，所得浅蹙，诗虽存而实亡，故乐亡也。……三百篇而降，诗与乐遂判为二，胡然而作之，胡然而用之，皆不知其故，无他，所谓六义者盖亦亡矣。"⑤ 从"皆起于乐"到"诗与乐判为二"，正是三百篇从兴盛到衰落的主要原因。歌唱的消失导致一种诗体逐渐失去生命力，于是另一种新诗体伴随着音乐出现。⑥ 宋楙澄《听吴歌记》云：

> 昔人以渐近自然答丝肉之问，千古遂为名言，盖东西南北之音，其声皆协于齿牙唇舌，不则虽秦青合唱，难欺雅俗之耳，而况能强附之于丝竹乎？……唐初之诗诸公以入唱为高，自宋代以调兴，而歌诗

---

① 《冲谿先生集》卷十一，万历三十九年彭润宏刻本。
② 《凫藻集》卷二，四库本。
③ 王世贞：《五岳山房文稿序》，《弇州山人四部稿》卷六十七，万历刻本。
④ 王世贞：《黄淳父集序》，《弇州山人四部稿》卷六十八。
⑤ 《乐府广序序》，《黄宗羲全集》（第 10 册），浙江古籍出版社，1994，第 22 页。
⑥ 朱谦之说："有一种新音乐发生，即有一种新文学发生。"《中国音乐文学史》，上海世纪出版社，2006，第 53 页。

之法废，金元以北九宫兴而歌调之法废。元迄我朝，以南曲兴而北曲废，譬之于礼，诸体犹羊，而歌音犹告朔也，废告朔而供羊，不可为礼，废歌音而存礼，不可为乐。故诗废歌而唐人始独擅诗矣，词废歌而宋氏独擅调矣，北音废歌而金元始独擅北音矣，此固披卷自见，按世可推者也。吴歌自古绝唱，其歌至今未亡。

文章由唐诗、宋词、元曲一直梳理到吴歌，强调音乐与诗歌的关系中音乐起到的重要作用，正是因为音乐的作用，才有了吴歌的感人的力量。

> 余少时颇闻其概，会历年奔走四方，乙未夏，返道姑苏，胥苍头七八辈皆善吴歌，因以酒诱之，选歌五六百首，其叙事陈情，寓言布景，摘天地之短长，测风月之深浅，状鸟奋而议鱼潜，惜草明而商花吐，梦寐不能拟幻，鬼神不能无所伸灵，帝王失尊于谈笑，古今立易于须史，皆文人骚士所啮指断须而不得者，乃女红田畯以无心得之于口吻之间，岂非天地之元声，匹夫匹妇所与能者乎。时手太白乐府，不觉堕地。[①]

在天地自然之音面前，太白乐府也失去了辉煌的魅力，"不觉堕地"的诗意化表达生动地传达出这一信息。李东阳早就说过："比尝听人歌《关雎》《鹿鸣》诸诗，不过以四字平引为长声，无甚高下缓急之节，意古之人，不徒尔也。今之诗，惟吴、越有歌。吴歌清而婉，越歌长而激，然士大夫亦不皆能。……今之歌诗者，其声调有轻重、清浊、长短、高下、缓急之异，听之者不问，而知其为吴为越也。"[②] 吴越歌的歌唱具有"声调节奏"上的种种变化，这当然不是格律，民歌一直没有发展到这一地步，但正因为如此，才保持了自然歌唱的美。袁中道《游荷叶山记》云：

> 夫酸以楚者，忧禾稼也；沉以下者，劳苦极也；忽而疾者，劝以力也。其词俚，其音乱。然与"旱既太甚"之诗，不同文而同声，不同声而同气，真诗其果在民间乎？[③]

---

① 《九籥集》卷一，万历刻本。
② 《怀麓堂诗话》，《李东阳集》，岳麓书社，2008，第 1508、1510 页。
③ 钱伯诚点校《珂雪斋集》卷十二，上海古籍出版社，1989，第 531 页。

民歌的歌唱在节奏上表现为酸楚、沉下、忽疾，是一种自然节奏，确乎与文人诗不同，却有着与格律不同的甚至更新鲜有力的功效。张大复《遗清堂社草序》云：

> 吴中多新声，余不能晓其事，而自幼好从酒人索其解。初似唱音，已觉唱情。今文唱字，至于唱字而音愈高，情愈真。然其为力亦愈难矣。何也？字非情之貌，而字里无情，字不达也。字亦非音之节，而字外多音，字不切也。盖情至而字生，字定而音发，三者之用，未尝不相绾。乃逐字者忘情，解情者忘字，于是向也竞以音相高，而至于今而字始出。耳食之夫，争吐舌新之矣，原夫作者之意，本以字写情，以情传声，岂至今而后有字也哉。①

张大复对民歌的分析最为精微，他从音乐入手，指出"字非情之貌"，文字不能完整地传达情感，情感与文字、音乐的关系是"情至而字生，字定而音发"，突出了音乐即歌唱的重要性。最高的歌唱境界是"逐字者忘情，解情者忘字"，歌唱才是民歌的根本，"古之诗，今之词曲也。若不能歌其诗，但能说其义，非诗之本义也"②，徐渭称为"天机自动，触物发声"③。魏际瑞《歌谣诸体跋》对民歌表现特点的描述非常全面："其体邕遂，谣变歌也。其情兀摇，讴所以宣郁写慕也，如呕衄焉，咀酸含辛，悲喜杂也。诵则诵也，然有节焉，朴讷宣著，其大概也。辞流连而淋漓，清扬而激楚，绘藻而古雅。咏则其清永而端穆也，操古而奥，弄静以动，哀凄以清叹，惘而怅，怨温且厚也。吟耿而疢，沉郁呻楚，悲深而浅……"④ 明确指出民歌在歌唱上的特点是"谣变歌也"，即以歌唱为中心。民歌的歌唱性是其生命力长久不衰、动人心魄的源泉，但音乐、歌唱不能直接转化为声律格调，无法为文人所接受。所以，尽管有如此多的人赞美民歌，却少有人真正进行民歌创作。

其三，雅俗交融的可能性及其程度也是一个应该思考的问题。晚明文学的一个非常突出的特征是"雅俗交融"，但对此不能评价过高。叶燮指

---

① 《梅花草堂集》卷一，崇祯刻本。
② 唐顺之：《古度曲之源》，《新刊唐荆川先生稗编》卷四十二，《文渊阁四库全书》本。
③ 《奉师季先生书三》，《徐文长三集》卷十六，上海古籍出版社，1999，第458页。
④ 《魏伯子文集》卷一，《宁都三魏全集》，道光二十五年宁都谢庭绶绥园书塾重刻本。

出："诗道之不能不变于古今而日趋于异也。日趋于异，而变之中有不变者存。请得一言以蔽之，曰雅。雅也者，作诗之原，而可以尽乎诗之流也。"① 正是这样的观念导致民歌只能成为理论命题，不能真正进入诗歌创作中。这涉及很多层面的问题，如诗体规范与异类交融之难度、语言差异及其应对策略等。这里，我们只从语言角度看雅俗交融在创作层面的困境。曹学佺《胡白叔闽草诗序》云：

> 作诗须先辨雅俗二字，此二者虽得诸天较多，然要之以镕炼胜，何则？谈艺家所举俗之病不过以其有时套，乏心思两端尽之矣。在出乎俗，则雅矣。然予所谓雅者，宁斤斤免俗而已？诗有体裁即章法也，有声调即句法也，有采色即字法也，有性情才不支离，有根据才不杜撰，有源流才与古人不相悖，有变化才不为古人所窘，缚之数法者，种种具备而后谓雅，是故体裁尚其正，不则俗，声调尚其和，不则俗，采色尚其清，不则俗。俗多赝，有性情乎？从跳脱，有根据乎？俗多趋时，能古人即我乎？能我即古人乎？雅之与俗若径庭，然而常迭为胜。②

文人一般以辨雅俗为诗歌创作第一要务，但在曹学佺看来，根本在体裁，包括章法、句法、字法，要有性情、根据、源流、变化，即规矩法度。不合矩度则将陷于"俗"，此"俗"非雅俗之俗，而是平庸趋时之俗。这是横亘在文人胸中的一条难以逾越的障碍，但唯其如此才能超越古今、雅俗之变，谁又能说这不是诗歌语言创造上的更高标准呢？而它又有一个总的原则，即要求语言的"镕炼"，语言上的雅俗之辨要服从这个标准。所以曹学佺说"雅之与俗若径庭，然而常迭为胜"，就是在这个意义上说的。不能只看雅俗，要看是否符合基本"体裁"，是否出自"镕炼"。如此看来，将民歌中的俗语融入诗歌当中并非只是为了以俗胜，而是要看是否"镕炼"成功。谢榛曾以《古诗十九首》为例分析家常话与官话在诗歌语言表现中的差异：

---

① 《汪秋原浪斋二集诗序》，《己畦集》卷九。
② 《石仓文稿》，《曹大理诗文集》，福建丛书第三辑之一。

《古诗十九首》，平平道出，且无用工字面。若秀才对朋友说家常话，略不作意。如"客从远方来，寄我双鲤鱼。呼童烹鲤鱼，中有尺素书"是也。及登甲科，学说官话，便作腔子，昂然非复在家之时。若陈思王"游鱼潜绿水，翔鸟薄天飞。始出严霜结，今来白露晞"是也。此作平仄妥帖，声调铿锵，诵之不免腔子出焉。魏晋诗家常话与官话相半，迨齐梁，开口俱是官话。官话使力，家常话省力；官话勉然，家常话自然。夫学古不及，则流于浅俗矣。今之工于近体者，惟恐官话不专，腔子不大。此所以泥乎盛唐，卒不能超越魏晋而追两汉也。嗟夫！①

家常话与官话一俗一雅，家常话之美就在于无所"锤炼"，直从口出，而官话的特点正是"锤炼"，是"使力""勉然"的结果。但如从口出的民间语言是否可以直接进入文人诗歌呢？王骥德云："盖北之《打枣竿》与吴人之《山歌》，不必文士，皆北里之侠或闺阃之秀，以无意得之，犹《诗》郑、卫诸《风》，修《大雅》者反不能作也。"② 以袁宏道为代表的公安派曾做出这方面的试验，的确有打破常规、自树一帜的效果，却不免陷入浮浅刻露之弊③，从语言运用的角度看，他们是不成功的。因为文人学士习惯于在经典范例中进行语言的"锤炼"，这决定了他们只能点缀式地运用一些日常和民间语言，而无法进行民间语言的"锤炼"。

其四，民歌情感内涵的单一化与晚明文化的情欲化。一方面，民歌没有提供可改造的空间即内容单一化决定了民歌只能在理论上倡导，而不能转化成真正的创作资源。另一方面，晚明文化中"情"的滥化。欲望化、趣味化、消费化也决定了民歌不能被有效转化。

明代前中期的民歌内容应该是十分丰富的。叶盛《山歌》云："吴人耕作或舟行之劳，多作讴歌以自遣，名唱山歌。"④ 李濂编纂的《汴风》收录汴人"鼓棹之歌，击柝之吟，相杵之哎，插秧之曲"，多为表现劳动生活的诗歌，而非表现男女情欢之诗，到了晚明则完全是另一景象。关于明代民歌的前后期变化，顾起元在《客座赘语》中曾说："《山坡羊》有沉

---

① 《四溟诗话》卷六，人民文学出版社，1961，第66页。
② 《杂论·第三十九》，《曲律注释》，上海古籍出版社，2012，第249页。
③ 《叙曾太史集》，《袁宏道集笺校》卷三十五，上海古籍出版社，1981，第1105页。
④ 《水东稿》卷八，《文渊阁四库全书》本。

水调,有数落,已为淫靡矣。后又有《桐城歌》《掛枝儿》《干荷叶》《打枣竿》等,虽音节皆仿前谱,而其语益为淫靡,其音亦如之。视桑间濮上之音,又不翅相去千里,诲淫导欲,亦非盛盛所宜有也。"① 这一时期民歌的主要内容是表现男女私情,冯梦龙称《山歌》"皆私情谱耳"②,陆容称"吴中乡村唱山歌,大率多道男女情致而已"③,关德栋先生统计在冯梦龙所辑《桂枝儿》中"反映男女爱情生活的约占现存作品的百分之九十左右"④。李维桢《读苏侍御诗》认为这种分布状况是"古今所同":"犹六朝人闺阁艳曲与俗所传南北词及市井歌谣,往往得十五国风遗意。男女,人之大欲存焉,不虑而知,不学而能,此之谓性情。古今所同,是以暗合,虽无意为诗,而自得之。"⑤ 从自然人性的角度看,"男女"是人之大欲,民歌中表现男女私情正是人性之自然。陈继儒《序吴骚初集》云:

> 夫世间一切色相俦,能有离情者乎?顾情一耳,正用之为忠愤、为激烈、为幽婉,而抑之为忧思、为不平、为枯槁憔悴,至于逦逦一腔,难以自已,遂畅之为诗歌、为骚赋……然情宁有独平哉?佳人幽客,好事多磨;缱绻萦怀,抚时触景;联床同调,两地吊天;我辈钟情,岂同槁木?故窍发其灵而响呈其籁,代不乏矣。⑥

发乎情是一致的,在正用与压抑的作用下,会产生种种不同之情。但这只是就情感基调而言,从内容上看,民歌多表现"佳人幽客"的"缱绻"之情。钱谦益《季沧苇诗序》云:

> 三百篇变而为骚,骚变而为汉、魏古诗,根柢性情,笼挫物态,高天深渊,穷工极变,而不能出于太史公之两言。所谓两言者,好色也,怨诽也。士相媚,女相说,以至于风月婵娟,花鸟繁会,皆好色也。春女哀,秋士悲,以至于《白驹》刺作,《角弓》怨张,皆怨诽也。好色者,情之橐籥也;怨诽者,情之渊府也。好色不比于淫,怨

① 《客座赘语》卷九,中华书局,1997,第301页。
② 《山歌》卷首,刘瑞明注《冯梦龙民歌集三种注解》,中华书局,2005,第317页。
③ 《菽园杂记》卷一,中华书局,1985,第11页。
④ 《明清民歌时调集》,上海古籍出版社,1987,第23页。
⑤ 《大泌山房集》卷一百二十九,明万历三十九年刻本。
⑥ 《序吴骚初集》,《白云斋选订乐府吴骚合编》,四部丛刊续编本。

诽不比于乱。所谓发乎情，止乎义理者也。人之情真，人交斯伪。有真好色，有真怨诽，而天下始有真诗。①

他认为古诗的佳妙之处在于"好色""怨诽"，其源在"好色"，"好色者，情之橐籥也；怨诽者，情之渊府也"，这是人最自然真实的情感。但由自然人性而生的男女之情只能说是人类丰富情感中的一种而不是全部，由于现实的多样性、复杂性及个体的差异，情感的内容是十分丰富的，有个体性情感，有社会性情感，有诉诸道德理性的情感，有诉诸感官本能的情感，而绝非男女之情所能涵括。汤显祖说"人生而有情，思欢怒愁，感于幽微，流乎啸歌，形诸动摇"②，并非单就男女来说，而是指人类情感的丰富性和复杂性及其生发过程，以此证明情的合理性，并上升到本体性质。明中期以来，对民歌的称扬很多，但这并没有推动民歌的文人化，使其从原初的状态中解放出来，激发出更强大的生命力，为中国文学注入新活力，开启新诗体，原因就在于民歌表现内容的单一化，无法提供更广阔的改造空间。

晚明文化充斥着享乐主义的狂欢，"消费文化盛行，奢靡、浮华之风大涨，衣、食、住、行越来越追求奢华，无所不用其极，吃、喝、玩、乐，挟妓冶游，成了晚明文人的乐事"③。袁宏道《龚惟长先生》一信中所谈"真乐有五"皆为"目极世间之色，耳极世间之音，身极世间之鲜，口极世间之谭"的放纵情欲，自称"恬不知耻"。④ 大量艳情小品的出现正应和了放纵情欲的风尚，如梅史《燕都妓品》、潘之恒《金陵妓品》、曹大章《秦淮士女传》。而众多"秽书"如《如意君传》《绣榻野史》《痴婆子传》等小说，春画如《风流艳畅图》《鸳鸯秘谱》与房中书盛行一时，《金瓶梅》更是晚明纵欲习尚的代表。晚明文化的趣味化也影响文学，这包含两个方面：一是个性化情感的抒写；二是性灵的真实，完全自然的童心，不被污浊现实社会遮蔽。正如陆云龙《叙袁中郎先生小品》中所说"率真则性灵现，性灵现则趣生"⑤，因此，这里所谓个性化情感和性灵的真实，可

---

① 《牧斋有学集》卷十七，第758~759页。
② 《宜黄县清源师庙记》，《汤显祖全集》第三十四卷，北京古籍出版社，1999，第1188页。
③ 欧明俊：《末世狂欢：晚明文学与非主流文化论纲》，《明代文学学会第九届年会暨2013年明代文学国际学术研讨会论文集》（诗文卷），第784页。
④ 《锦帆集》卷三，钱伯诚笺校《袁宏道集笺校》，上海古籍出版社，1981，第205~206页。
⑤ 《明人小品十六家》，浙江古籍出版社，1996，第105页。

以有多方面的表现，或表现出心灵自由无挂碍，或生活的放纵，或生活的艺术化。袁宏道主张"趣""韵"，趣在雅俗之间。雅趣是赤子之心，俗趣则是市井的俗趣俗情。消费化与娱乐化是一体的，几乎所有的文化都被打上娱乐的标签，郑元勋说得更绝对："吾以为文不足供人爱玩，则六经之外俱可烧。"① 这些正与民歌中纵欲狂欢精神是一致的，这种精神将一切正统、主流的文化、文学推翻，"晚明文学不是载道文学、事功文学、谀颂文学、庙堂文学，而是正统以外的个人文学、性情文学、闲适文学、趣味文学。香艳软媚、诙谐滑稽、新奇怪异、浅俗率露、空疏浮躁、闲适趣味成为文坛流行风"（欧明俊文）。屠隆是晚明纵欲文人的代表，但他清醒地认识到晚明民歌无法提供更为深厚的内容和情感，艺术上也更为粗浅，故而提出"古之诗"与"今人诗"的"美恶之辨"：

> 若是则空同子所称金元之乐今盛行民间，淫蝶而哀思，响越而浏
> 浇，亦快人矣。美与恶与？曰：噫嘻，是恶乎快哉？余方入耳则欢然
> 而心动，已则悄然以悲，久则气索索然而沉。余尝读古诗歌，读数
> 过，稍厌，束书起，过而复新读，可老也。尝试取民间音读之，能终
> 篇乎？何论金元，夫宋人亦若是矣。②

为什么读"民间音"不能终篇呢？就是因为民歌本身只提供初读的新鲜感，而这种新鲜感来自世俗欲望的强烈刺激，过了这个阶段，因其艺术上的粗糙和情感的浅薄，读起来就感到索然无味了。

晚明文化中的欲望化、趣味化、消费化决定了民歌不能被有效转化，只是完成了民歌中的纵欲与雅文化对接，根本谈不上"真情"的全部，充其量只是其中最流行的部分。专制文化中纵欲只能导致衰落，它只是给社会注入兴奋剂，以得到短暂的放松和自弃，文化、文学走到这一步，已经无药可救。梅守箕《吴国风十篇序》云："方今赋法倚办于吴，其文学为天下首，乃于乐部所歌曲亦惟吴欹是尚，其悲宛柔媚靡靡之音殆于亡国之风乎？郑声且在所远，仲尼而在，将无夷之耶？清角一歌，晋国赤地，可无畏哉？"③ 将吴欹视为亡国之风当然是陈腐的观点，但站在

---

① 《媚幽阁文娱序》，《媚幽阁文娱》卷首，崇祯刻本。
② 《旧集自序》，《由拳集》卷十二，万历八年冯梦祯刻本。
③ 《梅季豹居诸集二集》卷九，万历刻本。

正统的立场看，这未尝没有合理性，甚至可以说是对社会文化在新旧之间摇摆不定所产生的结果的一种深刻认知。就这个意义而言，明清正统人士对晚明文化的批判未尝不是有先觉之明，尽管总是回到教化和控制的老路上去。

其五，元气离散与近代精神的变化。元气论是中国古代宇宙论哲学和自然哲学的基础理论，认为世界由元气化生而来，构成一个有机的相互联系的整体。个体、自然、社会、历史的存在都是气之化生，气之体指元气未动时存在和状态，气之动是元气发于外而成物。王夫之认为"实有其理以调济夫气，而效其阴阳之正者"才能"变不失正，合不失序"[1]，否则气之动必陷溺于情欲，天地失其正气，人伦失和，社会失序。诗学中的元气论由此而来，其认为文学创作的兴衰与社会、个体的元气淳离有密切关系，元气精淳则创作兴盛，元气散乱则创作卑弱。刘城《渡江诗序》云：

> 古者国异政家殊俗，游女思妇皆能咏歌，非尽如生民清庙之什，作之皆圣贤之徒而施之，尽祝鳌之用也。圣人以为吾杂陈乎此，则诗已足讽刺褒讥于天下后世，而岂有所褒讥讽刺于其诗也哉。汉魏以后，学士攻之，遂以能名，卒成仇衅，如今日诗人者也。盖北地、信阳、瑯琊、历下、公安、竟陵之目出，名日积而多，事日降而薄，日远而分响，日承而众鄙，人何知其利者为有德，则焉得又舍而之他哉？[2]

刘城认为国、家一体，元气醇正，故自士大夫至游女思妇皆能咏歌，而对后世作家来说名利之心生而元气遂散乱，故不能复返于古之纯正。这是从世衰俗降的认识出发，突出社会伦理、世风的变化对文化、文学的作用和影响。杨维桢《剡韶诗序》云：

> 或问诗可学乎？曰诗不可以学为也。诗本情性，有性此有情，有情此有诗也。上而言之，雅诗情纯，风诗情杂，下而言之，屈诗情

---

① 《读四书大全说》，中华书局，1975，第661页。
② 《峄桐文集》卷二，光绪十九年养云山庄刻本。

骚，陶诗情靖，李诗情逸，杜诗情厚。诗之状未有不依情而出也。虽然，不可学诗之所出者，不可以无学也。声和平中正，必由于情，情和平中正，或失于性，则学问之功得矣。或曰：三百篇有出于匹夫匹妇之口，而岂为尽知学乎？曰匹妇无学也，而游于先王之泽者，学之至也。发于言辞，止于礼义，与一时公卿大夫君子之言同录于圣人也，非无本也。①

三百篇皆出于匹夫匹妇之口，不学而能，而后世诗人则"不可以无学也"，因为前者"游于先王之泽"，而后世元气离散，不复有王泽流行，社会失序，要写好诗，必从学问中来，培育涵养性情，方能得其和平中正之情。这种观念和认识有当然的合理性，因为文学就生长在现实之中，必然受现实的影响，而在元气离散的社会，只有依靠学问来弥补元气之不足。锺惺《董崇相诗序》云：

> 古诗人曰风人之为风，无意也，性情所至，作者不自知其工诗，已传于后而姓氏或不著焉。今诗人皆文人也，文人为诗，则欲有诗之名，欲有诗之名，则其诗不得不求工者，势也。诗而工矣，世亦何难以名予之。然世所号一代名家，始皆就其习之所近，意之所趋与其所矫以为诗，其气魄声援皆足以怵一代之人，予之名而后已。今读其诗何如哉？虚怀自审，岂其作者之笔力皆出读者目力之下，然其间亦有一二先达，暗然不使世知其为诗者，今其诗反能留一代之真声元气，而足以服读者之心，何也？愚以为名无损益于诗，而盛名之下，能使不善处名者心为之不虚，而力为之不实，见诗出而名随之，是则诗而已矣。其意常以名之所止为诗之所止，彼暗然不使世知其为诗者常欲使吾之诗有余于其名，而吾所以作诗之意与力，又若有余于其诗，如是而求诗之不工，不可得也。②

锺惺解释了为什么今人之诗不能上达风人之诗的原因，文人为诗与声名构成了名利关系，则"不得不求工"，很难回到"无意"的自然状态，唯

---

① 《东维子文集》卷七，《四部丛刊》景旧抄本。
② 《翠娱阁评选钟伯敬先生合集》卷一，崇祯九年陆云龙刻本。

"暗然不使世知其为诗"才可能"留一代之真声元气"。在锺惺的论述中，隐含着这样一种认识，即每个时代都有自己的"真声元气"，这是晚明思想背景下对元气论的新阐释。但一般的元气论却坚持古今之异，赵友同《韩山人诗续集序》云：

> 元气流行宇宙间，人得其精华，发而于言而成文，是则文者言之精，而诗则又文之精也，岂易言哉？自世教衰，得元气之精华者殊尠，虽发于言而成诗，往往声音失其和，性情失其正，而风雅不得不为之变。降至汉魏，变而为选，选而又变鹜而为律，咸窘于声偶之拘，鹜于茫昧之域，取古韵合言之文，元气由是荡然离散，又奚云诗为文之精乎？①

世降而衰，诗人不能得元气之精华，诗亦随之，音失其和，情失其正，故诗文衰弱不振，而上古圣人之世王泽沛然，元气流行，诗文为元气之精所聚。这些论述都是从个体出发对诗歌创作中元气离散导致文学创作衰弱的观点，其中隐含着整体论思维，由个体延伸到整体，强调国家、社会对诗歌创作的影响。在社会建构上，他们希望存在一个整体和谐、上下互动、结构稳定的社会，但前提是在儒学为主体的思想作用下，以国家为控制主体。但由于复古理念与教化思想的影响，少有深度阐发。这种观点并非一无是处，实际上包含着对社会变化性质的认识。人类由淳朴自然、情理和谐向工巧雕琢、情欲膨胀变化，社会由整体走向离散，学术由整体走向分裂，国家控制无法将人限制在礼法制度之中，文化的普遍趋势正是如此。于是，才有思想家出现，特别是宋明理学，他们试图建立一个天理的世界，使社会复归于整体和谐；才有一大批理想主义者出现，执着于伟大的理想，重建社会道德秩序。但是，社会性质的变化使这些努力不能改变历史大势，正如明代文人以前所未有的姿态大力提倡民歌，却只能停留在理论中，不能对诗歌创作的整体有太大的影响和作用。

西方对社会文化变迁与文学创作关系的认识与古代中国有着惊人的一致，马克思认为希腊的艺术和史诗"是一种规范和高不可及的范本"②。

---

① 《韩山人诗续集》卷首，清抄本。
② 《马克思恩格斯选集》第二卷，人民出版社，2012，第711页。

席勒在《论朴素的诗与感伤的诗》中将古代与近代诗歌对应起来，认为朴素是儿童与生俱来的，是"天赋和规定"，而成人失却自然，很难再回到自然状态，"终究永远落在那些天赋和规定之后"①。维柯则从思维角度解释了为什么人类无法回到天真自然的状态，人类早期阶段具有"诗性智慧"，属于"神的时代"，而后来的人类长于推理，"把良心、理性和责任感看成法律"，因而无法再获得诗性智慧。② 可以说，中西对近代（这里的近代指外国学者对中国社会性质的认识，即以宋元明以来为近代）以来社会变化导致的人性变化是一致的，正是在这个意义上，不论中国还是西方都无法回复到朴素的时代，回归到产生风诗的社会与人性氛围。但中西对这一问题的论述有一个很大的区别，中国古代的认识目标是向往并试图回到古代的纯朴自然，故不免有复古、正统之弊。也就是说，近代思想文化与古代原初文化有着巨大差异，这种差异导致新文化资源在旧思路下不可能完成转换，不论是正统文人努力将民歌纳入三百篇范围之中，还是新式文人将情欲理论引入民歌的讨论，最终都没有结出果实。前者试图回到古代，保持了文化的延续性和完整性，却是保守的；后者则是在没有完成新文化系统建构的背景下，以单一的破坏倡导民歌的价值，而没有文化系统的改造作为创新基础是不可能完成转换的。

本文从对"真诗乃在民间"这一命题的论述逻辑入手，发现古人有关这一命题的讨论有着惊人的一致性，即普遍在历史、现实、艺术三重逻辑下展开。历史与现实交织在一起，源于面对现实缺失、寻求历史支撑的需要，核心逻辑是"真"。在对"真"的讨论中，对"真"义内涵的变迁做了系统梳理，并且将这些认识按阶段分为三类，指出明代民歌讨论中的"真"义不是一个孤立的现象。求真是古代诗学当然的理论基础，并非只限于民歌，因而"真"义认识本身不能造成民歌进入文人创作的可能性。之后，再进入对明代民歌讨论中理论与创作的脱节现象的梳理和分析。最后，对明代民歌面临的困境加以解析，从诗法与自由表达之间的相互制约、格律与歌唱的差异、雅俗交融是否可能、民歌情感内涵单一化与晚明文化情欲化、元气离散与近代精神的变化五个方面分析了民歌不能完成文

---

① 席勒：《审美教育书简》，张玉能译，译林出版社，2009，第 151 页。
② 朱光潜译《新科学》，人民文学出版社，1986，第 421~422 页。上述内容参见刘绍瑾《复古与复元古》，中国社会科学出版社，2001，第 148~158、203~209 页。

人化转换，不能成为一种新诗歌体式的原因。明代民歌经过学者的深入研究已经取得了丰硕的成果，本文就是在借鉴这些成果基础上写成的。笔者认为我们只看到种种重视民歌的现象，虽然强调了民歌的意义和价值，但没有解释民歌为什么没有完成文学资源的历史性转换，因而我们不能高估民歌在明代文学中的地位。所以，我们需要为这些讨论确立一个前提，超越现象，看到这一命题的本质。

"大礼议"与嘉靖前期重情、重韵的诗学思想[*]

山东大学文学与新闻传播学院　孙学堂

摘　　要　"大礼议"是嘉靖前期最重要的政治事件，著名诗人杨慎、薛蕙、高叔嗣、袁袠、陈束等或介入其中，或为余波所及，仕途、心态、创作、诗学思想都受到了深刻影响。随着社会身份的边缘化，他们在精神上远离了政治纷争，心理上却不无怨愤忧苦之情；诗歌创作朝着抒写个体怨情的方向发展，理性上却要节制或消解悲情怨思。他们在艺术表现上追求含蓄，在审美趣味上崇尚清远，不喜杜诗，喜好六朝、初唐或大历诗，欣赏重风韵的陈白沙。这些倾向都与"大礼议"的影响有关。"大礼议"促进了重情、重韵的诗学思想在嘉靖前期的发展。

关　键　词　大礼议　怨而不怒　重情　重韵

"大礼议"是嘉靖前期第一大政治事件。它持续数年，影响深远，在明史研究中备受关注。[①] 而它对文学思想产生了怎样的影响，却无人深究。嘉靖前期刚好处在前、后七子活跃的间隙，诗人多师法六朝、初唐或大历[②]，就诗坛风气而言，既与尊崇汉魏盛唐的典型复古思潮有别，又缺乏张扬个性的言论，因而在偏重描画"复古""革新"这两大"主线"的文学史研究中未受到足够重视，其价值与意义也未能得到充分挖掘。其实就复古思潮的自身发展而言，从李、何那种以忠君忧国为基调的慷慨诗风，

---

［*］　本文为国家社科基金项目"多视角下的明代文学复古研究"（项目编号 14BZW061）成果。

① 　关于"大礼议"的研究状况及其对明代政局产生的影响，参见胡吉勋《"大礼议"与明廷人事变局》，社会科学文献出版社，2007。

② 　关于嘉靖前期诗坛学习六朝、初唐及中唐的倾向，参见廖可斌《明代文学复古运动研究》，上海古籍出版社，1994；余来明《嘉靖前期诗坛研究》，武汉大学出版社，2009；杨遇青《嘉靖时期文学思想研究》，三秦出版社，2011。

到王、李那种张扬个体不平的激昂怨调，诗人关注的焦点从社会政治转向个体人生，这一巨大转变即发生于此一时段，且不得不归因于"大礼议"的影响。"大礼议"深刻地影响了许多诗人的精神和心理状态、情感和审美趣味，其具体环节和过程，值得深入探究。

一 "大礼议"影响的著名诗人

明武宗驾崩无嗣，兴献王朱厚熜入继大统，在是否继嗣、怎样追尊生父等问题上与群臣意见相左，在张璁、桂萼等人支持下，其用罢职、贬官、拷讯、廷杖、罚俸等多种方式惩罚群臣，最终尊生父为"皇考恭穆献皇帝"，庙号睿宗，祔于太庙，位于武宗之上。这就是著名的"大礼议"。这一事件以嘉靖三年七月二百二十余人在左顺门跪谏为高潮，时被逮系狱者一百三十四人，被廷杖者一百八十余人，受杖先后死者多达十七人。之后仍持续数年，张璁等新贵"以议礼为护身之符，以訾议礼者，为反坐之案"①，如嘉靖六年将翰林官二十二人及丙戌科所选全部庶吉士俱外除他官，又借陈洸、李鉴、李福达狱等系列案件清算刑部、大理寺等官员，嘉靖八年罢选庶吉士等，对政局、士风产生了深远影响。史称蒋冕、毛纪、石珤去位之后"政府日以权势相倾。或脂韦涊涩，持禄自固"②，"希宠干进之徒，纷然而起"③。

就事理之是非而言，"大礼议"诚然不同于正德十四年的"谏南巡"，那次完全是谏止"童昏"皇帝的失德，理在群臣；这次世宗所争则有合乎情理之处，"君之所争为孝思，臣之所执为礼教，各有一是非"④。两次"斗争"的结果也迥然不同，但相持时期双方的情势却颇为类似：一方是内阁率领的代表礼教的、规模巨大的群臣，另一方是任性的君主和几位在群臣看来投上所好的"奸邪小人"；群情汹汹，"多意气用事"⑤。人们对几年前的那次力争还记忆犹新，不少人如舒芬、方鹏、刘天民、吕柟、叶

---

① 沈德符：《万历野获编》卷一八，中华书局，1989，第 465 页。
② 《明史》卷一九〇，中华书局，1974，第 5051 页。
③ 《明史》卷一九七，第 5222 页。
④ 孟森：《明史讲义》，上海古籍出版社，2011，第 209 页。
⑤ 赵翼《廿二史札记》"明言路习气先后不同"条说："正德、嘉靖之间，渐多以意气用事。如正德中，谏南巡，罚跪午门，被杖者百余人。嘉靖中，议大礼，伏哭左顺门者亦百余人，李福达之狱，劾郭勋，被罪者四十余人之类，已多叫呶之习。"中华书局，1987，第 507 页。

应聰等，在两次事件中先后遭廷杖，因之获得了士林清誉。

"大礼议"牵涉的人员众多，对政治、学术、士风都有深刻影响，对明代诗学的发展也产生了巨大影响。要考察这一影响，笔者以为应该从这一时期成就较高、影响较大的诗人入手。兹依时间及介入深度不同，粗举几位代表性诗人，且看他们在这场政治风波中受到的影响。①

在"大礼议"中介入最深、受惩罚最重的杰出诗人，当以杨慎、薛蕙、安磐为代表。杨慎于嘉靖初任翰林修撰、充经筵讲官，嘉靖三年偕翰林院三十六人上言誓不与张璁、桂萼同列，继而偕学士丰熙等疏谏，偕廷臣伏左顺门力谏，与王元正撼门大哭，再遭廷杖，谪戍云南永昌卫，直至嘉靖三十八年卒于戍所。薛蕙于嘉靖三年六月上《为人后解》《为人后辨》及辨张、桂所论七事，下镇抚司拷讯，夺俸三月，继而遭给事中陈洸弹劾，解任回籍，后来见张璁、桂萼用事，遂坚卧不起，直至嘉靖二十年去世。安磐于嘉靖初历兵科都给事中，嘉靖三年七月率领众人参与左顺门跪谏，再遭廷杖，除名为民，卒于家。②"大礼议"剥夺了这三位诗人终身的"政治权利"，同时也骤然提高了他们在士林中的声望。尤其是杨慎，若非因"大礼议"谪戍永边，其生前身后、在大江南北当不会有如此多的崇拜者。

在"大礼议"中介入不深但受到明显影响的诗人，可以文徵明、黄佐、高叔嗣为代表。文徵明嘉靖初已年逾不惑，在这场政治风波中看清了官场和自我，果断选择致仕，③回到本就边缘化、追求自适的吴中风雅圈。黄佐在这一时期也谢绝席书和杨一清的笼络，④一再求退，于嘉靖九年致

---

① 当时成名已久的"茶陵派"诗人如石珤，"前七子"成员如李梦阳、王廷相，复古派羽翼如顾璘等，他们的诗学思想已经定型，所受影响不大，故此舍而不论。

② 安磐，字公石，嘉定州（今四川乐山）人，弘治十八年进士。杨慎《哭安公石》诗云"好音才芳节，凶问候邪辰"，又云"知命方缡鬓"，可知其乡居不久即去世了，去世时仅年逾五十。见《杨升庵丛书》（第3册），天地出版社，2002，第693页。

③ 文嘉《先君行略》说"时议礼不合者，言多讦直；于是上怒，悉杖之于朝，往往有至死者。公幸以病不与，乃叹曰（后略）"，意谓如果不因折臂有伤，文徵明也会参加左顺门的跪谏。见周道振辑校《文徵明集》，上海古籍出版社，1987，第1621页。据《明史》等文献记载，文氏看不上杨一清、张璁。他致仕后与杨慎、薛蕙等获罪者保持了较为密切的交往。

④ 清人黄佛颐《文裕公年谱》谓："时大礼议兴，毛尚书澄谓兄终我及……公从其说，署名牍尾，异议者以为党，公以太孺人在家，求归，九月甲申，册封南渭王，奉命充岷府副使以行，成都杨修撰慎作诗送之。"又谓："礼部尚书席书及诸议礼者皆始进用，欲援公为助，遣人通意，公谢绝之。十二月，大学士杨一清召还……欲引公，亦辞不往。"《北京图书馆藏珍本年谱丛刊》（第45册），北京图书馆出版社，1999，第663~700页。

仕乡居近七年，著述授徒。他以理学名世，他的门人梁有誉、黎民表、欧大任则成为嘉靖后期的著名诗人。高叔嗣，嘉靖二年进士，其师友薛蕙、马理、杨维聪、李舜臣、张鲲、初杲等多人在议礼中获罪。霍韬《高廉使墓志铭》云："时尊亲礼成，议礼之臣皆进秩。有述子业语曰：高稽勋云，宜攒议礼者之尸，剁诸几。"① 由此可知他对张、桂所为甚是愤愤。嘉靖四年，他三度上疏乞恩归乡养病，嘉靖六年复乞，始获准，嘉靖七年至九年在乡度过了三年田园生活后很不情愿地回朝任职。嘉靖十一年充会试同考官，该科及第、与他有交往且以诗文著称者有孔天胤、蔡汝楠、皇甫涔、周复俊等，这些人后来也都成为杨慎的追慕者。

"大礼议"余波所及的著名诗人，可以袁袠、唐顺之、陈束为代表。他们中进士时议礼高潮已过，但对因议礼骤贵的张璁等人不满、不敬，因而仕途受到很大影响。

袁袠于嘉靖五年中进士，选庶吉士，"大学士张公孚敬、桂公萼，咸欲缔交，绝弗与通"②，在嘉靖六年对翰林和庶吉士队伍的"大清洗"中，他与同年庶常龚用卿、陆粲、华察、赵时春、屠应埈、王格等人俱外除他官，嘉靖十年兵部火灾，他又被诬纵火入狱，可谓备受摧挫。唐顺之、陈束皆嘉靖八年进士，按惯例该选为庶吉士，但他们"出张璁、霍韬门，而心以大礼之议为非，不肯趋附，璁心恶之"③，于是该科庶吉士罢选，俱除授他官。《明史》唐顺之传说："久之，除吏部。十二年秋，诏选朝官为翰林，乃改顺之编修，校累朝实录。事将竣，复以疾告，璁持其疏不下。有言顺之欲远璁者，璁发怒，拟旨以吏部主事罢归，永不复叙。至十八年选宫僚，乃起故官兼春坊右司谏。与罗洪先、赵时春请朝太子，复削籍归。卜筑阳羡山中，读书十余年。中外论荐，并报寝。"④ 可见他的仕途有相当一段时间受制于张璁，之后他又一再请辞，表现出明显的疏远当政的意

---

① 霍韬：《渭涯文集》卷六，《四库全书存目丛书》（集部第69册），齐鲁书社，1997，第119页。霍韬亦因议礼贵，但不为已甚，且注重推贤举才。他在上引这段话后曲为解说云："渭涯子乃为之解曰：'高云剁议礼者之尸，乃以礼未明也，礼明，高必不云云。'"嘉靖十五年高叔嗣由山西左参政转为湖广按察司副使盖由霍韬之力。参见拙文《高叔嗣系年交游考》，《中国诗歌研究》第8辑。

② 袁袠：《复李验封伯华书》，《胥台先生集》卷一九，《四库全书存目丛书》（集部第86册），第655页。《明史》袁袠本传的叙述进一步简化为："张璁恶之，出为刑部主事。"

③ 《明史》卷七〇，第1706~1707页。

④ 《明史》卷二〇五，第5422~5423页。

识。陈束是张璁乡人，但心恶其人，与唐顺之、田汝成、王慎中等人讨论艺文，"诸高贵人窃慕其风，时枉驾过之，辄闭门谢不纳，又私有所弹刺，籍籍闻口语"，"时当道被皇帝隆遇，朝士咸奔走之，约之独不面。每岁时上寿，不得已望门投刺，辄驰马过之。当道衔之入骨，积不能容，乃注湖广金事，分司辰、沅"①。湖广荒僻，职事劳苦，本就体弱的诗人日渐憔悴。嘉靖十六年夏，他给屠文升的信中称"以手约围腰腹，率计一月小一二分矣"，心境抑郁，后来其英年早逝无疑与此有关。

无论出于对理念操守的坚执还是对议礼新贵的厌恶，无论是因此横遭放废还是蹉跎仕途，在"大礼议"中介入或为余波所及的上述诗人在政治上都放弃了进取之念。在政治的纷争中，这种放弃恰恰是对"权威"的挑战，正如高叔嗣《简袁永之狱中》诗云："众女竞中闱，独退反成怒。"不喜奔竞的诗人希望洁身自好，却不知已因此触怒权贵。这样的政治生态激起诗人更多的内心不平，又进一步加速了他们身份与心态双重的"边缘化"进程。

考察"大礼议"对诗学思想的影响，还须提到生活在嘉靖前期的其他几位诗人。如王慎中系嘉靖五年进士，与唐顺之和陈束同属"嘉靖八才子"且交往密切。嘉靖十二年诏简部郎为翰林，张璁欲一见之，慎中辞不赴，曰"吾宁失馆职，不敢轻易失身也"②，璁遂恶之。后其因不肯趋奉夏言，三十三岁即罢职归乡，其经历与袁袠、陈束、唐顺之相似。又如嘉靖十一年进士孔天胤（1505~1581）受知于高叔嗣、薛蕙，且与杨慎"千里神交"③；嘉靖二十三年进士朱曰藩（1501~1561）年龄与袁袠、唐顺之相若，是杨慎的崇拜者，杨慎对他也非常赏识④；非进士出身的徐献忠（1493~1569），其诗学深受杨慎影响。他们的思想观念具有"大礼议"时代的普遍性，下文谈诗学思想也将征引他们的相关言论。

---

① 张时彻：《陈约之传》，《陈后冈诗集》卷首附，《四库全书存目丛书》（集部第90册），第479页。
② 李开先：《遵岩王参政传》，卜键笺校《李开先全集》（修订本），上海古籍出版社，2014，第943~949页。
③ 游居敬《翰林修撰升庵杨公墓志铭》说："先生居滇……名硕谕德，任君少海，方伯孔君文谷辈，率千里神交，邮书相讯。"《明文海》卷四三四，中华书局，1987，第4567页。
④ 王夫之《明诗评选》对朱曰藩评价很高，甚至认为："子价自嘉、隆间中流一柱，前承枝山，后积若士。余子虔矫自雄，夜郎王不知汉大。"《船山全书》（第14册），岳麓书社，1994，第1429页。关于朱曰藩和杨慎的交往，参见陈斌《广陵诗人朱曰藩文学交游考述》，《福建师范大学学报》2010年第3期。

二　"大礼议"对诗人心态的影响

"大礼议"加速了诗人社会身份的"边缘化"。对此，诗人的态度各有不同，总体来看，他们在精神上已厌官场，在心理上却不无愤气、悲情、怨思。薛蕙对官场的黑暗看得最透，他与顾璘书曰：

> 大抵仕途百损而一益。益者，干些小利人事业，此外便都是丧本心、没天理之陷阱，上焉者尚不能讨得个直过，其次惟下达于无底之壑而已。如此弄了一生，不曰至愚，吾不信也。世人但知眼下富贵，不知远虑，如某公者，今如何哉？可惜只恁么鹘突死了！昔年得意之境，与梦亦有异乎？①

"某公"是张璁还是桂萼，尚待详考。薛蕙在二人去后仍坚卧不起，决绝中带着愤激。嘉靖七年，高叔嗣告病，薛蕙致书云："倾闻有请告之举，甚盛甚盛，虽当明夷之世，自求嘉遁之福，行止之际，可谓大得志矣。"②"明夷"指君昏世艰、贤人不得志，故当以"嘉遁"为"大得志"。在退居多年后他的诗中还有愤激之作，如《行路难》三首，其一说："可怜豪杰死道边，总为奸邪在君侧……宁当脱屣蹈东海，不须驱马入长安。"其二说："往年抗疏婴逆鳞，赐玦归来十二春。岂无高足据要津，未肯低眉干贵人。"与谪戍遐荒的杨慎相比，他的闲居时光应该说是愉快的，"赍迹丘园，潜心性命，精诣邃养，迥超物外"③，其诗作的主调也是超然的，如《郊居作》云："徘徊弄文史，流连眷泉石。神轻片云上，目莹清川激……外慕非所希，聊用终晨夕。"但有时也有孤独的忧思流露，如《郭外》云："置酒命交游，巾车向城郭。徘徊空野外，乐绪翻萧索。凉风变云日，白露惊川薄。秋水增烟雾，衰林半摇落。良时一若此，人生讵如昨？援琴写哀弄，停觞罢欢酌。愧彼忘情者，孤惊似无托。"出游本以消忧，却更觉忧来无端，不可排遣。

---

① 薛蕙：《与东桥》，《西原遗书》卷上，《四库全书存目丛书》（集部第 69 册），第 386 页。
② 薛蕙：《与高子业》，《西原遗书》卷上，《四库全书存目丛书》（集部第 69 册），第 372 页。
③ 王廷：《刻西原先生遗书序》，《西原遗书》卷首，《四库全书存目丛书》（集部第 69 册），第 357 页。

杨慎谪戍遐荒三十五年。世宗常常问到他的状况，阁臣说他老病颓放，世宗方觉释然。杨慎因有诗云："孤臣白首困尘埃，官里犹询小秀才。魏阙梦回江海冷，金莲银烛隔蓬莱。"（《感旧书事》）看起来很像君臣相思，其实在世宗是入骨的痛恨，在杨慎则是彻骨的寒冷。他七十三岁时希望能据朝廷"年六十者许子侄替役"的惯例，谋求返回新都老家，以免客死异乡，但因他当年戍边的圣旨中有"永远"字样，经多方努力而终究事与愿违。他在给友人的信中慨叹："甲申之秋，受廷杖者再，髀间痕迹磊磊，每天阴痛不可必……一旦奄忽，轻于鸿毛。险途二千余里，贼寇栉比，虎豹纵横，而舟楫不通，人力又艰，死者为滇海之游魂，生者为异域之乞丐必矣。"[1]"衰年七十犹行役，白首龙钟泪不干"（《南宁驿》），他用诗歌抒写人生放废的悲酸之情，实在是再正常不过了：

> 瘴疠乡中难为陈，夜郎天外迥无邻。一辞故国三千里，独戍遐荒十六春。四面已逢开网祝，满堂犹作向隅人。嗟君亦在渊潜地，谁汲西江起涸鳞。（《留别彭子充程以道兼寄余懋昭》）
>
> 七十余生已白头，明明律例许归休。归休已作巴江叟，重到翻为滇海囚。迁谪本非明主意，网罗巧中细人谋。故园先陇痼儿女，泉下伤心也泪流。（《六月十四日病中感怀》）

这样的诗，真正催人泪下。当然，杨慎的性格中有倔强豪迈的一面，在其他作品中也可见其旷达的情思，如《枕上》云："君莫笑萍梗，来往上滇云。我本圣之徒，七十而从军。沱若竟何益，浊酒且酣欣。"《竞渡曲》由端阳龙舟赛想到如何对待官场的纷争："争利争名在市朝，相倾相夺不相饶。收旗罢鼓各归去，急流勇退同逍遥。"就理性而言，他看得很开，只是悲愁哀感的情绪时时流露，比闲居家乡的薛蕙要突出得多，调子也更加低沉凄楚。

杨慎、薛蕙值得敬仰，为"大礼议"波及而受挫者则更值得同情。文徵明为袁袠撰墓志铭，开篇便同情地慨叹：

---

① 杨慎：《与同年书》，《升庵遗集》卷二五，王文才、万光治等编注《杨升庵丛书》（第3册），第1088页。

> 吾友袁君永之……既起高科，登腏仕，视天下事无不可为。而砥
> 节履方，不欲附丽匪人。首忤权臣，几蹈不测……浮湛中外垂二十
> 年，再起再废，迄肮葬以死。呜呼伤哉，其命也夫！①

"不欲附丽匪人"，从诗人说是洁身自好，最终走向"弃世"，而就社会与
时代言之，怀才者不遇，则是"弃贤"。嘉靖五年和八年进士中的佼佼者
尤其如此。王慎中序华察诗集，思考何以"词学之士反锢于右文之朝"，
说："昔之以才困者往往挟持所能之过，凭恃傲睨以干世怒，而犯神之所
忌，故不有忤于人则必有畸于天，而诸君无是也。君尤冲雅惠良，不以才
智先物，厚自处而薄责人，有君子长者之风，而亦以不容，呜呼，其尤不
可知也夫！"② 其实不是"不可知"，而是他们所处的本非"右文之朝"。
朱彝尊《静志居诗话》论陆粲时说："嘉靖间，元老类皆延揽宾客，虽贵
溪、分宜亦然。惟张、桂专与文士为仇，丙戌庶常，一笔尽扫。"③

怀才者如何面对不遇，成为一个时代的普遍问题。嘉靖十六年四月，
高叔嗣在湖广编次张说、张九龄诗集并为之序曰：

> 夫士抱器丁年，曷尝不欲感会云龙、道佐明主，建不朽之业，垂
> 非常之誉乎？而时谬不然，远迹江海之濒，放意鱼鸟之区，事与愿
> 违，心以迹孤。况逢按剑之怒，方同窃鈇之疑。知谗不免，欲语从
> 谁？是以忧来无端，咸宣于诗尔。④

其实"二张"无论在唐代还是在整个文学史上，都属于最显达的诗
人，高叔嗣本人年不满四十已任湖广按察使，也不算蹉跎，陈束《苏门集
序》即说他"虽屡仕通显，非其素衷，即事赋怀，每有忧生之叹"⑤，他孤
独的忧思源于理想与现实的巨大落差，尤其来自被当局排斥的疏外感。陈
束任职湖广时与高叔嗣往来密切，不遇之感更强。他想到了更多不遇的
诗人：

---

① 文徵明：《广西提学金事袁君墓志铭》，载周道振辑校《文徵明集》，第220页。
② 王慎中：《岩居稿序》，《遵岩集》卷九，《景印文渊阁四库全书》（集部第213册），台湾
  商务印书馆，1986，第214页。
③ 朱彝尊：《静志居诗话》卷一二，人民文学出版社，1990，第326页。
④ 高叔嗣：《刻二张诗集序》，《苏门集》卷五，明刻本。
⑤ 陈束：《陈后冈文集·楚集》，张寿镛辑四明丛书本，1932年张氏刻。

迳来湖上已三见朱明矣。磷缁尘鞅，玄发变衰，跋涉川途，壮心溃裂！是以过黄陵而叹息，泛赤壁以唏嘘。凄目九派之流，伤心一柱之观。哭屈平于湘水，吊贾谊于长沙。北上荆州，更怀王粲；西还夏浦，再泣祢生。彼数子并以命世之才，穷愁郁抑，用不究于当年。俯仰古今，异代同叹！①

之所以如此不平，是因为他"早岁束发，颇有弘志；中年蹭蹬，竟戾微情"。时逢顾璘《国宝新编》付梓，陈束为跋数语，也慨叹弘正时期诸先生才高不遇而反以贾祸，谓"三复斯编，泫然欷歔，不知涕之无从也"②。

陈束和袁袠都不欲违心阿世，因而被目为轻薄狂生。袁袠反复思考自己得祸之由，承认自己恃才傲物，但最终还是决定安时处顺，居易俟命。其《告司命文》仿扬雄《解嘲》，字里行间洋溢着愤激不平的情绪，至结尾托造物口吻自劝：

穷达者数，得丧维缘……汝不知足，尤人怨天。便儇巧慧，终为祸先。恬淡寂寞，百祥归焉。履满戒倾，居高思颠。纵欲败礼，奢淫夭年。固穷蹈道，往哲所贤。希冀非分，徒召庆艰。坚汝夙志，毋或二三。③

情绪固然愤激，最后还是要回归理性，何况功名利禄本不是他们追求的目标，他在给友人的书信中反复表达了自己的选择：退而潜心著述，为不朽计。袁袠还引述王宠之言说："夫儒者握寸管，挟方牍，而扬声名于亿载，彼得志者曳绂垂朱，高爵丰禄，以焜耀一时，不知驹驰电灭，云浮草腐，后世无称焉，此与蝼蝈何异哉！"④像薛蕙致顾璘书一样，字里行间透出对当权者的厌恶和轻蔑。

从李东阳为领袖的茶陵派到以郎署官员为主的前七子，明代诗人身份发生了变化，是为"文柄"（可称作文坛话语权）"下移"。李梦阳等政治地位不高的诗人能够掌握文坛话语权，与他们积极参与和干预政治有关，

① 陈束：《寄屠渐山书》，《陈后冈文集·楚集》。
② 陈束：《跋国宝新编后》，《陈后冈文集·闽集》。
③ 袁袠：《胥台先生集》卷二〇，《四库全书存目丛书》（集部第86册），第658页。
④ 袁袠：《王履吉集序》，《胥台先生集》卷一四，《四库全书存目丛书》（集部第86册），第585页。

他们忠君忧国，心存天下，史称李、何"有国士风"便是此意，他们虽然政治地位不高，但心态却不是边缘化的。而嘉靖前期的诗人不但社会地位边缘化了，在遭遇挫折之后，其人生追求也远离了政治事功，或著述以期不朽，或修心以求解脱，大多数人不复有前七子那种以天下为己任的社会使命感和担当意识。当然，怀才而不遇，他们的内心不能无愤激忧苦之思。

三　重情倾向的曲折发展

"离群托诗以怨"（钟嵘《诗品序》），在"大礼议"中遭遇"边缘化"的诗人把他们的愤气、悲情和怨思表现在了诗歌里。① 这是"大礼议"影响诗歌创作和诗学思想的一大关键。将其与之前的时代相比，不难发现诗学思想在朝着抒写个体真情的方向发展。就《论语》所提出的"兴""观""群""怨"而言，李东阳时代强调"兴"，李梦阳时代强调"观"。西涯《题赵子昂书茅屋秋风诗后》说："子美以一布衣，衣不盖两肘……乃嗷嗷然开口长叹为天下苍生计，其事若迂，其志亦可哀矣。使开元之世……唐之君与相能以子美为心，岂有成都之祸哉？"其所谓"读是诗者可以兴矣"②，是指兴发读者理国兴邦之善念。空同《林公诗序》说："予于是知诗之观人也……谛情探调，研思察气，以是观心，无廋人矣，故曰：诗者，人之鉴也。"③ 其所谓"可以观人"，表现出对诗人社会属性、群体意识的高度重视。至嘉靖前期，似乎应该出现强调"怨"的言论了。但事实是，直到嘉靖三十一年，"诗可以怨"的口号才由后七子领袖李攀龙在《送宗子相序》中揭出，其宣称要抒写"孤臣孽子摈弃而不容之感、遁世绝俗之悲"，"性情峻洁""意气激烈"，为这一传统诗学命题注入了时代内涵。④ 在后七子

① 情况当然比较复杂，像华察在乡居时期更多表现出愉悦的心境，文徵明、黄佐耽于书画或潜心道学，诗中也少见不平之气。袁袠、陈束等人心怀怫郁，诗歌作品却多模仿，古人的体调似起到了阻隔怨情的作用。

② 李东阳：《怀麓堂集》卷四〇，《景印文渊阁四库全书》（集部第 189 册），第 436 页。

③ 李梦阳：《空同集》卷五一，《景印文渊阁四库全书》（集部第 201 册），第 464 页。

④ 李攀龙：《送宗子相序》，李伯齐点校《李攀龙集》卷一六，齐鲁书社，1993，第 398 页。李攀龙"诗可以怨"这一诗学命题尚未得到研究者足够重视，各种文学批评史著作都未置一词。笔者所见唯黄卓越《明中后期文学思想研究》将其视为"情感论的流行"，并考察"从李攀龙到汤显祖"情感论发展的线索（北京大学出版社，2005，第 225 页）。但作者强调李攀龙之说"是对前七子所创范型的一种呼应"，而未暇辨析其与前七子情感论之差异。

结社之前，人们也从不同立场上触及诗人是否可以、应该怎样抒写"怨"的话题，但普遍深受儒家"中和"观念的影响，偏爱朱熹"怨而不怒"的表述。

杨慎遭遇如此凄惨，却强调不怨，推崇"大雅正音"[1]，对怨怒之声多有批评。他论梅尧臣诗"脱杨、刘之组织，陈、黄之激亢，庶几得中和之气，而近于性情者"[2]。评古代流寓蜀中的杜甫、陆游、范成大诗说："杜则流离饥困，寂抑恍恨，故其言志恒多怨。陆则流连光景，肆情皋壤，故其命词恒多欢。若范公则……声叶中和，而调谐贞则，亦其时之遇也。"[3]他的《诀李张唐三公诗》自道云：

> 魑魅御客八千里，羲皇上人四十年。怨诽不学《离骚》侣，正范仍为《风》《雅》仙。

看他那些酸楚动人的诗篇，可知所谓"羲皇上人"是以傲睨为得意。他将自己往返乡关的诗作结集，自比"屈子放于湘潭，暂归旧乡"，说："然余与屈文不殊而实实殊，曷为文不殊而实实殊？余所遭者盛世也。"[4]这恐怕也并非由衷之言，但追踪风雅正声、反对骚怨之情，这又确是他理性的追求，他的诗中也确有这一侧面。王尚修称赞他"委命夷旷，捐己寥廓，九死而冲度不挠，百折而委怀自若"[5]，盖就此一侧面言。而据张含记载，杨慎曾说自己的诗"愧风雅而夷鲍谢"[6]，鲍、谢诗多不平，可知杨慎也认识到了自己诗作的另一侧面。周复俊论杨慎诗，谓"其客路之悲辛，旅次之岑寂，叹风雨之凄其，感日月之征迈，悒郁亡聊，或情与景会，意象融适，率于篇章寄之……假令公出入承明……自宜华美温丽，不若穷而后工"[7]，则主要肯定其抒写真情的价值。

---

① 杨慎：《跋解颐诗细》，《升庵遗集》卷二六，《杨升庵丛书》（第3册），第1096页。
② 杨慎：《宛陵诗选序》，《升庵遗集》卷二三，《杨升庵丛书》（第3册），第1074页。
③ 杨慎：《东臬三蜀两游集序》，《升庵遗集》卷二三，《杨升庵丛书》（第3册），第1067页。
④ 杨慎：《暂归之什序》，《升庵诗文补遗》卷二，《杨升庵丛书》（第4册），第148页。
⑤ 王尚修：《书升庵先生遗集后》，《升庵遗集》卷尾附，《杨升庵丛书》（第3册），第1110页。
⑥ 张含：《升庵南中集序》，《升庵南中集》卷首，《杨升庵丛书》（第4册），第275页。
⑦ 周复俊：《七十行成稿序》，《泾林集》卷五，《四库全书存目丛书》（集部第98册），第130页。

崇尚"正声"是儒家诗学的基本理念。杨慎以儒者自居,认为自己持守的是程颐、朱熹之学,他论诗尚"正声",主张以理节情,体现出儒家思想影响之下文学观念的"惯性"。他也有主张抒情的言论,但都强调性情之正,如说:"古之诗也,一出于性情……性情之感易衷,故诗有邪有正。"① 在崇尚风雅正声、主张抒情的同时又强调节制感情,这与李东阳接近。他的大量并不"中和"的诗作,则显示出真情对理性、对这种观念"惯性"的冲击。

比杨慎小十余岁的高叔嗣对个体生命价值的思考与儒家传统观念有明显差异,其《考功稿序》说:

> 余少窃不自度,思建功业,垂不朽之誉,今已稍陵迟,上睹日月之易迈,下悼齿发之将衰,感古之豪士能自树名,坚莫逾金石矣。丰碑彝鼎,一旦化为砂砾;载绩史册,后至有未尝见其书者,名岂足言邪?且夫同室之人,衔杯酒笑语犹不能相信,而欲俟百世之后邪?年壮气盛,回思颇自笑。此身譬如落叶,随风东西,因时荣枯,草木何择焉!方其吐英擢秀,流诧谱牒,与贤士何异?何所加损哉!固知亦不足叹矣。②

他与李梦阳有师生之谊,这里提出同室之人且不能相信,与李梦阳对诗"可以观人"的凿凿之论相比,实在差距太大。他把人生喻为落叶,"随风东西,因时荣枯",一切皆非草木本身所能左右。这个比喻强调了人的自然生命属性,而淡化了李梦阳"观人"论强调的社会属性,表现出更强的道家色彩。他的思考也是要化解悲怨之情:既然立功、树名皆不足恃,不遇者又何足悲怨呢?只是这样的人生价值观又不免归于虚无,也无法完全消解无端而起的孤情怨思,因而其诗歌创作弥漫着感伤的情调,王世贞《艺苑卮言》评曰"如卫洗马言愁,憔悴婉笃,令人心折"③。

孔天胤、朱曰藩论诗,愈发肯定真情抒写的价值,只是也注意回归理性,揄扬中和之音。嘉靖二十四年,孔天胤为杨慎《南中集》作序说:"深莫深于发愤,明莫明于感人。高言逸响,识曲听真,三复此编,当自

---

① 杨慎:《李前渠诗引》,《升庵文集》卷三,《杨升庵丛书》(第 3 册),第 134 页。

② 高叔嗣:《苏门集》卷一,明刻本。

③ 王世贞:《艺苑卮言》卷五,载丁福保辑《历代诗话续编》,中华书局,1983,第 1034 页。

得之矣。"① 其《谪台稿序》说:"盖泰履之言难兴,而羁思之感易作。故登山临水,缅尔长谣;别鹤飞鸿,凄然异调。咸缱绻于去国,并徙倚乎怀乡,无有离而不伤,伤而不歌者也。夫《国风》婉思慕,《小雅》善怨悱,由来岂迩也哉?时有作者,要惟当斯情耳。"同时,他又推崇中和之音,序中赞"与槐谢公"之诗"无复迁人逐客之悲,而有合节中声之趣,盖思而不淫,怨而不怒,《国风》《小雅》之流乎!"他并不主张把怨思尽情宣泄。朱曰藩也强调以修养化解怨情,其《跋去楚集》说:

> 是堂子温柔敦厚,有《国风》之才,自入楚来,所养益完粹……旨趣悠长,更有味于杨园之音,读之者岂知其吟于泽畔哉!子曰"诗可以怨",正以能处怨也。若楚人深于怨,则未必不以叫号悲咤之音发泄其湮郁不平之气,恣情过中,殆与尼父之旨戾矣。②

认为"诗可以怨"的本意在"能处怨",强调以个人修养达到情感表现的温厚中和。而其《霞石小稿序》说:

> 诗以道性情……又贵养之,养之久,发诸性情之真,自有婉雅蕴藉、悲壮怨谲之妙溢于言表,使读之者愀然得其志之所之,而泣为之下,是诗也。是诗也,求之于放臣怨女、怀沙恫纬之口为得其真,故圣人采焉。③

从中几乎可以看到比他小十三岁的同年进士李攀龙倡言"诗可以怨"的面影。

大量资料表明,嘉靖前期诗人确实在思考如何"处怨",是否应该以及应该怎样抒写"怨"的问题。他们处在一个政局和学术思想都不断变动的时代,在不同情况下表现出不同的看法,如薛蕙,当愤慨不平之时说"诗人怨愤刺青蝇"(《行路难》三首其一),当孤独落寞之时说"秋浦多香草,当年怨楚臣。安知千载后,更有广骚人"(《秋浦》),而当回归理

---

① 孔天胤:《刻升庵南中集叙》,《杨升庵丛书》(第4册),第277页。
② 朱曰藩:《山带阁集》卷三三,《四库全书存目丛书》(集部第110册),第273页。"是堂"是《盛明百家诗》的编者俞宪的号。
③ 朱曰藩:《山带阁集》卷二八,《四库全书存目丛书》(集部第110册),第236页。

性、反思文学之价值时，又将"悲愤感激之音"与"男女姚冶之言"并论，认为《诗经》中保存这两类作品的意义在于使后人有所"鉴戒"，并劝王廷相恪守"诗人之义"，删削其"怨调宫体、豪气太露"①的诗作。他们之所以多强调温厚和平、怨而不怒，与他们深受儒家思想的影响有关。而这个时代，君王的失德、内阁的失职及他们仕途的失意，冲击着他们接受的传统思想和信仰，使其有所调整、有所变化。就诗人而言，总体的趋势是随着时间推移，越来越能够认同怨情的抒写，重真情的倾向在不断发展。后来李攀龙提出"诗可以怨"，似乎正是这一倾向发展的结果。因此可以说，在"大礼议"的影响下，诗歌的情感内涵逐步完成了从前七子抒写群体性更强的忠君忧国之思到后七子表现个性化更强的愤激怨怼之气这一转变，并可以视为明后期重情思潮持续发展的一个环节。

当然，这一发展绝非直线向前的，很多诗人都以学行自负，薛蕙晚年即表现出明显的"弃文入道"的倾向。王慎中也很相似，他代表了受心学影响者对如何抒写怨情的思考。他承认怨愤不平乃不遇者所难免，但又主张以修心"自乐"，以化解怨情。其《田间诗序》为参加过左顺门跪谏的济南诗人刘天民作，说"好而不得泄则怨，挟而无所试则怒，怨与怒交于中，于是有刺讥之微言，愤怼之大声，亦其势之所然"，但他更推崇刘氏之诗之"不怨"：

> 宝所好以足己，则不必有泄而心广；忘所挟以顺物，则无庸于试而气和。予于读是诗也，知其必有所以出之者矣！"衡门之下"，"考槃在涧"，皆贤者不得志于时，独处而叹己之诗也，和平之声，今可诵而绎也。彼不云乎，"永矢弗告"，呜呼，彼其足以自乐者不欲为人告也，而又何怨与怒焉！②

"宝所好"是坚持精神上的修持，"忘所挟"是忘却生活中的不快。这就从根本上消解了不平之气，比高叔嗣的思考更"积极"、有建设性。然而怨诽之情若真正消解，也就意味着诗歌抒情性的丧失，故王慎中此说与唐顺

---

① 薛蕙：《答王浚川先生论文书》，《考功集》卷九，《景印文渊阁四库全书》（集部第211册），第108页。

② 王慎中：《田间集序》，《遵岩集》卷九，《景印文渊阁四库全书》（集部第213册），第211页。对于刘天民的诗，朱彝尊《明诗综》说"晚又以计吏罢，愤懑不平，恒逃于词曲"；王士祯赞其"古选在华泉之上"；《四库全书总目》谓其《拟宫词五十首》诸作"尚可谓怨而不怒者"。

之的"本色"说一样，对于诗学发展之价值并不容高估。王慎中本人的诗，皇甫汸《遵岩先生文集后序》称"亦必缘情止义……虽退处岩穴，而言多华郁畅朗，不为穷愁怨诽之态，所养盖深远矣"①。其艺术成就与杨慎、高叔嗣诗的艺术成就是难以相比的。

四 "大礼议"与重韵的诗学思想

杨慎为蔡汝楠《自知堂集》所作序云：

> 薛君采昔语余曰："近日作者摹拟太过，蹈袭亦多，致有拆洗少陵、生君（吞）子美之谑，求近性情，无若古调耳。"安石公亦云："唐之名家自立机轴，譬犹群花，各有丰韵，或剪采以像生，或绘画而傍影，终非真也。"余尝以二子之言为确论。②

序中提到薛蕙、安磐，加上杨慎本人，这三位因"大礼议"终身未起的诗人，都反对模拟，崇尚自然韵致。这似乎并非巧合。安磐有《颐山诗话》，自序署嘉靖七年，曰"林居多暇，喜与学士大夫谈，谈又多诗，学士大夫退辄录之，稍有得焉"③，可知是因"大礼议"落职后所作。其重自然神韵之倾向颇具理论和审美价值，如评谢灵运"池塘生春草"，"意在言外，神交物表，偶然得之，有天然之趣"，又谓"论诗如品花木，牡丹芍药，下逮苦楝、刺桐，皆有天然一种风韵，今之学杜者，纸牡丹芍药耳"④。这样的言论在嘉靖前期是有代表性的。清人王士祯自言其"神韵"二字先被薛蕙拈出⑤，他也很欣赏安磐诗的"风神独绝"⑥，并且推崇高叔

---

① 皇甫汸：《皇甫司勋集》卷三八，《景印文渊阁四库全书》（集部第 214 册），第 759 页。

② 杨慎：《自知堂集叙》，蔡汝楠《自知堂集》卷首，《四库全书存目丛书》（集部第 97 册），第 444 页。

③ 安磐：《颐山诗话·序》，载周维德集校《全明诗话》，齐鲁书社，2005，第 805 页，个别标点不同。

④ 钱谦益：《列朝诗集小传》丙集《安给事磐》，上海古籍出版社，1959，第 355 页。按：钱氏盖本于杨慎为朱日藩所作《山带阁诗序》，见《山带阁集》卷首，个别字句不同。

⑤ 参见王士祯《池北偶谈》卷一八"神韵"条，中华书局，1982，第 430 页。按王士祯是转引孔天胤的话，孔氏之说参见《孔文谷集》卷一三《园中赏花赋诗事宜》；薛蕙原话参见《西原遗书》卷下《诗论》题下。

⑥ 《池北偶谈》卷一一"安磐诗"条，第 244 页。

嗣、华察，称之为明诗的"古澹派"。另一位重"神韵"的批评家王夫之在《明诗评选》中对嘉靖前期的诗人文徵明、黄佐、高叔嗣、华察、皇甫涍、周复俊等也评价颇高，对杨慎诗尤赞不容口。种种迹象表明，嘉靖前期出现了一股重韵的审美思潮，可以视为明代神韵诗学的发轫。①

创作上的代表仍要推杨慎和高叔嗣。杨慎心怀忧思，却要继承风雅之正声，真情在理性约束下借助审美意象含蓄隐约地表达出来，把个人的怨情升华为普遍的人生感慨，深情绵邈的"韵"盖由此而生。如《折杨柳》云："白雪新年尽，东风昨夜惊。芳菲随处满，杨柳最多情。染作春衣色，吹为玉笛声。如何千里别，只赠一枝行。"时光流逝，生命绚烂，然而人生又有多少缺憾，多少孤独！这样的意思完全用自然意象隐隐道出，丝毫"不落言筌"，王夫之评道："真钧天之奏，非人间思路也。才说到折处便休，无限无穷，天流神动，全从《十九首》来。"乃至推崇其为"今古第一诗人"②。其七律《咏柳》，王夫之谓"寄思着笔，全于空界着色。千年来无此作矣"，"明明是一株活柳，更不消道是咏柳诗"③。王渔洋也谓之"工妙天成"，"大抵皆自古乐府出"④。

对于高叔嗣诗，冯时可评云：

> 高叔嗣"山河未可尽，行处与春长"，"空山悬日影，长路起风寒"，起语之绝佳者。"寒星出户少，秋露坠衣繁"，尘外语也。"孤心向谁是，直道匪今难"，"失路还为客，他乡独送君"，又《登寺阁》诗末句"芳菲满眼心无奈，祇上毗卢阁上看"，皆凄婉有余味。⑤

"凄"基于情感之真切，"婉"由于表现之含蓄，含蓄的表现节制了抒情的力度和流量，因而不至于凄厉或叫嚣；虽不违中和，其审美资质却绝非"中和"所能概括，故"有余味"。这便是"韵"。

---

① 陈斌女士认为，晚明陆时雍崇尚清远自然、追求风神远韵的美学理想可追溯至嘉靖前期六朝派"对清远审美价值的大力发掘"，参见其《明代中古诗歌接受与批评研究》，上海三联书店，2009，第169页。王小舒先生则把王士祯喜欢的明诗"古澹派"称作明诗的"神韵派"，参见其《神韵诗学论稿》，广西师范大学出版社，2001，第225页。
② 王夫之：《明诗评选》卷五，《船山全书》（第14册），第1402页。
③ 王夫之：《明诗评选》卷六，《船山全书》（第14册），第1505页。
④ 王士祯：《香祖笔记》卷五，上海古籍出版社，1982，第99页。
⑤ 冯时可：《雨航杂录》卷上，丛书集成初编2935册，中华书局，1985，第6页。

受杨慎、薛蕙、高叔嗣影响的诗人也有值得重视的重韵的诗论，如周复俊《顾行之集序》说："夫诗之教微，而其为韵也远……乃若其韵，命之者天，授之者神，英英郁郁，与化俱生。冉冉焉，溶溶焉，如水上花漪，云端月泛，又如丹霞灏气，飘带林岫，雾霏映蔚，可挹而不可尽。学循兹习，大道可通；韵非化甄，不可强得。故知韵者，诗之所由污隆也。"① 又如孔天胤《王西野诗集序》说："是编标韵清远，菁藻秀润，天然之致，卓尔不群，自非正和之感真，声文之谐妙，其曷克臻此者耶？"② 所谓"标韵清远"，是把"韵"视为"清远"的风姿标格。此论正是对薛蕙欣赏王孟韦柳"冲淡萧散之趣"、追求"清""远"相兼之美的艺术追求的继承。③

重韵的诗学思想与"大礼议"是否有必然联系？回答是肯定的。"大礼议"使诗人在精神上远离政治纷争，诗学思想与政教中心说渐远，也不再热衷于批判现实，而更加关注个体的精神天地，注重个人操守，崇尚"清远"的审美趣味。这是"大礼议"影响诗歌创作和诗学思想的又一关键。

我们还可以举出嘉靖前期的三种文学现象，既能体现重韵的审美趣味，又与"大礼议"引发的诗人精神状态的变化有关。它们是不满杜诗，学习六朝、初唐和大历诗，推崇陈白沙。这三种文学现象都不是嘉靖前期特有的，但在嘉靖前期成为较为普遍的思潮，则与"大礼议"的影响有关。

首先是对杜诗的批评。杜甫在明代前期重政教的时代、在茶陵派和前七子活跃的时期都受到高度的推崇，而到嘉靖前期却多遭批评。吴中诗人领风气之先，祝允明和蔡羽对杜诗有非常偏激的批评，盖有激于前七子学杜之泛滥。兹后学陶谢、王孟、韦柳的风气日盛。王宠从蔡羽、文徵明游，可视为嘉靖前期吴中诗人转变之代表，袁袠述其诗风转变云："初宗李白，既乃宗杜……及《白雀集》诸篇，则又兴寄冲作（疑当作"远"），思调清逸，遂窥陶谢之堂，几入王孟之室矣。"④ 袁袠本人在退居桃花别墅后也认为"杜子美使人之富者耳，其妙悟盖不及王孟诸公"⑤。皇甫涍有

① 周复俊：《泾林集》卷五，《四库全书存目丛书》（集部第98册），第142页。
② 孔天胤：《文谷渔嬉稿》卷四，《四库全书存目丛书》（集部第95册），第83页。
③ 薛蕙：《西原遗书》卷下《论诗》有云："曰清曰远，乃诗之至美者也。"《四库全书存目丛书》（集部第69册），第406页。
④ 袁袠：《王履吉集序》，《胥台先生集》卷一四，《四库全书存目丛书》（集部第86册），第586页。
⑤ 王格：《袁永之集序》，《胥台先生集》卷首，《四库全书存目丛书》（集部第86册），第420页。

"诗可无用少陵"① 之论，他的诗作"神情旷绝，会心霞表"②，属清丽一派。杨慎在李、杜比较中更推崇天然去雕饰的李白，薛蕙推崇谢灵运和唐朝的"清远"诗风，谓"孟浩然、王摩诘、韦应物诗，有冲淡萧散之趣，在唐人中可谓绝伦"，"子美虽有气骨，不足贵也"③。从高叔嗣的诗歌创作看，他基本不受杜诗影响。华察诗近陶、韦，王慎中《岩居稿序》赞其"洒然自立于尘埃情累之表，意象之超越，音奏之凄清，不受垢氛，而独契溟涬，若木居草茹、服食导练、沦隐声迹者之所为言，非世人语也"，这种风味与杜诗迥异。从尊杜到抑杜，这种转变似乎可以表明，诗人们的关注焦点已远离了政治教化与社会现实，更倾向于洁身自好，追求一片心灵的、审美的净土，偏爱"清远"之美。这无疑是重韵思潮流布的一种表现。

其次是主张学六朝、初唐与大历诗。在诗学精神上，六朝、初唐和中唐诗人的主要特点是回避现实、远离政教，追求心灵的宁静，重形式美，这与嘉靖前期从政治漩涡中冲簸出来的诗人正相吻合。罗宗强先生概括大历诗人的审美倾向为"崇尚高情、丽辞、远韵"，这实在也是六朝、大历与嘉靖前期诗人的共同特点。罗宗强先生指出，大历诗人追求远韵与追求情思冲淡是一致的，"生活中既失去盛唐诗人那种建功立业的雄心壮志，也就满足于寻求闲适情趣，或从道，或从佛，于宁静的生活中寻求安慰"④，嘉靖前期的诗人正复相似。朱曰藩的友人、在诗学上同样追步杨慎的徐献忠⑤，在其《唐诗品》中对大历诗评价较高，尤其赞美诗人娴雅超俗的品格，如说韦应物"心灵跨俗，自致上列，不与浊世争长矣"，郎士元"语多闲雅，不落俗韵"，皇甫冉、皇甫曾兄弟"翩翩然有盛时之风"，司空曙"口吻调利，情意触发，可谓风人之度矣"，李端"词华既艳，节嗣亦谐……迥驾时髦，绰有风人之致"，韩翃"虽格稍不振而风调弥远，讽其华要，亦足解于烦襟矣"，权德舆"神情超越"⑥ 等，都体现了不重"风骨"而重"风韵"的审美旨趣。

---

① 《钦定四库全书总目》卷一七二，中华书局，1997，第2322页。
② 孙七政：《谈艺略》，《刻孙齐之先生松韵堂集》卷一二，《四库全书存目丛书》（集部第142册），第634页。
③ 薛蕙：《论诗》，《西原遗书》卷下，《四库全书存目丛书》（集部第69册），第406页。
④ 罗宗强：《隋唐五代文学思想史》，上海古籍出版社，1986，第173页。
⑤ 关于徐献忠（1493~1569）的生平及论诗宗旨，参见拙文《徐献忠与唐诗品》，《文学与文化》2011年第2期；陈斌《徐献忠生平及诗学著述考》，《福建师范大学学报》2012年第3期。
⑥ 徐献忠：《唐诗品》，《全明诗话》（第2册），第1286~1291页。

最后是对陈献章的推崇。陈献章不但有"性气诗",由于其强调"静养"的心学为生命体验和审美直觉留下了一定空间,又认为"论诗当论性情,论性情则先论风韵"①,故有不少诗作有清新自然之韵。嘉靖前期,有些人在道学立场上推崇他,如黄佐《访白沙宅四首》(其二)说"百年闻道属斯人",唐顺之说"知康节诗者,莫如白沙翁"② 等。也有人从重韵的诗本位推崇他,如杨慎、安磐都认为他的学术"入禅",但对其诗则颇推崇。杨慎《丹铅余录》说:"白沙之诗,五言冲淡有陶靖节遗意,然赏识者少,徒见其七言近体效简斋、康节之渣滓……若其古诗之美,何可掩哉!"安磐《颐山诗话》谓:"若论其兴致之高,自成一家,可以振响流俗,亦一时之英,不可诬也。"薛蕙说:

> 近世之士,求识见议论若王阳明者,岂非一时之巨擘乎?然君子不谓为知道者,以其终身未透富贵之关也。怀明月之珠者,必不匍匐以拾块。乡使阳明果闻道,则其行事当仿佛白沙矣。无欲之教,三氏皆以为第一义……若白沙者,其庶几无欲乎?阳明之欲,种种略遂,今其所得者何耶?③

以阳明入世济时为"未透富贵之关",以阳明行事不类白沙证明其尚未"知道",这种奇怪的逻辑,与其说是基于深刻的理性思考,毋宁说更多是由于对时下政治的厌恶。

综上所述,"大礼议"导致了嘉靖前期重要诗人社会身份的边缘化,促使诗学思想朝着抒写个体怨情的方向发展。诗人自觉或不自觉地以理性节制怨情,对这一发展趋向似乎有所阻碍,但恰恰是这种节制促进了含蓄深婉的艺术追求,加之因厌倦黑暗政治而产生的对个人操守和清远之美的追求,汇合为一股重韵的诗学思想,丰富了明代诗学的发展格局。就此而言,搅动一代政局的"大礼议"对于政治、士人而言固非善事,而对明代诗学思想而言,却是促使其翻开新篇、走上多元道路的重要契机。

(原载《文学遗产》2017 年第 1 期)

---

① 陈献章:《与汪提举》,孙通海点校《陈献章集》卷二,中华书局,1987,第 203 页。

② 唐顺之:《与王遵岩参政》,《荆川先生文集》卷七,四部丛刊本,商务印书馆,1936。

③ 薛蕙:《与李川甫》,《西原遗书》卷上,《四库全书存目丛书》(集部第 69 册),第 368 页。

圆∴：方以智诗学的哲学路径

安徽师范大学文学院　武道房

摘　　要　圆∴是方以智哲学思想的核心观念，也是其诗学理论展开的出发点和奠基石。方以智运用圆∴式思维，回答了明清之际诗学界面临的诸多理论问题。其一，他提出诗即性道的观念，冲破了理学家重道轻文、漠视诗学的传统，极大地提高了诗在儒门中的地位。其二，他提出怨怒致中和的诗学情感论，对儒家诗教"温柔敦厚说"进行了全新的意义发挥。其三，在诗学方法论上，他综合了七子格调派与公安性灵派诗学之长，将格调与性灵置于共生的圆融关系之中，反对七子派与公安派将二者的关系打为两橛。对于诗学的法与无法，诗歌创作上构思的虚与实，表达的曲与直、抑与扬，风格的奇与平，方以智都有睿智的辩证理解。上述理论问题，多是明清之际学术界热烈争论、需要解决的重大问题，方以智以他的圆∴智慧给出了极富思辨性和系统性的回答。

关　键　词　圆∴　方以智　诗学哲学

明清之际的方以智是与顾炎武、黄宗羲、王夫之难分伯仲的伟大学者与思想家。[①] 由于他参加反清政治活动，以戴罪之身辞世，殃及他的著作难以全面流传。在其手稿《东西均》于1962年得以发现并出版之前，竟无人认为方以智是思想家、哲学家。后世仅将其作为一个博杂的学问家、考据家而已。受政治的拖累，他的事迹湮没不彰，《清史稿》只在《遗逸

[①]　侯外庐、谢国桢、庞朴、余英时、罗炽等学者都有类似的评价。黄宗羲自称"所见天下士，才分与余不甚悬绝而为余所畏者"有四人，其中一人就是方以智，可见方以智学术在当时就获第一流的评价。参见侯外庐《方以智全书》前言，上海古籍出版社，1988；谢国桢为任道斌《方以智年谱》一书所作的序言，安徽教育出版社，1983；庞朴《东西均》序言，中华书局，2001；余英时《方以智晚节考》小引，三联书店，2004；罗炽《方以智评传》，南京大学出版社，1998；沈善洪主编《黄宗羲全集》第十册之《翰林院庶吉士子——魏先生墓志铭》一文，浙江古籍出版社，2005。

传》中为其留了一个位置。不仅如此，方以智在当时还是誉满天下的文学家，因其《浮山文集》前后编在清代被列为禁书，影响了后人对其文学的认知。近半个多世纪以来，方以智的学术开始受到学界的重视，其诗学思想逐渐引起海内外学者的注意。作为一代鸿儒大哲，方以智的诗学观念是其哲学思想的逻辑展开，不懂其哲学，也就无法了解其诗学观念何以形成。目下学界从二者融贯的角度进行研究的成果尚不多见。"圆∴"是方以智哲学的核心观念，本文探讨这个观念与其诗学批评的关系，以便更好地认识方氏诗学思想的特点及其时代意义。

一　圆∴的哲学内涵

"∴"源出佛学，梵文读若伊。方以智借这个符号以表达他全部的哲学思想。他说：

> 一不可言，因二以济；二即一、一即二也。自有阴阳、动静、体用、理事，而因果、善恶、染静、性相、真妄，皆二也；贯之则一也；谓之超可也，谓之化可也，谓之无可也。无对待在对待中。①

"一"就是方以智所谓圆∴上面的一点，"二"是圆∴下面的两点。所谓"二"是指一切相对待、相差异、相对立的现象或事物。所谓"一"就是超越、消化这种对待、差异、对立，换言之就是无对待（也称为绝待、公因、大因）。但这种无对待不可言说，只是通过对待发挥作用，无对待藏身于对待之中。因此，整个图形∴就是讲对待与无对待的关系。依据此义，此图形作为一个公式，如果将符号∴置入具体的内容，便出现下列关系图式。

公因、反因 XXX 关系图

---

① 方以智著，庞朴注释《东西均》，中华书局，2001，第 243 页。

其他相对待的现象均可以此类推如关系图所示。

关于无对待和对待的关系，方以智用图像表示，就是"圆∴"之说。他说：

> 圆∴三点，举一明三。……上一点为无对待、不落四句之太极，下两点为相对待、交轮太极之两仪。……总来中统内外，平统高卑，不息统艮震、无着统理事，即真天统天地、真阳统阴阳、太无统有无、至善统善恶之故。无对待在对待中。[①]

圆∴上面一点表示无对待，方以智又称之为公因或大因；下面两点表示对待关系，方氏称之为反因。公因处于统的地位。存在对待关系的反因，如内外、高卑、艮（静）震（动）、理事、天地、阴阳、有无、善恶等范畴，便同时具有无对待关系的公因，如非内非外（中）、非高非卑（平）、非艮非震（不息）、非理非事（无着）、非天非地（真天）、非阴非阳（真阳）、非有非无（太无）、非善非恶（至善）存在于反因之中。概言之，即方以智反复说的"无对待在对待中"。

方以智还以"统、泯、随"为例说明对待与无对待的关系。他说："明天地而立一切法，贵使人随；暗天地而泯一切法，贵使人深；合明暗之天地而统一切法，贵使人贯。"[②] "一切法"，是佛家术语，总括万有之称。"随"为随顺之意。人在世间，就要与世间万有发生关系，所以应该顺应万有（贵使人随），这是有为法（入世法）。但世间一切法从来不是固定的、永恒的、统一的，它们会因为时空的转换而不断发生变易。因之，人如果偏于有为法，则陷入拘泥之病，因此需要"泯"来救治。泯一切法，是指消解万有的存在性，使人的认识更为深化，此为无为法。但偏于无为法，易使人摆落世事，有断灭之弊。方以智指出"告之曰有，则偏于有，故言无；告之曰无，则又偏于无，故言非无"；"天下偏病，亦此两端，不执泥，则断灭"。[③] 天下的偏病，不是执泥于有，便是断灭于无，但是，有为法、无为法都是人生所需要的，这便需要一个"统"来贯穿随（有）、泯（无）。统是一，随、泯为二。方以智说"一者，无有无不有

---

① 《东西均》，第 65 页。
② 《东西均》，第 37 页。
③ 《东西均》，第 40 页。

也"，可见这个"统"，其实就是"非有非无"。统即为圆∴上面一点，随（有）、泯（无）即为圆∴下面两点。三个点之间的关系是，"统在泯、随中，泯在随中。三即一，一即三，非一非三，恒三恒一"[1]。其意是说，非有非无隐身于无、有之中，无隐于有中。统、泯、随为一整体。在圆∴中，其中的任何一个点，都不能脱离其他两点而单独存在，三者是一个整体，故言三即一，一即三，即是三又是一。说非三，是彰显其为一的本质；说非一，是为了彰显三个点性质之不同，故曰非一非三。

立一切法（随，即入世法）和泯一切法（泯，即出世法）是对待关系，同时还有一个超越入世法、出世法之上的无对待状态——统的存在。笔者认为，方氏所谓统、泯、随只是圆∴符号关系的一个举例。不仅入世、出世的关系适用圆∴，所有对待与无对待之间的关系都涵摄于圆∴之中。方以智说："虚实也，动静也，阴阳也，形气也，道器也，昼夜也，幽明也，生死也，尽天地古今皆二也。两间无不交，则无不二而一者。"二即对待关系，一即超对待、无对待。如果套用圆∴公式，即如前文图示。

所有对待关系中，或体现为空间上对待，如虚实、大小、长短等；或体现为时间上对待，如前后、古今等。用方以智的话说就是"交以虚实，轮续前后，而通虚实前后者曰贯，贯难状而言其几"[2]。"圆∴之上统左右而交轮之"[3]，这里的"交轮"作动词用。"交"表示空间上的对待，"轮"表示时间上的对待（轮续）。这句话是说圆∴之上的一点代表绝待（或曰无对待）统贯所有空间、时间中的对待关系，亦即宇宙中所有对待关系（方以智有时称之为"反因"）都是圆∴的展开。绝待或无待难以言说，说出来就不是绝待而成为有待了。怎么知道绝待的存在呢？这就要通过圆∴下面两个点之间的矛盾运动而产生的事物变化的征兆（几）来感知上面一点（绝待）的存在。这便是方以智说的"交、轮、几"的含义，其实质说的还是对待与无对待的关系。

对于方以智的圆∴图式，有人认为说的是本体论，有人认为说的是方法论。其实这个图式既是本体论，也是宇宙生成论，同时也是认识论、方法论。从本体论说，下面两点是世间一切有差别的现象存在，上面一点是无差别的绝待，这个绝待便是现象界的共同本质。但说到体，便是与

---

① 《东西均》，第 37 页。
② 《东西均》，第 37 页。
③ 《东西均》，第 36 页。

"用"对待而言。方以智的对待概念除差异性、对立性范畴外，也包括体用、道器、理气、心物等对待性范畴，甚至对待与绝待也是一种相对待的关系。体和用作为对待的双方，成为圆∴下两点，非体非用则是无对待的上一点。道器、理气、心物关系亦是此理。方以智说："因对待谓之反因，无对待谓之大因（公因）。然今所谓无对待之法，与所谓一切对待之法，亦相对反因者也，但进一层耳。"[1] 也就是说，对待关系作为反因（下两点），其上是无对待的公因（上一点），但对待与无对待也互为反因（下两点），其上有"非对待""非无对待"作为公因（上一点）。这样，在圆∴中，对待与非对待的关系便可无限地递进，成为圆融的关系。方以智之所以这么讲，是因为本体不可分，甚至不可言说，一旦可分、可言说，便成为一物，不再是全体。将体用、道器、理气、心物分开说，易使二者对立，将本来不二者弄成二，因此需要更进一层，在这些对待之上再加上作为无待或绝待的上一点：非体非用、非道非器、非心非物等。

综上所述，我们可知，方以智的圆∴就是讲对待与非对待的圆融关系的。他的全部哲学都是围绕此问题展开。如其最为重要的哲学著作《东西均》目录中所列的东西均、颠倒、生死、奇庸、全偏、神迹、道艺、张弛、象数、疑信、源流等，全部是讲对待与无待的圆融关系。知道这一点非常重要，这对于我们正确理解方以智诗学中提到的道与文、格调与性灵、有法与无法、怨怒与中和、奇与正、一与多等诗学范畴对待关系有着重要的意义。其实这些诗学中的对待关系，完全可以用他的圆∴来解释。[2]

---

① 《东西均》，第 94 页。

② 方以智全面阐述圆∴思想的著作是《东西均》，此书完成于 1652 年，即清顺治九年前后。他最为重要的诗学长篇论文《诗说·庚寅答客》完成于《东西均》定稿的前两年，即顺治七年（1650）。《浮山文集》中的诗序文字亦有不少作于《东西均》写成之前。但我们认为，用方以智的圆∴思想解释他的诗学理论是可行的。因为方以智的圆∴思想来源已久，很大程度上是出于家学。其曾祖方学渐、祖父方大镇、父亲方孔炤三世传《易》，方孔炤所著《周易时论》（清顺治刻本）首次提出"公因"（一）与"反因"（二）的说法，并讨论二者之间的关系。方以智逃禅之后常以此点化学人（参见方以智编《青原志略》，华夏出版社，2012，第 363 页）。方以智外祖父吴应宾，自称"三一老人"，学术上主张"破形又破空，破边又破中"，"舍一无万，舍万无一"（参见《青原志略》，第 76 页）。方以智总结其外祖父的学术为"圆三宗一"（见罗炽《方以智评传》，南京大学出版社，1998，第 87 页）。可见家学对方以智早年学术观念的形成有极为重要的影响。他后来借"圆∴"这一符号即对早已形成的"公因""反因""圆三宗一"等观念进行系统的发挥。事实上，其诗学理论与圆∴思想有一以贯之的联系，这也可以透露其中的消息。

二 圆∴与方以智诗、道关系论

将圆∴思维运用于诗与道的关系上，方以智很自然地得出"尽天地皆诗""尽古今皆诗"的诗学本体论观点。

明代诗派虽然众多，但不可忽视的是性气诗派的存在。程朱理学是有明一代官方哲学，姑且不论理学家诗学观念的价值如何，但就影响而言，理学派的诗学观在一般读书人心目中的影响应为最大。从源头上看，理学家重道轻文，几乎是一个传统。如二程认为诗累情害道，将作诗视为玩物丧志的"闲言语"。朱子虽然有很深的诗学修养，但他所作的被元明清三朝奉为科举教科书的《四书集注》中的《大学章句序》亦轻蔑"俗儒记诵、词章之习"。朱子所谓"词章之习"，是指写诗作文之嗜好。流弊至南宋，刘克庄即感叹："近世贵理学而贱诗赋，间有篇咏，率是语录、讲义之押韵者耳。"① 相沿至明朝庄昶之流，"遂以'太极圈儿大，先生帽子高，送我两包陈福建，还他一匹好南京'等句，命为风雅嫡脉"②。由是可知，南宋以后，无论诗坛多么热闹，就一般士子而言，因受理学的影响，对于诗文颇瞧不起，就算作诗，也多为性气诗，缺少形象思维与美感。

理学家之所以轻视文学，与理学家的哲学有很大关系。自从程颢"体贴"出"天理"二字之后，③ 天理成为程朱一派最为核心的本体观念。在他们看来，理、道、太极作为抽象性的本体是宇宙间事物存在的终极性根据，它在存在上先于作为质料的气、器或象。二程说："有理而后有象，有象而后有数。"④ 朱熹说："未有天地之先，毕竟也只是理。有此理，便有此天地；若无此理，便亦无天地、无人无物，都无该载了。"⑤ 在程朱看来，理（道、太极）在逻辑上先于气（器、阴阳）而成为宇宙间一切事物最为根源、最为终极、最为形上性的存在。学者只要穷理，找到理、道、太极的真义，便能把握宇宙间的终极真理。虽然程朱有时也说理气不分，

---

① 周密：《癸辛杂识》续集卷下，文渊阁《四库全书》本。
② 《钦定四库全书总目》卷一百七十"薛文清集"条下，中华书局，1997，第2293页。
③ 程颢说："吾学虽有所受，天理二字却是自家体贴出来。"见程颢、程颐《二程集》，中华书局，2004，第423页。
④ 《二程集》，第615页。
⑤ （宋）黎靖德编，王星贤点校《朱子语类》卷一，中华书局，1986，第1页。

道器不分，太极与阴阳不分，但在总体上，由于强调理、道、太极的先在性，容易使学者割裂理与气、道与器、太极与阴阳的关系，从而使二者的关系打成两橛。在理学家看来，追求终极的、本体的理、道、太极是学者最为重要之事，此理一通，世间万物之表里精粗皆可豁然贯通。正是有此思维，训诂、辞章之类的学问，在程朱看来为形而下者，与求道大业相比，辞章之学乃不急之事，被视为没闲工夫做的"闲言语"。理学末流如果脱离了具体可感的事物，一味追求所谓理、道、太极等抽象观念，其结果便是极易流入空谈和玄虚，成为百无一用的腐儒。① 这种道学家在历史上非常之多。以被黄宗羲称为明代"讲学第一"的吴与弼为例，吴氏一生宗仰程朱，因讲学有成，被朝廷召至京师面陈治国之方，他"常以两手大指、食指作圈，曰：'令太极常在眼前。'"如此可笑愚腐，且不说朝廷看不起，就连京师少年也"竟以芦菔投其中戏侮之"。② 黄宗羲曾批评理学流弊："后世乃以语录为究竟，仅附答问一二条于伊、洛门下，便厕儒者之列，假其名以欺世。治财赋者则目为聚敛，开阃扞边者则目为粗材，读书作文者则目为玩物丧志，留心政事者则目为俗吏，徒以'生民立极、天地立心、万世开太平'之阔论钤束天下。一旦有大夫之忧，当报国之日，则蒙然张口，如坐云雾，世道以是潦倒泥腐。"③ 可见，理学末流只抱着个脱离了具体事物的太极和天理过日子，不仅不屑于读书作文，经邦济世也同样做不好。

方以智将理、道、太极这些在程朱看来超越于事物之上的抽象本体重新拉回到事物之中，这个任务完成了，文学的圣门合法性也就自然而然地确立了。在方以智看来，在圆∴图式中，道是绝待的上一点，正因为绝待，因而道不可见，但这不可见的道隐于可见的下两点之中。二代表有差别、相对待的世间万物。这个图式就是所谓的一与二的关系，换

---

① 朱熹曾有过类似的担忧，担心学者"思虑向里去，又嫌眼前道理粗，于事物上都不理会，此乃谈玄说妙之病，其流必入于异端"（《朱子语类》卷十六，第325页），"人多把这道理作一个悬空底物，《大学》不说穷理，只说个格物，便是要人就事物上理会，如此方见得实体"（《朱子语类》卷十五，第286页）。但由于他在理气关系上强调天理的先在性，极易使后学悬空求理，从而脱离现实，这也是学术史上的事实。
② 杨仪：《明良记》卷一，《四库全书存目丛书》（子部第143册），影印明万历三十四年李铨前书楼刻《藏说小萃十集》本，第125页。
③ 《黄宗羲全集》（第10册），第433页。

言之，就是体和用的关系。庞朴先生对此解释道："体从用见，即著者（方以智）常言之'一在二中'，'一不住一而二即一'。"① 本体是绝待，这个本体（理、道、太极）不可见，但能在可见的万物中表现出来，本体不可言说，只能通过万物言说。如果像朱熹所说的"未有这事，先有这理"②，"必有是理而后有是气"③，学者去寻求这一悬空之理，则会将理视同一物，从体用的关系上说，这便不是本体，而成为作用之一了，用方氏话说即"体从用见，枯求其体者，亦为人执于用"④。正是在这理与气、道与器、太极与阴阳关系问题上，方以智与理学家的观点产生了分歧。

与理学家重道轻文或文以载道的思想不同，方以智认为，文即道，道即文，"文以载道"尚不免将道与文裂为二事；道不可言说，只能在具体事物中体现出来。方氏指出："知道寓于艺者，艺外之无道，犹道外之无艺也。称言道者之艺，则谓为耻之，亦知齐古今以游者，耻以道名而托于艺乎？子瞻（苏轼）、渓漈（郑樵），言之详矣。"⑤ 方以智认为，艺外无道，道外无艺。"道"为圆∴上面一点；"艺"为相对待、相差别的世间技艺，用圆∴下面两点来表示。道非悬空的存在，亦不可言说，而是寓存于下面两点（艺）之中才得以显现。理学家以求道为名，而轻视艺，这其实并不能见道。苏轼、郑樵托于艺而耻以道名，在方以智看来，这才是真正的见道者。真正见道的人，并不空言道，他们的道往往寄托于艺。东坡曾言"道可致而不可求"⑥，"古之学道，无自虚空入者"⑦。方以智以为东坡一生致力于文，虽不求道，但更能见道；那些理学家整日高谈阔论"道"，瞧不起文，反而割裂了道与文的关系，将其打为两橛，从而离道愈远。方以智痛快地指出："真人劝人，宁以艺食，勿以道食，以道取食，毋乃道羞？"⑧ 理学家托名求道混饭吃，简直是对道的羞辱。他们看不起辞章之学，但"六经理而辞者也，两汉事而辞者也，错以理而已"。六经的理

---

① 《东西均》，第 118 页。
② 《朱子语类》卷九五，第 2436 页。
③ 朱熹：《四书或问·大学或问》，文渊阁《四库全书》本。
④ 《东西均》，第 118 页。
⑤ 《东西均》，第 178 页。
⑥ 苏轼：《日喻》，见孔凡礼点校《苏轼文集》，中华书局，1996，第 1981 页。
⑦ 苏轼：《送钱塘僧思聪归孤山叙》，见《苏轼文集》，第 326 页。
⑧ 《东西均》，第 248 页。

义、两汉的史事，都要借助文辞表达，道即在文学之中。孔子奔波至老，"终以志事托之斯文，安万世之火于灶，使之可群乐业，而熏陶自化"①，怎么说文学、言辞不重要呢？方以智借邓潜谷（元锡）的话批评宋儒："宋贤等文学于功利，于根本固笃而苛求，多拂物理，徒生其鹰击扬去之心。"② 朱熹《大学章句序》承二程之意，将辞章、训诂之学视为不急之事，将其与功利权谋之学一并批评，在方以智看来，这种求道方式，多拂人情物理，使人有厌离之心。他在《东西均》中也同样表达了这样的意思：

> 理学怒辞章、训故之汩没，是也；慕禅宗之玄，务偏上以竞高，遂峻诵读为玩物之律，流至窃取一概，守臆藐视，驱弦歌于门外，六经委草；礼乐精义，芒不能举；天人象数，束手无闻。俊髦远走，惟收樵贩。由是观之，理学之汩没于语录也，犹之辞章训故也。③

方以智批评理学家厌恶训诂、辞章之学，偷效禅宗以求玄虚之道，其结果是驱诗学于儒门之外，使六经委草，高士远走，只吸引那些空疏不学之士。理学家反对人家沉溺于辞章、训诂，没想到他们早已沉溺于理学语录陷阱之中。

方以智对道器、道艺、理事等对待性范畴的理解与理学家不同，由此出发，他对道与诗关系的理解，也一反道学家重道轻诗之见，主张诗莫非道也。就哲学来说，方氏认为，舍一无万，舍万无一，一在万中，万在一中，"万"可用圆∴下两点表示，代表相区别、相对待的万事万物，"一"表示非对待的绝待状态，亦即所谓"道"。一与万是不即不离的关系。故方以智说："舍一无万，舍万无一。……世间所目，不过道德、经济、文章，而切言之，为生死性命。"④ 道德、经济、文章，此为万；生死性命，此为一。生死性命即寓于道德、经济、文章之中。孔子说过："吾道一以贯之。"（《论语·里仁》）"予欲无言。……天何言哉！四时行焉，百物

---

① 方以智：《文章薪火》，见方以智《通雅》卷首之三，清浮山此藏轩刊本。
② 方以智：《文章薪火》。
③ 《东西均》，第177页。
④ 方以智：《书院》引三一老人（吴应宾）语，见《青原志略》，华夏出版社，2012，第76页。

生焉，天何言哉！"（《论语·阳货》）。宋儒求"一贯""无言"过深，以至于他们理解的"道"脱离了具体事物。方以智反驳说："孔子自'一贯''无言'数章外，不当有言；《诗》《书》《礼》《乐》之删述，何为此宿瘤鼠瘰也哉？自明者视之，诗书礼乐即圣人之正寂灭道场也。"① 也就是说，如果孔子之道真如宋儒所理解的那样，那么孔子就应该除了言说"一贯"和"无言"外，不应该再有其他言论或著述了。为什么他还要删述《诗》《书》《礼》《乐》呢？这不是多此一举吗？在智者看来，诗书礼乐，正是圣人的寂灭道场。孔子罕言性道，方以智认为，罕言不是不言，而是"均罕言于雅言"之中，也就是说，孔子罕言的道，寓于"雅言"（即诗书艺礼）之中，"以其可闻，闻不可闻"②，从其可闻见的诗书艺礼，闻不可闻见的"道"。故此，方以智明确地指出"圣人之文章即性道"。性道与文章，如圆∴所示，是一而三、三而一的关系。

因此识见，方以智对诗的地位给予了高度的评价。他赞成唐代诗僧皎然的说法："皎然曰：'《诗》居六经之先，司众妙之门，得空王之奥。'岂欺我哉！"③ 皎然是以佛义说《诗》，方以智则把《诗》看作圣人之道的载体，道不可见，可通过《诗》表现出来。他在《读书通引》中所说的"圣人以可见传不可见，三知终于知言"亦有此意，④ 圣人之道正是通过诗（言辞）最终得以呈现。所以辞章即性道，道与文章、事业是一而二、二而一的关系，不可进行断裂、分割。方以智《东西均》中最为完整的表述：

> 道德、文章、事业，犹根必干，干必枝，枝必叶而花。言扫除者，无门吹橐之塘煨火也。若见花而恶之，见枝而削之，见干而斫之，其根几乎不死者！核烂而仁出，甲折（坼）生根，而根下仁已烂矣。世知技为末而根为本耳，抑知枝叶之皆仁乎？则皆本乎一树之神，含于根而发于花。则文为天地之心，千圣之心与千世下之心鼓舞相见者，此也。⑤

---

① 《东西均》，第 183 页。
② 《东西均》，第 3 页。
③ 方以智：《诗歌》，《青原志略》，第 15 页。
④ 方以智：《读书通引》，《浮山集》文集后编卷一，康熙此藏轩刻本。
⑤ 《东西均》，第 183 页。

道德好比圆∴最上一点，要通过文章、事业下两点表现出来。道德不是悬空不可捉摸的。理学家向壁求道，以道德为本，视文章、事功为末，进而鄙视文章、事业。在方以智看来，这就好比见花而恶，见枝而削，见干而斫，从而使道德陷于死地。从文章即性道的观点看来，道德、文章、事业，就如一棵整体的花树，枝干、花叶都是一树之仁，一树之德，所以，方以智拈出"文为天地之心"的说法，最终确立了文学的本体地位。

在文学所有文体中，感人心者莫过于诗，能体道者也莫过于诗。方以智说：

> 天地间一气而已矣，……气发而为声，声气不坏，雷风为恒，世俗轮转，皆风力也。人受天地之中以生，故鸟兽得其一二声，而人能千万声，通其原，尽其变，可以通鬼神，格鸟兽。盖自然感应，发于性情，莫先于声矣。故圣人立文字以配之，作声歌以畅之，制音乐以谐之，其通语言定训义，犹其教之最明显者也。①

世间一切可坏，唯声音文字不坏。"四民首士，四教首文，天下风气必随诵读之士所转。"② 就声音而言，人能尽声音之妙，文字配以声歌音乐，故能轮转风俗，有大风力。所以诗道性情，圣人于文首重诗。在儒门人物中，像方以智这样将诗学地位抬得如此之高者，历史上并不多见。这个思想其实源于其诗道一体圆∴式的哲学观。

正是因为有诗即性道的本体观，所以方以智提出"遍大地总是文章，供我挥洒"③，换言之，遍大地皆是诗，供诗家挥洒。不但从空间上说，万物可以入诗，万物可以入道，而且从时间上说，往来古今皆是诗，皆是道。方以智说："道不可言，性情逼真于此矣。言为心苗，有不可思议者，谁知兴乎？知《易》为大譬喻，尽古今皆譬喻也，尽古今皆比兴也，尽古今皆诗也。"④ 又说："诗之广大配天地，变通配四时。"⑤ 总之，世间万象，往来古今，无不是诗，无不是道。他以《枯树图》为例，说明此理。

---

① 方以智：《等切声原序》，《浮山集》文集前编卷六，康熙此藏轩刻本。
② 《东西均》，第172页。
③ 方以智：《枯树图》，《浮山集》别集卷二，康熙此藏轩刻本。
④ 方以智：《诗说》，《通雅》卷首之三，清浮山此藏轩刊本。
⑤ 方以智：《诗说》。

寒冬之时，树叶凋零，一般人看到的是枯，而智者从枯树的背后，看到的是万古之花。树木随寒温而荣枯，但寒尽温来，枯尽荣来，寒温荣枯循环无端，便有不寒不温、不荣不枯在，这便又进入圆∴哲学图式。所以温、荣是诗，寒、枯也是诗，遍大地、遍古今无处不有诗在。方氏又说，天地之间一切皆是赋，"古今之善赋物者，莫如易。灿而日星，震而雷雨，森而山河，滋而夭乔，趺而官肢，触而枕藉，皆天地之所赋也"①。《周易》赋物，以山河、日星、草木等人所耳闻目触的一切为喻，说明赋物（诗）即道。方以智《周远害诗引》说："二十年来，知远害之苦，一旦遇于青原白鹭之间，愚者出《炮庄》以慰之，远害出其诗游草见示。愚者方以庄子为诗，远害殆以其游草为庄乎？"② 在明清易代之际，方以智和友人周远害都历经血与火的磨难，二十年后重逢，方氏出示其著作《药地炮庄》，周氏出示其诗游草。在方氏看来，他本人是以庄子为诗，友人则以诗为庄子，诗与哲学，道通为一。方以智注《庄子》，乃发明儒理，认为庄子不悖于圣人。上述这些话意在说明，天下万物、往来古今何莫非诗也，何莫非道也。诗学的本体地位由此得以确立。

方以智文章即性道的观念，冲破了理学家重道轻文、漠视诗学的传统。道寓于可感的现象之中，现象是对待、差别性的存在，道与现象是圆∴图式一即三、三即一，一而二、二而一的关系。这个观念，对理学家重道轻诗观念以及只重说理的性气诗传统是一个有力的冲击。传统上，自古"文苑""儒林"分为两途，而方以智将诗人之诗与儒者之道深刻地统合在一起，极大地提高了诗在儒门中的地位。这是他在诗学理论史上的一个贡献。

三　圆∴与方以智"怨怒致中和"的诗学情感论

汉儒论《诗经》，有所谓正风、变风，正雅、变雅之说。《诗大序》说："至于王道衰，礼义废，政教失，国异政，家殊俗，而变风、变雅作矣。"又说："治世之音安以乐，其政和；乱世之音怨以怒，其政乖；亡国之音哀以思，其民困。"《礼记·经解》云："温柔敦厚，《诗》教也。"表

---

① 方以智：《余小芦赋序》，《浮山集》文集后编卷二，康熙此藏轩刻本。
② 方以智：《周远害诗引》，《浮山集》文集后编卷二。

达了汉儒对孔子文艺思想的理解。正变既然与时代政治有关，所以诗人在性情上要表现温柔敦厚，这已成为儒家诗学的重要观念。明清易代之际，是天崩地裂、血火交迸的乱世，诗学要表现正还是变，以及如何理解温柔敦厚，成为一个极有争议的话题。

明末陈子龙、王夫之诗学都崇正抑变，在情感表现上，力主温厚和平之说。[①] 西泠派诸子继承陈子龙诗主和平之说，如毛先舒认为《诗》虽有变风、变雅，但"诗人有作，必贵缘夫二南、正雅、三颂之遗风"[②]，因为"诗者，温柔敦厚之善物也"[③]。入清之后，汪琬、陈维崧等人批评明末以来"淫哇噍杀"之诗，不满明清之际的哀怨诗风。汪琬说："夫诗固乐之权舆也，观乎诗之正、变，而其时之废兴、治乱、隆污、得丧之数，可得而鉴也。史家所志五行，恒取其变之甚者以为诗妖诗孽，言之不从之征，故圣人必用温柔敦厚为教，岂苟然哉！"[④] 其斥明清之际的哀怨之诗为诗妖诗孽，亡国之音，不祥之甚；在诗学情感上，他力主和平中正、温柔敦厚。

与上述诸人崇正抑变、主温厚和平之说相反，钱谦益、黄宗羲、申涵光等人则积极肯定怨怒愤急之诗，肯定变风变雅的诗学价值。钱谦益说，好比治病，"病有深浅，治有缓急"，那些"咨嗟哀叹"或"殷勤规切"之诗，其意也是"志在救世，归本于温柔敦厚一也"[⑤]。申涵光亦发挥此义："凡诗之道，以和为正。……乃太史公谓：'《诗三百》，大抵圣贤发愤之所为作。'夫发愤则和之反也。其间劳臣怨女，悯时悲事之词，诚为不少。而圣人兼著之，所以感发善心，则得其性情之正。故曰温柔敦厚，诗教也，所以正夫不和者也。"[⑥] 钱、申都是从诗人目的以及诗歌接受的角度，说明变风变雅能感发读者善心，使之合乎道德的性情之正，从而达到救世目的，这与温柔敦厚的诗教目标是一致的。黄宗羲赞赏"坌愤激讦"之文，推崇变风变雅之作。他批评那些崇正派的诗"必委蛇颓堕，有怀而

---

① 如陈子龙《皇明诗选序》《宋尚木诗稿序》《佩月堂诗稿序》等文章反复表达诗贵和平婉顺之思想（参见《陈子龙文集》，华东师范大学出版社，1988）；王夫之《古诗评选》亦贬斥情感激切之健笔，认为其有失温柔敦厚之诗教。

② 毛先舒：《诗辨坻》卷一，见郭绍虞编选，富寿荪校点《清诗话续编》，上海古籍出版社，1999，第7页。

③ 毛先舒：《诗辨坻》卷三，见《清诗话续编》，第68页。

④ 汪琬：《唐诗正序》，《尧峰文钞》卷二十六，四部丛刊本。

⑤ 钱谦益：《施愚山诗集序》，《牧斋有学集》，上海古籍出版社，1996，第760~761页。

⑥ 申涵光：《连克昌诗序》，《聪山集》卷一，丛书集成初编本，第8页。

不吐",以至于其诗"将相趋于厌厌无气而后已"。这就如一年有四时,不能说春秋为温柔敦厚,夏冬就不是;人有喜怒哀乐,不能说喜乐为温柔敦厚,哀怒就不是。"然吾观夫子所删,非无《考槃》《丘中》之什措乎其间,而讽之令人低回而不能去者,必于变风变雅归焉。盖其疾恶思古,指事陈情,不异薰风之南来,履冰之中骨,怒则掣电流虹,哀则凄楚蕴结,激扬以抵和平,方可谓之温柔敦厚也。"① 激恶怒哀都有致和平之效,合乎温柔敦厚诗教之旨。黄宗羲此说比钱谦益、申涵光更有理论高度。从哲学上说,黄宗羲对心、性、情等传统哲学命题有创新性的解释。他认为人与物都是由气凝聚而成,气之灵动处,即心,心体发挥作用,其中有条理者即性。此条理者表现为仁义礼智,谓之性。性要通过"四端"(恻隐、羞恶、恭敬、是非)表现出来。② 就喜怒哀乐之情而言,"自其盎然而起,谓之'喜',仁之德也;自其油然而畅,谓之'乐',礼之德也;自其肃然而敛,谓之'怒',义之德也;自其愀然岑寂而止,谓之'哀',智之德也"③。因此,在黄宗羲看来,那些拥勇郁遏、垒愤激讦的诗作,正是诗人"不忍人之心"的人性外显,这种人性才是真正的温柔敦厚。黄宗羲推崇变风变雅,表彰怒哀之诗,不仅因其遗民的立场,也因其哲学的致思。

方以智也参加了这场关于温柔敦厚的论争。他提出"怨怒致中和"的诗学性情观,对温柔敦厚重新进行了解释。他的立场非常接近于黄宗羲,但哲学的路径不同。方以智诗学致思的背后是他的圆∴思想。

方以智生于明季,中经战乱,他的诗歌,多噍杀忿激之音。其所作《陈卧子诗序》云:"或曰:'诗以温柔敦厚为主,近日变风,颓放已甚,毋乃噍杀?'余曰:'是余之过也,然非无病而呻吟,各有不得已而不自知者。'……歌而悲,实不敢自欺。既已无病而呻吟,又谢而不受,是自欺也,必曰吾求所为温柔以自讳。必曰吾以无所讳而温柔敦厚,是愈文过而自欺也。"④ 方以智在《孙公武集序》《陈昌箕诗序》《瞿稼轩年伯诗序》等诗论文章中都提到了他本人的诗多颓放悲歌、沉痛噍杀之作。这种诗学好尚,与陈子龙等崇正派相左。方以智之子方中履在《通雅·诗说》跋文中说道:

---

① 黄宗羲:《万贞一诗序》,见《黄宗羲全集》(第 10 册),浙江古籍出版社,2005,第 94~95 页。

② 参见拙作《黄宗羲学术思想与诗文批评》,《文学评论》2011 年第 3 期。

③ 黄百家:《先遗献文孝公梨洲府君行略》,见《黄宗羲全集》(第 11 册),浙江古籍出版社,2005,第 406 页。

④ 方以智:《陈卧子诗序》,《浮山集》前编卷二,清康熙此藏轩刻本。

三十年前力倡同社，返乎大雅，伯甘（熊人霖）公车，握手兴叹。鸠兹北风，巨源（徐世溥）相许，然感时触事，悲歌已甚。卧子（陈子龙）谓不详，岂能免乎？庚辰（1640），白云库中见黄石斋（道周）先生，亦切谓之。然悲且激。一时倪鸿宝（元璐）、杨兼山（廷麟）、叶润山（廷秀）诸先生与先君（方以智）感结之声，不期各尽其变，沉痛冷刻，刺人入骨，此时旧士，无不激歌。黄陶庵（淳耀）、刘存宗（城）、戴敬夫（重），一以慷慨出之，所未见者，大氐皆然，其变雅乎？①

又，方以智《宋子建秋士集序》云：

集目始于壬申，则余初过云间之岁也，当是时，合声倡雅称云龙焉。一俯一仰，不自知其声之变矣。卧子（陈子龙）尝累书戒我，悲歌已甚不祥。嗟乎，变声当戒，戒又安免？子建曰皎然不欺其志已耳。诗也者，志也，从吾所好，曼衍以穷年，变不变何问焉。②

从以上材料中，可见方以智与崇正派的诗学分歧。陈子龙是方以智的挚友，黄道周是方以智父执辈，他们都认为诗音能觇国运，主张温厚和平。鉴于方以智诗多变声噍杀，陈子龙还多次写信，劝方以智勿作此类诗歌，因为悲歌不祥。而方以智坚持己见，与黄淳耀、刘城、戴重诸人，甘作变雅，而且从其所好，不欺其志，也就不管是变声还是正声了。

那么方以智如何解决正声与变声、怨怒愤激与温柔敦厚之矛盾呢？他说：

经解曰："温柔敦厚而不愚，深于诗者也。"孤臣孽子，贞女高士，发其菀结，音贯金石，愤詧感慨，无非中和，故曰怨乃以兴。犹夫冬之春，贞之元也。五至终于哀，三无而终于丧。志气塞乎天地，曾知之乎？此深于温柔敦厚，而愚即不愚者也。③

---

① 方中履：《跋》，见《通雅》卷首之三《诗说》，清浮山此藏轩刻本。
② 方以智：《宋子建秋士集序》，《浮山集》文集后编卷一，清康熙此藏轩刻本。
③ 方以智：《诗说》。

这段话的主要意思是说"愤磬感慨"是"中和"或者"温柔敦厚"的应有之义。兴观群怨、春夏秋冬，元亨利贞，循环无端。《周易·乾》"元亨利贞"，依朱子的解释，有春夏秋冬四时之义，"贞"，"于时为冬"①。贞下起元，是说春天从冬天中孕育、开始。在方以智看来，兴观群怨的兴，也是从"怨"起兴、开始。因此，怎能忽视"怨"字在圣学中的地位呢？方以智又引《礼记·孔子闲居》中"五至""三无"的说法说明此理。孔子认为，为民之父母，"必达于礼乐之原，以致五至以行三无"。所谓"五至"："志之所至，诗亦至焉；诗之所志，礼亦至焉；礼之所至，乐亦至焉；乐之所至，哀亦至焉。哀乐相生。"所谓"三无"："无声之乐，无体之礼，无服之丧。"孔子解释"无服之丧"："凡民有丧，匍匐救之，无服之丧也。"② 方以智引"五至""三无"的说法，意在说明，"哀"与"丧"是孔门"达于礼乐之原"中的应有之义，怎么能够忌讳而不言呢？方以智因此批评陈子龙为代表的"中正和平"诗派，说他们误解了孔子"温柔敦厚"的真正含义，一味地讳言哀怒之情，"苦此心之难平，困以必不能而消之，塞以不可解而置之"，但逃避并不能解决问题，"各有不得已者存焉，不用相强，果一真乎？无汝回避处！"③ 人生在世，喜怒哀乐，循环无端，有喜乐就有怒哀，这是不得已的事，也是无法回避的。将怒哀与中和割断，既不现实，也不符合孔子"温柔敦厚"的真义。

关于方以智"怨怒致中和"的诗学思想，海外有学者认为其来源于明末清初的高僧觉浪道盛的诗论。④ 其实，笔者认为，这个思想来源于方以智圆∴式的思维方式。因为方以智于顺治十年（1653）受法戒于觉浪道盛之前，他的主要诗论著作已经完成，表述其圆∴思想的重要哲学著作《东西均》完成于顺治九年（1652），而且其圆∴理论渊源于其父方孔炤的《易》学思想及外祖父吴应宾的"圆三宗一"思想。方以智圆∴最成熟的表述在《东西均》，但这个思想来源于家学，方以智应当很早就形成了这样一种圆∴式的思维方式。所以，他的诗论中有一以贯之的东西。方以智"怨怒致中和"思想与觉浪道盛、黄宗羲等遗民学者有不期然相通之处，

---

① 朱熹：《周易本义》，中国书店《四书五经》（宋元人注）本，1984，第 2 页。
② 李学勤主编《礼记正义》卷五十一《孔子闲居》，十三经注疏标点本，北京大学出版社，1999。
③ 方以智：《诗说》。
④ 参见谢明阳《明遗民觉浪道盛与方以智"怨"的诗学精神》，（台湾）《东华人文学报》2001 年第 3 期。

但哲学致思的路径不一样。

从圆∴理论上看，人情有喜怒哀乐，喜乐与怒哀成为下两点，互为反因，非喜乐非怒哀（即中和）成为上一点（公因），上一点与下两点同处一个圆即整体之中，说到其中的一点，都离不开另外两点，此即一即三、三即一（就全体说），二即一、一即二（就公因与反因的关系说）。在此意义上说，怒哀中有中和，喜乐中也有中和，怒哀中有喜乐，喜乐中有怒哀。怒哀是与喜乐、中和联系在一起的，喜乐亦与怒哀、中和有本质的联系。任何一方都离不开另外两方。从四时之气春夏秋冬的关系说，春夏与秋冬互为反因，中和之气为公因，春夏、秋冬与中和之气是一个整体，春夏中有秋冬也有中和，秋冬中有春夏也有中和。所以方以智在《东西均》中说，"夫对待者，即相反者也"，"昼夜、水火、生死、男女、生克、清浊……无非二端。即即是两，举一明三，用中一贯"。[1] 就冬与夏的对待关系，方以智指出："须知冬即夏，夏即冬之故，即在冬而夏、夏而冬之中。"[2] "知冬非三时，而冬具三时者，此仁智之知也。……既知夏即冬，冬即夏，何尝不可冬自冬、夏自夏邪？"[3] 所以冬不同于春、夏、秋三时，但冬中又具有三时；冬即夏，夏即冬，但不妨碍冬自冬，夏自夏。冬与三时、冬与夏不仅存在差别对立，也存在深刻的同一性，有着本质的联系。

正因为有此思维，所以方以智特别重视"冬"的象征意义。他说：

> 今日冬至，恰好十一月中，……天地之心，何处不在？然而非复不见，非剥不复，现前念起念灭，迅不停几。……透过生即无生之理者，能转阴阳。（《冬灰录·冬至垂问》）[4]

> 阳燧镜能于空中取火，然古人必于冬至铸之，此岂无谓耶？满空皆火，惟此燧镜面前，上下左右光交处，一点即燃，夫岂无谓耶？（《青原愚者智禅师语录·铸燧堂示众》）[5]

> 观《易》，至十贞悔之际，留硕果反下，而长至得元，此天地之托孤于小、大雪乎？振古终今，立天地间，而不负天地者，即天地之

---

① 《东西均》，第88页。
② 《东西均》，第110页。
③ 《东西均》，第296页
④ 转引自任道斌《方以智年谱》，安徽教育出版社，1983，第238页。
⑤ 方以智著，邢益海校注《冬灰录（外一种）青原愚者智禅师语录》，华夏出版社，2014，第304页。

孤也。雨润之而又霆击之，勾芒之而又蒸郁之，继切吴落之、雕伤之，必坠其实而槁烂之，乃已。是何用心之辛螫耶？天地曰："吾以成吾孤耳。"孤能以天地之心为心者，始不负天地矣。以天地之心为心者，能死其心以学天地也。（《孤史序》）①

大雪后，冬至前，阴极阳生，好个时节。（《青原愚者智禅师语录·首山茶筵示众》）②

尼山以兴天下属诗，而极于怨，怨极而兴，犹春生之必冬杀之，以郁发其气也。行吟怨叹，椎心刻骨，至于万不获已。有道之士相视而歌，声出金石，亦有大不获已者存。存此者，天地之心也。天地无风霆，则天地瘖矣。嘻噫，诗不从死心得者，其诗必不能伤人之心，下人之泣者也。（《范汝受集引》）③

冬对应元亨利贞中的贞，贞下起元，从冬开始。冬至时，一阳来复，阳气从此回升，春意从此开始。天地之心为仁，天地托孤于冬，必用霜雪剥落树叶，风雷以凋伤之，才能使树木在来年结出丰硕的果实。冬季最毒，冬季又最仁，最能体会天地之仁心。方以智认为，孔子以兴天下托付于诗，诗极于怨，怨极而兴，好比冬杀春生，诗人如不伤心至死，其诗必不能感人，必不能兴发正义。冬在情绪上，象征怨怒，怨怒中潜藏着中和的种子。方以智反复申言此喻，意在表达一个抗清贞士敢于直面严酷的生存环境，并从这严酷之中体会春天的暖意，向往复国大业的成功。④ 他在《自祭文》中写道："夫乌知剖心纳肝之为大养生乎？""非不欲五岳不知所终，而卒不能以五岳，则即以鼎镬为五岳，无不可也。""能以死知其所以不死，知不死之无不可以死，则此死也，诚天地之大恩矣。"⑤ 从圆∴思维看，剖心纳肝即大养生，五岳隐居与身甘鼎镬道通为一，生与死亦连为一体。为了抗清复国大业，方以智不讳言死，而且超旷于生死。

明乎此，就可以理解方以智诗学孤臣孽子式的慷慨歌唱了。他作《屈子论》评论屈原是至情之人，因为有情，屈原才不惜赴死；而《晋书·逸

---

① 方以智：《孤史序》，《浮山集》后编卷二。
② 方以智著，邢益海校注《冬灰录（外一种）青原愚者智禅师语录》，第310页。
③ 方以智：《范汝受集引》，《浮山集》文集后编卷一。
④ 关于方以智逃禅之后所从事的反清复明活动，详可参看余英时《方以智晚节考》，三联书店，2004。
⑤ 方以智：《辛酉梧州自祭文》，《浮山集》文集后编卷一，康熙此藏轩刻本。

民传》中的隐士孙登、郭文，正是因为怕死，才守老子之说，"以偷其不情之生"；屈原有情，敢于赴死，才是真正的不为生死所动，"讵必无情然后能不为生死累乎?"① 方以智为抗清同志所作的变诗作序，又云："昔子美麻鞋见主，拾遗以传，次山逃猗玗洞，名播南徼。二子之诗，皆变于唐之本调，后世慕其悲凉，感其切直，未尝不以为盛唐之音也。今吾子既着变诗，而天下方以中兴，采风者安知不以龙眠之变雅，当六月民劳乎?"② 杜甫、元结作离乱之变诗，未尝不合盛唐之音，而方以智式的变诗，意在中兴明朝，变中有不变在。所以方以智说："生于忧患，以死养生，因惧以制其喜，因喜以神其惧，闻足以戒，激怒亦中和也。孤孽哀鸣，怨兴亦温厚也。"③ 生与死、喜与惧、激怒与中和、怨兴与温厚，是一而二、二而一的关系。这种诗学情感论，是典型的圆∴式思维。

四　圆∴与方以智诗学方法论

明代诗坛，以前后七子为代表的格调派与公安、竟陵为代表的性灵派，在诗学主张上成为对立的两极。七子派强调形式，推崇汉魏及盛唐诗为正体，强调形式风格的古典性，但缺乏诗歌情感的真实性。七子派崇正，但雅而不真。公安派主张性情的真实性，认为诗歌从《诗经》开始，经历汉魏、唐诗，至宋诗出现，诗体不断变迁，这是历史的必然。他们肯定诗歌新变，但缺乏形式风格的古典性，概括地说，即崇变，但真而不雅。根据张健先生的研究，明末清初乃至清中叶诗学的展开实际上是明代七子派与公安派诗学在矛盾中冲突而又不断综合的过程。这种综合的工作呈现出两条路径，其一是立足于雅正而求真，也就是取七子派的立场，而又取公安之长，追求情感的真实性，此派以云间派、陈祚明、施闰章、王夫之、王士祯以及沈德潜等人的诗学主张为代表；其二是立足于真变而求雅正，也就是取公安派的立场，崇尚变体、重视性情而又不废七子派讲求形式的长处，此派以钱谦益、黄宗羲、叶燮、浙派以及翁方纲等人的诗学主张为代表。④ 这个判断，笔者以为大体准确。关于七子派与公安、竟陵

---

① 方以智：《屈子论》，《浮山集》文集前编卷八，康熙此藏轩刻本。
② 方以智：《鉴在变诗序》，《浮山集》文集前编卷八。
③ 方以智：《正叶序》，《浮山集》文集后编卷二。
④ 参见张健《清代诗学研究》，北京大学出版社，1999。

派之间的诗学冲突，明清之际的学者、诗人都很难回避，基本上都采取了选择其中一个立场，同时又吸取对立面长处的诗学态度。方以智对格调与性情的关系问题，以其深刻的识见参与了这场大讨论，惜乎学界对此关注不多，现尝试论之。

格调派与性灵派的矛盾，主要表现为写作方法的矛盾。格调派讲究辨体，主张回归汉魏盛唐诗的诗歌体式，并以此为审美标准；性灵派主张不拘格套，独抒性灵，以标举性灵为诗学第一要义，主张审美形式的当代化。二派由此生发出正变、真伪、雅俗之争。在方以智看来，格调与性灵是对待的两极，但对待中存在非对待，对待与非对待同在一个圆∴之中，出现一个谁也离不开谁的关系。因此，方以智对格调派和性灵派都有肯定，但对他们各执一端又各打五十大板，批评他们执一忘二，不知会通。方氏诗学，一如明清之际诸大家的态度，综合格调派、性灵派之长，而又力避其短，呈现出一种海纳百川、视野宏阔的诗学观念。其思维方式仍是圆∴式的。

方以智以中边论诗为学界所熟知，学界亦有一些文章试图给出解释，[①]但大都没有注意这样一个事实，方氏中边论诗说是其圆∴思想在诗学上的展开。

方以智《通雅·诗说》云：

> 姑以中边言诗，可乎？勿谓字栉名比为可屑也，从而叶之，从而律之，诗体如此矣。驰骤回旋之地有限矣，以此和声，以此合拍，安得不齿齿辨当耶？落韵欲其卓立而不可移也，成语欲其虚实相间而熨贴也，调欲其称，字欲其坚。字坚则老，或故实，或虚宏，无不郑重；调称则和，或平引，或激昂，无不宛雅。是故玲珑而历落，抗坠而贯珠，流利攸扬，可以歌之无尽。如是者论伦无夺，娴于节奏，所谓边也。中间发抒蕴藉，造意无穷，所谓中也。措词雅驯，气韵生动，节奏相叶，蹈厉无痕，流连景光，赋事状物，比兴顿折，不即不离，用以出其高高深深之致，非作家乎？非中边皆甜之蜜乎？又况诵

---

① 参见孙立《明末清初诗论研究》一书第二节"方以智诗文理论评议"，广东高等教育出版社，2011；邢益海编《冬炼三时传旧火——港台学人论方以智》一书所收廖肇亨的文章《方以智诗学源流及旨要论考》，华夏出版社，2012；方锡球《论方以智诗学思想的文化美学特色》，《文学评论》2005年第1期；等等。

读尚友之人，开帱覆代错之目，舞吹毛洒水之剑，俯仰今古，正变激
扬，其何可当。由此论之，词为边，意为中乎？词与意，皆边也。素
心不俗，感物造端，存乎其人，千载如见者中也。……《关尹子》
曰："道寓，天地寓。"舍可指可论之中边，则不可指论之中，无可寓
矣。舍声调字句雅俗可辨之边，则中有妙意，无所寓矣。此诗必论世
论体之论也，此体必论格论向之论也。①

以中边论诗，源于苏轼《评韩柳诗》"中边皆甜"之说，但苏轼中边
内涵与方以智不同。② 方以智所谓"边"，即格调派所讲究的韵律、修辞、
风格等形式方面的内容（方氏所认可的格调，主要是指诗法而言，他并不
赞成格调派仅以汉唐诗为正，蔑弃宋体）。所谓"中"，即性灵派强调的性
情、意旨。中（性情、意旨）是抽象的，要寓于声调、字句、雅俗之边，
才能表现出来，否则就是悬空不可知的。边作为相区别或相对待的形式，
是圆∴的下两点，属于器的层面，而中（性情、意旨）为上一点，属道的
范畴。道不可见，要通过可见之器（边）表现出来，这即"舍声调字句雅
俗可辨之边，则中有妙意，无所寓矣"之含义。就辨体而言，古近体诗各
有其形式的规定性，离开了这个规定性，也就不称其为古近体诗。诗人之
意必须通过格调表现出来，所以格调不能不讲。但方以智并没就此止步，
他更强调的是，通过诗歌的形式，见出诗人的心灵和精神。

前文介绍方以智圆∴思想时说过，在圆∴之中，对待与非对待的关系
可以无限地递进，成为圆融的关系［方以智所谓"因对待谓之反因，无对
待谓之大因（公因）。然今所谓无对待之法，与所谓一切对待之法，亦相
对反因者也，但进一层耳"，见前文］。在中、边关系的处理上，方以智体
现了这个思维。在他看来，中（意）为上一点（公因），边（相区别的形
式）为下两点（反因），形成一个圆∴关系。但如果更进一层，中与边也
是一对相对待的范畴（作为下两点的反因），这样就有一个非中非边（无
对待）的上一点存在了。所以方以智说"词为边，意为中"，同时又说：
"词与意，皆边也。素心不俗，感物造端，存乎其人，千载如见者中也。"

————————————

① 方以智：《诗说》，《通雅》卷首之三。
② 廖肇亨指出："东坡所谓'中边'其实大约是指外在形貌的枯澹与内在情思的丰美，藉分
别中边之难，以见读书识人之不易。"见氏著《方以智诗学源流及旨要论考》，邢益海编
《冬炼三时传旧火——港台学人论方以智》，第137页。

其含义是说，诗歌的意旨和形式，都成为可见之边，从中寄寓作家不俗的怀抱，使千载之下如见其人，这是更高层次的中。因此，方以智说"舍可指可论之中边，则不可指论之中，无可寓矣"。前一个中，是显豁的意旨，与诗歌形式均成为边，这些可指可论；后一个中是抽象不可指论的，指作家的胸襟、境界、情趣。后一个中为公因，须通过互为反因的意旨、形式二边表现出来。因此，方以智认为，诗学的最高境界是，通过考论诗作的形式、内容，可以想见作家之为人（知人论世）。这就是他说的诗必兼重论世与论体的含义（此诗必论世论体之论也，此体必论格论向之论也）。①

　　方以智通过圆∴的思维方式，整合了格调派与性灵派诗学之长，又对二派割裂论世与论体的关系提出批评。他先批评格调派："法娴矣，词赡矣，无复怀抱，使人兴感，是平熟之土偶耳。仿唐溯汉，作相似语，是优孟之衣冠耳。""近代学诗，非七子，则竟陵。王（世贞）、李（攀龙）有见于宋元之卑纤凑弱，反之于高浑悲壮，宏音亮节，铿铿乎盈耳哉。雷同既久，浮阔不情，能无厌乎？"②他肯定格调派法娴、词赡，音节洪亮，但批评他们的诗，雷同既久，不见作者性情怀抱。格调派推崇严羽诗论，主张学汉魏盛唐诗，认为诗有别材，非关理也，非关书也，反对以学问入诗，以议论入诗。方以智认为这是执一而废百的偏执之见。诗的本质是通过古诗的形式，以表现诗人的性情，而格调派陷入形式主义的泥坑，"今以平熟肤袭为盛唐，又何取乎？"③如果诗歌有比兴，有寄托，则"数千年之汗青蠹简，奇情冤苦，犹之草木鸟兽之名，供我之谷呼击节耳。何谓不可引故事，何谓不可入议论，何谓不可称物当名，何谓不可逍遥吞吐、指东画西、自问答、自慰解耶？"④方以智以为，只要诗中能见诗人之性情，学问、议论都不妨入诗。这个观点肯定了宋诗的价值，与格调派拉开了距离。

---

① 据廖肇亨的研究，方以智《通雅·诗说》中"《关尹子》曰：'道寓，天地寓。'……此体必论格论向之论也"一段文字出自方以智父亲方孔炤《与人论诗》一文。参见邢益海编《冬炼三时传旧火——港台学人论方以智》一书所收廖肇亨的文章《方以智诗学源流及旨要论考》，华夏出版社，2012。前文已指出，方以智圆∴说有家学渊源，其诗学观念也有家学影响。

② 方以智：《诗说》，《通雅》卷首之三。

③ 方以智：《诗说》。

④ 方以智：《诗说》。

公安派（方氏文中多说竟陵，其实是连公安一块说的）重视性情的发抒，但不重视法度，写诗不汉不魏、不唐不宋，轻视诗学遗产的继承，信心直写，乃至陷于俚俗，这在方以智看来，又陷入另一个极端——论世不论体，同样是诗学一弊。他说：

> 冒以急口偷快，优人之白，牧童之歌，与三百乎何殊？然有说焉。闽人语闽人，闽语故当；闽人而与江淮吴楚人语，何不从正韵而公谈？夫史汉韩苏，骚雅李杜，亦诗文之公谈也。但曰吾有意在，则执樵贩而问讯，呼市井而诟谇，亦各有其意在，其如不中节奏、不堪入耳何？此一喻也，谓不以中废边。①

这段引文中"冒以急口偷快，优人之白，牧童之歌，与三百乎何殊"概括的是公安派的诗学观点。袁宏道推崇妇人孺子所唱《击破玉》《打草竿》，认为是真人所作的真诗，②并批评七子派"欲概天下而唐之，又且以不唐病宋。夫既以不唐病宋矣，何不以不《选》病唐，不汉、魏病《选》，不三百篇病汉，不结绳鸟迹病三百篇耶？"③这在方以智看来，公安派实际上是将"急口偷快，优人之白，牧童之歌"等同于《诗经》的价值了。方以智提出批评说，这就如同方言和官话，方言是个性化的，官话是约定俗成的共性语言，闽人和闽人可用方言交流，但和吴楚人讲话就得讲官话才能听懂。《史》、《汉》、韩、苏，《骚》、《雅》、李、杜，这就好比诗文的官话，其意是说诗文自有其语言表达的规定性所在，而公安派信心直言，无视古近诗体式的规矩，不讲究字句章法，无视古代诗歌的音乐特点，不讲韵律节奏，这就如"执樵贩而问讯，呼市井而诟谇"，虽然有性情意趣在，但俚俗不堪入耳。所以方以智说"不以中废边"，不能因为要表达性情，而破坏古近体诗歌体式的规定性。这实质是对公安竟陵性灵派的批评。

公安派不讲法度，主张信心直写，鼓吹无法之法。方以智以为，无法

---

① 方以智：《诗说》。

② 袁宏道《叙小修诗》："故吾谓今之诗文不传矣。其万一传者，或今闾阎妇人孺子所唱《击破玉》、《打草竿》之类，犹是无闻无识真人所作，故多真声，不效颦于汉、魏，不学步于盛唐，任性而发，尚能通于人之喜怒哀乐嗜好情欲，是可喜也。"袁宏道著，钱伯城笺校《袁宏道集笺校》，上海古籍出版社，1981，第188页。

③ 《袁宏道集笺校》，第284页。

之法不能这样理解，真正的无法之法，应是学一切法，而无一法。他说："一切法法，而无一法，诗何尝不如是？……法至于诗，真能收一切法，而不必一法。以诗法出于性情，而独尽其变也。"① "先吟摩诘、达夫，而后扩以杜陵、义山；能为昌黎、东坡，而散为香山、放翁，于是乎曰：'诗有别才'。"② 真正的诗有别才，应是广泛地师法唐宋诸名家的诗学技法，而后无一法可言。这个观点既是对七子派固守汉魏盛唐诗格的突破，也是对公安竟陵派师心自用的批评。方以智论诗如此，论画也亦如此（按：他本人也是出色的画家）。其《通雅》卷三十二有《画概》一文，评论唐宋时期的南北宗画派，说北宗重技法，南宗重神韵，"画家熟于匠法，所乏远韵丰神。自非上根，几能神悟。野狐藏丑，匿附南宗，以不学夸绝学，又可许乎？"③ 在诗学上，七子派就如北宗，有格调少性情；公安竟陵派就如托附南宗的野狐画家，陷入另一个极端，多以神悟为名，以不学夸绝学。学画正确的做法应是"遍征诸家，法与之俱化矣"。学画要遍师诸名家，然后法与之俱化，达到无法而自由的境地，学诗何尝不是如此。

要之，方以智对格调说与性灵说各有肯定，又各有批评，肯定与批评的根据即其诗学中边说，中边说的背后是圆∴式的哲学思维。格调与性灵是二而一、一而二的辩证关系，诗既不能离开格调（法），也不能离开性灵（性情），格调与性灵处于一个整体的圆∴之中，是谁也离不开谁的圆融关系。七子派与公安派的错误在于，各执一面，割裂了格调与性灵的内在联系，用方以智哲学的话来说，即"若但执一，何容兼互？曾知不二不一，天地未分，早兼互乎？""公因贯反对之因（按：公因在反因中），所谓待中绝待，代错之畴（按：意为无所不在之变化）本如是也"。④ 七子派偏执格调，丢失了性灵；公安派标举性灵，但又废弃格调，空疏不学，陷于卑俗。这在方以智看来，这是只知执一、不懂兼互的结果。从哲学上说，这是不懂公因在反因中、绝待在对待中所谓圆∴式的宇宙真理。

以上所论即方以智运用圆∴思维解决格调派与性灵派的冲突。他一如明清之际诸大家一样，对二者的理论进行了综合和扬弃，但其运思的哲学

---

① 方以智：《范汝受集引》，《浮山集》文集后编卷一，清康熙此藏轩刻本。
② 方以智：《为荫公书卷》，《浮山集》别集卷一，清康熙此藏轩刻本。
③ 方以智：《画概》，见《通雅》卷三十二"器用"。清浮山此藏轩刻本。
④ 方以智：《致青原笑和上》，见《青原志略》，第187页。

深度，以笔者看来，在当时几乎无人能出其右。对诗学的法与无法，构思的虚与实，表达的曲与直、抑与扬，风格的奇与平，方以智都运用圆∴思维，辩证看待。如前文所引"一切法法，而无一法，诗何尝不如是？"法与无法，便形成对待关系，其中有非法非无法的绝待存在。人们皆说唐代李贺的诗奇，而方以智论曰："天之道无奇无平，人之道初得其不知以为奇，久而忘其奇。教者欲其拔俗也，叹其奇。奇矣，又抑其奇。达士快语，不惜绽漏，率吾真而已。率吾真也，何奇之有？"① 奇与不奇，又构成圆∴关系。至于诗文表达之曲直、抑扬、开阖、虚实，在方以智看来，均可借圆∴进行理解："文章之开阖主宾，曲直尽变，手眼之予夺抑扬，敲唱双行，何非一在二中之几乎？以过而化其不及，以不及而化其过，以中而化其过不及，以过不及而化其中，易之参两错综，全以反对颠推，而藏其不测，有悟此为文章者，张旭之闻鼓吹、观剑器，纪昌之目承挺，贯虱心，不是过矣！"② 在诗学方法上，一在二中的圆∴思维，贯穿于一切对待关系之中。

五　小结

圆∴是方以智哲学的灵魂。从本体论上说，上一点本体寓于下两点现象之中，本体不可见，通过现象发挥作用。从宇宙生成论上说，天地未分之前（天地未生，阴阳未分），下两点在上一点中（二在一中），换言之，有在无中；天地既分之后（天地既生，分阴分阳），上一点在下两点中（一在二中），换言之，无在有中。从认识论、方法论上说，世间一切相差别、相矛盾、相对待的事物，都有一个共同的本质，这个共同的本质即公因，与相对待的反因处于一种共生的圆融关系中。蒋国保先生对此理解是"诸事物共同本质的这种显现自性运动，基本特征就是不断地将对立面贯为一体"③。方以智作为明清之际百科全书式的哲学家、思想家，圆∴是其多学科理论展开的出发点和奠基石。他的诗学理论也不外于此。他运用圆∴式的思维，回答了当时诗学界面临的诸多重大理论问题。其一，他提出文章即性道的观念，认为天下万物、往来古今何莫非诗也，何莫非道也。

① 方以智：《耐安李昌谷诗解序》，《浮山集》文集后编卷二。
② 方以智：《文章薪火》，《通雅》卷首之三。
③ 蒋国保：《方以智的"合二而一"新论》，《哲学研究》1983 年第 10 期。

他确立了诗学的本体地位，冲破了理学家重道轻文、漠视诗学的传统，将诗人之诗与儒者之道深刻地统合在一起，极大地提高了诗在儒家学术中的地位。其二，他提出怨怒致中和的诗学情感论，对儒家诗教"温柔敦厚说"进行了全新的意义发挥。其三，在诗学方法论上，他综合了七子格调派与公安性灵派诗学之长，将格调与性灵置于一种共生的圆融关系之中，批评七子派与公安派只知执一、不懂兼互，将格调与性灵的关系打为两橛。对于诗学的法与无法，诗歌创作上构思的虚与实，表达的曲与直、抑与扬，风格的奇与平，方以智都有睿智的辩证理解。上述理论问题，都是明清之际学术界激烈争论的重大问题，方以智以他的圆∴智慧给出了极富思辨性和系统性的回答。对他在诗学理论史上的地位，笔者认为，似应重新予以评价。

（主要内容发表于《文学遗产》2016 年第 4 期，有删节）

以风韵写天真

——从陈献章到王夫之

台湾佛光大学　黄莘瑜

摘　　要　自明代前期至明清之际，诗坛对陈献章诗学的讨论未曾停歇。湛若水虽自诩为陈氏嫡传，但其诠解与其诗作、诗论的距离，亦不得不予以正视。而且对年代相近之杨慎而言，以“心学性理”来“解说”，也偏离认识陈献章“古诗之美”的正途。至于王夫之，不仅以大量诗作唱和陈献章，更提出了“以风韵写天真”的诗人谱系。本文借由会通思想脉络、探询文化理念的方向，同时参考“抒情论述”的径路，以船山对白沙诗学的创造性诠释为问题基点，试图跨越流派藩篱，既呈现“心性”书写与“格调”主张交错之视野，也间接回应当代学术的提问。

关　键　词　陈献章　湛若水　杨慎　王夫之　抒情传统　诗学

一　前言

“形立则章成”“声发则文生”，① 明代“格调派”重视音声、意象的诗学主张及据以抨击宋诗（尤其道学诗）的立场，固然代表一套甚具影响力的文化理想。然自“相对面”来观察，以陈献章（字公甫，号实斋，1428~1500）、庄㫤（字孔扬，号木斋，1437~1499）为代表的“陈庄体”，在嘉靖前期既有崔铣、黄佐、何瑭等人复兴，② 由王世贞撰于嘉靖中后期之《明诗评后序》所展现的抨击力道，亦可见“陈庄体”及相近之自然田

---

① （南朝）刘勰著，詹瑛义证《文心雕龙义证》，上海古籍出版社，1989，第10页。
② 余来明：《嘉靖前期诗坛研究（1522~1550）》，武汉大学出版社，2009，第263页。

园诗风，当时与吴中诗派同具影响力；① 其间虽于万历年间胡应麟《诗薮》、许学夷《诗源辨体》的评述中一度消沉，② 但至明清之际，王夫之（字而农，号姜斋、夕堂，署船山病叟，1619～1692）于《六十自定稿自序》中更重提陈、庄诗体，而且将此体上溯至陈子昂（字伯玉，661～702）、张九龄（字子寿，678～740）之《感遇》，甚至宗祧《古诗十九首》。③ 透过船山对"陈庄体"谱系的扩大与重构，以及慕效吟咏的唱和实践，可见另一种同以诗歌为表征并具有影响力的文化理想。

至于船山何以对白沙诗学做出创造性的诠释，则参照湛若水（字元明、民泽，号甘泉，时称甘泉氏，1466～1560）与杨慎（字用修，号升庵，1488～1559）相关文献，应能获得较为完整的了解。以上四者，皆可谓能诗的学者。自宋代开始，即有"诗人诗""文人诗""学者诗"的分辨，④ 而且"由宋至清，诗歌与儒学之间的疏离与渗透、对立与融合，不仅是儒学家进行诗歌创作时所关注的问题，同样也是诗人在面对儒学思潮时所思考的问题"⑤。而本文所关切者，不仅在于认识、批判传统所谓"濂洛风雅"，或学术、文学间的离、合，更在于寻求"诗"在"心/性情"与"语言形式"间所扮演的角色，以及有关"天""人"交际的诸多书写中，"文化理想"⑥ 之多脉线索，以及与现代"抒情传统"论述的可能对话。

---

① "吴人黄氏（黄省曾）、皇甫氏（应指皇甫冲、皇甫涍、皇甫汸、皇甫濂）者流，若倚门之妓，施铅粉，强盼笑，而其志矜国色犹然哉；一者公甫（陈献章）、孔场（庄昶），本无所解，为道理语，度其才气不足胜人，遁而自眩夫'太极'、'阴阳'、'无言'已，且束之声韵，岂不冤耶？一者应德（唐顺之）、道思（王慎中），归田之后，驾诬陶、韦，必谐自然目到之语，黜意象、凋精神、废风格；而其徒洪朝选、万士和酷嗜其残馥，左右而播之。于乎！何舛也。"（明）王世贞：《明诗评后序》，《明诗评》（第8册）（《明代传记丛刊》，明文书局，1991）第99～101页的部分。

② 参陈国球《唐诗的传承：明代复古诗论研究》，学生书局，1990，第58～59页。

③ （清）王夫之：《六十自定稿自序》，《船山全书》（第15册），岳麓书社，1996，第374页；并见其《古诗评选》，《古诗十九首》之"冉冉孤生竹"评语，《船山全书》（第14册），卷4，第646～647页。

④ 参祝尚书《论宋代的"诗人诗"、"文人诗"与"儒者诗"之辨》，《北京大学学报》（哲学社会科学版）2009年第2期。另参其《论宋代理学家的"新文统"》，《文学遗产》2006年第4期；《论"击壤派"》，《文学遗产》2001年第2期。这几篇论文有一个共同的主轴，即认为理学家乃以学术"混淆"或"干扰"文学。

⑤ 余来明：《嘉靖前期诗坛研究（1522～1550）》，第257页。

⑥ 参蔡英俊《中国古典诗论中"语言"与"意义"的论题——"意在言外"的用言方式与"含蓄"的美典》，台湾学生书局，2001，第93～94页。

二　抒情诗学与文化理想

将"诗学"与"文化理想"相互联结，为 20 世纪中叶以来研究"抒情传统"的关怀所在。此中存在柯庆明所述师友/师生相与论学的殊胜渊源，[①] 亦如萧驰所称"内部的众声喧哗"。[②] 但之所以能归为"学术型态"或"知识型态"，乃因话语及关注层面的相近："承陈（世骧）、高（友工）的学术思路而来，自中国思想文化的大历史脉络，或比较文化的背景去对以抒情诗为主体的中国文学艺术传统（非局限于某篇作品）进行的具理论意义的探讨。"[③] 而蔡英俊以"文学"掘发"文化理想与意义"的研究方向，亦是前承陈、高二氏抒情传统的学术脉络。[④]

1979 年，高友工在《中外文学》上发表《文学研究的美学问题：经验材料的意义与解释》，提出"抒情传统"不只牵涉文学体类的观念，还"涵盖了整个文化史中某一些人（可能同属一背景、阶层、社会、时代）的'意识形态'，包括他们的'价值'、'理想'，以及他们具体表现这种'意识'的方式"。但这种包含"价值""理想"的"意识"所指为何？高氏仅勾勒了大致的轮廓，简而言之，其根源于"肯定个人的经验，而以为生命的价值即寓于此经验之中"的哲学观点。就此观照，"抒情传统"基本体现为"经验"形成"心境"，"心境"蕴含"价值"的文化架构，故"言志"不仅是语言的表现，更是"'自然、自足、自得、自在'精神的实现"，而此实现既是"诗"的完成，同时也形构了作者与作品、作品及其所指对象"表现'和谐'、归于'一'的可能"。[⑤]

这一会通思想、探询文化理想的文学知识径路，蔡英俊在《比兴、物色与情景交融》中将方向导引至具体的焦点："中国传统的批评心灵

---

① 见柯庆明《序》，载柯庆明、萧驰编《中国抒情传统的再发现（上）》，台湾大学出版中心，2009，第 1~5 页。

② 见萧驰《道言》，载柯庆明、萧驰编《中国抒情传统的再发现（上）》，第 14 页。

③ 见萧驰《道言》，载柯庆明、萧驰编《中国抒情传统的再发现（上）》，第 6 页。

④ 蔡英俊：《比兴、物色与情景交融》，大安出版社，1995，"自序"第 1 页。此外，王德威对"抒情传统"的论述，更将"诗学"与"文化理想"相互联结的苦心孤诣，对比战乱、革命、浪漫、启蒙错杂喧扰的历史场景。参见《"有情"的历史——抒情传统与中国文学现代性》，《中国文哲研究集刊》2008 年第 33 期。

⑤ 今收录于高友工《中国美典与文学研究论集》，台湾大学出版中心，2011，第 95~96 页。

所追求与亟于解决的问题"，亦即"'自我'的意义，以及自我在何种条件下可以达到理想的境界"。就此视角，"比兴""物色"等词语皆为历史进程中不同"自我"相续追寻"理想"的痕迹，并且"一直要到找着'情景交融'一词，他们内心所关切的问题才算具体底定"。"情景交融"理论至船山臻至成熟，其对船山晚年诗学的诠释，是把握总体的思想趋势，尤其是对船山将人性视为发展历程，循"情（或才）"来解释善恶缘由，以及人文世界的特征加以掌握，但"不在于把王夫之的诗学纳入他的思想体系当中，以他的思想体系来规范他的诗学内容与方向"[1]。这一视域恢宏又高度谨慎的研究立场，至今仍甚具启发性。

同样受高友工影响的，还有萧驰对船山诗学的研究。其将《中国思想与抒情传统第三卷：圣道与诗心》序文题为《重现抒情传统与中国思想间那座天桥》，尤见当代学者沟通文学与思想传统的意图，在脉络上可谓绵延益彰。萧氏同时延续蔡英俊之殚思超诣，将其触及船山天人性命之学，批判地加以深掘，以拓展"船山的'本体、宇宙论'对其诗学方法论之影响，即船山的情景交融理论如何以'平行'或类比（analogical）的方式在文学理论上体现其乾坤并建、阴阳合撰的宇宙观"；更借牟宗三之判析，强调船山天人学扭转陆王、追蹑横渠，"形色与道相互为体"的"纵贯"思路。[2]

《圣道与诗心》为萧氏较早出版《抒情传统与中国思想：王夫之诗论发微》之修订本，对此曾守仁指出："新刊意在充分揭显船山诗学的'存有论'向度。"[3] 值得注意的是，前述有关"抒情传统"之研究，虽往往取资"语言/语文"的学术视角，[4] 换言之，融入 20 世纪西方哲学经历"语言学转向"（linguistic turn）后的视域；但不代表抒情诗学衔接文化理想的论述，将滞泥语言文字的单一面向而止步。

---

① 参蔡英俊《比兴、物色与情景交融》，第 257~266、349~350 页。
② 参萧驰《中国思想与抒情传统第三卷：圣道与诗心》，联经出版事业公司，2012，第 91~142 页。
③ 曾守仁：《书评：萧驰著〈中国思想与抒情传统第三卷：圣道与诗心〉》（联经出版事业股份有限公司，2012）《中国文哲研究集刊》2014 年第 45 期。
④ 柯庆明、萧驰编《中国抒情传统的再发现（上）、（下）》辑录自 20 世纪 60 年代陈世骧、高友工所开启，有关"抒情"理论探讨的重要论文，并将近 40 年学术视野综理为八大面向，"语文问题"为其中之一。有关此书辑录及选文方式，可参萧驰《道言》，载柯庆明、萧驰编《中国抒情传统的再发现（上）》，第 6~14 页。

一方面，诗之具体"象""境"，正因反衬语言分析的局限受到掘发，只是如何"尊重传统立场又能配置一个符合'现代性'外观的论述"——如同陈国球的分析，一度为 20 世纪 70 年代以降学者亟感焦虑的问题；另一方面，陈氏亦不讳言，高友工往往回避"形上学"，即使多次援引新儒家之说。① 如今"现代主体"的预设，既已进一步获得反省，② 那么对"超以象外，得其环中"之类及有关"舍筏登岸"之"化境"乃至"道"的追寻，③ 通过甘泉与升庵对白沙诗学的诠解，以及船山隐隐点出《古诗十九首》至《感遇》之白沙诗学渊源的线索，或许能够发现抒情传统论述中的诗学与思维传统的多维联系。

下面，笔者先借由甘泉、升庵看待白沙诗学之异同，初步探讨诗语与概念的关系。

三　陈白沙与湛若水、杨慎诗学视野之互涉与参照

白沙诗学在相当大程度上是以甘泉为主要代言人。由正德十六年（1521）甘泉撰《白沙子古诗教解》，知其以"诗"且是相对于律诗、绝句等"近体"的"古体"为檃栝白沙之学的材料，并其所称"诗教"，乃以理

---

①　陈国球认为高友工的论述，即"心境""心象"等是其体认传统文学批评与艺术创造的焦点——纵使其所倚重的分析哲学，并不处理形上学问题；而据此体认探索的"经验之知"，则可与西洋"知识论"的困境产生对话；而且徐复观不能接受颜元叔之"新批评"，却盛赞高氏，也可由此角度理解。参陈国球针对高友工学术论著的《道读》，收录于陈国球、王德威编《抒情之现代性：抒情传统论述与中国文学研究》，三联书店，2014，第 93~105 页。两段引文分别见第 99、104 页。

②　曾守仁指出，萧驰的学术创见在于能看出"现代主体预设"与"船山学说性质"的差异。参其《书评：萧驰著〈中国思想与抒情传统第三卷：圣道与诗心〉》，《中国文哲研究集刊》2014 年第 45 期。

③　此处借用"超以象外，得其环中"，见（唐）司空图《二十四诗品》之"雄浑"，收录于（清）何文焕编《历代诗选》，艺文印书馆，1983，第 24 页。船山尝援引解释"杨柳依依""零雨其蒙""池塘生春草""胡蝶飞南园"等诗句之所以"圣""妙"。（清）王夫之著，戴鸿森笺注《姜斋诗话笺注》，上海古籍出版社，2012，第 23 页。又，以"舍筏登岸"为"诗之化境"，见（清）王士禛对（明）何大复《与李空同论诗书》的引述与诠释。参（清）王士禛《香祖笔记》，收录于《文津阁四库全书》，商务印书馆，2006，《清史资料汇刊》（第 15 册），卷 8，第 508 页；《与李空同论诗书》则见（明）何大复《大复集》，收录于《景印文渊阁四库全书》，台湾商务印书馆，1983~1986，第 290~292 页。

学脉络之"学为圣人"替代了"温柔敦厚"的论述。① 如其《序》文所称，"教"意味"著作"，"著作"又关乎天人一贯的创生化成，而"白沙氏无著作也，著作之意寓于诗"②。清乾隆年间白沙后人陈炎宗重刻《诗教解》，更直截了当地称"诗即氏之心法也"③。可以说，自甘泉以降，白沙"诗"的价值，是通过"诗教"的诠释途径得到理解，并且此途径的形成与影响，据杨正显研究，又与当时思想界学术竞合密切相关——"甘泉面对师门内部的纷争以及外界视白沙为禅学的情况，是透过注解白沙诗的做法解决的"，换言之，是基于承续宋儒道统之企图，并因而将白沙之学带往"体系化、概念化以及正当化"的筛拣趋向。④

但对年代与甘泉相近的升庵而言，以"心学性理"来"解说"，恰恰偏离了认识白沙"古诗之美"的正途：

> 白沙之诗，五言冲淡，有陶靖节遗意，然赏者少。徒见其七言近体，效简斋（陈与义）、康节（邵雍）之渣滓，至于筋斗、样子、打乖、个里，如禅家呵佛骂祖之语，殆是《传灯录》偈子，非诗也。若其古诗之美，何可掩哉？然谬解者，篇篇皆附于心学性理，则是痴人说梦矣。⑤

姑且不论以白沙近体为宋诗渣滓的批评是否切当，升庵这段言论显然是针对甘泉而发。甘泉编《诗教解》唯采"古体"不取"近体"，焦点不在于"渣滓""偈子"这些与诗艺或诗体相关的因素，而在于"明先生之著作以别于后之诗流尔"；并一再强调"解"对了解"著作之义"的重要性。⑥

---

① 参（明）湛若水《白沙子古诗教解》，收录于（明）陈献章著，孙通海点校《诗教解原序》，《陈献章集》，中华书局，1987，附录一，第699~700页。正德十六年甘泉并撰有《祭告白沙先生文》，参黎业明《湛若水年谱》，上海古籍出版社，2009，第80页。又，《礼记·经解》："温柔敦厚，《诗》教也。"（清）孙希旦：《礼记集解》，文史哲出版社，1990，第1254页。

② （明）湛若水：《白沙子古诗教解》，收录于（明）陈献章著，孙通海点校《诗教解原序》，《陈献章集》，附录一，第699页。

③ （明）湛若水：《白沙子古诗教解》，收录于（明）陈献章著，孙通海点校《陈献章集》，附录一《重刻诗教解序》，第700页。

④ 杨正显：《白沙学的定位与成立》，《思想史》2014年第2期。

⑤ （明）杨慎著，王大厚笺证《升庵诗话新笺证》，中华书局，2008，第694~695页。

⑥ （明）湛若水：《白沙子古诗教解》，收录于（明）陈献章著，孙通海点校《诗教解原序》，《陈献章集》，附录一，第700页。

换言之，甘泉认为"古诗""近体"性质不同，"诗教"蕴藏于"古诗"而非"近体"；而且白沙古诗作为教法，则须借由"解"来彰显。相对地，升庵却将甘泉此举视为"谬解"，因为就"文体"来考量，"诗"不应混杂或隶属于"禅门偈子"或"心学性理"的论学语言；进而言之，白沙自身的诗歌书写即存在"诗"与"非诗"的区别。所斥"痴人说梦"，即在于甘泉未辨这一区别，以致未能"解"出白沙古体真正的好处。

如前所述，甘泉和升庵的确立场迥异；但论思考前提，也非毫无交集——二者都企图分辨何谓真正的"诗"。就这个问题来说，白沙另有一个"风雅渊源"的说法，将何谓真"诗"推向"本体"的根源：

> 受朴于天，弗凿以人；禀和于生，弗淫以习。故七情之发，发而为诗，虽匹夫匹妇，胸中自有全经。此《风雅》之渊源也。[①]

若参照白沙题赠甘泉的两首诗，当有助于了解"风雅渊源"的内涵。首先，《与湛民泽》："六经尽在虚无里，万理都归感应中。若向此边参得透，始知吾学是中庸。"[②] 这首诗约属升庵所称"效简斋、康节之渣滓"的"七言近体"，换言之，以杨氏"辨体"的角度，它不算真正的"诗"。但白沙认为"诗"究其本质是先天的，因此"匹夫匹妇，胸中自有全经"；其次，"匹夫匹妇"之说与"鸢飞鱼跃"在《中庸》之语脉正相互衔接，共同交织为"君子之道费而隐"的话语。而"感应"和"虚无"，不啻"费"而"隐"的另一种表述。就像《认真子诗集序》及《夕惕斋诗集后序》中"小用""大用"之辨[③]的基础，亦在于此。

就概念的指涉而言，"风雅渊源"即"心"或"本心"。依甘泉说，另一首《示湛雨》为白沙病危时所作，故意义十分特殊：

> 有学无学，有觉无觉。千金一瓠，万金一诺。于维圣训，先难后获。天命流行，真机活泼。水到渠成，鸢飞鱼跃。得山莫杖，临济莫

---

① （明）陈献章著，孙通海点校《夕惕斋诗集后序》，《陈献章集》卷1，第11页。

② （明）陈献章著，孙通海点校《与湛民泽》，《陈献章集》卷6，第644页。

③ （明）陈献章著，孙通海点校《认真子诗集序》《夕惕斋诗集后序》，《陈献章集》卷1，第4~6、11~12页。

唱。万化自然，太虚何说？绣罗一方，金针谁掇。①

甘泉解说有几点与本文探讨之议题相关，兹条录如下。

（A）"有学""有觉"二句，皆谓溺于记诵、滞于见闻者，虽有学如无学，有觉而无觉也。

（B）"千金一瓠"，《鹖冠子》："中流失船，千金一瓠。"此借以言本心也，言学当超于言语之外，致力于不睹不闻之体，《中庸》所谓"天下之大本也"。

（C）其（本心）真机活泼，水到渠成，无非是鸢飞鱼跃之妙。将见万化皆从此出，如太虚之无言……又借引绣罗，以比千变万化皆从本心应用。然则金针在我，又谁掇乎？盖佛氏所谓莫把金针度与人者。以金针比心，此心人人各具，我不能授之于人，人亦不能掇之于我。释氏可谓不识心者矣。②

此外，白沙寄甘泉的信中有两段话，复可视为前述甘泉见解的基础："人与天地同体，四时以行，百物以生，若滞在一处，安能为造化之主耶？古之善学者，常令此心在无物处，便运用得转耳。学者以自然为宗，不可不着意理会"；"自然之乐，乃真乐也。宇宙间复有何事？"③ 而《道学传序》之三④与《复张东白内翰》⑤，则更深刻地串联了（A）、（B）有关"语文"—"道"—"见闻"的议论。由此可以看出，白沙倾向于以"闻见"/"见闻"或"辞"来讨论"自己"或"我"知识泪没的弊病，甚至引用元代儒者许衡（1209~1281）的话说："也须焚书一遭。"（《道学传序》之三）申言除了"由积累而至""可言传"的知识外，更应承认亦有"不由积累而至""不可言传"的学问存在，而且后者实际上凸显了语文的局限。而此局限不仅是词不达意的问题，枢纽还在于"我"之主体创造性是否活跃（《复张东白内翰》）。

然而，就"诗语"和"概念"的关系来说，恐怕更需正视甘泉诠解与白沙创作及诗论的距离。事实上，如荒木见悟早已指出，即使甘泉理解白

① （明）陈献章著，孙通海点校《示湛雨》，《陈献章集》卷6，第703页。虽然如此，湛若水仍将陈献章应试时所作，尊崇朱熹的《和杨龟山此日不再得韵》列为《诗教解》之首，《与湛民泽》则次之。
② （明）陈献章著，孙通海点校《示湛雨》，《陈献章集》卷6，第703页。
③ （明）陈献章著，孙通海点校《与湛民泽》之七，《陈献章集》卷2，第192~193页。
④ （明）陈献章著，孙通海点校《道学传序》之三，《陈献章集》卷1，第20页。
⑤ （明）陈献章著，孙通海点校《复张东白内翰》，《陈献章集》卷2，第131~132页。

沙之学，也必定存在诠释立场和前见（prejudice）。[①] 而且，甘泉学术不似白沙处，可否如部分学者视为"纠正"？[②] 至少就诗学而言，并不恰当。毕竟甘泉仅以"赋""比""兴"三种手法归类白沙诗，失于简化；另外，既然"匹夫匹妇，胸中自有全经"，若循（C）之思路推溯，那么，"解诗"之举，更未免形同"万化自然，太虚何说"的悖论。

　　一方面，"诗"对白沙来说，固可谓贯通"天""人"创造力的根源，因此以"枢机造化，开阖万象"来形容；[③] 但另一方面也并未舍弃"诗语"的美感层次。其虽有"诗之工，诗之衰"的表述，究其语境，却是出自"世俗赞毁"掩盖"性情之真"的前提。[④] 至于赞美庄昶"用句、用字、用律极费工夫"[⑤]，更与后来升庵"定山晚年诗入细，有可并唐人者"[⑥] 的观点相当接近；反倒甘泉仅取古体"以别于后之诗流"的立场，白沙应不致作如此划分。而且白沙确实有相当大的自觉，其所谓"不可言传"者，也与禅门并不一致：

[①] 日本学者荒木见悟所撰《陈白沙与湛若水》，虽为旧作，但仍有许多缜密的观察值得参考。此文主要是在解决一个明代思想史的重要问题：湛若水自许为陈献章的忠实门徒，原与王阳明并称，但为何后来"白沙—阳明"逐渐取代了"白沙—甘泉"的路线？荒木氏认为个中原因为甘泉向朱子"敬→天理"的学说靠拢，而未能真正传习陈白沙从吴与弼（1391~1469）主"敬"功夫转出，得力于"静"而以"自然"为宗的门风；再加上当时士人憧憬的是"'独创的理'（相较于'被赋予理'）的世界"，故甘泉之学趋于衰微。参〔日〕荒木见悟《陈白沙与湛若水》，李凤全译，《中国人民大学学报》1991年第6期。另外，朱鸿林针对白沙出处经验的研究中，亦梳理出白沙直言甘泉误解其诗作的书信；参《陈白沙的出处经验与道德思考》，收录于朱氏论文集《儒者思想与出处》，生活·读书·新知三联书店，2015，第249~250页。又，就黎业明的梳理，黄节为现代学界较早（1908年）留意甘泉与白沙学说差异的学者，参黎氏《近百年来国内湛若水思想研究回顾》，收录于蔡德麟、景海峰主编《全球化时代的儒家伦理》，清华大学出版社，2007，第227页。

[②] 如王文娟引张学智《明代哲学史》所谓"从诗人的生活境界的体验中落实到道学家的具体实践"，为甘泉学术对白沙的"纠正"与"转折"。参《湛甘泉哲学思想研究》，巴蜀书社，2012，第408页。

[③] "天道不言，四时行，百物生，焉往而非诗之妙用？会（人、天）而通之，一真自如。故能枢机造化，开阖万象。不离乎人伦日用，而见鸢飞鱼跃之机。"（明）陈献章著，孙通海点校《夕惕斋诗集后序》，《陈献章集》卷1，第11~12页。

[④] （明）陈献章著，孙通海点校《认真子诗集序》，《陈献章集》卷1，第4页。另参《陈献章集》卷1《送李世卿还嘉鱼序》，第16页；《陈献章集》卷1《跋沈氏新藏考亭真迹卷后》，第66页。

[⑤] （明）陈献章著，孙通海点校《批答张廷实诗笺》，《陈献章集》卷1，第75页。

[⑥] （明）杨慎著，王大厚笺证《升庵诗话新笺证》，第698页。

禅家语，初看亦甚可喜，然实是笼侗，与吾儒实同而异，毫釐间便分霄壤。此古人所以贵择之精也。如此辞所见大体处，了了如此，闻者安能不为之动？但起脚一差，立到前面，无归宿，无准的，便日用间种种各别，不可不勘破也。①

诚如郑宗义所言，"此起脚处的差异若实质言之，即对世界（包括经验世界与文化世界）的肯定与否"②。因此，与其似甘泉持道学论述回护白沙，毋宁从"诗语"入手，或许更易见"诗语"如何开显"心""性情"并返回思索"概念"的变化。

借由参照升庵《性情说》《广性情说》，③ 可知其对白沙"诗语"的批评又涉及对于"心"的认识。换言之，升庵无法认同白沙所持超越"本心"的立场；并其立场来自抽象"概念"，不可替代具体诗语、仪文的见解——虽然白沙实际并未抛弃具象的世界：

> "博学而详说之，将以反说约也。"或问："反约"之后，"博学""详说"可废乎？曰：不可。《诗三百》，一言以蔽之，曰：思无邪。《礼》三千三百，一言之蔽之，曰：毋不敬。今教人止诵思无邪、毋不敬六字，《诗》《礼》尽废可乎？人之心神明不测，虚灵不昧，方寸之地，亿兆兼照者也。若涂闭其七窍，折堕其四支，曰：我能存心，有是理乎？④

所称"涂闭其七窍，折堕其四支"，简直就是针对白沙之"受朴于天，弗凿以人"。两者虽都使用《庄子·应帝王》的典故，⑤ 旨意却完全相反。与此对照的是，白沙相信一种原初完美的"语言"（"至言"之"诗"），

---

① （明）陈献章：《与林时矩三则》之三，《陈献章集》卷3，第243页。
② 郑宗义：《明儒陈白沙学思探微——兼释心学言觉悟与自然之义》，《中国文哲研究集刊》1999年第15期。
③ 王文才、万光治等编注《升庵文集》，《杨升庵丛书》，天地图书公司，2002，卷5，第168、169页。
④ （明）杨慎：《博约》，《升庵经说》（《丛书集成新编》，新文丰出版社，1985，第10册），卷14，第55页。
⑤ 《庄子·应帝王》："南海之帝为儵，北海之帝为忽，中央之帝为浑沌。儵与忽时相与遇于浑沌之地，浑沌待之甚善。儵与忽谋报浑沌之德，曰：'人皆有七窍以视听食息，此独无有，尝试凿之。'日凿一窍，七日而浑沌死。"（清）郭庆藩编，王孝鱼整理《庄子集解》，群玉楼出版公司，1991，第309页。

此种语言的发生，又在于"人"能回到本质天然的状态（"诣乎天"之"至人"）；[①] 而升庵的"复古"诗学，虽肯定"诗"以"性情"为体，但不存在"风雅渊源"之先天假设。[②] 他着意的是历史层面，换言之，是语言曾经缔造的精巧形式或诗学的博闻考订。

因此不难理解，升庵衡量白沙或定山诗的价值或缺失，何以标准会奠基于诗歌史的辨体知识。而且需再次厘清的是，白沙所谓"风雅渊源"之"本心"或"心体"并非孤悬，故重在"不离乎人伦日用而见鸢飞鱼跃之机"[③]。就以"迹"显"本"的意义来说，正在于凸显儒、禅语言观的区别。升庵虽能见其"五言冲淡"之作，但所谓"儒教实……禅教虚……陈白沙诗曰：'六经皆在虚无中'，是欲率古今天下而入禅教"[④] 的说法，却是未识其"本心"语脉，故判断受到局限，将"不滞一处"的"虚无"误解为"空虚无物"了。

四　陈白沙与王夫之诗学视野之互涉与参照（一）

前文比较了自居为正解者的甘泉及作为批评者的升庵，他们各自与白沙诗学的关系；接着讨论船山与白沙诗学视野之互涉与参照。纵使"白沙—升庵""升庵—船山"两组比照看似无关，但想要了解船山如何看待白沙，则需以升庵为中介，或许较能扩展甘泉以外的视野。

白沙虽从先天、先验的层次提出"风雅渊源"之说，但未摒弃"诗家"之论，仍主张"意"不孤求，需与"语句""声调""体格"一并"到齐"，[⑤] 并对部分宋人的作风表示批评："须将道理就自己性情上发出，不可作议论说去，离了诗之本体，便是宋头巾也。"[⑥] 可知若搁置观点与实践可能产生的落差，白沙亦如升庵，不认同所谓"宋诗渣滓"。此外，升庵对于宋人"诗史"说的抨击，乃以"杜诗之含蓄蕴借者"作对比，[⑦] 就白沙

---

① （明）陈献章著，孙通海点校《认真子诗集序》，《陈献章集》卷1，第5页。
② 参（明）杨慎著，王大厚笺证《升庵诗话新笺证》，第212页。有关升庵对"陈庄体"的批评概述，则可参高小慧《杨慎文学思想研究》，中国社会科学出版社，2010，第316~320页。
③ （明）陈献章著，孙通海点校《夕惕斋诗集后序》，《陈献章集》卷1，第11~12页。
④ （明）杨慎著，王大厚笺证《升庵诗话新笺证》，第1111~1112页。
⑤ （明）陈献章著，孙通海点校《批答张廷实诗笺》，《陈献章集》卷1，第75页。
⑥ （明）陈献章著，孙通海点校《次王半山韵诗跋》，《陈献章集》卷1，第72页。
⑦ （明）杨慎著，王大厚笺证《升庵诗话新笺证》，第212~213页。

言诗亦贵 "含蓄不露" 来说，两者在诗歌美感的取向上并不全然隔阂。①

近年学界亦逐渐关注升庵对于船山诗学的影响，焦点几乎集中于两者对 "史诗" 的论述。② 然而，让人好奇的是，倘若白沙与升庵对诗歌的观点并非截然对立，那么从白沙经升庵到船山，在诗语和概念的相互作用上，到底经过了几重转折和交融？

在此，船山诗学隐而未显的面向，恰好可借蔡英俊的研究反衬而出。蔡氏 "情景交融" 理论之铺叙，即得益于陈世骧的批评界义。③ 其更深入历史之发展脉络，并借高友工对 "内境" 的说解及 "抒情言志传统" 和 "抒情式的批评" 两种观念，④ 将体系建构之高峰，最终归诸船山。在此体系中，明代中叶的谢榛（字茂秦，号四溟山人，1495~1575），具有船山以前初步完成理论架构的地位；⑤ 而且如蔡氏几段引述，谢榛一般被视为 "格调派" 领袖人物之一。

有意思的是，船山却认为谢榛等人专于求奇竞巧处学杜，故不仅称其为 "魔民眷属"，甚至严词斥责彼辈 "真不复有人之心"⑥。姑且不论 "公允" 与否，"语不惊人死不休" ——难道求奇竞巧不算用 "心"？观其评论

---

① （明）陈献章著，孙通海点校《批答张廷实诗笺》，《陈献章集》卷1，第75页。但需釐清的是，白沙与 "含蓄不露" 同时推崇的平易、自然，就非升庵所看重。

② 参邹国平、叶佳声《王夫之评杜甫论》，《杜甫研究学刊》2001年第1期；陈美朱，《尊杜与贬杜——论陆时雍与王夫之的杜诗选评》，《成功大学学报》2012年第37期；又曾守仁更直指 "船山以 '口与目不相代' 界分诗与史，明显的直承杨慎而来，尤其是从六经各有其体的辨体角度，来厘清《诗》与《春秋》、《书》各自担负的功能向度不同"。参曾守仁《王夫之诗学理论重构：思文/幽明/天人之际的儒门诗教观》，台湾大学出版中心，2011，第1章，第69页。附带一提的是，陈平原在比较抒情和史传传统时，也提到杨慎和王夫之。参其《中国小说叙事模式的转变》，久大文化股份有限公司，1990，"附录2：说 '诗史'"，第320页。

③ 蔡英俊：《比兴、物色与情景交融》，第6页。

④ 参蔡英俊《比兴、物色与情景交融》，第90~104页。

⑤ 蔡英俊：《比兴、物色与情景交融》，第12~13页。另于他处亦明确提到谢榛相对于王夫之的地位："平实而论，谢榛的《四溟诗话》的确在 '情景交融' 的理论发展上具有关键性的地位；经由他提出理论的架构，'情景交融' 才有进一步的拓展，终而在王夫之诗学中达到体系建构的高峰，成为王夫之实际批评历代诗家诗作的准据，由是 '情景交融' 具有理论建构与具体实践的诗学意义与效用。"

⑥ "继之（郑善夫）天才密润，以之学杜，正得杜之佳者。杜有上承必简翁正宗诗，有下开卢仝、罗隐魔道诗，自非如继之者，必堕魔道。何仲默（何景明）、傅木虚（傅汝舟）、谢茂秦（谢榛），皆魔民眷属也。善学杜者，正当学杜之所学。吟 '李陵苏武是吾师'、'王杨卢骆当时体' 二绝句，犹以枯骨大骼为杜，真不复有人之心矣"。（清）王夫之 "评郑善夫《即事》"，《明诗评选》，收录于《船山全书》（第14册），卷5，第1394页。

袁宏道（1568~1610）与李梦阳（1472~1530）、何景明（1483~1521）、王世贞（1526~1590）、李攀龙（1514~1570）以及钟惺（1574~1625）、谭元春（1586~1637）的差异，乃将"心"／"自己"与"诗语"的关系视为应然联系，而与背离创造、沦落庸俗之"亡赖诗语"形成对比：

> 中郎诗，以己才学白、苏，非从白、苏入也。李、何、王、李，俱有从入，舍其从入，即无自位。钟、谭无自位，亦无从入耳……三百年来，以诗登坛者，皆不能作句。中郎之病，病不能谋篇，至于作句，固有所常，洒落出卸，如白鸥浴水，才一振羽，即丝毫不挂，李、何、王、李、钟、谭，皆所不能也。谋篇天人合用，作句以用天为主。天既啬之，言拟议则熟烂不堪，言性灵则拙涩无状……中郎舍王、李而归白、苏，亦其兴会之偶然，不与开帐登坛、争名闻利养者志同道合。弇州以诗求名，友夏以诗求利，受天虽丰，且或夺之，而况其本啬乎……自汉魏至宋、元以及成、弘，虽恶劣之尤，亦不屑此。王、李出而后用字之事兴。用字不可谓魔，只是亡赖，偏方下邑劣措大赖岁考捷径耳……舍此则王、李、钟、谭更无可言诗矣。钟、谭以其数十字之学，而诮王、李数十字之非，此婢妾争针线盐米之智。①

"用字"云云，既有功令制约、门庭竞争②的现实指涉；究其深义，还在于结构性地勾勒出一种屈就势利、崇高沦落的文化现象，此现象又以趋就捷径的语文知识为其特征。③

---

① （清）王夫之"评袁宏道《和萃芳馆主人鲁印山韵》"，《明诗评选》，收录于《船山全书》（第14册），卷6，第1528~1529页。

② 又可参"继以李、杜代兴，杯酒论文，雅称同调，而李不袭杜，杜不谋李，未尝党同伐异，画疆墨守。沿及宋人，始争疆垒……要于兴观群怨丝毫未有当也。伯温、季迪以和缓受之，不与元人竞胜，而自问风雅之津。故洪武间诗教中兴，洗四百年三变之陋。是知立'才子'之目，标一成之法，扇动庸才，且仿而夕肖者，原不足以羁络骐骥。唯世无伯乐，则驾盐车上太行者，自鸣骏足耳"。（清）王夫之：《夕堂永日绪论内编》，收录于《船山全书》（第15册），第832页。

③ "所以门庭一立，举世称为'才子'、为'名家'者有故。如欲作李、何、王、李门下厮养，但买得《韵府群玉》《诗学大成》《万姓统宗》《广舆记》四书置案头，遇题查凑，即无不足。若欲吮竟陵之唾液，则更不须尔，但就措大家所诵时文'之'、'于'、'其'、'以'、'静'、'淡'、'归'、'怀'熟活字句凑泊将去，即已居然词客……有此开方便门大功德主，谁能舍之而去？其下，更有皎然《诗式》一派下游，印纸门神待填朱绿者，亦号为诗"。（清）王夫之：《夕堂永日绪论内编》，收录于《船山全书》（第15册），第833页。

借船山引用《庄子》的话来说，那种文化和知识呈现的是一种"心死"的状态。① 换言之，"诗"由"字""句""篇"构成，但"字""句""篇"不足为"诗"之整体——"诗以道性情，道性之情也"②。"诗语"的运作显然与"心""性情"等的概念不容或离；而"神理凑合时，自然恰得"③ 则又关联"诗语""己出"（相对于前段引文所谓"从人"），而且"情""文"互为道引、开显，进而畅通宇宙无垠的创造能力。④ 至于"争针线盐米之智"，只会徒增诸多细琐无谓的支离与隔阂，无以梦见"天地山川，无不自我而成其荣观"⑤ 且"如春云萦回""融成一片"⑥ 的境界，因此，"诗非行墨埋头人所办也"⑦，正是对熟稔钻营于语文知识，却"无心"或"心死"之人的批判。

"鸢飞鱼跃"则不啻为"心死"状态的对比。这一出自《中庸》引《诗》对"君子之道"的动态形容用语，集中出现于白沙的著作。⑧ 船山曾以大量诗作与白沙隔代唱和，如组诗《和白沙》之第六首及第八首：

> 此心昼夜至，此生天地生。云先肤寸合，月到上弦明。自昔知无畏，随方受一清。白沙潇洒处，步步踏莎行。

---

① 承前注语，"《庄子》曰：'人莫悲于心死。'心死矣，何不可图度予雄耶"？（清）王夫之：《夕堂永日绪论内编》，收录于《船山全书》（第15册），第833页。

② 见（清）王夫之《明诗评选》，收录于《船山全书》（第14册），卷5，"评徐渭《严氏祠》"，第1440~1441页。另参"不眦于忧乐，可与通天下之忧乐矣。忧乐之不眦，非其忘忧乐也，然而通天下之志而无蔽。以是知忧乐之固无蔽而可为性用。故曰：情者，性之情也"。（清）王夫之：《诗广传》，收录于《船山全书》（第3册），卷2，第384页。

③ "以神理相取，在远近之间。才着手便煞，一放手又飘忽去，如'物在人亡无见期'，捉煞了也。如宋人咏河魨云：'春洲生荻芽，春岸飞杨花'，饶他有理，终是于河魨没交涉。'青青河畔草'与'绵绵思远道'，何以相因依、相含吐？神理凑合时，自然恰得。"（清）王夫之：《夕堂永日绪论内编》，收录于《船山全书》（第15册），第823页。

④ "诗以道情，道之为言路也。情之所至，诗无不至；诗之所至，情以之至；一遵路委蛇，一拔木通道也。然适越者至越尔；今日适越而昔来，古今通哂。东渐闽，西涉蜀，以资越之眷属，则令人日交错于舟车而无已时。无他，不足于情中故也。"（清）王夫之：《古诗评选》，收录于《船山全书》（第14册），卷4，第654页。

⑤ （清）王夫之：《古诗评选》，收录于《船山全书》（第14册），卷4，"评陶潜《拟古》之四"，第721页。

⑥ 分别见（清）王夫之《船山全书》（第14册），《唐诗评选》卷4，"评杜甫《曲江对酒》"，第1090页；《古诗评选》卷5，"评谢灵运《登池上楼》"，第732页。

⑦ （清）王夫之：《古诗评选》，收录于《船山全书》（第14册），卷4，"评陶潜《拟古》之四"，第721页。

⑧ 相关文献可参苟小泉的整理。苟小泉：《陈白沙哲学研究》，中华书局，2009，第159~161页。

　　江门一空隙，万卷且幽寻。龙马谁之迹？星河尽此心。萍月开池影，松风合涧音。万端无彼是，中有指南针。①

　　前诗首联对仗，"昼夜至"之"心"与"天地生"之"生"，在对偶句式中形成相涉互补的意义。而后诗之"心"，则呼应"江门一空隙，万卷且幽寻"，并与另一首与白沙相关的著名诗作《为白沙六经总在虚无里解嘲》②形成互文。陈、王虽相距近两百年，明初和明清之际的历史氛围已有巨大转变，而且学术思想一属"心学"，一属"先天型气学"；③但船山对白沙其人之追慕，或者贴近白沙之学的商榷，并非毫无端绪。

　　从家世渊源上说，据《显考武夷府君行状》及《牧石氏暨吴太恭人合祔墓表》，④船山先祖曾与白沙好友庄昶共讲性命之学，其父王朝聘、叔父王廷聘早年亦均受业于甘泉弟子伍定相（字学父，生卒年不详）。不过，根据"所授于学父先生者，天人、理数、财赋、兵戎、罔不贯恰"⑤的记载，白沙到甘泉再至后传之学问路向，恐已有相当大的分歧。因此，船山受诸庭训，对陈、湛等先儒必然熟悉；然而船山对白沙的认识，却不必顺从前述甘泉的筛拣趋向。

五　陈白沙与王夫之诗学视野之互涉与参照（二）

　　前文已澄清，白沙和升庵的分歧未必仅在于诗语表层的操作或美感趋向，还在于诗语之所以然。换言之，即有关"心"的性质及作用。而船山

---

① （清）王夫之：《柳岸吟》，收录于《船山全书》（第15册），第443、444页。
② （清）王夫之：《柳岸吟》，收录于《船山全书》（第15册），第446页。
③ 此采杨儒宾之说。根据杨氏之析论，中国大陆学界流行"理学""心学""气学"三分之说，在讨论"气"的概念时，往往外延过广，易生混淆，故其重新将明代中叶后之"气学"厘清为"先天型"及"后天型"——"先天型气学乃从超越层立论……他们与程朱理学、陆王心学的差异，乃是系统内部的差异，后天型气学与主流理学间的差异则属系统间的差异"；又"如果说先天型气学的工夫论基本上都走'复性'模式，而且所复之性都是作为本体的'天地之性'的话，后天型气学毫无例外的，全都反'复性'模式的工夫论"。参杨儒宾《异议的意义——近世东亚的反理学思潮》，台湾大学出版中心，2012，第127~172页，引文见第129、156页。而将王夫之归属于"先天型气学"，则见第137页。
④ （清）王夫之：《船山全书》（第15册），《姜斋文集》卷2，第109~115、124~126页。
⑤ （清）王夫之：《显考武夷府君行状》，《船山全书》（第15册），《姜斋文集》卷2，第112页。

论"心"，若与白沙"受朴于天，弗凿以人"及升庵"涂闭其七窍，折堕其四支"的说法相互参照，则益能彰显文化理想的构成基础：

> 一人之身，居要者心也。而心之神明，散寄于五藏，待感于五官。肝、脾、肺、肾，魂魄志思之藏也，一藏失理而心之灵已损矣。无目而心不辨色，无耳而心不知声，无手足而心无能指使，一官失用而心之灵已废矣。其能孤扼一心以绌群用，而效其灵乎？[1]

此处之"心""身"大抵倾向相济的关系。心虽为身之枢机，但并未强调其主宰之意；相对地，亦从"孤扼一心以绌群用"的角度，表示无肢体、官能，则心亦无由体现。其中"五藏""五官""手足"之说，几与升庵由"七窍""四支"论"心"之"神明"与"灵"如出一辙；而与白沙"人具七尺之躯，除了此心此理，便无可贵，浑是一包脓血裹一大块骨头"[2]的立论前提，即使不至于迥然异趣，也相去甚远。

不过，船山论"心"，仍遵循张载"合性与知觉"的概念。[3]尤其对"性"的界义极具特色且论析绵密，不似升庵论据驳杂，或由形质世界的法则衍化加以说之。[4]戴景贤指出，船山是以"天命之性"诠解"天地之性"。[5]陈政扬据此深入，进而点明船山论述是借孟子"形色，天性"一语，"将'天地之性'经'天命之性'消融入'人在气质中之性'"；换言之，"性"也就是"由人类形躯所范限的'生之理'"。[6]以此衔接船山"性日生"的论点，则可知"性"禀受于超越的天道，而天道是自强健动的，故自生命伊始，"身""心"便在时间历程中发展不息：

---

① （清）王夫之：《尚书引义》，收录于《船山全书》（第 2 册），卷 6，第 412 页。

② （明）陈献章，孙通海点校《禽兽说》，《陈献章集》卷 1，第 61 页。

③ "张子曰：'合性与知觉，有心之名'。性者，道心也；知觉者，人心也。人心、道心合而为心，其不得谓之'心一理也'又审矣。"（清）王夫之：《读四书大全说》，收录于《船山全书》（第 6 册），卷 10，第 1112 页。

④ 参（明）杨慎《广性情说》，载王文才、万光治等编注《杨升庵丛书》，《升庵文集》卷 5，第 169 页。

⑤ 戴景贤：《王船山学术思想总纲与其道器论之发展下编》，香港中文大学，2013，第 189 页。

⑥ 陈政扬：《"本然之性"外，是否别有"气质之性"？——论船山〈正蒙注〉对张载人性论的承继与新诠》，《台湾大学文史哲学报》2015 年第 82 期。

　　天命之谓性，命日受则性日生矣。目日生视，耳日生听，心日生思，形受以为器，气受以为充，理受以为德；取之多、用之宏而壮，取之纯、用之粹而善，取之驳、用之杂而恶，不知其所自生而生，是以君子自强不息，日干夕惕，而择之、守之，以养性也。于是有生之后，日生之性益善而无有恶焉。①

　　"人"不仅被动地"受"之于"天"，也主动"取""用"以臻"壮""善"或日沦于"恶"。而"诗"即"天""人"授受往来之际的表述，故萧驰论船山，更由蔡英俊"道情说"之罅隙出发，并参酌牟宗三、唐君毅、劳思光、曾昭旭、林安梧等人的意见，企欲弥缝天人（亦是为"道情说"重觅理论基础），以证"诗学"如何可能成为"天地化育"的延伸。②

　　而且，"性"益善、益恶的关键在于后天之"养"，按照儒家工夫论的脉络，"养"牵涉"游于艺"的活动。《论语·述而》云："志于道，据于德，依于仁，游于艺。"朱熹（1130~1200）解释"游艺"云："小物不遗而动静有养。"③船山再对朱注加以说明：

　　　　不遗者，言体道之本赅也。动有养者，德之助也；息有养者，仁之助也。而云"不遗"，则明道无可遗，苟志于道而即不可遗也；云"有养"，则养之以据德，养之以依仁，为据德、依仁之所资养也。④

其又针对朱注所谓"先后之序""轻重之伦"进一步发挥："志道""据德""依仁"，三者之间有工夫程序的先后关系；而"游艺"与这三者，则不存在工夫先后的问题，而是本末重轻或"内治"与"外益"的关系。⑤而且根据"目日生视，耳日生听，心日生思"等发展性的前提，所谓"取之多、用之宏"与"取之纯、用之粹"，也隐然具有"游艺"与

① （清）王夫之：《太甲二》，《尚书引义》，收录于《船山全书》（第2册），卷3，第301页。
② 参萧驰《中国思想与抒情传统第三卷：圣道与诗心》，第95~142页。
③ （南宋）朱熹：《四书章句集注》，大安出版社，1996，第126~127页。
④ （清）王夫之：《读四书大全说》，收录于《船山全书》（第6册），卷5，第698页。
⑤ "志道、据德、依仁，有先后而无轻重；志道、据德、依仁之与游艺，有轻重而无先后。""此游艺之功，不待依仁之后，而与志道、据德、依仁相为终始，特以内治为主，外益为辅，则所谓'轻重之伦'也。"（清）王夫之：《读四书大全说》，收录于《船山全书》（第6册），卷5，第699、698页。

"志道""据德""依仁"之间外内辅益、相互资养之意。换言之,无论感官、身体与心,还是艺之实践与道德修养,枢机与其视为根源义之先天主宰,毋宁从发展义之后天养成出发,显现先天之无尽善美。

因此,船山虽与白沙相同,都认可先天之超越存在;但强调后天经验的开发,则近于升庵。他认为善美禀之于"天",固为"性"之本然;但若想要能不断实现、成就,关键还在于"人",换言之,是"身""心"随时空推移的无尽陶冶。而且,在此动态进程中,"身""心"畅达的表征,又为"不死"的文化。就此而言,其谓"诗语"之"神理凑合时,自然恰得"是宇宙创化的显现,而且此创化是内外交通、天人并济的。

进一步可以推论,白沙诗之"自然",在船山眼里,应不等同甘泉的诠释;而"自然"一词,则是甘泉评论白沙诗的关键:

> 白沙氏之诗文,其自然之发乎……夫自然者,天之理也。理出于自然,故曰自然也。在勿忘勿助之间,胸中流出而沛乎,丝毫人力亦不存……盖其自然之文言,生于自然之心胸;自然之心胸,生于自然之学术;自然之学术,在于勿忘勿助之间。①

白沙《示湛雨》:"天命流行,真机活泼。水到渠成,鸢飞鱼跃……万化自然,太虚何说?绣罗一方,金针谁掇。"甘泉指出,"金针"是"心"的比喻,正与前述引文互相呼应。并且据前文可知,"天""人"或"自然""人力"在甘泉那里是相对乃至互斥的概念;然而,不仅船山思想与此殊异,白沙诗学亦未强调"自然文言"与"勿忘勿助"的联系。

倘使强调"自然文言"与"勿忘勿助"的联系,自可以肯定类似"禅门偈子"或"心学性理"的论学语言。然而白沙论诗,除以"心"之"虚无"—"感应"为内涵之"风雅渊源"说之外,就以"迹"显"本"的层次来说,更主张"风韵"为诗的必要前提,尝谓:"大抵论诗当论性情,论性情先论风韵,无风韵则无诗矣。"②船山则对此观点大加推许,并提出了"以风韵写天真"的诗人谱系:

---

① (明)湛若水:《重刻白沙氏全集序》,收录于(明)陈献章著,孙通海点校《陈献章集》,附录3,第896页。

② (明)陈献章著,孙通海点校《与汪提举》,《陈献章集》卷2,第203页。

陈正宇（陈子昂）、张曲江（张九龄）始倡《感遇》之作，虽所诣不深，而本地风光，骀宕人性情，以引名教之乐者，风雅源流，于斯不昧矣。朱子和陈、张之作，亦旷世而一遇。此后唯陈白沙为能以风韵写天真，使读者如脱钩而游杜蘅之沚。王伯安厉声吆喝："个个人心有仲尼"，乃游食髡徒敲木板叫街语。①

　　船山显然并未着眼于陈、张之异，② 乃就祖武"风雅源流"的地位并称两者。王士禛（字贻上，号阮亭，别号渔洋山人，1634~1711）则将这一观点从诗歌史的角度界说得更为明确："唐五言古诗凡数变，夺魏晋之风骨，变梁陈之俳优，陈伯玉之力最大，曲江公继之，太白又继之。"③ 船山虽非以太白承续陈、张，但值得注意的是，在其谱系中，南宋大儒朱熹固然居有一席之地，却是作为陈子昂、张九龄的追和者而纳入的。④

　　再往前推溯，"但在情上托笔，翔折不离"之张九龄诗，在船山眼中，又是承自《国风》遗绪的《古诗十九首》⑤；而同样"远绍国风，近出入于《十九首》"的，还有阮籍《咏怀》之作。⑥ 萧驰指出，船山虽"以诗为内圣工夫之诗"为最佳，但不受限于作者是否具有"道学身分"，而且其"最为称道的，则显然是循《古诗十九首》而来，以阮步兵《咏怀》、张曲江《感遇》为代表的'以浅求之，若一无所怀，而字后言前，眉端吻外，有

① （清）王夫之：《夕堂永日续论内编》，收录于《船山全书》（第15册），第839页。
② 如刘熙载（1813~1881）："曲江之《感遇》出于《骚》，射洪之《感遇》出于《庄》。缠绵超旷，各有独至。"见（清）刘熙载：《艺概》，上海古籍出版社，1983，卷2，第57页。
③ （清）王士禛：《凡例》，《古诗选》，中华书局，1965，第2页。
④ 船山此处言朱熹和张九龄之作未知何指，和陈子昂之作，当为《斋居感兴》20首。诗前有《序》："余读陈子昂《感寓》诗，爱其词旨幽邃，音节豪宕，非当世词人所及。如丹砂空青、金膏水碧，虽近乏世用，而实物外难得自然之奇宝。欲效其体，作十数篇，顾以思致平凡，笔力萎弱，竟不能就；然亦恨其不精于理，而自托于仙佛之间以为高也。斋居无事，偶书所见，得二十篇。虽不能探索微眇，追迹前言，然皆切于日用之实，故言亦近而易知。既以自警，且以贻诸同志云。"（南宋）朱熹著，郭齐、尹波点校《朱熹集》，四川教育出版社，2000，第177页。另，有关《斋居感兴》及其影响发展的研究，可参史甄陶《从〈感兴诗通〉论胡炳文对朱学的继承》，《汉学研究》2008年第3期。
⑤ 分别见王夫之《古诗评选》，张九龄《感遇》之"汉上有游女"评语，与《古诗十九首》之"冉冉孤生竹"评语："《十九首》多承《国风》，此尤嫡缵三卫。唐张子寿又以禘此为自出。"《船山全书》（第14册），卷4，第933、646~647页。
⑥ 见王夫之《古诗评选》，《咏怀》之"夜中不能寐"评语，《船山全书》（第14册），卷4，第677页。

无尽藏之怀'的作品"①。此以"该情一切",同时"可理可事可情"之《古诗十九首》为典范的古诗谱系,对比船山认为"钳桎作者"的近体律、法,其教乃"不以言著",意象、声韵之变化犹似"不法之法",② 却又"自有天然不可越之矩矱"——"意不枝,词不荡,曲折而无痕,戒削而不竞"③。

相较于甘泉侧重白沙"受朴于天,弗凿以人"的诗学面向,船山则彰显了白沙"无风韵则无诗"的论点。"以风韵写'天真'",既不违背白沙将真"诗"溯自"本体"根源之"风雅渊源"的精神,又以比兴手法对"风韵"与"天真"的关系作出诠释——"使读者如脱钩而游杜蘅之沚"。

"脱钩"和"游杜蘅之沚"的隐喻究为何指?此由船山称王守仁(字伯安,号阳明子,1472~1529)《咏良知四首示诸生》之"个个人心有仲尼"④ 为"游食髡徒敲木板叫街语",换言之,此类语言未足为"诗"的批评,当可见其端倪。这一批评,与升庵主张"诗语"不应混杂或隶属于"禅门偈子"或"心学性理"的意见,几乎如出一辙。据此可以合理推论,隐喻应在肯定"本体"的前提下,同时凸显"诗语"的特殊性。

又"脱钩""游杜蘅之沚"隐含主词"鱼",以"鱼"为"喻依"(vehicle),便不着痕迹地联系白沙"天命流行,真机活泼。水到渠成,鸢飞鱼跃"的意义脉络。"钩"使生命之优游洒脱顿时凝滞,"若滞在一处,安能为造化之主?"⑤ 而"脱钩",用船山自己的语汇来说,不啻摆落遭际局限、敞显存在本源的"天真"状态,亦即白沙所谓之"天命流行,真机活泼",乃指向读者共振于诗人的创化心灵。相对而言,此心既能参赞彬彬世界的创化,则"游杜蘅之沚",既是玩味于意象文藻构成之"风韵",又以此畅通于"水到渠成,鸢飞鱼跃"的宇宙纹理。而且,"杜蘅"绾合"香草"隐喻君子德馨的古典传统,⑥ 故"沚"就好比生命之流中得以逍

① 参萧驰《中国思想与抒情传统第三卷:圣道与诗心》,第29~31页。
② 见王夫之《古诗评选》,《古诗十九首》评选及卷6起首总论《五言近体》,《船山全书》(第14册),卷4、卷6,第677、830页。
③ (清)王夫之著,戴鸿森笺注《姜斋诗话笺注》,第59页。
④ 引文为《咏良知四首示诸生》之一首句。(明)王守仁著,吴光等编校《王阳明全集》,上海古籍出版社,2011,卷20,第870页。
⑤ (明)陈献章著,孙通海点校《与湛民泽之七》,《陈献章集》卷2,第192页。
⑥ 《离骚》:"畦留夷与揭车兮,杂杜衡与芳芷。"《九歌·湘君》:"采芳洲兮杜若。"(清)蒋骥:《山带阁注楚辞》,大安出版社,1991,第35、54页。

遥容与、善美彬蔚的沙洲了。

六　结论

　　"抒情传统"所欲召唤的精魂与古典文本及历史语脉，可以产生何种对话？"主体"是抒情论述的关键词，但如王德威所提醒的，现代语境之"主体"和"个人"，未必适合用来解释传统的话语：

　　　　只要对中国文学、思想传统稍有涉猎……"抒情"不仅标示一种文类风格而已，更指向一组政教论述、知识方法、感官符号、生存情境的编码形式……现代西方定义下的主体和个人，恰恰是传统"抒情"话语所致力化解，而非建构的主题之一。[1]

引文将"抒情"指向"编码形式"，而不仅是"文类风格"，等于申明"文学"即使关乎"语言形构"，"语言形构"和"思想传统"也不宜片面割裂。这一前提，恰恰构成古典诗学和抒情论述的对话空间。而且在提示"抒情"话语和现代语境的差异后，王氏进一步反省：

　　　　呼应陈世骧的观察，如果中国文学的传统可被视为"抒情"传统，那正是因为此一"抒情"的含义丰富，不应被化约为浪漫姿态或个人主义，而且能持续深入到知识分子和文人的历史意识阈域中。[2]

文学历史的丰富含义如何不受到化约？本文借由会通思想脉络、探询文化理念的方向，同时参考"语言/语文"的径路，以船山对白沙诗学的创造性诠释为问题基点，试图跨越流派藩篱，既呈现"心性"书写与"格调"主张交错之视野，也间接回应当代学术的提问。

　　自明代前期至明清之际，诗坛对白沙诗学的讨论未曾停歇。甘泉虽自

---

[1]　王德威：《"有情"的历史——抒情传统与中国文学现代性》，《中国文哲研究集刊》2008年第33期。

[2]　王德威：《"有情"的历史——抒情传统与中国文学现代性》，《中国文哲研究集刊》2008年第33期。

诩为白沙嫡传，但其诠解与白沙诗作、诗论的距离，亦不得不予以正视。而对年代相近之升庵而言，以"心学性理"来"解说"，也恰恰偏离认识白沙"古诗之美"的正途。甘泉和升庵固然立场迥异，但论思考前提，也非毫无交集——两者都企图分辨何谓真正的"诗"。就此问题来说，白沙另有"风雅渊源"的说法，将何谓真"诗"推向"本体"的根源。其既以"诗"为贯通"天""人"创造力的根源，却也未抛舍"诗语"的美感层次。所谓"无风韵则无诗"，恰恰说明本体之"虚无"，并非升庵理解之"空虚无物"。至于船山，不但以大量诗作唱和白沙，而且未遵循甘泉"体系化、概念化以及正当化"的趋向。相较于甘泉侧重"受朴于天，弗凿以人"的诗学面向，船山则更欲彰显白沙"无风韵则无诗"的观点。但其论"心"虽与白沙相同，都认可先天的超越存在；但强调后天经验的开发，则近于升庵。"以风韵写'天真'"，既不违背白沙将真"诗"溯自"风雅渊源"的精神，又以比兴手法对"风韵"与"天真"的关系作出诠释——"使读者如脱钩而游杜蘅之沚"。

　　探析白沙、甘泉、升庵及船山，彼此参照产生的意义，应有助于对诗歌传统的重新认识，朗豁明代文学隐而未显的脉络；另外，此脉络与现代学术的关怀，既有相互交涉之处，也仍留有梳理之余地。这对前溯"近现代"视野的形成，与了解"诗语"如何开显"人文/自然"的互动，并返回探讨"概念"内涵之变化，当有所启发。

"五子"诗人群列与王世贞的文学排名观*

浙江大学中国语言文学系　　叶　晔

摘　　要　中国社会有着悠久的排名学传统,从政治品阶至社交席次,无所不在。文学批评虽是一种较主观的行为,亦难摆脱序位排名之诉求。耳熟能详如《诗品》《诗人主客图》《江西诗社宗派图》《光宣诗坛点将录》等经典作品,构成了中国文学排名观念的一条历时演变脉络。在这条脉络中,明代王世贞的《五子篇》系列诗歌,远承《江西诗社宗派图》,近接"前七子"文人并称,在此古典文学排名理论的发展低谷中发挥着承上启下的关键意义,并为后来者提供了一些新的文学批评元素和方法。

关 键 词　王世贞　《五子篇》　文学排名　流派建构

中国的排名学传统向来深厚,特别是政治系统中的品阶和席次,衍生至日常社会生活的方方面面。无论公共场合还是私人空间,人物的先后左右次序,皆有讲究。此中奥义,在今人看来或嫌烦琐和教条,但在古人世界中却是最平常之事,渗入每一位士人的基本思维观念之中,文学家的世界也不例外。故所谓文学排名,即以一种或多种文学要素为依据,对作家、作品进行前后、高下的批评定位,使之呈现出一个线性的或层级的文学序列。

据此定义,我们去看中国文学史上的诸多排名现象。前有《诗品》《诗人主客图》,后有《乾嘉诗坛点将录》《光宣诗坛点将录》,皆极为典型且声名很高。与之相比,本篇要介绍的王世贞"五子"排名,包括《五子篇》《后五子篇》《广五子篇》《续五子篇》《二友篇》《重纪五子篇》《末五子篇》《四十咏》八组诗歌,由多个片段式的独立单元构成,显得散

---

　　*　本文为国家社会科学基金青年项目"明代士官制度与士大夫文学格局研究"的阶段性成果。

碎凌乱，整体观感较差，故在文学史中黯淡无光，其文学批评价值似不值一提。笔者以为，之所以会出现这样的情况，在某种程度上是因为现有的古典文学批评范式，更重视对已经发生的作家、作品的批评，而忽视对正在发生的或即将发生的作家、作品的批评。前者是一种回顾和总结，后者只是一种展望和预言。前者更加自觉、理性，后者则带有较大的随意性、偶然性甚至功利性，故它们被学者们关注的程度有云泥之别。但如果我们不考虑批评者的意图和影响，仅从排名方法的角度去考察《五子篇》系列，则王世贞的八组作品，自有其特殊且重要的批评史意义。以下试论之，敬请方家指正。

一 作为文学批评方法的广义文人并称

在考察王世贞的《五子篇》系列之前，笔者以为，有必要先为广义的文人并称提供一套较稳定的概念和术语，以便接下来做更深入的学理讨论。中国古代的文人并称，向有狭义、广义之别。"宽泛意义的并称包括列示人物名称的各种并举式叙述，严格意义的并称是指将作者名称通过省减而高度符号化后的连文表述。"① 现今学界研究较多的，主要是狭义的文人并称。此又可分为两种并称方式：一是姓氏相连，如李杜、韩柳之类；二是数目词与端语相连，如七贤、八俊之类。② 在某种程度上，当需要并举的作家人数达到一定上限时，便不适于再用姓氏相连的符号表征手法予以表述，只能采用另一种方法。但如此处理有一个缺憾，即姓氏相连之法可以简洁明了地展现作家序位，而数目词与端语相连之法，不得不对其中可能涵括的序位做更细致的解释。

当然，姓氏相连之法所展现的作家排名，由于受到声律因素的限制，一般来说，平声在前，仄声居后，其前后次序没有轩轾之义③，学界已有公论；而数目词与端语相连之法所展现的作家排名，其表述形式让读者更留意其定编性质，其形成之初是否有内部的排序原则，也有必要打上一个问号。即使有序可循，很多以年齿为序，基本上也不存在批评的价值。但

---

① 罗时进：《唐代作家并称的语言符号秩序与文学评论意义》，《文艺理论研究》2013 年第 2 期。
② 张珊：《并称探源——语言、文学、文化的多重考察》，《中国社会科学》2009 年第 5 期。
③ 吴承学：《谈谈古代文人并称的先后次序》，《古典文学知识》1995 年第 2 期。

以上说法，只是从命名者的动机角度来看的，在此之外，我们还需要关注当事人及普通受众的反馈，因为无论以姓并称，还是端语相称，其实际效果都不是由发明者的意图所决定的。古往今来，确有相当数量的读者，希望文人并称中存在明确的前后关系，并借此来反映诸人文学名望和成就的高低。唐人对"王杨卢骆"还是"卢骆王杨"的争议，清人对"乾隆三大家"次序的争论，都在一定程度上反映了这方面的现实诉求。可见这不仅是对并称文人的外在或事后观看，更有关文学群体甚至流派的自我认同与规划，是一个值得深入探讨的话题。

这就扩展至广义的文人并称，即具体人物名字的并举。作为一种文学批评方法，它至少呈现为两个观察维度，即定编依据和排序依据。首先，所谓的"五子""七子"等，哪些人入列，哪些人未列，如何定编，本身就有一个文学批评的立场。李先芳因未入"五子"之列而努目嚼齿，谢榛因被"五子"削名而愤愤不平，都是著名的诗坛公案，其背后指向的，正是复古诗派严格的文学主张和阵营壁垒。其次，在文人并称内部，谁排最前，谁排最末，作为面向公众展示的口碑品牌，也至关重要。无论定编还是排序，都有相对客观的依据，绝不是信口而成的，只不过以年齿为序、以加入时间先后为序等做法，让人无话可说；而以文学成就为序、以批评者的审美趣味为序等做法，更容易引起大家的争议罢了。但反过来说，只有后者才存在排名上的文学批评价值，前者只存在定编上的文学批评价值。

中国古代带有批评色彩的文人排名，大致可分为两种情况，即层级排名和线性排名。层级排名反映为各类文人图表，如钟嵘《诗品》中的上品、中品、下品之法，实据《汉书》"古今人表"中的九等之序简化而来；又如张为《诗人主客图》分主、上入室、入室、升堂、及门五等，强调层级的高低和时间的先后关系，或从宗族文献中的世系图谱演化而来。这类排名的主旨，是强调二维坐标系中的大体定位，分出第一等、第二等来，有很明显的文学批评倾向，因此相关文献颇受学界重视。而线性排名则主要反映在一部分广义的文人并称上，强调在单维坐标系中的具体定位，希望分出第一名、第二名来。由于大众习惯地将文人并称视为一种向外的标榜而非对内的竞争，因此较少留意到内部的排名意识，再加上不少文人并称以平仄、年齿为排序原则，更是淡化了其中的竞名动机。江西诗派所谓的"一祖三宗"，虽然是不同时代的四位作家，但已隐隐有将层级排名和线性排名相结合的趋向。明代复古派中"五子""七子""十子"等一系列矜名之举，更是一种将多个线性排名叠加后制造出层级排名的有效做法，体现出鲜明的文学群落之立体感和系统性。

总的来说，传统的文人图表，强调结构、层级排名和文学史总结；广义的文人并称，强调定编、线性排名和文学群体构成。当这两种批评方式合流在一起的时候，便可能构成一种更复杂的文学排名体系。其中既有线性的先后排序，又有层级的高下关系；既勾勒纵向的文学发展脉络，又展现横向的文学群落格局。这一重组的批评方式，体现出颇为强烈、自觉的流派形塑意图，而王世贞的《五子篇》系列，便是一个非常典型的例证。

二　王世贞的第一次"五子"群列排名

王世贞的这八组诗歌，大致分为两个创作阶段：前四组见《弇州山人四部稿》卷十四，作于嘉靖后期至隆庆年间；后四组见《弇州山人续稿》卷三，作于万历前期。由于嘉靖中叶的刑部诗社禁止"境外交"，故李攀龙、王世贞等人对复古作家的并称有着近乎严苛的要求。所有这些排名的缘起，皆在嘉靖三十一年（1552）的《五子诗》唱和活动。

《五子诗》的唱和场景，我们可以借宗臣文集一窥原貌。《宗子相集》最早为嘉靖三十九年（1560）刻本，既收录了宗臣的《五子诗》（谢榛、李攀龙、徐中行、梁有誉、王世贞），也在附录中保留了除谢榛外其他四人的作品，分别是李攀龙《五子诗》（谢榛、徐中行、梁有誉、宗臣、王世贞），徐中行《五子诗》（谢榛、李攀龙、梁有誉、宗臣、王世贞），梁有誉《五子诗》（谢榛、李攀龙、徐中行、宗臣、王世贞），王世贞《五子诗》（谢榛、李攀龙、徐中行、梁有誉、宗臣）。① 诸人先后以年齿为序，并无异议。

如果说《五子诗》唱和只是一次偶然的群体性活动，那么，李攀龙、王世贞二人后来刻意修改《五子诗》的内容，剔除谢榛而纳入吴国伦，则是一次针对性很强的文学定名行为。最先尝试对"五子"排名做出调整的是李攀龙，他在嘉靖三十二年（1553）顺德知府任上，多次创

---

① 《宗子相集》所附录的梁有誉《五子诗》，与梁有誉《兰汀存稿》所录文本基本一致，更接近原貌。

作怀人组诗①，出谢榛而入吴国伦，并且将名序调整为王世贞、吴国伦、宗臣、徐中行、梁有誉。最终于嘉靖四十二年（1563）刊刻的《白雪楼诗集》中的《五子诗》，亦是如此。与原作相比，新排名不再以年齿为序，而是注入了李攀龙强烈的批评意识。如果说将王世贞置于榜首体现了李、王二人对复古诗派的绝对领导力，那么，将新入列的吴国伦置于宗、徐、梁三人之上，则有很明确的褒扬动机。当时吴、宗二人在诗艺上较劲，已被很多同仁看在眼里，李攀龙《与吴明卿书》曰："元美书来，亟言足下似欲据子相上游者，乃足下自亦谓宗、谢所不及，而梁、徐未远过也。"②可见王世贞、李攀龙对此事皆有关注。借着吴国伦入列且热衷于竞名这一契机，李攀龙对诸人排序做了更自觉的思考。宗臣《报于鳞》曰："（足下）怀诸子，仆句更奇。吴生乃以足下后仆于生，遂为信仰，恐足下不然也。"③ 王世懋《与吴明卿》曰："于鳞狷介，曩实注情足下。以足下有境外交，遂使子与得跻而上。"④ 这都说明李攀龙心目中的排名次序是在不断调整的，时而吴国伦跃居宗臣之上，时而徐中行又跃居吴国伦之上，体现出颇为精致且动态的排名观念。

李攀龙以好恶定排名的做法，无疑对王世贞有所影响。在万历四年（1576）刊刻的王世贞《弇州山人四部稿》中，《五子篇》名序变成了李攀龙、徐中行、梁有誉、吴国伦、宗臣。当然较之李攀龙，王世贞的调整算小，只是出谢纳吴，顺序未变，吴国伦排在梁有誉、宗臣之间，依然遵循了以年齿为序的原则。如果说李攀龙的改诗，在展现他对复古派核心作家的文学水准和成就做出评议的领袖姿态，那么，当时尚年轻的王世贞，仍然采取了较稳健的年齿排序之法。

嘉靖三十一年（1552）后，随着吴国伦、余曰德、张佳胤等人的加入，谢榛被削名，梁有誉英年早逝，"五子""七子"之称在不停变化中，

① 李攀龙《沧溟先生集》卷八有《怀元美》《怀明卿》《怀子相》《怀子与》《怀顺甫》《怀公实》一组，卷十二有《怀元美》《怀明卿》《怀子相》《怀子与》一组，上海古籍出版社，1992，第201～203、308页。据王世贞《艺苑卮言》卷七"又明年，而余以使事竣还北，于鳞守顺德，出茂秦，登吴明卿"，可予大致系年。
② 李攀龙：《沧溟先生集》卷二九《与吴明卿书》其一，第666页。
③ 宗臣：《宗子相集》卷一四《报于鳞》，《明代论著丛刊》本，伟文图书出版公司，1976，第955～956页。
④ 王世懋：《王奉常集》文部卷三二《与吴明卿》其三，《四库全书存目丛书》集部第133册，齐鲁书社，1997，第527页。

很难明确落实。王世贞在《艺苑卮言》中回忆当年"茂秦、公实复又解去，于鳞乃倡为《五子诗》，用以纪一时交游之谊耳。又明年，而余使事竣还北，于鳞守顺德，出茂秦，登吴明卿。又明年，同舍郎余德甫来。又明年，户部郎张肖甫来。吟咏时流布人间，或称'七子'，或'八子'，吾曹实未尝相标榜也"①；又在《龙沙公暨元配张夫人合葬墓志铭》中叙说"余德甫时已登第，为尚书比部郎，郎有李攀龙、徐中行、梁有誉、吴国伦、宗臣及余世贞者，与德甫相切劘为古文辞。有誉死，而得张佳胤，名籍籍一时，或以比郏中七子"②。可知当时所谓"七子"，不是现在公认的李攀龙、王世贞、谢榛、吴国伦、宗臣、徐中行、梁有誉七人。按照以上两段文字的表述，既可理解为李、王、宗、徐、梁、吴、余七人，也可理解为李、王、宗、徐、吴、余、张七人。或许是王世贞觉得相关口径不统一，不利于文学流派的对外扬名，故最终选择了在"五子"之外另立新称的做法，进一步扩大和提高复古诗派的群体规模和社会声望。

在《五子篇》后，王世贞陆续创作了《后五子篇》《广五子篇》《续五子篇》，由此组成了一个层级分明的诗人群落格局。"后五子"为余曰德、魏裳、汪道昆、张佳胤、张九一；"广五子"为俞允文、卢柟、李先芳、吴维岳、欧大任；"续五子"为王道行、石星、黎民表、朱多煃、赵用贤。这个二十一人的名单（包括王世贞自己），基本上涵括了嘉靖后期除谢榛外的主要复古派作家。在笔者看来，王世贞的这次文学排名行为，体现出颇为复杂、多元的集群策略和批评倾向。较之李攀龙的锱铢必较，纠结于某一位置的高低取舍，王世贞的做法无疑更有远见，蕴含了对复古派作家网络的系统思考。

在讨论王世贞的排名观念之前，我们有必要先厘清《五子篇》系列的创作时间。徐朔方先生将《五子篇》系于嘉靖三十一年（1552），《广五子篇》系于嘉靖三十二年（1553），《后五子篇》系于嘉靖四十四年（1565）③。笔

---

① 王世贞：《艺苑卮言》卷七，载丁福保编《历代诗话续编》，中华书局，1983，第 1068 页。

② 王世贞：《弇州山人续稿》卷一一一《龙沙公暨元配张夫人合葬墓志铭》，《四库提要著录丛书》集部第 121 册，北京出版社，2011，第 528 页。

③ 徐朔方：《王世贞年谱》，《晚明曲家年谱》（第 1 卷），浙江古籍出版社，1993，第 526、539、584 页。郑利华《王世贞年谱》（复旦大学出版社，1993，第 61 页）则将《五子篇》系于嘉靖三十年（1551）。至于《续五子篇》，徐、郑二谱皆未系年，廖可斌系于隆庆五年（1571）后，因"续五子"之一的赵用贤为隆庆五年（1571）进士，诗中有"子师名家隽，出入珠玉府"，与他馆选庶吉士一事相应，见《明代文学复古运动研究》，上海古籍出版社，1994，第 244 页。

者对此有不同看法，主要在《后五子篇》和《广五子篇》的先后问题。徐先生如此编年的文献依据，主要有二：一是王世贞给吴国伦的尺牍："因念数子中于鳞最久……足下虽晚合，亡减肺肝……抵前途少息，欲作《广五子诗》，遂首足下矣。"① 此信作于嘉靖三十一年（1552），故将《广五子篇》系年于三十二年（1553），并且认为"广五子"原有吴国伦，后以欧大任易之；二是《后五子篇》中吟汪道昆一篇，有"四十开闽疆，黄金缕其组"② 之句，汪氏任福建巡抚在嘉靖四十三年（1564）至四十五年（1566），故徐先生暂系之于四十四年（1565）。笔者对此颇有疑问，一则《五子篇》中吟李攀龙、梁有誉、宗臣三篇，有"夫子乃沉沦，纷纷亦奄忽""玉笈子长往，金徽予罢操""为寿不在年，千秋以为终"③ 诸句，徐先生亦承认此意指三子已去世，诗句为后来改写④。既然《五子篇》的文本可做如此阐释，那么，吟汪道昆之句亦不能作为考订原作时间的理由；二是《重纪五子篇》小序有云："余昔为《五子篇》……已而其友稍益，则为《后五子篇》……盖三十年而同毁圃之观，去已半矣。今其存者，位虽有显塞，而名业俱畅，志行无变。盖懼然欣然之感，一时集焉。故为五章，以追志之。"⑤ 则《后五子篇》与《重纪五子篇》有三十年左右的间隔。《重纪五子篇》的系年，学界据胡应麟《五君咏》定在万历十四年（1586），基本可信，以此前推，则《后五子篇》作于嘉靖三十五年（1556）前后。另外，"后""广"二字，字义上的先后殊难明辨，但有一点很清楚，即《五子篇》《后五子篇》皆以年齿为序，而《广五子篇》的排名依据较复杂，故从排名观念的类同性来看，《五子篇》《后五子篇》的创作时间接近，也更加合理。至于王世贞对吴国伦所做的"作《广五子诗》，遂首足下"的许诺，笔者的观点是，王世贞当时所说的"广五子"，其实就是后来定名的"后五子"。估计王世贞当时有再添一组"五子"的

① 王世贞：《弇州山人四部稿》卷一二一《吴明卿》其一，《四库提要著录丛书》集部第119册，第91页。
② 王世贞：《弇州山人四部稿》卷一四《后五子篇》其三《歙郡汪道昆》，《四库提要著录丛书》集部第117册，第268页。
③ 王世贞：《弇州山人四部稿》卷一四《五子篇》其一《济南李攀龙》、其三《南海梁有誉》、其五《广陵宗臣》，《四库提要著录丛书》集部第117册，第267页。
④ 王世贞：《弇州山人续稿》卷一六四《有明三吴楷法二十四册》其十三有"其后五子稍有去取，辞亦微改易"之句（第122册，第337页），可为徐先生观点之佐证。
⑤ 王世贞：《弇州山人续稿》卷三《重纪五子篇》小序，《四库提要著录丛书》集部第120册，第154页。

想法，但以"广"或以"后"相称，尚未想定，以致产生了表述上的前后出入。以吴国伦在当时的活跃程度，将他与俞允文、卢柟、李先芳、吴维岳等退居二线的前辈并称，实难想象，但在谢榛尚列"五子"的情况下，将他与余曰德、张佳胤、张九一等郎署文学后进并称，则在情理之中。故笔者以为，《后五子篇》当作于嘉靖三十五年（1556）前后，《广五子篇》的系年尚难考订，但应该在《后五子篇》之后，这样正与《弇州山人四部稿》中诸篇的编排顺序保持一致。

首先，《五子篇》系列的批评意义在于王世贞对文学流派的层级与系统，有相当明确的建构意图。尽管在出谢纳吴一事上与李攀龙达成了共识，但在吴国伦的文学排名上，他并没有像李攀龙那样一改再改，表现出强烈的批评态度，而是维持以年齿为序，表现出对梁有誉、宗臣等已故好友的尊重①。对"后五子"同样采用序齿之法，也只是依据"五子"之序依样画葫芦罢了。对"广五子""续五子"，学界尚无法清晰地判断其排序原则，笔者认为，是以与王世贞的亲疏程度为序的。换句话说，在单组内部，并不存在很自觉的文学批评动机。王世贞的创作意图，主要体现在层级和系统的建构上，而不在某一组内部之具体人物的先后位置。

其次，若说"五子""后五子"的并称是对复古诗派中十位核心作家的认可，那么，"广五子"的设置，本质上是王世贞对其早年诗友或外围诗友的一种招安策略。刑部诗社早在嘉靖二十六年（1547）已成气候，但"五子"定名在嘉靖三十一年（1552），"后五子"定名在嘉靖三十五年（1556），这就出现了一块空档，即那些参加过早期诗社，后因丁忧或外任而离京的诗人们，在无意识中被边缘化了。王世贞列"广五子"的一大目的，就是凸显这些诗人的开山、先行之功。如他说过，"吾所与布衣游者三人，俞允文仲蔚，谢榛茂秦，卢柟次楩"②，故除谢榛因彻底决裂而未予考虑外，俞允文、卢柟二人被放在了"广五子"的前两位；而对于将王世贞引入诗社并推荐给李攀龙认识的李先芳、吴维岳这两位早期诗社成员，王世贞也着重予以了关照，可惜李、吴二人对此示好之举并不领情。《广

---

① 吴国伦有《五子诗和于麟、元美作》（李攀龙、王世贞、宗臣、徐中行、梁有誉），其序与李攀龙相同，而与王世贞异。虽然《五子诗》不咏己，但吴之序位与李诗相对应，无疑是对李攀龙将他置于第三的一种自我认同。而王世贞维持原序位，除了年幼自谦的姿态外，恐怕还对吴国伦位居第三的某些不满。

② 王世贞：《弇州山人四部稿》卷六四《俞仲蔚集序》，《四库提要著录丛书》集部第118册，第124页。

五子篇》创作于何时，较难判定，咏欧大任诗中有"欧生最晚交""五十而释褐"①诸句，据徐朔方《晚明曲家年谱》，王、欧二人订交晚至隆庆元年（1567），则"广五子"的定名要比"后五子"晚十年以上，基本上属于事后的总结而非当事的矜名。但是，考虑到王世贞的不少五子诗篇都有改写的痕迹，而且卢枏在嘉靖三十九年（1560）已去世，故而笔者以为，"广五子"或定名于嘉靖三十九年之前，这样"五子""后五子""广五子"诸称号出现的年份间隔则更均衡。毕竟"五子"群列是一个复古诗人群列，而不是王世贞的交游群列，欧大任列名其中，或是王世贞文学神交的一次体现，或是王世贞的事后替换行为，不得而知。

再次，王世贞在"五子"群列中对个别作家，尤其是谢榛做了鲜明的切割处理。谢榛被削名是由与李攀龙的交恶引起的，但李攀龙至少在《五子诗》外另撰《二子诗》②，将他和卢枏并称，多予褒扬，尚不至绝情。王世贞则是完全将他排除出复古阵营，连"广五子"中也没给他留一席之地。四库馆臣批评"明代而前、后七子，广、续五子之类，或分垒交攻，或置棋不定，而泛滥斯极。往往以声气之标榜，酿为朋党之倾轧"③，固然持论不允，不应对文学批评做政治性解读，但其中所谓的交攻和倾轧，在谢榛削名一事上，确实体现得淋漓尽致。

最后，王世贞的第一次"五子"群列，体现出强烈的对郎署身份的认同情绪。这与第二次"五子"群列形成了鲜明的对比。万历年间被王世贞寄予厚望的"末五子"和"四十子"，拥有郎署背景的作家并不多，有些甚至连举人、进士都不是，身份颇为多元化。但在嘉靖"五子"群列中，除了俞允文、卢枏这两位王世贞的山林至交，欧大任、黎民表这两位岭南诗人，以及宗室文人朱多煃外，其余是清一色的郎署作家。位居顶层的"五子"和"后五子"，全是当时刑部诗社的核心成员。这种对郎署文化的认同，一方面与刑部诗社的运作方式有关，另一方面也与当时六部官员对严嵩当权的集体抗争有关。到了万历年间王世贞尝试第二次"五子"群列时，这两方面都已失去了可供滋生的空间，而且王世贞晚年的文坛领袖地

---

① 王世贞：《弇州山人四部稿》卷一四《广五子篇》其五《南海欧大任》，《四库提要著录丛书》集部第117册，第268页。

② 李攀龙《二子诗》中的《谢茂秦》，即其《五子诗》未删稿中的《谢山人榛》，可见《宗子相集》卷一一附录李攀龙《五子诗》，字句稍有出入。

③ 《四库全书总目》卷一九四《江左十五子诗选》提要，中华书局，1965，第1768页。

位，也注定他追求的不再是郎署的凝聚力，而是整个文坛的号召力。

三 王世贞的第二次"五子"群列排名

有关第二次"五子"群列的定名时间，徐朔方先生将《二友篇》系于万历九年（1581），《末五子篇》系于万历十一年（1583），《四十咏》系于万历十一年（1583），《重纪五子篇》系于万历十四年（1586）[①]。其时间跨度正是王世贞的最后十年。

第二次"五子"群列较之前次的一大不同，就是对已故作家进行了删汰，对原有排序做了调整。有七位作家在前后两次群列中皆榜上有名，他们是吴国伦、余曰德、汪道昆、张佳胤、张九一、朱多煃和赵用贤。"五子"和"后五子"中尚在世的五位核心作家，组合成新的"五子"，作《重纪五子篇》吟咏。"续五子"的后续发展，未能趋于预期，年岁较少、潜力尚大的赵用贤，与万历年间的文学新进李维桢、屠隆、魏允中、胡应麟一起，并称"末五子"且居首位，算是王世贞对复古文学事业的一种寄托。热衷文艺的宗室诗人朱多煃，其交游范围受宗藩制度的限制，未有太好发展，不得不屈居"四十子"中，较之先前位置趋于边缘化。至于欧大任、石星等其他在世作家，或年岁已高，或已无意诗歌，无须再入"四十子"中。

在这次排名中，较之略显杂乱的"四十子"，居前的"二友""末五子""重纪五子"无疑更引人关注。"二友"王锡爵、王世懋为王世贞的乡族人物，自有其特殊意义。"末五子"以嘉靖年间已列"续五子"的赵用贤为首，想来没有太大异议，王世贞也特别说明"夫汝师者向固及之，然而未竟厥诣也，是以不妨重出云"[②]，而后面的李维桢、屠隆、魏允中、胡应麟四位后辈，应该是根据诸人的职官品阶和科第身份来排序的。这其实在王世贞的诗题命名中已经一目了然，在嘉靖群列中，所有诗歌皆以诗人籍贯为题，如"武昌吴国伦""南昌余曰德"之类；而在万历群列中，

---

① 徐朔方：《王世贞年谱》，《晚明曲家年谱》第 1 卷，第 654、664、659、675 页。郑利华《王世贞年谱》对《末五子篇》《重纪五子篇》的系年，与徐朔方同；《二友篇》《四十咏》则未予系年。

② 王世贞：《弇州山人续稿》卷三《末五子篇》小序，《四库提要著录丛书》集部第 120 册，第 155 页。

皆换以诗人官职为题，如"吴参政国伦""余宪副曰德"等。之所以会做出这样的调整，在很大程度上是因为王世贞作为诗坛领袖的观念变化。嘉靖年间的诗坛领袖是李攀龙，王世贞虽在影响力上可与之匹敌，但在年岁上远小于同期交游的诗人们，因此他以籍贯为题、以年齿为序进行排列，更显谦卑①；而万历年间王世贞已为德高望重的诗坛盟主，其他同辈诗人也都是独当一面的高层官员，面对下一代的年轻诗人，有必要建立一套尊卑有序的等级观念，那么以官职为题，兼以资历及成就为序进行排列，更能体现王世贞晚年的文坛权威形象。② 汪道昆在嘉靖群列中不过是"后五子"之一，在"重纪五子"中竟跃居吴国伦之上，这一方面或与当时王、汪二人并称"二司马"有关，另一方面也是因为汪道昆的兵部侍郎（正三品）身份高于吴国伦的布政司参政（从三品）一职。当然，这一套观念，在"末五子""四十子"等后生小辈中更容易推广，面对同辈在世者，仍需要适当地考虑诸人资历及原有排序问题。

除了个别作家的排名调整，万历群列给人的另一个深刻印象，就是群列的扩张。嘉靖群列共四组并称，不过二十人，万历群列也是四组并称，却有五十二人。这其中的差别就在于"四十子"的出现。我们应该如何理解王世贞晚年提出"四十子"的动机？笔者以为，可以从三个层面去考虑这个问题。第一，这是王世贞对过往文学交游的一次回顾和总结，"四十子"没有"五子"那样明显的排名意识，更像是一组怀人诗③。王世贞也说"德均以年，才均以行，非有所轩轾"④，但这样的表述，反而从一个侧面印证了王世贞先前的"五子"群列是有排名意图的。第二，这是王世贞的一次提携后进之举，虽然他自曰"诸贤操觚而与余交，远者垂三纪，迩者将十年"⑤，

---

① 最接近原貌的《宗子相集》附录《五子诗》，虽以年齿为序，诗题仍显以名位，如"李郎中攀龙""王比部世贞"等，各家皆同。在编入文集后，李攀龙改以文望为序，诗题只留姓名；王世贞仍以年齿为序，但改以籍贯为题。

② 王世贞《重纪五子篇》小序中有"今其存者，位虽有显塞，而名业俱畅，志行无变"句，已隐约有对身份、品阶之留意。

③ 王世贞题写的是"四十咏"，并没有说过"四十子"。"四十子"之说，据笔者眼力所及，较早见于清初文献中，如朱彝尊《曝书亭集》卷三八《王鹤尹诗序》曰："猴山先生秀才时，元美进之'四十子'之列。"《清代诗文集汇编》第116册，上海古籍出版社，2010，第319页。

④ 王世贞：《弇州山人续稿》卷三《四十咏》小序，《四库提要著录丛书》集部第120册，第156页。

⑤ 王世贞：《弇州山人续稿》卷三《四十咏》小序，《四库提要著录丛书》集部第120册，第156页。

但除了最先的六七人外，其余都比王世贞年幼，特别是从王稚登、王叔承开始，都是比王世贞小十岁以上的后辈，这部分诗人占去总数的三分之二强，其中不乏邹迪光、邢侗、梅鼎祚这样的后来名家，王世贞或许有为"末五子"提携一批羽翼诗人的意图。第三，这也是文坛领袖强化自己统治地位的一种手段，利用自己的话语权威来进一步凝聚复古文学群落的力量。"四十子"中如沈明臣、张凤翼、王稚登、梅鼎祚等人，都不是传统视野下的复古诗人，王世贞把他们拉入"四十子"，有将复古阵营扩大化的打算。当然，考虑到王世贞晚年文学思想的复杂性，也不排除王世贞对复古概念有了新的理解，而将一些原本诗论见解有别的作家引为同类。但不管怎么说，《四十咏》的创作目的，首先应该是怀人，然后才是一定程度的提携后进和群落收编，不可过度阐释。

另外，我们需要留意，王世贞早在嘉靖二十九年（1550）就创作过一组《四十咏》。其主旨为怀咏有明一代的苏州乡贤，自高启至黄省曾共咏四十一人（陆釴、张泰并为一首），类似一部简明的明代苏州诗歌史。虽然这次创作没有形塑文学流派和制造排名的目的，但从事后的角度去看，无疑是一次群体观照性质的文学试验。这两次《四十咏》，都有鲜明的群体辨识度，一为苏州文统，一为复古文统，正对应王世贞文学思想的两条主线。不仅如此，在万历十一年（1583）的同题作品中，王世贞除了扩张复古阵营外，也间接地强调了苏州文统的重要性。"四十子"中，苏州籍诗人占十五人，另有环太湖地区的松江三人，常州二人，嘉兴、湖州各一人，吴地文学色彩颇为鲜明。我们甚至可以隐约看出，作为一个有明确理论诉求的文学群落，越靠近核心作家圈，复古群落的色彩越浓，地域群落的色彩越淡，而处在周边的那些作家，则在很大程度上表现出与诗坛领袖相近的地域文学特质。这种借文人排名来梳理地域文学传统的写作思路，亦被后学效仿，比如谢肇淛创作有关福州诗人的《五子篇》《后五子篇》[①]，即文学排名与地域书写二法的一次成功结合。

根据徐朔方先生对"五子"群列的系年考证，我们可以获知，《重纪五子篇》是所有系列中最后创作的。在重纪之前，原有作品在一定程度上已经构成了一个相对完整的流派谱系。即王世贞为领袖，"五子"和"二

---

① 谢肇淛：《小草斋集》卷六《五子篇》《后五子篇》，《四库全书存目丛书》集部第175册，第145~147页。同卷另有《怀师篇》二首，其一为《王奉常敬美先生》，或可考溯谢氏之观念源流。

友"为中坚,"后五子"和"末五子"为羽翼,"广五子"、"续五子"和"四十子"为星辰的复古文人集团,并且体现出鲜明的前后两个发展阶段。故《重纪五子篇》的出现,只是因为核心作家不断离世而做出的适当调整,这固然是对嘉靖群列的一次覆盖和更新,但更多的是怀旧意义,并非文学史的重新书写。

四 近传统:"前七子"群列的层级意识

王世贞以若干文人并称来进行群列式排名的想法,并非凭空而来。在李攀龙等人掀起嘉靖文学复古思潮之前,在弘治、正德年间,已有过一次文学复古运动,当时文人有"四杰""七子""十子"诸并称。王世贞文学排名观念中的某些要素,实来源于对前辈诗人并称的一些反思。对"(前)七子"等称谓的关系,王士禛《带经堂诗话》有较详细的介绍:

> 明诗莫盛于弘、正,弘、正之诗莫盛于四杰。四杰者,北地空同李氏,汝南大复何氏,吴郡昌国徐氏,其一则吾郡华泉边公。四杰之外,又称七子。而顾华玉、朱升之、王稚钦之徒,咸负盛名,弗得与于四杰、七子之列。故千秋论定,以李、何为首,庸边、徐二家,次之浚川、对山、渼陂。洎东桥、凌溪已还,则皆羽翼也。①

王士禛不仅详列了"四杰""七子"之说,还将复古作家群分为四个层级,即李梦阳、何景明为第一级,徐祯卿、边贡为第二级,康海、王九思、王廷相为第三级,顾璘、朱应登等其他作家为第四级。可见,对弘治、正德复古作家群予以层级对待,在清初已颇为普遍。这并非王士禛的一家之见,宋荦《西陂类稿》亦曰:"成、弘间,李东阳雄张坛坫,迨李梦阳出而诗学大振,何景明和之,边贡、徐祯卿羽翼之,亦称四杰。又与王廷相、康海、王九思称七子。"② 类似的层级之分,亦见《明史·文苑传》:"(李梦阳)与何景明、徐祯卿、边贡、朱应登、顾璘、陈沂、郑善

---

① 王士禛:《带经堂诗话》卷四,人民文学出版社,1982,第99页。
② 宋荦:《西陂类稿》卷二七《漫堂说诗》,《清代诗文集汇编》第135册,第304页。

夫、康海、王九思等号十才子；又与景明、祯卿、贡、海、九思、王廷相号七才子，皆卑视一世。"① 从现有史料来看，这一套层级观念非清人凭空臆想，至少在嘉靖前期，即第一次文学复古运动的末期，这些文人并称已经出现，只不过当时人尚未认识到不同并称之间的层级联系而已。"四杰"之说，首见袁袠的《皇明献实》一书：

> 弘治初，北地李梦阳首为古文，以变宋元之习，文称左、迁，赋尚屈、宋，诗古体宗汉魏，近律法李、杜，学士大夫翕焉从之。其时济南边贡、姑苏徐祯卿及景明最有名，世称四杰。四人才各有所长，李天才雄健，徐陶冶精融，而景明藻思秀逸，皆艺苑之鸿匠也。边公才不逮职，朴质有余，而华采不足。②

倒是最被人称道的"七子"说，在当时没有什么影响，甚至找不到确凿的文献证明它在七子生前就已经存在③。只有康海在王九思文集序中的一段话，勉强可算证据：

> 我明文章之盛，莫极于弘治时。所以反古俗而变流靡者，惟时有六人焉。北郡李献吉，信阳何仲默，鄠杜王敬夫，仪封王子衡，吴兴徐昌谷，济南边廷实，金辉玉映，光照宇内，而予亦幸窃附于诸公之间。④

此六人加上康海，恰成七子之数，但毕竟没有出现"七子"之称。而明确以"七子"相称的当时文献，所云作家又未必指向我们现在公认的"七子"，李开先《何大复传》、唐锜《升庵长短句序》中有"七子"之

---

① 《明史》卷二八六《李梦阳列传》，中华书局，1974，第7348页。
② 袁袠：《皇明献实》卷四十"何景明"条，《明代传记丛刊》本，明文书局，1991，第772页。
③ 薛泉《七子派考略》据钱谦益《列朝诗集小传》中"弘治时朝士有所谓七子者"一句，认为弘治年间已有"七子"之称，笔者持怀疑态度。钱谦益已是晚明清初人，其文字有用清初文学观念叙述前代旧事的嫌疑。笔者以为，考察文人并称，应尽量使用同时代的文献，较早如康海《渼陂先生集序》、李开先《何大复传》等，也已是嘉靖前期的作品了。
④ 康海：《康对山先生集》卷二八《渼陂先生集序》，《续修四库全书》第1335册，上海古籍出版社，2003，第315页。

谓,但与文学史中的"七子"皆有差别①。可见所谓"前七子"本无固定说法,其名序的最终固定,其实是后来文学史书写的结果。

至于"十子"说②,出现时间更晚。笔者眼力所及,较早见于万历何乔远的《名山藏》:

> 明兴,词赋之业,馆阁专之,诸曹郎皆鲜习。至梦阳而崛起为古文词,馆阁诸公笑之曰:"此火居者耳。"火居者,佛家优婆塞也。然梦阳之文词出风入雅,凤矫龙变,而其道大振。与同时者何景明、徐祯卿、边贡、顾璘、郑善夫、陈沂、朱应登、康海、王九思,号十才子,而梦阳更以气节奕奕诸郎间。③

何乔远在末篇《王九思传记》后,还不忘标注"右弘、正间十才子"字样予以强调,可见并非无根之道听途说。后来王士禛提出"李、何为首,徐、边为庸,康、王为次,顾、朱为羽翼"的说法,基本上就是笼括以上诸种并称演变而来的。由于多个不同容量的文人并称的叠加效应,后人即使面对单个并称如"七子""十子"之类,也能较清晰地分辨其内部的层级关系,制造出立体的排名效果来。

与"后七子"相比,"前七子"群体并称的一大缺憾,在于定编意识较为淡薄。除了"李何""四杰"的称谓已趋固定外,其他"七子""十子"之称,更多是后人的文学史回顾行为,算不上复古作家的自觉群体形塑。万历年间许学夷撰《诗源辩体》,已有"弘、正诸子,观诸家序列不同,则知李、何、徐、边而外,初无定名也"④的疑惑。在这方面,李攀

---

① 见李开先《闲居集》卷十《何大复传》,杨慎《升庵长短句》卷首唐锜序。相关人物考辨,见薛泉《七子派考略》,《武汉大学学报》(人文科学版)2011年第3期。另,何景明有《六子诗》(王九思、康海、李梦阳、何瑭、边贡、王尚絅),其定编与排名,与前三种说法不同。

② "十子"另有一说更早,见严嵩《南京大理寺卿孟公墓志铭》:"时公之内弟何子仲默,方有俊名,与其群李献吉、王子衡、崔子钟、田勤甫及公,日切劘为文章,扬榷风雅,以相振发。酒食会聚,婆娑酣嬉以相乐。时称'十才子'。"(《续修四库全书》第1336册,第246页)可知李梦阳、何景明、王廷相、崔铣、田汝籽、孟洋等亦有"十才子"之称。但此说十人姓名未全录,无法做进一步判断,姑存疑。

③ 何乔远:《名山藏》卷八六《文苑记》"李梦阳"条,《续修四库全书》第427册,第408页。

④ 许学夷:《诗源辩体》后集纂要卷二,人民文学出版社,1987,第411页。

龙、王世贞的自觉意识就很强，在嘉靖三十一年（1552）后的刑部诗社活动中，已有明确的"五子""七子"之谓；《五子诗》出谢榛而入吴国伦，更是体现出泾渭分明的取舍态度；李攀龙甚至还对"境外交"的诗人们予以家长式的批评和惩戒。以上行为虽有画地为牢之嫌，却在很大程度上避免了李梦阳时代各种"七子"说法满天飞的情况的出现，从群落形塑的角度来说，确实比李、何作家群更具凝聚力。

另一个遗憾则是层级意识不够。虽有"李何""四杰""七子""十子"之称，但彼此间的层级关系，更多是后人通过相关材料拟构出来的，李梦阳、何景明等当事人恐怕没有明确的层级建构意识。康海在《渼陂先生集序》中罗列其他六家，以李梦阳、何景明、王九思、王廷相、徐祯卿、边贡为序，李、何居前，徐、边殿后，二王居中。这样的排序依据既非年齿，又非科第，着实让人捉摸不透，可见当时不仅"七子"说法不一，即使是同一说法的内部，人物排序也不一致。或许有人会说，这根本就是康海率意列出，实无定律，若真如此，更说明了当事人对七子排名及其层级的淡漠意识。

故从当时的情况来看，"前七子"的不稳定性是客观存在的，它与"四杰""十子"之间的层级自觉性也很有限。就算是后来李攀龙、王世贞等人，在文字中也没有对"前七子"做过明确认定，在提到弘治、正德复古作家群时流露出来的层级意识仍然模糊。如王世贞《顾东桥像赞》有曰："弘、正之间，天昌厥辞。李、何倡之，边、王翼之。跻跋中原，江左其谁。昌谷后劲，公乃先驰。"[1] 将边贡、王廷相视作李、何的左膀右臂，而江南诸子是与他们遥相呼应的。如果说这段话因围绕顾璘展开，不得不将徐祯卿拉入南方作家群，有其表述的特殊性，那么，我们再看他在《答张肖甫司马》中的说法："当时王伯安、子衡，跌宕李、何、徐、薛诸公间，独以功名显重，至开茅土。"[2] 他称王守仁、王廷相二人跌宕"李、何、徐、薛诸公间"，用"七子"甚至"十子"之外的薛蕙替代了边贡。而且类似说法不止一次，其《湖广第四问》亦曰："当弘、正间，天下不胜其质，人文之所蕴崇浮发，而为李、何、徐、薛辈，相与修明骚雅、西

①　王世贞：《弇州山人续稿》卷一四八《顾东桥像赞》，《四库提要著录丛书》集部第122册，第158页。
②　王世贞：《弇州山人续稿》卷一八四《答张肖甫司马》其七，《四库提要著录丛书》集部第122册，第549页。

京之业,颇翕然争言古矣。"① 可见在王世贞对弘治、正德复古文学的表述中,更习惯将薛蕙而非传统"四杰"之一的边贡视为代表人物。以上材料,一方面表明了直至王世贞所处的嘉靖后期至万历前期,即使是同一作家,对弘治、正德诸家的表述及层级关系的认识,也没有形成一个固定的说法;另一方面,这种在不稳定性中隐隐流露出的层级意识,也在一定程度上促成李攀龙、王世贞对文学排名一事做出更严肃和精致的思考。

五 远传统:《江西诗社宗派图》的群体认同

"前七子"群体并称的一系列经验,是王世贞文学排名观念的近传统所在,这相对来说较容易辨识。与之相比,其远传统应追溯到哪一部文学批评经典则较难落实。从长时段文学史的角度来看,《五子篇》系列带有较强的群落形塑色彩,不应与《诗品》《诗人主客图》这类文学史总结之作相比;他也没有像《江西诗社宗派图》那样以"宗派"命名,零散的篇章加上怀人诗歌的无序性,更让后来读者对此不甚关注。但是,如果我们换一个观察角度,不是将这些作者视为批评家,而是将他们视为活动家,那么,这其实是古典文学中将排名当作一种文坛武器的自觉实践,是对《江西诗社宗派图》初尝试的一种承袭和发扬。这种"武器"不是为了让已逝的古人一较高下,而是为了文坛的当下生存和未来发展。这就凸显出另一层面的文学史意义来,即《诗品》等的批评目的主要在于总结过去,而《五子篇》系列的批评目的更侧重于寄予当下、展望未来。

有鉴于此,《江西诗社宗派图》的原始形态为何,我们已不得而知,但笔者依然认为,王世贞的群列式文人并称的远传统在《江西诗社宗派图》,而不在更远的《诗品》或《诗人主客图》。因为《江西诗社宗派图》所体现的对文学流派的理性诉求和自觉承担,是《诗品》《诗人主客图》所没有的,这也是王世贞承袭发扬的关键所在。

大体来说,《诗品》《诗人主客图》这一类文学排名,存在一个预设的观念或结构。无论是上、中、下品,还是主、客序位,皆源自中古时代的世族门第观念,一旦付诸复杂多变的文学世界,有时难免显得生硬。说白了,

---

① 王世贞:《弇州山人四部稿》卷一一六《湖广第四问》,《四库提要著录丛书》集部第119册,第46页。

批评者已有大致的位置和秩序观念，以对应诗人们创作水平之高下，诗人增一位或减一位，其实无关紧要。而《江西诗社宗派图》一类，则将重心放在想要评论的诗人及其风格上，在划出明确的群落边界后，尝试为它们设计一个合适的结构及具体位置。如最体现层级特性的"一祖三宗"之说，直到宋末《瀛奎律髓》方才成型。虽然《江西诗社宗派图》的原始情状已不可究，但从南宋人的后续诠释与传播来看，无论作者还是读者，都存在较明显的定编及排名诉求。吕本中是否有意排名姑且不论，至少他对诗派成员做出了清晰的定编处理①。而同时人的关注焦点，主要在于两个方面。一为定编和排名，基本上属于对吕本中原意的再阐释。如赵彦卫曰："议者以谓陈无已为诗高古，使其不死，未必甘为宗派。若徐师川则固尝不平曰：'吾乃居行间乎？'韩子苍云：'我自学古人。'均父又以在下为耻。"② 诸人的不平，或在出入其中，或在高下其间，不外乎此。二为层级，这属于超出吕本中原意之外的新批评。如范季随曰："《宗派图》本作一卷，连书诸人姓字。后丰城邑官制石，遂如禅门宗派，高下分为数等，初不尔也。"③ 曾季狸亦有"东莱作《江西宗派图》，本无诠次，后人妄以为有高下"④ 之语。虽然他们承认吕本中的本意只在列名，而不在排名和层级，却从一个侧面反映了当时读者将《江西诗社宗派图》理解为诗人排名的普遍心理。

　　另外，无论《诗品》还是《诗人主客图》，都是对经典的回顾，入选与否的首要标准，是作品质量，即以纯粹的文学品鉴为评判标准。《诗品》中即使是名列下品者，仍是汉魏六朝五言诗史中尚可一观的作家；《诗人主客图》中的诗人们，则以风格为门类，而且有例句若干以展示其诗艺风采。《江西诗社宗派图》则不同，它不关注作家的名望和作品的质量，而是重在包蕴一种群体之认同。其入选与否的首要因素，在诗歌风格和诗学主张的一致性，即"源流皆出豫章"⑤。这是一种追寻和塑造文学共同体的行

① 《江西诗社宗派图》的诗人名单，现有四个版本，即《苕溪渔隐丛话》、《云麓漫钞》、《江西诗派小序》和《小学绀珠》，其中细微差异详见莫砺锋《江西诗派研究》，齐鲁书社，1986，第310~311页。从诸版本的不同之处，亦可看出后人对此图之定编和排名的一些微调，刘克庄甚至明言他已有所去取更动。

② 赵彦卫：《云麓漫钞》卷一四，中华书局，1996，第244页。

③ 范季随：《陵阳室中语》，载陶宗仪编《说郛》卷二七，《景印文渊阁四库全书》第877册，台湾商务印书馆，1986，第526页。

④ 曾季狸：《艇斋诗话》，载丁福保编《历代诗话续编》，第296页。

⑤ 胡仔：《苕溪渔隐丛话》前集卷四八，人民文学出版社，1962，第327页。

为，本无意分出高下来。胡仔指出，"所列二十五人，其间知名之士，有诗句传于世，为时所称道者，止数人而已。其余无闻焉，亦滥登其列。居仁此图之作，选择弗精，议论不公"①，固然是平允之论，但吕本中的书写目的本不在精选和公论二事上，胡仔的批评也就成了无的放矢之说。

不管怎样，江西诗派作为中国文学史上第一个自觉的诗歌流派，《江西诗社宗派图》在其中起到了重要的理论支撑作用。它率先将"宗派"一词用于文学群落的塑造上，为同一创作风气和理论主张的诗人们划定了范围边界（定编二十五人），并体现出不置可否的排名倾向。宋末方回提出"一祖三宗"说，更是在此之上制造出层级叠加后的结构性效果。江西诗派的后生们，以切实的批评文字，告诉后人如何去形塑一个群落中应有的层级和排名观念。

我们用后知的眼光去审视，《江西诗社宗派图》至少有两点引以为鉴的经验。其一，文学排名要有适度的层级意识。像《诗品》《诗人主客图》般泾渭分明或许太过死板，但将二十五位诗人放在同一平面上，未做任何说明，未免会给人留下了太多的臆想空间。其二，推出排名之人要有足够的文坛公信力。不管《江西诗社宗派图》是不是吕本中年轻时所作②，他的文坛影响力都不足以在社会上制造出统一的口碑认同，这次排名是否如他所言只是一次戏作，我们不得而知，但至少招来了同时代人的不少批评。这些遗憾之处，在明代复古派的群列式文人并称中，皆有相当大的完善，如通过群列之法制造出层级意识，借助李攀龙、王世贞的诗坛领袖地位来确保最大限度的公众认同等。复古作家们是否普遍读过《江西诗社宗派图》，我们没有太多的史料可予证明③，但两者在排名形式和理念上的某些连续性，至少说明由宋至明文人们的排名观念存在某种内在的牵系，并在不断发展和完善中。

---

① 胡仔：《苕溪渔隐丛话》前集卷四八，第 328 页。
② 黄启方据吕本中《东莱先生诗集》《紫微诗话》中所载诸人事迹，认为"以诸人活动年月及与本中交往时间断之，本中之作图绝不可能在其二十岁时，本中'少作'云云，未必为真，即以本中所受教养与性行，亦绝非率意而为又希图掩盖者"，《黄庭坚与江西诗派论集》，台北："国家"出版社，2006，第 506 页。笔者以为，黄先生诸人交游事迹推定必非"少作"，尚有理据，但据吕本中之教行而否定对立史料的真实性，则未免偏颇。从现有材料的时间和内容来看，不排除吕本中晚年借《宗派图》排名立派，但实际效果未达预期，最终只能以"少作"为托词来掩饰其意图的某种可能性。
③ 笔者眼力所及，胡应麟对《江西诗社宗派图》之排名有具体的介绍与评论，见《诗薮》杂编卷五，中华书局，1958，第 298~299 页。

　　综上所述，王世贞的文学排名行为，在观念、方法上较之前人更加精致、复杂。他将定编与排序相结合、层级与线性相结合，注重结构性、立体化的呈现效果，兼顾文学传承与流派建构两种批评维度，让排名之事渐成系统之学。他生前的文坛地位，远高过钟嵘、张为、吕本中等人，本可以有一番作为。但最后的结果却是《五子篇》系列在文学批评史上的地位，远不及其他诸作。究其原因，一般认为王世贞借《五子篇》争名斗气、结派标榜，偏离了文学创作及批评的本旨。文学排名趋于精致化和功利化，意味着与文学的原初审美愈行愈远。与之相反，吕本中的信手之作，李梦阳、何景明之于"七子"并称的淡然态度，却滋生出相当旺盛的批评生命力，并经受住了历史的考验。从这个角度来看，文学批评自觉与文学史事实之间的某些背反，也是我们讨论文学排名时需要留意的。

　　从《五子篇》到《重纪五子篇》八组诗歌，共七十二首。这个数字难免让我们想到《水浒传》中的座次交椅。王世贞的七十二首诗歌是否受到了《水浒传》的影响，我们不得而知，但在晚明时期，因《水浒传》而出现了一种新的排名形式即"点将录"，却是一个不争的事实，并以《东林点将录》的形式被用于天启魏党对东林党人的政治迫害中。清代文学批评中独树一帜的《乾嘉诗坛点将录》《光宣诗坛点将录》等，实借鉴明人手法而来。其中的层级、序位、结构、区域等排名要素，在王世贞的《五子篇》系列中都有一定程度的体现。那么，如何理解明代的《五子篇》系列在整个中国古典文学排名学中的位置，以便将它与南朝《诗品》、唐《诗人主客图》、宋《江西诗社宗派图》、清《光宣诗坛点将录》等批评经典串联起来，形成一条更连贯的文学排名观念的演进脉络，继而建构一个完整的文学排名学体系，将是一个更广阔、更具方法论意义的话题，假以时日，笔者当试论之。

（原载《文学遗产》2016 年第 6 期）

王闿运的诗歌宗尚与明代诗学[*]

湘潭大学文学与新闻学院　雷　磊

摘　　要　王闿运关于诗歌宗尚的思想主要源于明代诗学，隐源是对杨慎等人的六朝诗学的接受，显源是对七子派的批判，所谓"竟七子之业"，这就是王闿运复古思想的主要动因。因此，王闿运诗学汲取了明代诗学中的辨体意识和格调思想，经过对前代诗歌长期的学习和探索，形成了丰富的诗体思想和明确的诗歌宗尚，这成为其复古思想的重要内容，并在与创作的互动中实践其主张。总之，王闿运诗学是明代六朝诗学的延续和发展。

关　键　词　王闿运　七子派　六朝诗学

王闿运是近代汉魏六朝诗派领袖，其核心的观念是复古。古人到底有哪些家数？我们应该向哪些古人学习？对于这些问题，王闿运参悟了数十年。他说过，"非积三四十年，不能尽知古人之工拙"①，这是他积三四十年尽知古人工拙后的甘苦之言。关于取法对象和古诗工拙的意见及实践，本人认为这是王闿运诗学思想中最有价值的部分。

一

明代七子诗学宗尚主要是古体汉魏，近体盛唐，杜甫尤其是第一法门。王闿运深受明七子派诗学影响②，但并非一意承袭，而是有所修正

---

　*　本文为国家课题"明代六朝诗学研究"（批准号：13BZW076）的成果之一。

①　《论诗法答唐凤廷问》，《湘绮楼诗文集·王志》（以下简称《王志》）卷二，岳麓书社，1996，第552页。

②　王闿运《陈怀庭诗集序》云："及近岁闿运稍与武冈二邓（指邓辅纶、邓绎），探风人之旨，竟七子之业，海内知者不复以复古为病。"[《湘绮楼诗文集·文》（以下简称《文》），岳麓书社，1996，第383页]可知汉魏六朝派诗学与明代七子派诗学颇有渊源。

和发展。关于诗体问题，王氏就打破了古体、近体的区分，而立五言、七言二派①，并且认为"唐人专长乃在七言"②。这一观点当受到明七子"唐无五古"的启发。③ 可见，王闿运主要从诗歌体裁的角度切入，辨析其学习的对象。

本节讨论王闿运关于七绝的意见。王氏撰有论七绝的专文，即《论七言绝句法答陈完夫问》，我们认为其理论的起点是对明七子的批判，有云：

> "琵琶起舞换新声，总是关山旧别情。撩乱边愁听不尽，高高秋月照长城。"此篇声调高响。明七子皆能为之，而不厌人意者，彼浮响也。（《王志》卷二，第547页）

所引之诗为王昌龄《从军行》七首其二，此系批评明七子仅得唐人七绝腔调，而未得其精神。此条不仅批评了明七子，还批评了李白、杜甫。前条接云：

> 此何以不浮？则以新、旧二字相起，意味无穷。杜子美《听猿奉使》亦以虚、实相起，彼者笨伯，此乃逸才。能使下二句亦有神采，又是何故？

引杜甫《秋兴》八首其二之颔联"听猿实下三声泪，奉使虚随八月槎"以同王昌龄"琵琶起舞换新声，总是关山旧别情"二句作比，一用虚、实相贯，一用新、旧相贯，句法略同。但王氏认为有"笨伯"与"逸

---

① 《论作诗之法》："今欲作诗，但有两派，一五言，一七言。"（《文》，第366页）
② 《湘绮老人论诗册子》，《湘绮楼诗文集·说诗》（以下简称《说诗》），第2376页。
③ 《论汉唐诗家流派答唐凤廷问》云："唐人初不能为五言，杜子美无论矣，所称陈子昂、张子寿、李太白，才刘公干之一体耳，何足尽五言之妙！故曰唐无五言。"（《王志》，第546页）《论唐诗诸家源流答陈完夫问》云："读唐诗宜博，以充其气。唯五言不须用功，泛览而已。"（《王志》，第532页）也是唐无五言之意。《湘绮老人论诗册子》亦详细讨论了唐代五言，结论是"故论唐五言，自杜、孟成家外，只可篇选，并无家法"（《说诗》，第2377页），颇为轻视唐代五言。唐无五言这一观点的另一面就是唐有七言。因此，王闿运在讨论诗歌的学习对象时，有意分为五言、七言两派展开论述，并得出"唐人专长乃在七言"的结论。但是，王闿运也说过"歌行律体是其（按：指唐人）所擅长"（《论唐诗诸家源流答陈完夫问》，《王志》，第532页）这样的话。他同明七子"唐人专长为近体（律体）"的观点并无太大不同，略有侧重而已。重视歌行和轻视七律，可能是王闿运同明七子略有不同之处。下文详论。

才"之别。其实《秋兴》是杜甫七律的代表作，王氏之评有过于贬低杜甫之嫌。再看此条对李白的批评：

> "为政心闲物自闲，朝看飞鸟暮飞还。寄书河上神明宰，羡尔城头姑射山。"此篇超妙，为绝句上乘，所谓"羚羊挂角，不着一字"者也。欲知其超，但看太白诗"问余何事栖碧山"一首，乃世所谓仙才者。与此相比，觉李诗有意作态，不免村气。李选字皆妍丽，此则拉杂。如"神明宰"等字，比之"桃花流水"等字，雅俗相远。而俗者反雅，雅者反俗，何耶？

前一首诗为李颀《寄韩鹏》，后一首为李白《山中问答》："问余何事栖碧山，笑而不答心自闲。桃花流水杳然去，别有天地非人间。"两首均为名作且主题相类，而王氏却区分雅俗之别。颀诗表达的是官隐思想，官是俗，官隐却是俗而雅。白诗表达的是山隐思想，山是雅，山隐却是雅而俗。这当然只是王氏个人的意见，并不公平。

王闿运如此贬低李、杜，应与明七子有关。明前后七子的观点是近体推崇盛唐，而且主要推崇李、杜[1]。我们似乎可以得出推论：王闿运是为了批评七子而批评李杜。甚至，我们可以进一步推论：王闿运通过批评七子派所推崇的李、杜等而努力追寻自己的学习对象。此条还有下文：

> "朝日残莺伴妾啼，开帘只见草萋萋。庭前似有东风入，杨柳千条尽向西。"此篇超妙似"姑射山"，意味如"旧别情"。亦以"东""西"二字相起，非独人不觉，作者亦不自知也。其如何得此，如何下转语，亦不能明言，但恰如人意。
> "春城无处不飞花，寒食东风御柳斜。日暮汉宫传蜡烛，轻烟散入五侯家。"言恩不及他处也。
> "昨夜风开露井桃，未央前殿月轮高。平阳歌舞新承宠，帘外春寒赐锦袍。"言无宠者独寒也。
> "月落乌啼霜满天，江枫渔火对愁眠。姑苏城外寒山寺，夜半钟声到客船。"言一日夜无人肯到船。

---

① 李梦阳《空同集》卷五十一《张生诗序》"唐之诗最李杜"可证。

"清时有味是无能，闲爱孤云静爱僧。独把一麾江海去，乐游原上望昭陵。"言不及仕太宗朝。

此四篇皆言在此而意在彼。前三首皆太不着迹，反不如点破无能为醒豁。但意含怨望，非诗人旨。君不及太宗，不仕可也，不可仕而讥之。柳子厚云："春风无限潇湘意，欲采萍花不自由。"责己恕人，庶可以怨。

"碧绣檐前柳散垂，守门宫女欲攀时。曾经玉辇从容处，不敢临风折一枝。""水边杨柳曲尘丝，立马烦君折一枝。惟有春风最相惜，殷勤更向手中吹。"此两篇因景造情，婉而多致。

"白马金鞍从武皇，旌旗十万宿长杨。楼头小妇鸣筝坐，遥见飞尘入建章。"（按：王昌龄《青楼曲二首》其一）此即事写景，与太白《白马骑行篇》同。彼云"美人一笑褰珠箔，遥指红楼是妾家"，则不及鸣筝者之娇贵也。故诗须有品，艳体尤宜名贵。

李白一首又作《陌上赠美人》，也是王氏的批评对象，不详论。前八首诗分别是刘方平《代春怨》、韩翃《寒食》、王昌龄《春宫曲》、张继《枫桥夜泊》、杜牧《将赴吴兴登乐游原》、柳宗元《酬曹侍御过象县见寄》、王涯《宫词》、杨巨源《和练秀才杨柳》，加上之前的王昌龄《从军行》、李颀《寄韩鹏》，再加上王氏《夜雪集》中自注提及的韩愈《晚春》[1]，这些七绝诗应该是王氏专力学习的对象。可得出以下几点结论。

第一，王氏认为七绝"盛于唐代，有美必臻，别为一体"[2]，也就是说，唐代七绝成就最高，可成为一代之诗体。[3] 而其中，最推崇的是盛唐王昌龄，其次是李颀。王氏通过与李、杜、七子进行比较，对王、李三首七绝给予极高的评价："声调高响""意味无穷""神采""俗者反雅""超妙""恰如人意""有品"等。

第二，但是，王氏并未如七子一样专尚盛唐。王氏以上所推崇的七绝作家，除王昌龄、李颀两位盛唐诗人外，刘方平、韩翃、张继、柳宗元、

---

① 王闿运《柳枝词序》云："韩退之诗云：'草树知春不久归，百般红紫斗芳菲。杨花榆荚无才思，唯解漫天作雪飞。'"按：诗题为《晚春》。

② 王闿运：《夜雪集序》，《湘绮楼诗文集·诗》（以下简称《诗》）卷十七，第1710页。

③ 《论作诗之法》有云："五绝七绝乃真兴体，五言法门皆从此权舆。"（《文》，第366页）王闿运极少谈论五绝，最为推崇的还是七绝。

王涯、杨巨源是中唐诗人，杜牧是晚唐诗人。可见，王氏所推崇的唐代七绝作家，虽最尚盛唐，但中唐也是重点，而且不废晚唐。《论汉唐诗家流派答唐凤廷问》云："七绝则上继皇古，下开词曲。王少伯足兼之，不必以时代限。"王氏虽最推崇王昌龄，但并未限以时代。王氏的诗学观念，与七子相比，则更为通融。这一点应该说是王氏在批判七子派诗学基础上的发展。

第三，如何写好七绝呢？王闿运的意见大概有以下几点：一是需字字锤炼，如果"一字未安"，则"全章皆顿"①；二是要自然超妙，不露痕迹，不可"有意作态"；三是既"意味无穷"，又"恰如人意"；四是"婉而多致"，即"言在此而意在彼"。对七绝创作的技巧、抒情、达意、表现、风格等有较准确的体悟。

王闿运对七绝的准确体悟，同时也是基于其七绝创作的经验总结。他有《夜雪集》，收有他自己创作的七绝158首。《柳枝词》其三云："芦笋生时柳絮飞，知君应诏早分题。如今转更无才思，不解漫天但作泥。"② 即学韩愈《晚春》等七绝，颇为婉致。《齐河道中雪行偶作二首》其一云："六月炎州火作山，冬来河朔雪盈鞍。冰天热海间经过，未觉人间万事难。"其二云："六花偏傍锦裘飞，湿尽重襟火力微。湘绮楼中他夜雪，好将鸳瓦当油衣。"若不了解写作背景，则很难把握其主旨。幸有序，云：

> 甲子岁，从番禺还。未逾月，江宁初复，因访曾侯。便循扬淮，北游清苑，将有从宦之志。十一月，至齐河，濒渡，会夜冰合，船胶，还宿草舍。大雪五尺，人马瑟缩，方坐辕吟啸，傲然自喜其耐寒暑也。俄而悟焉。夫以有用之身，涉无尽之境，劳形役物，达士所嗤，乃自矜夸，诚为谬矣。适遇南使，附家书，因题示意。③

可知二诗是将其绝意仕进而归隐乡野之决断委曲道出。此诗是王闿运出处之转捩点，因此《夜雪集序》特别提及："《齐河道上》一篇，出处之所决也，必存之，以示子姓为典故，故冠篇首。并采诗中字，题为《夜雪集》云。"④ 若无深曲，不会如此强调。上举二题可以看出王氏七绝的基

① 王闿运：《夜雪集序》，《诗》卷十七，第1710页。
② 《诗》卷十七，第1712页。
③ 《诗》卷十七，第1711页。
④ 《诗》卷十七，第1710页。

本表达方式是婉而见意，意味无穷。这一特点，《夜雪集序》也有提示："既过强仕，阅世学道，上说下教，意所不能达者，辄作一绝句，等之稗官小说，取悟俗听。"① "意所不能达"，并非不能达，而是不便达、不可直达。所谓"悟"，也就是"超妙""意味"的审美追求。那么，从"超妙""意味""羚羊挂角，不着一字""悟"等措辞来看，王氏深受严羽诗学影响。但是，《沧浪诗话》主要是由七子派将其经典化的②。因此，我们大致可以推定，王氏是经由七子派而深刻地理解了严羽的诗学理论，也就是说，王氏对于明七子派，既有批判，又有接受。

虽然王闿运早在 15 岁即开始创作七绝③，但其关于七绝的理论成熟则在 50 岁前后④，其七绝理论及其体现出的王氏诗学核心思想应为王氏定论。我们可以拿他关于其他诗体的认识做互证。

二

王闿运认为七言歌行也是唐人所擅长的诗体。⑤ 其《论七言歌行流品答陈完夫问》云：

> 初唐犹沿六朝，多宫观闺情之作。未久而用以赠答。送别分题，或拈一物一事为兴，篇末乃致其意，高、岑、王维诸篇其式也。李白始为叙情长篇。杜甫亟称之，而更扩之，然犹不入议论。韩愈入议论矣，苦无才思，不足运动，又往往凑韵，取妍钓奇，其品益卑，骎骎乎苏、黄矣！元、白歌行全是弹词。微之颇能开合，乐天不如也。……张

---

① 《诗》卷十七，第 1710 页。

② 七子派的"诗必盛唐"的理论体系即来源于《沧浪诗话》，通过前者的推扬，后者成为最经典的诗学理论著作之一。

③ 王氏道光二十六年（1846）15 岁时作有《七夕词》绝句，参见此诗自注（《诗》卷十七，第 1742 页）。

④ 《夜雪集》是王闿运自编的七绝小集，有序，据题署，作于光绪九年（1883）王闿运 52 岁之时，而代表他关于七绝的理论成熟的文本《论七言绝句法答陈完夫问》有云："七言绝句难作，《夜雪集序》已详言之。今但标举名篇，以为楷式。"则知此文作于他 52 岁或之后。

⑤ 《论唐诗诸家源流答陈完夫问》"歌行律体是其（按：指唐人）所擅长"（《王志》，第 532 页），《湘绮老人论诗册子》"歌行法备于唐，无美不臻，各极其诣"（《说诗》，第 2377 页），《论作诗之法》"（唐人）才气所溢，多在七言歌行"（《文》，第 367 页）均可证。

籍、王建因元、白讽谏之意，而述民风。卢仝、李贺去韩之粗犷，而加恢诡。郑嵎、陆龟蒙等为之，而木讷纤俗。李商隐之流又嫌晦涩，其中如叙事抒情诸篇，不免辞费，犹不及元、白自然也。李东川诗歌十数篇，实兼诸家之长，而无其短。参之以高、岑、王、李之泽，运之以杜、元之意，则几之矣。元次山又自成一派，亦小而雅。①

此文列出了一串唐代歌行名家名单，同时指出各自的创作特色。《湘绮老人论诗册子》也列出唐代歌行诗人的名单，云："其大概可指者，四杰之铺排，张、刘之秀逸，宋之问之跌宕，王维之纡余，李白之驰骋，杜甫之生发，元稹之拉扯，白居易之铺排，李贺之锤炼，皆各有神力，能驱烟墨，使人神旺而无恬静之乐。"② 略有不同，特别增列了初唐的"四杰"（卢照邻、骆宾王、王勃、杨炯）、张若虚、刘希夷、宋之问等人。再看《论作诗之法》所列名单：

（唐人）才气所溢，多在七言歌行，突过六朝，直接二曹。则宋之问、刘希夷道其法门，王维、王昌龄、高、岑开其堂奥，李颀兼乎众妙，李、杜极乎变态。阎朝隐、顾况、卢仝、刘又推荡排闿，韩愈之所美也。二李（自注：贺、商隐）、温岐、段成式雕章琢句，樊宗师之所美也。元微之赋《望云骓》，纵横往来，神似子美，故非乐天之所及。张、王乐府效法香山，亦雅于《新丰》《上阳》诸篇乎？退之专尚诘诎，则近乎戏矣。宋人披昌，其流弊也。③

新增王昌龄、阎朝隐、顾况、刘叉、李贺、温庭筠、段成式。结合上引三文，我们似可得出以下几点结论。

第一，指出歌行体"排奡跌宕"的特点，所谓"使人神旺而无恬静之乐"，"精神怫郁时，正得此一振之，终身则驰矣"④。

第二，于歌行最重盛唐，有李颀、高适、岑参、王维、李白、杜甫、王昌龄七家。但是，并不废初、中、晚唐。同七绝一样，王氏取法宽于七

---

① 《王志》卷二，第537页。
② 《说诗》，第2376页。
③ 《文》，第367页。
④ 《文》，第367页。"身"原作"耳"，当误，故改。

子，诗学观念更为融通。还应特别注意的是，除盛唐之外，王氏颇为重视初唐，所列有"四杰"、阎朝隐、张若虚、刘希夷、宋之问八家。以张若虚为例，《论唐诗诸家源流答陈完夫问》云："张若虚《春江花月》用《西洲》格调，孤篇横绝，竟为大家。李贺、商隐揓其鲜润，宋词、元诗尽其支流，宫体之巨澜也。"① 对张氏歌行（仅《春江花月夜》一篇）成就和影响给予了极高的评价和肯定。王氏重视初唐，也当有取于明代诗学资源。②

第三，极力贬低韩愈。可以看出他批评的重点是韩氏以议论为诗和追求奇崛且开苏、黄之宋诗派，是宋代诗风的始作俑者，这一点亦当受到明七子派"宋无诗"等观点的影响。

第四，极力推崇李颀，将他置于歌行体集大成的最高位置。这个意见就颇异于明七子，也不同于时论。《论歌行运用之妙答完夫问》一文就专门分析了李颀的《杂兴诗》，以此说明歌行"千里黄河与泥沙俱下""跌宕舒卷"的表现手法和风格特点，最后得出此诗为"歌行之极轨"的结论，③ 确实是深于文者之言。程千帆师祖撰有专文讨论李颀的这篇歌行，应该是受到了王文的启发，分析极为精彩，深刻揭示了歌行体"千里黄河与泥沙俱下"的艺术内涵，可参考。④ 事实上，王闿运的歌行就是专学李颀，自云"余生平数四拟之"。

总之，王闿运关于歌行体诗歌的意见，确为经验之谈，颇有可取之处，也是对明代以来诗学思想的继承和发展。

三

王闿运的近代诗歌创作长于五律而短于七律，其《湘绮老人论诗册子》云："余学诗七十年，不敢作七律而颇作五律，取其易成格也。"⑤ 这同他先五言后七言的学诗路径是一致的。此文又云："至七律杜亦不佳，王乃笼罩一切，而佳句'雨中春树'者不能再得，又不能照抄，可以息

---

① 《王志》卷二，第533页。
② 杨慎曾劝何景明学初唐，后何景明作《明月篇》等初唐体诗。受此影响，嘉靖初兴起以陈束和唐顺之为领袖的初唐派。参看拙作《明代六朝派的演进》和《杨慎与何景明：六朝派与前七子派的交接》。
③ 《王志》，第534页。
④ 见程千帆《李颀〈杂兴〉诗说》，《古诗考索》，上海古籍出版社，1984。
⑤ 《说诗》，第2378页。

乎。"认为王维七律优于杜甫，这是明七子万万不能同意的。除王维外，王闿运还称许李商隐的七律，但并不认为其是大家。

关于五律，王闿运则有甘苦之言。《湘绮老人论诗册子》云："余学诗七十年，不敢作七律而颇作五律，取其易成格也。廿年前梦邓弥之，论余五律不过平稳而已。梦中甚愠，醒而思之，余五律实不如邓，邓之佳者似杜，可乱真；余之佳者似王维，未能逼肖。乃知五律尤不易为也。"① 王闿运五律与邓辅纶多切磋，王为王维派，邓为杜甫派，遂成竞争之势。难怪王氏要日思夜梦了。《论汉唐诗家流派答唐凤廷问》云："杜五言律克尽其变，而华秀未若王维，则五律亦分两派矣。"② 王维优于杜甫，恐怕是王氏一己之好。但是，同王维七律优于杜甫之论齐观，似乎可以看出，王氏有意贬损杜甫，这既是同邓氏竞赛所致，也是矫枉明七子所致。当然，唐代五律名家不止王、杜两家，《论作诗之法》云："李唐既兴，陈、张复起，融合苏、李，以为五言。李、杜继之，与王、孟竞爽。有唐名家，乃有储、高、岑、韦、孟郊诸作，皆不失古法，自写性情。"还有陈子昂、张九龄、李白、孟浩然、储光羲、高适、岑参、韦应物、孟郊等。有初唐，有盛唐，但不及中、晚唐。

由上所述，我们可以知道，王闿运关于唐代七绝、歌行、五律、七律的取法对象，除了个人喜好外，还与交游对象（如邓辅纶）、批判对象（如明七子）等因素有关。

四

事实上，王闿运最用心、最着意，也最得意的是五言古诗。

首先，他将四言诗排除在自己的诗歌字典之外。《诗经》四言诗是经，不论。汉以后的四言诗又如何呢？《论汉唐诗家流派答唐凤廷问》云：

> 李太白云："五言不如四言，七言又其靡也。"此言非是。太白贵四言，何以反独工七言？四言韦孟不及嵇康，嵇诗复不可学。盖四言者，兴之偶寄，初无多法，不足用功。③

① 《说诗》，第 2378 页。
② 《王志》，第 547 页。
③ 《王志》，第 546 页。

四言诗兴味不足且诗法不备，王氏遂排除在取法的视野之外。《湘绮老人论诗册子》有相似的言论："太白论诗云：'五言不如四言，七言又其靡也。'此亦谬说，正俗人所缘饰。诗中四言，韦孟、曹植，箴铭类耳。孟德、嵇生、元亮之作乃近于兴体，机局取自五言，何分优绌?"① 韦孟、曹植的四言，近于箴铭，毫无兴会，可不论。曹操、嵇康、陶渊明的四言，确为兴体，却是受五言诗影响而具有的特征，你中有我，当然无所谓优劣了。汉后四言诗受五言诗影响当有其实，四言诗与五言诗的互动关系是值得进一步探讨的问题，不论。由此却可见王闿运的诗学思想颇为敏锐。《论作诗之法》则曰："明以来论诗者，动称三百篇，非其类也。太白，能诗者，而其说曰：'五言不如四言，七言又其靡也。'太白四言，如《独漉篇》，其靡殆甚，岂古法乎？汉人四言，乃是箴铭一类有韵之文耳，非诗。嵇康四言则诚妙矣，然是从五言出，盖五言之靡者也。"王闿运再三批驳李白五言不如四言。汉人四言从五言出这一观点在上文已言，这里又提出五言非源于四言而源于上古杂言诗的观点，就是过激之论了。结合上引三文，他这一系列的说法有强说之嫌，不无偏颇。如果不论四言、五言之优劣，我们应该知道这是王氏为其指向五言的诗学思想寻找说辞。因此，他在《论诗示黄缪》一文中再次强调："切记！太白四言之说，四言与诗绝不相干。"② 要力破李白之论。

其次，他有由唐诗上溯汉魏六朝的观念。关于这方面的意见，较为零散，故列表如下。

由唐诗上溯汉魏六朝的观念一览表

源	流	响	备注
刘桢	陈子昂 张九龄 李白	元结 苏涣	陈子昂、张九龄以公干之体，自抒怀抱，李白所宗也。元结、苏涣加以排宕，斯五言之善者乎?③ 唐人初不能为五言，杜子美无论矣，所称陈子昂、张子寿、李太白，才刘公干之一体耳，何足尽五言之妙!④
萧纲	刘希夷	王维	刘希夷学梁简文，而超艳绝伦，居然青出。王维继之以烟霞，唐诗之逸，遂成芳秀。⑤

① 《说诗》，第 2377 页。
② 《说诗》，第 2273 页。
③ 《论唐诗诸家源流答陈完夫问》，《王志》，第 532 页。
④ 《论汉唐诗流派答唐凤廷问》，《王志》，第 546 页。
⑤ 《论唐诗诸家源流答陈完夫问》，《王志》，第 533 页。

续表

源	流	响	备注
西洲曲	张若虚	李贺 李商隐 宋词 元诗	张若虚《春江花月》用《西洲》格调，孤篇横绝，竟为大家。李贺、商隐挹其鲜润，宋词、元诗尽其支流，宫体之巨澜也。①
鲍照 庾信 蔡文姬	杜甫	韩愈	杜甫歌行自称鲍、庾，加以时事，大作波澜，咫尺万里，非虚夸矣。五言唯《北征》学蔡女，足称雄杰。它盖平平，无异时贤。② 韩愈并推李、杜，而实专于杜。但袭粗迹，故成枯犷。③
汉乐府	卢仝 刘叉		卢仝、刘叉得汉谣之恢奇。④
赵壹 程晓	孟郊		孟郊瘦刻，赵壹、程晓之支流。⑤
孔雀东南飞 高彪 应璩	白居易		白居易歌行纯似弹词，《焦仲卿诗》所滥觞也。五言纯用白描，近于高彪、应璩。多令人厌，无文故也。⑥
陶渊明	储光羲 韦应物		储光羲学陶，屈侠气于田间。后人妄以柳、韦配之，殊非其类。 应物《郡斋忆山中》诗，淡远浅妙，亦从陶出。他不称是，非名家也。

　　此表中材料主要采自《论唐诗诸家源流答陈完夫问》。此文纯用推源溯流法评论唐代诗人，由表可知，整个唐代13位著名诗人均推及汉魏六朝诗人。其用意在于通过上溯唐诗以确定汉魏六朝诗歌不可忽视的重要地位，为以自己为领袖的汉魏六朝派张目。明前七子派较为忽视六朝文学，后七子虽开始关注六朝，但绝不与汉魏相提并论。我们认为，以杨慎为代表的六朝派诗人，因为提倡六朝初、唐文学，弥补了七子派诗

① 《论唐诗诸家源流答陈完夫问》，《王志》，第533页。
② 《论唐诗诸家源流答陈完夫问》，《王志》，第533页。
③ 《论唐诗诸家源流答陈完夫问》，《王志》，第533页。
④ 《论唐诗诸家源流答陈完夫问》，《王志》，第534页。
⑤ 《论唐诗诸家源流答陈完夫问》，《王志》，第534页。
⑥ 《论唐诗诸家源流答陈完夫问》，《王志》，第534页。

学上的短板。① 王闿运当受此诗潮影响。当然，唐诗虽源于汉魏六朝，但能以古为新，"各思自见"，因此"虽各有本原，当观其变化尔"②，既必须考察其继承，也要考察其发展。

由表还可发现，王闿运心目中最重要的三位魏晋六朝诗人——曹植、陆机、谢灵运不在其中，下文探讨。

再次，他认为五言古诗分和、劲两派。掐掉四言（主要是《诗经》），再去掉七言（主要是唐诗），就剩下五言（主要是汉魏六朝）了。这是王闿运诗学宗尚的核心内容。那么汉魏六朝五言古诗流变又如何呢？我们将他的两段话合在一起来看：

> 具有章法，唯见枚、苏，皆在汉武之世。则学古必学汉也。汉初有诗，即分两派：枚、苏宽和，李陵清劲，自后五言莫能外之。……学五言者，汉、魏、晋、宋尽之。③

> 既成五言一体，法门乃出。要之，只苏、李两派。苏诗宽和，枚乘、曹植、陆机宗之；李诗清劲，刘桢、左思、阮籍宗之。曹操、蔡琰，则李之别派；潘岳、颜延之，苏之支流。陶、谢俱出自阮，陶诗真率，谢诗超艳。自是以外，皆小名家矣。山水雕绘，未若宫体。④

以现代学术观察王氏上述言论，则发现其有严重错误。因为苏武、李陵、枚乘五言诗的真伪均存在问题。如果相信王闿运等人敏锐的诗眼，我们可以做变通处理，苏、李、枚五言诗（实指《古诗十九首》类作品），作者可能有问题，但诗却是汉诗（不在西汉武帝之时，而在东汉之末）。那么，王氏所说的两派基本上可以成立。由此，我们可以得出如下认识。一是本着王氏愈古愈工的原则，那么，"学古必学汉"，学汉则先学枚、苏、李三家，因为五言尽在于此。二是和、劲两派可以将五言流变贯穿始终。但是，我们需要注意的是，名家至刘宋已止，所谓"自是以外，皆小名家矣"，也就是说，"学五言者，汉、魏、晋、宋尽之"。因此，我们认为，汉魏六朝派似乎只可称汉魏晋宋派。三是"山水雕绘，未若宫体"，

---

① 关于杨慎诗学思想，可参看拙著《杨慎诗学研究》。
② 《论唐诗诸家源流答陈完夫问》，《王志》，第 534 页。
③ 《论汉唐诗家流派答唐凤廷问》，《王志》，第 546 页。
④ 《论作诗之法》，《文》，第 367 页。

其实透露了很重要的信息，因为语焉不详，又无其他言论佐证，我们不太容易理解。如果结合王氏的创作，应能发现，他对绮艳之体和绮艳之语有着特别的兴趣，[①] 也就是说，他相当关注齐、梁、陈、隋、初唐文学。限于篇幅，不再展开讨论。总之，汉魏六朝派的称法还是大体正确的，但其内涵尚可探究。

最后，他认为应先工五言再作七言。王闿运所以深究五言之道，也是有激于明七子强于近体而弱于古体，《论诗示黄缪》曰："明人拟古，但律诗可乱真，古体则开口便觉。"[②] 因此，反其道而行之，先学五言而后七言。此文又云："七言较五言为易工，以其有痕迹可寻，易于见好，李杜门径，尤易窥寻。然不先工五言，则章法不密，开合不灵，以体近于俗，先难入古，不知五言用笔法，则歌行全无步武也。既能作五言，乃放而为七言易矣。"七言易工，但先工七言则俗而难入于古。因此，应先工五言，才能稔于古法，而后易精七言。事实上是要求处理好诗歌作法中古与今的关系，在这对矛盾中，古是主要方面，今是次要方面。入古则能雅，入今则近俗。愈古愈工是复古派的基本理念。那么，学习五言的要领和步骤是什么呢？又云："作诗必先学五言，五言必读汉诗。而汉诗甚少，题目种类亦少，无可揣摩处，故必学魏晋也。诗法备于魏晋，宋齐但扩充之，陈隋则开新派矣。自来推曹子建为大家，无一灵妙句。阮嗣宗稍后之，便高华变化，不可方物。而不为大家者，重意不重词也。诗之旨则以词掩意，如以意为重，便是陶渊明一派，钟嵘以为陶诗出于《百一》，不言出《咏怀》者，陶语句更明白易晓也。学阮、陶只可处悲愤乱世，若富贵闲适便无诗。学曹尚有可好舒，比老、庄、山水、宫体为阔大，可以应用。此外诸家皆其枝流，虽各有妙，而不外此。曹以后则大陆足继之。"学五言当然先学汉诗，但是，汉诗少，参透难详。因此，需要学习魏晋大家。最重要的是曹植、陆机两家，其次是阮籍、陶渊明。这应该是主要的学习对象。明七子只注意曹植，而忽略阮、陆、陶，是他们的狭隘之处。

王闿运有《论五言作法答陈完夫问》一文，实际上是现身说法，即分析自己的四首五言古诗指示门径。值得注意的是，这四首诗都是学谢灵运。他学大谢的作品还有不少，不繁举例。这就不能说是随意和偶然，而

---

① 如跋竹庵《诗录》云："余少为诗词，好作绮语，而邓七丈以为幽怨之词，非富贵征。"（《说诗》，第 2329 页）即是一证。

② 《说诗》，第 2273 页。

是王氏五言的宗尚所在。

　　总之，王闿运五言的学习对象主要是曹操、陆机、谢灵运等，追求或宽和或清劲的诗风。

　　综上所述，王闿运关于诗歌宗尚的思想主要源于明代诗学，隐源是对杨慎等人的六朝诗学，显源是对七子派的批判，所谓"竟七子之业"，这就是王闿运复古思想的主要动机。因此，王闿运诗学汲取了明代诗学中的辨体意识和格调思想，经过对前代诗歌长期的学习和探索，形成了丰富的诗体思想和明确的诗歌宗尚，这成为其复古思想的重要内容，并在与创作的互动中实践其主张。

明代戏曲评点中的真实论

——兼谈评点作为文学思想研究的资源问题

中国人民大学文学院　朱万曙

摘　　要　明代戏曲评点中，从李卓吾开始的诸多评点者理性而自觉地以"真实"为批评标准，重视"事真""人真""境真"。同时，他们还对"真实"的内涵进行了扩展，认为要真实地表现生活中的人情物理，能够"传神"。汤显祖《牡丹亭》问世后，更引起评点家们对真实和艺术美的关系的思考，认识到"假"中有"真"，"愈幻愈灵，愈虚愈实"等艺术规律。与此同时，评点批评家们还进一步从真实的观念出发，提出了"化境"的概念，丰富了真实论。由此可见，古代文学评点文献应该被视为重要的文学思想资源。

关 键 词　明代　戏曲评点　真实论　思想资源

明代中叶以后，随着戏曲创作的逐渐繁荣，戏曲理论探讨和批评也十分活跃，涌现了一大批理论批评成果，它们表现为两种形态：一是理论批评著作，如王骥德的《曲律》、吕天成的《曲品》和祁彪佳的《远山堂曲品》《远山堂剧品》等；二是评点批评。以往的文学批评史或古代文论研究重视的是著作形态的理论批评，对评点批评关注不多，更没有将那些零散却非常有价值的评点批评作为文学思想资源看待。实际上，同一时期的著作形态的理论批评，一方面对同时期兴起的评点批评有所渗透和影响，另一方面，它们又因与评点批评同时，处在同一理论批评水平线上。更重要的是，评点是附着于作品文本的特殊批评形态，它不仅较之其他批评形态丰富细致，还更加贴近作品的文类特性。因此，它的理论视角和由此生发的理论观念，往往未被其他理论批评形态所注意和充分阐发。正是因为如此，明代戏曲评点拥有了自我理论价值，并对戏曲理论发展史做出了独特的贡献，是文学思想研究的资源之一。

真实论是文学理论中的传统命题，古今中外的理论家都曾展开过不同程度的探讨。《庄子·渔夫》谓："真者，精诚所至也。不精不诚，不能动人。"席勒在《玛丽都铎》序中说："通过真实充分地写出伟大，通过伟大充分地写出真实，这就是戏剧诗人的目的。伟大和真实这两个字包括了一切。"① 实际上，明代的戏曲评点中，也蕴含着强烈的真实论观念，并在一定程度上对"真实"的内涵有所阐发，本文即对明代戏曲评点中的真实论予以探讨。

一 "真"：戏曲美的根本标准

把真实与否当作评点批评的内容，是从李卓吾的评点开始的。在现存容与堂所刊的"李评"本中，单字"真"与双字"真真"的批语随处可见；还有的评语与"真"的含义相同或相似，如"象"（像）、"画"等。相当多的评语都是对作品描写、表现得是否"真"和"像"提出的批评。可以说，强调真实性，以"真"为戏曲美的根本标准，是李卓吾戏曲评点批评的重要内容。"李评"本之后的其他评点本，绝大部分都将"真"作为评点批评的内容，都以"真"为美。直到明末刊刻的《且居批评息宰河传奇》中，② 我们仍然可以看到，评点者多处使用着"真"的审美尺度，对作品的具体描写予以评价，如第十二出"释绝"中〔金络索〕曲的眉批："文章妙处无过是真"；第十三出"泣变"的出批说："予谓文章无奇正、无古今，止有真假。此文可以当一'真'字。"第十八出"遘章"有"真极真极"、"真极真极，天人搁笔"以及"真本色，真说话，真文章"三条眉批。由此可见，以"真"为戏曲美的标准，是明代戏曲评点的贯穿内容。

在具体评点批评中，评点者以"真"为审美尺度，用之于评价、衡量戏曲创作的方方面面，在这同时，又对戏曲创作的真实性的问题提出了有价值的理论见解。

① 《古典文艺理论译丛》编辑委员会编《古典文艺理论译丛》（第 2 期），人民文学出版社，1961，第 136 页。。

② 《息宰河传奇》的作者为沈嵊，其创作时间，据陈美林等先生考证，为崇祯十四年或十五年。参见陈美林等《沈嵊与且居批评息宰河传奇》一文，《文献》1987 年第 3 期。

1. 事真

作为叙事性的文学作品，戏曲首先要写"事"。所写的"事"是否合乎或者贴近生活的本来面目，是否合乎生活的逻辑，是一部作品能否取信于观众和读者，进而实现其审美价值的关键。"事"既指整个戏剧事件和情节，也包括局部事件乃至细节，而后者随着评点流程的展开，更为评点者所留意，关于"真"的批评也就更多地针对着具体的事件细节。

"事真"的批评在李卓吾批点《古本荆钗记》时体现得最为集中。《荆钗记》是流传已久的南戏剧本，但在明代中叶，已经有两种不同的版本流传，其差别就是王十朋和钱玉莲重逢相见的情节不一样。一种是"舟中相会"，写在王十朋赴吉安上任途中，搭救钱玉莲的巡抚钱载和邀他到舟中饮酒，使得王、钱夫妻重圆；另一种是"玄妙观相逢"，写王十朋改任吉安时，在玄妙观追荐"亡妻"，恰巧钱玉莲也到观内拈香，夫妻意外相见，可是又不敢相认，钱玉莲回去后，钱载和问出情由，设宴请来王十朋，让他们夫妻团圆。① 这两种情节，如果组织安排得当，均可取得较好的艺术效果。但是，"玄妙观相逢"的本子，在李卓吾的批点中至少有三处不合"事理"。第一，在玄妙观内，王十朋作为太守追荐亡妻，钱玉莲与他相见不合理，因为"那有太守在观而妇女不回避之理？"而且王十朋此时心情沉重，又怎么会注意到别的女子？故针对王十朋"蓦然见俊英，与一个丫环前后行"的唱词，评点者在出后批中曰："如此两边顾盼，反将节义描作风流。"第二，钱玉莲回去后，与梅香谈论起观内看到的王十朋形象，被钱载和听见，钱载和很是生气，不仅用纲常节义的大道理教训了钱玉莲一番，还莫名其妙地拷打起梅香来，逼问观内相遇的情况。对此，评点者眉批道："此出当删，一字不肖情。俗人则以打梅香为《荆钗》中绝妙事迹矣，可称大笑。"又于出批中指出："如此情节都不象，必是俗人添改，可恨可恨！"第三，钱载和招王十朋赴宴，使他与钱玉莲重逢，紧接着就是朝廷颁诏，全剧结束，钱玉莲的父母随着王十朋生活，却未让他们出场与钱玉莲相见。对此，评点者也以出批予以批评："相逢绝无意义，绝无关目。且父母在衙，何故竟不一见？此大败缺也。"

正因为对"玄妙观相逢"的不合"事理"有上述三方面的批评，所以

---

① 《古本戏曲丛刊》第一集收有两种《荆钗记》刊本：一为《原本王状元荆钗记》，所采用的就是"舟中相会"的情节；一为《屠赤水批评荆钗记》，所采用的则是"玄妙观相逢"的情节，该本虽名"批评"本，实无一字批语。

这个"李评"《荆钗记》还附刻了《李卓吾批评补刻舟中相会旧本荆钗记》七出，此本写钱载和调任两广巡抚，途经吉安，因风阻而停舟，王十朋前去拜谒，他的名字引起了钱载和的猜疑，钱便仔细询问了他的经历，确认了他就是钱玉莲的丈夫，但钱载和要试一试王十朋对妻子是否还有真情，又设计让退居的邓尚书去说亲。这样的安排情节就合情合理了，评点者对此加以赞赏，出批道："如此才成事体。那玄妙观相逢，是无知俗人妄改，不识大体，可笑可怜。"该本也没有了钱载和殴打梅香的情节，其出批又道："如此情节便逼真矣。去打梅香不天壤乎！"① 李卓吾对"玄妙观相逢"和"舟中相会"两种本子的一褒一贬的态度，其理论基础就是作品所写之事是否得体，是否合乎事理，是否符合生活的逻辑。如对于"玄妙观相逢"的情节，他认为太守在观内，钱玉莲作为普通妇女，就只能回避，否则就不真实。而像打梅香、不安排钱玉莲与父母相见等情节同样都是不合乎事理的，读来就不真实可信，也就没有什么美感可言，只是让人觉得"可恨""大笑""可笑可怜"而已。

署名李卓吾的评点曲本对于"事真"的批评不仅集中，也很细致，一直深入细节层面。一些人没有注意到的不"真"的细节都被发现，并接受批评。有两个典型的例子。一是《琵琶记》第四出"蔡公逼试"，蔡母有"娘年老，八十余，眼儿昏又聋着两耳"三句唱词，初看上去，它们表现了蔡母老迈的神态，比照出蔡公"逼试"的冷酷。但是，评点者却发现了一个破绽，于此处眉批道："或曰：娶亲两月，年纪极大也只有三十，缘何母亲便八十了？还改为六十余方是，不然世上没有五十生子之事。有理有理。"第十三出的出批，针对剧中媒婆说蔡伯喈"青春年少"的话，又再次指出这一破绽："到此娶亲已经年岁矣，尚说他青春年少，则古人三十而娶之语亦不可凭。缘何赴试之时，渠母已八十余矣，天下岂有妇人五六十岁生子之理？"显然，作品将蔡母的年纪安排成八十岁，是一个情理上的漏洞，是不合"事"理的笔墨。二是《西厢记》开头时老夫人的上场白，其中有"止生得这个小姐"一句，"李评"也发见了它的漏洞："既说止生得这个小姐，后面不合说欢郎是崔家后代子孙。"的确，剧本既然把欢郎安排为崔家的儿子，"止生得这个小姐"的话就与之相矛盾，也就

---

① 据此可知"舟中相会"乃是《荆钗记》的"古本"。参见叶子铭、吴新雷《荆钗记南戏演变初探》一文，载 1961 年 11 月 29 日《文汇报》。

与"事"理相悖。从对这两处细节的批评，我们可以充分感受到评点家对"事真"的严格要求，可以看出"事真"是评点中戏曲真实论的一个重要层面。

2. 人真

作为叙事文学作品，戏曲必须塑造人物；读者的审美更多的是对人物的心灵感受。因此，人物形象是否具有真实感和真实性，就是一部戏曲艺术上能否感染人、给人以美感的基础。明代戏曲评点中对人物的"真"和不"真"，同样给予了细致入微的体察，并且做出了大量的批评。这些批评有两种情形：一是从读者立场出发，对人物是否"真"予以感性的评价，于中对人物性格加以概括和赞美；二是从创作论的角度出发，对人物塑造是否达到"真"的境界做出评价。

从读者立场出发的感性评价随处可见。它们往往是评点者被作品中的人物性格所感染，由衷地赞美作品中的人物，对其性格加以推崇。在这种赞美推崇中，蕴含着对作品所写人物之"真"的肯定。例如，在"李评"《红拂记》中，评点者对红拂和虬髯翁这两个"奇"人大加赞赏，对他们"侠"的性格大加推崇，在这同时，对作品所写的人物性格之"真"加以肯定，而对一些不"真"的地方也不客气地指了出来。如对虬髯翁的批语："绝无等待，真是豪杰，举事极快人意"；"真豪杰、真丈夫、真圣人、真菩萨"。这些批语是对虬髯翁"豪杰"性格的充分感受，也是对作品所写性格达到"真"的境界的充分感受。相反，对于红拂，评点者一方面赞赏她是"英雄"，认为她"有才有胆有识"；另一方面，在有些地方又批之以"不象红拂侠气""不象女侠规模"，因为这些地方过多地描写了她对爱情的沉醉。[①] 而这些评语显然是对人物不"真"的批评。此外，"李评"《明珠记》对古押衙这个形象也多赞赏其"真"："形容古押衙处直欲逼真""可作侠士真容""描写侠烈，千古欲活"等。它们都是对人物形象的真实感做出的直观感性的评价。

从创作论的角度对人物的真实性做出批评，在评点中也有很多。有的从语言、声口方面加以评论，有的则从人情物理的视角出发，对人物塑造是否真实提出看法。如"李评"《红拂记》第十七出"物色陈姻"中，乐

---

① 例如，第二十二出"教婿觅封"中，红拂对即将离去的李靖唱道："我欲言还止，转教人心折临歧，无奈燕西飞……纵不然化作了望夫石，也难免瘦了腰枝。"评点者于此曲全加了圈号，并尾批说："不象红拂侠气。"

昌公主唱有一支〔狮子序〕，叙说当年国破家亡、夫妻分离的伤心事，评点者夹批："象"，又加尾批道："曲好，最似女子口吻。"这就是从语言声口方面对作品表现人物性格之"真"的肯定；又如《李九我先生批评破窑记》第二十四折，写吕蒙正科举报捷，消息传到苦守寒窑的刘氏那里，按说刘氏此时的心情一定很复杂，可作品却没有任何表现，评点者于此眉批道："俗谚云：只有感恩并积恨，千年万载不生尘。刘小姐今为得志之时，追思往事，难道无有一言也？"换言之，刘氏此时"无有一言"是不真实的，是不符合此时此刻人物心境的。

写出人物的性格，写出性格之间的差异，是人物塑造的成功表现，也是人物之"真"的最高体现。评点中对这一点也有批评，也最有价值。署名袁宏道批点的《牡丹亭》第十七出有一则眉批道："腐儒还它腐儒，道学还它道学。"用"腐儒"和"道学"分别概括了陈最良和杜宝的性格特点，而"还它"二字，则指出了作者塑造人物艺术水平之高超，肯定了作者所塑造的人物具有真实性。未署评点者之名的《情邮记》剧末批语，更是一段有价值的人物批评："王任奄古执到底，老夫人世事到底，萧长公侠烈到底，何金吾奸猾到底。各人性情模傍摹写，须眉逼肖，惟《水浒传》有此手段。"评点者不仅概括了剧中几个人物的性格特征，还特别指出了作品对这些人物的塑造达到了"须眉逼肖"即"真"的艺术境界，所谓"到底"，就是指作品对人物性格的表现已经达到个性化的程度，从而在艺术上也最具有真实感。不仅如此，评点者还将该剧人物塑造与《水浒传》相比较，以肯定它真实地写出人物个性的成就。故而，它是有一定理论深度的人物塑造批评。

3. 境真

戏曲既是"演故事"的叙事文体，又是以曲词为重要表现手段的兼有抒情性质的文体。它的叙事，是对一定生活场面的再现；它的抒情，则是对特定环境中人物感情、心灵世界的表现。因此，戏曲作品也就有了由人物、情感、生活场面诸因素组成的各种情境，它以人物内在精神为基础，以生活内容为纽带，以曲词、道白以及舞台表演动作作为手段，让观众步入其中，感染其中，从而获得审美愉悦。对于戏曲情境来说，"真"同样是它的美感源泉，它的艺术感染力，同样建立在"真"的基础之上。没有情感的真实，没有性格的真实，没有事——生活内容的真实，戏曲情境就不可能感人，就没有美感可言。明代戏曲评点批评中对此也有揭示，评点者对于"真"而感人的情境总是加以赞赏，对不"真"的情境予以批评。我们这里仅以"李评"《琵琶记》第二十三出"代尝汤药"中的一段戏为例加以说明。

这段戏写蔡婆去世，蔡公病倒，赵五娘艰难之中仍然设法为之煎药治病，服侍床前。蔡公唱了一支曲子：

> 〔前腔〕（外）媳妇，我死呵，你将我骨头休埋在土。（旦）呀，公公百岁之后，不埋在土，却放在那里？（外）媳妇，都是我当初不合教孩儿出去，误得你恁的受苦。我甘受折罚，任取尸骸露。（旦）公公，你休这般说，被人笑谈。（外）媳妇，不笑着你，留与傍人道，蔡伯喈不葬亲父。怨只怨蔡伯喈不孝子，苦只苦赵五娘辛勤妇。

这是一支曲子，又是一段戏。蔡公的曲词和赵五娘的道白相辅相承，充分表现了蔡公怨、悔的心情，更表现了赵五娘善良的心地、孝敬老人的品质，其情感的真挚、问答的自然，使这段戏具有强烈的艺术感染力。李卓吾于此眉批曰："曲与白竟至此乎！我不知其曲与白也，但见蔡公在床、五娘在侧，啼啼哭哭而已。神哉，技至此乎！"评语虽没有"真"的字眼，但所感所叹，正是这段戏的情"真"境"真"，它的"真"使评点者只见人物和生活场景，而"不知其曲与白也"。"真"的情境，是具有艺术感染力的；情境唯有"真"，才能具有艺术感染力，评点批评对于这些"真"的情境，总是细加体察，予以赞美，表现出了对"境真"的推崇态度。

法国文艺理论家狄德罗曾经这样说过，"任何东西都敌不过真实"①；他还说道："如果说，在你们的戏剧的最轻微的情节当中有一会儿是自然和真实的，那么你们不久就会觉得一切和自然和真实相对立的东西都是可笑和可厌的。"② 明代戏曲评点中固然还没有这样明确的关于真实问题的论述，但是，在对戏曲作品的评点流程中，评点家们时时用"真"的审美尺度衡量着作品，对作品的方方面面都进行着"真"的体察和批评。在他们的理论坐标中，"真"无疑是戏曲美的精神内核，是戏曲艺术的生命所在。

---

① 〔法〕狄德罗：《狄德罗美学论文选》，张冠尧等译，人民文学出版社，1984，第131页。
② 〔法〕狄德罗：《狄德罗美学论文选》，张冠尧等译，人民文学出版社，1984，第209页。

二 "真"的丰富内涵

在明代戏曲评点中,"真"不仅被当作戏曲美的根本标准,被视为戏曲美的精神生命,在具体的评批中,评点家们还赋予它以基本的内涵。随着戏曲创作和评点批评的深入,"真"的内涵还不断得到深化,形成了较为丰富的戏曲创作真实论。

李卓吾无疑是大力提倡"真"并且将它引入戏曲评点的评论家。在他的评点文字中,"真"并非一个空泛的概念,也不是主张戏曲创作自然主义地照搬生活。我们不难看到,他在言"真"的同时,常常辅之以"理":蔡婆八十岁,蔡伯喈才三十岁,这个年龄的安排,在他看来有悖生活常理——"天下岂有妇人五六十岁生子之理?"对于《荆钗记》后出改本中的"玄妙观相逢",他认为不好,原因也在于不合"理"——太守追荐亡妻,钱玉莲作为一个普通妇女,毫无遮拦地进观拈香,"那有太守在观而妇女不回避之理?"仅此一端,这一情节安排就难令人信其"真"了。"李评"《明珠记》第三十四出,写古押衙设计让使女塞鸿假扮内官颁诏,赐给无双药酒,让她喝下暂时"死去",将其"尸首"赎出来后,再将她救活。塞鸿是个未经世事的丫鬟,古押衙让她假扮内官,必须临场不慌,对此,剧本应该有所交代或者描写,可是,剧本却没有这一笔墨。评点者提出批评,道:"押衙烈士,干事决定万全,岂有不先教训演习,而以漫不经事子尝试者乎?没理没理。"这是从古押衙的性格之"理"出发,对作品情节安排失"真"提出的批评。

由此可见,在李卓吾那里,被反复强调的"真",并不就是要求戏曲创作机械、刻板地模仿生活,而是要求真实地表现生活中的人情物理,凡是符合生活中的人情物理的描写,就具有"真"的品格,就能给人以美的享受;凡是有悖人情物理的描写,就会失真,就给人以"假"的感觉。李卓吾评点中常常以简单的"真""象"等批语加以批评的地方,往往都蕴含着这一"真"的内涵。拥有了这一内涵,"真"就从哲学概念转换成了美学概念,它所指称的就不是生活本原的"真"了,而是艺术的"真"、审美意义上的"真"。李卓吾对于"真"的内涵的这一界定,既为后来评点批评中对"真"的内涵的深化奠定了基础,也留出了较大的空间。

在李卓吾的评点中,"真"除了指戏曲创作要合乎人情物理外,还有一个重要内涵——"传神"。他评论《琵琶记》第二十九出"乞丐寻夫"中的〔三仙桥〕和〔前腔〕两支曲子说:"二曲非但传蔡公蔡婆之神,并传赵五娘之神矣!"他在《西厢记》评点中有这样一段评论:"尝言吴道子、顾虎头只画得有形象的,至于相思情状,无形无象,《西厢记》画来的逼真,跃跃欲有,吴道子、顾虎头又退数十舍矣。千古来第一神物!千古来第一神物!""读他文字,精神尚在文字里面。读至《西厢》曲、《水浒传》,便只见精神,并不见文字。"在《荆钗记》的批语中,关于"传神"的评批也有很多,即使是一些净丑诨谑的场面,他也有"传神"的批语。

"形神"论是中国古代文艺理论中经常被讨论的问题,不取"形似"而以"神思"为创作的最高境界,几乎是古代文艺理论家们的共识。"顾长康画人,或数年不点目睛。人问其故,顾曰:四体妍媸,本无关于妙处。传神写照,正在阿堵中。"[1]《世说新语》中的这一艺话常为后代文论所引用。在戏曲作为一种成熟的文艺形式被作家们经常性地创作后,它同样有着"形似"和"神似"的差别。而在李卓吾看来,戏曲创作不仅要以"真"为美,还要"真"得"传神";它所塑造的人物,不仅"逼真",还"跃跃欲有"。这样的"真",才是最有美感的,最值得推崇。如果说"真"是戏曲美的根本标准,那么,"传神"之"真"则是更高级的意境。

随着明代戏曲创作的发展,戏曲创作的实践不断提出新的问题,评点批评家们在真实性方面有了新的思考,延展和深化了"真"的内涵。

首先是汤显祖《牡丹亭》的创作带来了评点家们关于"真"的新的思考。与其他的戏曲作品不同,《牡丹亭》是一部浪漫主义戏剧,它也写爱情,但它所表现的是"情不知所起,一往而深,生者可以死,死可以生"[2]的"浪漫—非现实性"的故事。这和《西厢记》《琵琶记》基本写实的笔法大为不同。换句话说,《西厢记》《琵琶记》因为是以现实生活中可能发生的故事为戏剧题材,所以它们在"真"的问题上还容易认识,而《牡丹亭》是以现实生活中不可能发生的故事为题材,如何认识和理解它的真实性呢?进一步看,《牡丹亭》写的虽然是浪漫故事,可是,它却具有很

① 《世说新语·巧艺》。
② 汤显祖:《牡丹亭题词》。

强的真实感。在读者和观众进入了对作品的欣赏过程之后，会立即感到它的人物是真实的，它的生活也是真实的。这就使评点家们在评点过程中，不能不思考关于"真"的一个深层问题：艺术的真实和生活的真实究竟是什么样的关系？

徐复祚在他的《曲论》中提出："要之传奇皆是寓言，未有无所为者，正不必求其人与事以实之也"①，明确指出了戏曲艺术与生活并不等同，艺术真实也不同于生活真实。戏曲评点家们也结合《牡丹亭》的评点，开始了对这一问题的思考和认识。王思任在《批点牡丹亭叙》中做出了这样的评论："其宽置数人，笑者真笑，笑即有声；啼者真啼，啼即有泪；叹者真叹，叹即有气。杜丽娘之妖也，柳梦梅之痴也，老夫人之软也，杜安抚之古执也，陈最良之执雾也，春香之贼牢也，无不从筋节窍髓以探其七情生动之微也。"在王思任看来，《牡丹亭》的人物塑造是极其成功的，每个人物都个性鲜明，给人以真实的艺术感受，所谓"笑者真笑""啼者真啼""叹者真叹"，作家"从筋节窍髓"中挖掘出了人物的情感与个性。因此，作品写的虽然是"假"的事情，可是在艺术上却具有极强的真实性。他还指出，《牡丹亭》正如《易经》上所说的，"象也"，而"象也，象也者，像也"，也就是说，作品塑造的人物具有"像—真"的美感。茅元仪在《批点牡丹亭序》中则针对臧懋循"合于世者必信乎世"的观点进行反驳，指出："如必人之信而后可，则其事之生而死、死而生，生者无端，死而生者更无端，安能必其世之尽信也？今其事出于才士之口，似可以不必信，然极天下之怪者，皆平也。"在他看来，像臧懋循所认为的，只有"合于世"——所写之事必须是生活中可能发生的作品才能有真实感，才能让世人都相信，那么像《牡丹亭》这样写"无端"事情的作品为什么可以让人感到"可信"呢？退一步讲，即便它出于像汤显祖那样的"才士"之手，带有主观浪漫色彩，但最具"怪"的特点的艺术创作，却最给人以"平"的艺术感受，这又是为什么呢？可见，艺术真实是不能和生活真实画等号的，艺术之"信"和生活之"信"不是一回事。

对这一问题做出更深一步论述的是沈际飞，他在评点《牡丹亭》时所写的题词：

---

① 徐复祚：《曲论》，载中国戏曲研究院编著《中国古典戏曲论著集成》（第 4 册），中国戏剧出版社，1959，第 234 页。

数百载以下笔墨，摹数百载以上之人之事，不必有。而有则必然之景之情，而能令信疑、疑信，生死、死生，环解锥画，后数百载而下，犹恍惚有所谓怀女、士思、陈人、迁叟，从楮间眉眼生动。此非临川不擅也。临川作《牡丹亭》词，非词也，画也；不丹青，而丹青不能绘也；非画也，真也；不啼笑，而啼笑即有声也。以为追逐唐音乎？鞭棰宋词乎？抽翻元剧乎？当其意得，一往追之，快意而止，非唐、非宋、非元也。柳生呆绝，杜妖绝，杜翁方绝，陈老迂绝，甄母愁绝，春香韵绝。石姑之妥，老驼之，小癞之密，使君之识，牝贼之机，非临川飞神吹气为之，而其人遁矣。若乃真中觅假、呆处藏黠，绎其指归，□□则柳生未尝痴也，陈老未尝腐也，杜翁未尝忍也，杜女未尝怪也。理于此确，道于此玄，为临川下一转语。

这段题词无疑是肯定和推崇汤显祖在《牡丹亭》中所表现出来的不凡艺术创造力的，但它同时也论述了生活真实和艺术真实的关系。首先，沈际飞指出了戏曲创作的一般情形：后人的创作在题材上"摹数百载以上之人之事"，这些人和事未必有过，即便有过，戏曲家们也总是力求其"真"，力求写出"必然之景之情"，而在艺术效果上则给人以半信半疑的感觉，不知是真还是假。这是写"实"写"真"的创作情形。其次，沈际飞认为，这种创作汤显祖并非不能做到，但他却没有这样做，他的《牡丹亭》创作采取的是主观浪漫的艺术方法，即"飞神吹气为之"，而在艺术效果上，它却给人以极强的真实感，它的"真"达到的境界是"非词也，画也；不丹青，而丹青不能绘也；非画也，真也；不啼笑，而啼笑即有声也"。换言之，它所表现的故事虽然是假的，作家反而获得了极大的创造空间，反而更能够取得艺术真实的效果。最后，沈际飞还指出，《牡丹亭》的故事固然是作家虚构的，在现实生活中是不能找到的，但是，既然它给人以艺术的真实感，它就具有审美价值。如果一定要"真中觅假、呆处藏黠"，那么，剧中人物性格就无从谈起，艺术创作也就无从展开。

正如有的论者指出的，沈际飞的这一题词受到了王思任《批点牡丹亭叙》的影响，[①] 但是，沈际飞自己的题词中说"理于此确，道于此玄，为

---

① 叶长海《中国戏剧学史稿》第八章"评点、曲谱及其他"论及沈际飞的这篇《题词》时即认为，其"写作日期比王思任作《叙》约晚十年，其中有些观点与王《叙》相似，显然深受王思任的影响"。上海文艺出版社，1986，第287页。

临川下一转语"，表明他是在理论上对汤显祖的创作予以解释和辩护。因为要下一"转语"，他才要找出"理"和"道"；他所找出的"理"和"道"就是，艺术之"真"和生活之"真"是不能等同的，艺术创造可以允许作家"飞神吹气"地进行虚构，只要他所创造的艺术世界具有真实感就可以；读者、观众也不能机械地"真中觅假""绎其指归"，那种考证式的追索作品之"真"的观点是不可取的。

在对《牡丹亭》的具体评点中，王思任、沈际飞等人也对生活和艺术的两种"真"做出了区分。例如，王思任对第二十三出"冥判"〔后庭花〕曲的眉批云："信口恣情，不必尽确。总之，英雄欺人。"这一出戏写冥间判官对杜丽娘的审问，自然不是现实中可能有的事，所谓"不必尽确"，但在汤显祖的艺术世界中，杜丽娘有其情，判官有其性格，它同样给人以"假想的"真实感。而对于汤显祖来说，他只是展开了艺术想象的翅膀，极尽艺术创造之能事。这就如同15世纪西班牙戏剧理论家维迦所说的那样，"用真实来欺骗观众是一个好办法"[1]，戏明明是假的，可作家却写出了"真"，使观众进入了戏剧幻觉之中，不再觉得它是"假"的。在第二十六出"玩真"中，王思任还写下了一段更精彩的批语："抽尽霞丝，独挥月斧，从无讨有，从空挨实，无一字不系啼笑。《寻梦》《玩真》是《牡丹》心肾坎离之会，而《玩真》悬凿步虚，几于盗神泄气，更觉真宰难为。"[2] 这段批语不仅独具慧眼地指出"寻梦""玩真"两出是《牡丹亭》的"心肾坎离之会"，更指出了作品的浪漫主义创作方法——"从无讨有，从空挨实"。无论杜丽娘的生而死、死而生，还是"寻梦""玩真""叫画"等情节，在生活中都是"无""空"的，但汤显祖却写出了它的"有"和"实"，也就是在"假"中写出了它的"真"。这正是艺术的真实。

18世纪法国戏剧理论家狄德罗认为，"历史学家只是简单地、单纯地写下所发生的事实"，而戏剧家"就会写下一些他以为最能动人的东西，他会假想出一些事件，他可以杜撰这些言词，他会对历史添枝加叶。对于他，重要的一点是做到惊奇而不失为逼真。他可以做到这一点，只要他遵

---

① 维迦：《当代写作喜剧的新艺术》，杨绛译，载古典文艺理论译丛编辑委员会编《古典文艺理论译丛》（第11期），人民文学出版社，1961。

② 此段为沈际飞的评点所沿用，但词句有差异。茅元仪在"冥判"一出也有批语说："将无作有，真是奇绝。"

照自然的程序；而自然适于把一些异常的情节结合起来，同时使这些异常的情节为一般情况所容许"①。综观王思任、沈际飞等人在评点批评中的观点，它们和狄德罗的关于艺术创作中虚构和真实的论述是相当接近的，显示了评点批评家们理论思考的深入程度。

在深入认识艺术真实和生活真实两者不同的同时，评点批评家们还进一步把"真"的内涵界定到"情真""情至"上。因为"情真""情至"，才有"奇"的情节；因为"情真""情至"，"奇"的情节也才不再"奇怪"，而是具有艺术的真实性。例如，玉茗堂批评《异梦记》，第十八出"梦圆"写王生梦中见到顾云容，此出出批道："吾谓王生觉时实落抱着顾云容才是异梦，若以倩女看来不以为异。大抵情缘所结，若见奇怪，实非奇怪。"元杂剧《倩女离魂》写张倩女为情而魂灵出窍，追赶王生，这在现实生活中是不可能发生的，但因为作家赋予了张倩女形象以"情"的内核，所以作品并不让人感到"假"，而是觉得它非常真实。因此，评点者认为《异梦记》中对王生之梦的处理不妨更大胆一些，让他梦醒之后与他所爱的顾云容在一起，在他看来，"情缘所结，若见奇怪非奇怪"，只要"情真"，什么事情都可能发生；而作为艺术，它的真实性同样是不可怀疑的。这一观点在玉茗堂批评《西楼记》时也有表达，第十九出"错梦"的批语就说："天下无真不痴，无痴不真。"无论这些批语是否出自汤显祖之手，它们的理论价值都是值得我们重视的。

这种以"情真"为"真"的内涵的观点，在晚明的戏曲评点批评中愈来愈普遍。如袁于令在《焚香记叙》中就论述道："盖世界既一剧场，世界只一情人。以剧场假而情真，不知当场有情人也，顾曲者尤属有情人也。"在他的观念中，戏剧所写的事是假的，但由于"当场者""顾曲者"都是有情人，所以只要作品所写的"情"是"真"的，它就具有感人的力量，就具有审美价值。又如，明道人（柴绍然）评点《风流院传奇》第二十三出写舒心弹的魂灵思念小青，显然为虚幻之笔，但是，作品将他的思念表现得情真意切、非常感人，评点者于此眉批曰："无一字不情至，无一字不传神。至其空中作想，愈幻愈灵，愈虚愈实。"因为"情至"，作品所写虽然是"虚"的、"幻"的，其艺术效果却是"愈幻愈灵，愈虚愈

---

① 〔法〕狄德罗：《狄德罗美学论文选》，张冠尧等译，人民文学出版社，1984，第160～161页。

实"，愈有真实感。

要之，明代戏曲评点中不仅提出了"真"的审美标准，还赋予了它丰富的内涵。如果说李卓吾奠定了"真"的基本内涵，那么晚明的一批评点批评家则大大拓展和深化了"真"的内涵，他们对于生活真实和艺术真实关系的认识，对于"情真"的看法，都具有较强的理论意味，也都具有值得我们重视的理论价值。

三　真的至境："化工"

在讨论明代戏曲评点中的"真"的审美观时，我们不能不注意到"化工"这一重要概念。它虽然是由李卓吾在《焚书》卷三中提出来的，却被晚明相当多的戏曲评点家所吸收，用以评论戏曲创作；"化工"概念不仅进入了评点批评，还被赋予了审美至境的内涵，在批评中得到了广泛的运用。

李卓吾在《焚书》卷三《杂说》中提出了"化工"之说，同时也以此为最高审美境界，他说：

> 《拜月》《西厢》，化工也；《琵琶》，画工也。夫所谓画工者，以其能夺天地之化工，而其孰知天地之无工乎？今夫天之所生，地之所长，百卉俱在，人见而爱之矣，至觅其工，了不可得，岂其智固不能得之欤？要知造化无工，所有神圣，亦不能时知化工之所在，而其谁能得之？由此观之，画工虽巧，已落二义矣！文章之事，寸心千古，可悲也夫。

李卓吾将戏曲创作分为"化工"和"画工"两种。所谓"画工"，是人为的工巧，它虽然也令人赞叹，可终究是人工为之，因而"已落二义"，等而次之；而"化工"是不着人工痕迹的"无工"之"工"，它就如同天地间的自然物，人见人爱，"至觅其工，了不可得"，因此，它比起"画工"来，就是至高无上的境界。显然，李卓吾在这里提出了一种最高的审美理想，一种审美至境——像天地自然那样无工无巧却大工大巧的"化工"。就具体戏曲作品而言，《拜月》《西厢》可称"化工"，而《琵琶》则属"画工"。

李卓吾的"化工"说，最主要的含义是"自然"。这不仅表现在上述文字中，在其他地方也有表述，最为显著的是《读律肤说》中的一段议论："盖声色之来，发于性情，由乎自然，是可以牵合矫强而至乎？故自然发于性情，则自然止乎礼义，非性情之外复有礼义可止也。惟矫强乃失之，故以自然为美耳，又非于性情之外复有自然而然也。"① 在这里他明确提出了"自然为美"的观点，而他的"化工"说同样推崇"造化无工"的自然，可见，"化工"说是他的"自然为美"观念的延伸。李卓吾又把这种以"自然"之美为内涵的"化工"概念引入戏曲评点之中，"李评"《西厢记》的"红娘请宴"一出，于〔耍孩儿〕上即有眉批曰："如此等曲已如家常茶饭，不作意、不经心，信手拈来，无不是矣，所以谓之化工。"这是明确使用"化工"概念对作品进行的评批。还有些批语虽然没有使用"化工"概念，但意义也相同，如《幽闺记》第二十八出出批云："曲与关目之妙，全在不费力气，妙至此乎！"而该剧的剧末评语是"《拜月》曲都近自然，委疑天造，岂曰人工"。这与他在《焚书》中对《拜月亭》"化工"的评价是非常一致的。此外，《荆钗记》第四出的出批道："曲白俱正大光明，真大羹玄酒、布帛粟菽之章，妙绝妙绝！"所谓"大羹玄酒、布帛粟菽"同样是指自然的风致，与"化工"的含义相接近。

　　看起来，李卓吾的以"自然"为内涵的"化工"，与他使用极多的"真"的概念，分属两个不同的范畴，但实际上，"真"就包含在"自然—化工"的范畴之内。首先，从理论来源看，李卓吾的"自然为美"的观点与庄子的"法天贵真"的思想一脉相承。庄子既"贵真"，同时又认为"真者，所以受于天也，自然不可易也"②，也就是认为："人类的生活也应当纯任自然，不要人为地去破坏人的生命的自然发展，不要牺牲自己的自在自得的生活去求名求利。真正做到了这一切，就是返回到了真……而这也就是庄子所说的美。"③ 其次，从李卓吾的"化工"说来看，它同样蕴含着"真"的内容，他之所以认为《琵琶记》是"画工"之作，就在于它的工巧带来的是"似真非真"的结果，"所以入人心者不真"；更重要的还在于"世之真能文者，比其初皆非有意于文也，其胸中有如许无状可怪之事，其喉间有如许欲吐而不敢吐之物，其口头又时时有许多欲语而莫可所以告语之处，蓄积已久，势不能遏，一旦见景生情，触目兴叹，夺他

---

① 李贽：《焚书》卷三《读律肤说》。
② 《庄子·渔夫》。
③ 李泽厚、刘纲纪主编《中国美学史》（第1册），中国社会科学出版社，1984，第249页。

人之酒杯浇自己之垒块；诉心中之不平，感数奇于千载"①。换言之，达到"自然""化工"境界的文章和文学，乃是作者真情实感的不可遏止的流泻，是作者必欲一吐为快的产物。以"有意于文"刻意为文的创作态度，是难以达到这一境界的。因此，"自然""化工"本来就包含着"真"，也只有"真"才可能"自然"，才能步入"化工"的境界。

李卓吾所确立的"真—自然—化工"的戏曲审美至境观，为晚明许多评点批评家所接受，他们经常用"化工"概念评批作品，推崇作品的艺术成就。陈继儒在《玉簪记》第九出就批曰："真是化工笔，不啻画家矣！"《东郭记》第二十三出〔菊花新〕曲有一条未署名评点者的眉批："李秃翁评《西厢》曰化工，评《琵琶》曰画工。如此等曲化与画之间矣！"《情邮记》第十三出的一则眉批为"曲至此神矣化矣！"这些批语在使用"化工"概念时，对其内涵也更加明确，剧本的内容，特别是剧中人物情感和性格要真；它的表现形式，主要是语言，要自然真率，无雕琢斧凿的痕迹。举两例说明如下。

朱京藩的《小青娘风流院传奇》第九出写小青在夜雨之中悲伤难抑，翻读《牡丹亭》时，她唱了一支〔罗带儿·前腔〕曲：

> 雨中鼓四击，风吹檐铃，恍惚梦入梅柳接，杜丽娘是咱前身照也。怎禁得这芭蕉上、竹廊壁，雨儿声渐渐，把俺这乔魂魄惊又怯。一线呼吸，生憎这影子儿因灯明灭。

明道人（柴绍然）于此眉批道："看他前前后后摹情处、写景处，并无一字卖弄，都从真神处摹出来，无字不真，有字不化。自是化工，的是化工。"评点者抓住的是这段曲词对人物情感和夜雨环境的真实自然的再现，给予其"化工"的评价；在肯定其内容真实自然的同时，还指出它"无一字卖弄"，对它的自然率真的语言品格也大加赞扬。18世纪德国戏剧理论家莱辛曾经说过："感情绝对不能与一种精心选择的、高贵的、雍容造作的语言同时产生。这种语言既不能表现感情，也不能产生感情。然而感情却是同最朴素、最通俗、最浅显明白的词汇和语言风格相一致的。"② 的确，只

---

① 李贽：《焚书》卷三《杂说》。

② 〔德〕莱辛：《汉堡剧评》，张黎译，上海译文出版社，1981，第307～308页。

有"无一字卖弄"的语言，才能最真实地表现出人物的感情世界，作品才能达到"化工"的境界。

孟称舜的《娇红记》第三十五出，写王娇娘随父母路过成都，申纯则随父母在邮亭等候，期望与她一会。该出的开头，是一支几人分唱的〔临江仙〕曲：

> （外、老旦上）昨日音书来报喜，他家早已荣归。（小生、生上）忙排樽垒远相期，（生）知他何日到，暗里自思惟。

这段曲子读起来并不出色，但评点者却批曰："逐人写照，到境传情，化工之笔。"这就是说，它真实地表现出了特定环境中人物的特定心境。对于申纯父母而言，他们只是为阿舅（王娇娘的父亲）改调荣任而高兴；在申纯哥哥那里，只是尽晚辈的责任；而申纯却有自己的心思，他在期待着与王娇娘的相见。作者虽然只给每个人物安排了一两句唱词，但它们都具有"到境传情"的表现力，从而也最真实地传递出了人物的不同心境。相同的批语在《小青娘风流院传奇》的批点中也有，其第十出眉批道："看他前前后后，摹写怨女的是个怨女，旷夫的是个旷夫，乃至老娘行冷啼热惜，帮闲娟蜜嘴甜唇，无字不真，无语不肖，真是化工造物，岂三寸管所能办乎？令人叫绝。"能够真实地塑造人物，逼真地传写出人物性格，就可称"化工之笔"。

晚明的评点批评家不仅继承了李卓吾的"化工"概念，还在此基础上提出了一个新的概念——"化境"。例如，《西园记》第二十八出有眉批云："曲中化境。"茅元仪评点《牡丹亭》，于第三十二出〔三段子〕曲处眉批曰："一句已入化境。"谭友夏、钟敬伯于《绾春园》第六出〔川拨棹〕曲处眉批说："曲有神存，故云化境。"

"化境"的基本内涵仍然是"真"与"自然"。如《小青娘风流院传奇》第二十出眉批云："各说各话，无字不真。此等文字，便欲飞去，化境。"陈洪绶对《娇红记》第三十一出中的〔猫儿坠玉枝〕① 的批语为"白描丽情，委曲如诉，文章化境，岂人所为？"前者强调的是"各说各

---

① 该曲由王娇娘所唱，曲词为"想当日花天月地，两两结盟言。道则个地老天荒情意坚，谁料周年半载，和你不得永团圆。这还是郎心变也奴心变，则索呵请先生自言，则索呵请先生自言"。

话"的人物真实和语言的"无字不真",后者侧重于语言的"白描",实为推崇语言的浅近自然。另外,评点批评家把"境"引入"化工"概念中,更加强调了"化工之笔"的审美含义,更指向了至美的艺术境界,既丰富了戏曲批评的理论概念,也为戏曲创作悬设了一种审美理想。

从以"真"为戏曲美的标准的确立,到以"情"为"真"之内涵的界定,以及"化工""化境"说的提出,我们可以充分感受到,在明代戏曲评点中,以"真"为核心的戏曲审美观是得到普遍认同并且不断得到深化的理论观念。在明中叶戏曲理论还较多地徘徊在戏曲的"曲"体文学特征的时候,它已经深入戏曲创作的根本美学问题中;在一些理论家对它虽然有所触及却未能集中探讨的时候,它又显得格外突出。之所以如此,除了思想家李卓吾参与评点的直接影响外,还特别与评点批评的形态有关。由于评点是紧附于作品文本的批评,评点者一直是以读者和批评者的双重角色进行阅读活动。作为读者,他们对作品中最细微的"真"都有体察,对哪怕一点点的不"真"也都有感觉。作为批评者,他们又将这些体察和感觉予以理论的升华,并以评批的形式表达了出来。此外,它还与戏曲的叙事文学性质有关。戏曲作为叙事文学,其主要任务是"再现",不同于诗歌主观抒情的"表现"。后者的"真"主要是情感的真实,而"再现"文学的"真",则要求包括人物情感在内的多方面的真实。正因为如此,明代的戏曲评点与小说评点相互同步地以"真"为美,同步地展开了对文学创作真实论的探讨,共同为古代文学理论的发展做出了有益的贡献。①

四　结语

应该说,近三十年来,对中国古代的文学理论、文学思想的研究已经大为深入,对于中国古代文学评点的研究也已经从多方位展开。但是,两个方面的研究似乎没有得到应有的结合。依笔者所见,从事古代文学评点的学者,更多关心的是对评点版本和评点者的考证,没有从文学理论和思想的层面对评点资料加以提升。从事文学理论、文学思想研究的学者似乎也并没有对极其丰富的文学评点给予关注,很少将它们纳入中国古代文学理论和思想的体系中来分析,即使对金圣叹、毛宗岗等评点批评的大家,

---

① 明代小说评点中同样以"真"为美,参见叶朗《中国小说美学》,北京大学出版社,1982。

也较少从文学理论的视角展开研究，更缺少将他们的评点当作文学思想资源的意识。

毫无疑问，评点直接呈现为一种文学批评形态，与文学理论、思想相比，似乎还处于低一个层次。但是，正如别林斯基所说的，"批评是哲学意识，艺术是直接意识"①。评点作为一种批评形态，仍然是评点者"哲学意识"的展开，是文艺理论思维的成果。尽管大量的批语还很简略甚至零碎，但它们无疑是一定理论观念的外化；有的批语和序跋相互联系，还阐发了一定的理论见解。因此，蕴藏在各种作品评点中的理论观念和思想十分丰富。除了真实论以外，明代戏曲评点中还蕴含很多值得重视的文学思想，如情节结构论、风格论、戏剧技法论等。本文通过对明代戏曲评点中的真实论的梳理和挖掘，意在说明，发端于宋代、兴盛于明代中叶以后的评点批评实在是中国古代文学理论和文学思想研究的重要思想资源，期冀有更多的学人给予关注。

---

① 〔俄〕别林斯基著，别列金娜选辑《别林斯基论文学》，梁真译，新文艺出版社，1958，第 258 页。

明清时期小说观念的转型

华中师范大学文学院　王　炜

摘　　要　明清两代，在官私书目中，小说是子部之下的二级类目。但是，在日常语境中，小说这个概念及其指称的实体正经历着转型与嬗变。明清时期小说观念的转型主要体现在三个方面。从指称的实体来看，小说这个概念由指称子部之下的某类文言作品，转而涵括了文言、白话两种形态的文本。从知识要素之间的关联来看，小说与集部中的诗、文、赋等形成了同构、毗邻的状态，由"学说派别"转型成为文学文体。从小说与子部的关系来看，小说呈现出从这个部类中剥离出来的态势，它与子部由从属的关系渐渐转变为平行的关系，由层级的建构转变为线性的排列。明清时期小说观念的转型和演变，为近现代学术体系下小说统序的形成搭建了稳定的平台。

关　键　词　小说观念　文言小说　白话小说　诗赋

　　明清两代，小说这一概念主要指称位于子部之下的某个特定的知识类别。官私书目在对小说这一类目进行定位时，大体承续《汉书·艺文志》《隋书·经籍志》以来的区分方式：小说归属于子部，是与儒家、道家、农家等平行的二级类目。这种观念与近现代以来人们对于小说的认知之间有着巨大的断裂。但是，官私书目建构的知识体系只是从一个侧面反映了人们对于小说的态度，要全面地了解明清时期的小说观念，我们还要进一步梳理人们在日常的语言环境中就小说达成的"共识"。①

　　深入日常语境中考察小说之名、之实的深层次的对应关系，我们可以

---

① 人们在日常经验中生成的关于小说的"共识"，其实质是在协商乃至论争、质疑、辨驳中形成的一种动态平衡。

看到，明清时期，小说这个概念及其指称的实体正处于不断的转型、蜕变之中。清人刘廷玑说："小说之名虽同，而古今之别则相去天渊。"① 明清时期，小说的转型主要体现在三个层面。一是"小说"一词指称的实体在类型上进行着累积和重构，《三国演义》等白话形态的作品与《世说新语》等文言小说被纳入共同的统序之中。二是这些白话小说和文言小说作为一个整体，与诗、赋构成了相互参照、相互对应的关系，小说这个概念及其指称的对象由"学说派别之一种"转变成为文学文体②。三是小说在转变成为文学文体的过程中，作为特定类型的知识要素，它也完成了在知识统序中的层级跃迁过程，酝酿着从传统四部分类法中的子部剥离出来的力量。明清两代，小说及其相对应的实体的演化，推动这套特定的知识统序完成了从传统向近现代的嬗变，影响了近现代学术体系中小说的典型范例、分类方法、研究范式以及结构形态。明清时期的小说观念最终发展成为沟通传统与近现代的重要节点。

一

谈到小说这个概念的指向，我们首先关注的是作家创作的文本。在今人的观念中，小说这个概念对应的实体，从语体上分为两种类型：一类是文言形态的，以《世说新语》、《搜神记》、唐传奇、《聊斋志异》等为代表；另一类是白话形态的，以《三国演义》《水浒传》等为代表。明清时期，小说这一概念指向的实体正处于衍生、变化、重构的过程之中，今人的小说观念正是在明清时期人们认知的基础上逐渐生成的。

从文言小说统序的建构和定型来看，近现代学人关注的文言小说，大体对应着子部小说类之下的知识要素。明清两代，学人对子部小说的生发演变、典型范例、研究范式等进行了重构，确定了近现代以后文言小说研究的基本框架。

明清时期，学人试图在时间的维度之中重新确认小说的生发情况，定位小说的源头。宋元以前，也有学者思考小说的生发问题。如《汉书·艺文志》论及诸子略小说家，"小说家者流，盖出于稗官，街谈巷语、道听

---

① 刘廷玑：《在园杂志》，中华书局，2005，第83页。
② 陈卫星：《学说之别而非文体之分——〈汉书·艺文志〉小说观探原》，《天府新论》2006年第1期。

途说者之所造也"①。这是从知识生产者的角度讨论小说的发生。《隋书·
经籍志》云，"小说者，街说巷语之说也"②。这是从知识的质性特征对小
说的源起进行考察。在千年的发展过程中，知识要素在数量、规模上不断
累积，到了明清时期，小说观念经历了一次转型。人们在谈到小说的生发
问题时，不再仅仅关注知识生产者的身份或知识自身的质性特征，还进一
步以文本自身为中心，在时间的维度中重新确认知识要素的原初形态，厘
清小说的源流变迁，梳理知识要素之间的接续关系。有些学者越过《汉
书·艺文志》著录的《青史子》、《隋书·经籍志》著录的《燕丹子》，将
小说的源头定位为《山海经》。明代胡应麟著有《四部正伪》。他的目的是
"考正百家，统宗六籍，庶几嚆矢"③，重新对子部等部类之下的书籍进行
定位和归类。胡应麟也试图探寻小说的源头，他说：

> 《山海经》，古今语怪之祖。④

《山海经》在《汉书·艺文志》中被归入术数略之下的形法家，在《隋
书·经籍志》中转而归入史部地理类。宋元两朝的官私书目大都依仿《隋
书·经籍志》的归类方式。但是，胡应麟却将《山海经》与《燕丹子》
等归于子部小说的书籍，将《山海经》视为"语怪之祖"⑤。到了清代，
纪昀主持修撰《四库全书》，标志着官方对于知识体系的建构和确认。四
库馆臣在明人小说观念的基础上，试图进一步确定小说的源头，确认小说
的类例。他们认为，中国最早的小说可以追溯到《山海经》：

> (《山海经》) 序述山水，多参以神怪……诸家并以为地理书之
> 冠，亦为未允。核实定名，实则小说之最古者尔。⑥

---

① 《汉书》，中华书局，1962，第1745页。
② 《隋书》，中华书局，1973，第1012页。
③ 胡应麟：《少室山房笔丛》，上海书店，2009，第289页。
④ 胡应麟：《少室山房笔丛》，上海书店，2009，第314页。
⑤ 胡应麟还以李公佐的《古岳渎经》为切入点，厘定《山海经》这部"古今语怪之祖"对
汉魏六朝、唐代以及明代小说的影响。他说，《古岳渎经》"出唐小说，盖即六朝人踵
《山海经》体而赝作者……宋太史景濂亦稍稳括集中。总之，以文为戏耳"（胡应麟《少
室山房笔丛》，第316页）。
⑥ 纪昀等：《四库全书总目提要》，河北人民出版社，2000，第3624页。

《四库全书》果断地将《山海经》从史部地理类中提取出来，置于子部小说类下。另外，《穆天子》"旧皆入起居注类……实则恍惚无征……以为信史而录之，则史体杂、史例破矣"①，四库馆臣将之纳入子部小说类。也有学者提出，严格意义上的小说始于刘向的《说苑》。汪师韩说，"刘向采群言为《说苑》，列于儒家，为后世说部书所自始"②。还有人认为，小说要迟至南北朝时期才完成定体的过程。沈德潜说，"说部之书，昉于宋临川王《世说新语》"③。

明清两代，学者们未能就小说的起源达成统一的意见。但是，在他们的反复讨论中，小说的本相与汉唐宋元时期相比，发生了明显的错位。《汉书·艺文志》诸子略小说家类下收录的《青史子》等书籍，在明清的日常语境中没有被直接排除于小说类之外，却不再作为小说的源头和核心范式。《山海经》、《穆天子传》和《世说新语》等成为文言小说的典型范例。明清学者对小说源头和类例的建构，对近现代以后确认小说统序产生了直接的影响。如鲁迅的《中国小说史略》接续并发展了胡应麟、纪昀等人的观点，"为中国小说的研究打定了最稳固的基础"④。《中国小说史略》第二篇"神话与传说"较为详细地论及《山海经》《穆天子传》等。鲁迅说，神话"实为文章之渊源"，而"中国之神话与传说……散见于古籍，而《山海经》中特多"⑤。从这个角度上看，明清时期人们对小说起源的重新确认，为近现代学人建构文言的小说统序奠定了坚实的基础。

近现代以来人们关注的文言小说的典型范例，也是在明清时期子部小说类的基础上最终认定的。明初，王祎、宋濂主持修撰的《元史》不列艺文志，我们无从查知官方认定的小说的类例。但是，我们可以透过私家书目考察明人的小说观念。高儒的《百川书志》成于嘉靖十九年（1540），卷七至卷一一为子部。其中，卷八为小说家，收录了《汉武帝别国洞冥

① 纪昀等：《四库全书总目提要》，河北人民出版社，2000，第3625页。
② 汪师韩：《韩门缀学》卷一，上海古籍出版社，1996，第13页。后，王玉树也说，"刘向杂采群言，以为《说苑》，列于儒家。此后世说部书所由作也"（王玉树《经史杂记》）。
③ 沈德潜：《书隐丛说序》，见袁栋编《书隐丛说》，上海古籍出版社，1995，第2页。王正祺则提出，"说部之兴，由来久矣。自王子年《拾遗记》以及《齐谐》、《诸皋》诸书，类皆奇奇怪怪，骇人听闻"[（清）王正祺：《秋灯丛话跋》，见王椷《秋灯丛话》，黄河出版社，1990，第5页]。
④ 郑振铎：《中国通俗小说书目序》，载郑振铎《西谛书话》，三联书店，1998，第211页。
⑤ 鲁迅：《中国小说史略》，中华书局，1981，第17~18页。

记》《世说新语》《续齐谐记》《王子年拾遗记》《隋唐嘉话》《酉阳杂俎》《侯鲭录》《草木子》等。另如，焦竑的《国史经籍志》卷四下为子部小说家，收录了《燕丹子》《笑林》《世说新语》《酉阳杂俎》《齐东野语》《草木子》。到了清代，钱谦益的《绛云楼书目》卷二子部小说类下收录了《博物志》《幽明录》《幽怪录》《梦溪笔谈》等。明清官私书目中录入的这些书籍或篇目多成为近现代文言小说研究中的典范之作。

明清时期，随着文言小说在数量、类型上的增多，学者在梳理小说时，还试图在多重层级上对小说进行更为细致的归类。小说是传统知识体系下的子部的第二级类目，到了明代，胡应麟从题材、类型、审美风格等层面入手，在小说类之下进而划定出第三级类目。他将小说分为志怪、传奇、杂录、丛谈、辩订、箴规。清代，《四库全书》也为子部小说划定了第三级类目，小说被分为杂事、异闻、琐语。近人丁仁著《八千卷楼书目》，小说类之下的第三级类目也是分为杂事之属、异闻之属、琐语之属。明清时期，学人尚未就小说的分类达成共识，但是，他们对文言小说的著录、叙录以及类型划分确认了文言小说的典型范例和研究范式。到了近现代，鲁迅的《中国小说史略》将文言小说分为志怪、"记人间事者"①、传奇等，将白话小说分为拟话本、讲史、神魔小说、人情小说等，这正延续了明清时期确认的小说研究的基本范式，在时间段与类型学的双重维度上梳理了中国古代小说的历史。

明清时期小说观念的转型还表现为，小说这个概念也渐渐与《三国演义》等文字形态的白话作品建立起稳定的关联。"小说"一词与白话类作品的关联始于宋代。最初，小说一词用来指称"说话"中的某个行当。"说话有四家"②，包括小说、说公案和说铁骑儿、说经和说参请、讲史。宋末，罗烨的《醉翁谈录》在延续《汉书·艺文志》《隋书·经籍志》分类方式的基础上，将"或名演史，或谓合生，或称舌耕，或作挑闪"的说书者统称为"小说家"③，用口头形态的"说话"直接替换了《世说新语》等文字形态的文本。但是，从整体来看，宋元时期，小说这个词与白话作品建立关联时，它指向的是"一种伎艺，并非书面文学"④。这些口头形态

① 鲁迅：《中国小说史略》，中华书局，1981，第 60 页。
② 孟元老：《东京梦华录》，中华书局，1985，第 104 页。
③ 罗烨：《醉翁谈录》，古典文学出版社，1958，第 1 页。
④ 石昌渝：《"小说"界说》，《文学遗产》1994 年第 1 期。

的作品虽然也被称为小说，但它们却不可能正式进入书籍分类统系中，无法成为主流的知识体系的建构要素。元末明初，"说话"由口头的形态正式衍生为文字的形态，《三国演义》《水浒传》等作品涌现出来。随着文字形态的白话作品在数量上迅猛增长，这些知识要素产生了归类的要求。正德以后，人们在日常生活中谈及《三国演义》《金瓶梅》等文字形态的白话作品时，往往使用"小说"一词：

> 小说家编成《石家词话》。①
>
> 钱塘罗贯中本者，南宋时人，编撰小说数十种，而《水浒传》叙宋江等事。②
>
> 老公祖试问凤督疏中所据材官万民安、承差郑天卿所砌一段，与俗所传《水浒》《西游》诸小说何异。③
>
> 贯中有良史才，以小说自隐耳。④

清代，张竹坡批点《金瓶梅》说，"此书独与他小说不同"；"夫他小说，便有一件件叙去，另起头绪于中，惟《金瓶梅》，纯是太史公笔法"；"即如读《金瓶梅》小说，若连片念去，便味如嚼蜡"⑤。另如，钱大昕也用小说一词指称《西游记》说，"村俗小说有《唐三藏西游演义》"⑥。小说一词用来指称文字形态的白话作品，成为明清时期人们的"共识"。

文字形态的白话作品完全纳入小说这一概念范畴之后，它并没有替代、覆盖或驱逐文言小说，而是与之生成了平行的，也是并生、共存的关系。洪楩的《六十家小说》刊刻于嘉靖年间，"收有'说经'类的作品如

---

① 韩邦奇：《踏莎行 于少保石将军》，韩邦奇《苑洛集》卷一二，《景印文渊阁四库全书》本，第1269册，台湾商务印书馆，1986，第545页。
② 田汝成：《西湖游览志馀》卷二五，东方出版社，2012，第477页。
③ 金声：《与史大司马（癸未）》，金声《金希正先生燕诒阁集》卷五，《四库禁毁书丛刊》本，集部第85册，北京出版社，2000，第77页。
④ 梦藏道人：《三国志演义序》，载丁锡根编著《中国历代小说序跋集》，人民出版社，1996，第896页。
⑤ 见兰陵笑笑生著，张竹坡评点，王汝梅注《皋鹤堂批评第一奇书：金瓶梅》，吉林大学出版社，2011。
⑥ 钱大昕：《跋长春真人西游记》，载陈文和主编《嘉定钱大昕全集·潜研堂集》，江苏古籍出版社，1997，第502页。

《花灯轿莲女成佛记》……还收有'讲史'类的《汉李广世号飞将军》",
另外还收有"文言的传奇小说《蓝桥记》等等"①。人们在论及《三国演
义》《金瓶梅》等作品时,也往往将之与文言小说并列。如崇祯五年
(1632),梦藏道人在《三国志演义序》中说:

> 今夫《齐谐》《虞初》《夷坚》《诺皋》并隶小说,苟非其人,亦
> 不成家。②

欣欣子序《金瓶梅词话》时,也将这部作品置放于白话与文言共同构成的
统系之中。他说,"吾尝观前代骚人,如卢景晖之《剪灯新话》,元微之之
《莺莺传》,赵君弼之《效颦集》,罗贯中之《水浒传》,丘琼山之《钟情
丽集》,卢梅湖之《怀春雅集》,周静轩之《秉烛清谈》,其后《如意传》、
《于湖记》,其间语句文确,读者往往不能畅怀"③。人们还在文言小说与白
话小说的相互参照中,探寻白话小说的源头。在学者将文言小说的源头追
溯至《山海经》时,也有人追索白话小说生发的时间点。如观海道人说,
"小说中之有演义,昉于五代、北宋,逮南宋、金、元而始盛,至本朝而
极盛"④。宋懋澄说,"宋孝宗欲怡太上,令史臣编小说数千种。余所抄
《灯花婆婆》《种瓜张老》《平山堂小说》皆其类也"⑤。即空观主人也说,
"宋元时有小说家一种,多采闾巷新事为宫闱承应谈资"⑥。这样,以小说
这一概念为统摄,《三国演义》等白话作品与《世说新语》等文言作品建
构起内在的整体性,成为特定的知识统序。

　　文字形态的白话作品在与文言小说融会,大规模跻身"小说"这个
概念范畴的过程中,也渐渐渗透到中国的书籍分类系统之内。明清时期,
官方书目虽然没有收录《三国演义》等书籍,但一些私家书目已经开始
有意识地接纳这些白话作品,将它们纳入书籍分类体系之内。如明代,
在高儒的《百川书志》中,史部传记门收录《杨太真外传》《莺莺传》,

---

① 石昌渝:《"小说"界说》,《文学遗产》1994 年第 1 期。
② 梦藏道人:《三国志演义序》,载丁锡根编著《中国历代小说序跋集》,第 896 页。
③ 欣欣子:《金瓶梅词话序》,载丁锡根编著《中国历代小说序跋集》,第 1077 页。
④ 观海道人:《金瓶梅》,载丁锡根编著《中国历代小说序跋集》,第 1109 页。
⑤ 宋懋澄:《郧州》,载宋懋澄《九籥集·瞻途纪闻》,中国社会科学出版社,1984,第
　 251 页。
⑥ 即空观主人:《拍案惊奇自序》,载丁锡根编著《中国历代小说序跋集》,第 785 页。

野史门载录《三国志通俗演义》《忠义水浒传》，小史门列入《剪灯新话》《效颦集》等，《三国演义》等正式进入知识体系的建构之中，与《莺莺传》等构成了新的统序。再如，晁瑮的《晁氏宝文堂书目》只设立一级类目，在经、史、子、文集、诗词之外，设定了类书、子杂、韵书等类目。晁瑮将《隋唐嘉话》等从子部小说中提取出来，与《莺莺传》《霍小玉传》以及《忠义水浒传》《三国通俗演义》一同归入子杂类①。又如，焦竑的《国史·经籍志》中不收白话作品，明末吴骐就提出异议说，"焦氏《国史·经籍志》有三缺：郡邑未详，一也；小说中无元人演义，二也；元人杂剧不入戏术，三也"②。另外，到了清代，钱曾的《也是园书目》在经史子集之外另立"戏曲小说"类，"戏曲小说"类之下又分传奇、宋人词话以及通俗小说等类目，收入了《三国志通俗演义》《水浒传》等。鲁迅谈到《也是园书目》时说，钱曾的本意是"专事收藏，偏重版本，缘为旧刊，始以入录"，但在客观上却造成了"离叛于曩例"的事实③，从知识归类的角度突破了中国既有知识体系的建构。明清时期，私家书目对《三国演义》等的归类与今人的认知不尽相同，但它们的归类方式无疑对近现代以后的小说观念产生了极其深远的影响。

明清时期，人们的小说观念始终处于动态的调整、转型之中，小说这个概念由宋元以前只用来指称子部下的文言形态的作品，转而涵括了文言、白话两种形态的小说文本。这种转型为近现代学术体系下小说统序的形成搭建了稳定的平台。

二

要全面地了解明清时期小说观念的转型情况，我们不仅要关注文本形态的小说，考察小说这一概念指称的实体的调整、变动情况；还要深入地探察小说这个概念及其对应的实体作为一个整体，与哪些类型的知识要素形成了同质性及同一性。从小说与其他知识类型之间的关联来看，明清时

---

① 《三国演义》在晁瑮的《晁氏宝文堂书目》中著录为《三国通俗演义》，见晁瑮《晁氏宝文堂书目》。

② 转引自刘城《新安吴生哀辞》，载刘城《峄桐文集》卷十，《四库禁毁书丛刊》本，集部第121册，第511页。

③ 鲁迅：《中国小说史略》，中华书局，1981，第10页。

期小说观念的转型体现为，当《三国演义》与《世说新语》等融会成为一个整体之时，小说这个概念及其指称的知识要素也正在与诗、文、赋之间生成同一性，建构起直接的、复杂的关联。

在中国的知识统系中，小说与诗、文之间的同质性，以及它们的并置、对应关系，并非与生俱来的，而是过程性的，是逐渐被建构、被发现的。明清以前，无论在《汉书·艺文志》还是在《隋书·经籍志》中，小说与诗、赋均不存在任何形态的、直接的关联。它们各自属于完全不同的部类，也处于不同的层级之中。在《隋书·经籍志》确立的四部分类法下，小说是子部之下的二级类目；诗、赋、文则是集部涵括的知识要素。集部之下包含着三个二级类目——楚辞、别集和总集，诗、文、赋是楚辞、别集、总集等类型的书籍中包含的知识要素，而不是集部之下子系统的命名方式。明清时期，官私书目在对小说进行定位时，大多遵循《隋书·经籍志》确定的分类方法。小说从属于子部，它与集部、与集部下的二级类目、与集部之中的诗赋等知识要素并没有直接的关系。但是，在日常语境中，人们却开始突破隋唐以来四部分类法的层级建构。小说这个概念径直与集部中具体的知识要素——诗、文、赋融会成为一个统系，形成了同构、毗邻的关系，具备了同质性和同一性。

从概念与概念之间的连接来看，明清时期，小说与诗、赋并提，成为惯例和常态。胡应麟在《少室山房笔丛·经籍会通》中将小说与集部之中的总集、诗、赋并列。他说：

> 《文选》昉自挚虞、孔逭、虞绰寖盛，至许敬宗《文馆词林》一千卷极矣。文集昉自屈原，萧衍、沈约寖盛，至樊宗师总集二百九十三卷极矣。小说昉自《燕丹》，东方朔、郭宪寖盛，至洪迈《夷坚志》四百二十卷而极矣。①

在胡应麟构架的统序中，《燕丹子》《夷坚志》等小说与集部之下的《文选》，以及屈原等人的作品处于同一个构型层级之中。另外，姚希孟也有"诗文及稗官小说"的说法：

① 胡应麟：《少室山房笔丛》，上海书店出版社，2009，第22页。

　　长卿访罗摭捃，合诸名臣史传家传并散见于诗文及稗官小说者，汇而集之。①

　　明代天启、崇祯年间以后，在日常语境中，小说与集部之下具体的知识要素——诗、赋、文等形成了邻接关系，以及对应、参照关系，这基本上成为人们的"共识"。有人谈道：

　　　　唐小说妙一代，几与诗等。余之好读之也，如读其诗。……余读之（注：即《云仙杂记》），则小说之高岑王孟储常也。②
　　　　（顾梦麟）工于诗赋、稗官小说，浏览极博。③
　　　　唐人乃有单篇，别为传奇一类。……犹诗家之乐府古艳诸篇也。④

　　小说在与诗、赋、文融会的过程中，也与词、曲等归入共同的统系之中。有人谈道：

　　　　（李贽）《离骚》、马、班之篇，陶谢柳杜之诗，下至稗官小说之奇，宋元名人之曲，雪藤丹笔，逐字雠校。⑤
　　　　士患无才。苟才之所至，作史可也，作诗赋可也，作百家言、稗官小说、诗余、南北调可也。⑥
　　　　（阮大铖）无论经史子集、神仙佛道诸鸿章巨简，即琐谈杂志、方言小说、词曲传奇，无不荟萃而掇拾之。⑦

　　从明代一直到清代，在官私书目确立的知识架构中，"集部之目，楚辞最古，别集次之，总集次之，诗文评又晚出，词曲则其闰余也"⑧，白话

---

① 姚希孟：《吴长卿刻宋宰相眼小序》，载姚希孟《响玉集》卷之余，《四库禁毁书丛刊》本，集部第 178 册，第 604 页。
② 刘城：《云仙杂记序》，载刘城《峄桐文集》卷一，第 383 页。
③ 张溥：《四书说约序》，见顾梦麟《四书说约》卷首，崇祯十三年（1640）织帘居刻本。
④ 章学诚：《文史通义》，上海古籍出版社，1985，第 561 页。
⑤ 袁中道：《李温陵传》，《珂雪斋集·珂雪斋三前集》，上海古籍出版社，1989，第 58 页。
⑥ 周之夔：《与董葱德论时文书》，周之夔《弃草文集》卷四，《四库禁毁书丛刊》本，集部第 112 册，第 637 页。
⑦ 叶灿：《咏怀堂诗集序》，见阮大铖《咏怀堂诗集》卷首，崇祯八年（1635）刻本。
⑧ 纪昀等：《四库全书总目提要》，河北人民出版社，2000，第 3811 页。

小说并未像词、曲那样正式进入官私书目建构的集部的统序之中,《世说新语》等文言小说也依旧归属于子部之内。但是,在日常观念里,人们却将小说与集部之下的知识要素,如《离骚》、陶谢柳杜之诗、词、宋元名人之曲等衔接、组构在一起。这样,小说与诗、赋、词、曲、文原本是互不相干的知识要素①,在明清时期的语境中却逐渐建构成为统一体,具备了整体性。

明清两代,人们在重构小说与诗、文之间的关系时,并不是对小说这个概念以及相关的知识要素进行生硬的切割与合并。他们同时也在思考小说这套知识统序重新命名的可能性,试图在名与实相互对应、相对通洽的基础上发现小说与诗、文、赋之间的动态关联。在小说与诗、文并置的过程中,明人提出了一个全新的概念——说部。万历三年(1575),王世贞整理自己的文集,"撰定前后诗、赋、文、说为《四部稿》"②。《弇州山人四部稿》分为诗部、赋部、文部、说部四类。其中,"说部之中又分七种,为札记内篇,为杂记外篇,为左逸,为短长,为《艺苑卮言》,附录为《委宛》余篇"③,这些作品大体可归于文言小说之内。王世贞创制说部,将小说这一类知识要素与诗、文并列,这并不是个别的、偶然出现的现象。曹司直的《剑吹楼集》也将作品分为三类,"有诗,有尺牍,

---

① 宋元时期,"小说"一词往往与传记、史传等词并用。如欧阳修说,"王建《宫词》一百首,多言唐宫禁中事,皆史传小说所不载者"(欧阳修《诗话》,《欧阳文忠全集》卷一二八)。沈括说,"闻有胸羽之山,书于经,见于传记小说"(沈括《苍梧台记》,载沈括《长兴集》卷九)。孙觌说,陈葆光"读道藏,通儒书,与夫儒记传小说中,靡不记览"(孙觌《跋陈道士群仙蒙求》,载孙觌《鸿庆居士集》卷三一)。李壁说,"自六经诸子百氏至传记小说,无不通贯"(李壁《答扬州刘原甫注》,见王安石著、李壁注《王荆公诗注》卷一三)。刘克庄也说,"采撷小说杂记不必皆实"(刘克庄《再跋陈禹锡杜诗补注》,载刘克庄《后村先生大全集》卷一〇六)。当然,"小说"与诗、文之间同构关系的形成,并不是突兀地产生的,而是逐渐生成、定型的过程。宋代,"小说"也有与诗赋并用的情况。如苏轼说,"凡牡丹之见于传与栽植接养剥治之方,古今咏歌诗赋,下至怪奇小说皆在"(苏轼《牡丹记叙》,载苏轼《东坡全集》卷二四)。方岳说,许月卿"尽取六经以来,至于诸子百氏以及稗官小说、骚人赋客之所论著,反覆熟之"(方岳《送许允杰序》,载方岳《秋崖集》卷三六)。胡仔的《苕溪渔隐丛话》也曾论及"小说"与"诗"之间的关系。宋元时期,小说与诗、文的连用仍然是个例。到了明清时期,小说与诗、文赋并用才成为一种惯例。关于宋代日常语境中"小说"与诗赋、史传之间的关联,笔者将另行撰文论述。
② 钱大昕:《弇州山人年谱》,《嘉定钱大昕全集·弇州山人年谱》第四册,第625页。
③ 丁丙:《善本书室藏书志》,上海古籍出版社,1995,第189页。王世贞的《弇州山人续稿》云:"只有赋、诗、文三部,而无说部,乃致仕以后手自衰辑,授其少子士骏。崇祯中,其孙始为刊行。"(丁丙《善本书室藏书志》卷三七)

有笔记"①。在《剑吹楼集》中，笔记即小说类的作品与诗歌等构成了特定的统系。邹光迪的《文府滑稽》"分文部、说部二目"②。康熙十二年（1673），吴国对刊刻父亲吴沛的《西墅草堂遗集》，《西墅草堂遗集》分为诗部、文部、说部。说部渐渐成为与小说对等的、可以相互置换的概念。"说部"一词与文言小说具有对应关系，历代的文言小说都可以归入说部这个概念之下：

> （退庵）常手不释卷……如稗官家言、唐宋人小说、王弇州说部、陶南村《辍耕录》诸书，无不周遍反覆。③
> 说部书有裨学问者，宋之《梦溪笔谈》《容斋随笔》《困学纪闻》。④

"汉唐宋人说部""唐人说部""宋人说部""元人说部""明人说部"成为惯用词组，用来指称文言小说。说部也可以用来指称白话小说，如有人说"《镜花缘》说部征引浩博"⑤。说部一词也可以与诗、文并置，如叶德辉说"方虚谷回，亦好评点唐宋人说部诗集"⑥。

小说/说部与诗、赋、文的合并，并不仅仅是这些词语的简单并置或者创制全新的概念，更为重要的是，人们渐渐开始借用集部研治诗、赋、文的方法来对文言小说、白话小说进行重新观照，对小说/说部所指称的实体重新进行归整，并逐渐发现了这些作品所具备的与诗、赋同质的特性。文言作品与白话作品，小说/说部与诗、文、赋等在多重层级和维度上完成了深入的整合。如叶向高在为《剑吹楼集》作序时，在诗歌、小说等的相互参照下，考察它们的源流、功能、质性特征，说：

> 著作之途多端，而源皆出于古。诗歌，风雅之流也；尺牍，辞命之流也；稗官志怪诸家，齐谐之流也。诗歌以写性情，尺牍以道意，

---

① 叶向高：《剑吹楼集序》，载叶向高《苍霞续草》卷五，《四库禁毁书丛刊》本，集部第124册，第693页
② 纪昀等：《四库全书总目提要》，河北人民出版社，2000，第3667页。
③ 范方：《世怡堂书目序》，载范方《默镜居文集》卷一，《四库禁毁书丛刊》本，集部第133册，第627页。
④ 钱泰吉：《曝书杂记·下》，载钱泰吉《甘泉乡人稿》卷九，光绪十一年（1885）增修本。
⑤ 陆以湉：《冷庐杂识》，中华书局，1984，第223页。
⑥ 叶德辉：《书林清话》，古籍出版社，1957，第33页。

稗官家言以广闻见，皆世所不能废。三代而下，汉最近古，苏李之五言与其往复之书、王子年《拾遗》蔚然并存天壤间。唐以诗，宋元以小说，雅俗不同而具传同，至明而益彬彬盛矣。①

叶向高进一步发现了诗和小说之间深层次的关联，那就是，作为不同时代的典范文体，诗歌和小说这两种不同的知识类型在时间的流程中形成了先后承接的关系。

小说/说部与诗、文、赋合流的过程，也是小说/说部的本体属性、功能属性等不断调整、演变、重生的过程：小说/说部由指称知识体系中的某个二级类目转向指称知识要素，由指称"学说派别"转向指称文学文体②。通过考察小说/说部与其他词语的组合方式，我们可以看到小说/说部对应的知识要素在质态、特征等层面上的调整，以及小说这一概念原生意义指向的变化。在《汉书·艺文志》诸子略之下有小说家，小说家是与儒、道、兵、农等诸家平行的类目。"小说家"一词既用来指称某种知识类型，同时也指向某一特定人群的身份类型。它的实质是"学说派别之一种"③。在隋唐以后的文献中，"小说家""稗官小说"是极其常见的词组。到了清代，人们依然使用"小说家""稗官小说"这样的表述方式，但是，小说/说部同时也与其他词语形成了新的组合方式。

一是说部/小说与具体的作品并列在一起。如：

> 偶阅《五色线》说部，果载河神名王清本。④
> 程禹山孝廉著有《冰炭缘》说部，兵燹后失其稿。⑤

说部一词与特定的文本连用，这说明，在人们的观念中，小说/说部指称的实体在形态、性质等层面上已经暗中进行了调整。小说/说部不再

---

① 叶向高：《剑吹楼集序》，载叶向高《苍霞续草》卷五，《四库禁毁书丛刊》本，集部第124 册，第 693 页。
② 陈卫星：《学说之别而非文体之分——〈汉书·艺文志〉小说观探原》，《天府新论》2006 年第 1 期。
③ 陈卫星：《学说之别而非文体之分——〈汉书·艺文志〉小说观探原》，《天府新论》2006 年第 1 期。
④ 袁枚：《子不语》卷一七，齐鲁书社，2004，第 385 页。
⑤ 宣鼎：《夜雨秋灯录》卷四，上海古籍出版社，1995，第 198 页。

是隶属于子部的、可以统纳各类想法和言论的学术流派，而是转型成为具有特定形态、特定边界的文学文体。这是因为，在人们日常的语言统系中，指称学术流派的专用名词不可能与这个流派中的代表性论著并置。如《论语》是儒家的经典作品，在我们的语言习惯中，不会有"《论语》儒家"这样的表述方式。但是，用来指称某种文学文体的名词却有可能和某一具体的文本连用。如在清人张英编纂的《渊鉴类函》中，有"卢照邻《咏史》诗曰""骆宾王《易水送别》诗曰"这样的说法①。从这个角度看，当清人把说部这个概念与具体的文本并置于一体时，这一新的关联方式表明小说/说部形成了全新的关系属性甚至功能属性，重构了这类知识要素内在的本质特征——小说不再是"学说派别之一种"，而是转型成为与诗、赋等具有同质性的文学文体。

二是说部一词逐渐成为可数名词。小说/说部作为总属类目的名称，特别是用来命名某个学术流派时，它是不可数的②。这与子部之下儒、道等二级类属的性质是一致的。在子部之中，用以标明二级类目的词语是对海量的知识要素的统称，无论儒、道、法，还是天文、医卜这些标明类属的词语，均不能直接与量词连接。但是，在说部与诗部、赋部、文部形成了稳定的关联后，小说/说部获得了与诗、赋、文对等的权利。诗、赋等概念既是对知识要素的统称，也可以用来指称单独的知识要素，它们可以作为可数名词。小说/说部在与诗、赋建立起关联的过程中，也逐渐演化成为可数名词，人们常常在小说/说部之前加上量词，如：

> 近有一小说曰《金瓶梅》。
> 余忆一说部书中记有岳神凭妇人者。③

这种关联方式一直延续到清末民初。如俞樾说，"一说部曾载其康熙间飞升事"④。有些白话小说中也写道，"他也有一部说部，是说平倭的事"⑤，

---

① 参见张英编纂《渊鉴类函》卷一九三、卷二八四、卷二八八，中国书店，1985。
② 宋代胡仔的《苕溪渔隐丛话后集》四次用到"一小说"。如卷二二载，"予旧尝记一小说云"。胡仔的这种使用方法只是特例，在宋元时期还未成为"共识"。明清时期，"一说部""一小说"才成为普遍接受的组合方式。
③ 焦循：《北湖小志》卷五，广陵书社，2003，第112页。
④ 俞樾：《茶香室丛钞》卷一四，中华书局，1995，第304页。
⑤ 陈森：《品花宝鉴》，陕西师范大学出版社，2001，第372页。

"此一大说部书系花也"①。小说/说部与量词连接，表明小说不再仅仅是子部之下某个二级类目的命名方式，它已经像诗、赋那样，用来指称某个文体。

近现代以后，《世说新语》《三国演义》等小说与诗、文、戏曲结合成为稳定的整体，转变成为文学学科的研究本体，说部、小说这两个词也各自完成了转化进程。20 世纪 30 年代以前，说部是一个常见的概念②。但是，在 1930 年以后，人们越来越多地使用"小说"一词来命名《世说新语》《三国演义》等构成的知识统序。说部这个词语在流行了三百多年后，渐渐退出日常惯用的语汇体系。但是，这一词语的出现曾有力地推动了它指称的知识要素的质性、特征的演化，促进了小说在明清时期，特别是在清代，转型成为一种文学文体。近代，小说也完成了自身的转换，它逐渐演变成为纯粹的专有名词。从汉代一直到清代，小说既是命名知识统系的专用术语，同时也作为普通名词使用。如清人杨澹游说，"余于经史而外，辄喜读百家小传、稗史野乘，虽小说浅率，尤必究其原"③。明清时期，小说对应的知识要素转型成为与诗、赋、文并行的文体，在这个过程中，小说一词的内涵也不断进行着调整和转换。近现代以后，小说成为某种文学文体的命名方式，不再作为普通名词使用，而是演变成为一个纯粹的专有名词，能且只能用来指称某一文学文体。

明清时期，在日常语境中，小说这个概念及其指称的实体完成了与诗、文、词、曲的对接过程。从小说在知识体系中的层级定位来看，小说由子部下的二级类目，由知识统序中的次系统，转变成为建构的知识统序及其次系统中的要素，小说在知识层级中的迁变呈现出下移的趋势。但是，小说的这种下移并未生成负面的意义和结果，而是促使小说这类知识

---

① 韩邦庆：《海上花列传》，人民文学出版社，1982，第 1 页。
② 如近人黎汝谦说，"《红楼》《水浒》《三国》《西游》，凡有说部，堆枕盈褥"［黎汝谦《遣子祭次女兰姑文》，载黎汝谦《夷牢溪庐文钞》卷五，光绪二十七年（1901）刻本］。严复也使用"说部"一词，他有《〈国闻报〉附印说部缘起》。1906 年上海商务印书馆刊印"说部丛书"。1910～1913 年，国学扶轮社刊印"古今说部丛书"。
③ 杨澹游：《鬼谷四友志序》，载丁锡根编著《中国历代小说序跋集》，第 870 页。明代的郝敬在谈到"两仪四象八卦"时说，"朱元晦极其尊信，以为伏羲原本先天之易。而愚以此为后世纬稗小说耳"（郝敬《周易正解》卷一八，《续修四库全书》本，第 11 册，第 887 页）。清代，程廷祚说，"以老释之空无窜入性命，或取经书词语以为小说，皆所谓侮圣言者也"［程廷祚《侮圣人之言》，载程廷祚《论语说》卷四，道光十七年（1837）东山草堂刻本］。

要素完成了自身在质态、性质上的调整，成功地转型成为近现代学术体系下文学研究的核心构成要素。

三

　　明清时期小说观念的转型还体现为，当小说与诗、赋、文等集部之下的知识要素生成全新的、复杂的逻辑关联之时，小说与子部原有的连接关系却处于被拆解的过程之中。自《汉书·艺文志》以来，在官私书目中，小说与诸子略/子部一直保持着稳定的从属关系。但是，在明清的日常语境中，随着小说由"学说派别"转型成为文学文体，小说渐渐丧失了它与子部之下的儒、名、法诸家的同质性。小说与儒、名等家的异质性促使它从子部中不断地剥离出来。小说与子部之间的从属关系在延续了一千多年后，到了近现代知识体系建构之时，小说完成了自我更新、自我定位的过程，最终获得了从子部、从传统的四部分类法中挣脱出来的力量。

　　在知识统序内，小说位移的方向是多重的，形态是复杂的。深入明清时期的语境之中，我们可以看到，在知识体系的层级建构中，小说这个概念及其指称的实体，一方面在不断下移，与集部之下的诗、赋、文构成统一体；另一方面，它在知识统序中的迁移还衍生出另外一个新的向度——小说从子部中切割出来，具备了子部，包括与经、史等一级类目并行的性质，在知识结构中形成了上浮的态势。小说与子部由从属的关系转变为平行的关系，由层级的建构转变为线性的排列。

　　明清时期，人们在日常语境中论及小说时，往往将之从子部中提取出来，与子部乃至经、史两部并置。小说与子部以及经、史等部类形成了平行、对等的关系。如：

　　　　梅溪罗宗智甫惇德博学，藏书甚富。……自经史诸子至于稗官小说，其书多具。①

　　　　（吴藻庵）自经史百氏以至稗官小说，无不通究，尤详于典故。②

---

①　杨士奇：《梅溪书室记》，载杨士奇《东里诗集》卷一，《景印文渊阁四库全书》本，第1238册，第23页。

②　秦夔：《庆藻庵吴先生七十寿序》，载秦夔《五峰遗稿》卷一六，《续修四库全书》本，第1330册，第276页。

张公朝振……援据经史，搜罗百家所载，与夫稗官小说参与考订，编摩成集。①

仙门先生……精读六经，博观群书，下逮稗官小说，靡不窥治。②

（袁禹臣）日坐小楼，六经子史、稗官小说，吟哦其中。③

（徐子瞻）六经子史以至稗官小说，无不渔猎。④

（黄卷）经史百家以及稗官小说，无不渔猎。⑤

在日常语境建构的知识层级体系中，小说不再是隶属于子部的二级类目，而是作为独立的类别，与子部以及经、史等一级类目处于同一个构型层级中，获得了与"经史诸子"并行的地位。小说呈现出上浮的态势。人们在日常生活中形成的小说观念，也渐渐影响到私家书目的归类方式。明末，钱棻对自己的藏书进行归类，"所次目仍以经史子集为部。四者之外，终以杂部，亦犹四序之置闰也"⑥。在钱棻的目录建构中，"杂部"是与经、史、子、集并行的部类，在杂部下有"杂部一类书""杂部二小说"⑦。张鼐谈到自己的藏书时也说，"书分十二部……曰制书部，曰经书部，曰史部，曰子部，曰集部，曰文部，曰政部，曰类部，曰说部，曰骚部，曰性部，曰禅部"⑧。清代，赵翼更进一步提出，说部可以作为独立的类目，与子部以及经、史、集等并行。他说，"近代说部之书最多，或又当作经、史、子、集、说五部也"⑨。小说这个概念及其对应的知识要素作为一个整体从子部中拆分出来，小说与子部原有的从属关系被

---

① 吴杰：《永平府志后序》，见张廷纲修（弘治）《永平府志》卷末，明弘治间刻本。

② 胡直：《仙门先生小传》，载胡直《衡庐精舍藏稿》卷二二，《景印文渊阁四库全书》本，第 1287 册，第 125 页。

③ 郭正域：《封公袁颐庵墓志铭》，载郭正域《合并黄离草》卷二四，《四库禁毁书丛刊》本，第 14 册，第 366 页。

④ 邓原岳：《徐子瞻令君传》，载邓原岳《西楼全集》卷一四，《四库全书存目丛书》本，集部第 174 册，第 103 页。

⑤ 邓原岳：《封承德郎吏部文选司主事黄公行状（代）》，载邓原岳《西楼全集》卷一五，第 121 页。

⑥ 钱棻：《萧林藏书记》，载钱棻《萧林初集》卷七，《四库未收书辑刊》本，第六辑第 28 册，北京出版社，2000，第 131 页。

⑦ 钱棻：《萧林藏书记》，载钱棻《萧林初集》卷七，《四库未收书辑刊》本，第六辑第 28 册，北京出版社，2000，第 131 页。

⑧ 张鼐：《二六时令》，载张鼐《宝日堂初集》卷一五，《四库禁毁书丛刊》本，集部第 76 册，第 399 页。

⑨ 赵翼：《陔馀丛考》，中华书局，1963，第 423 页。

修改乃至被取消。

要讨论明清日常语境中小说观念的变迁，更清晰地察见明清两代小说在日常知识架构中的位置调整和变动，我们可以将宋元时期的小说观念作为参照。

宋元两代，无论在官私书目，还是在日常语境中，人们大多都尊重《隋书·经籍志》对小说的定位。如晁公武《郡斋读书志》卷三为子部，"其类十六，一曰儒家类，二曰道家类……九曰小说类"①。宋元人在日常生活中提及小说时，也往往将之与浮屠老子、天文地理、医方术数并列。如：

> （高元之）自天文地理、稗官小说、阴阳方技、种艺文书，靡不究极。②
>
> （滕璘）间及浮屠老子、稗官小说。③
>
> （黄钟之父）嗜学如饴，至天文地理、瞿昙老子、稗官小说之书，无不通解。④
>
> （史介）凡释老诸书，下至稗官小说，无不成诵。⑤
>
> （危素）至于法书碑刻、稗官小说、方伎之微、术数之末，亦莫不有所遗。⑥
>
> 山经地志、阴阳医卜、稗官小说之书，莫不淹贯。⑦

在《隋书·经籍志》中，子部包括儒、道、法、名、墨、纵横、杂、农、小说、兵、天文、历数、五行、医方，共十四家。在宋元人的日常语

① 晁公武著，孙猛校证《郡斋读书志校证》，上海古籍出版社，2011，第336页。
② 楼钥：《高端叔墓志铭》，《攻媿集》卷一〇三，中华书局，1985，第1443页。
③ 真德秀：《朝奉大夫赐紫金鱼袋致仕滕公墓志铭》，载真德秀《西山文集》卷四六，《景印文渊阁四库全书》本，第1174册，第245页。
④ 陈元晋：《黄彦远墓志铭》，载陈元晋《渔墅类稿》卷六，《景印文渊阁四库全书》本，第1176册，第145页。
⑤ 周必大：《高州赵史君介墓志铭》，载周必大《文忠集》卷七二，《景印文渊阁四库全书》本，第1295册，第354页。
⑥ 危素：《借书叙录》，载危素《危学士全集》卷三，《四库全书存目丛书》本，集部第24册，第670页。
⑦ 赵汸：《对问江右六君子策》，载赵汸《东山存稿》卷二，《景印文渊阁四库全书》本，第1221册，第78页。

境中，与小说并提的《老子》、种艺文书、天文、术数、医卜，正与《隋书·经籍志》中子部之下的历数、五行等类目相对应。这样，宋、元时期日常语境对小说的定位，与《隋书·经籍志》以来的官私书目基本保持一致。人们大都认定，小说是子部之下的二级类属。

到了明、清两代，在日常语境中，小说则通常与"经史诸子""经史百氏""经史""六经子史"等并提。小说呈现从子部中剥离出来的态势，并不断浮动，完成了在知识层级上的跃迁，与子部乃至经、史等一级类目形成了平行的关系。我们可以看到：一方面，小说与经、史、子等类目直接并置；另一方面，小说或与天文地志，或与医药卜筮，或与释典道藏建构成新的统序，这个新的统序与子部以及经部、史部构成了平行的关系。人们常常有这样的表述：

> （卢氏）凡经史、礼乐、百氏之书，下至卜筮、医方、小说，多细书成帙。①
>
> 若经史诸子、天文地理、医药卜筮、稗官小说之类，名虽不同，而总谓之书。②
>
> （欧阳衡）沉潜于六经孔孟之言，日夜探穷奥理……诸子百史、天文地志、律历之书，以至稗官小说，靡不涉览。③
>
> （祝允明）于书自六经子史外，玄诠释典、稗官小说之类，无所不通。④
>
> （胡谦斋）博通六经子史，下逮医卜、阴阳、小说，靡所不窥。⑤

在四部分类法下，小说、医药、卜筮、释典、道藏共同构成了子部之下的二级类目，但是，人们在日常语境中论及这些书籍时，小说与子部类

---

① 殷奎：《故夷孝先生卢君行状》，载殷奎《强斋集》卷四，《景印文渊阁四库全书》本，第 1232 册，第 326 页。
② 金幼孜：《廉泉书舍记》，载金幼孜《金文靖集》卷八，《景印文渊阁四库全书》本，第 1240 册，第 187 页。
③ 胡广：《欧阳师尹传》，载胡广《胡文穆公文集》卷一四，《四库全书存目丛书》本，集部第 29 册，第 107 页。
④ 王宠：《明故承直郎应天府通判祝公行状》，载王宠《雅宜山人集》卷一〇，《四库全书存目丛书》本，集部第 79 册，第 104 页。
⑤ 胡直：《胡氏世叙》，载胡直《衡庐精舍藏稿》卷八，《景印文渊阁四库全书》本，第 1287 册，第 362 页。

的某些知识要素一同被提取出来，形成全新的构架，与知识体系中原有的六经子史建构成新的秩序。子部与这些知识类型之间原有的层级关联被消解，旧的知识序列失去了逻辑上的有效性。

当然，在明清两代的日常语境中，小说这个二级类目与经、史、子等一级类目生成并列关系，这并非突如其来的，而是过程性的。宋元之时，就有人将小说与经、史、子、集等一级类目并置。如宋人苏颂说，《本草图经》"旁引经史及方书小说"①。元代，胡助说，"《玉海》天下奇书也，经史子集、百家传记、稗官小说咸采摭焉"②。后来，李继本也说，"古之作者著之六经而散之九流百氏，与夫天文律历，山经地志，下至稗官小说，纷纷籍籍，汗牛而充栋"③。胡助等人将小说从子部之中提取出来，小说与"六经"（经部）、"九流百氏"（子部）形成了平行的关系。宋元人对小说的这种定位只是偶然的、个别的现象，到了明清时期，小说与子部及经、史等一级类目并立则成为普遍的、常见的现象。

小说在知识体系中上浮，或者说完成层级跃迁，逐渐成为人们在日常生活中的"共识"。人们还有意识地拎出"子部小说类"这样一个概念，以标明"当下"的小说观念与传统的小说观念之间的区别。明清以前，小说大多与"稗官"这个词语相关联，并没有"子部小说类"这样的说法。究其原因，小说作为二级类目，归属于子部，这是基本的常识，人们不需要特意地标明小说与子部之间的从属关系。随着小说等知识类型从子部中逐步拆分出来，小说这个概念以及相关的知识要素不再单纯地归属于子部，而是与子部形成了多重的、复杂的关联：小说尚未完全摆脱在子部中的从属地位，同时也生成了动态性。小说一方面与子部形成了平行的关系，另一方面又与集部之下的知识要素——诗、文、赋并置于一体。小说甚至还生成了转移到史部的态势④。如在光绪七年（1881）刘坤一等纂修的《江西通志》中，就有"史部小说家类"之说⑤。清人为了避免分类上

---

① 苏颂：《本草图经叙》，载苏颂《苏魏公文集》卷六五，中华书局，1988，第996页。
② 胡助：《玉海序》，载胡助《纯白斋类稿》卷二〇，《景印文渊阁四库全书》本，第1214册，第211页。
③ 李继本：《题独庵外集后》，载李继本《一山文集》卷九，《景印文渊阁四库全书》本，第1217册，第124页。
④ 在唐代，"小说"就与史部形成了复杂的关联。关于这个问题，参见笔者的《唐人的小说观念》一文。
⑤ 刘坤一等纂修《江西通志》卷一〇七，光绪七年（1881）刻本。

的混淆，或者说为了将"当下"的小说观念与"传统"的小说观念清晰地区分开来，他们在某些特定的语境下有意识地强调，自己说的子部类属下的小说是传统意义上的小说。从这个角度来看，"子部小说"这一命题的出现，并不是意味着清人提出小说重新回归子部的要求，而恰恰是他们在认可和尊重小说位移的情况下对小说的重新建构。他们认为，除了有"子部小说"之外，可以赋予小说更多的定位方式。

明清两代，小说在知识统序中的位置并不是唯一的、恒定的，而是具有多样性、多层次性的特点。在日常语境中，人们并未有意识地排斥小说作为子部之下二级类目的定位，但是，人们同时也尊重、认同小说在知识统序中游移的状态。小说或与天文医卜等构成新的统系；或作为独立的类别，直接与子部以及经、史等一级类目形成并行关系；或转而变为知识要素，与诗、赋形成同构关系。明清时期人们对小说的各种认知看似存在矛盾，却是共生并存、互不冲突的，这些不同的观念之间存在替换、衍生等多重关联。如果说小说与集部的诗、赋、文等知识要素的关联，表明小说在知识统序中处于下移的态势之中，那么，小说与经、史、子等一级部类的关联，则标明了小说在知识统序中的上浮情况。小说在知识体系中不断地下移和上浮，这种看似无规律的移动成为重要的力量，推动小说从传统的知识体系中挣脱出来。到了近现代，在中国学术体系重新建构的过程中，小说作为独立的统序，从四部分类法中的子部剥离出来，转型成为文学学科的核心构成要素，与诗、文一道共同成为文学学科的研究本体。从某种意义上看，小说在近现代学科体系下的位置，正是它在明清日常语境中存在状态的延续和重构。

四　结语

明清两代，对于知识统序的重新梳理和建构已是大势所趋。关于如何厘清小说的源头、区划小说的类例、确定小说的质性特征，以及如何重新对这套知识统序进行定位，一直处于协商和讨论之中。人们对小说文本数量、形态、规模的变化给予及时的认同，随时、随势对小说这一概念及其指称的知识要素，以及它在知识统序中的位置进行了调整。文言小说与白话小说融会于一体，并与诗、赋、文构成新的系统。小说与传统四部分类法下的子部，以及经、史等部类的关联也被重新建构。19 世纪末 20 世纪初，中国知识体系在结构上发生了突变，人们承续并改造了明清时期的小说观念，将文言小说、白话小说与诗、赋、文、词、曲等归于共同的架构之内，将它们作为近现代文学学科的研究本体。最终，小说在近现代的知识统序中获得了新的位置，在显性层面上完成了自身的迁移和演变。

通过梳理明清时期日常语境中的小说观念，考察小说名与实的转型、嬗变情况，我们可以看到，小说作为一种文体要素进入近现代的文学学科建构之中，不仅有西学的影响，更是中国本土知识谱系合乎逻辑的发展、演化和重构。

《四库全书总目》关于明代小说认识问题

首都师范大学文学院　张庆民

摘　　要　《四库全书》是我国古代最大的一部官修丛书。在纂修《四库全书》的过程中，还产生了一部目录学著作《四库全书总目》。本文即考察《四库全书总目》子部小说家类关于明代小说认识问题，主要包括《四库全书》收录明代小说问题，《四库全书总目》关于明代小说批评及社会批评问题。

关 键 词　《四库全书》　明代小说　世风批评

《四库全书》是我国古代最大的一部官修丛书。在纂修《四库全书》过程中，还产生了一部目录学著作《四库全书总目》。它是由数十位学有专长的纂修官分头撰述，再经纪昀、陆锡熊等详加考核、增删、润色而成的。余嘉锡先生称："今《四库提要》叙作者之爵里，详典籍之源流，别白是非，旁通曲证，使瑕瑜不掩，淄渑以别，持比向、歆，殆无多让；至于剖析条流，斟酌今古，辨章学术，高挹群言，尤非王尧臣、晁公武等所能望其项背。"① 本文即考察《四库全书总目》子部小说家类关于明代小说认识问题，主要包括《四库全书》收录明代小说问题，《四库全书总目》关于明代小说批评及社会批评问题。这些问题虽于相关小说史著作与论文中零星论及，却无系统梳理。以下即对此问题做探讨，并就教于方家。

一　《四库全书》收录明代小说问题

《四库全书》收录典籍的原则、标准，清高宗乾隆圣谕及《四库全书》

---

① 《四库提要辨证·序录》，载余嘉锡《四库提要辨证》，云南人民出版社，2004，第45页。

凡例均有明确交代。关于小说收录标准,《四库全书总目》子部小说家类序称:

> 唐宋而后,作者弥繁,中间诬谩失真,妖妄荧听者固为不少。然寓劝戒、广见闻、资考证者亦错出其中。班固称小说家流盖出于稗官,如淳注谓王者欲知闾巷风俗,故立稗官,使称说之。然则博采旁收,是亦古制,故不必以冗杂废矣。今甄录其近雅驯者,以广见闻。惟猥鄙荒诞,徒乱耳目者则黜不载焉。①

四库馆臣明确提出小说家类收录典籍的三个标准:(1)寓劝诫;(2)广见闻;(3)资考证。当然,四库馆臣强调一个基本原则,那就是"近雅驯者",方在收录范围,而"猥鄙荒诞""徒乱耳目者"是不在收录之列的。《四库全书》收录明代小说6部,分别是《辍耕录》《水东日记》《菽园杂记》《先进遗风》《觚不觚录》《何氏语林》,均为杂事之属。《四库全书总目》存目114部,其中杂事之属65部、异闻之属30部、琐语之属19部。综观四库馆臣所撰提要,《四库全书》收录杂事类小说的标准与小序相合而更加具体、详细,主要有以下几方面:其一,内容近实、可补史传,或可备异闻,广见闻;其二,资考证;其三,有裨劝诫。以下即具体考察明代小说收录问题。

其一,以补史传之阙为收录标准。《四库全书》的明代杂事类小说主要有《辍耕录》,《辍耕录》提要:

> 明陶宗仪撰。……此书乃杂记闻见琐事。……但就此书而论,则于有元一代法令制度、及至正末东南兵乱之事,纪录颇详。所考订书画文艺,亦多足备参证。……然其首尾赅贯,要为能留心于掌故,故朱彝尊《静志居诗话》谓宗仪练习旧章。元代朝野旧事,实借此书以存。而许其有裨史学,则虽瑜不掩瑕,固亦论古者所不废矣。②

《辍耕录》三十卷,其中有关元代法令制度,"足备参证";而元代朝野旧

---

① 永瑢等:《四库全书总目》,中华书局,1965,第1182页。
② 永瑢等:《四库全书总目》,中华书局,1965,第1203页。

事，亦"借此书以存"，故"有裨史学"，因而《四库全书》收录之。

而有些典籍，未必能补史阙，但可备异闻、广见闻，《四库全书》亦收录之。《水东日记》提要：

> 明叶盛撰。……是书记明代制度，及一时遗文逸事，多可与史传相参。……然盛留心掌故，于朝廷旧典，考究最详。又家富图籍，其《绿竹堂书目》今尚有传本，颇多罕觏之笈。故引据诸书，亦较他家稗贩成编者特为博洽。虽榛楛之勿剪，亦蒙茸于集翠。取长弃短，固未尝不可资考证也。①

《水东日记》亦因"可与史传相参"，足备异闻、广见闻、"资考证"而收录《四库全书》。

其二，资考证，是杂事类小说收录的又一标准。《菽园杂记》提要：

> 明陆容撰。……是编乃其札录之文，于明代朝野故实叙述颇详，多可与史相考证，旁及恢谐杂事，皆并列简编。盖自唐、宋以来，说部之体如是也。②

《菽园杂记》于明代朝野故实叙述颇详，"可与史相考证"，故《四库全书》收录之。

又，《先进遗风》提要：

> 明耿定向撰，毛在增补。……是书略仿宋人典型录之体，载明代名臣遗闻琐事，大抵严操守、砺品行、存忠厚者为多。③

《先进遗风》所载明代名臣遗闻琐事，足以广见闻、资考证。

又，《觚不觚录》提要：

> 明王世贞撰。……是书专记明代典章制度，于今昔沿革尤

① 永瑢等：《四库全书总目》，中华书局，1965，第1203页。
② 永瑢等：《四库全书总目》，中华书局，1965，第1204页。
③ 永瑢等：《四库全书总目》，中华书局，1965，第1204页。

详。……虽多纪世故，颇涉琐屑。而朝野轶闻，往往可资考据。……盖世贞弱冠入仕，晚成是书，阅历既深，见闻皆确，非他人之稗贩耳食者可比。故所叙录，有足备史家甄择者焉。①

所谓"可资考据""足备史家甄择"，正道出了《四库全书》收录之原因。又，《何氏语林》提要：

> 明何良俊撰。……是编因晋裴启《语林》之名，其义例门目则全以刘义庆《世说新语》为蓝本，而杂采宋、齐以后事迹续之。并义庆原书共得二千七百余条，其简汰颇为精审，其采掇旧文，剪裁熔铸，具有简澹隽雅之致。……每条之下又仿刘孝标例自为之注，亦颇为博赡。……然于诸书舛互，实多订正。②

《何氏语林》"采掇旧文"颇多，自注亦"颇为博赡"，足资考证，广见闻，故《四库全书》收录之。

二 《四库全书总目》关于明代小说批评

《四库全书总目》对明代小说评价不高，而指斥较多，这其中自然有政治原因。以下即具体考察《四库全书总目》所涉明代小说之重要者。

（一）《辍耕录》

《四库全书总目》评《辍耕录》"乃杂记闻见琐事。……惟多杂以俚俗戏谑之语，闾里鄙秽之事，颇乖著作之体。叶盛《水东日记》深病其所载猥亵，良非苛论"③。对于叶盛批评《辍耕录》"猥亵"问题，四库馆臣实是赞同的，这从批评《癸辛杂识》《山居新语》《遂昌杂录》等小说中可以见出。

---

① 永瑢等：《四库全书总目》，中华书局，1965，第1204页。
② 永瑢等：《四库全书总目》，中华书局，1965，第1204页。
③ 永瑢等：《四库全书总目》，中华书局，1965，第1203页。

（二）《何氏语林》

《四库全书总目》评《何氏语林》"虽未能抗驾临川，并驱千古，要其语有根柢，终非明人小说所可比也"①，视《何氏语林》为明代小说之特出者。

（三）《志怪录》

《四库全书总目》评《志怪录》"所载皆怪诞不经之事"②。《志怪录》，祝允明撰，四库馆臣极贬之。《四库全书总目》子部杂家类存目——《纪录汇编》提要称"祝允明《志怪》之类，又小说之末派"③，将《志怪录》斥为小说之末派。

（四）《异林》

《四库全书总目》评《异林》"此乃摘百家杂史中所载异事。分为四十二目，颇为杂糅。……惟详注所出书名，在明末说家中体例差善耳"④。《异林》乃朱睦㮮所撰，四库馆臣对其评价并不高，对其内容以"杂糅"称之，而肯定其"体例差善"，存目于《四库全书总目》小说家异闻之属。

（五）《高坡异纂》

《四库全书总目》评《高坡异纂》"小说之诞妄，未有如斯之甚者也"⑤。《高坡异纂》，杨仪撰，四库馆臣极挞伐之，就其原因，则是"书中所记，往往诞妄。如黄泽为元末通儒，赵汸之所师事，本以经术名家。而仪谓刘基入石壁得天书，从泽讲授，真可谓齐东之语。至谓织女渡河，文曲星私窥其媟狎，织女误牵文曲星衣，上帝丑之，手批牵牛颊，伤眉流血。竟公然敢于侮天矣"⑥。这种荒诞不雅驯的内容，四库馆臣极鄙之，故存目于《四库全书总目》小说家异闻之属。

---

① 永瑢等：《四库全书总目》，中华书局，1965，第 1204 页。
② 永瑢等：《四库全书总目》，中华书局，1965，第 1229 页。
③ 永瑢等：《四库全书总目》，中华书局，1965，第 1136 页。
④ 永瑢等：《四库全书总目》，中华书局，1965，第 1230 页。
⑤ 永瑢等：《四库全书总目》，中华书局，1965，第 1229 页。
⑥ 永瑢等：《四库全书总目》，中华书局，1965，第 1229 页。

（六）《耳新》

《四库全书总目》评《耳新》"是书杂记琐事，多及仙鬼因果，亦《辍耕录》之流亚"①。《耳新》，郑仲夔撰，四库馆臣以其逊于《辍耕录》之流，评价不高，存目于《四库全书总目》小说家异闻之属。

（七）《耳谈》

《四库全书总目》评《耳谈》"其书皆纂集异闻，亦洪迈《夷坚志》之流"②。《耳谈》，王同轨撰，四库馆臣目之为"洪迈《夷坚志》之流"，评价并不高，故存目于《四库全书总目》小说家异闻之属。

（八）《才鬼记》

《四库全书总目》评《才鬼记》"鼎祚捃拾残膏以成是编，本无所取义，而体例庞杂又如是。真可谓作为无益矣"③。四库馆臣从内容与体例两方面批评《才鬼记》，称之"作为无益"，极鄙视之，存目于《四库全书总目》小说家异闻之属。

（九）《十处士传》

《四库全书总目》评《十处士传》"取布衾、木枕、纸帐、蒲席、瓦炉、竹床、杉几、茶瓯、灯檠、酒壶十物，仿《毛颖传》例，各为之姓名里贯。盖冷官游戏，消遣日月之计。末有自跋，称初为九传，夜梦酒壶诟争，乃补为十则。则滑稽太甚矣"④。《十处士传》，支立撰，乃游戏之作，四库馆臣对之评价不高，存目于《四库全书总目》小说家琐语之属。

（十）《博物志补》

《四库全书总目》评《博物志补》"是编补张华之书，体例略如李石所续。而猥杂冗滥，无一异闻，又出石书之下"⑤。《博物志补》，游潜撰，

---

① 永瑢等：《四库全书总目》，中华书局，1965，第1230页。
② 永瑢等：《四库全书总目》，中华书局，1965，第1231页。
③ 永瑢等：《四库全书总目》，中华书局，1965，第1231页。
④ 永瑢等：《四库全书总目》，中华书局，1965，第1234页。
⑤ 永瑢等：《四库全书总目》，中华书局，1965，第1234页。

四库馆臣评之"猥杂冗滥",逊于李石《续博物志》,故存目于《四库全书总目》小说家琐语之属。

(十一)《香奁四友传》

《四库全书总目》评《香奁四友传》"前四友曰金亮、木理、房施、白华,乃镜、梳、脂、粉也。后四友曰周准、齐铦、金贯、索纠,乃尺、剪、针、线也。盖仿韩愈《毛颖传》而作。后附偶人说一篇,皆词意儇薄,了无可取"①。《香奁四友传》亦为游戏之作,四库馆臣以"词意儇薄,了无可取"称之,鄙之亦甚,故存目于《四库全书总目》小说家琐语之属。

(十二)《清异续录》

《四库全书总目》评《清异续录》"是书续陶穀《清异录》而作。……虽搜罗事实,转不如陶穀之多构虚词矣"②。《清异续录》,李琪枝撰,然因"采摭故事,或佚脱其出典,或舛误其字句"③,故四库馆臣以为逊于陶穀《清异录》而存目于《四库全书总目》小说家琐语之属。

此外,有些典籍虽未列于小说家类,然四库馆臣以小说论之,如《四库全书总目》评《涌幢小品》称"是书杂记见闻,亦间有考证,其是非不甚失真,在明季说部之中,犹为质实"④。《涌幢小品》,朱国祯撰,存目于《四库全书总目》子部杂家类,而四库馆臣以为其"在明季说部之中,犹为质实",颇有推许之意。

三 《四库全书总目》关于明代社会批评

《四库全书总目》小说家类提要有关明代社会批评甚多,涉及面亦广,包括世风、士风、学风等各方面。

---

① 永瑢等:《四库全书总目》,中华书局,1965,第1234页。
② 永瑢等:《四库全书总目》,中华书局,1965,第1235页。
③ 永瑢等:《四库全书总目》,中华书局,1965,第1235页。
④ 永瑢等:《四库全书总目》,中华书局,1965,第1102页。

（一）关于明代世风之批评

检阅《四库全书总目》小说家类提要可以发现，有关明代世风之批评几乎涵盖有明一代历史。

《先进遗风》提要：

> 盖明自嘉靖以后，开国敦庞之气日远日漓。士大夫怙权营赂，风尚日偷……①

敦庞，即敦厚、质朴淳厚之意。据上述批评，则四库馆臣以为明开国以后世风质朴淳厚，至嘉靖以后，则世风日下，敦厚之气日远日漓。而同样的观点又见于小说家类存目二《香奁四友传》提要：

> 明陆奎章撰。……皆词意儇薄，了无可取。盖明初淳实之风，至是已渐漓矣。②

陆奎章字子翰，曾领嘉靖乡荐，除武康知县，改宁波教授。《香奁四友传》仿韩愈《毛颖传》，实为游戏之作。四库馆臣则由《香奁四友传》之内容"词意儇薄"而推及世风，得出"明初淳实之风，至是已渐漓矣"的结论。而小说家类存目一《管窥小识》提要亦称：

> 不著撰人名氏。……则其人在嘉靖万历之间。……其书记当时门户倾轧，专权乱政之事，多史所未详。……然于高拱、张居正诋諆颇甚，而独推尊徐阶。殆亦恩怨之词，不尽直笔矣。③

明初敦厚之气已远，恩怨之词已生，著述已不尽直笔，而世风日下可见。

又，小说家类存目一《闇然堂类纂》提要：

> 明潘士藻撰。……是书以所闻见杂事分类纂叙，大抵皆警世之

---

① 永瑢等：《四库全书总目》，中华书局，1965，第1204页。
② 永瑢等：《四库全书总目》，中华书局，1965，第1234页。
③ 永瑢等：《四库全书总目》，中华书局，1965，第1224页。

意。一训悖,二嘉话,三谈箴,四警喻,五溢损,六征异,成于万历壬辰。时当明季,正风俗凋敝之时。故士藻所录,于骄奢横溢,备征果报,垂戒尤切。盖当时针砭流俗也。①

四库馆臣由《闇然堂类纂》纂叙内容而推及当时风俗,指出"万历壬辰""正风俗凋敝之时"。万历壬辰,即万历二十年(1592);而万历年间正是明代走向衰落的重要时期,世道人心亦发生了重要变化。

小说家类存目一《避暑漫笔》提要:

> 明谈修撰。……是编皆掇取先进言行可为师法,及近代风俗浇薄可为鉴戒者,胪叙成篇。其书成于万历中,当时世道人心,皆极弊坏。修发愤著书,故其词往往过激云。②

明确指出"万历中""世道人心,皆极弊坏"之情状。而由嘉靖时期的敦厚之风日远日漓,至万历时期的世道人心"皆极弊坏",正反映出明王朝日益衰败的不可逆转的趋势。

杂家类存目二《治平言》二卷提要:

> 明曾大奇撰。……明神宗之末,万事丛脞,门户之祸大起……③

万历末年,"万事丛脞",而"门户之祸大起",则明之灭亡已不远矣!此批评不在小说家提要,然可见出四库馆臣对明代世风之整体认识,故一并引之。

(二)关于明代士风之批评

世风之变迁,表现之重要方面,就是士风之变化,因而四库馆臣对于明代士风之批评,实与对世风之批评相一致。当然,世风是就整个社会风气而言的,而有些士人生活态度的转变,其实早已发生了,只是还未形成社会潮流而已。小说家类存目二《居学余情》提要:

---

① 永瑢等:《四库全书总目》,中华书局,1965,第1222页。
② 永瑢等:《四库全书总目》,中华书局,1965,第1223页。
③ 永瑢等:《四库全书总目》,中华书局,1965,第1079页。

　　　明陈中州撰。中州字洛夫，青田人。弘治中由贡生官庐江县教
谕。初号太鹤山人。久而落拓不得志，占得尤悔之象，复自号元阳
子。佯狂恣肆，荡然于礼法之外。尝琢石为冠，刻太极两仪五行八卦
之象。是编首载其图，并系以诗。有"圈子不须龙马背，老夫头上顶
羲皇"之句，其妄诞可想。①

陈中州似乎可以视为一个过渡阶段的人物，他于弘治中进入官场，做一个
清闲教谕；然长期落拓不得志，生活态度遂发生变化，四库馆臣以"佯狂
恣肆""荡然于礼法之外"称之，自然是极为不满。

　　又，小说家类存目二《冶城客论》提要：

　　　明陆采撰。……卷末《鸳鸯记》一篇，述施氏妇闺阁幽会之事，
淫媒万状……尤有乖名教矣。②

陆采字子玄，长洲人，生活于弘治至嘉靖间。对于《冶城客论》之《鸳鸯
记》述施氏妇闺阁幽会之事，四库馆臣尤为不满，责其"有乖名教"。然
嘉靖以后不少士人正是沿着"佯狂恣肆""荡然于礼法之外""有乖名教"
的方向而走得更远，明代士风因之而发生重要的变化。

　　那么，再看嘉靖及其后士风。小说家类存目二《二酉委谈》提要：

　　　明王世懋撰。……此编乃随笔杂记，多说神怪之事，亦间作放达
语。盖其时山人习气渐染及于士大夫也。③

王世懋字敬美，太仓人，王世贞之弟。嘉靖己未（1559）进士，官至太常
寺少卿，"先世贞三年卒"④。王世懋主要生活在嘉靖后期至万历前期，这
正是士风发生转变的重要阶段，四库馆臣指出，《二酉委谈》"亦间作放达
语"，"其时山人习气渐染及于士大夫"，可谓中的之论。

　　又，小说家类存目二《谐史集》提要：

---

① 永瑢等：《四库全书总目》，中华书局，1965，第 1234 页。
② 永瑢等：《四库全书总目》，中华书局，1965，第 1229 页。
③ 永瑢等：《四库全书总目》，中华书局，1965，第 1230 页。
④ 《明史·王世贞传》附《世懋传》。

> 明朱维藩编。……是书成于万历乙未……凡明以前游戏之文，悉见采录。而所录明人诸作，尤为猥杂。据其体例，当入总集。然非文章正轨，今退之小说类中，俾无淆大雅。据其自序，称题于豫章官署，则非游食山人流也。读圣贤之书，受民社之寄，而敝精神于此种。明末官方士习，均可以睹矣。①

万历乙未，即万历二十三年（1595），从朱维藩自序可知，《谐史集》撰于为官任上；对此，四库馆臣深不以为意，批评其"读圣贤之书，受民社之寄，而敝精神于此种"，徒劳无益。对于为官任上却撰述此类游戏之作，四库馆臣予以指责，并认为这是"明末官方士习"，苛责之意不言而喻。当然，由于释、道二教渗入士人生活，士人思想、认识亦发生变化，如小说家类存目二《敝帚轩剩语》提要：

> 明沈德符撰。……是书杂记神怪俳谐，事多猥鄙。至记林润劾严世蕃论死，世蕃为厉鬼以报润，则又颠倒是非之甚矣！②

史载林润因劾严世蕃论死，林氏以忠臣而留名青史，然《敝帚轩剩语》则载严世蕃为厉鬼以报林润。对于这样的内容，四库馆臣不能容忍，认为这是"颠倒是非之甚"，背离儒家所持的褒贬原则；在四库馆臣看来，这种情形的出现，当然与明代嘉靖以后思想界之混乱有关。

又，小说家类存目一《西峰淡话》提要：

> 明茅元仪撰。……是书多论明末时政。……然其中愤激已甚之词，亦不能免，仍当时诟争之积习也。③

茅元仪字止生，归安人，茅坤之孙。崇祯初以荐授翰林院待诏，寻参孙承宗军务，改授副总兵官，旋以兵哗下狱，遣戍漳浦而卒。明末门户之祸终致亡国，而《西峰淡话》中"愤激已甚之词""不能免"，四库馆臣以为这是"当时诟争之积习"。

---

① 永瑢等：《四库全书总目》，中华书局，1965，第 1235 页。
② 永瑢等：《四库全书总目》，中华书局，1965，第 1231 页。
③ 永瑢等：《四库全书总目》，中华书局，1965，第 1224 页。

又，小说家类存目一《癸未夏抄》提要：

> 明释静福撰。……所谓癸未，盖崇祯十六年也。其书抄撮诸家说部，亦间载其所见闻，颇无伦次。惟多载缁徒恶迹，不为其教少讳。视儒家坚持门户者为犹贤焉。①

四库馆臣肯定释静福身为释教中人，却不掩饰"缁徒恶迹"，"不为其教少讳"，认为这种做法较"儒家坚持门户者为犹贤"。言外之意，对当时儒者"坚持门户"之风，深不以为意。

从上述批评可以见出，四库馆臣批评明代士风，主要集中于三点：一是生活方式之批评——"佯狂恣肆，荡然于礼法之外"；二是"山人习气渐染及于士大夫"——对山人习气予以批评；三是批评士大夫囿于门户之见，终祸及邦国。而对于"山人习气"之批评，从《四库全书总目》有关陈继儒之作之提要可见一斑。陈继儒字仲醇，号眉公，华亭人。绝意仕途，专心著述，工诗善文，又工书，间作山水梅竹。陈继儒名盛一时，著述亦风行一时，尤为坊贾所重；然对陈氏生活情调及著述，四库馆臣均表不满。陈继儒著述多置于《四库全书总目》存目部分，四库馆臣评之不高。子部小说家存目一列陈继儒小说二部，其一为《见闻录》：

> 此书排次明代朝士事实，间及典章制度。……然叙次丛杂，先后无绪，仍不出其生平著述潦草成编之习也。②

所谓"不出其生平著述潦草成编之习"，即对陈继儒著述做否定性判断，意谓陈氏一生著述尽管数量很多，但不过是潦草成编而已。对于《见闻录》，四库馆臣着重批评其叙述杂乱无绪。另一部小说是《太平清话》：

> 是书杂记古今琐事，征引舛错，不可枚举。当时称继儒能识古今书画，然如所载耐辱居士墨竹笔铭，证以《唐书·司空图传》，乖舛显然。殊不能知其伪也。③

---

① 永瑢等：《四库全书总目》，中华书局，1965，第 1224 页。
② 永瑢等：《四库全书总目》，中华书局，1965，第 1224 页。
③ 永瑢等：《四库全书总目》，中华书局，1965，第 1224 页。

陈继儒在当时以博闻多识，尤能识古今书画知名，四库馆臣指出其著述中舛错甚多，实亦批评明代学风不考之弊。因陈继儒在当时名声很大，仿效陈氏者多，故四库馆臣对之痛加挞伐。而子部杂家类存目一一《张氏藏书》提要称：

> 明之末年，国政坏而士风亦坏，掉弄聪明，决裂防检，遂至如此。屠隆、陈继儒诸人不得不任其咎也。①

在四库馆臣看来，国政坏与士风坏有密切关系，因而屠隆、陈继儒辈亦要对明末政治败乱负责。

要之，《四库全书总目》小说家类提要对明代士风之批评，是与清统治者对于明末世风之批评相一致的，其中均包括对明亡原因的探讨。

（三）关于明代学风之批评

学风问题，从某种程度上讲，乃是士风之一方面。然明代学风存在问题较突出，多为四库馆臣所诟病。具体而言，突出的问题有学风空疏、游谈无根，浮夸、剽剟，随意删窜乃至作伪等。

1. 学风空疏、游谈无根

小说家类存目一《大业拾遗记》提要：

> 一名《南部烟花录》。旧本题唐颜师古撰。……然则此亦伪本矣。今观下卷记幸月观时与萧后夜话，有"侬家事一切已托杨素了"之语，是时素死久矣，师古岂疏谬至此乎？其中所载炀帝诸作，及虞世南赠袁宝儿作，明代辑六朝诗者往往采掇，皆不考之过也。②

《大业拾遗记》，旧题唐颜师古撰，并不可信；其作者与具体成书年代，则难以考定。小说叙炀帝"昏湎滋深，往往为妖祟所惑"，"恍惚间与陈后主相遇"，张丽华向炀帝索诗，炀帝诗云"见面无多事，闻名亦许诗；坐来生百媚，实个好相知"；又载虞世南赠袁宝儿绝句："学画鸦黄半未成，垂

---

① 永瑢等：《四库全书总目》，中华书局，1965，第1137页。
② 永瑢等：《四库全书总目》，中华书局，1965，第1216页。

肩弹袖太憨生。缘憨却得君王惜，长把花枝傍辇行"①。凡如此类，文极俚俗。明人辑六朝诗者往往采之，不辨真伪，故四库馆臣讥之"不考之过也"。

又，小说家类三《桂苑丛谈》提要：

> 案《新唐书·艺文志》载《桂苑丛谈》一卷，注曰冯翊子子休撰，不著姓名。晁公武引李淑《邯郸书目》云：姓严，疑冯翊子其号，而子休其字也。陈继儒刻入《秘笈》，乃题为唐子休冯翊著。颠倒其文，误之甚矣！②

关于《桂苑丛谈》撰者，依据《新唐书·艺文志》小说家类注、《郡斋读书志》杂史类及本书，当为严子休，名不详，号冯翊子，陈继儒题为唐子休冯翊，显然失当，因而四库馆臣讥其"颠倒其文，误之甚矣"。陈继儒在当时名声很大，却出现这样的错误，当然在于未认真考证。而这种状况的出现，与明人学风空疏、游谈无根直接相关。

又，小说家类一《金华子》提要：

> 南唐刘崇远撰。崇远家本河南，唐末避黄巢之乱，渡江南徙，仕李氏为文林郎，大理司直。尝慕皇初平之为人，自号金华子，因以为所著书名。崇远有自序一篇，颇具梗概，序末题名、具官称臣，不署年月。而书中所称烈祖高皇帝者，乃南唐先主李昇庙号。又有昇元受命之语，亦南唐中主李景纪年。晁公武《读书志》乃以为唐人，陈振孙《书录解题》则泛指为五代人，宋濂《诸子辨》则并谓其人不可考；诸说纷纭，皆未核其自序而误也。其书《宋·艺文志》作三卷，世无传本，惟散见《永乐大典》者搜辑尚得六十余条。核其所记，皆唐末朝野之故事。与晁氏所云"录唐大中后事者"相合。……胡应麟《九流绪论》乃以鄙浅讥之，考应麟仍以崇远为唐人，不纠晁氏之误，知未见其自序。又取与刘基《郁离子》、苏伯衡《空同子》相较，是并不知为记事之书，误侪诸立言之列。明人诡薄，好为大言以售欺，

① 鲁迅：《唐宋传奇集》卷六，见《鲁迅辑录古籍丛编》第二卷，人民文学出版社，1999。
② 永瑢等：《四库全书总目》，中华书局，1965，第16页。

不足信也。①

胡应麟在当时以博学著称，然其不能考究刘崇远之生平，又不辨《金华子》之体例，这些均暴露出明人学风空疏的一面，四库馆臣以是讥之。

2. 浮夸、剽窃之风

小说家类存目一《前闻记》提要：

> 明祝允明撰。是书杂载前明事实，散无统纪。大抵于所为《野记》中别撮为一书，而小更其次第。如《野记》载洪武三年二月命制四方平定巾，二十四年又谕礼部侍郎张智申明巾义。其下注云：旧传太祖召杨维桢问以所戴巾，对曰：四方平定巾。而是书则取《野记》之小注为正文，后附以洪武三年、二十四年事，则辞义全复矣。又如《野记》载太祖闻危素履声，笑曰：我只道是文天祥。是书则曰我只道伯夷、叔齐来，或云文天祥。盖乃是一条而小变其语耳。明人欲夸著述之富，每以所著一书，分为数种，往往似此，不足诘也。②

指出明人著述浮夸之风气。又，小说家类存目一载祝允明《野记》提要：

> 是书所记多委巷之谈。如记张太后遗诏复建文年号一事，张朝瑞《忠节记》已辨之。至谓《永乐大典》修辑未成而罢，则他事失实可知。朱孟震《河上楮谈》亦称允明所撰《志怪》及此书，可信者百中无一云。③

有些士人杂采他书而成己作，实乃剽窃之举。小说家类存目二《燕山丛录》提要：

> 明徐昌祚撰。……是编盖其官刑部时所作，多载京畿之事，故以燕山为名。凡分二十二类，大抵多涉语怪，末附以长安俚语，尤为鄙俚。又多失其本字本音，不足以资考证。书成于万历壬寅，有昌祚自

---

① 永瑢等：《四库全书总目》，中华书局，1965，第 1187 页。
② 永瑢等：《四库全书总目》，中华书局，1965，第 1219 页。
③ 永瑢等：《四库全书总目》，中华书局，1965，第 1219 页。

序，谓因辑《太常寺志》得徽州县志书，因采其所记成此书。则亦剽剟之学也。①

而此类现象在明人中多有，万历以后尤为严重。而究其原因，乃是浮夸之风、剽剟之风所致。

3. 随意删窜乃至作伪

随意删窜前人著作乃至作伪现象，在明人中尤为突出。小说家类一《大唐新语》提要：

> 是书本名《新语》，《唐志》以下诸家著录并同。明冯梦祯、俞安期等因与李垕《续世说》伪本合刻，遂改题曰《唐世说》，殊为臆撰。商濬刻入《稗海》，并于肃自序中增入"世说"二字，益伪妄矣。《稗海》又佚其卷末总论一篇，及政能第八之标题，亦较冯氏、姚氏之本更为疏舛。②

随意改题、增删其内容，对于完整保存古籍是十分有害的，然冯梦祯、俞安期、商濬等随意窜改《大唐新语》，故四库馆臣极斥之。

又，小说家类一《刘宾客嘉话录》提要：

> 唐韦绚撰。……此本载曹溶《学海类编》中，前有大中十年绚自序……末有乾道癸巳卞圜跋，称《新唐书》多采用之，而人罕见全录，家有旧本，因镂版于昌化。则此本则当从宋刻录出。然赵明诚《金石录》引此书中所载武氏碑失其龟首，及灭去武字事，力辨其妄，而此本无此条。考《太平广记》一百四十三卷引此事，云出《戎幕闲谈》，或明诚以是书亦韦绚所作，偶然误记。至所载昭明太子胫骨一条、人腊一条、卢元公病疽一条、蜀王琴一条、李勉百衲琴一条、碧落碑一条、狸骨方一条、张憬藏书台字一条、张嘉佑改忻州一条、王廙书画一条、戏场刺猬一条、汲冢书一条、牡丹花一条、王僧虔书一条、陆畅蜀道易一条、魏受禅碑一条、张怀瓘书断一条、灊山九井一

① 永瑢等：《四库全书总目》，中华书局，1965，第1231页。
② 永瑢等：《四库全书总目》，中华书局，1965，第1183页。

条、虎头致雨一条、五星浮图一条、宝章集一条、紫芝殿一条、王次仲化鸟一条、李约葬商胡一条、杨汝士说项斯一条、蔡邕石经一条、借船帖一条、飞白书一条、章仇兼琼镇蜀日女童为夜叉所掠一条、寒具一条、昌黎生改金根车一条、辨迁莺字一条、谢太傅碑一条、千字文一条、郑虔三绝一条、郑承嘏遇鬼一条、尧女冢一条、白居易补银佛像一条、谢真人上升一条，皆全与李绰《尚书故实》相同。间改窜一二句，其文必拙陋不通。盖《学海类编》所收诸书，大抵窜改旧本，以示新异，遂致真伪糅杂，炫惑视听。①

对《学海类编》所收诸书"窜改旧本"问题，四库馆臣以《刘宾客嘉话录》为例一一详列之；批评曹溶"致真伪糅杂，炫惑视听"。

《稗海》之收录古籍亦存在随意删削、改窜问题，小说家类一《涸水燕谈》提要：

> 旧本题宋齐国王辟之撰。……《读书志》称其从仕四方，与贤士大夫燕谈，有可取者辄记，久而得三百六十余事。今考此书，皆记绍圣以前杂事，分十五类。帝德十七条，谠论十一条，名臣五十条，知人四条，奇节十二条，忠孝八条，才识十二条，高逸二十条，官制二十条，贡举二十一条，先兆十七条，歌咏十八条，书画八条，事志三十二条，杂录三十五条，共二百八十五条。与《读书志》所载之数不合。盖此本为商濬《稗海》所刻，明人庸妄，已有所删削矣。②

又，小说家类一《龙川略志》十卷、《别志》八卷提要：

> 宋苏辙撰。……晁公武《读书志》……称辙元符二年夏居循州，杜门闭目，追惟平昔，使其子远书之于纸，凡四十事。其秋复纪四十七事。此本《龙川略志》作十卷，《别志》作八卷。《略志》凡三十九事，较晁公武所记少一事；《别志》则四十八事，较晁公武所记又多一事。盖商维濬刻本，离析卷帙，已非其旧。又误窜《略志》中一

---

① 永瑢等：《四库全书总目》，中华书局，1965，第1184页。
② 永瑢等：《四库全书总目》，中华书局，1965，第1190页。

事入《别志》中，并辙序所称十卷之文亦维濬所追改也。①

又，小说家类二《泊宅编》提要：

> 宋方勺撰。……《宋史·艺文志》载勺《泊宅编》十卷。此本仅三卷，乃商濬载入《稗海》者。明人传刻古书，每多臆为窜乱。今无别本可校，不知其为原帙否矣。②

又，小说家类二《清波杂志》提要：

> 宋周辉撰。……是书原本十二卷，商濬《稗海》作三卷，盖明人刊本多好合并删削，不足为异。③

又，小说家类二《癸辛杂识前集》一卷、《后集》一卷、《续集》二卷、《别集》二卷提要：

> 宋周密撰。……明商濬《稗海》所刻，以《齐东野语》之半误作《前集》，以《别集》误作《后集》，而《后集》《续集》则全阙文，又并其自序佚之。④

凡上述《稗海》所刻诸书，大致存在窜改、合并、删削、阙文、讹误、离析卷帙等不忠实于古书的问题。

又，小说家类三《汉武帝内传》提要：

> 旧本题汉班固撰。……今检此本，亦无玄灵二曲及朱鸟窗一段，而有十二事之篇目，与曾所说又不同。又《玉海》引《中兴书目》曰：《汉武帝内传》二卷，载西王母事。后有淮南王、公孙卿、稷邱君八事，乃唐终南玄都道士游岩所附，今亦无此八事。盖明人删窜之

---

① 永瑢等：《四库全书总目》，中华书局，1965，第1192页。
② 永瑢等：《四库全书总目》，中华书局，1965，第1194页。
③ 永瑢等：《四库全书总目》，中华书局，1965，第1199页。
④ 永瑢等：《四库全书总目》，中华书局，1965，第1201页。

本，非完书矣。①

《四库全书总目》所批评的《汉武帝内传》一卷本，为江苏巡抚采进本。比较前代有关《汉武帝内传》之载述，可以发现采进本少了一些内容；究其原因，采进本为明人所刊，擅作删窜，致使"非完书矣"。

更有甚者，明人干脆改窜古人之作而攘为己有，这就是赤裸裸地作伪了。小说家类存目二《前定录》提要：

> 明蔡善继编。……其书皆载古来前定之事。上卷凡七十八事，下卷凡九十三事。前有善继自序，后有泉州府训导张启睿跋。细核所录，乃全剽《太平广记》第一百四十六卷至第一百六十卷定数一门之文，名姓次序，一字无异。惟上卷之末增窦易直至刘逸二十人，为原书所无。然亦自《广记》他门移掇窜入者，攘为己有。作伪之拙，于是极矣。②

四库馆臣比较《前定录》与《太平广记》的相关内容，发现蔡善继径直抄录古书而据为己有的拙劣行径，明代学风由此可见一斑。

另外，补充说明一点，"提要"这一形式，古代小说理论研究者似重视不够。这或许是因为《四库全书总目》之经、史、子、集各部典籍均有提要，非小说专属之缘故；或许因在一些论者看来，《四库全书总目》之小说观念显得"落后"或"保守"之故，因而《四库全书》小说家类提要、《四库全书总目》小说家类提要作为中国古代小说批评之重要部分，迄今未受到足够重视。关于中国小说美学之主要形式，叶朗《中国小说美学》指出：

> 中国小说美学主要有以下四种形式：（一）序跋。在明清的一些长篇小说和短篇小说集的序跋中，往往谈到对小说的看法，如小说是什么，小说的社会作用，小说的真实和虚构的关系，等等。……对小说的看法，一般也谈得很简略，往往只是一些感想，或者只有一些论

---

① 永瑢等：《四库全书总目》，中华书局，1965，第 1206~1207 页。
② 永瑢等：《四库全书总目》，中华书局，1965，第 1230 页。

断，缺乏理论分析。（二）专题论文。这种形式到近代才比较多见。主要是梁启超等人写的一大批探讨小说美学的论文。（三）笔记。宋代以来，特别是明清两代，笔记的数量相当多。笔记的内容是杂七杂八的，包括见闻、杂感、读书心得、史料考证等等。在有的笔记中，往往也对小说艺术发表一些看法，或者对当时的小说进行一些评论。……当然这些看法和评论，一般都是零散的、片断的，没有什么系统。（四）小说评点。这是中国古典小说美学的主要形式……①

所列中国小说美学四种形式，并不包括《四库全书总目》之提要，因而《中国小说美学》一书亦不涉及《四库全书总目》有关小说美学。陈洪《中国小说理论史》是系统梳理中国小说理论的史著，然其中亦不涉《四库全书总目》小说家类提要有关小说论述。宁宗一主编《中国小说学通论》"导言"之外分五编二十六章，"导言"之"自成格局的小说理论批评"部分指出：

> 中国小说理论批评是自成格局、独标异彩的。散见于明清小说里的序、跋、评、叙、述、引、题辞、凡例、读法、导语、自记中的关于小说创作的论述，就如零金碎玉，营造成中国小说理论批评的主要框架。它并不像"正规"理论文字那样有条有理，但却能评出许多大块文章所说不到的精妙之处，而且提出了一系列在它们之前的理论著作所没有提出过的更为丰富复杂的课题，体现了我国传统美学和文艺理论的新突破。②

在所论及之"中国小说理论批评"格局中，亦不包括《四库全书总目》之"提要"这一形式。而在第一编《小说观念学》第六章"清代小说观念的继承与丰富"第三节"纪昀的保守小说观"中，仅对《阅微草堂笔记·姑妄言之跋》中盛时彦所引纪昀批评《聊斋志异》的一段话予以论述，批评纪氏小说观念的保守，而不涉《四库全书总目》提要有关小说批评。其第四编《小说批评学》第二章"小说批评的横向研究"第二节"小说批评

---

① 叶朗：《中国小说美学》第一章"导论"，北京大学出版社，1982，第12~13页。
② 宁宗一主编《中国小说学通论》，安徽教育出版社，1995，第46页。

的主要形式及其作用"所论小说批评主要形式:其一,序跋类,包括
(一)序(叙)、自序(叙)、跋、小引、弁言、弁语等形式,(二)读法、
凡例、发凡、例言、题词、品题、答问、论略等形式;其二,眉批类;其
三,回评;其四,圈点;亦不涉及《四库全书总目》之"提要"形式。而
其第二编《小说类型学》、第三编《小说美学》、第五编《小说技法学》
亦皆不涉《四库全书总目》提要有关小说的理论。概言之,作为中国小说
学之通论,《中国小说学通论》全书未论及《四库全书总目》有关小说之
理论。而谭帆《中国小说评点研究》因所论乃"评点"形式,自然亦不涉
《四库全书总目》之小说提要。

　　要言之,学界之中国小说理论、小说美学著作对于《四库全书总目》
中的小说批评、小说理论缺乏足够的关注。事实上,《四库全书总目》有
关小说观念、小说批评,系统而明晰,自具特色;尤其是"提要"这一形
式,在中国小说理论史乃至中国文学批评史上是非常独特的,带有鲜明的
民族特色,值得我们深入探讨、细致研究。

◎文学史、文体与
文本研究

地域文学群落的层级构造模型

——以元末明初东南各地文学群落为例 *

上海大学文学院　饶龙隼

摘　　要　东南文学生态之形成，在总体上有两大表征：一是元末明初南北文化被隔裂，二是东南文人呈地域群落分布。这不仅成为当时文坛格局的基本框架，还影响着元明易代之际的文学走向。明初广开仕进之路，多方文士征聘入朝，实现了以群落归附明廷，因使庙堂文事次第展开。但君臣都没有想到，竟然在数十年间，各地域文学消歇，中央庙堂文学亦顿衰。由此可知，元末明初东南各地文学群落，实成为当代文学的主体构造；而呈地域群落分布的东南文坛格局及其变动，又构成元明易代大转变时期文学活动的主线。这是一种罕见而特异的文学形态，与盛国时期的常规文学形态不同，其主导方面不在中央庙堂，而在政化不通的地方文苑。这一易代之际特有的现象，值得研治中国文学者重视。至于如何探研这种现象，则应有深切到位的策略：先要基于它的整体性，来对之做出整体把握；次应立足它的规定性，来对之进行动态描述；还须照应它的复杂性，来对之实施焦点透视。这样才可望在特定时空维度中还原地域文学群落的层级构造。

关　键　词　元末明初　东南文坛格局　地域文学群落　层级构造模型

明初广开仕进之路，多方文士征聘入朝，实现了以群落归附明廷，因使庙堂文事次第展开。这包括：（一）扭转文化重心偏居东南的局势，促

---

* 本文为国家社会科学基金重点项目"明代作家专题研究"（批准号：13A2D046）阶段性成果，以及上海高校中青年教师国外访学计划项目"明代作家去精英化研究"中期成果。

进南北儒学教化之平衡发展；（二）结束文学群落多元并存的格局，使读书人学有所用而野无遗贤；（三）全面推行文治并尊崇程朱理学，以解除武力集团对皇权的威胁；（四）完成朝章制作和充任文学侍御，因以修饰文治并开出皇明大雅。当洪武时期，此四项任务都付诸实施，并初见成效；但君臣都没有想到，竟然在数十年间，各地域文学消歇，中央庙堂文学亦顿衰。这一易代之际特有的现象，值得研治中国文学者重视。至于如何探研这种现象，则应有深切到位的策略。

一　元末东南各地文学群落之形成

元末东南文坛之格局，在总体上有两大表征：一是南北文化被深度隔裂，二是文人呈地域群落分布。前者是元朝失驭、政化不通的后果，后者是东南丧乱、群雄割据的产物。这两项是一体共生的：南北文化被隔裂会迫使东南文人如置化外，而东南文人远离政化又加剧南北文化之隔裂；呈地域群落分布会增强东南文人的地缘性，而东南文人地缘依赖更滋长对朝廷的疏离感。如此，东南文人呈地域群落之分布，就成为元末文坛的客观存在，不仅成为当时文学生态的主体构造，还影响元明易代之际的文学走向。

至顺三年（1332）十一月，年幼的宁宗懿璘质班驾崩，宗亲重臣议立年仅十三岁的妥懽帖睦尔，而太史有言"不可立，立则天下乱"，以故议而未决，致使大权旁落。但迁延数月之后，权臣燕铁木儿死，妥懽帖睦尔终于得立，此即末代皇帝惠宗。[1]卷三十八《顺帝一》而后惠宗朝之事，果应了太史谶语：至元三年（1337）正月癸卯日，广州增城县民朱光卿率众反叛，国号大金，改元赤符。[1]卷三十九《顺帝二》是为平民反朝廷，另立国号之先声。及至享国十余年之时，天下大势已岌岌可危；以致至正五年（1345）十月辛酉日，即便贪残成性的惠宗也不得不诏认："和气未臻，灾眚时作，声教未洽，风俗未淳，吏弊未祛，民瘼滋甚。"[1]卷四十一《顺帝四》这实际上为国势颓危、末季骚扰展示了乱象。

先是反叛蜂起，天下大乱。到至正七年（1347），天下形势已极为严峻。面对这般局势，十一月甲辰日，两淮运使宋文瓒上奏，向朝廷发出严重警告："沿江盗起，剽掠无忌，有司莫能禁。东南五省租赋之地，恐非国家之有。"[1]卷四十一《顺帝四》这话绝非危言耸听，东南若非国家所有，不仅切断了元朝经济命脉，也阻断了南北文化交流。而《明史》馆臣的描述，更用"天下大乱"称之："元政不纲，盗贼四起。刘福通奉韩山童假宋后起颍，徐寿辉借帝号起蕲，李二、彭大、赵均用起徐，众各数万，并置将帅，杀吏，侵略郡县；而方国珍已先起海上；他盗拥兵据地，寇掠甚众。天下大乱。"[2]卷一 大乱的后果是，水陆交通阻断，饥馑疫疠蔓延，甚至父子相食，灭绝伦常，人无种类。乃至洪武元年（1368）闰七月间，大将军徐达率师"徇取"河北诸州县，所见"道路皆榛塞，人烟断绝"。[3]卷三三 盛明太平宰相杨士奇，也痛心疾首地回顾说："元之季世，兵戈饥馑，民困穷冻馁无食，至相食以苟活，虽父子夫妇相视不能相保恤，所在皆然。"特别是江淮以北，沦落为文化荒漠。[4]卷四《万木图序》、卷二《石岗书院记》

接着群雄割据，竞相称制。仅在东南一隅，有就多方政权。至正八年（1348）十一月间，台州盐贩方国珍为仇家所逼，携兄弟聚众海上，以对抗官军搜捕，迄吴元年（1367）降附朱元璋前，据有温、台、庆元等处凡二十年。自至正十二年（1352）平民陈友定应募击寇贼，至二十四年某月日以功授福建行省平章，从此窃据闽中八郡之地，庶政皆由其一人来总制。至正十三年（1353）五月乙未日，泰州张士诚及弟士德、士信为乱，陷泰州、高邮等地，据以僭国号大周，自称诚王，建元天祐。至正十五年（1355）二月己未日，刘福通等自砀山迎立韩林儿为帝，号小明王，建都亳州，定国号宋，改元龙凤。至正十五年（1355）六月，朱元璋率众自和州渡长江；次年三月庚寅日率兵攻取集庆路，改集庆路为应天府，设官府而四处征伐；至当年七月己卯日以吴国公称制一方。至正十五年（1355）十二月，陈友谅诛杀异己赵普胜，乃以江州为都城，并奉徐寿辉居之，自称汉王，专决其政；二十年闰五月，为便于僭称皇帝，又杀徐寿辉，尽夺其威权，定国号汉，改元大义。至正十五年（1355）间，东莞民何真集兵保乡里，以功累官荣禄大夫、江西福建行省右丞，迄洪武元年（1368）归降前，广东岭海之间一方平安赖之。[5]各卷、[3]卷一、卷四

对于上述反叛、割据之实况，史家称为"天下大乱极矣"。[3]卷二五七 但当蒙元失驭、教化不通之时，天下生民丧失所天，无由庇护；在一定社会文化区域内，群雄拥兵自重、割据称制，亦为一方平安所赖，未尝不是一种补救。当时，张士诚窃据吴中，朱元璋坐拥南京，陈友谅盘踞武汉，陈友定保有八闽，方国珍攘夺温台，及何真镇守广东，都能保境安民，维持一方秩序。虽然在各方边境上，群雄之间征战频繁，但在割据范围

之内，百姓犹可暂且偷安。所以，浙西士商纷纷流入吴中富庶之地，淮西士民敢随朱元璋渡江求生，宣徽士绅肯效力大明，浙东文人愿趋走南京，闽中居民能远离战火，岭海之间多乱世顺民。其他若江右文人，虽常受流寇骚扰，然因不处于四战之地，尚得以安守陵园田庐。甚至当中原混乱之时，以义兵起家的李思齐，也能仗义施仁，率义旅保有关中。[5]卷十《汝宁李思齐》、[6]卷十八《祭平章李思齐文》

而且，因有赖于割据政权的庇护，在相对独立而安宁的环境中，人民不仅得以生聚苏息，还能流连诗酒、讲习书礼，使一方风雅不坠、弦歌不绝，创造出地方文化的短暂繁荣。这当然是衰世的繁荣，犹如最后的回光返照，虽说是蒙元国运没落的哀悼，却也是新朝乘运龙兴的萌兆。这主要表现在三个层面。

在人际交遇上，割据政权吸附着一批文人，似乎诸贤毕至、群英荟萃。他们因某种机缘结成多层圈属，大都以意气相投和以才情相尚。不同圈属与割据政权的关系近密或疏远，便会表现出相应的人生态度和政治倾向。这些相应的态度倾向，通常凝定为特定心态，大致表现为，他们既依赖割据政权的庇护，又唯恐遭受乱世枭雄的残害；他们既期盼廓清寰宇结束战乱，又看不准大势所趋、鹿死谁手；他们心怀畏惧而与伪政权合作，又不敢陷得太深以免不能自拔；他们期待明主来拯救苍生，又不知群雄中谁最为英明；他们明知世无英主而消极忧愤，又幻想真龙出世而自欺欺人。所以能看到：杨维桢、高启表率吴中，与张士诚政权貌合神离，成日里诗酒交欢，以博得苟且偷安；李善长表率淮西，追随朱元璋渡江，以身家性命来趋驰鞍前马后，冒天下不韪而贪求共享富贵；陶安为保障乡民免遭杀戮，率士绅赴辕门迎附朱元璋，劝诱其神武不杀以顺天应人，并迁就其威逼而愿麾下效力；刘基严拒近旁方国珍的诱逼，而更愿接受朱元璋遣使延聘，偕同宋濂等浙东四贤奔赴南京，甘听"为天下屈先生"之哄骗；刘崧隐处穷乡避县而表率江右，从不择求明主却忍待天下太平，宁可窜伏山林来躲避流寇，也不屈身事人以免招罪尤。这就形成多种典型心态，即吴中文人的苟安心态、淮西文人的趋附心态、宣徽文人的迁就心态、浙东文人的择主心态、江右文人的隐待心态。此外，闽中文人之遁世无闷，岭南文人之荒避狂斐……均可见文人圈属不同，其所持心态便各有异；但共同心声只有一个，那就是企求平安自保——浅见者唯保一己一时，远识者愿保家国天下。

　　在文学活动上，文人依地齐开展雅集酬唱，显得声气应求、志趣投契。他们主要是凭借特定地缘关系来专修一方风雅而不骛外求。各地文人之间因受战乱阻隔而交流不畅，便会凸显出特有的文学趣味和审美风尚。这些特有的趣味风尚，往往沉积为地域特性，大略表现为，对人的自然天性之热情讴歌，对社会风俗教化之浸润涵泳，对本地山水风物之钟情描绘，对此方艺文传统之倾心传扬，对末世战乱动荡之切肤痛恨，对当代时势运会之通灵感会。所以能看到：杨维桢笔下，吴中的风土人情写得凄婉柔媚；而宋濂笔下，浙东的风俗世态尽显朴厚无华。被前代文人描画无遗的虎丘，在元末乱世仍别具风神气骨；而未经昔人触染的岭南山水风物，却络绎奔赴"南园五先生"笔端。盛平时易被忽视的西昌风物，遭流寇骚扰，竟使人触目惊心；而所见断壁残垣、枯木逢春，反使有识之士预感文明发祥……这摇曳多姿、神态各异的文学状貌，极大地拓充了中国文学的固有内涵：既描绘了衰世末运下的风俗人情画卷，又揭示了兵燹离乱中的山水田园之美；不仅展示了元末文学的丰富多样性，还促使各地域文学得到长足发展。

　　在风俗教化上，师徒以学承维系薪火相传，使学脉绵延、连绵不绝。他们天然地依托当地社会族群，来实现世通婚姻及递相师友。各家学脉在自成一统的环境中讲习传承，便会涵泳出独诣的风格品貌和精神特质。这些独诣的品貌特质，类皆培植为学术传统，大略表现为，吴中才俊传扬乡邦的流风遗韵，宣徽宿儒绍述古朴的新安儒学，宋濂师徒自命为程朱理学正宗，江右文士绪承着清江儒学裔脉，闽中诗人缅怀逝去的唐宋宗风，南园词客追寻岭海的梵音仙踪。所以能看到：吴中文人如杨维桢、高启辈，既与张士诚伪政权若即若离，又不愿投诚新兴的皇明政权，其所缅想的是故地风流文雅；宣徽儒士如朱升、陶安之流，既已迎附并看好朱元璋政权，就不计人主雄猜与一己得失，而倾全力为之筹划开国规模；浙东儒宗如宋濂、刘基辈，欲择求乱世明君而不得其人，乃半推半就入南京临时政权，幻想用浙东正学来教导人主；江右文士如陈谟、刘崧师徒，教人以身体力行、仁孝纯厚，既不择地而居，亦不择官而处，故永葆道德优势和政治后劲；闽中诗家如张以宁、蓝仁等，或供奉在翰林，或栖隐于林下，均能师法盛唐诗歌清雅之调，遂开明初"闽中十子"先声；岭南雅士如"南园五先生"，皆学无所主而性情磊落狂斐，赖守将何真庇护而远离战火，故恒能纵情诗酒、结想烟霞。

基于上述三个层面的凝聚，东南各地文人就聚合成群，而且各文人群因交流不畅而相对独立，因使东南文坛格局呈地域群落分布。其基本情况可列表如下。

东南文坛格局及分布表

各地域文学群落	文人圈次及成员	与割据政权关系	当地的学术传统	文学趣味与风尚
吴中文学群落	清閟阁、玉山雅集、耕渔轩山庄、北郭十子、杨维桢集团	先为元朝顺民，后依附张士诚伪政权，而又若即若离	炫才好奢的流风遗韵	绮丽哀怨
淮西文学群落	李善长文官集团	求自保贪富贵而追随朱元璋渡江	不主一家而颇杂法术	朴实无华
宣徽文学群落	陶安、朱升及其师友生徒	因畏祸而迎附朱元璋大军	古朴质实的新安儒学	质朴温厚
浙东文学群落	浙东四先生及其师友生徒	严拒方国珍的胁迫，因诱逼而选择朱元璋临时政权	接绪程朱的浙东正学	沉郁厚重
江右文学群落	江西十才子之核心及外围	躲避陈友谅部将侵扰，为元朝顺民	绵延的清江儒学裔脉	雅正平和
闽中文学群落	闽中十才子之先声	接受总制官陈友定管辖，为元朝顺民	南宋以来的唐宋宗风	清浅流易
岭南文学群落	南园五先生之核心及外围	获得元守将何真庇护，为元朝顺民	结想烟霞之梵音仙踪	磊落狂斐

说明：①文人圈属之称名多出自明初追述，而其核心成员实活动于元代末期，故该表只著录核心成员，而不及后来附加之人员。②所谓"割据政权"，是指军事占领集团。这除了张士诚、方国珍、陈友谅、陈友定等，还包括后来建立大明皇朝的朱元璋临时政权。至于皇朝建立之后，各地文人归附新朝，虽然原有圈属仍存在，但圈内成员多有变动。兹对其出入者，表中不予统计。

表中圈属及成员，兹简略论列如下。（一）吴中：清閟阁在无锡，由倪瓒发起、主持，有少数相投契的吴中文人参与；玉山雅集在昆山，由顾仲瑛发起、主持，吸引吴中大多数文人，并接引流寓吴中的外地文人，如江右之虞集，浙东之杨维桢、王冕、高明、王祎，岭南之黄哲，西夏之昂吉起文等；耕渔轩山庄在吴县，由徐达佐发起、主持，先后参加集会者有一百二十位左右，而生平可考者近五十人，其唱和成果结集为《金兰集》；北郭十子的具体成员并不能确指，其核心是与高启同居北郭的文人，大约有高启、杨基、张羽、徐贲、高逊志、唐肃、王行、王彝、张适、宋克、陈则、释道衍、杜寅、吕敏等，其中高启、杨基、张羽、徐贲入明后重新组合成"吴中四杰"；杨维桢集团的活动中心在松江，虽组织松散而成员较为稳定，主要有追模杨维桢"铁崖体"的百余位文人，大抵分布在浙江、吴中、松江一带，而又串联于玉山雅集、耕渔轩山庄、北郭十子、松江来青堂等集会。（二）淮西：李善长文官集团，包括流寓淮西当地的儒士，如六安老儒某、郭公某（郭子兴之父）、吴广、李善长、胡惟庸、吕本、杨璟、潘进、汪文、单安仁、朱复，以及卷入相府的外地文士，如杨益、汪广洋等。（三）宣徽：陶安、朱升及其师友生徒，有郑玉、李习、王恺、范常、陶安、朱升、詹同等。（四）浙东：浙东四先生及其师友生徒，包括"四先生"宋濂、刘基、叶琛、章溢及其友徒许元、吴沉、王祎、胡翰、苏伯衡、戴良、童冀、张孟兼、方孝孺、王绅、刘刚、楼琏、宋璲、郑楷等。（五）江右：江西十才子，其核心有李叔正、周浈、旷逵、万石、辛敬、杨士弘、彭镛、刘楚、王佑、刘永之或王沂共十人，其外围有南昌朱隐老、朱善父子、熊钊、胡俨师徒，临江金固、傅若金、萧克翁，抚州熊鼎，西昌之陈谟等。（六）闽中：闽中十才子之先声，有张以宁、蓝仁、智兄弟、林弼等。（七）岭南：南园五先生，其核心有孙蕡、黄哲、王佐、李德，其外围有黄楚金、王希贡、黄希文、蔡养晦、赵安中、赵澄、赵讷、文三山、黄原善等。

二　明初东南各地文学群落之消歇

如上所述，东南文人各自蛰居一方，遭元末乱世而身陷困境：他们和当地的前辈一样，仍饱受蒙元统治的压抑；而且其压抑并未随政纲废弛而消解，反而因群雄割据被抛置王化之外。但亦有不甘沉沦、自拔流俗者，痛恨天下崩乱、人道败坏之极，亲见黎民百姓流离失所，闻睹人食人事屡有发生，乃以拯救斯民为己任，而渴望逢遇、辅佐英主。至于群雄谁是英主，混乱中实难以判断。

有平民出身的朱元璋，穷困之极而投身行伍，冲锋陷阵，攻城略地，表现得勇武英睿出众，颇引起东南士绅瞩目。至正十三年（1353）六月，定远人李善长来谒朱元璋，并追随麾下，为之掌书记；十五年（1355）六月，朱元璋自和州率众渡江，一举成功，拔太平路，当地耆儒陶安等赴辕门迎附，流寓于此的汪广洋也被征聘；十六年（1356）三月，朱元璋军队攻下集庆路，得儒士夏煜、孙炎、杨宪等，皆一一录用而委以军政事务；十七年（1357）七月，朱元璋微服咨访朱升，获献"高筑墙、广积粮、缓称王"三策，乃命朱升参与帷幄密议并召赴金陵；十八年（1358）十二月，明兵攻取婺州并改路为府，次年正月立宁越府郡学，聘叶仪、宋濂为五经师，戴良为学正，吴沉为训导；二十年（1360）三月，朱元璋遣使持币赴浙东，聘宋濂、刘基、叶琛、章溢至南京，极尽赞誉曰"我为天下屈四先生"[2]卷一二八《章溢传》……就这样，从起兵至渡江及渡江后南侵，朱元璋不仅一路取胜，还与文士多有遇合。

因有众文臣的襄助，朱元璋亦改头换面：其南京临时政府，不再是武人政权，而能文武兼用，并已试行文治。故十数年间，他四处征抚，西平陈友谅，东灭张士诚，南靖闽广，北有中原，终于武功大定，实现天下混一。[3]卷三四这是重整山河、再造乾坤的伟业，诚让饱经磨难的读书人看到希望，不仅先进者庆幸得遇明主，后进者亦感欢欣鼓舞。他们对新朝大都心悦诚服，而对亡元却似无故国之思。其所悦服者，大略有二端：一者，近百年蒙古异族统治一旦解除，汉族士人就迎来了身心大解放；二者，建始之际百废俱兴、急需用人，广大士人渴望入仕、一偿夙愿。而皇明王朝要开国兴治，也确实提供了广阔舞台。

要在这广阔舞台上编排好各种角色，就必须吸纳接引各方能文饱学之士；而朱元璋正求治心切，也乐于打开仕进之门。仕进之门一旦打开，各方文士应征而起，络绎奔赴南京，接受新朝洗礼。首先是淮西、宣徽、金陵、浙东等新附地文人，在李善长、陶安、夏煜、宋濂诸先进的带动下，满怀理想与期待，陆续归附明廷；之后是吴中、江右、闽中、岭南等内附地文人，在各路将领及随行文官的寻访礼聘、催促护送下，怀着惊喜与疑惧，先后会聚于南京。这是成规模的群落归附，每当大明军队攻占一地，当地文士即被搜罗殆尽，并按计划分批遣送京城。以朱元璋的雄才大略和猜忌成性，他希望天下读书人尽归朝廷所用，而不许遗逸在草野之间，更不许将官私自留用。故而，不仅老师硕儒被以礼征聘，即便名一艺者也尽行罗致。

其归附形式，大约有数端：（一）投附见驾；（二）躬往咨访；（三）

遣使礼聘；（四）将官遣送；（五）胁迫诱逼。从时序上看，前两种归附形式发生最早，盖因朱元璋起兵扩张之初，常亲率大军披挂出征，有机会倾接各地文士，而当时急需智谋之士，故亟愿隆礼虚心纳谏。如李善长、陶安之来归，就属于投附见驾之形式；而朱升之欣然来附，则由人主躬往咨访。从成立南京临时政权到建立明朝前后，朱元璋为了吸引各地文人委身于他，多采用遣使礼聘形式，以感召高标自持之士。盖此时业已壮大，朱元璋坐镇金陵，较少外出亲征，无由倾接多士，而临时政权初成规模，正可虚位迎待来附者。故吴元年（1367）十月甲辰日，朱元璋遣吴琳、魏观以币求贤；又于洪武元年（1368）十一月己亥日遣文原吉、詹同、魏观、吴辅、赵寿，分行天下，访求贤才。[3]卷三六上及至开国之初，制作典章文物，诸如两修元史、纂礼乐书等，其所需职事人员多以礼聘至，像吴中名士高启、杨维桢入明，就出于这种特殊的机缘与恩遇。

如果说前三种归附形式专适用于名士，则将官遣送多施用于一般士类，而且多集中在较晚来附的文学群落，如江右、闽中、岭南、北方等地。特别是对北方士类，明廷多能假以宽容优待。盖北方文士多得皇元恩惠，不少人甚至还有仕元经历，其南来归附明廷，难免多一重顾虑。针对北士的这一心结，朱元璋有更大包容度，一方面能够以礼迎待愿仕者，另一方面又能充分尊重静退者。如洪武元年三月，"大将军徐达既下山东，命所在州郡访取贤材，及尝仕宦居闲者，举赴京师。有司询求严迫，凡尝仕元者多疑惧不安，由是所在惊扰"；朱元璋闻之，"乃命中书省给榜，安谕所征人材，有不愿行者，有司不许驱迫，听其自便。其自他郡县避兵流寓、愿归乡者，听之"。[3]卷三一由此，北方士类便各得其所，静退者得以还归乡里，愿仕者亦能真心归附，不至于有强烈故国之思。

但是，朱元璋对南北文士，亦非一味宽仁包容。相对而言，他对北方文士稍示宽厚，而对南方文士更显严厉；建明前他对文士更能优礼，而建明后对文士多有侮慢。因此，从征聘文士总态势看，他通常是恩威并施的，甚至对不与合作者，不惜胁迫诱逼。如洪武元年四月某日，大将军徐达兵至济宁，前元祭酒孔克坚称疾，遣其子希学见于军门。徐达即遣送希学赴京，希学奏言其父病不能成行。但朱元璋不相信，乃以敕往谕之曰："闻尔抱风疾，果然否？若无疾而称疾，则不可谕至恩之会。"而此时克坚亦自来朝，行至淮安途中遇敕使，乃拜命惶恐，更兼程而进。[3]卷三一在群雄中，朱元璋向以尊崇孔子、礼遇儒臣著称，其对孔子后裔兼前元祭酒尚且如此，则对一般士类之迁延畏避者，当更加严程催促而不留余地。

经由这样恩威并施，各地文人招揽殆尽，即使不足以标榜野无遗贤，却也真正实现了群落归附。他们奔赴京师，济济会聚朝堂，既要接受新朝的洗礼，又要经受皇权的检验，适者生存，优胜劣汰。像陈谟那样命驾还山，虽受折腾而落寞失意，但得以寿考善终，实属不幸之万幸。其他来归而获任用者，在感受皇家恩典之时，都要遭遇猜忌，备尝忧危疑惧。他们或被放外任，或被留朝中侍御。外任的，其生活条件非常艰苦，工作环境也极为险恶。兵燹劫余之后，生产经济崩溃，社会秩序破坏，风俗教化沦丧，原来避居乡里的文士，满怀欢喜地进入新朝，还未充分感受皇恩浩荡，就被抛掷荒芜凄凉之境。如洪武六年（1373）六月，刘崧被调任北平按察副使。北平乃战后敝败苦寒之地，那是贵幸之臣不愿去往的，好在刘崧"量实揣分"，能欣然赴任并全节而还。[7]卷四《与本泉兄》又如洪武三年至六年，王祎因得罪丞相胡惟庸，在修完《元史》不久，就被莫名地排挤出朝，前往西北招谕吐蕃，后又转道出使云南，前往招降梁王，后竟不屈死节。在朝的，虽生活条件或许好些，但工作环境更为恶劣。他们除了竭忠尽诚参与朱元璋的文学侍御，还要不时遭受这位草莽皇帝的猜忌和戏弄。当皇帝龙颜愉悦时，他们或能得主隆恩，而皇帝常会无端震怒，每当震怒就大降刑祸。所以，人主的恩典越隆，侍臣的畏惧愈深。

更有一层，各地文人以群落归附明廷，也带来臣属间的协作问题。在朱元璋夺取天下进程中，先后来附文士的功绩不同，加上各地域的儒学自成传统，而且众人的精神气质亦有差异，因而他们在新朝的地位不同，所掌管的职事也有差别。大抵说，淮西文人如李善长等擅长吏治，主要掌管相权及政府要害部门；宣徽文人如朱升等通帝王之学，主要参与密议并规划国家体制；浙东文人如宋濂等得理学正传，主要执掌教化和主持典章制作；吴中文人因尝依附张士诚政权，败亡后以张士诚部属遣送临濠，虽然洪武二年被放还，并陆续得到新朝起用，有的聘修《元史》《礼书》，有的参与文学侍御和行政事务，但他们入朝为官，总有一种负罪感，难获足够的信任，故无由委以重任；江右、闽中、岭南文人入明较晚，与朱元璋之逢遇亦无特殊的机缘，所以在明初政治舞台上，他们往往居于次要地位，甚或装点陪衬，仅供备数而已。他们齐聚朝堂，就会发生互动。这种群落间的互动，有时可能是友好的，但更多的是摩擦冲突，终至耗损而彼此消长。

大抵说，淮西与宣徽文人最早来附，当初深得朱元璋倚任信赖，而且两地文人各有分工，彼此协作得较为友好；浙东文人从名世到出山，首膺朱升"王佐"之荐，后又得李善长大力推举，因而有"四先生"之誉。[2]卷一百二十八《宋濂传》可以说，浙东文人群体在来附之初，与宣徽、淮西文人之交际，是开诚布公的，因而是友好的。浙西文人迁移入吴者，如杨维桢、陈基之流，或有浙东的生活经历，或有浙东的学术渊源，因而与浙东文人同源，其思行有天然的亲近感。正是出于这个因缘，吴中文人入明之后，多愿与浙东文人同朝共事且相互修好，参与宋濂领导的典章制作和文学侍御。岭南文人因黄哲早前交接李善长，因而入明后多获淮西重臣的护持；江右文人以道德与诗学双修赢得了文臣之首宋濂的青睐，前者倾心追捧后者，后者亦能赏拔前者。闽中文士入明最晚，其退隐归居又最早，来去匆匆是为过客，似未参与朝堂恩怨。

以上是友好的一面，但好景终难以长久；而摩擦冲突、耗损消长一面，则可谓险象环生、惊心动魄。淮西文臣掌握朝中重权，深受人主朱元璋的倚赖，但也因事权过重，反招朱元璋猜忌；又与浙东文人不和，以致相互攻讦陷害。朱元璋则非但不予调停，反而蓄意安排两边利用，以使两地文臣相互制衡，减弱对皇权的侵蚀约束。朱元璋尝拟任刘基为丞相，虽因刘基固辞而未付实施，然其意欲借刘基之名，以撼动在任丞相李善长。洪武六年（1373）九月又欲命宋濂参中书大政，也是出于同一政治意图。尽管浙东文士无意于出任丞相之职，却也不希望淮西文人集团独揽相权。及至李善长罢相后，朱元璋论相之人选，提出杨宪、汪广洋、胡惟庸三人，刘基以相才相器论之而都予以否定。[2]卷一百二十八《刘基传》后来，此三人竟都先后拜相，则刘基不为权奸所容，乃情势之必然，而非出自命数。淮西、浙东文臣宠遇之隆，使他地来附文臣莫可比肩，而其最终结局之悲惨酷烈，更是让入明文士触目惊心。所以，高启称朝堂是"轧敚排狠之场"，朱升致休时虑其子将死无完躯。[8]卷四《志梦》[9]卷九《翼运绩略》这种政治生态环境，虽说是各地文臣难以谐和的表现，又何尝不是出自朱元璋亲手导演？朱元璋不仅策动各方来附文臣争斗，对同出一地的文人也要评论优劣，以挑起争心，使之自相耗损。比如，他既推重宋濂，以为文臣之首，又贬之为"文人耳"，称不如江南大儒桂彦良。[2]卷一百三十七追想明开国征聘之初，各地文人呈群落归附，并在多方互动中显示出群体优势；但随着政治环境的恶化，这种群体优势反成劣势。朝政风云凶险多变，人人深感自危不安，彼此难有自由坦诚的交流，群体互动便归于沉寂死灭。因此，当初以群落归附的各地文人，后来也以种种方式群体消灭：放外任的，流转多地，凄凄惶惶，永无归期，当年故地的诗酒酬唱，竟成物是人非之记忆；在朝堂的，局促压抑，致身无路，安生不得，或以过失罚作劳役，或以狱案不得其死；获休致的，功成身退，赏赐愈重，忧患愈深，虽出朝堂樊笼之外，仍在皇权罗网之中……此残害生命、禁锢身心还在其次，更严酷的是剪灭文士的理想意趣。当年，李善长投注草莽英雄朱元璋，愿以身家性命及富贵相寄托；如今，确实位极人臣、发福变泰，但转瞬间一切又化为乌有。当年，朱升看好少年英豪朱元璋，为之规划三策并参与密议；如今，等到功成身退而请老归山，为子求得免死券也是徒然。当年，宋濂等选择雄猜之主朱元璋，希望将他辅导成英主与明君；如今，果然帮朱元璋坐上了皇位，自己却因约束皇权而被弃。

这样的人生结局，是多么令人丧气！此中悲慨，如何消遣？刘基尝作《二鬼》诗，共与宋濂自我解嘲曰："启迪天下蠢蠢氓，悉蹈礼义尊父师。奉事周文公、鲁仲尼、曾子与孔子思，敬习书易礼乐春秋诗。履正直，屏邪欹，引玩器，入规矩。雍雍熙熙，不冻不饥，避刑远罪趋祥祺。"这是说，二鬼侍奉天帝，为之执掌教化。不料非但没有劳绩，反而引来天帝的不满。"谓此是我所当为，眇眇末两鬼，何敢越分生思惟，呦呦向暗盲，泄漏造化微？"由此被捉拿囚禁，二鬼乃相互宽慰："两鬼亦自相顾笑，但得不寒不馁长乐无忧悲，自可等待天帝息怒解猜惑，依旧天上作伴同游戏。"[10]卷十 二鬼喻指刘与宋，天帝喻指明太祖。该诗讽喻之义，直指皇权意志：教世化民乃皇家事，众文臣无用来帮闲。这就揭穿了一个谎言：当年朱元璋迎聘浙东四先生，大话"为天下屈"徒成虚饰；而多方文士甘愿受其哄骗，竟满怀期望纷纷趋附明廷。当然也暴露一个机密：不论是造化捉弄，还是宿命的安排，各地文人怀抱理想向往新朝，最终竟然全都落空走向幻灭。要知道，当元末乱世民不聊生之际，各地文人所以能集聚成群，以诗酒酬唱兼讲习书礼，靠的就是这点理想意趣；当明初征聘广开仕途之时，各方文士大都愿奔赴新朝，虽满腹犹疑而义无反顾，凭的也是这点理想意趣。可如今，这点理想意趣被残酷政争剪灭了，各地文人的群体意识就无所附丽；而没有共同的群体意识，文学群落也就自行消歇了。

各地文学群落一旦消歇，在短期内就无复兴之机。而洪武朝征聘文士，集中出现两次高潮。一是至正末至洪武三年。此为明开国前后，亟须用大量人才，故而广开仕进之门，吸引天下文士来附。二是洪武十三年及其前后。此为党案频发年，大批文士被杀戮，出现了严重的官荒，朝中缺员急需补充。而此时科举取士已暂停，早前洪武三年至六年所举之士，又多后生少年不通吏治，以致造士进贤全靠征荐。如洪武十三年九月辛酉日，敕吏部尚书阮畯咨访真才；洪武十四年正月丙辰日，皇帝诏求隐逸寒微之士；洪武十五年五月丁丑日，遣行人赍敕谕天下郡县，访求经明行修之士，以币往聘遣送至京；洪武十五年九月己酉日，以经明行修之士郑韬等，凡三千七百余人，入京面见朱元璋。[3]卷一三四、卷一三五、卷一四七、卷一四八 如此连年大规模征聘，将草野之士罗致殆尽，则早前各文学群落之故地，不再有文人聚集成群之机。及至被聘入朝授职为官，又因洪武后期文学侍御顿衰，他们已很少开展诗文唱和活动，则京城也难产生新的文学群落。

三　东南各地文学群落的层级构造

由上可知，元末明初东南各地文学群落，实成为当代文学的主体构造；而呈地域群落分布的东南文坛格局及其变动，又构成元明易代大转变时期文学活动的主线。这是一种罕见而特异的文学形态，与盛国时期的常规文学形态不同，其主导方面不在中央庙堂，而在政化不通的地方文苑。也就是说，从故元皇纲解纽、庙堂文学顿衰，到新朝秩序初建、文学侍御方兴，其间文柄一度失坠，中央庙堂丧失话语权力，因使地方文苑多元并起，呈现地域文学的大繁荣。这种庙堂与地方文学之互动，体现了中国文学自身的规制：中央庙堂文学一旦衰落，就会让出自由滋长空间，促进地方文学快速生长；地方文学之生长，又会不断积蓄能量，源源灌注中央庙堂；而中央庙堂文学之复兴，又引导地方文学的走向，迫使地方文学日渐消歇。

这一易代之际特有的现象，值得研治中国文学者重视。至于如何探研这种现象，似应从其层级构造着眼；而要还原其层级构造，又需有效的研究策略。

（一）整体把握

东南各地文学群落兴衰，是同源共生互动的产物，并且在入明之后殊途同归，呈现多元并存之整体性。

说它们同源，是因为东南各地文学的精神，大都与宋以来儒学派系接脉：宣徽文学之于新安儒学，西昌文学之于清江儒学；金华文学之于朱子学正宗，又之于吕氏中原文献之学；浙东南部文学之于温处事功之学，浙东东部文学之于甬上陆氏心学；浙西文学既发扬吴中本土之才藻，又吸纳浙东文士携来的精神气质；闽中诗学嗣法严羽宗法盛唐、以禅喻诗，实际上是远绍陆氏心学援禅说儒之绪论；淮西处南北要冲四战之地，其文学精神混杂不名所主；岭南处山海之间荒避之区，其文学精神多得江山之助……然寻源溯流、总其归途，大抵不出宋元儒学范围。由此可知，当年程颢目送杨时之际预言"吾道南矣"，[11]卷四二十八《道学二·杨时》实已肇开元末东南各地文学兴起之源。说它们共生，是因为东南各地的文人士子，生长于共同的社会文化环境：一方面都遭遇蒙元异族统治的压抑，因仕进无门而滋生疏离意绪；另一方面都饱受元末群雄割据之侵扰，因身家难保而抱持种种心态。处此苍天一色的大环境，广大文士尽管属地不同，出处安危、荣辱否泰各有差异，但生活旨趣和人生选择却趋同。不论窜伏山林，还是委曲事人，不论清真自守，还是择主而事，他们都乐于诗酒交欢，追求短暂的人生适意，或兼讲习书礼，坚守士之志业。由此可知，东南文士虽人各一体，却存寓地域群落之中；文学群落虽各在一方，却共处东南聚落之中；文人聚落虽偏居东南，却汇入天下大势之中。说它们互动，是因为各地文人虽独立成群，却会在一定条件下磨合协作：尽管受到地缘影响，各地儒学传承不同，群体精神气质有异，文学趣味风尚多样；但这些差异是多元并存的，未矛盾对立以致水火不容，更未因割据政权影响而产生政治上的分立。所以，伏居山中的宣徽宿儒朱升，愿意力荐浙东处州之三贤；而权势煊赫的淮西李善长，亦能推举未来的政敌刘基。依附张士诚的陈基、杨维桢，能与乡邦故旧保持友好交往，而宋濂、戴良以同学兼好友，却分事朱元璋、张士诚政权。避居岭海间的黄哲游走金陵，很早就被李善长招揽至麾下；而当初权位偏低的江右文人，获宋濂辈接引而后声名日隆。及至入明之后齐聚朝堂，或相互友善以共期美好，或彼此倾轧而互不相让，却都荣辱损益相因相生。比如，江右、浙东分属两个文化区域，在入明之前两地文人并无交往，入明之后前者服膺后者提携，共同敷饰皇明开国文治景象。在入明众文人群体之中，此两处文人合作最友好；但这种友好的深层隐含竞争，结果导致两个群落此消彼长，浙东文人逐渐退出终至消失，江右文人取而代之，入主馆阁。又如，淮西、浙东文臣分掌行政教化，本来可以各安其事以同侍一主，但朱元璋诱使他们相互牵制，结果弄得势不两立、先后俱亡。在入明众多文人群体之中，此两处文人争斗最为忌刻；但这种忌刻的背面犹藏宽忍，刘基绝不与胡惟庸正面冲撞，而胡惟庸反将浙东文士拉拢，结果姑息养奸，酿成大祸。基于上述各地域文学同源、共生、互动之整体性考察，就应对呈地域群落分布的东南文坛格局进行整体把握。

（二）动态描述

东南各地域文学有自身的规定性，具体表现在定势与通变两个方面。

首先，从各地域文学的定势来看，其生态环境和艺术特质较恒定，既不因人为选择而转移，也不为外来强力所喧夺。特定的山川地理、自然风物，长养着世代聚居于此的人民；尤其是晚唐五代以来入迁的故家旧族，经历了几百年的生聚繁衍、婚育教养，逐渐成为当地社会族群的核心，将携来文化与土著气习相糅合，形成颇具地域特性的文化基质，提供儒学教化和文学活动的土壤。比如，江右的西昌文学，作为一个次文学群落，其雅正平和文学风范之确立，除了受益于独厚的江山之助，还得力于南唐故家之核聚作用，以及接脉清真自守的清江儒学。清江儒学创始于清江刘靖之、刘清之兄弟，由其高弟在南宋孝宁年间至此讲习弘传，及至元末明初近二百年来，其精神裔脉一直在西昌传承。南唐故家为五代末金陵七姓庶族，为躲避南唐王朝覆亡而迁居西昌，他们很快就融入迁徙地，与当地世居家族和谐相处，互通婚姻，递相师友，经历四百余年的生息长养发展，成为当地文化精神之主体。至于山川构造、风土人情，则为西昌亘古以来所固有，其与当地居民的天然关系，早已同化为文化心理结构。[12] 正是受此类要素的规定，西昌文学才具有稳定性，其雅正平和的特质能够一直绵延不绝。他地的文学风范，亦由此可见一斑。

其次，从各地域文学的通变来看，除了保持其文学特质相对恒定外，各地域文学又要适时应变，否则会因缺乏机变而消亡。虽然地域文学特质一旦形成，就因其先天赋予而具稳定性，既难以移易也不被喧夺，不至于发生毁灭性的质变；但可以超越质变，在别的层面变动。比如，可在一定条件下发生量变，使地域特质强化或弱化。所谓强化，就是让地域特质增重扩展，以至于超出地域文学的界限，成为领导主流文学的风尚；所谓弱化，就是让地域特色减轻退缩，以至于脱离主流文学的夹裹，回归原地而消融于大化中。前者如西昌雅正文学通往馆阁，成为明初笼盖朝野的文学思潮；后者如吴中绮丽文风淡出翰苑，并随文学主体老死而一蹶不振。然而，不论强化还是弱化，都应是动态循环的。地域特质被强化之极限，就将这种特质消耗殆尽，最终要退归原地，而消融于大化中；地域特质被弱化之极限，就会激发它的原初生机，最终会重新增长，而凝定地域特质。明初馆阁文学大肆流行之后，终因缺乏生命力而萎靡不振；明初吴中文学长期消歇过后，终至明代中期悄然复兴崛起。其所展示的双向消长进程，恰蕴含这种动态循环之机。再如，可在一定条件下发生场变，使地域文学经受选择淘汰。元末群雄割据时期，在相对独立的环境里，各地文学是自生、自足而自适的，能满足一方士民的风雅俚俗需求；而各方文士一旦应聘入朝，便将习得的文风一同携来，在以文学侍御的竞技场，竭力敷饰皇明开国气象。但因学养才调好尚不同，各地域文人的表现有异：有些人温厚持正，如浙东宋濂之辈，俨然以帝王师自居，最终不为皇权所容；有些人绮丽哀怨，如吴中高启之流，发抒怨怼不平之鸣，自我放逐，终贻其咎；有些人磊落狂斐，如岭南孙蕡之徒，沐猴而冠，误入棘丛，惹怨招祸，不得其死；有些人似无一能，如闽中林鸿之类，远身事外，自免还乡，低吟浅唱，终老林泉；有些人随遇而安，如江右刘崧之俦，居不择地，仕不择官，委蛇廉慎，葆有后劲……就这样，各方文人试图尽己所能，来迎合明初政治的需要，但因难以适应皇权，大都遭受打击排抑。这种结局是双方始料未及的，而推其缘由，乃在于场变所致。若各方文士能够克除故态旧习，并在出仕新朝后能够各安其职，则可适应从地方到庙堂之场变；而实际情况是故态旧习难以改变，而且共事一堂又容易出位越职，因而不适应从地方到庙堂之场变。适应者将得到助长，不适者将逐渐消亡，入明各文人群遭遇此境，必引发地域文学之场变。基于上述各地域文学恒定、量变及场变等规定性考察，就应对呈地域群落分布的东南文坛格局进行动态描述。

（三）焦点透视

通观东南各地文学群落性状，除了前述的整体性和规定性，还有不容忽视的复杂性，以及由之引发的艰巨性。要深切了解此复杂艰巨的研究对象，就须稳当处理几个层级的关系。这大体包括以下几点。（1）文学群体与文人个体的关系。文学群体是由文人个体构成的，而文人个体又附丽在群体之上。因此，不能只罗列若干作家专论来代替对文学群体的描述，也不能用文学群体的观念来消泯对文人个体的关注。比如，宣徽文士见诸文献载录者，著名的有陶安、朱升等人。他们出入行思及文学活动常被个人化，而其同源共生的群体属性却易被忽视。反之，闽中、岭南文人因入明后名位不振，其个体存在往往消失在群体印象中。（2）文学群落与文人圈次的关系。文学群落是文人集群的生态聚合，在一些文化内涵较深广的地域里，文学群落之构成除了文人个体，还有两种更高层位的文人集群，一是由若干文人个体组成的圈属，二是由个体或圈属组合的次群落。这种圈次介于群体与个体之间，是最原初形态的文人集群单元；而多圈次的生态聚合，就形成地域文学群落。就一般情形而言，文人圈次遍存于东南各地文学群落中，如江右文学群落就包含多个文人圈次：在南昌，有朱氏父子、熊胡师徒、李周旷辛万郑诸才子等志趣型圈次；在临江，有金梁刘胡张聂"六贤"、裴彭杨"三凤"等尚友型圈次；在泰和，有杨罗邓、西昌十名贤及二妙、三杰、三贤等族群型圈次。[13]多个文人圈次并存于某地，是出于原生态的自由滋长。其成员可以有交叉重叠，如泰和族群型文人圈次；也可能是各自相对独立的，如临江尚友型文人圈次；或者平日很少发生交往，如南昌志趣型文人圈次。（3）文学群落与次群落的关系。既然文学群落包含多个次群落，那就会构成集合与种属之关系。地域群落是母集合，诸次群落是子集合，即前者是属，而后者是种。但各次群落地位并非一概平等，而往往会以某个次群落为核心来带动其他的次群落，从而核聚成地域群落。比如，浙东文学群落之构形，就是以金华次群落为核心，引领处睦甬越等次群落文人，以协作、旁观、抑扬或呼应，因使浙东文士整体上声气相应，又使诸次群落表现出和而不同。（4）文学群落与泛群落的关系。文学群落产生自某个区域，应有特定的地域文化属性。当元末避居一隅时，它们是自生自足的；而一旦以地域群落归附明廷，就与他地文学群落齐聚朝堂，彼此之间进行互动，形成新的文学生态。然在皇权政治高压打抑下，这种生态未能朝良性发展，而是日益乖戾，趋于恶化，终至摩擦争斗、不容协作。在这种极端恶劣的文学生态中，文人易意气相使而自我标榜，就自然会宣扬早前的文学群落，以强化该群落的地域身份认同。于是，有所谓浙东四先生、江西十才子、南园五先生，以及北郭十友、吴中四杰、闽中十子竞相名世，显身现影而并辔齐驱，纷纷争鸣于朝堂之上。它们是入明后的文学群体称谓，却用来指称入明前的地域群落，而且所指除了原有的圈次个体，还新增未尝预事的圈次个体。这样，就会出现一种泛群落现象，以与原地域群落重叠错位。(5) 泛群落与领衔作家的关系。泛文学群落之所以能够并列朝堂，往往得力于领衔作家的推动。这也可以反过来说，某个泛文学群落之鸣世，必将推出它的领衔作家。比如，刘崧应聘入明之后，以诗歌获宋濂推重而成为江西各府县文人表率，引领江右文学汇入皇明大雅，标举颇具地域特性的西江派，以与同朝他地文学并驱较胜。与此类似，宋濂之于浙东文派，刘基之于浙东诗派，高启之于吴中诗派，林鸿之于闽中诗派，孙蕡之于岭南诗派，都以一人领衔一方，故胡应麟曰："国初，吴诗派昉高季迪，越诗派昉刘伯温，闽诗派昉林子羽，岭南诗派昉于孙蕡仲衍，江右诗派昉于刘崧子高。五家才力，咸足以雄据一方，先驱当代。"[14]卷一《国朝上》

　　鉴于上述三层面的考察，探研东南各地文学群落：先要基于它的整体性，来对之做出整体把握；次应立足它的规定性，来对之进行动态描述；还须照应它的复杂性，来对之实施焦点透视。这样才可望在特定时空维度中，还原地方文学群落的层级构造。就元末明初东南各地文学群落而言，其层级构造的理论模型略可描写为，元末扰乱，群雄割据，有若干文士在特定的环境里，聚合成相对独立的文学圈次；并在深广的文化区域范围内，自由滋长出多个次文学群落；又从中突出一个核心次群落，并且在该核心次群落的带动下，形成更高级位的地域文学群落，从而将各次文学群落容纳其中；及至应聘到明廷，各地文人以群落归附，齐聚朝堂，并驱较胜，进而扩展成泛文学群落，同时争相推出领衔作家，以标举各方的地域特性，共同敷饰皇明开国气象。此种东南各地文学群落层级构造，亦可用集合图来演示其理论模型。

参考文献：

[1]《元史》，《二十四史》（缩印本），中华书局，1997。
[2]《明史》，《二十四史》（缩印本），中华书局，1997。
[3] 胡广等：《明太祖实录》，《明实录》，台北"中央研究院"历史语言研究所，1962。
[4] 杨士奇著，刘伯涵、朱海点校《东里文集》，中华书局，1998。

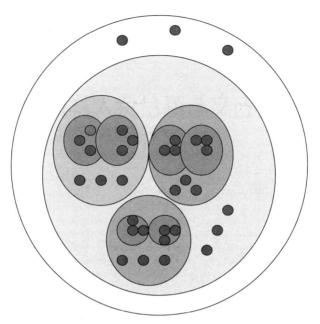

东南各地文学群落层级构造集合图

说明：（1）数目——文人个体以3个圆表示多数，文人圈属以2个圆表示多数，次文学群落以3个圆表示多数，
领衔作家1位，其所在次文学群落为核心次文学群落，文学群落以1个圆表示，泛文学群落以1个圆表示；
（2）色调——

| 文人个体 | 领衔作家 | 文人圈属 | 次文学群落 | 核心次文学群落 | 文学群落 | 泛文学群落 |

［5］钱谦益著，张德信、韩志远点校《国初群雄事略》，中华书局，1982。

［6］朱元璋：《明太祖文集》，《景印文渊阁四库全书》，台湾商务印书馆，1983。

［7］刘崧：《槎翁文集》，《四库存目丛书》，齐鲁书社，1996。

［8］高启：《凫藻集》，《景印文渊阁四库全书》，台湾商务印书馆，1983。

［9］朱升：《朱枫林集》，刘尚恒校注《安徽古籍丛书》，黄山书社，1992。

［10］刘基：《诚意伯文集》，《景印文渊阁四库全书》，台湾商务印书馆，1983。

［11］《宋史》，《二十四史》（缩印本），中华书局，1997。

［12］饶龙隼：《南唐故家与西昌文学》，《文学评论》2005年第4期。

［13］江立员、饶龙隼：《江西十才子论考》，《江西师范大学学报》2012年第1期。

［14］胡应麟：《诗薮·续编》，上海古籍出版社，1979。

（该文刊发于《苏州大学学报》2014年第3期）

顺治右文与燕台诗人群体的复古诗风

南京师范大学文学院　邓晓东

摘　　要　顺治亲政后的右文举措，促成了清初燕台诗人群体的形成。这一以纱帽诗人为主的群体，上嗣风雅，振藻扬芬，给清初诗坛吹来了一股倡兴古学之风。燕台诗人群体的代表人物魏裔介通过编选今诗选本，重申儒家道统论性情观，发扬美刺、比兴的诗教传统，追求浑沦磅礴的审美效果，与"兴文教，崇儒术"的圣意相互呼应，同时也体现了其"以诗治心"辅佐帝治的政治目的。魏裔介的复古诗论，一方面与清初诗坛反思晚明诗学弊端的旨趣不谋而合，另一方面还通过田茂遇、魏宪等选家而影响康熙诗坛。

关　键　词　顺治　右文　燕台诗人　复古诗风

"顺治之初，睿王摄政。入关定鼎，奄宅区夏。然兵事方殷，休养生息，未遑及之也。"① 福临亲政后，尽管王朝的统治并未完全稳固，东南郑成功、张煌言集结隆武、鲁监国所部残余而成的海上反清势力和西南孙可望、李定国支持下的永历政权仍不时给清廷以打击，不过，相对于多尔衮辅政时期兵戈扰攘的局势而言，清廷的治国策略正逐步由高压转向缓和，官方曾以"勤政爱民，孜孜求治。清赋役以革横征，定律令以涤冤滥。蠲租贷赋，史不绝书"（《世祖本纪二》，第 164 页）评论之。而顺治求治心态下的右文举动，随即引发了京师诗坛的复兴，以魏裔介为首的燕台诗人群体以倡兴风雅为己任，企图以儒家的诗学思想来弥合晚明以来的诗学纷争，并希望通过编选今人之诗来培植元音开一代之盛。燕台诗人群体的复

---

① 《清史稿》（第 2 册）卷五《世祖本纪二》，中华书局，1976，第 164 页。

古诗学观既是南北诗坛交互影响的结果，又对清代诗坛的复古风气有着深远的影响。

一　顺治右文与燕台诗人群体的肇兴

清朝皇帝文治的名声以康熙、乾隆两帝最著，而顺治的右文却少有闻及。一方面，顺治一朝战事未息，人心未收，局面动荡，而且顺治帝年寿不永，从亲政至驾崩，前后只有十年，似乎无暇顾及文治；即便有右文之心，效果也似乎极其有限。另一方面，"科场案""通海案""奏销案"等一系列旨在打压未尽帖伏新朝人士的大案都发生在顺治亲政之后，多少给世人留下了这位年轻皇帝过于严酷、狠辣的印象。所以，很长一段时间内，"文治"一词似乎与顺治无关。但是，当我们抛开成见，仅从一些习见的史料中便能发现顺治的右文不仅有"名"，还有"实"。

在官方的记载中，福临于亲政后的第五年，即顺治十二年（三月二十七日）就明确提出了文治的主张："自明末扰乱，日寻干戈，学问之道，阙焉弗讲。今天下渐定，朕将兴文教，崇儒术，以开太平。直省学臣，其训督士子，博通古今，明体达用。诸臣政事之暇，亦宜留心学问，佐朕右文之治。"（《世祖本纪二》，第141页）而事实上，早在顺治九年，亲政不久的福临就释放了重视汉文化的信号：是年九月二十二日，他亲往太学释奠孔子，行两跪六叩头礼；九月二十四日敕曰："圣人之道，如日中天，上之赖以致治，下之资以事君。学官、诸生当共勉之"（《世祖本纪二》，第130页）；随后（十一月十七日）他又谕礼部详查明末殉国诸臣以褒录幽忠，进一步推扬儒家的忠孝文化。① 然而，推行文治，需要仰仗汉人，清朝自立国以来虽然倚重汉臣，但其地位却在满臣之下。为了扭转这一局面，顺治帝于十年（1653）正月初三下令改变仅有满臣奏事的现状，此后

---

① 此举立即得到一些汉臣的响应，如魏裔介即刻就上《请褒录幽忠疏》［《兼济堂文集》卷九，《清代诗文集汇编》（第56册），上海古籍出版社，2010，第498页。下文若不注明版本信息，所引均出此本，不一一注明］，推荐范景文、申佳胤等三十人。顺治谕礼部"详访确察具奏"。此后，遗民申涵光还因父申佳胤被礼部除名而进京斡旋（参见申涵煜、申涵盼《申凫盟先生年谱》"顺治十年"），最后得魏裔介再三上疏争取，方与祀典（《申凫盟传》，《兼济堂文集》卷八）。此事虽不大，却折射出顺治对汉人最重忠孝气节的心理的体察。

凡进奏本章，令内院六部、都察院、通政使司、大理寺等衙门、满汉侍郎卿以上、参酌公同来奏。① 这一提升汉臣地位的做法，无疑为其日后提出和实践右文主张奠定了基础。随着以汉治汉思想的逐步施行，顺治本人对汉文化的兴趣亦逐渐高涨，甚至御定《资政要览》，并为撰序。皇帝编书自然多数为挂名，而《资政要览》的实际操刀手是弘文院大学士吕宫等人。此举不但显示了天子右文的诚意，而且向大小臣工展现了自己传播汉文化的努力，给臣子们留下了勤勉好学的印象。如其心腹之臣魏裔介曾赋诗"广搜文献师三代，尽览缥缃重九丘"，并注云"上好学，每读书至午夜不倦"②，四库馆臣亦以"宵旰之余，始终典学"③ 评价之。当然，顺治的好学不倦尚有其不便言说的隐情。福临在重用汉臣、实行汉化过程中曾因汉文化修养的缺失而茫然失措，故而亟须以"恶补"的方式来弥补缺憾。他曾坦言："朕极不幸，五岁时先太宗早已晏驾，皇太后生朕一身，又极娇养，无人教训，坐此失学。年至十四，九王薨，方始亲政。阅诸臣奏章，茫然不解，由是发愤读书。每晨牌至午，理军国大事外，即读至晚，然顽心尚在，多不能记。逮五更起读，天宇空明，始能背诵。……计前后诸书，读了九年，曾经呕血。"④ 这是顺治二十三岁左右召见弘觉禅师（即木陈忞）时所说的，其所读之书为"《左》《史》《庄》《骚》，先秦两汉唐宋八大家，以及元明撰著"（《弘觉忞禅师北游集》）。可以说，这种努力研习汉文化及其经典的过程伴随着其对以汉治汉方略的思考和实践，并最终让他在顺治十二年（1655）明确了"兴文教，崇儒术，以开太平"的右文主张，并继之以一系列举措落实之：顺治十二年三月二十八日设日讲官（《世祖本纪二》，第 141 页），同年九月二十五日"颁御制《资政要览》《范行恒言》《劝善要言》《儆心录》，异姓公以下，文三品以上各一部"（《世祖本纪二》，第 142 页）；顺治十三年（1656）正月初四谕修《通鉴全书》《孝经衍义》，同年二月二十七日，驻南苑阅武，赐宴行宫，群臣各赋五七言律绝每体一首应制（详见下文）；顺治十四年（1657）二月五日命儒臣纂修《易经》，同年九月初七初御经筵；顺治十五年（1658）

---

① 参见史松、林铁钧《清史编年》（第 1 卷），中国人民大学出版社，1985，第 343 页。
② 《大行皇帝哀诗》（其三），《兼济堂文集》卷一九，中华书局，2007，第 562 页。
③ 永瑢等：《四库全书总目》卷五五，中华书局，1965，第 492 页。
④ 释真朴：《弘觉忞禅师北游集》，《四库禁毁书丛刊补编》（第 34 册），北京出版社，2005，第 556 页。

秋猎于南海子，魏裔介、李霨、梁清标、王熙、曹本荣等人随侍，命诸臣作诗以咏①；顺治十七年（1660）二月二十九日以所翻译《三国志》颁赐诸王以下、甲喇章京以上官（《清史编年》，第560页）；等等。

顺治恢复日讲和经筵、御定诸书、"敦尚经术，崇重儒臣"②、宴集赋诗等右文行为，在当时的汉族士人中反响颇大：

舍郊循故事，讲艺肇新模。睿藻崇经学，天文叶泰符。琅函欣始御，虎拜得同趋。启沃知难称，微躬讶宠殊。（李霨，顺治十二年，《心远堂诗集》卷六《日讲恭纪二首》其一，第756页）

今天子方临石渠、开虎观，一时侍从诸臣，虑亡不斐然经术，稽古为荣矣。（田茂遇，顺治十二年）③

今皇上方崇学，考订雅音，以公（按：指梁清标）等之人列在左右，赓和之作，洋洋著其盛，必使其传之于后。（白胤谦，顺治十七年）④

世祖章皇帝兴起右文，招延俊茂，数举经筵，命儒臣讲论大义，或时巡游南苑，应制赋诗，文学侍从之臣，无不掞藻摛华，对扬休命。（吴伟业，康熙七年）⑤

从这些来自身份各异的作者（白胤谦和吴伟业均为贰臣，李霨为国朝官吏，田茂遇此时为不第之举人）不同时期的记录来看，顺治的右文令人印象深刻。尤其是早已退居乡里且因仕清而倍感内疚的吴伟业，在康熙七年（1668）回忆起顺治当年右文的情形时，依然记忆犹新，足以显示这种言

① 魏荔彤：《魏贞庵先生年谱》，《兼济堂文集》卷二，中华书局，2007，第601页。
② 周弘：《心远堂诗集序》，李霨《心远堂诗集》卷首，《四库全书存目丛书》（集部第212册），齐鲁书社，1997，第692页。
③ 田茂遇：《观始集序》，魏裔介《观始集》卷首，清顺治十三年刻本。
④ 白胤谦：《蕉林诗集序》，梁清标《蕉林诗集》卷首，《四库全书存目丛书》（集部第204册），第5页。
⑤ 吴伟业：《兼济堂文集序》，《兼济堂文集》卷首，第184页。按：冯其庸、叶君远《吴梅村年谱》（文化艺术出版社，2007）据序中"今上御极，公以铨衡重望，入居政府"将此序作年系于康熙三年，今据《兼济堂文集》卷首吴序自署"戊申仲夏"，则《年谱》不确。

论并非出于颂圣的违心之论。① 而在吴伟业写下此话的三年后，即康熙十年（1671），就有人发表了"开国以来，文明大启，至于今垂三十年，朝野犁然向风，原其始，则自世祖皇帝鼓舞兴起于上"（曹禾《心远堂诗集序》，《心远堂诗集》卷首，第694页）的言论，这说明在当时人眼中，顺治的右文并不仅仅是一种姿态，的确产生了不小的影响。

上行下效的文化传统，很快在京城官僚和应举士子的身上体现出来，从他们对顺治崇儒尚文的拥护和赞美，即可证明右文之谕的亲和力及鼓动效应，并进一步催生了某些人的盛世之梦："圣朝启运，摧陷廓清，一时簪笔珥之文彦，罔不聚于阙下，登诸东观，以为雅颂可以复作，礼乐不日兴矣。"（张天植《观始集序》）尽管这种认识掩盖了当时的民族矛盾和政治斗争而显得有些得意忘形，却在一定程度上说明了顺治的右文符合了人们对乱极思治的渴求。孟森先生在论及顺治亲政后的作为时曾说："天子则乐就汉人文学之士，书恩对命，绰有士大夫之风，居然明中叶以前气象。正、嘉以后，童昏操切之习略无存者，天下忘其为夷狄之君。"② 这种论断大概就是有感于此类言论而下的。不过可惜的是，顺治一朝终究未能摆脱反清势力的惊吓和对汉人的不信任，生性"火烈急爆"③ 的福临对汉人的态度亦常常摇摆在重用和重惩之间，"科场""通海"④ 等案的相继爆发，给这位原本想以右文来团结汉族文人的皇帝以严重的打击，并在临死前为其"渐习汉俗""委任汉官"⑤ 的行为而忏悔。当然，这并不妨碍他当初的号召力和汉族文人在右文时运下鼓吹风雅的热情，这一点在从上文所引的诸多言论中即可获证。而顺治十三年南苑阅兵命赋应制诗一事，则似乎给在天子右文氛围中已经颇为活跃的京师诗坛注入了一针兴奋剂。

---

① 吴伟业此语乃出自为友人魏裔介文集作的序言，吴、魏两人之交谊，冯其庸、叶君远《吴梅村年谱》及王兵《魏裔介之文学活动与文学思想析论》（《中正大学中文学术年刊》2011年第2期）等论之颇详，可参看。因此，吴伟业此序有抬高魏裔介之嫌疑或许可信。

② 孟森：《清史讲义》，中华书局，2006，第137页。

③ 萧一山：《清史大纲》，上海古籍出版社，2005，第16页。

④ 通常两案与"奏销"并称清初震慑江南士子的三大案，然"奏销案"实发生于顺治去世之后，故不宜列入对顺治的评价。

⑤ 《清史稿》卷五《世祖本纪二》，第161、162页。孟森认为顺治逝世第二天所颁发的遗诏"颇由世祖太后主持，以辅政大臣同意发布……求不得罪于实力所在之满臣，用意甚切"（《清史讲义》，第147~148页）。但不管遗诏出自何人之意，汉臣地位之逐渐提升，顺治是起了关键作用的。

顺治十三年二月二十七日，福临于南苑举行阅兵礼，召内院汉大学士、翰林及部院尚书以下、四品以上各官从观。观礼结束后会见群臣，借责备陈之遴结党而晓谕诸臣应以此为戒①，然而在这些公事完毕之后，顺治还设宴款待随侍大臣，并令赋五七言律绝各一首应制，这在《清实录》《清史稿》《清史编年》等前人和今人所撰史籍中均未提及。因这次宴集不像康熙二十一年（1682）正月十四日那次有《御制升平嘉宴诗序》流传（此序见于魏宪《百名家诗选》卷首，清康熙聚锦堂刻本），故而知者甚少。幸赖诸家别集和一些总集中尚存有一些记载，此事才不至于湮灭。目前所知时任国史院大学士兼吏部尚书王永吉、弘文院大学士刘正宗、国史院学士白胤谦、秘书院学士李霨、吏部左侍郎梁清标、礼部左侍郎薛所蕴、礼部右侍郎胡世安、督察院左副都御史魏裔介、兵部督补右侍郎梁清远、国子监祭酒吴伟业、侍讲学士王崇简、翰林院编修何采、詹事府中允宋之绳、中书舍人韩诗等人均有诗作。应制诗历来以颂圣、感恩之习套见长，诸人之诗也不例外，如"玉液光生仙掌露，兰风香袭侍臣衣。承恩幸觐天颜喜，奋武揆文拱太微"②，又如"猎罢鼎调赤羽膳，时从咨儆见深恩"③，再如"割鲜亲谦罢，告语主恩深"④ 等。但是，此次应制的意义并不在于这些诗作本身的价值，而是不少词臣从中感受到了国朝文运肇兴的契机。如时官国子监祭酒的吴伟业在是年七月为友人田茂遇所编今文选本《燕台文选》作序时就说"自铜马戈铤，金台麋鹿，缥缃付咸阳之烬，牙签遭江陵之灾，诵读等于啽呓，笔墨视为土梗，文运堙塞"，而"今天子德化翔洽，文治乔皇，集兰台、石渠之彦，陈《长杨》《上林》之事，授简抽毫，覃思发藻，一时辇毂间，斌斌乎，飒飒乎，《云汉》为章哉"⑤。又如远在杭州任浙江左布政使的张缙彦亦曰："圣天子敷教于上，百尔有位，唱和应之。如四始六义，三百汉魏者，不可谓非千古一盛也。"⑥ 这些

---

① 《清世祖实录》（第3册）卷九八，中华书局，1985，第763页。

② 王崇简：《顺治十三年仲春，上驻跸南苑阅武行蒐礼，召廷臣四品以上同词臣恭视，赐宴行宫，命赋五七言律诗五七言绝句各一首应制》其五，《青箱堂诗集》卷一一，《四库全书存目丛书》（集部第203册），第153页。

③ 梁清标：《顺治十三年仲春，上驻跸南苑阅武行蒐礼，召廷臣四品以上同词臣恭视，赐宴行宫，各赋五七言律五七言绝句每体一首应制》，《蕉林诗集》七言律一，第129页。

④ 吴伟业：《南苑春蒐应制》，《吴梅村全集》卷一二，上海古籍出版社，1990，第340页。

⑤ 吴伟业：《燕台文选序》，参见《吴梅村年谱》，第290页。该序作于顺治十三年。

⑥ 张缙彦：《国门集初选序》，韩诗等《国门集初选》卷首，清顺治刻本。该序作于顺治十四年。

言论虽不免有些夸大其词甚或流于奉承，特别是吴伟业在写完那段话后不到三个月就决心辞官不出①，其言行的鲜明反差不得不令人对其诚意产生怀疑。但即便吴伟业是在友情和政治的双重顾虑下写下了上述装点门面的话语，我们也无法否认此时的京师文坛在天子右文的氛围中渐渐亢奋的事实（田茂遇编选《燕台文选》便是一个极好的例证）。更何况，对于一个即将告别令其身心疲惫的政治舞台的人来说，他的真情假意已不再重要，重要的是自有一些一心仕清的人沿着顺治的右文政策，怀着振兴风雅的热情，向着雅颂复作、礼乐日兴的目标踏步前行。正是在这种形势下，一个以京师官僚为主要成员的燕台诗人群体形成了。

燕台诗人群体形成于何时？顺治亲政后基本在京且是这一群体核心人物的魏裔介②曾说，"忆甲午、乙未之间，值世祖皇帝褒重儒术，每以诗赋考校词林，大猎南苑，命诸侍从之臣，分题赋诗。于时謭劣如介，亦得颂扬盛美，载诸歌咏"③，"追忆甲午、乙未间，啸白云，咏仙迹，海内同人，慕义闻声，唱和成帙"（《南和吟序》，《兼济堂文集》卷四，第 327 页）。"甲午""乙未"即顺治十一年（1654）、十二年（1655），这两年顺治并没有"大猎南苑，命诸侍从之臣，分题赋诗"的事迹可考，魏裔介所说应该是指顺治十三年（1656）二月二十七日的那次。魏裔介于康熙年间的这两次回忆，意在突出顺治亲政后京师诗坛的活跃，特别是将"褒重儒术"与"以诗赋考校词林"相联系，显示了文坛活跃与顺治右文的密切相关，故而把本不应该记错的历史事件模糊化处理。暂且不论其是否有美化顺治的意图，仅从这两段回忆包含的客观信息来看，至少在顺治十一年、十二年燕台诗人群体的活动已十分活跃了。对于燕台诗人群体的主要成员，黄传祖言："畿辅首善地，近日倡兴古学。有青坛、严荦、玉立、敬哉、箕生、犹龙、坦园、胥庭、石生诸公，赤帜艺林，海内望风奔走，家讽户弦。"④ 此言出于顺治十二年。无锡黄传祖是明末清初的著名选家，选有《扶轮集》《扶轮续集》《扶轮广集》《扶轮新集》等今诗选本。为编选

① 吴伟业在此次应制活动中的心态颇为复杂，论者有"实不得以"之说（《吴梅村年谱》，第 282 页）。其序田茂遇《燕台文选》在是年七月，而其辞官不出之意在同年十月已定（《吴梅村年谱》，第 283 页）。

② 吴伟业在论及燕台诗人时曾推魏裔介"岿然为冠首"。参见吴伟业《兼济堂文集序》，《兼济堂文集》卷首，第 184 页。

③ 《屼舫友人赠答诗序》，《兼济堂文集》卷六，中华书局，2007，第 139 页。

④ 黄传祖：《扶轮广集凡例》，《扶轮广集》卷首，清顺治十二年刻本。

《扶轮广集》，他曾于顺治十一年入京征诗，得交辇下诸老，故其所言较为可靠。另外，熊文举亦曾曰："近日辇下诸老，风雅翩翩，如芝麓、梅村而外，又有宪石、行坞、岩荤、犹龙诸先生，振藻扬芬，上嗣风雅，可为极盛矣！"① 此言出于顺治十四年。结合两人所言及其他一些材料，我们可以大致勾勒出燕台诗人群体的主要成员：真定成克巩（青坛，时任秘书院大学士）、沧州戴明说（严荤，时任户部尚书）、真定梁清标（玉立，其任职前文已述此不列，下同）、宛平王崇简（敬哉）、定兴范士楫（箕生，时官文选司郎中）、钜鹿杨思圣（犹龙，时兼翰林秘书院侍读）、高阳李霨（坦园）、宛平王熙（胥庭，时任侍读，后擢礼部侍郎，兼翰林院掌院学士）、柏乡魏裔介（石生）、蔚州魏象枢（环极，时任吏都给事中）、合肥龚鼎孳（芝麓，时任户部左侍郎改都察院左都御史，后降八级调用）、太仓吴伟业（梅村，吴伟业在顺治十三年年底即离京返乡，其在京城的影响逐渐淡出）、安丘刘正宗（宪石）、孟县薛所蕴（行屋，时任礼部左侍郎）、三原韩诗（圣秋）。另外，祥符张文光（谯明）、阳武赵宾（锦帆）、莱阳宋琬（荔裳）、宣城施闰章（愚山）、钱塘丁澎（药园）、仁和严沆（子餐）、仁和陈祚明（胤倩）七人在顺治年间曾合刻《燕台七子诗选》，有"燕台七子"之称。此七人与前述诸人多有交往，除陈祚明是布衣且为遗民外，其余均为进士（包括明末中举），其中张、宋二人长年外授，丁、严二人于顺治十三年始成进士。尽管如此，他们在京城的名声丝毫不减上述诸人："比年客自长安来，无不称《燕台七子诗选》者，谓是书刻之于国门，人翕然宗之，以为是雅颂之音，交口而传，叹无异辞。"②

综上而言，燕台诗人群体大体是一个由台阁大臣和新授进士所组成的纱帽诗群，是在文坛盟主出现之前京师诗坛的活跃分子。这个群体的出现，既是顺治右文的产物，又是进一步鼓吹休明的主力。在"一代之兴，必有名世巨人出而弘济苍生，润色鸿业"（吴伟业《兼济堂文集序》）的信念下，他们重现三代之治的美好理想急剧膨胀，其中的一些人更是企图通过选政来树立清诗的典范以引导诗坛未来的发展方向，并进而希望通过治诗的手段达到治心的政治目的。

---

① 韩诗：《国门集初选凡例》，《国门集初选》卷首，清顺治刻本。
② 严沆：《燕台七子诗刻总序》，《燕台七子诗选》卷首，清顺治十八年刻本。

二 燕台"四选"与复古诗风的树立
及其诗学取向

　　燕台诗人群体成员之一的王崇简曾说："未、申之际，文士之集辇下者，多选今人诗。"① 其所谓的"未、申之际"即顺治十二年、十三年。这个时间段与上文所述顺治右文的时间是大致吻合的。探究这种现象出现的原因，除了当时兴起了以编撰今诗选本来扭转诗学弊病的风气这一因素外②，还与顺治右文及燕台诗人群体的出现密切相关。"今文运有维新之象，海内蒸蒸向风。"（《与黄石公》，《兼济堂文集》卷十五，第98页）"皇上文德性成，好学天纵，翰藻淋漓，遍于四国，一时操觚之士，谁不翕然。"③ 在人们看来，身为最高统治者的皇帝以"翰藻淋漓"的姿态垂范于上，沐浴在"维新之象"中的人臣岂能不有所追随？在这种逻辑支配下，除了"倡予和汝"、颂扬盛美之外，编辑今人之诗便成了体现"文运维新"的最佳方式之一。

　　此期出自燕台诗人群体成员之手的今诗选本有韩诗、陈祚明的《国门集初选》，魏裔介的《观始集》《溯洄集》和施闰章等人的《燕台七子诗选》四种，简称燕台"四选"。燕台"四选"的成书情况大致为，韩诗等《国门集初选》始编于顺治九年（1652），编成于顺治十四年（1657）冬④；魏裔介《观始集》起编自顺治十二年（1655）冬，完成于顺治十三年（1656）夏；《溯洄集》则始于顺治十八年（1661）春，至是年底编成；而《燕台七子诗选》中的六种陆续刻成于顺治十三年、十四年，并在顺治十八年刊出全本。考察这些今诗选本的编选宗旨，不管是"本情选义，披风则雅"⑤的《国门集初选》，还是"扬挖雅宗，扶进正始"（田茂

---

① 王崇简：《燕台文选序》，载田茂遇选《燕台文选》卷首，《四库禁毁书丛刊》（集部第122册），北京出版社，1999，第262页。

② 参见谢正光《试论清初人选清初诗》（载谢正光《清初诗文与士人交游考》，南京大学出版社，2001）及邓晓东《选本与清初清诗的传播》（《江海学刊》2010年第6期）等文章。

③ 乔钵：《燕台文选引例》，《燕台文选》卷首，《四库禁毁书丛刊》（集部第122册），第267页。

④ 关于《国门集初选》成书年代的考证，参见邓晓东《清初清诗选本研究》，博士学位论文，南京师范大学，2009，第90页。

⑤ 陈祚明：《国门集序》，《国门集初选》卷首，清顺治刻本。

遇《观始集序》）的《观始集》、"垂示来叶，厘正风气，以求无愧古圣人删诗之本指"① 的《溯洄集》，抑或是"鼓吹元音，扫除绮丽"（《严颢亭张谯明诸子诗序》，《兼济堂文集》卷三，第277页）的《燕台七子诗选》，都意在以复古求创新，从而达到弥合明末以来诗学纷争并创立有清一代诗学典范的目的。如《国门集初选》的编选者即有感于"近诗自济南、竟陵分镳异驱，沿袭以来，互相讥弹"（陈祚明《国门集序》）的现状，欲以古为范而走上诗学通途；燕台七子的共同心愿则是"为高雅之调，古诗则法汉魏六朝，近体必宗初盛唐"，"而又出之以至情，运之以生气，缠绵而飞动，有前后七子之双美，而无泥古修辞之两失"②。可以说，燕台"四选"所体现的复古倾向正是陈子龙在明末所提出的"情以独至为真，文以范古为美"③ 这一命题的延续。当然，在具体内涵上，他们和陈子龙是有区别的。此当别论，本文不赘。

在燕台诗人群体及"四选"的复古论调中，影响最大、最具代表性的，当推魏裔介和他的《观始集》。魏裔介（1616～1686），字贞白，一字昆林，号石生，又号贞庵，直隶柏乡（今属河北邢台）人。明崇祯十五年（1642）举人，清顺治三年（1646）进士。进士及第后，他基本上在京师为官，并且因礼贤下士而受到来京士子的一致敬重，所谓"士之自负才能来阙下者，必携卷轴谒"④。他在诗坛的影响正如有"北地诗家之冠"⑤ 及"大开河朔诗派"⑥ 之誉的申涵光所言："今天下诗颇推畿辅，而魏氏一门为尤甚，昆林（魏裔介）先生为一代风雅之宗。"⑦ 其《观始集》一出便产生了"流布天下，笔削之旨，群宗焉"⑧ 的广泛影响。因此，他的复古诗学观及其希望以选诗来树立清代诗学典范的意图，在燕台诗人群体倡兴

---

① 钱荣：《溯洄集序》，魏裔介《溯洄集》卷首，《四库全书存目丛书》（集部第386册），第510页。
② 严沆：《燕台七子诗选总序》，《燕台七子诗选》卷首，清顺治十八年刻本。
③ 陈子龙：《佩月堂诗稿序》，《陈子龙全集》，人民文学出版社，2011，第789页。
④ 申涵光：《杨方伯传》，《聪山集》卷二，《丛书集成初编》本，中华书局，1985，第25页。
⑤ 黄容：《明遗民录》卷九，载谢正光、范金民编《明遗民录汇辑》，南京大学出版社，1995，第120页。
⑥ 《皇明遗民传》卷三，《明遗民录汇辑》，第120页。
⑦ 申涵光：《逸休居诗引》，《聪山集》卷二，第22页。
⑧ 顾文豹：《清诗溯洄集序》，《溯洄集》卷首，《四库全书存目丛书》（集部第386册），第517页。

古学、落实天子右文政策的活动中是有典型意义的。①

首先，他提倡儒家性情观以明确诗学本体。他说："夫诗以言性情者也。性情之不存，而组织烟云，缀缉卉木，虽工亦奚以为？"（田茂遇《观始集序》引魏裔介语）诗的本质是表达情志，然而在他看来，"历下、竟陵左右祖者，纷纷讫无定论，则亦未免寄人篱下，而不能自见其性情也"（《朱公艾越游草序》，《兼济堂文集》卷四，第 312 页）。他在批判那些"自以为摹拟汉魏""步趋三唐"的诗作时甚至用了晚明最为流行的诗学热词"性灵"，认为这些作品"即使其优孟衣冠似汉魏，似三唐，于己之性灵何与耶？"（《卢尔唱燕山吟序》，《兼济堂文集》卷三，第 293 页）从中不难体味出他对诗中应有"自我"的殷切渴望。故而，面对复古派极力鄙视公安派、竟陵派的做法，他曾公开表示不满："自袁中郎诞秀公安，婍节高标，超然物外，《锦帆》《解脱》诸集，笔舌妙天下。其后竟陵钟、谭二公继起联镳，海内沨沨向风。而说者或谓其渐失淳古，是乌知诗之三昧哉！"（《张汝士诗序》，《兼济堂文集》卷三，第 286 页）他甚至还表态道："余读明诗，而爱袁中郎、钟伯敬也"（《吉石堂诗草序》，《兼济堂文集》卷四，第 301 页），并说："余平生作诗，不喜雕琢，率而为之，聊以自适己意而已。"（《季翁弟集唐诗序》，《兼济堂文集》卷四，第 319 页）这当然不是说他完全赞同公安派"独抒性灵，不拘格套"的理论，而是对那种以形式掩盖内容的做法的抗议，即所谓"诗以自道其性情耳，若必悉心于步趋仿佛，则生气索然，故历下之敲金戛玉，终不若公安之任真独往也"（《周德培诗序》，《兼济堂文集》卷四，第 316 页）。因此，他说："余昔年选诗，虽兼尚体格，而必以性情为本。"（《周德培诗序》）由此可见，他重申"诗以自道其性情"是为了明确"诗为何而作"这一诗学基本问题。

不过需要说明的是，他所谓的"性情""性灵"并非阳明心学影响下所产生的性灵，而是合乎儒家思想特别是程朱以来的性理之情。魏裔介学宗朱子，撰有《四书大全纂要》《圣学知统录》《致知格物解》等理学著

---

① 有关魏裔介的诗学思想，王兵《魏裔介之文学活动与文学思想析论》一文已做了探讨。笔者此文草成于 2009 年，当时尚未见学界对魏裔介诗学思想研究的文章。王文发表在台湾，笔者未能及时检索查阅，直至 2015 年 8 月 20 日于北京参加第十届明代文学学会年会上得晤作者，方赐知已有研究魏裔介的论文。拜读后，知彼此立论角度互不相同，论述也有差异。

作。他认为王守仁所倡立的"无善无恶"四句教，援佛入儒，有悖孔孟本意，而且经"龙溪、卓吾之流，入室操戈，愈传愈失，其祸遂至渐中于家国"（《四书集说序》，《兼济堂文集》卷一，第 208 页）。他十分赞赏明末顾宪成"无善无恶四字，就上面做上去，便是耽虚守寂的学问，弄成一个空局，释氏以之；从下面做将去，便是同流合污的学问，弄成一个顽局，乡愿以之"的论断，认为"空局之与顽局，其为世道人心之大害一也"（《顾端文先生罪言序》，《兼济堂文集》卷二，第 234 页）。有鉴于因空局、顽局而亡国的教训，他重申"心与性，非有二也"（《顾端文先生罪言序》）、"性无不善"（《寄孙徵君钟元书》，《兼济堂文集》卷十五，第 76 页）、"礼也，即性也"（《再与魏环溪论学书》，《兼济堂文集》卷十五，第 76 页）的主张，意在"存天理、遏人欲、息邪说、放淫辞"（《圣学知统录序》，《兼济堂文集》卷一，第 215 页）。在这种思想主导下，就有了"古之真诗人未有不见道，真见道未有不能诗"（《荆园小语序》，《兼济堂文集》卷二，第 265 页）的观点。因此，魏氏诗论中的"性情""性灵"，是包含政治、伦理道德等内涵的儒家之天理，落实到诗作中便是那种"敦伦重节、忧国爱民、投奸乐善、孤郁不回之意"（《唐诗清览集序》，《兼济堂文集》卷三，第 269 页）及关于"典礼制作""伦纪游览""香草名物"（魏裔介《清诗溯洄集序》，《溯洄集》卷首，第 515 页）的作品。在这个意义上，今人之性情可以同于古人之性情："诗，心声也。今之心犹古之心，何分于《三百篇》，何分于汉、魏、六朝，何分于唐、宋、元、明与？"（《杨犹龙诗序》，《兼济堂文集》卷三，第 274 页）学诗者、写诗者要想达到"性情正"而"真诗出"的效果，只有遵守"祛其沿袭""以深求夫风人之旨"这一法则（梁清标《兼济堂诗集序》引魏裔介语，《兼济堂诗集》卷首，第 5 页）。可以说，以儒家性理之情为根本的性情观是魏裔介论诗和选诗的逻辑起点，他对诗歌的内容、作用、风格等诸多问题的探讨，都是建立在这一前提之上的。他的官场好友兼诗友李霨指出其"标新尊性情"[1]，可谓慧眼独具。[2]

其次，发扬《诗经》"四始""六义"的传统，落实诗歌的题材及表现手法，强调诗贵蕴藉的表达效果。"四始""六义"是汉儒研究《诗经》

---

① 李霨：《魏石生年翁有选诗之举，赋赠代序》，《观始集》卷首。
② 王兵《魏裔介之文学活动与文学思想析论》亦有类似看法，可参看。

的成果，后经历代注解者不断丰富发展，形成了以美刺和温柔敦厚为主要内涵的诗教传统，魏裔介所要继承和发扬的正是这种传统。他说"先王之作雅颂也，将以格郊庙、和神人，其采风也，将以察奢俭、考贞淫"（《观始集自序》），故而"诗必有为而作。其风刺而有当于风人，怨诽而有当于小雅，敷陈功德而有当于矢歌，节宣乐舞而有当于衎祖"（田茂遇《观始集序》引魏裔介语）。以"风刺"对应"风"，"怨诽"对应"小雅"，"敷陈功德"对应"大雅"，"节宣乐舞"对应"颂"，显示了魏氏对"四始"说的继承。就诗的表达效果而言，他赞同"诗之为教，优柔敦厚"（《张素存诗草序》，《兼济堂文集》卷三，第 278 页）的主张。严沆转述魏裔介论诗的言论说："先生之论诗，一准于发乎情，止乎礼义，言有合于温柔敦厚之旨，《国风》之不淫，《小雅》之不怨者，乃始登之简牍，施之丹黄。"（严沆《溯洄集序》）而对那些抛开温柔敦厚之旨的诗歌，他均持批判态度："后世之言诗者，吾惑焉。凄清哀怨而已矣，不则板腐庸陋而已矣，不则声韵气格而已矣。自六朝以迨宋明，不出此三者。其于诗之蕴藉皆未有当也。"（《钱保芬诗序》，《兼济堂文集》卷四，第 309 页）故而，他认为善于继承"四始""六义"的传统是汉魏、三唐之诗之所以成绩斐然的重要原因。而"后人于诗，以为应酬耳目快意适观之具，其所争者，在乎声调气格，六义之指，缺然不讲"，其结果便导致了"风教沦没"（《唐诗清览集序》）。清兴以后，诗道虽然大振，"风雅蔚兴，南北连镳，自缙绅以及菰芦之士，希光景附，家隋珠而人和璧，论者以为，何、李而后，于斯为盛"（《胥永公北征百篇序》，《兼济堂文集》卷三，第 294 页），但不少诗人和选家因对"四始""六义"的典范意义缺少认识，故而他们的诗作或选本不是"杂而或流于佻与靡"就是"僻而或入于激与愤"，这就引起了魏裔介"人心世道"的担忧，并成了杨思圣、魏象枢、李霨、吴伟业等燕台诗人群体成员的共识（《观始集自序》）。怀着对"南、雅、颂之失其传，而赋、比、兴之没其义"（张天植《观始集序》）的担忧，魏裔介标举《诗经》"四始""六义"之说，既以此要求自己的诗作，即"发而为诗，无不取旨也厚，措言也婉，播音也冲容幽亮"（王崇简《兼济堂诗集序》，《兼济堂文集》卷首，第 1 页），又以此删选时人之诗，企图达到"欲天下共观于风雅颂四始之义，而得其性情之正"（《观始集自序》）的目的。核之其所编今诗选本，就内容来说，"上自朝士之词章，下及草野之讴咏"（张天植《观始集序》）之"关纪念""寓感慨"

"追郑绘""著土风"（傅维鳞《观始集序》）之类予以收录，而"风云月露""仙佛怪诞"（《观始集自序》）之类皆弃而不录；就情感表达的效果来说，"雅驯而意指隽永"者选入，而"绮靡淫佻之习，流荡忘返，比于蜩螗虫吟，而愤激悠谬之词，杂出不经"（《溯洄集自序》，第514页）者不录。正如田茂遇在评论魏氏所选《观始集》时所说："今集中有近乎风者，有近乎雅与颂者。大约审正变之原，穷比兴之体。即旁揽骚选，而可以四始为断。"（田茂遇《观始集序》）可以说，魏裔介以"四始""六义"之诗教传统来规范诗歌创作的内容和表现手法，是其儒家性情观的必然结果。

最后，在风格上取径汉魏、三唐，追求一种"鸿庞惇固""浑沦磅礴"（傅维鳞《观始集序》）的审美效果。汉魏、三唐是诗史上最为辉煌的阶段："自王风既熄，骚赋迭兴，盛于汉魏，而衰于六朝；盛于三唐，而衰于宋元。"（《观始集自序》）所谓学其上，得其中，然而向古人学习什么？他认为"诗之可传，在其神骨之旷远，不在于辞色之藻丽"（《葛觐昌近诗序》，《兼济堂文集》卷四，第317页），因此，他虽然提出了"沉酣于汉、魏、三唐"的要求，但最终是要"能达己之情而不袭其句"（《邹黎眉湖北草堂诗序》，《兼济堂文集》卷三，第283页）。在这一点上，他与那些专事模拟雕琢和"诗必盛唐"的复古派是不完全相同的。那么，如何做到"达己之情而不袭其句"呢？这就需要多读书，以充实的学养为基石，如不读书，"则其识不高而怀不旷，识不高怀不旷，纵呕尽满腔血，终是酸馅气耳"（《朱公艾越游草序》，《兼济堂文集》卷四，第312页）。当然，诗人的地位、处境决定了其性情并最终影响诗风，"山林人之性情与廊庙人之性情，亦微有异。如孟浩然、孟东野、林和靖、魏仲先、谢四溟、徐文长，此山林人之性情也。而其诗高寄霞表，超然物外，无一点烟火气，不作富贵纷华态，亦其自处者然耳"（《渡江小咏序》，《兼济堂文集》卷四，第310页）。所以，就诗歌的风格而言，他虽然推崇那些"鸿庞惇固""浑沦磅礴"的作品，但对山林之士"高寄霞表"以自展其"超然物外"之情的作品也不排斥，相反，"若以山林之士而强作台阁之语，失其本质矣"（《葛觐昌近诗序》）。

由上观之，魏裔介以性理之情为核心的诗学观，既不同于明代以来的复古论诗学只讲声色格调的那一套理论，又不同于性灵派不加任何限定的"独抒性灵"，而是试图从格套与性灵之争中抽身，借助儒家的诗学思想来建立皇清诗学话语体系，从而与"海内艺林之英挽颓风而追正始"（《胥永公北征百篇序》），开启清诗复兴的局面。他本人的创作亦能实践这种主张，论者曾以"发抒性情，风格醇雅"评价之（王兵《魏裔介之文学活动与文学思想析论》）。当然，这仅仅是他标举儒家诗学观的一个原因，而另一个更为重要的原因，则是他想通过"治天下之言""并其心志而治之"（顾豹文《清诗溯洄集序》，《溯洄集》卷首，第 517~518 页）来达到"阐扬休德，厘正风俗"（《观始集自序》）的政治目的，即如他的门人卢传在揭示其选诗旨趣时说的，"非徒为音律正其比赋，实欲为音律正其性情"（卢传《清诗溯洄集序》，《溯洄集》卷首，第 508 页）。

魏裔介在《观始集》选成之后赋诗云："人心酿世运，世运变人心。盛衰既递转，治乱亦相寻。……圣主辟文运，群贤庆盍簪。……宁敢继绝笔，所愿正哇淫。"① 并在后来回忆道："《观始集》征诗学之盛，于人心亦有所观感焉。"② 而他选《溯洄集》的目的也是要"助政教、维人心"（顾豹文《清诗溯洄集序》）。他认为《诗经》的编选体现了圣人"治心"的目的，"均一淫风也，出于奔者可删，出于刺者可录；均一颂戴也，戴桓叔、戴共叔可删，刺郑庄、刺晋昭可录；均一劳苦也，闵时衔恤，则为正雅，困役伤财，则为变风。一出一入，六义斯昭。故采诗三千，存者三百，盖其慎也"。因此，他要继承"古圣人删定之本指"来检视今人之诗，"不惟其言，惟其所以立言之意，权衡而是正之"（钱棻《清诗溯洄集序》，第 508~510 页）。他的这种"治天下之言并其心志而治之"的思想，既是其儒家诗学思想的自然延伸，又是一个备受天子信赖的臣子的应有之责。

可以说，作为一个"国朝诸大典半属文毅奏议所定"③ 的人物，其留心诗学，更多是出于辅佐帝治的考虑。魏裔介自顺治三年（1646）进士及第之后，历任工科、吏科、兵科给事中。在顺治亲政后，由于他的直言进谏和一片忠心而颇受福临信赖，其官职一路升迁：顺治十二年迁太常寺少卿，寻擢左副都御史；十四年升左都御史；十六年加太子太保。魏裔介在顺治去世后回忆先帝对他的倚重之情时说："初授介副宪，即命学士马公传至中和殿面谕：'朕之用尔，朕自知之，非有他人荐说，慎勿随人偏党

① 魏裔介：《选清诗观始集作》，见魏宪《百名家诗选》卷一，《续修四库全书》（第 1624 册），上海古籍出版社，2002，第 434 页。
② 魏裔介：《与赵香雪》，《兼济堂文集》卷十，中华书局，2007，第 264 页。
③ 沈德潜：《清诗别裁集》卷二，岳麓书社，1998，第 43 页。

也。'"（《世祖大行皇帝哀诗》其七注，《兼济堂文集》卷五，第116页）顺治此言虽意在警告魏裔介不要结党，但对其才干的认同无疑让魏裔介有知遇之感。他甚至认为顺治与他的关系比苏轼见知于高太后还有过之。[1]从他多次提及顺治的恩宠以及在顺治逝世后即赋《大行皇帝哀诗》八首以志哀痛，可知他对顺治感激涕零的心态。因此，我们认为魏裔介的留心诗学，就如他的恪尽职守一样，尚有报答顺治知遇之恩的一层意思。这从他和吴伟业的交谈中也可看出："会国家膺图受箓，文章彪炳，思与三代同风，一时名贤，润色鸿业，歌咏至化，繄维诗道是赖。于是表闾阖、开明堂、起长乐、修未央，圣人出治，乔乔皇皇，升中告虔，引宫命商，羽旄济济，和鸾锵锵：吾观乎制度之始，将取诗以陈之。苍麟出，白鹰至，龙之媒，充上驷。我车既闲，我兵弗试，维彼蛮方，厥角受事，来享来王，同书文字：我观乎声教之始，将取诗以纪之。仓庚既鸣，时雨既零，大田多稼，恤此下民；兰台群彦，著作之庭，歌风缊瑟，终和且平：我观乎政治之始，将取诗以美之。"[2]魏裔介要在"开创伊始，措施之际，涣汗之颁"（傅维鳞《观始集序》）之时就创立法程，以诗陈制度之始、观声教之始进而美政治之始，并最终实现"兴一代文明之治"（曹禾《兼济堂文集序》，《兼济堂文集》卷首，第187页）的宏伟目标，这是他留心诗学、重视选政的又一重要原因，也是他作为天子重臣为实现顺治右文之治而做的努力。

　　平心而论，魏裔介佐治心态下的诗论，因其浓厚的功利性和政治色彩而显得有些偏狭，因此，当他选成《观始集》向吴伟业征序时，吴氏对此种政治色彩颇浓的诗学观持保留意见，他说："抑诗者，缘情体物，引伸触类，以极其所至者也。若子之论，其汰之无乃甚乎？"（《观始集序》）吴伟业从文学的角度指出了魏氏认识的狭隘性。因此，这种复古诗学观虽然因符合顺治中后期燕台诗人群体的总体心态和价值取向而颇具声势，并对康熙朝的诗坛亦产生了一定的影响（详见下文），却不如随之而起的王士禛以文学性为本位的"神韵说"来得深入人心。不过，以魏裔介为代表的儒家政教诗学观，却与乾隆时期沈德潜"格调说"的价值取向遥相呼应，这是研究清代复古诗论流变所应注意的问题。

---

① 魏裔介：《屿舫友人赠答诗序》，《兼济堂文集》卷六，中华书局，2007，第139页。
② 吴伟业：《观始集序》，《吴梅村全集》卷二七，上海古籍出版社，1990，第660~661页。

三 魏裔介与地方诗人的交互影响

正当燕台诗人群体为顺治的右文而鼓吹休明时，江南的诗人、选家也有感于当下诗坛宗尚不一而萌发了北上交流的想法。顺治十一年（1654）三月，无锡黄传祖为编选自己第三个今诗选本《扶轮广集》而北上入京，与燕台诗人相识，并得"十余元老，交相赞助"① 以成其《扶轮广集》之刻。在与燕台诗人的交流中，黄氏独与"杨犹龙（杨思圣）、魏石生（魏裔介）两先生，折节枉交最欢"（《扶轮广集自序》）。其《赠魏石生都谏》记录了三人交往的片断：

> 燕徽夙企三先生，既交钜鹿如得陇。闲门下帘少剥啄，高轩忽枉昌黎重。予闻辇下谒贵绅，十日半月香车轮。一旦先施诧观者，苍葭白露眼前写。海岳襟情霞月才，古今一听胸取舍。把臂雅宗但恨晚，十四国风皆为下。相邀杨子话深烛，欲尽珊瑚铁网打。鳒生两选信臆裁，真色有之愧骚雅。猥以阳秋属巴里，岂其礼失求之野。先生爱称申与纪，纪乃金陵旧名士。彼中尚有顾（与治）与杜（于皇），并余（澹心）而四皆环美。取友东南不止此，偶因伯紫及其里。先生留意访人物，松陵（恽道生）茂苑（徐元叹）两老人。只今耆宿嗟沦落，灵光空峙同轻尘。予知最稔敢先告，青齐领袖谙名号。丁子申生今璧瑁，予材朴遨安足道。兴比义微虽抉奥，先生谬取供洒扫。若谷虚怀何以报，真伪可别差不眊。②

杨思圣和魏裔介向有礼贤下士的美誉，他们对黄传祖所表现出的热情本不足为奇，不过从该诗所涉及的话题来看，诗学观念的契合是他们聚到一起的主要原因。黄氏在明末选《扶轮集》时，便针对王李钟谭争流不争源的弊端，提出了以孔子删诗法为依据的复古观。他说："予何知今诗派？孔子徒也，则宗孔子。"孔子选诗"义指偏正，既所兼存，章句奇平，岂

---

① 黄传祖：《扶轮广集自序》，《扶轮广集》卷首，清顺治十二年刻本。
② 魏裔介：《观始集》卷四。该诗所论及诸人分别为申涵光、纪映钟、顾梦游、杜濬、余怀、恽本初、徐波、丁耀亢。

依一律",即"不以一途定天下诗,不以一说尽谈诗之理"①。为此他提出了"词坛三约":

> 一重纪述。古诗大可享天格祖,远可和人训物。今郊庙朝廷间,既罢不用,则于国家事变,风土物情,约略综次,一览可考,犹存先世陈风辅轩之意,不徒诩华月露。一切情事。即使为雕虫末技,必求其传,岂关声调。慧心人眼前诗料,断不放过。盖天然巧妙,不越一真,真者彼自具而我取之,非我造之也,故不劳而臻胜。一仿兴比遗则。明诗实轶中晚唐宋元而上,但有赋而无兴比,哲匠林立,究心及此者,寥寥同《广陵散》。在昔雅颂尚不少兴比,今皆风也,兴比缺如,不大谬乎?温绎追讨,古响复续,岂非盛轨。(《扶轮集自序》)

所谓"重纪述""切情事""仿兴比",即涉及诗歌的作用、本质和表现手法三个方面,这与以魏裔介为代表的燕台诗人群体的复古主张是相契合的(黄氏之"情"当比魏裔介之"性情"来得宽泛)。入清后,黄氏论诗进一步强调社会作用:"一搦管间,辄及生民疴瘝痛痒,钩剔纪志,以备观感,致吾诗于有用而后作而叹曰,《三百篇》遗绪,犹有存乎。"② 这种论调,与魏氏以诗观政的想法已经十分吻合了。因此,上引诗中所谓"把臂雅宗但恨晚,十四国风皆为下""兴比义微虽抉奥,先生谬取供洒扫"云云,正是志同道合者相逢恨晚的慨叹。如果再从时间的角度来看,魏氏《观始集》之选始于黄氏入京的一年之后,从黄氏诗中"先生留意访人物""取友东南不止此"便可以看出魏裔介曾向黄传祖询问有关江南诗坛的情况,而且魏氏在看了黄传祖所选《扶轮集》《扶轮续集》后赠诗深表赞许,诗云:"少陵千载后,风雅竟谁依。古调于今邈,君才世所稀。探奇凌海岳,发箧灿珠玑。好去泉亭畔,删书静掩扉。"③ 上述种种表明,魏裔介与黄传祖充分交换了彼此对诗坛的看法,而且形成了较为一致的见解,魏氏

---

① 黄传祖:《扶轮集自序》,《扶轮集》卷首,明崇祯十五年刻本。
② 黄传祖:《扶轮续集序》,转引自谢正光、佘汝丰《清初人选清初诗汇考》,南京大学出版社,1998,第6页。
③ 《赠锡山黄心甫心甫选诗有《扶轮集》行世》,《兼济堂诗集》卷三,第65页。魏裔介的诗题中虽然只标《扶轮集》,但我认为这应该是《扶轮集》和《扶轮续集》的合称,因为黄传祖曾说:"(魏裔介)曾目予《扶轮》两选,谬蒙奖许。"参见黄传祖《扶轮广集自序》。

的选诗也受到了黄传祖的影响。当然，由于两者身份悬殊，黄传祖仅仅是想绕开历下（李攀龙）、竟陵（钟惺、谭元春）在格调与性情上无休止的争论而重开新的诗风，即"不关诗派，竭蹶黾勉，肆其心力，彷徨含吐，以几旦暮之获，鬼神将通，金石可勒"（《扶轮集自序》），这与魏裔介以诗辅政的佐治心态是不同的。

除了受黄传祖的影响外，魏裔介在编选《观始集》《溯洄集》的过程中，还参考和吸纳了苏州姚佺的《诗源》①、淮安丘象随的《淮安诗城》以及商丘宋荦、贾开宗的《诗正》等选本的内容。姚佺在编选《诗源》之前，曾与孙枝蔚编有《四杰诗选》，选李梦阳、何景明、李攀龙、王世贞四人之诗，意在以"四杰"诗之精华救近世纤声促节之弊，显示出复古宗唐的审美取向。其入清后所选《诗源》则进一步标举"移风易俗"②的旗帜，以孔子删诗之法正本清源，绍述汉魏盛唐，魏裔介《溯洄集》卷首所刻"诗话"即从《诗源》中摘其论诗之语而成。而作为地域今诗选本的《淮安诗城》，主要收入望社及其他淮安籍诗人的诗作，在诗学取向上亦尊奉"乐府必古歌谣，古必'河梁'、建安、黄初、《秋风》《柏梁》，近体必开元、贞元"③的复古论。宋荦等所选《诗正》今虽未见，然魏裔介曾云"牧仲昔与贾静子言诗，余深服其论，载之《溯洄集》首，以风示海内作者"④，则知今《溯洄集》卷首"论诗"之内容均为《诗正》中的评语。宋荦、贾开宗这两位中州诗人，在顺治初年都曾加入以侯方域为中心的雪苑社，其诗学主张亦多宗唐崇杜，像贾有《杜少陵秋兴八首偶论》，宋在顺治年间所刻《古竹圃诗集》《嘉禾堂诗集》两集亦"由盛明接于盛唐"⑤，魏裔介对两人诗论的首肯，显示出他们诗学思想的共通之处。由此可见，燕台诗人群体以复古诗学开创一代诗风的努力，既是当时南北诗坛中一部分人的共同心愿，也是他们直接或间接交流的结果。进一步说，地方诗坛从文学角度扭转颓风的企图和实绩，被燕台诗人吸收和借鉴并赋予

———————————————

① 有关姚佺的情况，参见陆林《清初姚佺评选〈诗源〉的时代特色》，《文学遗产》2013 年第 6 期。

② 姚佺：《诗源凡例》，《诗源初集》卷首，清顺治刻本。

③ 丘象升：《淮安诗城序》，《淮安诗城》卷首，清顺治刻本。

④ 《宋牧仲诗序》，《兼济堂文集》卷三，第 279 页。魏裔介《溯洄集自序》云："因取《诗正》、《诗源》、时人诸刻论诗有合诗者，并录于首。"

⑤ 侯方域：《古竹圃稿序》，宋荦《绵津山人诗集》卷首，《四库全书存目丛书》（集部第 225 册），第 442 页。

了更为重要的政治使命。

如果说魏裔介吸纳和采用黄传祖、姚佺、宋荦、贾开宗等人的诗论体现了地方诗人与燕台诗人的契合的话，那么田茂遇这位云间下层文人的从事选政，则更多是受了魏裔介等燕台诗人的影响。田茂遇（1626～?），字楣公，号霈渊，华亭人。少游夏允彝之门，以诗文称，陈子龙以伟器称之。顺治五年（1648）举人。顺治十二年（1655）会试不第，遂客都门，与王崇简、魏裔介、吴伟业等唱和成帙。魏裔介在给田氏的信中曾云："昔者聚首燕邸，扬榷古今，订正风雅，虽弇州、于鳞之契合，无以逾也。"① 可见，田氏是魏裔介的诗学知音。故而魏裔介在编选《观始集》时，就请田茂遇为助手之一，参与校订工作。而在此期间，田氏的诗风也发生了改变。田茂遇早年的创作一度呈现出六朝风貌，这种诗歌尽管色彩绚丽，清新可诵，却气骨不足，即如魏裔介所云："田子《红鹤轩诗》，清逸幽隽，庾子山、江文通之流也。迨游燕以后，则沉郁伉朗，骎骎乎少陵、空同之席矣。"（《田霈渊游燕诗草序》，《兼济堂文集》卷三，第291页）可见田氏诗风之转变与其燕台之旅有密切关系。不仅如此，田氏之操选政，亦与其燕台经历有关。《燕台文选》这部今人文选即其寓居京师期间所编。田氏还有选今人之诗人成《十五国风高言集》的愿望，最先成书的是《燕赵诗选》。在论及该集缘起时，他说："鄗城魏先生选《观始集》，曾从校订，手授燕赵诗集甚富。内丘文衣乔子复罗致数十家，遂为评定。"② 可见他从事选政的意图及部分诗歌是在协助魏裔介编辑选本的过程中萌发和搜集到的。而他的《高言集选燕赵诗题词》一文，似乎就是燕台诗人群体以文学扬诩"圣治"的缩影：

> 今天子右文振治，依古陈谟。《大风》《瓠子》之歌，业规汉祖；《秋日》《春台》之什，远迈唐宗。《云汉》为昭，赓扬弥盛。时则柏梁应制，济济枚马之伦；康衢采谣，眓眓巢燧之俗。赤蛟西颢，振郊祀于明堂；朱鹭翁离，奏铙吹于军伍。亦有山中遗老，薄吟紫芝；岂无塞下归人，高歌黄鹄。毛公此邦之巨儒也，学擅葩经；邢颙当日之辞人欤，誉成秋实。凡此盛时鼓吹，无非艺苑琨瑶，建瓴

---

① 《与田霈渊书》，《兼济堂文集》卷九，中华书局，2007，第238页。
② 田茂遇：《高言集选燕赵诗凡例》，《高言集选燕赵诗》卷首，清顺治十六年刻本。

之势，地实比于二南，分镳而驰，气已交乎六合。

《高言集选燕赵诗》的编选始于顺治十三年（1656）六月，最早当在顺治十六年（1659）秋后成书。然而就在田氏编选是集的过程中，郑成功、张煌言的反清舰队开进了长江沿线，震动清廷的"己亥江上之役"就在他的眼皮底下发生。置身此种局势下，田氏的"题词"仍以歌颂的姿态鼓吹盛世，他受燕台诗人群体影响之深是可以想见的（此题词虽未署年，但无论写在编选之初还是编选之末，都显示出他颂圣的心态。田氏后因魏裔介之荐而参加康熙十八年鸿博之试，个中不难窥见其颂圣的原因）。此后，田氏在康熙七年（1668）续选《高言集》（即《七闽初选》）时，亦以宗汉崇唐的主张论诗，与此时期有着深厚的渊源关系。联系魏裔介在康熙元年时所说的"今日云间极得风雅正派"（《溯洄集》卷三评宋徵舆诗语，第604页），我们不难想见田茂遇返乡后对燕台诗人群体诗学思想当有所传播。

另一位受魏裔介影响较深的是魏宪。魏宪（1626~?），字惟度，号两峰居士，别署两峰、枕江堂主人、竹川钓叟、虚舟渔史等，世称"枕江先生"，福建福清（今福州福清市）人。他于康熙年间编选《诗持》一、二、三、四集和《补石仓诗选》（曾将清代部分另题《皇清百名家诗选》行世）等今诗选本。他在操选政之初就曾入京，魏裔介慕名折节造访，于是两人订交，并就诗学话题充分交换了意见，魏宪在《魏石生小引》中记下了这段难忘的经历。① 后来魏宪寓居河北大名征选《补石仓诗选》，又因魏氏之推荐而得孔胤樾资助。他以人情伪而致诗不真为出发点，重申道统论心性观，要求走出一条"师古可以从心，师心可以作古"② 的以复古求创新的诗学之路，与魏裔介的诗学观有明显的相承关系，而其《补石仓诗选》所收清代以来的诗人，将魏裔介列为开卷第一，亦可见出其对魏氏的崇敬之意。另外，《诗观》的辑选者邓汉仪，曾于顺治八年底至十年初、顺治十二年至十三年初两次寓居京师，与薛所蕴、韩诗、魏裔介、魏象枢等燕台诗人交往酬酢，其诗学思想亦深受燕台诗人群体的影响，限于篇幅，不再一一论述。

---

① 魏宪：《魏石生小引》，《百名家诗选》卷一，《续修四库全书》（第1624册），第431页。
② 魏宪：《重订补石仓诗选》胡介祉小引，清嘉庆刻本。魏宪的复古诗论与魏裔介多有相似，参见邓晓东《清初清诗选本研究》"《诗持》一、二、三、四集叙录"，第135~137页。

综上而言，鉴于人们纠缠于明末诗学的泥淖而无法自拔的局面，顺治中期以来的诗坛呈现出一股要求树立新的诗学标准的风气。在这一过程中，以魏裔介等为代表的燕台诗人（选家）和江南等地区的地方诗人、选家，不谋而合地走上了"情以独至为真，文以范古为美"的以复古求创新的道路。相比于地方诗人、选家而言，魏裔介的复古诗论体现了其鲜明的政治意图，并通过田茂遇、魏宪等人影响康熙诗坛。

（本文发表于《文学遗产》2017 年第 2 期）

八股文文体形成考辨

首都师范大学文学院　刘尊举

摘　　要　八股文脱胎于宋元经义，逐步消除论体古文、辞赋与骈文的影响，演变为一种更加纯粹的解经文体。"去古文化"是八股文脱离宋元经义的第一步：消除论体文特征，强化解经功能，"大讲"成为文章的绝对重心。叙述方式的"程式化"是八股文建构自身文体的过程，"扇体"和"股体"的逐步完善标志着八股文发展成为一种独立的新文体。其中，"股体"八股文的一个重要特征是意义单元与结构单元之间一一对应的组合关系，这是八股文区别于宋元经义最突出的文体特征之一。语体的"排偶化"和文体的"去骈文化"并行不悖，是八股文形成过程中十分独特的文体现象。

关 键 词　八股文　宋元经义　去古文化　去骈文化

自启功先生《说八股》① 一文发表以来，八股文受到学界广泛而持续的关注。如今八股文基本的体制结构与文体特征已大致被描述清楚，但还有一些重要问题尚未得到妥善解决。比如，八股文最根本的文体特征有哪些？八股文文体形成的标志是什么？八股文与宋元经义、古文、骈文究竟有何异同？事实上，从洪武到成化，八股文经历了十分漫长的发展过程，其文体特征是逐步形成的。因此，只有充分地了解其形成与演变过程，才能有效地解决上述问题。一般认为，八股文源于宋元经义。② 关于宋元经义与八股文体制之异同，以及从宋元经义到明代八股文大致的流变过程，

---

① 启功：《说八股》，《北京师范大学学报》1991 年第 3 期。
② 吴承学：《中国古代文体形态研究》，中山大学出版社，2002，第 242~252 页。

学界已有比较充分的阐述。① 然而，现有的研究往往是以成熟的八股文的体制为标尺，逐次考量不同时期的制义与八股文之间的异同，进而判断各时期制义的演进程度以及八股文最终形成的年代。这虽有助于确定八股文文体演变之时间断限，却无法真正揭示出八股文自身文体特征逐渐形成的过程。只有具体辨析八股文在体制、体式、语体与文风等方面对宋元经义的继承与突破，才能说明八股文何以能够成为一种新文体及其区别于其他文体的根本特征之所在。

一　八股文发端考

八股文自身文体特征的生成，发端于洪武十七年乡试，这一时期的制义形态在八股文的生成过程中具有极为重要的意义。

据元人倪士毅《作义要诀》自序，成熟的宋代经义包括破题、接题、小讲、缴结、官题、原题、大讲、余意、原经、结尾等部分。② 到了元代则简化为冒题、原题、讲题、结题四个部分。而元之冒题，实则宋之破题、接题、小讲、缴结，即冒子部分；元之原题，即宋之官题、原题；元之讲题，大约即宋之大讲、余意；元之结题，即宋之原经、结尾。宋、元两代经义的基本体制并无根本区别。

洪武初期，科举制义沿用宋、元旧制，并没有形成新的文章体式。洪武三年诏开科举，六年诏罢。于此期间，洪武三年、四年、五年，连续三年乡试，仅洪武四年举行会试、殿试。关于初场考试的内容，各种文献记载不一。《大明会典》卷七十七《科举·乡试》载："初场经义二道，四书义一道。"③《皇明贡举考》卷一《取士之制》载："初场试经义一道、

① 参见朱瑞熙《宋元的时文——八股文的雏形》（《历史研究》1990年第1期）、陈光《八股文体式源流考辨》（《首都师范大学学报》2002年第1期）、高明扬《科学八股文源流考述——从经文大义到八股文的演变》（《山西师大学报》2008年第5期）、李光摩《八股文的定型及相关问题》（《文学遗产》2011年第6期）、张祝平《宋代"脚"体时文与元代"股"体时文》（《安徽师范大学学报》2014年第4期）等。
② 倪士毅：《作义要诀》，《景印文渊阁四库全书》第1482册，台湾商务印书馆，1986，第372页。
③ 李东阳等撰，申时行等修《大明会典》卷七十七，（台北）新文丰出版公司，1976，第1225页。

四书义一道。"① 《明太祖实录》卷五十五 "洪武三年八月乙酉" 条则载为 "初场四书疑问、本经义及四书义各一道"②。今考吴伯宗《荣进集》卷一，所录 "乡试三场" "会试三场文" 均为四书疑一道、经义一道、论一道、策一道，另录御试策一道。吴伯宗是洪武四年状元，卷中明确标示 "乡试三场" "会试三场文" 的字样，并无选录之意。洪武初的科试内容，当以此为据。由于 "四书疑" 与 "四书义" 在命题方式与文体形式上均有较大差异，因此只能通过其经义文来了解当时制义的体制与风格特征。其会试经义《日宣三德夙夜浚明有家日严祗敬六德亮采有邦翕受敷施九德咸事俊义在官百僚师师百工惟时抚于五辰庶绩其凝》③ 完全因袭了宋元经义的体式，并没有新的文体特征生成；唯其解经色彩进一步强化，亦符合宋、元以来经义发展的总体趋势。丘濬称当时 "所试之文，尚仍元制"④，应该是比较准确的。洪武三年的科举条例对经义的要求是 "不拘旧格，惟务经旨通畅。限五百字以上"⑤。虽曰 "不拘旧格"，但也没有另作要求。既然没有新的文体标准，对应试士子们来说，最可取的自然是因循现有的经义体式了。此期的制义形态在明代八股文生成过程中的意义大致有两点：第一，明代制义的发展的确是以宋元经义为起点，这是八股文与宋元经义两种文体之间渊源关系的重要佐证；第二，它透露出明代制义的一个重要的发展趋势——沿着宋元经义 "解经" 色彩不断强化的方向继续发展。

区别于宋元经义，八股文自身文体特征的生成始于洪武十七年。洪武十五年，明太祖再度诏令礼部复设科举。洪武十七年三月颁行《科举程式》，京师及各行省于同年八月举行乡试。洪武十八年会试，取中黄子澄等进士四百七十二人，廷试以丁显为状元。此时的应试文体发生了很大改变，官方对具体的经义体式应该是做出了明确的规定。然而，由于在现存的官方文献中并无相关记载，我们只能通过当时的经义文了解其体制变化。洪武十八年会元黄子澄的四书义《天下有道则礼乐征伐自天子出》一

---

① 张朝瑞：《皇明贡举考》卷一，《续修四库全书》第 828 册，上海古籍出版社，2002，第 149 页。
② 《明太祖实录》卷五十五，台北："中央研究院" 历史语言研究所影印，1962，第 1084 页。
③ 吴宗伯：《荣进集》卷一，《景印文渊阁四库全书》第 1233 册，第 226 页。
④ 丘濬：《大学衍义补》卷九，《景印文渊阁四库全书》第 712 册，第 130 页。
⑤ 王世贞：《弇山堂别集》卷八十一，中华书局，1985，第 1540 页。

文如下：

　　治道隆于一世，政柄统于一人。（破题）

　　夫政之所在，治之所在也。礼乐征伐，皆统于天子，非天下有道之世而何哉？（承题）

　　昔圣人通论天下之势，首举其盛为言。（领题）

　　若曰：天下大政，固非一端；天子至尊，实无二上。是故民安物阜，群黎乐四海之无虞；天开日明，万国仰一人之有庆。主圣而明，臣贤而良，朝臣有穆皇之美也；治隆于上，俗美于下，海宇皆熙皋之休也。非天下有道之时乎？

　　当斯时也，语离明，则一人所独居也；语乾纲，则一人所独断也。若礼若乐，国之大柄，则以天子操之，而掌于宗伯；若征若伐，国之大权，则以天子主之，而掌于司马。一制度，一声容，议之者天子，不闻于以诸侯而变之也；一生杀，一予夺，制之者天子，不闻于以大夫而擅之也。皇灵丕振，而尧封之内，咸懔圣主之威严；王纲独握，而万甸之中，皆仰一王之制度。（大讲）

　　信乎！非天下有道之盛世，孰能若此道哉！（结题）①

题目出自《论语·季氏》："孔子曰：'天下有道，则礼乐征伐自天子出。天下无道，则礼乐征伐自诸侯出。自诸侯出，盖十世希不失矣。'"首段以偶句破题，以"治道隆于一世"训"天下有道"，以"政柄统于一人"解释"礼乐征伐自天子出"。次段承题，以问句进一步强调题旨。第三段领题，总领下文，似起讲而相对简略。"若曰"一段，以三组骈句描绘"天下有道"气象。"当斯时也"一段，以四组骈句铺叙"礼乐征伐自天子出"之意。末段结语，总结全文大意。

　　这篇文章体现出鲜明的过渡性特征。其与宋元经义的承继关系主要体现为以下两点：第一，破题、接题（承题）、大讲、结语的基本体制构成；第二，以偶句破题。后来的八股文具有大致相同的体制构成，而偶句破题则逐渐沿化为散句破题。它对宋元经义的标准体式又多有突破：其一，取消小讲、官题、原题、余意和原经；其二，以"若曰"的字样为明显标

---

　　① 梁章钜：《制艺丛话》，上海书店出版社，2001，第51页。

志，大讲部分"入口气"，这是八股文又一重要的文体特征；其三，偶句的比重明显增加，大讲部分基本上全部由偶句构成。然而，它与八股文的基本体式还有一些重要差别：其一，无起讲，体制尚不完备；其二，大讲部分，两层意义、两段文字各自展开，尚未形成相互照应的"扇"或"股"的体式；其三，每层意义以多组骈句完成表达；而"扇体"八股文以多组散句完成相应层次意义的表达，而各组散句之间构成大致对仗的关系；"股体"八股文则是以一组骈句表达一层意义，多层意义之间具备严密的逻辑关系。

尽管此期制义与标准的八股文尚有较大差距，却显然是八股文生成之发端。体制上，简化冒题，取消官题、原题、余意与原经，确立大讲绝对的主体地位，是八股文区别于宋元经义的最显性的特征。文体形态上，原题和余意的取消，使八股文削弱了宋元经义"论"体文的特征，开始向着规范化、程式化的方向发展。

二 文体形态的"去古文化"

无论宋元经义还是八股文，就其基本功能而言毫无疑问都是解经文体。然而，就其文体形态而论，宋代经义尚具有鲜明的论体文的特征；从元代经义到明代八股文，解经色彩不断强化，论体文的特征则逐渐消退。由宋至元，主要是行文方式的变化；由元至明，体制的改变导致文体形态的重要变化。

宋代经义犹有鲜明的论体文的特征。梁章钜《制艺丛话》引《书香堂笔记》云："盖荆公创立制义，原与论体相仿，不过以经言命题，令天下之文体出于正，且为法较严耳。然当时对仗不必整，证喻不必废，侵下不必忌。自后人踵事增华，文愈工而体愈降，法愈密而理愈疏。"① 指出经义与论体文之间的渊源关系。两宋的经义文也的确保留了明显的论体文的特征。以张庭坚《自靖人自献于先王》一文为例：

> 君子之去就死生，其志在天下国家，而不在一身。（破题）
> 故其死者非沽名，其生者非避祸，而引身以求去者非要利以忘君

---

① 梁章钜：《制艺丛话》，第46页。

也。仁之所存，义之所在，鬼神其知之矣！（接题）

昔商之三仁，或去或死或为之奴，而皆无愧于宗庙社稷，岂非谋出于此欤？（小讲、缴结）

此其相戒之言曰："自靖，人自献于先王。"（官题）

盖于是时，纣欲亡而未悟也。其臣若飞廉、恶来，皆导王为不善，而不与图存。若伯夷、太公，天下可谓至贤者，则洁身退避而义不与俱亡。夫商之大臣，而且于王为亲，惟王子比干、箕子、微子也。三人欲退，而视其败则不忍；欲进而与王图存，则不可与言。虽有忠信诚悫之心，其谁达之哉？

顾思先王创业垂统以遗其子孙，设为禄位职业以处天下之贤俊，俾相与左右而扶持之，期不至于危亡而后已。子孙弗率，亡形既见，而忠臣义士之徒，犹不忘先王所以为天下后世之虑，以为志不上达，道与时废，乱者弗可治也，倾者弗可支也，而臣子所以报先王者，惟各以其能自献可也。虽然，臣子之志不同，而欲去就死生，各当其义，不获罪于先王，非人所能为之谋，其在于自靖乎！（原题）

盖自商祀之颠陨，则微子以为心忧，而辱于臣仆，不与其君俱亡，箕子、比干之所以羞为也。

微子抱祭器适周以靖后，则奉先之孝得矣；比干谏不从故继以死，则事君之节尽矣；箕子以父师为囚，犹眷眷不去，则爱君之仁至矣。

其死者若愚，其囚者若汙，而其辄去者若背叛非忠也。然三子安然行之，不以所不能而自愧，亦不以所能而愧人，更相劝勉，以求合于义，而不期于必同。（大讲）

夫所谓先王所望于后世臣子者，惟忠与孝也。故微子之去，自献以其孝；比干以谏死，箕子以正囚，则自献以其忠。是非三子苟为也，处垂亡之地，犹眷眷乎天下国家，而不在一身，故其志之所谋，各出其所欲为，以期先王之知耳。古所谓较然不欺其志，非斯人之谓乎？（余意）

虽然，书载微子与箕子相告戒之辞，而比干不与焉，何则？人臣之义莫易明于死节，莫难明于去国，而屈辱用晦者，亦所难辨者也。比干以死，无足疑，故不必以告人。而箕子、微子不免"自靖，人自

献于先王"者，重去就之义而厚之故也。不然，安得并称三仁哉！（原经、结尾）①

题目出自《尚书·商书·微子》："自靖，人自献于先王。"传曰："各自谋行其志，人人自献达于先王，以不失道。"意谓商之将亡，比干、微子、箕子各行其志，以不同的方式尽忠于先王。破题、接题、小讲，三段文字，由泛论而具体，层层推进，立论鲜明。原题包含两个层次："盖于是时"一段，详尽描述了比干、箕子、微子所处时局之艰险及三人进退两难之尴尬处境；"顾思先王"一段，言三人追思先王之殷殷嘱托，明知社稷倾隳之不可挽回，唯各尽其心而已，从而导出"自靖""自献"的中心议题。大讲正面阐述"自靖，人自献于先王"的具体含义，委婉曲折，细密周详。"盖自商祀之颠陨，则微子以为心忧"一段，极言微子抉择之艰难，虽比干、箕子而羞为。"微子抱祭器适周"一段，三人并举，说明虽其去就死生选择不同，而各尽仁者之心，以报先王之德，则无不同。此下更进一步，"若愚""若汙""若背叛非忠"，说明三人行径不能为众人所理解；而三人安然行之、坦然处之，相互劝勉，不为流俗所动，更见其仁者气象。"余意"部分转而论先王之望，引出"忠""孝"二字，进一步申明"人自献于先王"之意：微子以孝，箕子、比干以忠，各尽其心，各竭其诚，回报先王之知。至此，"自靖"之意，"人自献于先王"之意，皆得到充分阐释。原经补充说明《尚书》何以唯独记载微子、箕子相互劝诚之语而不及比干，实则进一步发明薇子、箕子"自靖"之意。"不然，安得并称三仁哉"是全文断语。

这是一篇经义程式，同样也是一篇出色的论说文：观点鲜明，层次清晰，章法委婉曲折，行文细密周详，文字雅正而意味深远。尤其值得注意的是，在这篇经义文字中，原题、余意占有很大的比重，并且内容不拘于题文，论说多有发挥，行文亦多渲染，很大程度地拓宽了文章的议论空间，并丰富和增强了其叙述层次与表现力度。宋代经义大都如此，大讲之外，原题、余意与原经具有比较重要的地位。一方面，三者与大讲关联紧密，与之共同构成文章的主体部分，虽无固定模式，却往往法度严密，层层推进，多有曲折变化，纯是古文章法；另一方面，原题与余意往往有较

---

① 《经义模范》卷一，《景印文渊阁四库全书》第1377册，第81页。

长篇幅，是作者拓展题意、发挥见解的重要空间，原经往往也能别有发明。这两个特点令宋代经义保留了鲜明的论体文特征。

相对而言，元代经义的"解经"色彩要更为浓重一些，论体文的特征则相应地消减。一方面，原题与余意部分不像宋代经义那样多有发挥或广征博引，往往是通篇文字紧紧围绕题目展开；余意也不再是经义不可或缺的组成部分，有些经义大讲之后直接进入原经。另一方面，大讲部分文字通常是循着题目的内容逐次展开，甚至逐字逐句加以训释。

明代八股文的"解经"特征进一步强化，并且与体制的变化互为表里。如上文所述，洪武初期的科举沿袭宋、元旧制，尚无新的文体形成；洪武十七年之后，制义文体发生了显著的变化。朱瑞熙《宋元的时文——八股文的雏形》对宋元经义与八股文的体式做了仔细对照，认为宋元经义的原题、大讲、余意、原经与后来八股文的起股、中股、后股、束股是两两对应的关系，《书义矜式》中的程文"基本具备了八股的格式"，"原题、大讲、余意、原经四个段落均各有两股互相排偶的文字"①。这种判断是不准确的。首先，宋元经义中的原题、余意和原经并非演化为八股文的起股、后股和束股，而是随着文体的演变被取消了。宋元经义的原题、大讲、余意与原经各有不同的功用，原题是推原题旨，大讲是正面阐述题文内容，余意是引申发挥，原经是说明题文的来历次第。而在八股文的写作中，题文之外不许别有发挥，故取消余意；不能"连上""犯下"，故取消原题、原经，推原题旨或说明来历的文字只得出现于起讲中，也往往只是一笔带过。宋元经义的主体部分——原题、大讲、余意与原经，到了八股文只有大讲保留下来。其次，宋元经义的大讲并非简单地由"两股互相排偶的文字"构成，往往是由多组文字构成，层次丰富，形态多样，并不能与"中股"形成对等的关系。有些经义，大讲部分只是循题文顺序，逐字逐句地训释，虽有骈句穿插其间，整体上并不十分整齐。更多的经义，大讲由多组文字构成，或骈或散，不拘一格，而段落之间则寻求照应，构成松散的对仗关系。如《克明俊德以亲九族九笔既睦平章百姓百姓昭明协合万邦黎民于变时雍》一文，其大讲如下：

---

① 朱瑞熙：《宋元的时文——八股文的雏形》，《历史研究》1990 年第 1 期。

德不止于德，而曰俊德，则大而无外，如天地之覆载。大不止于大，而曰明，则光被四表，如日月之照临。明不止于明，而曰克，则能超乎气禀之偏，绝乎物欲之蔽，其卓冠群伦也宜哉！

其明德之本无以加，故明德之效有其序。以此德而齐家，则父子兄弟、夫妇长幼之际，以至五服异姓之亲，欢然有恩以相爱，秩然有叙以相接，皆圣人明德为之本，而使之有所取则也。以此德而治国平天下，则畿内之近，万邦之远，黎民之众，各有以去其旧染之污，而全其明明之德：孝悌忠信，怡然于安居乐业之余；礼乐教化，蔚然于雍熙泰和之盛，皆本于圣人之明德，其下观而化固有不令而从者焉。

前一大段文字由三组句式相近的文字构成，训释"克明俊德"。后一大段文字，以"其明德之本无以加，故明德之效有其序"总领下文，分两层文字分别训释"以亲九族，九族既睦"和"平章百姓，百姓昭明，协合万邦，黎民于变时雍"。两层文字同样构成较为松散的对仗关系。从前一段文字中，我们隐约可以看到八股文"股体"文的影子，后一大段文字则与八股文"两大扇"文字颇为类似。通篇大讲文字，将题文的平铺直叙转化为不同的层次，分别以不同的文字形态呈现，我们分明可以从中感受到八股文创作过程中对各"股"或各"扇"文字之间层次关系的苦心经营。宋元经义之大讲与八股文"八股"或"两大扇"文字之间的源流关系，亦得以直观地呈现。

可见，从宋元经义到八股文的体制演变，首先是一个削减结构的过程：官题、原题、余意、原经被取消，仅仅保留了破题、接题（承题）、小讲（起讲）、大讲（正文）、结尾（收结）的基本结构。宋元经义中，原题、余意与原经占有重要的地位，是作者发挥己意、展开议论的重要空间。随着原题、余意与原经的取消，八股文的写作则越发集中于对题文内容的阐释上，很少有作者发挥见解的空间。值得注意的是，明代八股文的结题（大结）部分允许作者发挥己见，甚至议论时事，这为八股文保留了一些灵活发挥的空间。有些作者正是运用这一空间生发议论，如王鏊《周公兼夷狄 百姓宁》一文，其结题如下：

吁！周公以人事而回气化，拨乱世而兴太平，其功之大何如哉！虽然，此亦周公之不得已耳，岂特禹抑洪水、孔子作春秋、孟子辟杨墨为不得已哉？盖禹与周公不得已而有为，除天下之害者也。孔子卒，孟子不得已而有言，除后世之害者也。然皆足以致治其功在天下后世，孰得而轻重之哉！韩子曰：孟子功不在禹下。愚亦曰：孟子之功不在周公下。①

先是承接上文，盛赞周公，继而荡开一笔，兼及禹、孔、孟。视其行文，与宋元经义的余意几乎没有什么区别。然而，在明代八股文的实际创作中，这样的结题并不是十分普遍，大部分非常简略，观黄子澄《天下有道则礼乐征伐自天子出》可见一斑。因此，尽管明代八股文的大结部分允许作者发挥己意，但其对整体的文体形态的影响，与宋元经义中原题、余意和原经的影响是不可同日而语的。

总的来看，从宋元经义到八股文，论体文特征的弱化与消退是一个大的趋势。这一发展趋势既体现了两者之间一脉相承的源流关系，又是八股文演变为新文体的逻辑前提。换言之，论体文特征的消退符合宋元经义整体的发展趋势，而经由体制变化而完成的更加彻底的对论体文特征的消除，则是八股文脱离宋元经义而形成新文体的起点。我们可以把这一演变过程称为八股文的"去古文化"。经此演化，八股文成为一种更加纯粹的解经文体，"大讲"部分成为文体的绝对重心，此后的文体发展便围绕"大讲"的规范化与程式化而展开。

三　体式的"程式化"：扇体与股体的形成

如果说"去古文化"是八股文脱离宋元经义而开始独立发展的过程，那么叙述方式的"程式化"则是八股文自身特征逐渐形成的过程。学者们通常依据顾炎武《日知录》所论，以"八股"体式的完备为标志，认为八股文形成于成化年间。李光摩《八股文的定型及其相关问题》一文则进一步将八股文的"定型"推定为成化十一年。② 然而，这种判断标准并不是十分恰当，八股文的形成也很难落实到某一确切的时间点上。

讨论八股文文体的形成，首先要考虑判断标准的问题，即有没有一种

---

① 方苞：《化治四书文》卷五，《景印文渊阁四库全书》第 1451 册，第 41 页。
② 李光摩：《八股文的定型及其相关问题》，《文学遗产》2011 年第 6 期。

标准体式可以用来衡量某篇文字是否可以称作八股文。通常认为八股文的标准体式包括以下部分：破题、承题、起讲、起股、中股、后股、束股、收结，以及领题、出题等过渡性结构。其实，这只是标准的"八股体"八股文的体制结构，并不是具有普遍适用性的判断标准。从明清时期八股文的实际创作情况来看，不唯八股，六股、十股、十二股、两大扇、三大扇乃至其他一些体式都算得上八股文的正体。因此，以"八股体"为标准判断八股文的形成时间是不科学的。那么，是不是八股文就没有一个相对统一的体式标准了呢？通过对比各种不同体式的八股文，我们可以发现，它们有共同的基本结构：破题、承题、起讲、正文（八股、六股、两大扇、三大扇等）、收结。这样的结构在洪武十七年之后就已经形成，正可视为八股文生成之发端。其中，破题、承题、起讲、收结是"常"，正文是"变"，八股文的演变过程，主要就是正文体式的演变过程。因此，我们考察八股文的形成过程，也主要是看其正文部分如何从初无定格的叙述方式发展为规范的、程式化的叙述方式。

八股文的正文部分是由宋元经义的大讲发展而来的。宋元经义的大讲虽有骈偶化的倾向，但并没有形成一定的格式，早期的八股文亦是如此。成熟的八股文，虽体式多样，但大抵不外乎两种基本的模式：一种是"扇"体，另一种是"股"体。所谓"扇"体，即谓其正文主要由两大扇或三大扇文字构成。所谓"股"体，即谓其正文主要由六股、八股或十股文字构成。"扇"体与"股"体有很大的区别，但它们都是八股文的正体。因此，我们考察八股文的形成时间，务必兼顾"扇"体与"股"体。

洪武十八年黄子澄《天下有道则礼乐征伐自天子出》一文代表了八股文最初的形态，虽然已经符合八股文的基本体制，句式亦多用排偶，但正文部分的文字并未形成相互照应的"扇"或"股"的形态。洪武之后，永乐七年杨慈的会试墨义《武王缵太王　一节》① 是一篇很值得关注的文章。文章以六段文字阐述题文，其中四段均由工整的两股文字构成，一段文字骈散相间，还有一段纯以散句行文。因此，此文虽已具"股"体八股文之雏形，但显然还不能算作标准的八股文。

宣德至天顺，最常见的八股文体式是两大扇体和四股体。李时勉的一篇程文《君子贤其贤而亲其亲　二句》，是目前所见较早的两大扇体的文

---

① 方苞：《化治四书文》卷四，《景印文渊阁四库全书》第 1451 册，第 41 页。

字。李时勉是永乐二年进士，宣德五年迁侍读学士，正统三年进学士，正统十二年致仕，则此文当作于宣德或正统年间。正文部分文字如下：

> 是故，不显惟德，百辟其刑之，此文、武德业之盛也。今也，文、武既已往矣，而其德业之盛则不与之俱往。后贤仰之，而思有以宗其德焉。燕及皇天，克昌厥后，此文武覆育之恩也。今也，文武既已远矣，而其覆育之恩则不与之俱远。后王至今念之，而思有以保其绪焉。故曰"贤其贤而亲其亲"者，此也。（前一大扇）
>
> 怀保小民，惠鲜鳏寡，此文武之所以安民也。今也，文武不可见矣，而其安民之功犹在。后世之民含哺鼓腹，莫不赖之以遂其生焉。制其田里，教之树畜，此文武之所以利民也。今也，文武不可作矣，而其利民之惠犹在。后世之民耕田凿井，莫不赖之以得其养焉。故曰"小人乐其乐而利其利"者，此也。[①]（后一大扇）

题目出自《大学》："诗云：'於戏，前王不忘！'君子贤其贤而亲其亲，小人乐其乐而利其利，此以没世不忘也。"此取其中两句为题。经义以两大扇展开，分别阐述"君子贤其贤而亲其亲"和"小人乐其乐而利其利"，从整体上看，这是一篇两大扇体的文字。然而每扇之中又分两股，两股之间的对仗十分工整，又构成四股文字。四股文字的句式又完全相同，整整齐齐，又像是四大扇文字。此文堪称八股文发展史上"活化石"，正体现了八股文在叙述方式"程式化"过程中有趣的尝试与探索。

署名岳正的墨义《今夫天　一节》，可以看作"四股体"。其正文部分文字如下：

> 今夫天，以其一处而言，则昭昭之多天也。天其止于是乎？及其无穷，而日月星辰之悬象于上，万物之覆帱于下，天之生物一何其盛耶？
>
> 今夫地，以其一处而言，则撮土之多地也。地其止于是乎？及其广厚，而华岳河海容之不见其不足，万物载之惟见其有余，地之生物一何其盛耶？（前二股）

---

① 方苞：《化治四书文》卷一，《景印文渊阁四库全书》第 1451 册，第 11 页。

> 语天地间之磅礴而不可穷者，莫山若也。今夫山，不过卷石之多耳，而岂足以尽夫山哉？及其广大，则草木生于斯，禽兽居于斯，宝藏兴于斯，山之生物之盛，孰非天地生物之盛乎？
>
> 语天地间之浩渺之不可及者，莫水若也。今夫水，不过一勺之多耳，而岂足以尽夫水哉？及其不测，则鼋鼍蛟龙生于斯，鱼鳖生于斯，货财殖于斯，水之生物之盛，孰非天地生物之盛乎？[①]（后二股）

岳正是正统十三年进士，此文既是墨卷，则或作于此年，或作于前此乡试之年，要皆正统间文字。题目出自《中庸》："天地之道可一言而尽也，其为物不贰，则其生物不测。天地之道，博也，厚也，高也，明也，悠也，久也。今夫天，斯昭昭之多，及其无穷也，日月星辰系焉，万物覆焉；今夫地，一撮土之多，及其广厚，载华岳而不重，振江河而不泄，万物载焉；今夫山，一卷石之多，及其广大，草木生之，禽兽居之，宝藏兴焉；今夫水，一勺之多，及其不测，鼋鼍、蛟龙、鱼鳖生焉，财货殖焉。"此文的论述结构极其简明，破题、承题、起讲之后，四股文字分列文中，结语亦简洁有力。前二股相对成文而略有变化，分别论"天之生物"和"地之生物"；后二股论"山之生物"和"水之生物"，在保留前二股句式的基础上，又分别于段首、段尾增添数语，将"山之生物"和"水之生物"归结于"天地之生物"，补出题中应有之义，使题旨更加明确。其股法之参差变化，不只是形式因素，更是准确达意的需要。题文有四个段落——"今夫天""今夫地""今夫山""今夫水"，正文亦作四段文字，虽有参差变化，但句式大致相同，则此文亦可视为四大扇体。

薛瑄《身有所忿懥八句》一文大约作于同一时期，抑或稍晚时候，体式与此文极其接近。四股正文如下：

> 是故忿懥者，怒心之发而为情者也。人孰无怒乎？怒在物可也，在心不可也。苟忿懥之心一发而不察，则反为情欲所牵，于是乎有不当怒而怒者矣，奚其正？
>
> 恐惧者，畏心之发而为情者也。人孰无畏乎？畏在理可也，在心不可也。苟恐惧之心一发而不察，则反为利害所惑，于是乎有不当畏

---

① 方苞：《化治四书文》卷四，《景印文渊阁四库全书》第 1451 册，第 43 页。

而畏者矣，奚其正？（前二股）

至于喜心所发，则为好乐之情，人不能无也。使得其道，而心果何累哉？苟或一于好乐而不察，则邪妄之诱引将无所不至矣，又奚其正？

虑心所发，则为忧患之情，人亦不能无也。使中其节，而心果何所系哉？苟或一于忧患而不察，则顾忌之惶惑将无所不至矣，又奚其正？① （后二股）

题目出自《大学》："所谓修身在正其心者，身有所忿懥，则不得其正；有所恐惧，则不得其正；有所好乐，则不得其正；有所忧患，则不得其正。"题文中四组文字句式完全相同，而正文中前二股是一种句式，后二股则另是一种句式，显然是为了避免行文呆板而做出的刻意安排。这同样体现了八股文在发展过程中对文体样式的不断探索、不断翻新。同上文一样，不做严格要求，此文也可以视为四大扇体。似乎此时"扇"与"股"还没有明显的区别，而在此后的发展过程中，"扇"体和"股"体逐渐形成八股文两种不同的体式。

商辂《管仲之器小哉　一章》一文则是典型的两大扇体，其文如下：

圣人陋霸臣之器，而两辟仲之者之说焉。（破题）

夫管仲以其君霸天下尊之久矣，器小之论独自圣人发之，宜或人之未喻也。（承题）

且夫子亦尝大管仲之功矣，今曰器小者何哉？盖功之大者才有余于霸，器之小者量不足于王也。（起讲）

然夫子未尝尽言，而或者眩于名实，因欲救而解之，谓俭则必固，器小其似也。仲之为人得无俭乎？不知俭者德之共也，帝王以节道示天下惟此耳。三归之丽，家臣之冗，奢莫甚焉，曾是而可为俭哉？此夫子所以致斥也。（前一大扇）

或者又谓器小而复不俭，或几于礼矣。仲之为人殆知礼乎？不知礼者国之维也，帝王以中道防天下惟此耳。树门之塞，反爵之坫，僭莫甚焉，曾是而可为知礼哉？此夫子所以重斥也。（后一大扇）

---

① 方苞：《化治四书文》卷一，《景印文渊阁四库全书》第1451册，第12页。

奢而犯礼，其修身正心之学可知。斯言虽若为俭与知礼者辨，而器之所以小亦自可见矣。然则，器大何如？君子而已。（结题）①

商辂，正统十年举进士，成化十三年致仕，卒于成化二十二年。题目出自《论语·八佾》："子曰：'管仲之器小哉！'或者曰：'管仲俭乎？'曰：'管氏有三归，官事不摄，焉得俭？''然则管仲知礼乎？'曰：'邦君树塞门，管氏亦树塞门，邦君为两君之好，有反坫，管氏亦有反坫。管氏而知礼，孰不知礼？'"《集注》曰："愚谓孔子讥管仲之器小，其旨深矣。或人不知而疑其俭，故斥其奢而明其非俭。或又疑其知礼，故又斥其僭而明其不知礼。盖虽不复明言小器之所以然，而其所以小器者于此亦可见矣。"文章以第三人称语气作之，夹叙夹议，有破有立，故文虽简明，却极有层次感。两大扇相对成文而有变化，故觉自然无痕迹；虽有变化，而核心部分对仗却极其工整。故此文两大扇之对仗效果，极似律诗中之流水对。值得注意的是，题目原是散行文字，正文则化散行为骈偶，明显地体现出八股文在文体形式上的特殊追求。

于谦有《不待三然子之失伍亦多矣》② 一文，作年不详，然最迟不过天顺元年。该文已有相当规范的十股文字，然起讲部分与标准体式颇有出入。因此，虽不能视其为"股"体文形成的标志，至少可以说明八股文关于"股"体表述方式的尝试与探索，已经取得足够成熟的经验。

成化时期，标准的六股、八股、三大扇的文字陆续出现，标志着八股文文体的成熟与完备。③ 不同于发展阶段，成熟阶段的"扇"体与"股"体有了显著的区别。"扇"体文大都是顺题成文，依题文顺序作若干段（扇）文字；每段（扇）文字包含若干意义层次，不同层次之间主要是逻辑的关联，不要求形式上照应；各段（扇）之间则既要有意义的关联，又

---

① 方苞：《化治四书文》卷二，《景印文渊阁四库全书》第 1451 册，第 16 页。
② 俞长城：《可仪堂百二十名家制义》卷二，苏州小酉山房珍藏本。
③ 学界普遍接受这种观点，兹不赘述。李光摩先生进而在《八股文的定型及其相关问题》一文中指出标准的八股文定型于成化十一年，其中一条重要的依据是当年会试的程文与元墨均是标准的"八股"文。笔者认为考察八股文的形成与发展过程，程文与元墨的确是十分重要、十分有效的研究资料，而成化十一年也的确是八股文发展过程中一个非常重要的时间节点。但需要稍加说明的是，该文所引丘濬、王鏊的两篇《周公兼夷狄驱猛兽而百姓宁》，实则均为六股体，而非八股体。当然，就文体层面而言，六股体与八股体的八股文并无本质区别，我们同样可以将其视为"股"体八股文成熟的重要标志。

要有形式上的照应：往往包含相同的意义层次，文字上要构成大致的对仗关系。兹以上文所引商辂《管仲之器小哉　一章》中的两扇文字为例，做简要说明。"然夫子未尝尽言"引出两扇文字，前一大扇包含四个意义层次：其一，"而或者眩于名实，因欲救而解之，谓俭则必固，器小其似也。仲之为人得无俭乎"，讲众人误以管仲为俭；其二，"不知俭者德之共也，帝王以节道示天下惟此耳"，先讲"俭"的内涵与作用；其三，"三归之丽，家臣之冗，奢莫甚焉，曾是而可为俭哉"，再做明确回答，言管仲实不知俭；其四，"此夫子所以致斥也"，言正因其不知俭，故夫子斥之为"器小"。后一大扇同样包含四个意义层次：其一，"或者又谓器小而复不俭，或几于礼矣。仲之为人殆知礼乎"，讲众人误以为管仲知礼；其二，"不知礼者国之维也，帝王以中道防天下惟此耳"，先讲"礼"的内涵与作用；其三，"树门之塞，反爵之坫，僭莫甚焉，曾是而可为知礼哉"，再做明确回答，言管仲实不知礼；其四，"此夫子所以重斥也"，言正因其有僭越，故夫子再度斥其"器小"。每扇文字包含多个层次，层次之间逻辑严密；各扇之间层次相同，文字虽不作严格要求，却要大体对仗。"扇"体文字，其体式大抵如此。

"股"体文往往是先将要表述的内容分成若干层次，每一意义层次内容相对单一，由一组骈句完成表达。以丘濬《周兼夷狄驱猛兽而百姓宁》为例，其六股文字如下：

> 　　其所以为天下害者，非独奄廉而已，而又有所谓夷狄者焉。夷狄交横，不止害民之生，而彝伦亦或为之渎矣，不力去之不可也。
> 　　其所以为中国患者，非独五十国而已，而又有所谓猛兽者焉。猛兽纵横，不止妨民之业，而躯命亦或为之戕哉，不急除之不可也。（起二股）
> 　　周公生于是时，以世道为己任，宁忍视民之害而不为之驱除乎？（过接）
> 　　是以于夷狄也，则兼而并之，而使之不得以猾夏；
> 　　于猛兽也，则驱而逐之，而使之不至于逼人。（中二股）
> 　　夷狄既兼，则夷不得以乱华，而凡林林而生者，莫不相生相养，熙然于衣冠文物之中，而无渎乱之祸；
> 　　猛兽既驱，则鸟兽之害人者消，而凡总总而处者，莫不以生以

息，恬然于家室田畴之内，而无惊扰之忧。① （后二股）

起二股讲夷狄、猛兽之为害，中二股讲周公兼之、驱之，后二股讲百姓宁，每一意义层次以一组偶句出之。意义单元与结构单元的一一对应，是"股"体八股文与宋元经义及早期八股文之间最明显的区别之一。比较此文与黄子澄《天下有道则礼乐征伐自天子出》，即可知其区别。

由上可知，规范的八股文体式的形成经历了一个长期的、缓慢的过程，八股文的叙述方式逐步向着规范化、精细化的方向发展。洪武、永乐时期，尚未形成"扇体"与"股体"的行文规范。宣德至天顺，"扇体"和"股体"逐渐形成，但形制还比较简单，往往是顺题成文，多为两大扇或四股文字，而且"扇体"与"股体"尚不易区分。然而，从结构层次的用心经营中，可以发现其渐趋精细的发展方向。此后，两者以不同的方式向着精细化方向发展，到成化年间分别发展为体制规范、体式多样的"扇体"与"股体"，两者之间具有了明显的区别。表面上看，"扇体"的结构似乎更为简单，往往只是依题文顺序，作出两大段（扇）或三大段（扇）文字；而"六股体"或"八股体"较之此前的"四股体"，结构层次更加丰富与细密。事实上，看似简单的"扇体"结构，每扇之中的层次却更加丰富了，还要在各扇之间保持紧密的照应关系，故知"扇体"文同样是八股文精细化发展的结果。

四　语体的"排偶化"与文体的"去骈文化"

"体用排偶"是八股文最突出的文体特征之一，因此人们往往将其与骈体文联系起来。事实上，从八股文的生成过程来看，语体的"排偶化"与文体的"去骈文化"却是同步发生的。

在"排偶化"的问题上，宋元经义与八股文最大的区别在于：前者是随机的、灵活的，后者是体制化、规范化的。宋元经义排偶句式的使用十分灵活，可以与任何句式、以任何方式任意组合。早期的八股文，虽然排偶句的使用渐多，但仍然保留着随机性的特点。而对于成熟的八股文而言，"体用排偶"则成为一种基本的文体规范。大讲部分，除少数过渡性

① 方苞：《化治四书文》卷五，《景印文渊阁四库全书》第1451册，第54页。

的文字（如领题、出题等）之外，原则上只能用排偶句式。尽管对仗并不需要十分严格，而且偶有突破"排偶"规则的文章出现，但"体用排偶"作为八股文写作的基本规范却是被普遍接受的。其中，"股"体文对偶要求比较严格，"扇"体文相对宽松。但也有在写作"扇"体文时极力追求对仗工整的，如成化二十年会元储罐的墨义《是故君子戒慎乎其所不睹二句》，其两大扇文字如下：

> 时乎不睹，宜若无事于戒慎矣。君子曰：睹而后敬，则能敬于睹之所及，而不能敬于睹之所不及，而真睹忘矣。故视于无形，常若有所谓睹者，非睹之以目也，而实睹之以心。是其目虽未睹也，而吾心之真睹者无不明矣。不睹而敬，则凡睹之之时可知也已。君子之戒慎有如此者。

> 时乎不闻，宜若无事于恐惧矣。君子曰：闻而后畏，则能畏于闻之所加，而不能畏于闻之所不加，而真闻丧矣。故听于无声，常若有所谓闻者，非闻之以耳也，而实闻之以心。是其耳虽未闻也，而吾心之真闻者无不聪矣。不闻而畏，则凡闻之之时可知也已。君子之恐惧有如此者。①

每扇一百零七字，无一字不对仗工整；每扇之中有许多转折，两扇之间于层次转折处亦无不对应严密。由此可知语体的"排偶化"对八股文写作的深刻影响。

然而，语体的"排偶化"并不等同于文体的"骈文化"。事实上，从宋元经义到八股文，恰恰有一种文风上"去辞赋化""去骈文化"的发展趋势。宋元经义形成之初，尚未形成明确的文体界限，论体古文、骈体文、辞赋的写作方法都可以揽入其中。当时的经义写作，可以旁征博引，可以铺排渲染。如张庭坚《乃遇汝鸠汝方作汝鸠汝方》，本是要探讨伊尹创作《汝鸠》《汝方》的意图及其基本内容，破题、接题、小讲之后，却荡开一笔，列举历代圣贤相知相交，反复陈说，极尽文字之排荡、变化。②张孝祥《归马于华山之阳放牛于桃林之野》描绘天下太平之时的安闲气象

---

① 方苞：《化治四书文》卷四，《景印文渊阁四库全书》第1451册，第37页。
② 《经义模范》卷一，《景印文渊阁四库全书》第1377册，第82页。

有以下文字:"且华山之阳,桃林之野,乃周家近丰之地。想其平原丰草,郁郁乎其茂也;旷壤甘泉,泠泠乎其清也。马牛至此,既得以自适于牧养之地,亦得以相安其群聚之性。其鸣萧萧,足以见其乐;其耳湿湿,足以见其壮。自非以至仁伐至不仁,安得使民之底于定,而物之性如此哉!"① 铺排渲染,具有鲜明的辞赋特征。明初的八股文依然存留了这种创作风气。如上文所引黄子澄《天下有道则礼乐征伐自天子出》,极力描绘"天下有道",大量运用铺排、渲染的笔法,以至于前人称其"行文尚涉颂体"②。然而,明朝廷对科考文风有明确的导向,不尚文藻而唯务朴实,屡次颁布法令明确禁示虚浮文风,故《天下有道则礼乐征伐自天子出》这类文字后来就很少出现了,取而代之的是质朴的、平实的文风。

更重要的是,这种文风变化与八股文若干文体特征的生成有着密切的关联。首先,尽管"体用排偶"是八股文的基本规范,但它的对偶依然是相对灵活的,可以十分严整,也可以比较随意。③ 其次,单扇或单股文字多用散句,很少用齐整的四字句或四六句,而且语言质朴,不尚华藻。这两个特点使八股文,尤其是"扇体"八股文,颇具散体文的风格,而迥异于骈文。最后,上文说"股体"八股文具有结构单元与意义单元紧密对应的文体特征,其大讲部分往往分作若干层次逐层论述,每一层意义以一组偶句出之,层次清晰,简洁明快。这与八股文在生成阶段追求简古、质朴的文风有着内在的关联,而与辞赋或骈文反复铺陈、层层渲染的文风背道而驰。可见,虽然八股文与骈文容易在"体用排偶"的语体层面引起认知的混淆,但八股文在其文体生成过程中,却是逐渐地消除宋、元经义中时常呈现的骈文与辞赋的技法与文风,我们可以简单地称之为"去骈文化"的发展过程。从文体形态或文章风貌的角度看,"去骈文化"和"去古文化"是异曲而同工的,都是八股文摆脱传统文体影响、建构自身文体特征的过程。

五 结语

综上所述,从宋元经义到八股文,最重要的体制变化是官题、原题、

---

① 《经义模范》卷一,《景印文渊阁四库全书》第 1377 册,第 97 页。
② 梁章钜:《制义丛话》,第 51 页。
③ 吴承学:《中国古代文体形态研究》,第 286~290 页。

余意与原经的取消；破题、承题、起讲、大讲与结题构成了八股文的基本体制，其中大讲是正面阐释经文的部分，是八股文的主体。明确这一点，一方面能够为八股文正名——所谓"八股"或"八比"只是大讲的一种常用体式，并非八股文不可或缺的构成部分，自然也不能被视为八股文的标志性文体特征；另一方面也有助于我们更准确、更深刻地理解八股文的文体性质——一种比宋元经义更加纯粹的解经文体。向着"纯粹的解经文体"发展，是八股文形成阶段文体演变的内在驱动力，其他重要文体特征的形成大都与此密切相关。"扇体"与"股体"的形成，固然与文体自身的规范化、精细化发展以及科举考试的技术性需求相关，而一些独具特色的文体特征，如单扇或单股文字的散体化，"股体"结构单元与意义单元的紧密对应等，则与八股文尽可能消除"文"的属性与特征、强化解经的实用功能并追求质朴、简古的文风的总体发展方向有着不容忽视的关联。

通过对其形成过程的考察，可将八股文的文体特征概括为以下几点。第一，八股文的基本体制是由宋元经义精简而来，由破题、承题、起讲、大讲、结题五个部分组成，这是八股文最根本的、不可更易的文体特征。第二，大讲部分是八股文的主体，有"扇体"与"股体"两种基本的体式，这是八股文独有的，同时也是相对灵活的组成部分。第三，八股文最突出的语体特征是"体用排偶"，然而其排偶句往往是由散体化的文字构成，对仗要求亦不严格；这既不同于古文以散行为主的语体特征，又与骈文精工整炼、对仗严格的四六句式有显著区别，是八股文别具一格的文体特征。第四，结构单元与意义单元的紧密对应是"股体"八股文又一独特的文体特征，这种紧凑的结构方式与八股文追求质朴平实、避免铺排渲染的文风取向有着密切的关联。这些核心特征使八股文与古文、骈文、宋元经义清晰地区别开来，成为一种独立的、更加纯粹的解经文体。

（本文的主要内容发表于《文艺研究》2016 年第 10 期）

戏曲对诗的"反向渗透":"梅村体"歌行的文体突破及其价值[*]

四川大学中国俗文化研究所 李 瑄

摘 要 "梅村体"歌行在清代广有影响。其创体成功常被归因于经典模拟,细察却可见其对传统诗体的重新选择及改造。吴梅村兼为诗人和剧作家,从"梅村体"的叙述角度、结构设置、语言修辞等方面都不难看出戏曲模式的渗透。这一戏曲对诗歌的文体渗透发生在"辨体"意识高涨的清初诗坛,突破了文体互动的尊卑等级惯例,是相当大胆的举动。其"破体"动力来自吴梅村诗歌与戏曲互通的文体观,以及以诗歌容纳复杂人情、贴近世俗生活的多元价值需求。类似需求也见于同代其他诗人,是晚明以来诗歌寻求自我突破潮流的一部分。文体互渗对明清文学发展的意义,尚有待研究者挖掘。

关键词 梅村体 吴梅村 辨体破体

言及中国古典诗歌的演变,唐代作为鼎盛期的同时也常被看作发展终结期。明代流行的"唐诗、宋词、元曲"之说因被王国维概括为"一代有一代之文学"而深入人心。[①] 鲁迅说"我以为一切好诗,到唐已被做完"[②],虽出自私人信件,却影响极大。近年来,宋诗的独特审美价值越来越受到研究者的重视,但唐宋以后的诗歌通常被视为缺少创新。从形貌来看,元明清诗歌在题材、主题、结构、取象、语言乃至用典等各方面趋于稳定;从观念来看,认同典范、追溯传统成为诗坛共识;从创作主体来

---

* 本文为国家社会科学基金项目"易代之际文学思想研究"(项目编号:14ZDB073)阶段性成果。

① 王国维:《宋元戏曲考》,《王国维戏曲论文集》,中国戏剧出版社,1957,第3页。

② 鲁迅:《致杨霁云》,《鲁迅全集》卷十三,人民文学出版社,2005,第307页。

看，诗人长期纠结于复古途径的选择，少有人敢于公开独创的野心。那么，中国古典诗歌的创造力是否就此趋于萎缩？明清诗人是否也曾创造出别具审美品格的诗篇？

一　经典模拟与诗体突破

"梅村体"是明清之际诗人吴梅村独创特擅的诗歌范式，一直深受清诗研究者重视。"梅村体"具有以下四个属性：其一，体裁为七言歌行；其二，题材为当代史事；其三，表现手法以叙事为主干，近"长庆体"；其四，声韵和谐、辞藻华丽、用典繁复，风貌近"初唐体"。简言之，"梅村体"是同时规定了体裁、体貌和题材的特殊诗体。① 今存梅村诗近一千二百首，七言古诗一百余首中有大约三分之一的篇目可称作"梅村体"。这些诗在题材、体式、风貌、语言等方面都表现出鲜明的一致性。其写作时间从明末到清初，贯穿吴梅村整个诗歌生涯，是诗人毕生摸索和努力完善的诗歌模式。它在吴梅村身后引起仿效之风，典范化为清诗写作的一种范式，摹写者延续到民国初期。

"梅村体"成功的归因以经典模拟为主，"长庆体"与"初唐体"的典范作用反复被提及。如王士禛言其"源于元、白"②，朱庭珍言其"为《琵琶》《长恨》一格"③，《四库全书总目》"格律本乎四杰，而情韵为深；叙述类乎香山，而风华为胜"④ 之说出，梅村熔铸"长庆""初唐"而创体，便成为论者共识。然而，"长庆体"与"初唐体"在晚明以来的诗论中评价并不高。初唐体虽经何景明的推崇，但未成气候，明清之际歌行仍以盛唐为正宗：冯班《钝吟杂录》标举李白"古调"⑤，毛先舒表彰李白

---

① 参见钱仲联《三百年来江苏的古典诗歌》，《梦苕庵论集》，中华书局，1993，第226页；钱仲联《明清诗精选》，江苏古籍出版社，1992，第106页；魏中林整理《钱仲联讲清诗》之二，苏州大学出版社，2009，第21~22页。有些使用者忽略其体式要求，以"梅村体"泛称梅村代表作，掩盖了它在清代主要指称一种诗歌写作范式的事实。（参见李瑄《"梅村体"的界定》，《中国社会科学院研究生院学报》2016年第5期。）

② 王士禛：《分甘余话》卷二，中华书局，1989，第53页。

③ 朱庭珍：《筱园诗话》，载郭绍虞编选、富寿荪校点《清诗话续编》，上海古籍出版社，1983，第2355页。

④ 永瑢、纪昀等：《四库全书总目》卷一七三，中华书局，1965，第1520页。

⑤ 冯班：《钝吟杂录》，《清诗话》，上海古籍出版社，1999，第38页。

将"唐初规制，扫地欲尽"① 之功。钱良择曰："旋转乾坤，断以李、杜为歌行之祖。李、杜出，而后之作者不复骈俪为能事矣。"② 许学夷谓初唐四子"偶俪虽工……实不得为正宗"③，可见"初唐体"的骈俪并不为时人所喜。同时，《长恨歌》虽由何良俊推为"古今长歌第一"④，却被影响更大的胡应麟《诗薮》评为"敷演有余，步骤不足"⑤；评论家对元、白长篇不仅反应冷淡，还有人严厉呵斥："元、白鄙俚，讵足为训！"⑥ 贺贻孙肯定其"才调风致自是才人之冠"，却又谓之"时有拖沓之累"⑦。甚至"长庆体"之称，也是清初以后因"梅村体"的风靡才被带动流行的。⑧ 可见，吴梅村取法"长庆"、融合"初唐"并非顺理成章的经典模拟。反复的写作实验说明了他创体的目的性诉求：应该有某种新型价值寄托或美学趣味促使他去持续探索一种新的表达形式。如果仅仅以"诗史"意识下的叙事要求为动力，则杜甫已是明清之际共同的诗学典范；吴梅村也有不少篇章如《临江参军》《矾清湖》学《北征》《八哀》，《芦洲行》《捉船行》学新乐府。这些诗与"梅村体"在体貌上有明显差异，说明写作者对表达目的有不同预设。因此，与其说"梅村体"是经典模拟的产物，不如说它是诗人新变意识主导下对传统诗体的重新选择和改造。

"梅村体"中寄托了什么样的新型价值观与美学诉求？这个问题可以通过考察其时代因素来探讨。已经有研究者注意到戏曲的影响，钱仲联教授云：

> 伟业歌行，由"长庆体"一转手，融冶四杰的藻彩与明代传奇的特色于一炉，为古典叙事诗开拓疆宇，在诗歌发展史上是应该特笔大书的。⑨

① 毛先舒：《诗辩坻》卷三，《清诗话续编》，第 47 页。
② 钱良择：《唐音审体》，《清诗话》，第 781 页。
③ 许学夷著，杜维沫校点《诗源辩体》卷十二，人民文学出版社，1987，第 142 页。
④ 何良俊：《四友斋丛说》卷二五，中华书局，1959，第 226 页。
⑤ 胡应麟：《诗薮》内篇卷三，上海古籍出版社，1958，第 49 页。
⑥ 《诗辩坻》卷三，《清诗话续编》，第 62 页。
⑦ 贺贻孙：《诗筏》，《清诗话续编》，第 139、188 页。
⑧ 参见刘德重《"长庆体"名义辨说》，《文学遗产》1985 年第 2 期。
⑨ 钱仲联：《三百年来江苏的古典诗歌》，《梦苕庵论集》，第 216 页。

但戏曲究竟如何"为古典叙事诗开拓疆宇",钱教授却并未明言。李世英教授在"叙述人称的灵活运用"与"叙事结构安排的丰富多样"两个方面有所讨论。叶君远教授谓其"采用了顺叙、倒叙、插叙、分写、合写、映衬、呼应等等各种手法,腾挪变化,错综穿插,创造出了全新的叙事结构"。王小舒教授侧重分析了"复线型的结构和戏剧性的叙事技巧"。① 上述研究明确显示了戏曲与诗歌的关联,只是大都从"诗歌如何达成戏剧效果"去考虑,所论多一般化的"戏剧性",尚未重点探讨明清戏曲的特殊体制对诗歌品格的深层改造。

二 戏曲对诗歌的文体渗透

吴梅村除了诗名卓著,还是明清之际的曲界领袖、苏州戏曲圈的核心人物。② 他自称"老爱优旃一曲歌"③,诗文中多有观戏记录。著名剧作家李玉、尤侗、邹式金都曾请他作序,李渔、袁于令尽力与他结交,艺人苏昆生、卞玉京多受他照拂。其至交如王时敏、周肇是戏曲狂热爱好者,冒襄的水绘园更是江南戏曲演艺中心。吴梅村有三部剧作:传奇《秣陵春》、杂剧《临春阁》和《通天台》。《秣陵春》被冒襄称为"字字皆鲛人之珠"④,谓可与"元四家"和汤显祖争胜;两部杂剧则被郑振铎评为"弁冕群伦"⑤。

梅村的三部剧作与"梅村体"诗歌在题材、主题以及深层叙事结构上有鲜明的相似性:都以"非奇不传"⑥ 的方式来处理易代题材;都聚焦于个体人物命运;都以国亡"前—后"的"安荣—危困"作对比,展现个人

---

① 李世英:《论吴伟业叙事诗的审美特征》,《殷都学刊》1999 年第 2 期;叶君远:《论梅村体的形成和发展》,《社会科学辑刊》2005 年第 1 期;王小舒:《中国诗歌通史·清代卷》第二章,人民文学出版社,2012,第 210~213 页。

② 参见杜桂萍《清初杂剧研究》,人民文学出版社,2005;孙书磊《明末清初戏剧研究》,社会科学文献出版社,2007。

③ 《观蜀鹃啼剧有感》,李学颖集评标校《吴梅村全集》卷十七,上海古籍出版社,1990,第 472 页。

④ 《步和许漱雪先生观小优演吴梅村祭酒〈秣棱春〉十断句原韵》,冒襄辑《同人集》卷十,《四库全书存目丛书》集部第 385 册影印康熙冒氏水绘庵刻本,齐鲁书社,1997,第 449 页。

⑤ 郑振铎:《清人杂剧初集序》,《吴梅村全集》附录,第 1502 页。

⑥ 李渔:《闲情偶寄》,载中国戏曲研究院编《中国戏曲论著集成》(第 7 册),中国戏剧出版社,1959,第 15 页。

在历史剧变中的震荡。这种主题与叙事模式的同构，显示出诗歌与戏曲两种本属雅、俗不同领域的文体在价值取向上的贴近。① 此外，考察"梅村体"的体制与修辞，戏曲的渗透也处处可见。

（一）"梅村体"多变的叙述角度与戏曲的"演述性"②

叙述角度多变是"梅村体"引人注目的特征。③ 李世英教授注意到长庆体的叙述人称大都通篇一致，人称转换必有明确的提示和过渡；而梅村诗的叙述人称不仅交错多变，也没有提示与过渡。④ 叙述人称反映的是叙述角度。在叙事文本中，叙述角度不能随意变换，必须逻辑一致才不会引起理解混乱。在不同的文体中，它又有不同的逻辑。中国古代叙事诗的叙述角度通常变化不大：以全知视角为主，有时也局部使用限知视角。"梅村体"的叙述角度有不少特异之处，例如，视角变化没有过渡，有时在限知视角中反而掺入全知视角，有时不同视角之间还相互矛盾。这在古典叙事诗中非常少见。

《圆圆曲》的例子最突出。开篇八句写吴三桂：

> 鼎湖当日弃人间，破敌收京下玉关。恸哭六军俱缟素，冲冠一怒为红颜。红颜流落非吾恋，逆贼天亡自荒宴。电扫黄巾定黑山，哭罢君亲再相见。⑤

前四句是全知叙述人的讲述，但"红颜流落非吾恋"忽然转入吴三桂的视角。并且，吴三桂与叙述人争辩，两个视角之间发生冲突。吴三桂没有遵守叙述人制定的故事逻辑，直接向读者说话了。这样的形式，此前在中国古典叙事文本中仅见于人物和观众可以即时交流的戏曲。⑥

①　参见李瑄《"梅村体"歌行与吴梅村剧作的异质同构：题材、主题与叙事模式》，《浙江学刊》2016 年第 1 期。

②　"演述性"由陈建森提出，强调中国戏曲不是纯粹的"代言体"，其角色既能代言剧中人物，又可作为剧作家的传声筒。参见《戏曲形态新论》，《华南师范大学学报》2004 年第 4 期。

③　参见黄锦珠《吴梅村叙事诗研究》第五章第二节，花木兰文化出版社，2008。

④　参见李世英《论吴伟业叙事诗的审美特征》，《殷都学刊》1999 年第 2 期。

⑤　吴伟业：《圆圆曲》，《吴梅村全集》卷三，第 78 页。

⑥　参见孟昭毅等《东方戏剧叙事》，昆仑出版社，2006，第 18 页。

以往的叙事诗如《悲愤诗》《古诗为焦仲卿妻作》中模拟人物语言皆包含在故事叙述中。古典小说的人物语言也被限制在叙事流程内,向读者发议论是叙述人的特权。由于人物不能与读者直接交流,也无法与叙述人对抗,戏剧以代言为主,人物的思想和行为大抵须合乎故事逻辑。逻辑严格的戏剧在舞台上建立故事"正在进行"的幻境,以至于有西方戏剧家主张台上台下应该被"第四堵墙"隔开,演员最好忘掉观众的存在,更不能向观众发出与叙述人冲突的议论。① 中国戏曲不是纯粹的"代言体",其独特的"演述性"允许演述者(以演员、行当或剧中人身份)通过上场引子、定场诗、自报家门、打背供等独特形式与观众直接交流。② 其典型表现之一,是剧中人物以"打背供"的方式直接向观众吐露心声;③ 此时人物暂时脱离故事流程,逸出叙述人视角:梅村剧作中就不乏这样的例子。④《圆圆曲》开篇八句与此颇为相似,吴三桂争辩的切入打破了诗歌的叙事逻辑,却制造了"红颜"与"君亲"之间的巨大张力,为故事提供了另一种阐释可能。这种写法就叙事诗来说是别开生面的创造,其灵感当来自吴梅村对戏曲表演程式的熟稔。

《圆圆曲》把主要故事讲完之后,陈圆圆和吴三桂还各有一段独白,类似戏曲人物的独唱。在吴三桂部分,不同叙述角度之间的矛盾再度出现:

> 妻子岂应关大计,英雄无奈是多情。全家白骨成灰土,一代红颜照汗青。

前两句还站在吴三桂的立场,后两句却不应该是他自揭伤疤,而是全知叙述人强行插入的议论。这种做法在以往诗歌中少有,常见于小说(说书人

---

① 参见吴光耀《"第四面墙"与"舞台幻觉"》,《戏剧艺术》1984年第2期。

② 参见张庚、郭汉城主编《中国戏曲通论》,上海文艺出版社,1989,第592~595页;刘晓明《中国古典戏剧形式的限制、突围与理论意义》,《中国社会科学》2008年第3期。陈建森:《元杂剧舞台表演与观众之间的审美关系》,《华南师范大学学报》2000年第5期。

③ 关于戏曲"背供",参见张云溪《背供与两面人》(《中国戏剧》1990年第4期),陈建森《元杂剧的"背供"及其美学意蕴》(《广东农工商管理干部学院学报》2000年第4期)。

④ 如《秣陵春》第二十六出,南塘后主李煜送徐适夫妇重返人间去求取功名,徐适表明自己不愿离开的"背介"(《吴梅村全集》卷六二,第1309页)。

评论）和戏曲（如家门、帮腔或下场诗形式）。不过，小说人物很少与全知叙述人发生冲突，而戏曲反面角色与全知叙述人的冲突则比较常见。有时叙述人还硬把人物变成自己的传声筒，如吴梅村剧作《秣陵春》中真琦的自我介绍：

> 你不晓得，我生出来血侵厌胜，长成是土绣辟邪。①

这样的丑化调侃不会是人物自我贬损，而应为叙述人评价干预的结果。②在故事演进过程中，叙述人插入议论是戏曲舞台上的常事，吴梅村对戏曲干预机制的适应，或使其自觉不自觉地移之于叙事诗写作。

再如《听女道士卞玉京弹琴歌》。这首诗采用多层次叙事：外层是听琴者吴梅村的视角，中层是讲述者卞玉京的视角，内层是被讲述者中山好女的视角。卞玉京的视角是叙事主要视角，可中山好女的内心活动"高门愁被防人妒"，"但教一日见天子，玉儿甘为东昏死"③ 却绝非卞玉京可知。仅从文字来看，此有逻辑混乱之嫌，但如果把卞玉京所述想象为舞台上演，则不同人物皆可咏叹自白。《萧史青门曲》与之类似。此诗以驸马刘有福"却忆沁园公主第"开场，以"花落回头往事非"终篇，似乎一切都是他的回忆，那么叙事应限于刘的见闻。但实际叙述却丢开这个角色，由全知叙述人掌握。上及皇帝的私人感情，下至坊间的市井议论，还有深入人物内心的梦境再现。故事活色生香地上演，而刘有福就好像《桃花扇》中的老赞礼，只充当了一个引场者和配角。

"梅村体"的叙事角度比以往叙事诗变化灵活得多，这使故事展演更生动立体；但也造成了叙事逻辑的不统一，读者初读之下可能感到迷惑。④不过，由于"梅村体"与戏曲叙事的视角变化多具相似性，如果将其放在一个戏曲观演氛围浓厚的语境中，习惯了戏曲思维的读者接受起来或许不会有多少障碍。从作者的写作思路来揣摩，也只有熟悉戏曲演艺的作者，才会对诗歌的叙事角度做出这样的变化处理。

---

① 《吴梅村全集》卷六一，第 1242 页。
② 剧作家视界对角色的干预，参见陈建森《元杂剧演述形态探究》第四章及第八章，南方出版社，1999。
③ 吴伟业：《听女道士卞玉京弹琴歌》，《吴梅村全集》卷三，第 63 页。
④ 黄锦珠指出一些诗的"观点（笔者注：台湾学者对'叙述视角'的称谓）变化过于迅速，致乍读之下，颇觉迷惑"（《吴梅村叙事诗研究》，第 96 页）。

(二)"梅村体"结构设置的戏曲化

在角色设置上,"梅村体"歌行常见"多角色"搭配。《圆圆曲》是男女对称搭配,《听女道士卞玉京弹琴歌》《萧史青门曲》《琵琶行》《楚两生行》《雁门尚书行》是同性主副搭配。同性搭配在以往叙事诗中没有典型范例,在戏曲中却很常见。梅村剧作《临春阁》中的冼氏与张丽华,《秣陵春》中的黄展娘与侍女褭烟、徐适与恶少真琦皆属此类。戏曲配角通常在性格和叙事功能上对主角加以补充:既是观照主角的一面镜子,可凸显角色特性,避免舞台单调;又充当沟通主角与外部世界的桥梁。梅村体的同性角色搭配也有类似作用。如《听女道士卞玉京弹琴歌》中的徐氏与祁氏、阮氏少女,以及贵族少女与歌妓形成两组人物对照,不仅诗歌显得摇曳多姿,还引出卞玉京的议论:"贵戚深闺陌上尘,吾辈漂零何足数",使易代之际女性的苦难得到充分展现。又如《琵琶行》的乐人白彧如、中常侍姚公及吴梅村,一以琵琶曲"叙述乱离",一因听琴而追忆故国梨园,一同为"风尘潦倒人"唏嘘感伤。[1] 三位性质相似却身份不同的人物既相互补充又相互映衬,增加了叙事的广度和深度。多角色搭配提升戏剧化效果并不明显,却使亡国之恨得到多层次、多角度的展现。相比之下,白居易的《琵琶行》"止叙一身流落之感耳,不如作此关系语"[2]。

"梅村体"篇章结构受戏曲影响更大。其中,对于复线叙事、叙述顺序的变化、落差起伏的经营,学界论述较多,兹不赘述。本文将补充讨论两个方面。

一是场景化叙事。"梅村体"最为人称道的一个技巧是转韵。赵翼云:"一转韵,则通首筋脉,倍觉灵活。""关捩一转,别有往复回环之妙。其秘诀实从《长庆集》得来。"[3] 但《长恨歌》和《琵琶行》的转韵都比较随意,多两句一转,转韵和转意的对应也不明显;相比之下,"梅村体"的转韵更富于形式上的意味。《东皋草堂歌》《永和宫词》《鸳湖曲》等是严整的四句一转、平仄互换,转意必转韵;《听女道士卞玉京弹琴歌》《圆圆曲》《临淮老妓行》等转韵句数不定,仍以平仄互换为主,转韵必转意。这种转韵方式在"齐梁体"诗歌中已经形成,是"初唐体"歌行最基本的

---

① 吴伟业:《琵琶行》,《吴梅村全集》卷三,第55页。
② 袁枚评语,见上海图书馆藏袁子才录本,《吴梅村全集》,第59页。
③ 赵翼:《瓯北诗话》,《清诗话续编》,第1283页。

用韵模式，吴梅村偏好这种模式，可能与戏曲场景化结构的影响有关。通过转韵把叙事切割成系列段落，每一段落展现一个场景；各场景之间有明显的时空转换，场景之内时空相对封闭。这很容易令人想起戏曲以"出""折"为单元、每单元以用韵脚相区别的模式。这些场景单元为人物提供了一连串相对独立的展演空间，叙事不重推进的连续性，而重细节演绎。①"梅村体"的叙事常切断时间的持续运动，放大特定空间的图景展演，表现出融合语言与表演艺术的尝试。以《雁门尚书行》为例，全诗共七十三句，转韵十次，从孙传庭出场写到其战亡及战后亲故下落。第一个押韵段落写孙传庭登场，第二韵进入战争攻守决策，第三韵写其出关，第四韵述其战亡，第五韵之后转写其家人。故事在场景更换中跳跃推进，每一场景内放大展演细节：这与戏曲以转场带动叙事极为相似。②诗的第一段报出孙传庭的身份、处境，将其类型化为"智、勇、忠"的代表，激发读者仰慕之情，收到了戏曲人物亮相的效果。第二段长达十二句，集中写孙传庭的决策过程。先写孙按兵持重，次写朝廷传檄催战，终以出战决定。起句"长安城头挥羽扇，卧甲韬弓不忘战"很有现场感，让人想起《空城计》的诸葛亮；"尚书得诏初沉吟，蹶起横刀忽长叹。我今不死非英雄，古来得失谁由算？"③则由行动和独白展现他对形势的预计和应对。读者如果把文字信息转化为图像活动，很容易建构出舞台表演式的场景。

二是统摄全诗的开篇。"梅村体"的不少开篇可以用令人惊艳来形容。《画兰曲》"画兰女子年十五，生小琵琶怨春雨。记得妆成一见时，手拨帘帷便尔汝"④，少女之娇慇格外动人；《雁门尚书行》"雁门尚书受专征，登坛顾盼三军惊。身长八尺左右射，坐上咄咤风云生"，将军之英武令凡夫奋起；《圆圆曲》"鼎湖当日弃人间，破敌收京下玉关。恸哭六军俱缟素，冲冠一怒为红颜"，在君死、国变的紧张气氛中突然带入红颜；《临淮老妓行》"临淮将军擅开府，不斗身强斗歌舞。白骨何如弃战场，青娥已自成灰土"，抛出将军、歌舞、青娥、白骨等冲突打破读者心理平稳，激起强烈的感情体验；这与诗教讲究含蓄蕴藉背道而驰，更像戏曲演艺刻意

---

① 谭帆教授指出，古典戏曲艺术的结构形式是一种情节结构和音乐结构的组合体。参见《稗戏相异论》，《文学遗产》2006年第5期。

② "转场"一词经四川大学丁淑梅教授提示，特此致谢。

③ 《雁门尚书行》，《吴梅村全集》卷十一，第292页。

④ 《画兰曲》，《吴梅村全集》卷二，第43页。

经营与观众的强交流关系。此外,《圆圆曲》《临淮老妓行》开篇提点全诗主要内容,《东皋草堂歌》《三松老人歌》《雒阳行》《勾章井》《萧史青门曲》《楚两生行》《白燕吟》开头也都有囊括全篇的作用。这在以往的叙事诗中很少见,却是戏曲演出的常见模式。"开场数语,包括通篇",戏曲开场,尤其是明清传奇固定的"副末开场",有两个作用。一是唤起共识,引导观众掌握复杂的故事;二是集中观众注意力,令其投入故事情境。李渔说好的开场如八股文破题"能将试官眼睛一把拿住,不放转移"①,这也是"梅村体"追求的效果。

(三)"梅村体"语言的尖新与戏曲语言的表演性

诗歌与戏曲虽然同是韵文,语言品格却大相径庭。诗歌语言,总的来说,要求典雅含蓄,留给读者吟咏品味的足够空间;戏曲语言却由于现场效果的需求,大多致力于迅速打动观众。李渔提出"词人忌在老实",贵在"尖新"。"老实",就是缺乏修饰;"尖新"则要与日常语言拉开距离,引起惊异感。所以,"同一话也,以尖新出之,则令人眉扬目展,有如闻所未闻;以老实出之,则令人意懒心灰,有如听所不必听"②。"梅村体"语言对诗的典雅理想有所背离而容纳了戏曲的"尖新"趣味,所以被批评为"雕金镂玉,纵尽态极妍,殊少古意,亦欠自然"③。

例如,"梅村体"语言之骈俪远过长庆体,一般认为这是学习初唐歌行的结果。但前文已述及,"初唐体"的骈俪并不受当时诗坛欢迎;而且"长庆体"本脱胎于"初唐体",却抛弃了缛丽的辞藻、匀称的韵律、繁密的骈偶,也就抛弃了过度修饰的整饬形式,语言的负担减轻;就叙事功能来说明显有所进步。那么,以叙事为主干的梅村体为什么又"回到初唐"?

这应该与戏曲式的审美趣味有关。梅村体"词丽句清,层见迭出;鸿章缛绣,富有日新"④,其富丽令人目不暇接:一是色彩艳丽,常见红、黄、金、青、紫等颜色词,而且往往以对比方式呈现,如"恸哭六军俱缟素,冲冠一怒为红颜"(《圆圆曲》),"二女何年驾碧鸾,七姬无冢埋红粉"(《雁门尚书行》),"青萍血碧它生果,紫玉魂归异代缘"(《萧史青

---

① 《闲情偶寄》,第 64~65 页。
② 《闲情偶寄》,第 58~59 页。
③ 《筱园诗话》卷三,《清诗话续编》,第 2389 页。
④ 钱谦益:《与吴梅村书》,《钱牧斋全集》(陆),上海古籍出版社,2003,第 1363 页。

门曲》）；二是罗列精美华贵之物，如写宫扇，"七宝铸铜薰鸭贵，千金磁翠斗鸡红。玳瑁帘开南内宴，沉香匣启西川扇。蝉翼描来云母轻，冰纨制就天孙艳"①，错彩镂金、炫人眼目；三是多用联绵词，如"金傀儡""玉玲珑""历乱""迷离"等，成对出现尤觉语感浓厚。这样的炫技性词采就文字叙事来说并非必要，过度装饰反有累赘之感；但戏曲表演语言却偏好夸饰性。语言技巧是戏曲欣赏的重要项目。明清文人有意借戏曲逞才，所谓"辞不奇艳不传"②，作者斗艳争奇，习惯通过语言炫技引起观众的惊异和赞叹。

"梅村体"的骈句远远多于长庆体。就叙事的需求而言，骈句是不必要的。在推进叙事的能力上，骈句明显不如散句。如《长恨歌》："渔阳鼙鼓动地来，惊破霓裳羽衣曲。九重城阙烟尘生，千乘万骑西南行。翠华摇摇行复止，西出都门百余里。六军不发无奈何，宛转蛾眉马前死。"八句就交代了安史之乱发生、皇室逃亡、杨妃身死的整个过程，几乎每一句都包含一个重大事件。而《雁门尚书行》写潼关之战："椎牛誓众出潼关，墟落萧条转饷难。六月炎蒸驱万马，二崤风雨断千山。雄心慷慨宵飞檄，杀气凭陵老据鞍。扫籜谋成频抚剑，量沙力尽为传餐。"八句只说了粮饷不继一件事，前两句是散句，后六句是骈句。主要事件在前两句已经讲完，后六句只是进一步聚焦。此时叙事流程暂时中断，这种处理，单纯就叙事诗而言，是令人费解的，但习惯于戏曲表演的读者却不难适应：这些骈句不正类似于戏曲演员的独唱？叙事停顿为人物形象的放大留出了空间，骈句"抒情咏叹"的优势显现出来：一是形式感更强，容易吸引注意力；二是骈句的意蕴容量比两个单句更大，如"六月炎蒸驱万马，二崤风雨断千山"利用互文极度形容战争期间的残酷天气；三是骈句的重叠复沓有强化作用。总之，骈句宜于对象的深度刻画而弱于叙事，并不急于推进故事而致力于近距离展示对象。"梅村体"由"长庆体"的流利叙事返回"初唐体"的尽态极妍，戏曲化的欣赏习惯应该起到关键作用。

"梅村体"语言"尖新"的又一表现是好用俗语。沈其光谓之"此时、此日、谁家、何处之套语，殊厌其烦"③，这些套语可能来自歌行的乐

---

① 《宫扇》，《吴梅村全集》卷三，第 60 页。
② 《题牡丹亭记》，明泰昌间刻朱墨套印本汤显祖《牡丹亭》卷首，转引自郭英德《传奇戏曲的兴起与文化权力的下移》，《中国社会科学》1997 年第 2 期。
③ 沈其光：《瓶粟斋诗话》，载钱仲联主编《清诗纪事》，江苏古籍出版社，1987，第 1424 页。

府基因。但比起乐府口语,"梅村体"的市井趣味更浓厚。如"长安此日车如风,十人五人衣衫同。卖术黄银殷七七,挡筝翠袖张红红"①,"欢乐朝朝兼暮暮,七贵三公何足数?十幅蒲帆几尺风,吹君直上长安路"(《鸳湖曲》),"旧巢共是衔泥燕,飞上枝头变凤凰"(《圆圆曲》),都类似家长里短。这些句子带着世情冷热的计较,冲口而出却泼辣犀利,好似街谈巷议。邓之诚云:"钱陆灿指《萧史青门曲》'自家兄妹话酸辛'句云,可付盲女弹词也。"② 其"俚俗"是诗歌正统排斥,却在曲词中得到痛快释放的。

综上所述,"梅村体"歌行在叙述角度、结构设置、语言风格等各个方面都与明清戏曲有明显的相似性。这些相似性不会是偶然的巧合,而应当与明清之际吴中地区浓厚的戏曲氛围对吴梅村审美趣味及写作习惯的塑造相关。

三 诗与戏曲:文体的混融、尊卑与互渗

戏剧与诗歌的文体互通古已有之。《九歌》被闻一多"悬解"为古歌舞剧③,《古诗为焦仲卿妻作》与《陌上桑》《东门行》等乐府诗的戏剧性也频频引起关注。乐府诗与戏曲史的研究者均试图打破单一文体立场来看待诗、戏互通现象,乐府"诗、乐、舞、戏"的综合艺术性质逐渐被发掘。④ 赵敏俐教授强调乐府歌诗是"音乐和歌舞为主的'表演的艺术',语言只是这一艺术的有机组成部分,而且是服从表演的"⑤。钱志熙教授论证了乐府是执掌各类娱乐艺术的职能部门;汉代乐府的设戏作乐,"正是中国戏剧的前期形态"。乐府歌诗中有一些作品"曾经程度不同地与戏剧表演形式相结合,真正可视为戏剧文体或戏剧文学之前身"⑥。因此,乐府诗的戏

---

① 《三松老人歌》,《吴梅村全集》卷二,第49页。
② 邓之诚:《清诗纪事初编》卷三,上海古籍出版社,1981,第393页。
③ 参见闻一多《什么是九歌》《"九歌"古歌舞剧悬解》,《闻一多全集》(第1册),生活·读书·新知三联书店,1982。
④ 参见齐天举《古乐府艳歌之演变》(《阴山学刊》1989年第1期),潘啸龙《汉乐府的娱乐职能及其对艺术表现的影响》(《中国社会科学》1990年第6期)。
⑤ 赵敏俐:《汉乐府歌诗演唱与语言形式之关系》,《文学评论》2005年第5期。
⑥ 参见钱志熙《汉乐府与"百戏"众议之关系考论》,《文学遗产》1992年第5期;《音乐史上的雅俗之变与汉代的乐府艺术》,《浙江社会科学》2000年第4期;《汉代乐府与戏剧》,《北京大学学报》2007年第4期。

剧性不是戏剧和诗歌文体互动的结果，而是两种文体未分前的混融状态。

作为演艺性文体，词与曲也常被称为"乐府"。词同样体现出戏剧性。除了《蝶恋花》商调十二首、《调笑转踏》之类的联章词有明显的表演性之外，不少单篇词也有代言、对答、谐谑等戏剧化特征。学界对词、戏关系的研究已经展开，陶文鹏、赵雪沛教授认为："唐宋词的代言体特点、个性化抒情唱词、二人或多人的问答对唱方式，词中展示出戏剧冲突、戏剧动作、戏剧情境等各种戏剧因素，都是其戏剧性的体现。"① 和乐府诗一样，唐宋词的戏剧性主要来自词发源于表演娱乐的综合艺术特质；词与曲也曾经处于文体未分的混融状态；直到词脱离表演案头化，"南北曲"才慢慢成为士人娱乐生活的主流样式。②

"梅村体"和戏曲的关系与上述二者有本质差异，其文体互通是发生在文体既分之后；在诗歌和戏曲都已成熟，人们对两种文体的界限明确区分之后。钱锺书先生云："吾国文学，体制繁多，界律精严，分茅设蕝，各自为政。"③ 中国的文体意识早在魏晋南北朝时期就有高度发展。宋代以后，"辨体"，即一种文体应当符合特定规范、不同文体应当遵守各自界限的观念流行。到了明代，复古是最主要的文学思潮，"追古者未有不先其体者也"④，辨体之风由是大盛。"文辞以体制为先"⑤，"文章必先体裁而后可论工拙"，"文愈盛，故类愈增；类愈增，故体愈众；体愈众，故辨当愈严"⑥ 一类言论极多。以吴讷《文章辨体》、徐师曾《文体明辨》、贺复徵《文章辨体汇选》、黄佐《六艺流别》为代表，出现了一批"假文以辨体"的总集，⑦ 文体分类比前代更加细密。"辨体"成为文艺批评的核心范

---

① 参见陶文鹏、赵雪沛《论唐宋词的戏剧性》，《文学评论》2008 年第 1 期。赵义山、彭天发教授的《论稼轩俗词的曲体特征及其意义》（《中国韵文学刊》2005 年第 1 期）也细致分析了稼轩词的曲体特征与其对元曲的导向作用。
② 参见刘芳《宋元词曲递变研究》，博士学位论文，南京大学，2013。
③ 钱锺书：《中国文学小史序论》，《钱锺书散文》，浙江文艺出版社，1997，第 477~478 页。
④ 李梦阳：《徐迪功集序》，《空同集》卷五二，《景印文渊阁四库全书》（集部第 1262 册），台湾商务印书馆，1983，第 476 页。
⑤ 吴讷：《文章辨体》凡例，载吴讷著，于北山校点《文章辨体序说》，人民文学出版社，1962，第 9 页。
⑥ 徐师曾：《文体明辨序》，载徐师曾著，罗根泽校点《文体明辨序说》，人民文学出版社，1962，第 77 页。
⑦ 参见吴承学《明代文章总集与文体学——以〈文章辨体〉等三部总集为中心》，《文学遗产》2008 年第 6 期。

畴,明代成为"传统文体学集大成的时代,也是辨体批评成就最高的时代"①。

明人对诗歌的辨体尤其严明。诗歌总集如高棅《唐诗品汇》"别体制之始终",详述各体诗歌的起源与衍变,通过辨体树立诗学典范。《唐诗品汇》盛行于世,后来顾起纶《国雅》、吴勉学《四唐汇诗》、曹学佺《石仓十二代诗选》均模仿其体例,"体制"与"世次"结合的辨源流、别正变成为明代诗歌选集的通例。诗评中强调辨体者更是数不胜数,王世贞《艺苑卮言》云:"诗有常体,工自体中。"② 胡应麟《诗薮》以辨体为理论框架,许学夷《诗源辩体》以"诗有源流,体有正变"的认识统摄整个诗歌发展史。③ 诗体越辨越精,就七言歌行体而论,既追溯"歌行"称谓本义,又详考起源、析论流变、论列代表作家作品、指点写作门径。《诗薮》以评点作家来勾勒唐代歌行史:"垂拱四子,词极藻艳……高、岑、王、李……得衷合度,畅矣,然而未大也。太白、少陵,大而化矣,能事毕矣。……元相、白傅,起而振之,敷演有余,步骤不足……"④《诗辩坻》则提出在七言歌行内部仍需严辨:"七言歌行……卢、骆组壮,沈、宋轩华……高、岑……李、杜……元、白……。陈其格律,校其高下;各有专诣,不容斑杂。"⑤

"辨体"意味着"尊体",即要求文体特征鲜明、边界清晰。"别其体,斯得其趣矣"⑥,掌握诗体规范是精准领略古典诗歌意蕴的前提。然而一味尊体却可能限制诗人的创造力,所以"辨体"和"破体"常常结伴出现。《文心雕龙》云:"设文之体有常,通变之数无方。""昭体故意新而不乱,晓变故辞奇而不黩。"⑦ 钱锺书先生说道:"名家名篇,往往破体,

① 何诗海:《明代辨体批评的成就》,《南京师范大学文学院学报》2013年第3期。
② 王世贞:《艺苑卮言》卷一,载丁福保辑《历代诗话续编》,中华书局,1983,第964页。
③ 吴承学、何诗海教授指出:"在明代,不仅这些辨体专著或著名诗话,即使在一般的,甚至很少为人注意的诗话中,也有许多非常重要的文体学内容。"参见《明代诗话中的文体史料与文体批评》,《文艺理论研究》2008年第4期。
④ 《诗薮》内篇卷三,第50页。
⑤ 毛先舒:《诗辩坻》,《清诗话续编》,第46页
⑥ 本页引许学夷《诗源辩体》文见《诗源辩体》自序,第1页;《诗源辩体》卷三六,第370页。
⑦ 刘勰:《文心雕龙》之《通变》《风骨》,载范文澜《文心雕龙注》,人民文学出版社,1998,第519、514页。

而文体亦因此恢弘焉。"① 诗歌写作总是由"破体"带来新变，诗歌演变史也就是"新体"产生的历史。

"梅村体"取法的"长庆体"就是破体成功的范例，其叙述男女情事而情节曲折、韵致缠绵，不见于此前的七言歌行；"出浴""密誓""仙遇"等场景颇有传奇风味，可能受当时流行的传奇小说甚至民间叙事的影响。② 不过，唐人的尊体意识不强，破体的压力并不大，宋以后辨体和破体的矛盾才突出起来，破体也形成了一些惯例，与文体的尊卑高下相关。各类文体并非平行，而是共生于政教性高于审美性、古代高于近代、雅高于俗的价值谱系之中；文体间互动多受"以高行卑"的"破体通例"制约，如"以诗为词"因提高了词的格调而蔚然成风，"以词为诗"却因遭"女郎诗"之讥而成为反面样本。③

戏曲成熟较晚，又长期在民间流行，作为娱乐文艺则更免不了世俗趣味，所以在文体价值谱系中的地位较低。明万历间士大夫阶层参与戏曲剧作、编排与鉴赏之风极盛，谢肇淛还说流行的南北曲"不过觱篥之胡声与淫哇之词曲"④。胡应麟的《少室山房笔丛》虽论及戏曲，却认为："词曲游艺之末途，非不朽之前著也。"⑤ 甚至专谈《曲律》的王骥德也不免自抑曰"小道"⑥。与之相比，诗处于文学文体等级顶端，诗、词、曲递降之说在明代很常见，三者文体尊卑如胡应麟所言"愈趋愈下"。在"以高行卑"的惯性作用下，曲亦追求诗性的"大雅"，而诗却如熊明遇所云："岂可类于词曲哉？"⑦ 戏曲大量化用与借用现成诗句，"词曲不可入诗"却受到严格告诫。王应奎曰："王实甫《西厢记》、汤若士《还魂记》，词曲之最工

---

① 钱锺书：《管锥篇》，生活·读书·新知三联书店，2007，第 1431 页。
② 陈寅恪先生认为："《长恨歌》为具备众体体裁之唐代小说中歌诗部分。"（《元白诗笺证稿》第一章，三联书店，2001，第 45 页）郑广薰博士认为："《长恨歌》是白居易尝试以民间说故事传统的表达方式和技巧撰写的作品。"（博士学位论文，北京大学，2012，第 113 页）
③ 参见吴承学《浅谈中国古代文体价值谱系》，《古典文学知识》2013 年第 6 期；吴承学《中国古代文体学研究》第七章"文体品位观和破体为文之通例"，人民出版社，2011。蒋寅：《中国古代文体互参中"以高行卑"的体位定势》，《中国社会科学》2008 年第 5 期。
④ 谢肇淛：《五杂组》卷十二，上海书店出版社，2001，第 253 页。
⑤ 胡应麟：《少室山房笔丛》辛部庄岳委谭下，中华书局，1958，第 562 页。
⑥ 王骥德：《曲律》卷二，《中国古典戏曲论著集成》（第 4 册），第 121 页。
⑦ 熊明遇：《言意草序》，《文直行书诗文》文卷六，《四库禁毁书丛刊》（集部第 106 册），影印清顺治十七年（1660）熊人霖刻本，北京出版社，2000，第 308 页。

者也,而作诗者入一言半句于篇中,即为不雅。"① 即使因诗中有"雨丝风片"而受王应奎指摘的王士禛,也强调"词曲字面尤忌"入诗。② 朱绍本更说:"曲剧入诗,则诗之罪人也。"③

由此可见,戏曲对"梅村体"的渗透是一次非常特殊的文体"反向渗透"。在辨体意识高涨的文学批评潮流中,吴梅村虽然没有冒天下之大不韪去宣称戏曲入诗,其诗歌写作却进行了新鲜的尝试。"梅村体"没有模拟乐府诗和词在与戏曲混融期突出的"代言性",而是把时下南北曲的结构设置、舞台交流、演唱语言特性全面带入了歌行。这实际上是一个很大胆的举动,既与诗坛的"正体"观念有悖,又越过了主流文体等级秩序。那么,有什么强大的动力促使吴梅村去做这样冒险性的尝试?

四 吴梅村的文体观

首先,考察吴梅村对诗歌与戏曲文体关系的认识。吴梅村曾鼓吹提高戏曲的地位:

> 士之困穷不得志、无以奋发于事业功名者,往往遁于山巅水湄,亦恒借他人之酒杯,浇自己之块垒。其驰骋千古,才情跌宕,几不减屈子离忧、子长感愤,真可与汉文、唐诗、宋词连镳并辔。……堪与汉文、唐诗、宋词并传不朽矣。④

"并传不朽"与胡应麟等人言戏曲是"末途""小道""愈趋愈下"大异其趣,强调"言志抒情"功能,其实就是在拉近诗歌与戏曲的距离。他也提及诗歌与戏曲的亲缘关系:

> 汉、魏以降,四言变为五七言……五七言又变为诗余……唐诗、宋词,可谓美备矣,而文人犹未已也,诗余又变而为曲。盖金、元之乐,嘈杂凄紧,缓急之间,词不能接,一时才子如关、郑、马、白

① 王应奎:《柳南随笔》卷三,中华书局,1983,第60页。
② 郎廷槐:《师友诗传录》,《景印文渊阁四库全书》(集部第1483册),第892页。
③ 朱绍本:《定风轩活句参》卷一,国家图书馆藏清钞本,第4b页。
④ 《北词广正谱序》,《吴梅村全集》卷六十,第1213页。

辈，更创为新声以媚之。①

此说脱胎于王世贞的《曲藻序》：

> 曲者，词之变。自金、元入主中国，所用胡乐，嘈杂凄紧，缓急
> 之间，词不能按，乃更为新声以媚之。②

两段话后半部分多有雷同，吴梅村明显沿袭王世贞旧说。但王世贞所论仅
及词、曲，吴梅村却在二者之上添加了诗体演变，很可能是有意要拓宽常
见的"乐府、词、曲"演艺文体序列，把诗与曲放进同一序列以拉近距
离。他还以"性情"论戏曲：

> 盖士之不遇者，郁积其无聊不平之概于胸中，无所发抒，因借古
> 人之歌呼笑骂，以陶写我之抑郁牢骚。而我之性情，爱借古人之性情
> 而盘旋于纸上，宛转于当场。③

"性情"是明清之际诗论的核心术语，是诗坛对诗歌本体的基本认定。④ 以
"性情"论戏曲，其实是说戏曲与诗乃同一本体。这尽管是抬高戏曲地位
的说法，但参照梅村剧作"皆合于《国风》好色、《小雅》怨诽之旨"⑤
的实践，也的确如实反映了他的戏曲观。吴梅村通过强化戏曲的抒情性来
提升其地位，还是在明清戏曲雅化风潮之内的。⑥ 如果仅止于此，则算不
上突破正统文体价值谱系。不过，其在论证文体互通的同时也开放了诗歌
接受戏曲影响的可能。此外，吴梅村还有"造化氤氲之气，分阴分阳，贞

---

① 《杂剧三集序》，《吴梅村全集》卷六十，第 1211 页。
② 王世贞：《曲藻》，《中国戏曲论著集成》（第 4 册），第 25 页。
③ 以上所引吴梅村言论均见《北词广正谱序》，《吴梅村全集》卷六十，第 1213 页。
④ 参见张健《清代诗学研究》，北京大学出版社，1999；李瑄《明遗民的"性情"新义与
  明清之际的诗坛衍变》，《罗宗强先生八十寿辰纪念文集》，中华书局，2009，第 516~532
  页；黄婉甄《清代性情诗论研究》，硕士学位论文，台湾中山大学中国语文学系，2003。
⑤ 尤侗：《梅村词序》，《西堂杂组三集》，《尤太史西堂全集》，《四库禁毁书丛刊》集部第
  129 册影印中国科学院图书馆藏清康熙刻本，第 315 页。
⑥ 关于戏曲雅化问题，可参见郭英德《雅与俗的扭结——明清传奇戏曲语言风格的变迁》，
  《北京师范大学学报》1998 年第 2 期；杜桂萍《清初杂剧研究》上编第四章。

淫各出","气运日降,淫倍于贞;文人无赖,诗变为曲","贞者传,淫者亦传"① 的近乎异端之论;与诗歌"贞淫各出"的戏曲也被纳入了文体互通的范围。

其次,要追查一个行为的动力,不妨考察其行为效果。可以从"梅村体"的阅读效果来反求吴梅村引入戏曲体制改造诗体的动力。"感人"是"梅村体"最为人称道的地方,袁枚云:"就使吴儿心木石,也应一读一缠绵。"② 邓之诚云:"吐辞哀艳,善于开阖,读之使人心醉。"③ 为了增强感人效果,"梅村体"从戏曲中吸取养分应该不难理解。与诗歌相比,戏曲追求文本与受众间更强烈的交流关系,力求迅速吸引和打动观众。吴梅村对此深有体会:

> 今之传奇,即古者歌舞之变也;然其感动人心,较昔之歌舞更显而畅矣。……热腔骂世,冷板敲人,令阅者不自觉其喜怒悲欢之随所触而生,而亦于是乎歌呼笑骂之不自已。④

感人的实质是对读者心理感受的贴近。中国戏曲并不像古希腊戏剧那样偏爱悲壮之情,它擅长表现日常生活的曲折人情。观众在剧中发现自己的影子时,特别容易感动。吴梅村的三部戏曲都有复杂的感情纠结:既有道德理想的寄托、对故国故君的深沉眷恋,也有个人境遇的不堪等五味杂陈的生活体验。"梅村体"同样充满对人物感受的体贴。例如,他不仅不以"红颜祸水"归罪田贵妃(《永和宫词》)和陈圆圆(《圆圆曲》),笔墨间反而充满同情;涉及有政治污点的人物,如福王(《雒阳行》)、吴昌时(《鸳湖曲》)、田弘遇(《田家铁狮歌》),时代荣衰之叹也远远超过政治批判。⑤ 无怪乎钱谦益读到这些诗时"或歌或哭,欲死欲生,或半夜而啼,

---

① 《杂剧三集序》,《吴梅村全集》卷六十,第1211页。
② 袁枚:《仿元遗山〈论诗〉》,《小仓山房诗集》卷二七,《袁枚全集》,江苏古籍出版社,1993,第594页。
③ 《清诗纪事初编》卷三,第393页。
④ 《北词广正谱序》,《吴梅村全集》卷六十,第1213页。
⑤ 章培恒、陈正宏教授云:"其前的诗人从无如此广泛而深入地倾诉个人——以个人为本位——的悲惨命运的。"章培恒、骆玉明:《中国文学史新著》(增订版)下卷,复旦大学出版社,2007,第262页。

或当餐而叹"①，"梅村体"对人性卑微软弱与超拔坚贞的双面体察，贴合了易代之际大多数士人的心理感受，是它能在清初迅速风靡的根本原因。

换个角度审视"曲尽人情"却可能看出诗歌格调的俗化。"梅村体"招致不少"俗"的诟病。觉察到其戏曲因素的清代论诗者，多以"弹词"讥之。② 王昶云："汪钝翁谓梅村诗如盲女弹琵琶，唱《蔡中郎传》。"③ 花病鹤云："王壬秋诗主汉、魏，颇薄梅村歌行，曰此《天雨花》弹词耳。"④ 其话锋所指，都讽刺"梅村体"近情动俗、品位不高。也有直斥其"俗"者，如徐世昌谓之"俗调浮词亦所不免"⑤，沈其光谓之"熟而兼俗"⑥。

这些批评并非不近事实。"梅村体"之"俗"至少表现在以下三个方面。其一，恣情纵意而少含蓄蕴藉。不遗余力地感发读者七情，感性发露畅快，理性平衡不足。如前所述之"令人惊艳的开篇""对比强烈的色彩"皆有意经营对读者的情绪刺激；"多变的叙述角度"提供了深入不同角色内心世界的可能；通过转韵、骈句等形式建构的场景化叙事，便于放大细节以淋漓尽致地展示。虽使"喜怒悲欢随所触而生"，终乏隽永意蕴。其二，华丽热闹而风骨未遒。"多重角色"、"复线叙事"和"炫技性语言"等，使"梅村体"比以往叙事诗容量更大、赏鉴点更密集、形式更艳丽。其技巧虽高却有损自然天成，以致骨力不健，招来"未免肉多于骨，词胜于意"⑦ 之讥。其三，掺杂市井气息而气格不高。"梅村体"以俚语入诗而未经熔铸雅化，还残留着街谈巷议的鄙俗气味；视角变化、角色设置等手段曲尽幽微，包含了平凡、浅陋、放纵、卑劣等诸多世情俗态。尽力体贴时代动荡中个体的惊恐与创伤，而无意塑造峻拔超凡的英雄；即使像《雁门尚书行》写殉国烈士，重点也落在孙传庭的生前困境和身后凄凉。若以

① 钱谦益：《致梅村书》，《钱牧斋全集》（陆），第 1363 页。
② 说唱对戏曲的形成产生了重要影响，已经是戏曲史上的定论。弹词以全知叙述人引导叙事线索，情节展开多模仿戏曲表演的代言体，与戏曲在题材、结构、表现形式、审美趣味上多有类似。
③ 王昶：《舟中无事偶作论诗绝句四十六首》，《春融堂集》卷二二，《续修四库全书》集部第 1437 册影印上海辞书出版社藏清嘉庆十二年塾南书舍刻本，上海古籍出版社，2002，第 579 页。
④ 花病鹤：《十朝诗乘》，《清诗纪事》，第 1425 页。
⑤ 徐世昌：《晚晴簃诗汇》卷二十，中国书店，1988，第 207 页。
⑥ 沈其光：《瓶粟斋诗话》，《清诗纪事》，第 1424 页。
⑦ 《筱园诗话》卷二，《清诗话续编》，第 2355 页。

精神志气的高卑而论,确有泥涂未拔之嫌,故何绍基言其"愈唱愈低……以无真理真识真气也"①。

合而言之,吴梅村对诗歌与戏曲关系的理解,除了直接见诸理论文字的诗歌雅化戏曲一面,还有不便明言、隐藏在诗歌写作实践中的戏曲俗化诗歌的一面。并且,以往总是遭受负面评价的戏曲俗化诗歌这一面包含着诗学价值观的突破:要求诗歌贴近日常生活情境,容纳复杂的人情,这是吴梅村等明清士人需要表达却无法用已有诗体模式来呈现的。传统的"诗史"表现形式已经无法涵盖吴梅村对明清之际人们生存状态的观察与思考,需要能涵容新型多元价值观的诗歌来承载。研究者熟知的梅村"史外传心"之说乃为有意包含"野夫游女之诗"而发,要替"乃教翠鬟十二,遂空红粉三千。一老子韵脚初收,众女郎踏歌齐应"的诗人正名。② 把"野夫游女"式的心灵体验纳入诗歌表现范围,应该就是他以戏曲"反向渗透"诗歌、突破文体等级秩序的主要动力。

五 结论

明清之际的文学批评话语以辨体为主导,批评家们力图厘清文体的规范和界限,强调文体等级秩序。戏曲因其世俗娱乐性被置于文体序列低位,戏曲入诗是一个禁区。

然而,文学写作实际上却未必完全受批评家左右。作为士人圈子最时尚的文艺样式,戏曲的活力不可遏制地波及其他文体。例如,明词研究者集中讨论的"词之曲化"③ 就是词的演艺文学基因被时曲激活。再如八股文,钱锺书先生参考吴乔、袁枚、焦循等人意见,谓其"以俳优之道,抉圣贤之心……其善于体会,妙于想象,故与杂剧传奇相通"④。尤侗以西厢曲词"怎当她临去秋波那一转"作时文,虽为游戏笔墨,却深受顺治皇帝

---

① 何绍基:《与汪菊士论诗》,《清诗纪事》,第 1418 页。
② 《且朴斋诗稿序》,《吴梅村全集》卷六十,第 1205 页。
③ 参见张仲谋《明词史》第一章第二节,人民文学出版社,2002;张若兰《明代中后期词坛研究》下编第四章第二节,中国社会科学出版社,2010;胡元翎《"词之曲化"辨》,《文学遗产》2009 年第 2 期;胡元翎、张笑雷《论杨慎词曲的"互融""互异"兼及"明词曲化"的研究理路》,《文学评论》2011 年第 5 期。《依时曲入歌——"明词曲化"表现方式之一》,《吉林大学社会科学学报》2012 年第 6 期。
④ 钱锺书:《谈艺录》,生活·读书·新知三联书店,2001,第 111 页。

赞赏而名扬四海。由于诗与曲文体等级悬殊，曲剧入诗相对隐晦。

明清两代有不少诗、曲兼擅的文人。明代复古派代表诗人康海、王九思、李开先同时是剧作家。徐渭、汤显祖不仅称圣曲界，在诗坛也领反复古风气之先。徐、汤皆有诗、曲互通之论。徐渭《曲序》云："空同子称董子崔张剧，当直继《离骚》；然则艳者固不妨于骚也。"① 汤显祖则以"卓绝之情"为"冠带之士，闾巷之人，或鼓或疲，或笑或悲，长篇短章，铿铉寂寥，一触而不可禁御者"的共同源泉。② 他们的诗歌没有明显的曲体特征，但戏曲重情观并及诗学，或为其要求诗歌破除格套的原因之一。

伴随明清之际戏曲雅化潮流，诗、曲互通意识上升。尤侗说吴梅村"诗可为词，词可为曲；然而诗之格不坠，词曲之格不抗者，则下笔之妙，非古人所及也"③，包含了对文体双向互渗的积极评价。他更大胆地把曲与儒家圣人拉在一起："文王琴瑟钟鼓，几为梨园作俑，而夫子善与人歌，不且称曲子先生耶？"④ 也不惮异议主流文体等级观："今之人往往高谈诗而卑视曲，词在季孟之间。予独谓能为曲者方能为词，能为词者方能为诗。"⑤ 这就相当于宣称戏曲对于诗词自有文体优势，其言论在清初堪称新锐。

尤侗本人也是多面能手。其剧作《读离骚》《钓天乐》等名噪一时，诗作多至四千六百有余，被郑方坤誉为"万斛泉源，随地涌出，要为称其心之所欲言"⑥。集中常可见新异之句，如"龙之年、虎之月，雷虺虺、电哗哗。雨淫淫、风猎猎，峩峩冰、瀼瀼雪。天吞声兮地失色，日月退舍不敢发"⑦。单纯以叠字渲染而多至六叠的句式大有曲调风味。再如《咏明史乐府·对山救我》写康海谒刘瑾救李梦阳事：

> 刘家老公性烈火，满朝公卿银铛锁。磨刀将杀李崆峒，惟有对山能救我。对山慨应真吾事，骑马上门谒中贵。今日何好风，吹得状元

---

① 徐渭：《曲序》，《徐渭集》，中华书局，1983，第 530~531 页。
② 参见汤显祖《学余园初集序》《宜黄县戏神清源师庙记》，载汤显祖著，徐朔方笺校《汤显祖全集》卷三一，北京古籍出版社，1999，第 1112、1188 页。
③ 《梅村词序》，《尤太史西堂全集》，第 315 页。
④ 《百末词余题词》，《尤太史西堂全集》，第 698~699 页。
⑤ 《名词选胜序》，《尤太史西堂全集》，第 324 页。
⑥ 郑方坤：《国朝名家诗钞小传·西堂诗钞小传》，《清诗纪事》，第 2754 页。
⑦ 《纪异》，《西堂剩稿》卷上，《尤太史西堂全集》，第 403 页。

至?老公倒屣小珰跪,焚香把酒劝公醉。醉公酒,我不辞,我一言,公三思。力士肯为太白屈,此事非公谁能之?老公笑请先生坐,当为狂生免其祸。解衣脱帽为公舞,哺糟啜醨无不可……①

气氛之开阖动荡,情景之鲜活毕现,又略带表演性夸张,读来直似故事当面上演。

可见,明清戏曲对诗的反向渗透不是"梅村体"独有的孤立现象。钱仲联教授拈出王士禛以曲文入诗、姚燮乐府诗有戏曲风味、袁枚诗被称为"诗中之词曲"②。蒋寅教授注意到冯班《赠董双成》"旦末双全"四字出自元杂剧,赵翼"传奇演剧、童谣俗谚……无不入诗",李渔诗的语言洋溢戏曲风调。③甚至理论著作如《诗筏》也以戏曲论诗:"叙事长篇动人啼笑处,全在点缀生活,如一本杂剧,插科打诨,皆在净丑。"④明清浓厚的戏曲演艺氛围旁及诗坛,应该还有不少类似现象等待研究者去发掘。

钱仲联教授云:"戏曲对诗之影响,突出的始于明代","戏曲与诗关系的理论,应当好好研究。"⑤遗憾的是,迄今为止的研究还不多。这可能与正统文体等级观念下价值评判的强大惯性有关,王夫之云:"长篇为仿元白者败尽,挨日顶月,指三说五,谓之诗史,其实盲词而已。""盲妇弹弦词公登歌行之座,而诗亡遂尽矣,悲夫!"⑥简直把"梅村体"指为诗道罪人。今人虽不至于如此偏执,但"盲词"所针对格调之俗,或是研究者评价"梅村体"时亦不免尴尬的。

如果要维护诗体的典雅高尚,"俗"当然不是优点。若从古典诗歌的演变来看,"俗"却可能为诗体注入新的活力。晚明以来,古典诗歌陷入了如何自我突破的困境。一方面,复古派推崇经典导致的过度模仿已经走进死胡同,成了清初作家集体批判的对象。另一方面,晚明已有作家尝试用诗歌来表现"当代情绪",不时超出雅正的范围。性灵文学思潮是这种尝试的集中表现。无论公安派的谐谑调笑,还是竟陵派的幽情单绪,都包

---

① 《咏明史乐府》,《尤太史西堂全集》,第 625 页。
② 《钱仲联讲论清诗》之一,第 3、10 页。
③ 蒋寅:《清代文学的特征、分期及历史地位》,《清代文学论稿》,江苏出版社,2009,第 20 页。
④ 《诗筏》,《清诗话续编》第 149 页。
⑤ 《钱仲联讲论清诗》之一,第 3、10 页。
⑥ 王夫之:《明诗评选》,《船山全书》(第 14 册),岳麓书社,1996,第 1202、1194 页。

含了以当下真实的审美趣味来反抗僵化标准的意味。这个潮流中涌动着当下实际生活之"俗"对传统理想之"雅"的侵犯。换言之，由于晚明士人和世俗生活密切的纠结交缠，世俗的情感趣味一直试图进入诗歌世界。宏观来看，"梅村体"诗歌对戏曲精神的吸纳也是这个潮流的一部分。

在诗歌领域的"雅—俗"交涉中，袁宏道等人采取了革命性方式：否定传统典范的权威性，试图通过雅俗交相激荡努力逼出新的时代精神。他们打破了诗坛对典范形式的一味膜拜，使人们意识到鲜活心灵的重要性，但因其对抒情主体的要求过高而难以完成新的建设。①"梅村体"的尝试则是改良性的，在已有诗学传统的基础上融入当代流行文化因素。其改变掩藏于古典外壳中，不致招来强烈的反对。

"梅村体"不动声色地开拓了古典诗歌的疆域。首先，"梅村体"之"俗"，反映了诗歌对当下社会文化心理的涵容。反抗群体道德对个体的压制、重视自我的世俗欲望，是晚明以来士人心理的重要取向。"梅村体"中世情俗态的展现，意味着包含凡夫俗子的真实感受。不持重自许就可以恣意释放情绪，不熄灭欲望则能享受热闹繁华，诗歌容纳了"雅正"之外的多元价值体验。其次，叙述视角的灵活变化、复线结构、多重角色设置、骈散结合等手法，是以往叙事诗罕见而被"梅村体"反复使用的，它们拓宽了叙事诗反映社会生活的广度，开辟了价值多元化思考的空间，增加了人物与事件刻画的深度：可以说"梅村体"丰富了古典诗歌艺术表现手法的"武库"。最后，"市井俗语"入诗，扩大了古典诗歌的语言容量。古典诗歌成熟之后，其语言系统趋于凝固。诗人与读者习惯于维护"诗"与"非诗"的语言边界，时语入诗很难获得认可。宋诗追求语言的"陌生化"效果而采用方言俗语，但皆以"化俗为雅"为原则。②"梅村体"的俗语却不脱市井气息，如家长里短极易会心。如果说古典诗歌的主要倾向是以精英立场脱离日常生活语言，那么"市井俗语"的掺入就与士人心态的平民化桴鼓相应。

"梅村体"出现在明清易代之际，时人反思明朝之亡，常归罪于士人道德的败坏，性灵文学思潮也背负恶名。然而，即使在这个引领舆论的朝野双方（遗民与新朝）都标举道德至上的语境中，晚明以来的个体至上意

---

① 参见李瑄《袁宏道诗学史意义的再检视》，《南开学报》2016年第5期。
② 参见周裕锴《宋代诗学通论》戊编第二章，上海古籍出版社，2007。

识也没有完全消泯，易代中的惊恐、犹豫、算计、创伤还是大多数士人最真实的体验。"梅村体"写历史题材而没有被道德批评绑架，依然贴近世态人情，这是它能够在清初引起广泛共鸣的前提。"梅村体"作为一个典型案例，说明古典诗歌并非只能恪守"古雅"界限，若涵容时代精神就可能焕发新的活力，而不同文体的互通常常可以为诗歌活力的更新提供契机。左东岭教授以"文体的互渗"为明代诗歌最基本的问题之一。① 蒋寅教授提出"不同文体的相互渗透，体制和修辞层面的变异、更新"是清代文学的风气，也是文学发展的必然趋势。② 明清文学文体互渗与文体更新的关系，尚有广大的研究空间。

（本文已刊于《文学遗产》2017 年第 3 期）

---

① 　左东岭：《史学意识与诗歌史写作》，《北京大学学报》2013 年第 6 期。
② 　《清代文学的特征、分期及历史地位》，《清代文学论稿》，第 20～21 页。

元明易代与宋濂的题跋文创作[*]

中国社会科学院研究生院　左　杨

摘　要　宋濂是元末明初文坛具备足够代表性的题跋作家。他具有官方作家与民间文人的综合身份，能够集中反映此时期的题跋文体观念；他既是元末明初时期撰写题跋数量众多且对于此种文体有所偏爱的作家，同时其题跋创作既有道统立场又可见文人情致，亦为明代选家所推举重视。结合其具体创作来发掘明人题跋灵活的体制特征及不容忽视的历史价值，探讨题跋文在明代的发展及对元代的承拓，有助于还原题跋文体在元明易代之际的客观发展状况。这也从侧面表现出明代文学思想与文体学发展的新特征。

关　键　词　元明之际　文体观念　题跋文创作

题跋文的创作在宋、元、明时期可谓成就斐然，其文体的灵活功能以及与序文的差异性表征于此历史时段越来越受到文人的重视。如徐师曾认为题跋"专以简劲为主，故与序引不同"。而元明易代之际的题跋文创作尤其具备规模及特色，宋濂则无疑是元末明初文坛有足够代表性的题跋作家。他不仅创作了大量的题跋文章，还具有官方作家与民间文人的综合身份，因而能够集中反映此时期的题跋文体观念。从现存的全部题跋文作品来看，其创作具有多样的功能和鲜明的特征，既有道统立场，又可见文人情致。其题跋文体观念也具有丰富的内涵与巨大的包容性，不仅延续了元末文人题跋简劲畅达的特征，还倡导了补史之阙与表彰忠孝的文体功能，并在台阁题跋中表现出颂圣与教化的时代特征，更发挥了题跋文抒情达意的私人化创作倾向。作为中国古代题跋文发展的重要时段，元明易代之际受到的学术界的关注并不充分；对于宋濂题

---
* 本文为国家社科基金重大项目"易代之际文学思想研究"（批准号：14ZDB073）成果。

跋文的研究也颇为零散，而且在为数不多的论述中，与序跋一体看待也习以为常。有鉴于此，研究宋濂的题跋文，并从文体学角度入手讨论其在明代的发展及对元代的承拓，对于厘清元末明初易代之际的题跋文体观念与文体特征、还原题跋文体发展的客观历史面貌，其作用是不容忽视的。

一 重教化而讲实用：宋濂的题跋功能观 与作品类型

就目前搜集宋濂作品最全的新编《宋濂全集》中的具体统计状况来看，现存的宋濂题跋文共275篇，一向被元明作家重视的序文只有267篇。同为浙东文人与朝廷官员的刘基，其序文现存47篇，题跋文则仅有9篇。晚明时期重要的散文选本《文章辨体汇选》共选入39位明代文人的题跋作品。王世贞的题跋入选数量最多，为16篇；其次便是宋濂，共入选14篇。从这两组数据对比中可知，宋濂既是元末明初时期撰写题跋数量众多且对于此种文体有所偏爱的作家，同时宋濂题跋亦为明代选家所推举重视。他足可以作为此时期题跋文创作的代表性人物。

宋濂对于题跋文体的产生、功能与写法具有明确的认识。这在《题周母李氏墓铭后》中有集中体现。这篇题跋被收入作者的《銮坡前集》中，显然是进入朱元璋政权之后的作品，因而也可被视为代表了宋濂入明之后的题跋观念，即重教化而讲实用的题跋功能观。其文如下：

> 梁太常卿任昉著《文章缘起》一卷，凡八十有五题，未尝有所谓题识者。题识之法，盖始见于唐而极盛于宋，前人旧迹或暗而弗彰，必假能言之士历道其故而申之，有如笺经家之疏云耳，非专事于虚辞也。昧者弗之察，往往建立轩名斋号，大书于首简，辄促人跋其后，露才之士复鼓噪而扶摇之。呜呼，何其俗尚之不美也！临川周友以危太史所撰母夫人墓文见示，请予申言之，予则以谓必如是而后无愧于题识耳。夫发扬其亲之德，孝子事也，何厌乎言之详？使人人皆如友，风俗其有不还淳者乎？故为记其卷末而归之，知言之士必有取焉。

本文首先追溯了题识的产生，认为是"始见于唐而极盛于宋"，这与多数文人的看法是一致的。如明人吴纳认为："汉晋诸集，题跋不载。至唐韩、柳始有读某书及读某文题其后之名。迨宋、曾而后，始有跋语。"徐师曾也谈道："题、读始于唐；跋、书起于宋。"其次是题跋的写法，认为是"前人旧迹或暗而弗彰，必假能言之士历道其故而申之，有如笺经家之疏"，也就是说，对于那些模糊不清的事迹需要说明引申，就像注释经书一样，详加说明而使之易懂。最后，并非所有的题目内容均可列入题跋之中。必须像周友那样，将记述自己母亲的墓文请人予以题识，达到"发扬其亲之德"的目的，才算是有价值的。而那些建立轩名斋号请人题识者，则属于"俗尚之不美"的无聊之举。

重视题跋的教化功能体现了宋濂浙东文人的儒者身份，而强调实用功能则是其学者身份与史学修养的直接反映。宋濂的这种题跋观念衍生出两类题跋作品。

第一类是宣扬忠孝节义的。《题冰壶子传后》《题顾拙轩告命后》《题赵博士训子帖后》《题李节妇传后》《题甘节卷后》等，均是此类题跋。如在《题冰壶子传后》结尾处，作者说："世英之贤行甚多，今姑举一二，余则可以例知也。士大夫以世英洁清，号曰'冰壶'传之，歌咏之，且成卷轴矣。类多绮绣其辞以为工，而无关其实行。予不敢效尤，特书此于卷末，使周氏之子若孙藏之。时出而观之，不有蹶然而兴起者，吾未之信也。"也就是说，作为题跋，尽管有补人物传记事迹之不足的作用，但并非所有事都可以补入其中，而必须是有关于教化的善言善行才是有保存价值的。同时，撰写此类题跋，也不能仅仅重视文辞的华美漂亮而为浮词虚文。因此，宋濂在其《跋包孝肃公诰词后》的结尾强调说："惟公居家孝友，立朝刚正，清风峻节，百世师法，有不待区区末学之所褒赞，姑以旧闻疏之如右。文直质而无润饰，庶使世之读者咸悉其意焉。"为了求得广为人知的叙述效果，必须言语直白、不加润饰，以免喧宾夺主。这不仅是叙事效果的需要，也不单单是语言风格的讲究，最重要的是还构成了此类题跋简劲的文体特征。试看其《题朝夕箴后》：

> 右《朝夕箴》，一名《夙兴夜寐箴》，凡二百八字，南塘先生陈公之所撰也。先生讳柏，字茂卿，台之仙居人。与同邑谦斋吴梅卿清之、直轩吴谅直翁父子游，而深于道德性命之学。盖自谦斋从考亭门

人传其遗绪，而微辞奥旨，先生得之为多。当时有慥堂、郑雄飞、景温，辈行虽稍后，而事先生为甚谨，人以其学行之同，通以四君子称之。今观先生之著此箴，本末明备，体用兼该，非真切用功者当不能为是言。乡先正鲁斋王柏会之读而善焉，以教上蔡书院诸生，使人录一本，置于坐右，则其所以尊尚者为何如哉？呜呼！前修日远，后生小子不知正学之趋，唯文辞是攻，是溺志亦陋矣。濂故表而出之，并系先生师友之盛于其后，以励同志者云。

为了突出《朝夕箴》"本末明备，体用兼该"的价值，该文先言其得到朱子"微辞奥旨"之传授而"深于道德性命之学"，随后又强调大儒王柏使上蔡书院诸生"人录一本，置于坐右"，从而凸显了《朝夕箴》的理学教化作用，目的便是获取"以励同志"的感发效果。宋濂的此类题跋，言简而旨明，篇短而精练，充分体现了作者的创作意图，也合乎题跋的文体特征。

第二类是讲求实用功能的。宋濂循此观念而作的题跋，一部分具备补史作用。比如，其《题天台三节妇传后》说："余修《元史》时，天台以三节妇之状来上，命他史官具稿，亲加删定，入类《列女传》中，奉诏刻梓行世。先是，会稽杨廉夫为之作传，其事颇多于史官。盖国史当略，私传宜详，其法则然也。近与台士游，尝询之，则廉夫所载犹有阙遗者，因撮其言补之。"由此可知，正史中鉴于体例的限制，人物传记必须简洁凝练。而私人所撰人物传记则可以细致具体一些，以弥补正史的遗漏。宋濂后来通过询问当地士人，又发现了杨廉夫所撰私人传记犹有阙遗者，故而又撰写此题跋以补之。这符合宋濂所言"前人旧迹或暗而弗彰，必假能言之士历道其故而申之，有如笺经家之疏"的题跋功用观，因而此类题跋在其创作中具备一定的数量。如在《题郝伯常帛书后》中，宋濂说自己修《元史》时录入了元朝使臣郝伯常出使南宋被扣留后，写给元朝廷的大雁传诗，而作此题记的目的便是"濂修《元史》，既录诗入公传，今复书岁月先后于卷末，以见雁诚能传书云"。《跋俞先辈所述富春子事实后》则是"如濂不敏，于先生无能为役，今因孙君六世孙朝可求题，遂以旧闻附于先生论著之后，以补其所未足焉"。以上这些题跋都是补充人物轶事的，大致属于史学之范畴。

另一部分题跋，其所补内容已超出史学范畴而进入了知识考证的层面。如《跋东坡所书眉子石砚歌后》一文，其内容是考证该卷东坡书卷的收藏者"开府密国公"和卷后的跋文作者"樗轩"以及中间所引述人物"漳水野翁"的身份和生平。作者通过认真辨析，考证出这两位都是酷爱苏轼文章字画的金国官员，因而最后发感叹说："是两人者，皆尊尚苏学士，故宝爱其书为尤至，观其所鉴赏之言，盖可见矣。然自海内分裂，洛学在南，川学在北。金之慕苏，亦犹宋之宗程，又不止宝爱其书而已。呜呼！士异习，则国异俗，后之论者，犹可即是而考其所尚之正偏，毋徒置品评于字画工拙之间也。"这种题跋解决的不仅是书卷的收藏、品评者的身份生平等知识性的疑难问题，更由此引起了对宋、金文化及士风差异的讨论，从而超越了字画品鉴的层面。应该说，宋濂此类讲求实用功能的题跋，将文艺品评、史学意识、文物考证及议论说理融为一体，体现了深厚的造诣。

二　官方立场与个体表达：宋濂台阁
体题跋的价值

在宋濂的明初题跋创作中，还有一类属于台阁文体的作品值得关注。这是因为在后来的明人总集编选中，此类题跋常常被选家关注。如陈子龙的《皇明经世文编》选录宋濂题跋文4篇，其中就选有其《恭题御赐书后》《恭题御制方竹记后》《恭跋御制诗后》3篇。同时，这类题跋创作体现了宋濂明初的文章观念，具有鲜明的时代特征。除了上文提及的3篇外，宋濂的此类题跋作品尚有《恭题御笔后》《恭题赐和托钵歌后》《恭题御和诗后》《恭题御赐文集后》《恭题御书赐蕲春侯卷后》《恭题豳风图后》《恭题御制命桂彦良职王傅敕文后》《恭题御训谈士奇命名字义后》《恭题御制赐给事中林廷纲等敕符后》《恭题赐和文学傅藻纪行诗后》《恭题御制论语解二章后》《御赐资治通鉴后题》《恭跋御制敕文下方》《恭跋御赐诗后》等。

这些题跋作品，就其主旨来看，可用感恩、颂圣与教化三个方面概括之；就其写法来看，可用叙述事件缘由、抒发自我感受与推阐圣恩大义三个层面囊括之。作为文章大家的宋濂，当然不会篇篇都采用同一种结构模式，其中次序时常有变化，但基本要素大致不出以上范围。此类题跋文的创作属于宋濂台阁体文章之一类，自然会符合台阁体的基本特征。或者进一步讲，也一定会符合明初所有台阁体作品的一般特征——歌颂皇上朝廷而贬抑作者自我。作为追随朱元璋打天下、建王朝的侍从之臣，作者对其怀有敬佩之情与敬畏之心是理所当然的。明朝初年的荡平群雄而天下一统的功业，制礼作乐而重用儒者的政策，也会使宋濂拥有相当大的喜悦与满足之情。因此，台阁体创作中的颂圣与感恩不能一概视为虚假的情感表达。而宋濂乃明初开国文臣之首，又在翰林院中供职，因此他的写作又不能被视为私人化的创作。一旦涉及朝廷的制度、规范与环境，他就必须在"得体"方面具有足够的考虑与明确的意识，其结果就是产生了这些结构模式与主题意旨大体一致的题跋文创作。宋濂对此非常清楚，所以他常常会在这些题跋的结尾对此加以强调。如其在《恭题赐和文学傅藻纪行诗后》结尾处写道："臣老矣，退伏田里，久欲无言矣。以曾执笔继史官后，敷赞圣治，职有宜然者，故为藻书之。"在其退休家居之后，他依然没有忘记自己"敷赞圣治"的责任，创作此类台阁文章乃是其理应承担的职责。由此可以想见，他在朝任职翰林时，此种意识应当更为强烈。

然而，宋濂这类台阁大臣于职责所在与个体表达之间却并非总是一致的。一旦遇到台阁要求与个人情感相矛盾甚至冲突，他就必须在二者之间做出取舍。其《恭跋御赐诗后》就是一篇颇为耐人寻味的作品。这是宋濂台阁体题跋中篇幅最长的作品。其中不仅牵涉到圣上朱元璋的御赐诗，还有众大臣的和诗，更有其他士大夫"闻风慕艳"的追随之作，这在明初朝廷中算是具有一定轰动效应的事件了。因此，无论从朝廷的宣教角度来讲，还是从宋濂的个人遭际恩荣角度来看，他都必须要做足文章：

> 臣闻自古人君有盛德大业者，其积虑深长而诒谋悠久，必日与文学法从之臣论道而经邦。当情意洽孚之时，或相与赓歌，或褒以诗章，或燕之内殿，君臣之间实同鱼水，非直以为观美，所以礼贤俊，示宠恩而昭四方也。有如唐之文皇，宋之太宗，其事书诸简编者，可以见之矣。
>
> ……
>
> 臣既退，窃自念曰：臣本越西布衣，粗藉父师明训，弗坠箕裘之业而已。一旦遭际圣明，遣使聘起之，践历清华，地跻禁近，无一朝

不觐日月之光。如此者凡十又七年。叨冒恩荣，夐绝前比。所幸犬马之力未衰，誓将竭奔走之劳，以图报称。今天宠屡加，《云汉》之章照烛下土，臣窃自靖度，何足以堪之？虽然，《传》有之："泰山不让土壤，故能成其大；河海不择细流，故能就其深；王者不却众庶，故能明其德。"洪惟皇上，尊贤下士，讲求唐虞治道，度越于唐、宋远甚。虽以臣之至愚，亦昭被非常之殊渥。六合之广，其有抱艺怀才者，孰不思踊跃奋厉以扬于王庭哉？臣按《南有嘉鱼》之诗，有曰："君子有酒，嘉宾式燕以乐。"序者谓："太平之君子至诚，乐与贤者共之也。"皇上宠恩之便蕃，抑过之矣。又按《天保》之诗，有曰："罄无不宜，受天百禄。降尔遐福，惟日不足。"序者谓"臣能归美以报其上。"臣虽无所猷为，愿持此以颂祷于无穷哉。古者侈君之命，勒诸鼎彝，藏诸宗庙，嗣世相传，以至于永久。臣敢窃援此义，礲玉为轴，装褫成卷，什袭珍藏，以显示来裔。给事中臣善等应制诸诗，附录其后。而贤士大夫闻风慕艳而有作者，又别见左方云。是岁九月戊午朔，具官臣金华宋濂谨记。

首先，作者先把这次君臣聚会与唐文皇、宋太宗这些英明君主的"礼贤俊，示宠恩而昭四方"联系起来，算是为本文定下了基调。其次，从个人的角度展现荣宠与表示极大的感激，不仅有"礲玉为轴，装褫成卷，什袭珍藏，以显示来裔"的实际作为，还表示要对这样的恩遇以图后报。当然，他同时必须要显示出诚惶诚恐的谦恭，所谓"今天宠屡加，《云汉》之章照烛下土，臣窃自靖度，何足以堪之"，否则便会有恃宠骄横的嫌疑。最后，也是更为重要的一点，那就是必须从该事件中发掘出对于国家朝廷更加重大的意义，即"虽以臣之至愚，亦昭被非常之殊渥。六合之广，其有抱艺怀才者，孰不思踊跃奋厉以扬于王庭哉"。这才是画龙点睛之笔，才是台阁体文章的题中应有之义。本文从立意到布局都完全符合宋濂台阁体题跋的一贯模式，因而也可以说是此类题跋的代表性作品。

那么，本文又在哪些方面有别于其他作品呢？其区别就在于那一大段对赐酒过程的详细描述。按照宋濂剪裁文章的功夫，他完全可以对此做出简略的记述，但他没有，他以重笔浓墨渲染皇恩浩荡和感激涕零。唯一的理解是，皇上赐酒与宋濂拒酒乃是耐人寻味的文眼所在，因为这其中包含着作者对恩遇和荣宠的感戴、尴尬与无奈的隐忧等复杂的感受乃至纠结的情绪：

> 皇明纪号洪武之八年秋，八月甲午，皇上览川流之不息，水容澄爽，油然有感于宸衷，陋尹程《秋水赋》言不契道，乃亲更为之。赋成，召禁林群臣观之。且曰："卿等亦各撰赋以进。"臣率同列研精覃思，铺叙成章，诣东皇阁次第投献。上皆亲览焉，复置品评于其间。已而赐坐，敕太官进天厨奇珍，内臣行觞。觞已，上顾臣曰："卿何不尽饮？"臣出跪奏曰："臣荷陛下圣慈，赐臣以醇酎，敢不如诏？第臣年衰迈，恐不胜杯酌，志不摄气，或衍于礼度，无以上承宠光尔。"上曰："卿姑试之。"臣即席而饮。将彻，上复顾臣曰："卿更宜釂一觞。"臣再起固辞。上曰："一觞岂解醉人乎？卒饮之。"臣举觞至口端，又复踧缩者三。上笑曰："男子何不慷慨为？"臣对曰："天威咫尺间，不敢重有所渎。"勉强一吸至尽。上大悦。臣颜面变赪，顿觉精神遅漂，若行浮云中。上复笑曰："卿宜自述一诗，朕亦为卿赋醉歌。"二奉御捧黄绫案进，上挥翰如飞，须臾成《楚辞》一章。臣既醉，下笔倾欹，字不成行列。甫缀五韵，上遽召臣至，命编修官臣右重书以遗臣，遂谕臣曰："卿藏之，以示子孙，非惟见朕宠爱卿，亦可见一时君臣道合，共乐太平之盛也。"臣行五拜礼，叩首以谢。上更敕给事中臣善等赋《醉学士歌》云。

被皇上赐酒赠诗，这对于所有的臣子来说都是极为荣耀的事情。宋濂自然也不例外，因此他后来所表达的那些感激涕零的情感便不能被视为完全虚假的奉承与官样的文章。但朱元璋反复勉强其喝酒的细节与宋濂一再推辞的态度，依然是内涵丰富的文字。从表面来理解，这当然可以作为宋濂谦恭谨慎人格的体现。但从以下两个角度则可以有另外的解释。一是宋濂所强调的"不胜杯酌"并不是他的自谦之辞，他的确是一位不近酒杯的谦谦儒者。他在《跋郑仲德诗后》中说："浦阳郑君仲德，生之岁与余同，其名与余同，少而从学于吴贞文公又与余同，长而多髯又与余同，不善饮酒又同，余中岁自金华徙居青萝山中，又与之同里，故余二人交最洽也。"可见他不擅饮酒的确是实情，否则他没有必要在这样一篇怀友的文章中做出特别的强调。题跋中"颜面变赪，顿觉精神遹漂，若行浮云中"和"下笔倾欹，字不成行列"的醉态描写，也证明了他的拒酒并非出于礼节与谨慎。二是宋濂是浙东学派的重要传人，长期接受理学的教育与熏陶，注重对儒家道统的坚守与儒者尊严的维护。他曾在元末时被朝廷征聘而入翰林，这在许多文人看来都是难得的荣耀与机遇，但宋濂却坚决拒绝并入仙华山为道士。许多人都认为这是因为宋濂认识到元廷难以行其儒者之道，才做出的拒聘选择。如今作为一位朝廷重臣，他却被皇上连连灌酒而醉态毕露，其心中的真实感受又当如何！也许说朱元璋在戏弄宋濂可能有些过分，但说他为了自己的一时兴致而无视儒臣的尊严则不算夸大；说宋濂被皇上连连灌酒会心存不满当然纯属推测之辞，但说他心存无奈而尊严有失则难说不属事实。但这些复杂的状况与感受都完全被作者所隐藏，唯一能够表达的乃是对皇上的感戴与歌颂。

这就是此时宋濂的文章观，要合乎朝廷的需求而必须隐藏个人的情感倾向。但是，他为何要将事情的经过如此详细具体地记述下来？也许他要将历史的真实传递给后人，孰是孰非任凭后人评说。笔者以为，深谙历史功能与春秋笔法的宋濂，理应可以做出如此选择。或许这就是本文写得不同于多数台阁体题跋的原因之一。这样的台阁体写作到底有无价值是一个值得讨论的话题。从明初的政治稳定和文化建设角度来看，个人的需求应当服从于朝廷的大局，对于身处朝廷重臣位置的宋濂来说尤其如此。从个人情感抒发与真实历史事实的记述角度来看，这样的写作无疑是违心与虚假的。这不仅在苛刻的批评家那里会受到责难，也不合乎作者本人的一贯主张。对此可有见仁见智的理解并且可以继续讨论下去。

三　多元而立体的样貌：元末、明初宋濂题跋的差异与共性

宋濂作为元末明初时期成就丰富的作家，尤其是对于一种包容性极强的题跋文体的发挥，其创作实际上呈现的是多元而立体的样貌。首先要指出的是，宋濂元末在野时的题跋创作，拥有与明初大为不同的内涵与特征，那就是简练而犀利，这也符合当时文坛的共同特征。

元代对于文人来说是一个很特殊的时代。文人群体在政治上被边缘

化，真正的权力掌握在蒙古色目人手中。汉人尤其是南人只有极少数人进入政权之中，而且只能从事一些文字写作与地方教育的事宜。更多的人只能徘徊于乡间草野，从事于谈道论学与文艺创作。于是，文人群体便呈现出一种颇为奇特的心态：一方面抱怨自己的政治前途暗淡而失去人生的前途，另一方面又悠闲自在而享受文人的超然脱俗。这种情况表现在题跋创作上，便是书画题跋的大量涌现和寄托文人悲愤不平心态的文章别集题跋的写作。比如，高启的《跋眉庵记后》乃是为其好友杨基《眉庵记》一文所作的题跋。尽管文中将文人及其创作喻为虽无实用价值却为国家祥瑞的提法并非高启一人所有，其前已有刘勰《文心雕龙·知音》"盖闻兰为国香，服媚弥芬；书亦国华，玩绎方美"的赞誉，但将文人比喻为人之眉并认为虽然缺乏实用的价值，却依然是"安重而为国之望者"，依然体现了元代文人虽在政治上被边缘化却仍旧自重自珍的孤傲心态。

宋濂作于元末的题跋今已保存较少，却依然显示出与明初同类文章较大的差异。其主要体现在挥洒自如、真率自然的体貌特征上。如《题朱文公手帖》中怀念朱熹师友讲学"聚精会神，德义充洽，如在泗沂之上"的融洽氛围，结尾处却感叹道："自今道隐民散时观之，不翅应龙游乎玄阙，欲一见之而不可得，徒以贻有识者之感慨，不亦悲夫！"身处元末的宋濂，居然直言不讳地说那一时代是"道隐民散"的混乱之世，带有明确的批判态度，与高启的题跋格调非常之接近，而这在明初无论如何都是不可能的。更值得关注的是其《题葛庆龙九日登高诗后》。从题跋文的文体功能来看，宋濂考证补充了《九日登高》一卷古诗的作者的生平状况、性格爱好及文学成就，完全符合其本人的题跋文体观念。但这样的跋文又只能写成于元末。

首先，本文所记载的这位越台洞主葛庆龙性情怪异，个性突出，出入于儒释道，而又超然自得，这在元末的文人别集中可以屡屡见到。而这样的怪人只能产生于元末的社会动荡之中：

> 越台洞主，名庆龙，姓葛氏，庐山人，久居越中，能为诗。诗务出不经人道语，甚者钩棘不可句。每客诸公贵人，诸公贵人燕飨方乐，或为具纸，无问生熟，连幅十余。庆龙睥睨其间，酒酣落笔，飒飒不自止，皆鹏搴海怒，欻起无际。然为人简躁，喜面道人过。一有

所忤，即发泄无留隐。非知其磊落无他肠，多疏之。性嗜闻音乐，又不甚解。居一室，杂悬药玉磬铃，醉后自顾扇撼之，闭目坐听，殷殷有声，至睡熟扇堕乃罢。晚尤落魄，依王主簿居。初，越台有石洞，樵猎过者，必祝以为有神。庆龙悦之，刻己像洞前，自称为飞笔仙人越台洞主。死之日，遗言王主簿："我死当葬我，葬我必于是洞，且用仪卫鼓吹为导，使樵猎祝我如祝山神。"

其次是作者对于葛庆龙的赞许态度，也只能在元末才有可能拥有如此立场。因为他最看重的是葛庆龙的"奇气横发"，而鄙视那些"趑趑媚学"平庸之辈：

> 庆龙初为浮屠，中更衣道士服，晚又入儒，人莫测其意。出语颇涉玄怪，恍惚不可辨。君子谓其为诗之仙鬼云。今观此卷所作，虽杂于幽涩，而奇气横发，直欲骑日月，薄太清。视争工于组织纫缀间者，不翅猿鹤之于虫沙。有如庆龙，何可少也？何可少也？余故备道谢语，书而归之，使知庆龙亦非趑趑媚学辈可及，则其不为庆龙者，又可得耶？

但在明初时，宋濂对于那些语涉险怪的作家与作品，则完全持一种否定的态度。其《徐教授文集序》说："是故扬沙走石，飘忽奔放者，非文也；牛鬼蛇神，倮诞不经而弗能宣通者，非文也；桑间濮上，危弦促管，徒使五音繁会而淫靡过度者，非文也；情缘愤怒，辞专讯诟，怨尤勃兴，和顺不足者，非文也；纵横捭阖，饰非助邪而务以欺人者，非文也；枯瘠苦涩，棘喉滞吻，读之不复可句者，非文也；廋辞隐语，杂以诙谐者，非文也；事类失伦，序例弗谨，黄钟与瓦釜并陈，春秧与秋枯并出，杂乱无章，刺眯人目者，非文也；臭腐塌茸，厌厌不振，如下俚衣装不中程度者，非文也。"以此标准衡量，不仅葛庆元为人"出语颇涉玄怪，恍惚不可辨"而"诗务出不经人道语，甚者钩棘不可句"理应在否定之列，他本人这篇夸耀葛庆元的题跋也难以称之为文。至于他那篇戏谑黄庭坚的《题黄山谷手帖》，更会因其"杂以诙谐"而遭到否定。由此可知，宋濂元末之题跋文与明初差别很大。元末之题跋文大都挥洒自如、生动有趣、笔锋犀利，有一股傲然之气行乎其中，带有元末文人题跋的共同特性。

当然，宋濂明初的题跋文也并非与元末完全隔绝。尽管从其题跋文创作的主要内容与体貌上看，作者往往站在朝廷官方的立场而限制自我情感的抒发与真实观点的表达，但由于题跋文体产生较晚，缺乏严格的体要规定，因而呈现出文体功能的多元和表达方式的自由，在不涉及政治题材的创作中便会表现出另样的形态。试看以下三篇题跋：

> 赵魏公自云幼好画马，每得片纸必画，而后弃去。故公壮年笔意精绝，郭祐之作诗至以"出曹韩上"为言。公闻之微笑不答，盖亦自负也。此图用篆法写成，精神如生，诚可宝玩也。（《题赵子昂马图后》）

> 赵令穰与其弟令松以宋宗室子精于文史，而旁通艺事，所以皆无尘俗之韵。今观令穰所画《鹤鹿图》，丛竹幽汀，长林丰草，其思致宛如生成。余隐居仙华山中，时与麋鹿为友，每坐白云磴上，教鹤起舞，故得其情性为真。开卷视之，使人恍然自失。（《题赵大年鹤鹿图》）

> 右宋思陵所书《神女赋》，法度全类孙过庭，且善用笔，沉毅之中兼有飘逸之态。然思陵极留心书学，《九经》皆尝亲写，故其用功为最深。此卷乃禅位后所书，时春秋已高，而犹弗之废，诚可谓勤也已。使其注意于虞夏商周之治，父仇不至不报，王业未必偏安，抑又可叹哉！卷首有奎章阁鉴书博士印，盖天台柯敬仲为是官时所鉴定云。（《跋高宗所书神女赋》）

此三篇文字均属书画题跋，而艺术类题跋大都与政治无涉，所以作者文笔较为挥洒自如。第一篇除了赞赏赵孟頫画马水平的高超外，还连带描绘其神态境界，一句"公闻之微笑不答，盖亦自负也"，刻画出赵孟頫艺术家的自信与风度。第二篇则是由画面"丛竹幽汀，长林丰草"的优美环境，引起自身对于"时与麋鹿为友，每坐白云磴上，教鹤起舞"隐居生活的体味，并最终达到"恍然自失"的人画交融的美妙境界。第三篇乃是由书法所引出的政治性话题。宋高宗在书法艺术上用功甚勤、水平甚高，宋濂对此给予了充分肯定。但随后笔锋一转，说假如赵构把这份勤奋用在对理想政治追求的本有职责上，那么"父仇不至不报，王业未必偏安，抑又可叹哉"。看来，只要不是面对皇上朱元璋，宋濂的批判意识一不留神又会显露出来。这些文章应该说都是题跋中的精品，短小精悍，寓意深刻，生动有趣，境界高远，体现出题跋简劲精练的文体特征。书画题跋是一个独特的创作领域，除了题材自身的特殊性之外，还受宋元以来传统的影响，尤其是元代文人画家的影响。宋濂作为由元入明的文人，当然会带有那一时期的深刻烙印，因而写出这样的题跋作品是理所当然的。

值得特别指出的是，宋濂不仅在书画题跋中保持了元末题跋的特点，在一些敏感题材的文章中也时时流露出其真实的情感与良苦的用心，让人看到重情感、守道义的儒者风范。最能代表此类题跋文的是《跋张孟兼文稿序后》，尽管涉及朱元璋对文学之臣的询问，却丝毫没有其他题跋文的尊崇感佩之言：

> 濂之友御史中丞刘基伯温，负气甚豪，恒不可一世士，常以"倔强书生"自命。一日侍上于谨身殿，偶以文学之臣为问，伯温对曰："当今文章第一，舆论所属，实在翰林学士臣濂，华夷无间言者。次即臣基，不敢他有所让。又次即太常丞臣孟兼。孟兼才甚俊而奇气烨然。"既退，往往以此语诸人，自以为确论。呜呼！伯温过矣。濂以无根葭泽之文，何敢先伯温？今伯温之言若此，其果可信耶？否耶？纵使伯温非谬为推让者，才之优劣，濂岂不自知耶？伯温诚过矣。唯言孟兼才之与气，则名称其实尔。今观所造《孟兼文稿序》，嘉其语粹而辞达，他日必耀前而光后，其惓惓犹前意也。伯温作土中人将二载，俯仰今古，不能不慨然兴怀。孟兼请濂题识序后，因书伯温昔日之言以表吾愧，操觚之时，泪落纸上。洪武十年三月二十五日。

文章所述重心在于刘基、宋濂和张孟兼之间的相互品评与深厚情感。本文看似随意，其实有着严密的布局。开篇先从刘基的个性叙起，说他是负气甚豪的"倔强书生"，常常抱着不可一世的孤傲情怀。然后文章就转向刘基对宋、张二人的评价：说宋濂为"当今文章第一"，显示了刘基的眼光和胸怀；说自己是第二则显示了他的自负本色，说张孟兼第三则是对这位浙东文人的褒奖。刘基的《张孟兼文稿序》一文今已不传，因而其如何具体评价张文也就不得而知。但《刘基集》却保存了一篇《宋景濂学士文集序》，其中评价宋濂说："儒林清议佥谓开国词臣，当推为文章之首，诚无间言也。"由此可知刘基对宋濂"当今文章第一"的评价的确是其真实的看法。但是，本文的主旨既不在于通过刘基的评价来抬高自己，因为宋濂一再表达了自己的谦恭态度，仅"伯温过矣"就重复了两次；也不是要通过刘基的评价来突出张孟兼的地位，尽管宋濂说"唯言孟兼才之与气，则名称其实尔"，但其目的依然是赞赏刘基乐于成人之美的"情怀"。

文章最后对刘基的深沉怀念才是本文的主旨。但是，在这深沉怀念的背后，却包含了太多的难言之隐。他何以会想到刘基之死便"俯仰今古，不能不慨然兴怀"？而他在提笔写作此文时，又何以会"泪落纸上"？笔者认为，尽管宋濂的感情此时相当复杂，但痛惜刘基的死并联想到自己的命运是主要因素。在元明之际，浙东文人集团与朱元璋淮西军事集团的关系微妙而复杂。朱元璋既要利用他们为自己出谋划策，又对他们加以控制约束。作为浙东文人群体一方，他们既得到了朱元璋所提供的建功立业的机遇并得到了加官晋爵的荣耀，却又深感守道的艰难与自我的压抑。因此，他们其中任何一位遭到挫折不幸，其他成员都会产生强烈的兔死狐悲的感伤。刘基在为宋濂作《宋景濂学士文集序》时就慨叹说："先生赴召时，基与丽水叶公琛、龙泉章君溢实同行。叶君出知南昌府已殁；章君官至御史中丞，亦以寿终；今幸存者，惟基于先生耳。"到了宋濂为刘基的序文作跋时，当年一起投奔朱元璋的浙东四先生仅存宋濂一人而已，其感叹悲伤实属由衷而来。此外，刘基的死具有更为复杂的内涵。关于刘基的死因，或以为被朱元璋所赐毒酒致死，或以为被淮西官员胡惟庸下毒害死，至今尚无定论。但有一点是清楚的，那就是刘基乃是死于非命而非寿终正寝。对于这一点，宋濂毫无疑问是很清楚的。无论从刘基个人"负气甚豪"的个性悲剧的角度，还是从浙东文人的集体命运的角度，刘基的死都会给宋濂带来感伤、震惊与深思，并使之产生对自我命运的忧虑。所有这一切都不便明言，但他的"俯仰今古"，是否想到了君臣遇合的不易？他的"泪落纸上"，是否为浙东文人集团的陨落而感伤？这些都只能由后世读者去解读体味了。

四　结语

明代文体学家徐师曾在《文体明辨序说》中将题跋的文体功能概括为"其词考古证今，释疑订谬，褒善贬恶，立法垂戒，各有所为，而专以简劲为主，故与序引不同"。这样的概括当然是有根据的，却又是不全面的。宋濂的题跋文创作与文体观念，可以为徐师曾的概括提供证据："褒善贬恶"自不必说，宋濂明初的大多题跋文创作尤其是台阁题跋的创作，都具有这样的功能；至于"考古证今，释疑订谬"，宋濂所概括的题跋的补史与知识考证的两大类别是最具体的体现；"专以简劲为主"也可以在宋濂的书画题跋中找到很多的实例。说徐师曾的说法不够全面，是因为他的归纳难以囊括题跋创作的所有类别。仅以宋濂的创作为例，语含讥讽的批判功能，寄托情感的抒情功能，寄托兴趣的小品功能，这些都已经被宋濂的题跋文创作发挥得淋漓尽致，并且还可以在其他宋元文人题跋文中屡屡看到。因此，宋濂的题跋文体观念，应该是包容广泛、自由开放的。他对题跋有自己的基本看法，那就是"前人旧迹或暗而弗彰，必假能言之士历道其故而申之，有如笺经家之疏"，即必须对前人"暗而弗彰"的载体加以引申，这是题跋文最为基本的属性与功能。至于是考证作者身份，还是补充传主细节，抑或开掘主题旨意，乃至引起情感抒发以及由此及彼的审美想象，则要视作者的需要而自由挥洒了。

宋濂之所以能够拥有这样的观念及创作业绩，自然要归之于其个人的修养、学识与能力，同时也与其身跨元明两代的人生经历密切相关。这使他拥有了不同的创作环境与心态，从而创作出多姿多彩的题跋作品，又具备内涵丰富的题跋文体观念。后来王世贞曾评价宋濂说："文宪于书无所不读，于文体裁无所不晓。顾其概以典实易宏丽，以详明易遒简，发之而欲意之必罄，言之而欲人之必晓。以故不能预执后人之权，而时时见夺。夫使后人率偏师而与之角，孙主簿之三千骑足敌羸卒数万。若各悉其国之赋甲而竟于大麓，所谓五战而秦不胜三，赵再胜者邯郸岌岌乎！我故思用其人也。"这当然是就宋濂的整体创作而言的，但也基本符合其题跋文的状况。王世贞认为，宋濂读书丰富、通晓文体，其优点是在各类文体上都有佳作与建树。后人在某个创作领域或可与其一争高下，但在整体上是无法与其相抗衡的。那么具体到题跋文体上，宋濂也是如此。他几乎尝试了此种文体的所有功能，并都有成功的作品，或简劲，或细腻，或深刻，或含蓄，用以叙事说明、议论抒情，均能得心应手。当然，王世贞的说法也存在有待商榷之处，如他说宋濂"以典实易宏丽，以详明易遒简，发之而欲意之必罄，言之而欲人之必晓"，就颇有含混之处。倘若这说的是宋濂本人从元末到明初在创作上的变化，或许不无道理；倘若这指的是宋濂针对前人的创作而做出的调整，那就很难概括其创作的实际。因为仅就题跋文体而言，宋濂便是典实与宏丽兼顾，简劲与详明并存，从而成为一个多元包容的题跋文大家。

商贾精神与唐顺之及《任光禄竹溪记》

南京师范大学文学院　陈书录

摘　　要　从明代武进（今属常州）唐顺之的古文名篇《任光禄竹溪记》所写人物原型的考察入手，认定记中的"竹溪主人"应为任卿，其生于弘治十一年（1498），卒于嘉靖三十三年（1554），享年五十七岁。他集文人、官吏、商人于一身。该记作于"嘉靖甲午（十三年，1534）"之后、"丙申（十五年，1536）"之前。进而考察作者的人生经历和创作心态，把握作者与《任光禄竹溪记》中所写人物的原型——竹溪园的主人的人格精神，尤其是把握唐顺之与记主任卿在商贾精神上的契合点，彰显明代中后期包括商贾在内的新兴市民阶层追求自得自适、个性自由的启蒙思想。

关　键　词　《任光禄竹溪记》　唐顺之　商贾精神

知人论世是中国古代文学批评的重要方法之一，其中所知之"人"，既是指作者，有时也指文学作品中所描写人物的原型。我们从唐顺之的《任光禄竹溪记》所写人物原型的考察入手，进而考察作者的人生经历和创作心态，把握作者与《任光禄竹溪记》中所写人物的原型——竹溪园的主人的人格精神，尤其是把握唐顺之与记主任卿在商贾精神上的契合点，彰显明代中后期包括商贾在内的新兴市民阶层追求自得自适、个性自由的启蒙思想。

一　《任光禄竹溪记》所记主人与创作时间考

《任光禄竹溪记》是明代中期"唐宋派"领袖唐顺之的名篇，徐朔方、孙秋克在《明代文学史》中指出："以竹喻人，赞美不谐流俗、孤高傲世的士人君子。……全篇文字流畅简雅，取譬舒卷自如，是唐宋派论说文中不可多得的好文章"①。但是，其中的主人"任光禄"是谁，一直没有弄清楚，至今流行的明代文学史、古文选本及高校教材古代文学作品选本中多说"待考"或"不详"。例如，刘盼遂、郭预衡主编的《中国历代散文选》（下）之《任光禄竹溪记》题注曰："光禄，官名。古代光禄大夫或光禄寺的官员，都可以简称光禄。任光禄事迹待考。"② 赵伯陶选注的《明文选》之《任光禄竹溪记》题注曰："任光禄，生平不详。光禄是官署，明代设光禄寺，正职为光禄寺卿，从三品，'掌祭享、宴劳、酒醴、膳馐之事'（《明史·职官三》）。另设少卿、寺丞以及典簿、署丞等属官，皆可称'光禄'。另有散阶'光禄大夫'的称号，为文、武官从一品升授之阶。"③ 陈书录主编的《中国古代文学作品选》（元明卷）有关《任光禄竹溪记》解题中也说："任光禄事迹不详。"④ 徐朔方、孙秋克的《明代文学史》中对于竹溪园主人也只是说"江南人任光禄"⑤，称其官职而不知其名字。

既然"光禄"是官职（具体为何种官职，下文再考），这位曾担任"光禄"官职的"任"姓人是谁呢？唐顺之的《任光禄竹溪记》中说"余舅光禄任君治园于荆溪之上"⑥，荆溪，水名，以近荆南山而得名，在明南直隶南部。显然，"任光禄"为江南人。吕柟《唐母任氏墓志铭》中说："唐母任氏者，兵部主事武进人唐应德顺之之母也，宜兴人。"⑦ 李开先《荆川唐都御史传》中说："（唐）珤，字国秀，因父母俱亡，晚号有怀，以乡举授知州，迁员外郎、郎中，官至永州府知府。娶宜兴任俨女，生子顺之，字应德，号荆川。"⑧ 可见，唐顺之的舅父之家为江南宜兴县任氏。明万历十八年（1590）《宜兴县志》卷八中有任卿小传："任卿，字世臣。事后母以孝闻，轻财好施，修建桥梁，千金不惜助。入学田千亩，有奇士

---

① 徐朔方、孙秋克编著《明代文学史》，浙江大学出版社，2006，第 237 页。

② 刘盼遂、郭预衡主编《中国历代散文选》（下），北京出版社，1980，第 447 页。

③ 赵伯陶选注《明文选》，人民文学出版社，2006，第 216 页。

④ 陈书录主编《中国古代文学作品选》（元明卷），高等教育出版社，2003，第 173、174 页。

⑤ 徐朔方、孙秋克：《明代文学史》，浙江大学出版社，2006，第 237 页。

⑥ 唐顺之：《荆川先生文集》卷十二，《唐顺之集》，浙江古籍出版社，2014，第 552 页。

⑦ 吕柟：《唐母任氏墓志铭》，《泾野先生文集》卷二十六，明嘉靖三十四年刻本，《四库全书存目丛书》集部第 61 册，第 326 页。

⑧ 李开先：《荆川唐都御史传》，《李中麓闲居集》卷十，《李开先全集》，上海古籍出版社，2014，第 949 页。

赖其利。又置义庄于筱里，捐义田千亩以赡族。侍郎陈儒作记勒石。又置役田八百亩给里人之充役者。仕至大理寺左寺副。弟道，光禄寺丞，有才识，尤善成兄志。"陈儒（1488～1561），字懋学，号芹山，嘉靖二年（1523）进士，官至右都御史，总督漕运，巡抚淮扬。有《芹山集》四十卷，又有《留余堂集》二卷。明万历十八年《宜兴县志》中所说"陈儒作记勒石"者指陈儒的《义田记》①，其中记述"义兴之筱里村"的"竹溪乐善好施"而建义田，而其弟"筱溪"成其兄志。而《宜兴筱里任氏家谱》卷九中说"（任）卿，字世臣，号竹溪，瑀之子"，而"（任）道，字士充，号筱溪，竫之子"，任卿、任道为堂兄弟。虽然堂兄弟任卿、任道先后任职"光禄寺"，但唐顺之的《任光禄竹溪记》中所指的"任光禄"是"号竹溪"的任卿，而不是他那"号筱溪"的从弟任道。这在明嘉靖年间翰林检讨毛起（超）的《竹溪公墓志铭》② 中得到了证实："君讳卿，字世臣……而止环所居，皆艺竹，尝曰'惟有此君耳'，故别号竹溪。"③最可信的内证是唐顺之的《任光禄竹溪记》中所云："余舅光禄任君治园于荆溪之上，遍植以竹，不植他木。竹间作一小楼，暇则与客吟啸其中，而间谓余曰：'吾不能与有力者争池亭花石之胜，独此取诸土之所有，可以不劳力而蓊然满园，亦足适也。因自谓竹溪主人，甥其为我记之！'"《宜兴筱里任氏家谱》卷五之一《任卿传》中也明确地说"（任卿）所居皆艺竹，故号竹溪，甥男唐顺之为之记"。毋庸置疑，唐顺之《任光禄竹溪记》中所说的"竹溪主人"应为任卿，其生于弘治十一年（1498），卒

---

① 任承弼等：《宜兴筱里任氏家谱》卷九之一，民国十六年（1927）一本堂重修本。
② 任承弼等：《宜兴筱里任氏家谱》卷九之二所载《竹溪公墓志铭》作者为"翰林检讨毛超"。毛超，有《菊庵集》十二卷（明嘉靖十四年吉水毛氏家刻本），其卷十一有《自撰墓志铭》，其中说"太守生宣德庚戌十二月四日，终正德癸酉二月二十有九日，享年八十有四"。《竹溪公墓志铭》中说"（竹溪主人任卿）无何疾作，迎医不治，以嘉靖甲寅（三十三年，1554）八月十日遂捐馆"。毛超卒于"正德癸酉"即正德八年（1513），由此可见，毛超不可能为卒于嘉靖三十三年（1554）的任卿撰写墓志铭，而为任卿撰写墓志铭的最有可能是毛起，"起"误作"超"。毛起，字潜宾，号青城居士，嘉靖二十六年（1547）进士。四川夹江人。有文名，著有《口笔刀圭录》等，陈文烛有《口笔刀圭录序》（《二酉园续集》卷一，《四库全书存目丛书》集部第139册，第410页）。《明世宗实录》卷三百五十三 ［（台）"中央研究院"历史语言研究所影印，第6370页］中说"嘉靖二十八年十月""毛起为检讨"。《宜兴筱里任氏家谱》卷五之一《任卿传》中明确地说"翰林毛起为墓志铭"。可见，撰写《竹溪公墓志铭》的应为毛起。
③ 见于《宜兴筱里任氏家谱》卷九。

于嘉靖三十三年（1554），享年五十七岁①。

关于任卿所担任的"光禄"之官职，毛起的《竹溪公墓志铭》中指出："嘉靖甲午（十三年，1534）铨授光禄寺署丞。"《明史》卷七十四《职官（志）三》指出："光禄寺，卿一人，从三品。少卿二人，正五品。寺丞二人，从六品。其属，典簿厅，典簿二人，从七品，录事一人，从八品。大官、珍羞、良酝、掌醢四署，各署正一人，从六品，署丞四人，从七品。"② 显然，唐顺之的《任光禄竹溪记》中所记的竹溪园主人是其舅任卿，当时为光禄寺署丞，从七品，而不是光禄寺卿、光禄寺少卿甚至光禄大夫等中高级官职或官阶。

考出其名其官，进而看唐顺之的《任光禄竹溪记》作于何时。与唐顺之同为"嘉靖八才子"之一的赵时春也有一篇《任光禄竹溪记》，其中有云："友人唐应德（顺之）氏为其舅光禄任君作《竹溪记》，深怪江南之多竹而人不以为贵，京师之竹寡而人争贵之。至究其所以贵者，则曰京师之于竹也，不择美恶，不问巨细，唯有竹之气类者莫不延之于锦堂华屋之前。……余读而笑曰……唐子曰：子之言诚然，他日为舅氏识之。"该记最后说："余归周年，而思与唐子磨砺以相益者不可得也，而有感于竹之说，以壬寅正月十三日起作《竹溪记》，盖复辛丑岁相别之期也。"③ "辛丑"为嘉靖二十年（1541），"壬寅"为嘉靖二十一年（1542）。可见，唐顺之的《任光禄竹溪记》作于嘉靖二十年（1541）前，因为这年赵时春已读过该文并与唐顺之切磋。又据毛起《竹溪公墓志铭》中所说："（任卿）比长服父师教学举子业，由庠学例入为太学。嘉靖甲午（十三年，1534）铨授光禄寺署丞。丙申（十五年，1536）擢中军都督府都事。秩满，考最，授敕名赠父如其官。赠母杨氏，封徐氏，配周氏，并孺人。任氏之有封自君始也。丁酉岁（十六年，1537），丁徐孺人艰，哀毁如礼。己亥岁（十八年，1539），服阕，补右军都督府。庚子（十九年，1540），以君有文学兼翰林院典籍、内阁办事。甲辰（二十三年，1544），纂修《玉谍》

---

① 《宜兴筱里任氏家谱》卷五之一《任卿传》中说："任卿生于弘治戊午五月十六日，卒于嘉靖甲寅八月初十日，享年五十七。""弘治戊午"是弘治十一年（1498），"嘉靖甲寅"是嘉靖三十三年（1554）。

② 《明史》卷七十四《职官（志）三》，中华书局，1995，第1798页。

③ 赵时春：《任光禄竹溪记》，《赵浚谷文集》卷四，《四库全书存目丛书》本。

成，擢大理寺左寺副。乙巳（二十四年，1545），致政归于家。"① 唐顺之在《任光禄竹溪记》中称其舅任卿为"光禄"，而不称"都督府都事""翰林院典籍""大理寺左寺副"（也可简称）等，由此推知，唐顺之《任光禄竹溪记》的创作时间应于嘉靖二十年（1541）再往前推进几年，也就是作于嘉靖甲午（十三年，1534）至嘉靖丙申（十五年，1536）之间，即任卿于"嘉靖甲午（十三年，1534）铨授光禄寺署丞"之后，"丙申（十五年，1536）擢中军都督府都事"之前。

二　唐顺之《任光禄竹溪记》的创作心态

据我们考证，唐顺之《任光禄竹溪记》中所说的"竹溪主人"应为任卿，生于弘治十一年（1498），卒于嘉靖三十三年（1554），享年五十七岁。他曾为光禄寺署丞，从七品，因而推知唐顺之《任光禄竹溪记》作于嘉靖甲午（十三年，1534）至嘉靖丙申（十五年，1536）之间。② 在此基础上考察《任光禄竹溪记》作者的创作心态，应该首先看看嘉靖甲午（十三年，1534）至嘉靖丙申（十五年，1536）之间唐顺之遇到过什么人生大事。据《明世宗实录》卷一七二记载，嘉靖十四年（1535）二月"己酉，翰林院编修唐顺之疏请回籍养病，上曰：'顺之方改吏职，又属校对《训录》，何辄以疾请，令以原职致仕，永不起用。'"③ 那么，年仅二十九岁的唐顺之为什么要"疏请回籍养病"呢？原来当国权重的内阁大学士张璁嫌唐顺之"不相亲近"而厌恶并排挤他，《明世宗实录》卷一七二中所说的嘉靖帝的旨意，其实是张璁拟旨，李开先《荆川唐都御史传》说："罗峰张国老（张璁，号罗峰）虽会试举主，恶其不相亲近，有庆贺事，远投拜简，跃马径过其门。因其上疏养病，则票一旨意云：'唐顺之方改史职，又见校对《训录》，乃辄告病，着以原职致仕去，不许起用。'报出，士夫骇之，而唐子安之，曾无愠色。……议者以罗峰（张璁）险毒，而唐子

① 任承弼等：《宜兴筱里任氏家谱》卷九之二。
② 陈书录、纪玲妹：《唐顺之〈任光禄竹溪记〉所记主人与创作时间考》，《江海学刊》2012年第2期。
③ 《明世宗实录》卷一百七十二，台北："中央研究院"历史语言研究所影印，第3741~3742页。

（顺之）高亢。"① 此时，张璁复任内阁大学士并加少师。原来，张璁一步步升为内阁大学士，与嘉靖前期的"大礼议"有关。正德十六年（1521）四月，朱厚熜由藩王而入承皇位，但他要尊崇其生身父母，下令礼官集议崇祀其父兴献王的典礼，从而引起了嘉靖前期的"大礼议"。张璁是正德十六年进士，年已四十七岁，嘉靖元年（1522）授南京刑部主事。嘉靖三年（1524），他以"大礼不正"上疏力争"崇祀"，嘉靖帝得疏大喜，将张璁等召至京城。以首辅杨廷和为首的一批反对"崇祀"的朝官，与明世宗朱厚熜及观政进士张璁等一些附和"崇祀"者展开了激烈的斗争，乃至二百多名反对"崇祀"的官员跪伏左顺门，撼门大哭，进而激怒了明世宗朱厚熜。他下令逮捕一百多人下狱，并棒杖翰林编修王相等一百八十余人。以此为转折点，以前反对"崇祀"的朝官有的愤而辞职，而附和"崇祀"者如张璁步步高升，乃至以文渊阁或谨身殿或华盖殿大学士入阁主政，权倾一时。显然，嘉靖十四年（1535）时的唐顺之因与权臣交恶而远离朝廷，称病归乡。"唐子既抵墟里，鸡犬柴门，依依桑梓，谢却业缘，便有终焉之计矣。诗文更进一格，以其侍从庆成朝堂雍容之作，而为村樵渔父歌咏太平之词。"② 归乡后的唐顺之写了《村居二首》和《暮春游阳羡南山四首》等诗，后者之其一、其二云：

> 清溪知几曲，惟见白云深。一入蘼芜径，欣闻樵采吟。
> 春莺未停啭，夏叶始繁阴。乘此纵长啸，悠然物外心。
>
> 洞口石纵横，流泉复有声。柴门何处入，鸡犬自相迎。
> 灵草知昏晓，时禽识雨晴。非因罢官久，谁得此间行。③

结合唐顺之嘉靖十四年（1535）时之人生经历看这首诗，可见唐顺之归乡后远离朝廷、厌恶权贵、乐山乐水、悠然物外的心态。基于这种心态，唐顺之在《任光禄竹溪记》中一反那认为竹"巧怪不如石，其妖艳绰约不如花"的世俗之见，赞颂竹，也是用拟人化的手法赞美其舅任卿不务纷华、

---

① 李开先：《荆川唐都御史传》，《李中麓闲居集》卷十，《李开先全集》，上海古籍出版社，2004，第951页。
② 李开先：《荆川唐都御史传》，《李中麓闲居集》卷十，《李开先全集》，第951页。
③ 唐顺之：《暮春游阳羡南山四首》，《荆川先生文集》卷一，《唐顺之集》，第40页。

不陷流俗的孤高独立的品格："孑孑然，有似乎偃蹇孤特之士，不可以谐于俗。"① 这种孤高独立的品格，与李开先所说的"唐子（顺之）高亢"② 相呼应，却与世俗之见相对立，而唐顺之在《任光禄竹溪记》中所列举的世俗之见的代表是"京师侯家富人"："余尝游于京师侯家富人之园，见其所蓄，自绝徼海外奇花石无所不致，而所不能致者惟竹"；"且彼京师人亦岂能知而贵之？不过欲以此斗富，与奇石等尔。"③ 用知人论世的方法，结合唐顺之于嘉靖十四年（1535）被京师权贵排挤而离开朝廷等经历，便可以理解他创作《任光禄竹溪记》时的心态。也正是有这种特定的创作心态，才能写出赞颂竹也是赞美任卿的孤高独立品格的《任光禄竹溪记》，正如汉代桓谭在《新论》中所说："贾谊不左迁失志，则文彩不发；淮南不贵盛富饶，则不能广聘骏士，使著文作书；太史公不典掌书记，则不能条悉古今；扬雄不贫，则不能作《玄言》。"④ 事同此理，人同此心，唐顺之于嘉靖十四年（1535）被权贵排挤而离开京师等经历对于他创作《任光禄竹溪记》也是如此。

三 《任光禄竹溪记》记主的商贾精神及个性自由

《任光禄竹溪记》是写园林的记文，但该记却不侧重对园林景物的描写，而是侧重写园林之竹，并以竹比拟园林主人任卿的人格精神，竹与人格精神交融，达到了颇高的审美境界。而《任光禄竹溪记》的审美境界，一头连着创作主体（包括作者的创作心态），另一头连着审美客体——竹与比拟的竹溪园主人任卿的人格精神，因而我们把握《任光禄竹溪记》的审美境界，必须考察竹溪园主人任卿。对此，明嘉靖年间翰林检讨毛起的《竹溪公墓志铭》⑤ 有助于我们了解竹溪园主人任卿：

> 君讳卿，字世臣，其先汴州偃师人，十四世祖讳庆源者，宋南渡

---

① 唐顺之：《任光禄竹溪记》，《荆川先生文集》卷十二，第553页。
② 李开先：《荆川唐都御史传》，《李中麓闲居集》卷十，《李开先全集》，第951页。
③ 唐顺之：《任光禄竹溪记》，《荆川先生文集》卷十二，《唐顺之集》，第553页。
④ 桓谭撰，朱谦之校辑《新论》卷一《本造篇》，《新辑本桓谭新论》，新编诸子集成续编，中华书局，2009，第2页。
⑤ 任承弼等编撰《宜兴筱里任氏家谱》卷九之二所载《竹溪公墓志铭》作者为"翰林检讨毛超"，其实应为毛起。

时避兵，徙义兴之筱里，子孙遂家焉。曾大父讳亮，大父讳薰，咸潜
德不弗耀。考讳端，以例授镇江卫指挥佥事。母杨氏，继母徐氏，少
师文靖徐公孙女也。君少失恃育，于徐爱之如所生。少长性颖悟岐
巍，不事嬉戏。比长服父师教学举子业，由庠学例入为太学。嘉靖甲
午（十三年，1534）铨授光禄寺署丞。丙申（十五年，1536）擢中军
都督府都事。秩满，考最，授敕名赠父如其官。赠母杨氏，封徐氏，
配周氏，并儒人。任氏之有封自君始也。丁酉岁（十六年，1537），
丁徐孺人艰，哀毁如礼。己亥岁（十八年，1539），服阕，补右军都
督府。庚子（十九年，1540），以君有文学兼翰林院典籍、内阁办事。
甲辰（二十三年，1544），纂修《玉牒》成，擢大理寺左寺副。乙巳
（二十四年，1545），致政归于家。君性恬静，不善容合，故仕亦不甚
显。每春秋祠祭宗先上邱墓，务尽情诚，俨然如事生。事母徐恒先意
承志，或少不怿，必侍侧，移时无怠容，俟色和，乃退。徐常病廉
下，日夜侍汤药，虽便溺必亲视，以省安否。徐常取侄坦女育，比长
议赘婿，君推徐爱，厚其产业，使饶裕焉。居忧不修浮屠业，惟致诚
信。而止环所居，皆艺竹，尝曰"惟有此君耳"，故别号竹溪。岁时
招宾宴歌，尽欢乃罢。暇则临名帖数纸，觞咏自适。不以私谒有司
云。君既承有先业，又母妻二氏皆大宦家，资装甚厚。君以此善操奇
赢，停贮十一，不十数年家资累十数万。然能折节取贵，善力田蓄，
待诸僮以慈，咸为尽力，时人比之宣曲任氏焉。君虽以富雄，居常雅
朴，耻以富自玷。时时与人，尝遇饥岁，为糜粥以食，所全活甚众，
给棺以敛不能丧者近万计。壬子岁（三十一年，1552），倭寇云扰，
君捐千金以助军饷。巡抚彭公嘉奖之。尝建筱里桥及郡城浮桥、英烈
祠亭、茅山道院，诸费亦不下数千金。其积而能施多类此。无何疾
作，迎医不治，以嘉靖甲寅（三十三年，1554）八月十日遂捐馆。君
多内，以年未衰耗，忽大渐，不遑议立后事。先是嫡室周氏先君六年
卒。比君殁，内无正室主丧事。君寡兄弟，独近属昆弟曰俯、曰仲及
光禄丞道三人。俯最长且有子五人，择其材可为嗣者曰克信最良，众
议曰立之。时新丧，藏多分匿诸房，僮婢私念君经营数十年，一日举
而委之他人，心多不平，不知长便计在立后，争者遂起。光禄臣以假
归，亦不能独挽前议，内外撑挂不决，乃以事闻诸郡邑。郡邑诸公咸
曰：任氏私产耳，独有后可议。然畏其浇不敢决。会当道有以军需为

名者，遂录而籍之。其余亦稍稍瓜分蚕食尽矣。繇此而后，克信之立，始定于是，君始得血食云。将以月日葬于俞山祖垅之侧。于是君之舅氏尚宝卿东泖徐君命克信持所为状书抵予曰：君尝过宜兴，与闻任氏事。君之言曰，惜也！不如早立。克信伦序既正，何利之争！不然在野之兔逐者众矣。今果如君言，君宜为铭，铭曰：

> 任出自黄，在汸为著。筱里之系，世也安处。于显肇君，有光往嗣。籍通秘省，阶列棘寺。褒章疑疑，两世孔熙。仕不干进，居亦用奇。怀珠袭玉，鸣钟连骑。在富能约，处丰不私。振贷桥宇，亦克捐赀。惟共有文，是以酌时。寿不登耇，竟啬其后。秉礼立祠，材器可复。俞山之藏，君魂永大。锲诸贞石，示任不朽。①

从毛起的《竹溪公墓志铭》及有关资料来看，任卿其人有如下身份与特征。

一是集文人、官吏、商人于一身。任卿是一位颇有才华的文人，"比长服父师教学举子业，由庠学例入为太学"，后来"以君有文学兼翰林院典籍"，并"纂修《玉谍》（皇族族谱）"。他又是一位"仕不干进"的官吏，先后为光禄寺署丞、中军都督府都事、右军都督府、翰林院典籍、内阁办事、大理寺左寺副等较低级的官吏。归乡后，"不以私谒有司"。他又是一位善于经营、家资富雄的商人，"君既承有先业，又母妻二氏皆大宦家，资装甚厚。君以此善操奇赢，停贮十一，不十数年家资累十数万"。正是因为他是商人，资产丰厚，修建竹溪园才有了物质基础，也使他成为中国16世纪转型期的一位颇有市民（包括新兴的商人）精神的觉醒者。正是颇有才华的文人与"仕不干进"的官吏身份，培养了他不同于流俗的爱书爱竹的生活情趣："荆野堂依竹，银湾水向城。钓台开旧隐，雪棹缔新盟。书帙侵香细，樽垒荐爽轻。切磋藉君子，潦倒愧平生。"②

二是仗义捐资，扶贫济困。任卿虽为富商，但他"耻以富自玷"，轻财好施。当时，陈儒有《义田记》说任卿乐善好施而建义田，而其从弟任道成其兄志。当遇到饥荒岁月，任卿"为糜粥以食，所全活甚众，

---

① 毛起：《竹溪公墓志铭》，《宜兴筱里任氏家谱》卷九。
② 王教（常州知府）：《竹溪园亭》，载任承弼等《宜兴筱里任氏家谱》卷十。

给棺以敛不能丧者近万计";当倭寇侵扰之时,任卿"捐千金以助军饷";又"建筱里桥及郡城浮桥、英烈祠亭、茅山道院,诸费亦不下数千金"①。可见,这位亦儒亦商亦官亦隐的任卿,既有儒家的仁心,也有侠客的义气。

三是与竹为友,孤高独立,自得自适。"而止环所居,皆艺竹,尝曰'惟有此君耳',故别号竹溪。岁时招宾宴歌,尽欢乃罢。暇则临名帖数纸,觞咏自适。"②这可以与唐顺之的《任光禄竹溪记》相互印证:"君生长于纷华,而能不溺乎其中,裘马、僮奴、歌舞,凡诸富人所醉嗜,一切斥去,尤挺挺不妄与人交,凛然有偃蹇孤特之气,此其于竹,必有自得焉。而举凡万物可喜可玩,固有不能间也欤?然则虽使竹非其土之所有,君犹将极其力以致之,而后快乎其心。君之力虽使能尽致奇花石,而其好固有不存也。"③显然,任卿绝不同于《金瓶梅》中身为官吏与商人而又荒淫腐败的西门庆,而是中国16世纪转型期的一位颇有鄙视朝廷权贵、追求自得自适等市民(包括新兴的商人)精神的先驱者。毛起的《竹溪公墓志铭》也可以与唐顺之等人的诗歌相互印证:"彦升高卧处,风物迥清秋。隐几松花落,移琴竹径幽。山光开晓阁,池影上重楼。坐得逍遥趣,何须物外求"④;"山人抱冲襟,幽溪植修竹。灵籁间风雨,疏阴静炎燠。至性苟相成,浮生澹无欲。聊持一尊酒,长歌片云绿。"⑤显然,有关任卿的传记资料(包括墓志铭等)与唐顺之的散文《任光禄竹溪记》互证互补,呈现出一位有血有肉、性格鲜明的竹溪园主人任卿的形象,加深了人们对竹溪园主人任卿的人格精神的了解,也加深了人们对唐顺之的散文《任光禄竹溪记》的理解:不仅"以竹喻人,赞美不谐流俗、孤高傲世的士人君子"⑥,还蕴藏着鄙视朝廷权贵、追求自得自适的人格精神,而追求自得自适的人格精神与明代中后期新兴的市民(包括商人)意识中的解放(启蒙)思想相互沟通。因此可以说,《任光禄竹溪记》的风格不仅是

---

① 任承弼等编撰《宜兴筱里任氏家谱》卷九之一,民国十六年(1927)一本堂重修本。

② 毛起:《竹溪公墓志铭》,《宜兴筱里任氏家谱》卷九。

③ 唐顺之:《任光禄竹溪记》,《荆川先生文集》卷十二,《唐顺之集》,第553页。

④ 唐顺之:《题竹溪母舅园亭》,《宜兴筱里任氏家谱》卷十。

⑤ 顾璘:《植竹》,《息园存稿诗》卷四,文渊阁四库全书影印本,第1263集,361页;《宜兴筱里任氏家谱》卷十题作《竹溪园亭》。

⑥ 徐朔方、孙秋克编著《明代文学史》,浙江大学出版社,2006,第237页。

"流畅简雅""舒卷自如"①，而且是"竹比君子，天然当有此一段议论，墨床书榻，何可一日无此君也。词气傲兀，托讽不少"②。显然，唐顺之的《任光禄竹溪记》托物（竹）以寄讽喻，感慨遥深，高风跨俗，傲骨凌霜。众所周知，南朝梁代的刘勰在《文心雕龙·风骨》篇中强调文章应该具有风骨："辞之待骨，如体之树骸；情之含风，犹形之包气。"③并指出"风骨"的基本特征是"文明以健，则风清骨峻"④，也就是说，文章应该明朗健康，遒劲有力。初唐时的陈子昂在《修竹篇序》中感叹"风骨"的丧失："汉、魏风骨，晋、宋莫传，然而文献有可征者。仆尝暇时观齐、梁间诗，彩丽竟繁，而兴寄都绝，每以咏叹。"⑤将丧失"兴寄"视作丧失"风骨"最明显的一个标志。陈子昂《修竹篇》诗以"竹"兴寄，唐顺之《任光禄竹溪记》以"竹"托讽，有异曲同工之妙——重现"风骨"。显然，唐顺之"词气傲兀，托讽不少"的《任光禄竹溪记》，是明代嘉靖年间再现"风骨"的散文佳作。

四　唐顺之与《任光禄竹溪记》中记主在商贾精神上的契合

唐顺之在《任光禄竹溪记》中推崇竹溪园主人任卿，固然是因为他们有舅甥关系，又与唐顺之和权臣交恶而远离朝廷、称病归乡的心态有关，特别是与唐顺之受到商贾精神的影响有关。考察唐顺之的商贾精神，主要表现在以下方面。

一是视"通商""惠商"为"雅志古道"。中国传统社会中商贾精神的发展有三大障碍：存义去利、重农抑商、贵士贱商。所谓"存义去利"，如汉代董仲舒极力主张"正其谊不谋其利，明其道不计其功"⑥，这又被后儒引为存义去利、讳言财利的理论依据。所谓"重农抑商"，随着汉武帝

① 徐朔方、孙秋克编著《明代文学史》，浙江大学出版社，2006，第237页。
② （清）徐文驹、罗景泗编选《明文远》（不分卷），《四库全书存目丛书》集部第407册，第130页。
③ 刘勰：《文心雕龙》卷二十八《风骨》，载周振甫注《文心雕龙注释》，人民文学出版社，1983，第320页。
④ 刘勰：《文心雕龙》卷二十八《风骨》，载周振甫注《文心雕龙注释》，第321页。
⑤ 陈子昂：《与东方左史虬修竹篇序》，《陈伯玉文集》卷一，四部丛刊本。
⑥ 《汉书》卷五十六《董仲舒传》，中华书局，1992，第2524页。

时期桑弘羊"务本（农）抑末（商）"①和董仲舒"正其谊不谋其利，明其道不计其功"等主张成为统治思想，朝廷奉行的政策中的"重农抑商"倾向越来越严重。所谓"贵士贱商"，"（汉）高祖（刘邦）乃令贾人不得衣丝乘车，重租税以困辱之"②，直至唐朝最高统治者也往往视商贾为"贱类"，朝廷要求严格执行商贾"不得入仕"的政策："士农工商，四人各业。食禄之家，不得与下人争利。工商杂类，不得预于士伍。"③而随着明代中叶以来商品经济的发展，社会风气发生了很大的变化，如唐顺之在《程少君行状》中描写明中叶新安等地区"人庶仰贾而食，即阀阅家不惮为贾"④的状况，说明商贾之风的盛行改变着人们的心态。他在《户部郎中林君墓志铭》中称赞林性之在边境的通商政策："其在龙庆，以为商贾为边储所本，商贾病则粟不来，粟不来则边人坐困，故一切条去其所不便，高其价以招之。自此粟溢于廪，而君得以时出其纳以济边人之急。"⑤视通商"为边储所本"，他在《周襄敏公传》中高度评价周金招商而惠及边民的举措："百方为之招商聚粟，广屯积刍，以时给其食，使人人有重生之心。"⑥又在《答洪方州主事》中赞扬洪朝选（号芳［方］洲）："至于节用惠商以身先之，非吾兄雅志古道不能为此。"⑦视"惠商"为"雅志古道"，从士大夫高尚品性上来评说"惠商"行为。因此，唐顺之在编撰《杂编》时也大胆地容纳商贾精神："然而诸子百家之异说，农圃、工贾、医卜、堪舆、占气、星历、方技小道，与夫六艺之节脉碎细，皆儒者之所宜究其说而折衷之，未可以为赜而恶之也。"⑧

　　二是既倡导儒商，又褒奖廉吏，摆正官商关系。唐顺之在《休宁陈氏墓庐记》中写"俶傥好义"的商人陈帅英"为人俶傥好义，歙人多贾而翁故亦以贾业，翁在俦辈中岸然长者魁杰之气"⑨。《葛母传》写"慷慨行义"的商人葛钦与妻李贤及其子葛涧，夫妻及儿子相辅相成，成其商业与

---

①《汉书》卷六十六《公孙刘田王杨蔡陈郑传》，第 2903 页。
②《史记》卷三十《平准书》，第 1418 页。
③《旧唐书》卷四十八《食货志》，中华书局，1975，第 2089 页。
④ 唐顺之：《程少君行状》，《荆川先生文集》卷十五《唐顺之集》，第 700 页。
⑤ 唐顺之：《户部郎中林君墓志铭》，《荆川先生文集》卷十四《唐顺之集》，第 636 页。
⑥ 唐顺之：《周襄敏公传》，《荆川先生文集》卷十六《唐顺之集》，第 149 页。
⑦ 唐顺之：《答洪方州主事》，《荆川先生文集》卷五《唐顺之集》，第 202 页。
⑧ 唐顺之：《杂编序》，《荆川先生文集》卷十《唐顺之集》，第 451 页。
⑨ 唐顺之：《休宁陈氏墓庐记》，《荆川先生文集》卷十二《唐顺之集》，第 557 页。

善业："容庵翁（葛钦）豪俊有气概，游于商中，能自见其奇。……始容庵之贾于扬也，母（李贤）特家居奉其舅姑，服勤干蛊，兼子与妇之役，容庵是以无远贾之忧，而舅姑亦忘其子之不在膝也。……以是能殖其家，不独容庵积贸迁之故也。……容庵，倾资结宾客，盖不独容庵之能施也。"其子葛涧好儒行善，其母乐助其成："涧好聚古书，购书数百金以上，母恣之忽问也。涧为古文辞，所交多四方名士，馆谷馈遗诸费日出，母恣之勿问也，曰：'吾夫积金使吾子易以为善，今吾散金，以成吾子之善也，不亦可乎？'已而闻湛甘泉（湛若水，号甘泉）先生讲道南雍，则遣涧往，涧于是闻体认天理之说。未几，构甘泉书院于扬，费且数百金，涧请于母，母曰：'此义事也，亟图之。'自是书院成，而扬之士彬彬多向方也。"① 唐顺之反对官商勾结，注意处理商贾与官吏的关系，既倡导儒商，又褒奖廉吏，例如，《运使张东洛墓碑铭》说张恺为运使罢归后，"诸贾人力请致羡余九百金于公，公拒弗内也"。曾为福建都转运盐使司运使等"肥差"的张恺"死时，箧中无一金之积。尝有盗夜突入其室，发箧空无所得，快快去，公为诗识之曰：'平生不受一文贿，垂老犹疑千镪藏。'"② 在官吏与商贾的交往中，要做一个不受贿的廉吏，往往有一位"贤内助"，如唐顺之笔下的《李宜人传》，塑造了一位郡守"贤内助"的形象——"李宜人"："双泉公固洁志好修、刚而不惑者，而宜人之助盖亦多焉。"罗双泉由兵曹郎历任镇江、淮安两地郡守，而镇江、淮安两地"又夹江淮之冲，渔盐米谷重装大贾之辏，多见可欲，以是吏于兹者，洁志好修之士尤少，而肥家以去者为多，与所谓窥罅而阴入之贿者亦时时有焉。故为吏人妻者，不厌于肥家之公橐，则厌于窥罅之私贿矣"。商贾贿赂官吏之风盛行，但"双泉为此两郡守，其所入既不足以肥其妻子，而宜人亦小心奉约束惟谨……双泉既廉不受钱，又往往割俸钱以资过客，宜人不谓迂也"。而且这位"贤内助"还直接拒贿："女俭有私献金器饰者，盖乘双泉所不察也，宜人痛呵绝之，曰：'若不知吾夫耶？'诸寮妇至是始赧然以贿为耻焉。"③

三是在推重"唐宋八大家"的过程中复兴儒商精神。唐顺之于嘉靖三十五年（1556）编成《文编》，辑录周至宋之文，其中以唐宋文为主，特别是韩愈、柳宗元、欧阳修、曾巩、王安石、"三苏"，这八家所选之文占

---

① 唐顺之：《葛母传》，《荆川先生文集》卷十六《唐顺之集》，第 743、744 页。
② 唐顺之：《运使张东洛墓碑铭》，《荆川先生文集》卷十四，《唐顺之集》，第 615、616 页。
③ 唐顺之：《李宜人传》，《荆川先生文集》卷十六《唐顺之集》，第 737 页。

《文编》的三分之二。茅坤心折唐顺之，继唐顺之《文编》之后，专取韩愈、柳宗元、欧阳修、曾巩、王安石、"三苏"之文为《唐宋八大家文钞》。唐顺之推崇"唐宋八大家"之文，固然是于"唐宋八大家"求为文之门径，但也有追随"唐宋八大家"复兴儒商精神之意。如《文编》卷三十八中选韩愈的《原道》。韩愈的《原道》篇，一方面攘斥佛老，重振儒学，弘扬仁义，所谓"凡吾所谓道德云者，合仁与义言之也，天下之公言也"；另一方面强调重农重商，富国利民："古之时，人之害多矣。有圣人者立，然后教之以相生养之道。……为之工，以赡其器用；为之贾，以通其有无……是故君者，出令者也；臣者，行君之令而致之民者也；民者，出粟米麻丝、作器皿、通货财，以事其上者也。"① 显然，唐顺之《文编》中所选的韩愈的《原道》，是一篇复兴包括儒商精神在内的儒学的经典之作。《文编》卷十二中选欧阳修的《通进司上书》，其中有云："至于鬻官入粟，下无应者；改法权货，而商旅不行。是四五十万之人，惟取足于西人而已。西人何为不困！困而不起为盗者，须水旱尔。外为贼谋之所疲，内遭水旱而多故，天下之患，可胜道者！夫关西之物不能加多，则必通其漕运而致之。漕运已通，而关东之物不充，则无得而西矣。故臣以谓通漕运、尽地利、权商贾，三术并施，则财用足而西人纾，国力完而兵可久，以守以攻，惟上所使。"② 显然，"商旅不行"的社会现实，是推动北宋"庆历新政"的动因之一；而欧阳修等人推行新政的主要目标之一，便是"通漕运、尽地利、权商贾"。欧阳修等人将忧"商旅不行"视为"庆历新政"的前因之一，而苏轼则将"商贾不行"视为揭露熙宁年间王安石"轻变其法"的后果（流弊）之一。熙宁四年（1071）二月，苏轼在《上神宗皇帝书》中云："陛下以万乘之主而言利，谓执政以天子之宰而治财，商贾不行，物价腾踊。"③ 唐顺之的《文编》中所选"唐宋八大家"论商贾精神之处颇多，可见唐顺之推崇"唐宋八大家"复兴儒商精神之用心。

四是在天然自由精神上与商贾契合。他在《胡贸棺记》中表明自己对书商子弟胡贸行为的认同和心灵的相通："（胡）贸平生无他嗜好，而独好酒。佣书所得钱，无少多皆尽于酒。所佣书家，不问佣钱，必问：'酒能

---

① 韩愈：《原道》，《韩昌黎文集校注》卷一，上海古籍出版社，1987，第13~19页。
② 欧阳修：《通进司上书》，《欧阳修全集》卷四十五，中华书局，2001，第639页。
③ 苏轼：《上神宗皇帝书》，《苏轼文集》卷二十五，中华书局，1986，第730页。又见唐顺之《文编》卷十三。

厌否？'贸无妻与子，佣书数十年，居身无一垄之瓦，一醉之外，皆不复知也。其颛若此，宜其天窍之亦有所发也。予年近五十，兀兀如病僧，益知捐书之乐，视向所谓披阅点窜若雠我者。盖始以为甘而味之者也甚深，则觉其苦而绝之也必过，其势然也。余既不复有一所披阅点窜，贸虽尚以佣书糊口诸士人家，而其精技亦虚闲而无所用。然则古所谓不能自为才者，岂独士之遇然哉！此余与贸之相与始终，可以莞然而一笑者也。"① 这一些是"天窍使然"。唐顺之在《书钱遇斋〈高尚〉卷》中写自己罢官回乡后，与十多位好友"里闾丘壑遨游燕笑之欢日相聚"，"相率为诗歌以赠"②。对于这种"相与为乐"，唐顺之说"譬如贾人岁岁出没于惊涛骇浪之中，既抵于岸而得晏然"③。上文中已论述，集文人、官吏、商人于一身的《任光禄竹溪记》中的记主任卿与竹为友，孤高独立，自得自适。显然，在天然自由的精神上，唐顺之与商贾是相通的，也与集文人、官吏、商人于一身的《任光禄竹溪记》中的竹溪园主人任卿是相通的，其中蕴含着明代中后期新兴市民阶层追求自得自适、个性自由的启蒙思想等因素。

（载于陈书录《明清雅俗文学创作与理论批评》，

人民出版社，2013）

---

① 唐顺之：《胡贸棺记》，《荆川先生文集》卷十二《唐顺之集》，第 560、561 页。

② 唐顺之：《书钱遇斋〈高尚〉卷》，《荆川先生文集》卷十一《唐顺之集》，第 516 页。

③ 唐顺之：《书钱遇斋〈高尚〉卷》，《荆川先生文集》卷十一《唐顺之集》，第 516 页。

论《金瓶梅词话》的镶嵌

复旦大学中国语言文学研究所　黄　霖

摘　　要　《金瓶梅词话》镶嵌大量的前人作品，这不能简单地看作"抄袭"，而是一种特殊的创作手法。它常常能将旧作镶嵌到自己构思的艺术蓝图中，做得天衣无缝、恰到好处，有一种点铁成金、脱胎换骨之妙，所以它实际上也是一种艺术创造。但由于作者成书仓促，工作难免有些粗疏，使作品产生了一些凌乱、矛盾之处，影响了小说的艺术声誉。这种镶嵌，又容易使一些研究者在研究小说的成书问题、作者问题以及情节开展、人物刻画的过程中做出错误的判断。因此，在基本弄清《金瓶梅词话》的镶嵌之前，对于有些问题的研究与有些方法的研究，其实都是没有多大意义的。正确认识《金瓶梅词话》的镶嵌，不但对理解它的文学创造性意义重大，而且对我们今天如何研究《金瓶梅》也至关重要。

关 键 词　《金瓶梅词话》　人物刻画　金陵十二钗正册

《金瓶梅词话》成书有一个显著的特点，即镶嵌了前人书籍中的大量文字。这在小说行世时，袁中道等就注意到"乃从《水浒传》潘金莲演出一支"。至 1930 年，有署名"三行"者发现《金虏海陵王荒淫》也是《金瓶梅词话》的"蓝本"。四年后，涩斋发表文章明确指出："《金瓶梅》一书，并不完全是创作的，好多地方是抄旧有的话本，有的地方尚改头换面，有的地方则直把原文搬将过来。"之后，许固生、吴晓铃、吴晗、赵景深、郑振铎、冯沅君、叶德均等陆续补充其镶嵌的材料。在这基础上，韩南完成了《〈金瓶梅〉探源》一文，全面地综合与钩稽了《金瓶梅词话》的素材来源，"取得了集大成的优异成果"。之后，虽有一些学者也陆续有所发现，但只是一些局部的补充。韩南研究的可贵之处，还在于并没有将《金瓶梅词话》所镶嵌的材料仅仅看作"本事"或"史料"，还看到了这种"探源"工作有助于"人们对作者的写作方法和意图的探求",也即文学性的研究,可惜他未及细论。后来者也有人零星谈及这些镶嵌的文学价值,但总体上只是顺便带及而已。实际上,《金瓶梅词话》的镶嵌是中国文学史上一种特殊的创作手法,正确认识这种镶嵌,不但对理解它的文学创造性意义重大,而且对我们今天如何研究《金瓶梅词话》也至关重要。

一 《金瓶梅词话》的镶嵌是一种特殊的艺术创造

假如现在有一个电脑软件来给《金瓶梅词话》"查重"的话,肯定会轻易地得出"抄袭"的结论,因为这部小说确实有大量的对于原著未经或基本未经修改的抄录。但这些"抄录"一经作者天衣无缝、恰到好处地镶嵌到独特的构思蓝图之中,便发生了一种神奇的变化,成为一部全新作品之中的有机部分,于此可见作家的"点铁成金"之力,可赏作品的"脱胎换骨"之妙。这种抄录,就是一种艺术的创造。

这种袭用前人的作品而能做出另类的诠解、创造出全新作品的现象,在我国古已有之。最典型的莫过于集句诗之类了,因为它们全是"抄袭"前人的句子后拼凑而成的。再如一些"剥皮诗"也是如此,如唐代李涉的《题鹤林诗僧舍》:"终日昏昏醉梦间,忽闻春尽强登山。因过竹院逢僧话,又得浮生半日闲。"后来经宋代诗人莫子山调换句子的位置,本是一首抒发闲情逸致的诗却一变成为一首讽刺庸僧的诗:"又得浮生半日闲,忽闻春尽强登山。因过竹院逢僧话,终日昏昏醉梦间。"这不是一种全新的创造吗?所以我们不能简单地依据文字是否雷同来判断抄袭与否。有些貌似"抄袭"甚至全是"抄袭"的作品,恰恰是一种高难度的艺术创造。至于在"文备从体"的小说中,引用前人的一些诗词歌赋、情节故事来抒情写景、叙事写人,也是屡见不鲜的现象。这里要区别的是,长篇通俗小说中有"世代累作型"与"镶嵌创新型"的不同。像《三国志演义》《忠义水浒传》之类,它们有一个原始故事很早就存在了,后来长期在民间流传,不断有人加以修改或丰富,后来终于由一位作家将它写定。这类作品就是"世代累作型"(称"世代累积"不甚确切)的。而《金瓶梅词话》等,先前没有一个基本的故事框架,作家经过独立的构思之后,在自己设计的情节布局和人物形象的蓝图上镶嵌了前人的一些作品,这就是"镶嵌创新型"的作品。《金瓶梅词话》的镶嵌不过是服务于个人独创的一种艺术表现手法而已。

我们打开《金瓶梅词话》，开头入话即是抄了前人的一首词：

> 丈夫只手把吴钩，欲斩万人头，如何铁石打成心性，却为花柔？请看项籍并刘季，一似使人愁，只因撞着虞姬、戚氏，豪杰都休。

这首词原为宋卓田所作，见于蒋正子（一作蒋子正）《山房随笔》。《全宋词》引《古今合璧事类备要·外集》卷五七，题作《眼儿媚·题苏小楼》。此词也是《清平山堂话本·刎颈鸳鸯会》的入话词。将《山房随笔》、《清平山堂话本》与《金瓶梅词话》相较，即可见《金瓶梅词话》的文字与《刎颈鸳鸯会》相近，而且《金瓶梅词话》紧接此词之后有一段论"情色"二字的文字，也抄自《刎颈鸳鸯会》，可见《金瓶梅词话》的开头是镶嵌了《刎颈鸳鸯会》的文字。但是，它又不完全照抄，而是有所取舍与修改。最明显的是，《刎颈鸳鸯会》的入话本有一诗一词，在词"丈夫只手把吴钩"之前，还有一首"眼意心期卒未休，暗中终拟约秦楼"的律诗被删去不用。《刎颈鸳鸯会》写的是两个女性偷情而致两对情人双双被害的短篇故事，用这首诗入话比较切题。《金瓶梅词话》尽管也有一些偷情的情节，但内容远比这丰富，假如将这首诗也抄在前面，就会显得有些狭隘，不能统括全书的内容。《金瓶梅词话》之所以选取了《刎颈鸳鸯会》的入话而又删去一首诗，就是为了用"丈夫只手把吴钩"与一段有关"情色"的议论来突出全书的主要内容，为小说的主题服务。

在更多的场合，《金瓶梅词话》在抄录前人的作品时做了若干修改，就更能看出作者的匠心。这里且以一则《水浒》故事为例。天都外臣序本《水浒传》第二十四回有这样一段文字：

> 却说本县知县自到任已来，却得二年半多了。撰得好些金银，欲待要使人送上东京去，与亲春处收贮，恐到京师转除他处时要使用。却怕路上被人劫了去，须得一个有本事的心腹人去便好……当日便唤武松到衙内商议道："我有一个亲戚，在东京城里住，欲要送一担礼物去，就稍封书问安则个。只恐途中不好行，须是你这等英雄好汉方去得。你可休辞辛苦，与我去走一遭。回来我自重重赏你。"

《金瓶梅词话》第二回则改成：

> 却说本县知县，自从到任以来，却得二年有余，转得许多金银，要使一心腹人，送上东京亲眷处收寄，三年任满朝觐，打点上司……当日就唤武松到衙内商议道："我有个亲戚在东京城内做官，姓朱名勔，见做殿前太尉之职。要送一担礼物，稍封书去问安。只恐途中不好行，须得你去方可。你休推辞辛苦，回来我自重赏你。"

这段话，粗看两书差不多，但已略有修改。《水浒传》只是要武松将一些金银送与亲眷处收贮，准备以后转除他处时使用，三年后具体怎么使用则没有明说。而《金瓶梅词话》将前面说得比较模糊的"转除他处时要使用"，明确地改成了"打点上司"，也即贿赂，后面又明确地说明要打点的就是当朝大奸"见做殿前太尉之职"的朱勔。这就强化了全书暴露朝中"卖官鬻爵，贿赂公行，悬秤升官，指方补价，夤缘钻刺者骤升美任，贤能廉直者经岁不除，以致风俗颓败，赃官污吏，遍满天下"的主题。

在人物形象塑造方面，《金瓶梅词话》抄录酒令、相书等来展示人物的性格，预示各人的命运，也是一大创造。大家熟悉的第二十九回写吴神仙为西门庆与吴月娘等众妻妾及西门大姐和春梅共九人一一相面，最后吴神仙给众人所下的判词，一般都是从当时社会上流行的诸如《神异赋》《麻衣相法十三部位总要图》《人相篇》《女人凶相歌》《纯阳相法入门》等本本上抄来的。下面，我们就抄一段吴神仙给西门庆相面的描写，另用括号摘录有关相书的语言，以做对照：

> 西门庆听了，满心欢喜，便道："先生，你相我面何如？"神仙道："请尊容转正，贫道观之。"西门庆把坐儿掇了一掇。神仙相道："……吾观官人，头圆项短，必为享福之人；（《人相篇》卷二："头短圆，福禄绵绵"，"头上方圆额又平，定是富贵有高名"）体健筋强，决是英豪之辈；天庭高耸，一生衣禄无亏；（《神异赋》："天庭高耸，少年富贵可期。"）地阁方圆，晚岁荣华定取。（《神异赋》："地阁方圆，晚际荣华定取。"）此几桩儿好处。还有几桩不足之处，贫道不敢说。"西门庆道："仙长但说无妨。"神仙道："……两目雌雄，

必主富而多诈；（《神异赋》："两目雌雄，必主富而多诈。"注："目
一大一小曰雌雄。有如此，虽然财富，必多谲诈。"）眉抽二尾，一
生常自足欢娱；（《神异赋》："眉抽二毛者，谓眉首尾清秀如新月也。
其人多恋花酒，一生喜乐相也。"）根有三纹，中岁必然多耗散；
（《神异赋》："根有三纹，中岁必然多耗散。"）奸门红紫，一生广得
妻财；（《神异赋》："奸门青紫，必主妻灾。"）……又有一件不敢
说：泪堂丰厚，亦主贪花；（《神异赋》："眼堂丰厚，亦主贪淫。"）
谷道乱毛，号为淫秒。（《神异赋》："谷道乱毛，号作淫秒。"注：
"粪门乱毛，由膀胱气盛而生，此人必多淫。"）且喜得鼻乃财星，验
中年之造化；（《神异赋》："鼻乃财星，管中年之造化。"）承浆地
阁，管末世之荣枯。"（《神异赋》："承浆地阁，管尽末年。"）

从中可见，吴神仙给西门庆相面所下的断语是搬用了《人相篇》《神异
赋》等书上的现成文字，却自然而正确地描写了西门庆的外貌、性格与
命运。对其他八人，也都是借用了相书上的语言来点出她们的主要特征，
预示了她们的最后归宿。这种表现手法的妙处，张竹坡早就看出，他
批道：

> 此回乃一部大关键也。上文二十八回一一写出来之人，至此回方
> 一一为之遥断结果，盖作者恐后文顺手写去，或致错乱，故一一定其
> 规模，下文皆照此结果此数人也。此数人之结果完而书亦完矣，直谓
> 此书至此结亦可。

后来，《红楼梦》第五回写到了太虚幻境中的《金陵十二钗正册》《金陵
十二钗副册》《金陵十二钗又副册》的判词以及《红楼梦十二支曲》，第
二十二回又写了各人所制的灯谜都成了"谶语"等，其表现手法明显是从
《金瓶梅词话》写相面、写酒令那里学来的。清代哈斯宝评《红楼梦》时
曾说："我读《金瓶梅》，读到给众人相面鉴定终身的那一回，总是赞赏不
已……《金瓶梅》中预言结局，是一人历数众人，而《红楼梦》中则是各
自道出自己的结局。"另外还有一点不同的则是，《红楼梦》的曲词与谜语
是作者的创造，而《金瓶梅词话》中的吴神仙判词与酒令，都是抄来的。
用抄来的文字描写人物，其实也有它的难处与不同的妙处。

　　有时候，《金瓶梅词话》抄了一段话，不仅刻画了不同人的不同心情与不同性格，还推动了故事情节的开展。第七十三回，写孟玉楼生日，在众姊妹安席坐定后，月娘吩咐小优唱一曲《比翼成连理》。西门庆这时心中只想着去世的瓶儿，哪有心情去听，即吩咐："你唱一套《忆吹箫》我听罢。"这套曲很长，《词林摘艳》《雍熙乐府》《北宫词纪》等都有收录。《金瓶梅词话》借小优的演唱，抄录了十五行文字。当两个小优从"忆吹箫玉人何处也，今夜病较添些"起，唱到"我为何在家中费尽了巧喉舌，他为我褪湘裙鹃花上血"时，潘金莲看破西门庆是在怀念她的情敌李瓶儿，嫉妒之心猛然而起，当即在席上故意把手放在脸儿上，这点儿、那点儿，羞西门庆，说道："一个后婚老婆，又不是女儿，那里讨杜鹃花上血来？好了没羞的行货子！"就与西门庆在席上只顾拌起嘴来。这时的月娘还对金莲有些看不上，便道："六姐，你也耐烦，两个只顾且强什么！"劝她出去陪客人。西门庆也到前面去陪吴大舅、应伯爵等人喝酒。到二更方散时，金莲出来看着西门庆走进吴月娘的房间，就悄悄地走到窗下偷听。当听到月娘对白天两个唱曲的有所不满时，金莲就蹑足潜踪地掀开帘儿进去，又发作道："你问他，正景姐姐吩咐的曲儿不教他唱，平白胡枝扯叶的，教他唱什么'忆吹箫'、'李吹箫'，支使的一飘个小王八子乱腾腾的，不知依那个的是。"这时，潘金莲巧妙地将吴月娘引在西门庆的对立面，以争取她的支持，接着又劈头盖脸地大批西门庆和李瓶儿道："哥儿，你脓着些儿罢了。你的小见识儿，只说人不知道。他是甚'相府中怀春女'？他和我多是一般后婚老婆！什么他为你'褪湘裙杜鹃花上血'，三个官唱两个喏，谁见来？孙小官儿问朱吉，别的多罢了，这个我不敢许。可是你对人说的，自从他死了，好应心的菜也没一碟子儿。没了王屠，连毛吃猪。空有这些老婆，睁着你日逐只［口床］屎哩！见有大姐在上，俺每便不是上数的，可不着你那心的了。一个大姐怎当家理纪，也扶持不过你来？可可儿只是他好来！他死，你怎的不拉掣住他？当初没他来时，你也过来，如今就是诸般儿称不上你的心了。题起他来，就疼的你这心里格地地的，拿别人当他，借汁儿下面，也喜欢的你要不的，只他那屋里水好吃么？"经潘金莲的一批一挑，吴月娘心动了，开始倒向了她的一边，到最后潘金莲不由得冲出了心底的一句话："到明日，再扶一个起来和他做对儿么？贼没廉耻撒根基的货！"这是因为她敏锐地感到如意儿有可能被西门庆再扶起，成为她争宠道路上的又一障碍。一曲《集贤宾》，就这样经过反复皴染，把西门庆对李瓶儿的眷恋与对潘金莲的无奈，潘金莲对李瓶儿的嫉妒与对吴月娘的利用，吴月娘被潘金莲打动而对西门庆不满，写得丝丝入扣。它不但写出了潘金莲的"骄极满极轻极浮极"（张竹坡批语）与西门庆、吴月娘的一时情态，而且括进了如意儿，推进情节的展开。张竹坡在《读第一才子书金瓶梅法》中说："蕙莲才死，金莲可一快；然而官哥生，瓶儿宠矣。及官哥死、瓶儿亦死，金莲又一大快。然而如意口脂，又从灵座生香，丢掉一个又来一个。"小说的故事也就这样一环一环地向前推进。

一般说来，《金瓶梅词话》在镶嵌时，将诗、词、曲、赋或一段故事用在一处，个别的诗词在重复使用时也往往是完整的，但对于故事情节，则有时分拆在多处，这更见作者的良苦用心。比如，《水浒传》的故事就被多处借用。不过，它作为一部长篇小说，本身故事情节丰富，分用多个情节也可理解。使人感到诧异的是，有时一部短篇小说，竟也被《金瓶梅词话》多次袭用来塑造多个人物。比如，对于《警世通言》中的《张主管志诚脱奇祸》一篇，《金瓶梅词话》在塑造金、瓶、梅三个主角时，竟都袭用了它的情节与文字。比如，《张主管志诚脱奇祸》中写小夫人"是王招宣府里出来的"，长得"新月笼眉，春桃拂脸"。而潘金莲是"九岁卖在王招宣府里，习学弹唱"，正是从王招宣府里出来的，"长成一十八岁，出落的脸衬桃花，眉弯新月"。两者何其相像！《张主管志诚脱奇祸》中的小夫人有"一串一百单八颗西珠"。李瓶儿财产中最值钱、最吸引人眼球的也是"一百颗西洋大珠"。当然，《金瓶梅词话》袭用《张主管志诚脱奇祸》最多的笔墨是有关春梅的描写。小说写春梅叫养娘于晚上送衣服与五十两大元宝给李安、李安回家后听母亲的教导后装病出逃等基本情节都是照抄的，却镶嵌得十分融洽。除金、瓶、梅三人之外，《张主管志诚脱奇祸》中对媒婆的刻画及小夫人的鬼魂投靠张主管的韵语，在《金瓶梅词话》中描写王婆与韩爱姐时都被借用。于此足见《金瓶梅词话》作者的镶嵌手段还是相当灵活与高妙的。

二　镶嵌的疏误影响了《金瓶梅词话》的艺术声誉

假如从大的方面来看，《金瓶梅词话》在中国小说艺术发展史上贡献极大。如它使小说面向现实，能进行客观的描写，塑造的人物走向立体化，情节开展有一个网状的结构，使用的语言注意口语化、个性化等，说它是一部里程碑式的作品并不过分。但假如仔细阅读的话，它也不免遭到诸如凌乱、矛盾、浅薄等诟病，究其缘由，很大程度上是由它在镶嵌过程中的疏误造成的。这种疏误，约有以下三类。

问题最严重的是第一类：前记后忘，顾此失彼。这类现象的特征是，作者在前面镶嵌了某部作品的某个部分，有时为了适应创作的需要，做了某些改动，而到后来又抄用此书的另一部分时，却忘记了前面改动的成分，于是就出现了前后矛盾的现象。这种现象，一般是在袭用有较多情节的小说时居多。比如第一回，写潘金莲与武大婚后居家及武氏兄弟相见等故事，基本上抄自《水浒传》，然《金瓶梅词话》为了展开故事的需要，做了一些改动或增补，至少出现了三个明显的错误。第一个问题是，武大居处阳谷还是清河的错乱。《水浒传》写武氏兄弟为清河县人氏，武松醉酒伤人，逃到清河县以北的沧州柴进处，一年后回"清河县看望哥哥"，却先"来到阳谷县地面"，打虎，做都头，遇到了从清河县搬来的哥哥。《水浒传》这样描写，在地理方位上先存在了问题。因为武松从北方的沧州到清河，根本不会先经过清河以南的阳谷。《金瓶梅词话》作者或许因此而将清河、阳谷两县倒换，写成武松他们原是阳谷县人，武大是后来才搬至清河的，武松从沧州回来就先到阳谷，后至清河。谁知这样一换，错漏更多。且看《金瓶梅词话》开始写道："（武松）在路上行了几日，来到阳谷地方。那时山东地方，有一座景阳岗。"这里的景阳岗明明是在山东的阳谷县，可是打完虎后，武松被猎户们送去领赏的县衙门竟一下子变成了河北的清河县："知县见他仁德忠厚，又是一条好汉，有心要抬举他。便道：'虽是阳谷县人氏，与我这清河县，只在咫尺，我今日就参你在我这县里，做个巡捕的都头……'"这样，一会儿把山东阳谷的景阳岗移到了河北的清河，一会儿又把不同州郡的并非邻县的阳谷、清河两县说成"只在咫尺"，真是十分混乱。第二是武大家住在紫石街还是县门前的错乱。《金瓶梅词话》第一回写张大户死后，主家婆"怒令家童将金莲、武大即时赶出，不容在房子里住。武大不觉又寻紫石街西王皇亲房子，赁内外两间居住，依旧卖炊饼"。后来，由于一些风流子弟的骚扰，武大在紫石街住不牢，听了老婆的话，"当下凑了十数两银子，典得县门前楼，上下两层，四间房屋居住"。可是到第三回抄《水浒传》时忘记了武大已经搬到了县门前，却还是写"西门庆刮剌上卖炊饼的武大老婆，每日只在紫石街王婆茶房里坐的"，将武大的住所仍然定在紫石街。第三，《金瓶梅词话》中的武大家多了一个《水浒传》中没有的十二岁的"小女迎儿"。后来，如在第八回写潘金莲因西门庆一个多月不来，盼得急了，拿迎儿出气，写得非常精彩，所以添加迎儿这个人物是有用处的，或许是从另外一本小说中抄来的。可是在第六回写武大被害死后，西门庆与潘金莲"不比先前在王婆茶坊里，只是偷鸡盗狗之欢，如今武大已死，家中无人，两个恣情肆意，停眠整宿"，把家中还有个迎儿忘掉了。这类是《金瓶梅词话》镶嵌时所产生的明显的纰漏。

　　第二类是所引文字与上下文语境不符，这是由于作者镶嵌时着眼一点、不及其余。这往往是在抄录诗、词、歌、赋时产生的。诗、词、歌、赋的语言本身比较含蓄，容量较大，读者可做多方面理解。《金瓶梅词话》抄用时，往往只看到其内容有某一点与正文相合，就引来作回前诗，或在正文中间作写情写景、烘托气氛等用，而不去考虑所引文字是否完全相合。这就使一些读者感到遗憾，认为有的所引诗词与上下文完全不能搭界，再加上传抄过程中产生的豕亥鱼鲁，就往往给读者带来极坏的印象，以致怀疑作者的文化水平。如第五十九回写西门庆与郑爱月云雨后，抄了《怀春雅集》中的一首诗：

　　　　带雨尤烟匝树奇，妖娆身势似难支。
　　　　水推西子无双色，春点河阳第一枝。
　　　　浓艳正宜吟君子，功夫何用写王维。
　　　　含情故把芳心束，留住东风不放归。

这首诗与原文相较，有几个异文误字，这里且不去细论。原诗是一个相国千金与一个世家子弟偷情媾欢后小姐赠给情人的诗，如今用在一个嫖客与妓女身上，有人就觉得不伦不类了。

　　第三类是有些镶嵌重复出现、来源集中，这就会显得作者腹笥不丰，也给读者带来不良印象。比如，天都外臣序本《水浒传》第二十三回写酒家劝武松过景阳岗时要结伙白日而行，武松听了，误认为"你留我在家里歇，莫不半夜三更要谋我财，害我性命，却把鸟大虫唬吓我？"这时，插入诗一首：

前车倒了千千辆，后车过了亦如然。

分明指与平川路，却把忠言当恶言。

这首诗用在这里还是比较确切的。而《金瓶梅词话》将这首诗用了三次：第九回、第十八回、第二十回。其中第一次就用得不太好。当时写潘金莲刚进西门家，她百般讨好吴月娘，以至于"把月娘喜欢的没入脚处，称呼他做'六姐'，衣服首饰拣心爱的与他，吃饭吃茶和他同桌儿一处吃。因此，李娇儿等众人见月娘错敬他，各人都不做喜欢，说：'俺们是旧人，倒不理论；他来了多少时，便这等惯了他，大姐好没分晓'"。文章写到这里，突然嵌进了这首诗。显然，作者的用意是将李娇儿等众人的话当作"忠告"，但由于小说没有接着写吴月娘如何将众人的话"当恶言"，况且李娇儿等人的话也只是发牢骚而已，不太有"忠告"的味道，所以一般读者读到这里就会觉得这首诗嵌在这里有点莫名其妙。后面两次，虽然用得还比较合适，都是说明吴月娘的"忠告"被西门庆当作"恶言"，但靠得那么近，很容易使读者产生重复之感。

重复感的产生还由于作者取材的来源有时过于集中。梅节曾指出："《雅集》不到三万字，就采录了二十多首诗文，而又集中用在从五十九回到八十回这二十一回某些人和某些事上。其中第七十八回五首，七十二、七十七回各三首。"比《怀春雅集》选录得更多的是《水浒传》，据笔者在《〈忠义水浒传〉与〈金瓶梅词话〉》一文中的统计，《水浒传》中的人物除西门庆与潘金莲外，还有宋江、柴进等二十五人同名。就故事情节来看，一般人只认为《金瓶梅》与《水浒传》的第二十三回至第二十七回有关，其实远不止此，两书相同或相似的描述至少还有十二处，其他如《金瓶梅》中的生辰纲、参四奸等描写，也显然与《水浒传》有关。至于韵文，据十分粗略的统计就有五十四首被引用。除《水浒传》之外，如《如意君传》《宝剑记》及《词林摘艳》《雍熙乐府》等采录得也比较多。假如处理得好（如《张主管志诚脱奇祸》），也不会使人产生重复、厌烦之感；假如处理得太牵强，而又比较集中、靠近，就会给读者留下不良印象。不过，总的说来，《金瓶梅词话》作者的阅读面还是相当广泛的，全书镶嵌的素材来源还是比较充分的。

《金瓶梅词话》在镶嵌的过程中产生了这样或那样的问题，主要是由作者创作理念的局限造成的，又加上成书仓促，篇幅较长，难免就有纰漏与不足。想想经过"披阅十载，增删五次"精心雕琢的《红楼梦》也有不少矛盾与疏误的话，也就不难理解、不必苛求了。

三　镶嵌为《金瓶梅词话》研究者布下了层层迷网

《金瓶梅词话》镶嵌的成败得失自可讨论，而它为后来研究者制造了麻烦，布下了迷网，却是不争的事实。这主要是由于它所镶嵌的原始材料的出处未曾注明。我们现在苦苦考索而得的只是部分而已，不少原始文本久已亡佚，谁也弄不清楚它究竟抄用了多少文字，从而也就不能全部分清楚哪些是镶嵌的文本，哪些才是作家的语言。也正因为不能正确地认识镶嵌的问题，往往会在这里迷了路。下面就几个重要的问题谈谈笔者的看法。

（一）成书问题。《金瓶梅词话》究竟是集体创作还是个人创作？争论不少。对集体创作说论证得最充分、最有代表性的莫过于徐朔方《〈金瓶梅〉成书新探》。这篇文章下了很大功夫。为论证《金瓶梅词话》是累积型集体创作，徐氏列举的理由有十余条之多，有时每一条下又收罗了好多例子，概括起来，约有三点：其一，它是一部"词话"；其二，行文有粗疏、重复以及颠倒、错乱之处；其三，抄引前人作品极多。笔者看了这三点，觉得一条也不能证明是集体还是个人创作，因为不论是集体还是个人创作，以上现象都可以产生。那么，徐先生为什么觉得理由很充分呢？他的推理逻辑是这样的："它是词话"，就"不是个人创作"。它抄引了前人大量的作品，并产生了种种粗疏的现象。这正是词话等书会才人、说唱艺人等"世代累积型的集体创作"的基本特征，"个人创作出现明显的抄袭现象，那是不名誉的事"。为此，他强调《金瓶梅词话》镶嵌的都是前人作品的"平庸部分，艺术上成功的描写都是它的创作"。因此，《金瓶梅词话》就是集体累积型的作品而不是个人创作。这样的推理至少有两个问题：一是其前提是武断的，冠以"词话"与"集体创作"之间没有必然联系，个人创作的"词话"也存在；二是镶嵌之作未必就是集体之作，也可以出于个人之手。《金瓶梅词话》中也有不少镶嵌是十分精彩而不平庸的。个人创作同样可以产生重复、错乱与抄袭等问题。《金瓶梅词话》的作者把前人作品中的个别片段汲取过来，做了某些改动，融化到自己的作品中，这完全是一种个人创作的过程。所以，不能正确地理解与看待《金瓶梅词话》的镶嵌问题，就会在成书问题上走入迷途。

（二）作者问题。在研究《金瓶梅词话》的作者是什么地方的人时，分析其文本所用的语言与所写的习俗等当然是一条路径。笔者早年也热衷于此，但后来想想，假如没有弄清楚小说中哪些部分是镶嵌的、哪些部分是自创的，胡子眉毛一把抓，是不能解决任何问题的，甚至完全可能做出错误的判断，将被镶嵌的前人作品中的语言当作《金瓶梅词话》作者的语言。比如，现代最早用方言来考证作者的戴不凡就陷进了这条迷途。他在《金瓶梅零札六题》中说："改定此书之作者当为一吴侬。此可于小说中多用吴语词汇一点见之。"可惜的是，他举的一些所谓吴语的例子不少是《金瓶梅词话》从《水浒传》中抄来的。如《金瓶梅词话》第二回"武松便掇杌子打横"中的"掇杌子"，第九回武松对郓哥道"待事务毕了"中的"事务"，都是《水浒传》中原来就有的，故不能以此说明它们是《金瓶梅词话》作者的用语。早在1982年笔者写《〈忠义水浒传〉与〈金瓶梅词话〉》一文时，就提出应当注意这个问题。可是时过三十年，不少人还是乐此不疲，不断有人在不分辨是作者语言还是镶嵌文字的情况下，随便掇拾几个词语来证明《金瓶梅作者》是何方人氏，真是有点"可怜无补费精神"。

（三）情节问题。《金瓶梅词话》的情节开展常有违背常理的错乱缺失和回目的文辞与内容不符。日本小野忍与千田九一翻译《金瓶梅词话》时，以及魏子云撰《金瓶梅札记》时均指摘甚多。日本阿部泰记还写过专论《论〈金瓶梅词话〉叙述之混乱》，后徐朔方在《〈金瓶梅〉成书新探》一文中也指出了不少。这种现象之所以产生，多数是由于作者在仓促成书过程中东拼西凑地镶嵌。前面所举的镶嵌《水浒传》所造成的武大居所与迎儿问题等讹误因有原本可对，故能使人知其所以然，但大量的看来是镶嵌的文字已无原始文本可证，故只能凭推测了。比如，《金瓶梅词话》第十七回宇文虚中参本的邸报中开列王黼、杨戬手下的人犯有董升、卢虎、杨盛、庞宣、韩宗仁、陈洪、黄玉、贾廉、刘成、赵弘道等，要将这些人"俱问拟枷号一个月，满日发边卫充军"。在这份名单中，并无"西门庆"的名字，可是西门庆见了这份邸报竟"魂魄不知往那里去了"，"惊损六叶连肝肺，唬坏三毛七孔心"，急忙派人进京去打点。第十八回科中开列的名单上，除贾廉换了王廉之外其他人名都不变，后面就加上了"西门庆"及一个显然是胡乱加上去的"胡四"，于是西门庆派去的来保花了五百两金银请礼部尚书将"西门庆名字改作贾庆",使西门庆逃过了一场灾难,将故事的叙述接上了榫。这里,看来前面的邸报是抄来的,中间本无"西门庆"之名,后来为了对西门庆派人去京打点等故事有个交代,就加了一个将"西门庆"改成"贾庆"的情节。当然,事实是否如此,在没有文献可征之前只是猜想。看来,镶嵌的粗糙,无疑会使情节的组织产生这样或那样的问题。

(四)人物性格问题。《金瓶梅词话》中有的人物性格前后明显不一致,而且这种不一致没有一个令人信服的演变、过渡迹象。最突出的是李瓶儿,前面是一个心狠手辣、口舌如刀的淫妇,后面却一变成为性温心软、忍气吞声的富婆,假如说这种性格的变化符合生活的逻辑,是高度真实的,那未免令人感到勉强。因为李瓶儿不同于西门庆,西门庆尽管是个恶棍,但写他"仗义疏财,救人贫难"并不与他性格的主色调相对立。正像写曹操之"奸",与写他的"雄"完全可以统一,都是为了显示其性格的复杂性。李瓶儿也不同于韩爱姐。韩爱姐从一个权门管家的小妾成为一个落魄的私娼,再变成一个彻底守节的少妇,其性格的变化有脉络可寻。而李瓶儿从狠毒到软弱,从极其贪淫到性趣淡薄,其性格的主色调来了个天翻地覆的变化,而又没有将这种变化的脉络显现出来,这实在是一个问题。对此,现在有各种各样的解释,比较流行的是用弗洛伊德的理论,认为李瓶儿嫁给西门庆后,作为一个女性的本能的欲望得到了满足,于是就变得温顺和善起来。笔者本来也认为这种理解有点道理,但后来想想也不尽然。李瓶儿到西门家后,首先遭到了一番冷落与一顿马鞭,尽管后来"情感"了西门庆,但家中还有一个一心想"霸拦汉子"的潘金莲明显占着上风,更何况西门庆一直在外边吃野食,她什么时候得到了如前半部她所贪求的本能的满足?所以,这种解释充其量只是用一种西方理论来套用中国小说实际的尝试而已。后来读到日本川岛优子的论文,从小说结构与成书问题的角度来探讨李瓶儿前后性格不一致的原因,认为《金瓶梅词话》与《三国演义》《水浒传》一样,其成书是由几个小故事串联而成的,所以并不太重视整个形象的一贯性、必然性。她的这个观点,使我恍然大悟,因为换句话说,这就是镶嵌所致:前半部的李瓶儿是根据一部小说而来,后半部的李瓶儿是根据另一部小说而来,假如不这样假设,还有什么比这更合理的解说呢?所以说,在分析《金瓶梅词话》的人物形象时,我们也必须从镶嵌的迷宫中走出来。

　　其他如《金瓶梅词话》中的年序的错误、称谓的混乱等都与镶嵌问题有关。不关注镶嵌，将使有些研究误入歧途，如上述想通过摘录几个方言语词来解决作者的出生或籍贯的研究就是典型的例子。再如有人根据第二十一回西门庆与众妇人行令时所引的《西厢记》语词，就认为作者对《西厢记》异常熟悉，甚至据此来研究作者根据何种版本的《西厢记》来推定作者是谁等，也完全是被镶嵌所迷惑。其实，《金瓶梅词话》在这里完全是直接镶嵌了当时社会上流行的酒令，而并非从《西厢记》文本征引而来。这些酒令，在一些日用类书中可以非常方便地找到。笔者看到的大陆所有研究《金瓶梅词话》中的《西厢记》的文章，几乎都犯了这一错误。

　　总之，镶嵌问题对于《金瓶梅词话》研究非常重要，不可不知，不可绕过。但困难的是，目前《金瓶梅词话》中还有大量的文字不知它镶嵌自何书，镶嵌时又是否有所修改。而且，要彻底了解它的镶嵌情况，事实上已无可能。但我们的研究必须从事实出发。因此，笔者认为有必要再一次提醒大家：我们的《金瓶梅词话》研究必须注意它的镶嵌，千万不能被镶嵌遮蔽了眼睛。

"西域"与"西洋"

——从哈密西关看《三宝太监西洋记通俗演义》的地理意识

《南开大学学报》编辑部　　陈　宏

摘　要　罗懋登《三宝太监西洋记通俗演义》在叙述占城国发生的故事时，用哈密西关取代了占城国的门户港口——新州港，作者如此处理的原因，并不是不了解占城国的地理风貌，恰恰相反，作者参考了众多记载占城国地理知识的书籍，很多细节也没有遗漏，而且为了小说叙事的需要，有所择取，有所改编。作者之所以在港口名称上做文章，实际上是看中了哈密西关在有明一代作为西域通往中原的门户或咽喉的重要性，而且其知名度远高于新州港。借着这一个象征，罗懋登隐喻了明王朝对于整个西番世界的征服以及对"蛮夷"的教化的"追忆"。而这一点与罗懋登追思前朝"西戎即序"，以欲夸明代声教之远的主观心态有关，客观上也与他分辨不清西域与西洋界域的空间视野有一定关系。把新州港改作哈密西关，这看似随意的一笔，实际上透露出了明代中晚期文人认知周边世界的眼界不足以及固执于天朝中心观的保守心态。

关　键　词　哈密西关　地理书　《三宝太监西洋记通俗演义》

罗懋登的《三宝太监西洋记通俗演义》是一部以郑和下西洋故事为基础创作的神魔小说。与《西游记》《封神演义》等相较，该书一方面"侈谈怪异，专尚荒唐"，而且"文词不工，更增枝蔓，特颇有里巷传说"[①]；另一方面在述及异国风土人情之时则多有所本，主要为当时的一些涉及西

---

①　鲁迅：《中国小说史略》，上海古籍出版社，1998，第 120 页。

洋的地理书，向达先生认为"《西洋记》一书所述外国诸事之以《瀛涯胜览》为主要材料"①，庶几近之。

综观《三宝太监西洋记通俗演义》，文本所涉及的海外诸国共有 46 个②，其中确切可证而见载于地理书的有 40 个，分别出自明代有关郑和下西洋的地理书《瀛涯胜览》《星槎胜览》以及宋人的地理书《诸番志》《岭外代答》等③。不过，小说中提到的金莲宝象国、撒发国、金眼国、银眼国、酆都鬼国这五国国名，则未见于地理载籍，似为作者演绎而成。如酆都鬼国，这是一个于当时中国人想象中存在的超超自然异域，作者将之引入郑和舰队征服的地理空间内，主要还是表达"仰仗天威，人鬼钦服"④ 的意思。

这其中尤其值得注意的是金莲宝象国，与其他四国凌空虚蹈、无涉

---

① 觉明（向达）：《关于三宝太监下西洋的几种资料》，《小说月报》1929 年第 1 号（新年号），第 47~64 页。

② 书中统计 46 国分别为金莲宝象国、宾童龙国、罗斛国、爪哇国、重迦罗国（包括孙陀罗、琵琶拖、丹里、圆峤、彭里）、吉里地闷国、浡淋国、女儿国、龙牙山（龙牙门）、东西竺、彭坑、龙牙释迦、麻逸冻、满刺伽国、哑鲁国、阿鲁国、苏门答刺国、故临国、默伽国、孤儿国、勿斯里国、勿斯离国、吉慈尼国、麻离板国、黎伐国、白达国、南浡里国、撒发国、锡兰国、溜山国、大葛兰国、小葛兰国、柯枝国、古里国、金眼国、吸葛刺国、木骨都束国、竹步国、卜刺哇国、刺撒国、祖法儿国、忽鲁漠斯国、银眼国、阿丹国、天方国、酆都鬼国。

③ 小说与《瀛涯胜览》《星槎胜览》所载相同者共有 16 国：罗斛国（《瀛涯胜览》《星槎胜览》等作暹罗国，实为一国之异名也）、宾童龙国、爪哇国、浡淋国（《瀛涯胜览》《星槎胜览》作旧港，意指旧港即浡淋邦）、满刺伽国、苏门答刺国、花面国（那孤儿）、锡兰国（《瀛涯胜览》作锡兰山国）、小葛兰国（《瀛涯胜览》作小唄喃，音近）、柯枝国、古里国、忽鲁漠斯国、吸葛刺国（即榜葛刺也）、阿丹国、祖法儿国（《瀛涯胜览》作佐法儿国）、天方国。小说单独见诸《瀛涯胜览》有 4 国：哑鲁国、黎伐国、南浡里国、溜山国；见诸《星槎胜览》有 12 国：刺撒国、东西竺、龙牙门、龙牙善提、吉里地闷、彭坑、麻逸国、重迦逻国（包括孙陀罗、琵琶拖、丹里、圆峤、彭里诸地）、大葛兰国、竹步国、卜刺哇国、阿鲁国（依据冯承钧《星槎胜览》校注，另此国名亦见《皇明象胥录》《罪惟录》《西洋朝贡典录》，此国与哑鲁其实为一国，作者不察，以之为两国矣）。此外，小说中尚有默伽国、勿斯里国、勿斯离国、吉慈尼国、白达国、故临国 6 个国家名称未见于《瀛涯胜览》与《星槎胜览》，而见诸宋人赵汝适的《诸番志》。另，小说中提及的麻离板国，即为宋人周去非《岭外代答》提到的麻离拔国，不仅国名相近，小说提到的该国风俗也与麻离板国一样：贵族们都是用金线挑花的帛缠头（周去非：《岭外代答》卷二，《四库全书》本）。女儿国，则多见于明前的域外地理载籍，如《山海经》《三国志》《后汉书》《新唐书》《旧唐书》《大唐西域记》《诸番志》《岭外代答》等，是一个介乎想象与现实之间的广为人知的异域国名。

④ 罗懋登：《三宝太监西洋记通俗演义》第一百回"奉圣旨颁赏各官　奉圣旨建立祠庙"，华夏出版社，1995，第 788 页。

现实不同，这一拥有奇特国名的国家，却是当时各种地理书记载颇为详赡的，只不过该国真实的国家名称是占城，而其重要的关口——哈密西关的原型则是众多地理书记载的新州港。应该说，罗懋登是一个掌握丰富地理知识的作者，这从他对一些并不常为人所知的地理知识了然于胸这一点即可见一斑，如《三宝太监西洋记通俗演义》中，郑和船队一行过了女儿国之后，便来到"也没有天地，也没有日月，也没有东西，也没有南北，只是白茫茫一片的水。那水又有些古怪，旋成三五里的一个大涡，如天崩地塌一般的响"的地方，小说说这个海眼泄水之处便是尾闾。郑和船队之所以走到此处，是因为走错了方向，本想向西却走向了东方，"宝船往东来了些，这如今转身往西走就去得"①。罗懋登这么写并非凭空杜撰，而确实是有地理书的记载为之所本，明罗曰裒《咸宾录》记载爪哇国曰："旁有苏吉丹国，裸体跣足俗甚丑陋，其东则女人国，愈东则尾闾之所泄，非人世矣。"② 这里所记录的爪哇国、女儿国、尾闾之依次靠东的方向，与小说记述是一致的。另外，在叙说女儿国的故事时，小说看似随意地为郑和编造了白头国人的借口，而实际上亦有所本：白头国人见诸历史载籍，是真腊国进贡给中原王朝的。③ 作者丰富的地理知识也体现在对金莲宝象国的原型——占城国的了解上，这点将在下文仔细分析。问题是既然作者对于西洋诸国地理以及人文状况颇为了解，却为什么要给占城以及新州港更换名字呢？忖之作者对其他见诸地理载籍的国家港湾都会、形胜名迹基本采取照录的处理，可知这绝非作者的无心之举。笔者于此就作者对金莲宝象国之哈密西关名称的使用，考辨源流，并对作者的创作心态和知识背景进行粗浅的分析，以见教于方家。

---

① 罗懋登：《三宝太监西洋记通俗演义》，第 402 页。

② 罗曰裒：《咸宾录》卷六《爪哇》，《西域行程记 西域番国志 咸宾录》，中华书局，2000，第 146 页；此段文字亦见杨一葵《裔乘》卷二《爪哇》，玄览堂丛书初辑本，广陵书社，2010。当然，有关女人国方位的问题，宋人周去非《岭外代答》卷二云："阇婆之东，东大海也，水势渐低，女人国在焉，愈东，则尾闾之所泄，非复人世也。"（周去非著，杨武泉校注《岭外代答校注》，中华书局，1999，第 74~75 页）罗、杨二人的说法当本之于周去非。

③ 见罗曰裒《咸宾录》卷六"真腊"条："唐贞观中，贡白头国二人，素首白身，如凝脂然。"《裔乘》卷上"真腊"条："唐贞观中贡白头国二人，素首白身，如凝脂然。"

一

通过将小说情节与当时的地理书进行对比，可知作者对占城国的地理知识了解得极其细致，参考了当时多种地理书的记载，并且将之展现在小说中。最主要的地理书便是《瀛涯胜览》。作者引入地理知识的方式大体有以下两种。

一是直接转录，第三十二回"金莲宝象国服降 宾童龙国王纳款"，金莲宝象国丞相送降书时，郑和与之进行了一番谈话，主要是为了了解该国情况。

> 老爷道："这酒怎么叫做咂瓮酒？"丞相道："此酒初然以饭拌药，封于瓮中，俟其自熟，欲饮则以长节小竹筒长三四尺者插于酒瓮中，宾客围坐，照人数入水，轮次咂饮。吸之至干，再入水而饮，直至无酒味而止。"①

金莲宝象国丞相介绍"咂瓮酒"的这段文字几乎是照抄的《瀛涯胜览》，只是将之口语化了，《瀛涯胜览》的文字如下：

> 其酒则以饭拌药，封于瓮中候熟。欲饮则以长节小竹筒长三四尺者插入酒瓮中，环坐，照人数入水，轮次咂饮。吸干再添入水而饮，至无味则止。②

其中"欲饮则以长节小竹筒长三四尺者插于酒瓮中"，与《瀛涯胜览》只有一字之差。

又：

> 元帅道："你国中文字何如？"丞相道："椎鲁之徒，何文字之有！书写等闲，没有纸笔，用羊皮捶之使薄，用树皮薰之使黑，折成经折

---

① 罗懋登：《三宝太监西洋记通俗演义》，第 267 页。
② 马欢：《瀛涯胜览》"占城国"条，载万明校注《明钞本〈瀛涯胜览〉校注》，海洋出版社，2005，第 13 页。

儿，以白粉写字为记。"元帅道："你国中岁月何如？"丞相道："我国中无闰月，以十二月为一年。昼夜各分五十刻，用打更鼓者记之。"①

此段文字亦是引自《瀛涯胜览》"占城国"条：

> 书写无纸笔，用羊皮揪薄，或树皮薰黑，折成经折，以白粉载字为记。
>
> 日月之定，无闰月，但十二月为一年，昼夜分为十更，用鼓打记。②

此类例子还有不少，当然作者也并非仅局限于《瀛涯胜览》《星槎胜览》这两部有关郑和下西洋的地理书，也引用了其他的四裔志资料。如第三十二回"金莲宝象国服降　宾童龙国王纳款"的一场谈话：

> 元帅道："你国中刑罚何知？"丞相道："我国中刑罚，其罪轻者，用四个人拽伏于地，藤杖鞭之；其罪当死者，以绳系于树，用梭枪齐喉而割其首。若故杀劫杀者，以象踏之，或以鼻卷扑于地。犯奸者，男女各入一牛以赎罪。偷国王物者，以绳拘于荒塘，物充即出之。若争讼有难明之事，官不能决者，则令争讼二人骑水牛过鳄鱼潭，理屈者，鳄鱼出而食之；理直者，虽过十数次，鱼亦不食。"③

有关占城国的刑法，不同地理书记载不一，如《瀛涯胜览》记录说："国刑，罪轻者以藤条杖脊，重者截鼻。为盗者断手，犯奸者男女烙面成疤痕。罪甚大者，以硬木削尖立于小船样木上，放水中令罪人坐于尖木之上，木从口出而死，就留水上以示众。"④ 这明显与小说不同，特别是以梭枪刺喉、以象踏之，以及犯奸者入牛以赎罪等。考诸当时地理书，小说参考的当是《咸宾录》所记载的相关知识：

---

① 罗懋登：《三宝太监西洋记通俗演义》，第267页。
② 马欢：《瀛涯胜览》"占城国"条，载万明校注《明钞本〈瀛涯胜览〉校注》，第13、14页。
③ 罗懋登：《三宝太监西洋记通俗演义》，第267页。
④ 马欢：《瀛涯胜览》"占城国"条，载万明校注《明钞本〈瀛涯胜览〉校注》，第13页。

其刑，罪轻者以四人拽伏于地，藤杖鞭之；罪当死者，以绳系于树，用梭枪齐喉而殊其首。若故杀劫杀，令象踏之，或以鼻卷扑于地。犯奸者，男女各入一牛以赎罪。负国王物者，以绳拘于荒塘，物充而后出之……若讼曲直难辨者，令过鳄鱼潭，屈者，鱼出而食之，直者虽过其前，鳄鱼目避。①

同样参考《咸宾录》所记载的相关知识，小说中还有：

元帅道："国中吊贺之礼何如？"丞相道："百姓家不行吊贺，惟有国王当贺之口，用人胆汁沐浴，将领以下，俱献人胆为贺。第不用中国人胆。相传往年有用华人一胆者，是日一瓮之胆尽皆朽腐，王即病死，故后来切戒之。"②

其出自《咸宾录》：

王贺当日，沐人胆汁，将领献人胆为贺，第不用中国人胆，传云：往年有用华人一胆者，是日一瓮之胆尽皆朽腐，王即病死，故戒之。③

当然，占城国国王好以胆汁沐浴这一癖习，自《瀛涯胜览》而下的地理书皆有记录，只是少了占城国国王曾用华人胆而导致一瓮之胆腐朽，故不采华人胆的传说。

从对于相关地理书记载的风俗习惯的选择可知，作者似乎是有意求奇，舍弃掉那些比较平淡或不够新奇的记载。无论以梭枪刺喉、以象施刑等，还是华人胆的神奇之处，较之《瀛涯胜览》等书的记载，《咸宾录》的文字都更具异域风味，或都更能符合华人的心理感受（采生人胆的华人另说），这些都对读者的阅读需求有激发作用，可以说作者这种处理无疑是为小说的感染效果服务的。不仅如此，为了小说叙事情节的需要，作者对地理书的材料也进行了筛选。关于金莲宝象国王的排场，

① 罗曰褧：《咸宾录》卷六《占城》，第 136 页。
② 罗懋登：《三宝太监西洋记通俗演义》，第 267 页。
③ 罗曰褧：《咸宾录》卷六《占城》，第 137 页。

小说第二十二回是这样描写的：

> 只见番王听知外面总兵官奏事，即忙戴上三山金花玲珑冠，披上洁白银花手巾布，穿上玳瑁朝履，束上八宝方带，两旁列了美女三四十人，竟坐朝堂之上。①

对占城国国王的描述，诸书大抵相同，只是细节有所差异②，作者舍弃了《瀛涯胜览》等书的描述，选择了《咸宾录》的记载："王冠三山金花玲珑冠，衣白，跣足，乘象或黄牯车。每视朝，有美女三十人侍从。"③ 这主要在于其他地理书描述的是国王的出行，而《咸宾录》则记录了国王"视朝"，符合小说情节的需要。可见，作者并非率尔撮钞，而是颇费神思，折中于材料的安排取舍。

二是将有关的地理知识或异域风俗改写后，转化为小说的故事情节。这主要体现在小说第三十回"羊角大仙归天曹　羊角大仙锦囊计"和第三十一回"姜金定三施妙计　张天师净扫妖兵"两回，讲的是羊角大仙被迫回天曹时，送给他的徒弟姜金定三个锦囊计。第一个锦囊计是水牛阵，打败了南朝的两员大将——王良和张柏，尤其是张柏，成了水牛群的攻击目标，还受了伤；第二阵天师出场，亦因那牛群"只要奔他"，一性儿只奔着他的皂纛之下，大败而回。天师作法，招来天神龙虎玄坛赵元帅，却被众牛群"就是个众犬攒羊的一个样子"，追得跨虎腾云而去。后元帅派遣

---

① 罗懋登：《三宝太监西洋记通俗演义》，第183页。
② 《星槎胜览》："其酋长头戴三山金花冠，身披锦花手巾，臂腿四腕，俱以金镯，足穿玳瑁履，腰束八宝方带，如妆塑金刚状。乘象，前后拥随番兵五百余，或执锋刃短枪，或舞皮牌，捶善鼓，吹椰笛壳筒。"《瀛涯胜览》："国王系锁俚人，崇信释教，头戴金钑三山玲珑花冠，如中国副净者所戴之样。身穿五色绢细花番布长衣，下围色丝手巾。跣足，出入骑象，或乘小车，以二黄牛前拽而行。"张燮《东西洋考》："王冠三山金花玲珑冠，披锦帔，著玳瑁履，腰束八宝方带，出游乘象或黄牯车，一人持槟榔盘前导，从者十余辈，各执弓矢刀枪。"（卷二《西洋列国考·占城》）黄省曾《西洋朝贡典录》："其王修浮图教，王之冠三山金钑花冠，服五色花布长衣，下围色丝帨。其出入乘象，或小车服以二牛。"（卷上《占城国》）查继佐《罪惟录》："王脑后髻结，散被吉贝，冠三山金花冠，璎珞为饰，以白氎布缠胸，垂足膝，围色帨，跣足，或蹑草履，出乘象或黄牯车。"（传三十六）
③ 罗曰裘：《咸宾录》卷六《占城》，第136页。杨一葵《裔乘》："王冠三山金花玲珑冠，衣白，跣足，乘象或黄牯车。每视朝，以美女三十人侍从。"（《南夷》卷二《占城》，《玄览堂丛书续集》本）其记载可能承袭《咸宾录》，这从两者在其他方面的记载几乎雷同可证。

探子打探，方知其中缘故：

> 夜不收去了一夜，直到次日天明时候，才到帐前回话。天师道：
> "这牛可是真的么？"夜不收说道："牛是真的，只有牛背上的娃子，
> 却是姜金定撮弄得是假的。"天师道："这牛是哪里来的？"夜不收道：
> "这牛是个道地耕牛。"天师道："既是道地耕牛，怎么有如许高大？"
> 夜不收道："原种是人家的耕牛，其后走入沿海山上，自生自长，一
> 传十，十传百，百传千，千传万，年深日久，种类既繁，形势又大。
> 约有一丈二三尺高，头上双角有合抱之围，身强力健，虽有水牛，却
> 叫做个野水牛。"天师道："怎么遣得它动？"夜不收道："都是羊角道
> 德真君锦囊计，姜金定依计而行，故有此阵。"天师道："这牛连番攒
> 住一个人，是个甚么术法使的？"夜不收说道："不干术法使的。原来
> 这个野水牛本性见不得穿青的，若还见了一个穿青的，它毕竟要追赶
> 他，它毕竟要抵触他；不是你，便是我，直至死而后已。"三宝老爷
> 听了，大笑两声，说道："原来有此等缘故，昨日狼牙棒吃亏，狼牙
> 棒是青。今日天师受亏，天师皂纛是青。赵元帅受亏，赵元帅又是
> 青。哎！原来穿青的误皂。"①

耕牛入于野地而变为野牛，而且本性容不得黑色，故一身黑的狼牙棒张
柏，竖着皂纛、骑着黑马的张天师，甚至骑黑虎穿黑衣的赵公明元帅都遭
了道。这段对水牛阵的描写，其知识来源便是《瀛涯胜览》：

> 其海边山内有野水牛，甚狠。原是人家耕牛走入山中，自生自
> 长，年深成群。但见生人穿青者，必赶来抵触而死，甚可恶也。②

与前文所述一问一答而展示地理知识的方式不同，这段描写，作者显然更
加用心，把占城国的自然生物知识巧妙地加工为故事要素，以锦囊之计的
方式呈现出来。姜金定的第二计犀牛阵，作者也是借用了占城国所拥有的
奇异动物——犀牛，只不过因《瀛涯胜览》等书记载得比较简略，仅形容

---

① 罗懋登：《三宝太监西洋记通俗演义》，第 254~255 页。
② 马欢：《瀛涯胜览》"占城国"条，载万明校注《明钞本〈瀛涯胜览〉校注》，第 15 页。

其状貌——"其犀牛如水牛之形，大者有七八百斤，满身无毛，黑色。俱生鳞甲，纹癫厚皮，蹄有三跆，头有一角，生于鼻梁之中，长有一尺四五存"① 云云，如此直截素朴的记录显然不足以增饰情节之传奇性，故作者又将前代所流传的有关犀牛的诸多传说或知识编撰进来，这体现在天师关于犀牛的一段论述上："其角最好。大抵此为徼外之兽，如水牛，猪之头，人之腹，一头三角，一孔三毛。行江海中，其水自开，故此昔日桓温燃其角，立见水中之怪。其角有粟文者贵，有通天文者益贵。"② 张天师对犀牛的介绍与探子回来所形容的犀牛之样貌存在矛盾，这是因为探子对犀牛的描述完全袭自《瀛涯胜览》，是对犀牛样貌符合现实的表述。而张天师的说法却是杂糅了其他地理书或杂记博物之书对犀牛的描述③，而以奇为尚。这一点在金莲宝象国献宝时也有所体现，金莲宝象国所献之辟寒犀，"但此角色如金子之状，用金盘盛之，贮于殿上，暖气烘人可爱，故此叫做辟寒犀"④，考之史实，占城国历次朝贡明廷皆未献过此犀角，其见载于历史记录乃是五代王仁裕《开元天宝遗事》："开元二年冬至，交趾国进犀一株，色黄如金。使者请以金盘置于殿中，温温然有暖气袭人。上问其故，使者对曰：此辟寒犀也……"⑤ 小说作者如此舍近而求远，其初衷未尝没有夸饰前朝永乐年间威服天下、四方来贡，其盛举远超前代的意图，正所谓"归献天廷珠玉、锦罽，珍果异香，并狮象鸵鸟猛獒火鸡之属，磊砢然充后宫实外围，贡琛之盛前此未闻"⑥，同时亦有尚奇的创作心态在内。

---

① 马欢：《瀛涯胜览》"占城国"条，载万明校注《明钞本〈瀛涯胜览〉校注》，第11页。

② 罗懋登：《三宝太监西洋记通俗演义》，第257页。

③ 郭璞注《山海经》有云："郭曰：犀牛似水牛，猪头……庳脚，三角。"见《四库全书》本《山海经广注》；又《太平广记》："犀牛大约似牛而猪头，脚似象蹄，有三甲。首有二角，一在额上为兕犀，一在鼻上较小为胡帽犀。鼻上者皆窘束而花点少，多有奇文。牯犀亦有二角，皆为毛犀，俱粟文，堪为腰带……又有骇鸡犀（群鸡见之惊散）、辟尘犀（为妇人簪梳，尘不着也）、辟水犀（云此犀行于海水为之开）、明犀（色于雾之中不湿矣，处于暗室则有光明）。此数犀但闻其说即不可得而见也。"（《太平广记》卷四〇三，《四库全书》本）又明代嘉靖年间黄衷撰《海语》云："海犀，间出海上，类野兕而额鼻有角，与陆犀同。所游止处，水为分裂，夜则渊面白光荧荧，此其异也。岛夷以是候之，然竟无获者，遂为希世之物矣。旧说温峤燃犀照水，神怪莫遁。"（《海语》卷上，《四库全书》本）

④ 罗懋登：《三宝太监西洋记通俗演义》，第263页。

⑤ 王仁裕：《开元天宝遗事》卷上"辟寒犀"，《开元天宝遗事 安禄山事迹》，中华书局，2006，第16页。

⑥ 罗懋登：《三宝太监西洋记通俗演义》序，载朱一玄编《明清小说资料选编》（上），南开大学出版社，2006，第180页。

正因为有这种尚奇的心态，小说作者对占城国流传的"尸致鱼"或"尸头蛮"传说自是不能放过，如第三十一回天师在打败犀牛阵后：

> 夜至三更，只见这里吆喝，那里也吆喝，船上也吆喝，营里也吆喝。明日天早，二位元帅老爷坐了中军帐，问说道："夜来为着甚么事各处里吆喝？"船上军人说道："夜至三更，满船上都是火光，火光之中，有许多的妇人头进到船上来，滚出滚进，口里说道：'冤枉鬼要些甚么咽作。'"营里军人说道："夜半三更，满营里都是火光，火光之中有许多的妇人头进到营里来，滚上滚下，口里说道：'冤枉鬼要些甚么咽作。'"①

如是三番，闹鬼不已，都是些妇人人头在军营里滚来滚去，即便是天师的符水也不灵验了，于是天师求助赵玄坛元帅：

> 赵元帅腾云而起，即时回复道："这个妇人头，原是本国有这等一个妇人，面貌、身体俱与人无异，只是眼无瞳仁。到夜来撇了身体，其头会飞，飞到哪里，就要害人。专一要吃小娃娃的秽物，小娃娃受了他的妖气，命不能存。到了五更鼓，其头又飞将回来，合在身子上，又是个妇人。"天师道："这叫做个甚么名字？"赵元帅道："这叫做个尸致鱼。"天师道："岂有这等的异事！"赵元帅道："天师是汉朝真人，岂不闻汉武朝有个因墀国使者，说道南方有尸解之民，能使其头飞在南海，能使其左手飞在东海，能使其右手飞在西海，到晚来头还归头，手还归手，人还是一个人。虽迅雷烈风不能坏他，即此就是这尸致鱼。"②

却原来是姜金定利用占城国的一类奇异人种——"尸致鱼"来装神弄鬼吓唬郑和大军。"尸致鱼"或"尸头蛮"传说在当时的东南亚并非稀罕之事，不仅占城国有，其他诸如爪哇国、宾童龙国等地亦有此类传说，而且自《瀛涯胜览》以下涉及西洋的地理书皆谈到这个传说。而小说的"尸致鱼"

---

① 罗懋登：《三宝太监西洋记通俗演义》，第258页。
② 罗懋登：《三宝太监西洋记通俗演义》，第260页。

传说本之于《咸宾录》：

> 有妇人号尸致鱼者，目无瞳，夜飞头入人家，食小儿秽气，头返合体如故，失其体不得合，则死矣。昔汉武帝时，因墀国使者云，南方有解形之民，能使头飞南海，左右手飞东西海，至莫头还肩上，两手遇疾风，飘于海外，即此是也。①

与前述所析一样，作者选择《咸宾录》的传说，是因为罗曰褧的记述多了汉武帝时解形之民的志怪之言，更加新奇。

由以上对比可知，罗懋登非常熟悉有关占城国的资料，包括各种国内风俗、刑法、自然物种以及国王的穿戴等。在选择相关素材时，作者并未一味抄录，而是根据小说传奇性需要对不同的材料来源有所拣择，不仅如此，作者甚至有意识地将某些素材编织进小说情节中，使之为自己的叙事服务。从这一点看，作者对自己讲说的金莲宝象国的真实原型，其实是了然于胸的。这种了解，既体现在他对地理书相关知识的掌握上，也体现在对占城国历史人物的掌握上，小说中金莲宝象国的国王占巴的赖即历史上实有的占城王，其为王的时间正是郑和下西洋的永乐、宣德年间。既然作者对占城国如此了解，为什么他不像叙述"爪哇国""苏门答剌国""天方国"等国那样依其原名照录，而偏偏去杜撰一个国名呢？

二

与国名一样，作者对占城国的一个地理关口名称的处理也是通过改名完成的。新州港是占城国靠海的港口，"临海有港曰新州，西抵交趾，北连中国"②，此港在占城国之东北方向海口，岸上有一石塔，设有一寨，这些可以说是新州港的标志。跟随郑和下西洋的马欢和巩珍皆在自己撰写的地理书详尽记录过，《瀛涯胜览》中写道："国之东北百里有一海口，名新州港。港岸有一石塔为记，诸处船只到此舣泊登岸。岸有一寨，番名设比奈，二头目为主。番人五六十家，内居以守港口。去西南百里到王居之

---

① 罗曰褧：《咸宾录》卷六《占城》，第137页。

② 费信：《星槎胜览》卷一《占城》，《国朝典故》本。

城，番名曰佔。其城以石垒，开四门，令人把守。"① 《西洋番国志》亦云：
"国之东北百里有海口，名新州港。岸有一石塔，诸处船望见塔，即收港，
港口有寨，番名设比奈，寨内番人五十家，有二头目主之。西南百里即王
城，番名佔，其城以石垒，开四门，各有守者。"② 后人的记录也多承袭于
此，如嘉靖、万历年间慎懋赏的《海国广记》云："其国东北百里海口，
港曰新州，有石塔为标，舟至是系焉。岸上一寨，番名设比奈，二头目主
之，五六十家居住，昼夜守港。去西南一日程，到王都，番名佔，其城以
石垒砌四门，令人把守。"③ 实际上，罗懋登在《三宝太监西洋记通俗演
义》中提到了新州港的诸多标记，如第二十二回 "天妃宫夜助天灯　张西
塘先排阵势" 有云：

> 蓝旗官道："如今到了一个海口上，口上有许多的民船，岸上有
> 一座石塔，塔下有许多的茅檐草舍，想必是个西洋国土了。故此禀过
> 元帅爷，早早的落篷下锚罢。"
> 长老道："贫僧适来问到土民了，此处只是个海口，叫做哈密西
> 关，往来番船叙舶之所。进西南上去，有夜不收道：这个崖上，中间
> 是一条小汊港儿，两岸上有百十家店房。那店房都是茅草盖的，房檐
> 不过三尺之高，出入的低着头钻出钻入。路头上是一个石头砌的关，
> 关门上写着 '哈密西关' 四个大字。从关门而入，望西南上行，还有
> 百十余里路，却才有个城郭。是小的们走到那个城门之下，只见他叠
> 石为城，城下开着一个门，城上是个楼，城楼上挂着一面黑葳葳的
> 牌，牌上粉写 '金莲宝象国' 五个大字。百里之遥，才是个大国。怎
> 么不要人去探访？"④

"（海）口上有许多的民船，岸上有一座石塔"，此国国都在 "西南" 方
向，有 "百十余里路"，而且是 "叠石为城"，这些标志都是在地理书上反

---

① 马欢：《瀛涯胜览》"占城国" 条，载万明校注《明钞本〈瀛涯胜览〉校注》，第 8 页。
② 巩珍：《西洋番国志》"占城" 条，载向达校注《西洋番国志　郑和航海图　两种海道针
经》，中华书局，2000，第 1 页。
③ 慎懋赏《海国广记》"永乐七年郑和由福建至占城水程"，《玄览堂丛书续集》本。石塔
为标之说，《西洋朝典贡》《皇明四夷考》《武备志》等皆有记载，于此不一一详述。
④ 罗懋登：《三宝太监西洋记通俗演义》，第 181 页。

复出现的，可以说是当时人对占城港口地理知识的一个基本认知，即便是小说中的细节——民房是茅草盖得，房檐不过三尺之高，亦是来自地理书上有关占城民居的描写，《瀛涯胜览》"占城"中有云："民居房屋用茅草盖覆，檐高不得过三尺，出入躬身低头。"显然作者是知道新州港的，只是在小说中，作者有意识地将新州港改写为哈密西关。

值得注意的是，"哈密西关"不是作者杜撰出来的，而是历史＼现实地理空间中实有的一个地名。这既与小说作者对女儿国、撒发国或金眼国、银眼国的处理不同，这几个国家中的地理名如女儿国的"骷髅山""顶阳洞""白云关"，撒发国的"凤磐关"，金眼国的"接天关"，银眼国的"通海关"等，皆为作者虚构杜撰，颇具通俗演义的色彩；也不同于爪哇国，尽管小说中郑和一行在爪哇国也经过几番争斗，故事篇幅独占十一回，分量丝毫不弱于金莲宝象国（占城），但作者对爪哇国诸多地名的描写基本来源于地理书：

> 第一处叫做杜板，番名赌班……第二处叫做新村……从二村往南，船行半日，却到苏鲁马益港口。其港沙浅，止用小船。行二十多里，才是苏鲁马益，番名苏儿把牙，这是第三处……自苏儿把牙小船八十里，到一个埠头，番名漳沽，登岸望西南，陆行半日，到满者白夷，这是第四处。[①]

杜板（番名赌班）、新村、苏鲁马益（番名苏儿把牙）、漳沽、满者白夷这些地名皆见于《瀛涯胜览》对爪哇港湾都会的介绍，文字庶几无差。由此可见，罗懋登对新州港名字的独特处理绝非无心，而确有自己的意图在内。

作者用以代替占城新州港的"哈密西关"，不是一个在历史上罕见的地理名词，相反，在明代，它是一个被很多关注西部边疆的读书人反复提及的地理名词。因为这个地区在明代乃是西域通往中国的门户，西域各国进贡都是通过此处抵达中原的。而中原王朝通过在此地设关置所，控扼西域，在明代中前期也取得了良好的效果，因此，该地也成为当时文人乃至后世文人心目中万国来朝的一个象征。明中叶大臣许进撰《平番始末》云：

---

① 罗懋登：《三宝太监西洋记通俗演义》，第 282 页。

西域自汉武通后，历代废置不一。我太祖革元命，统一寰宇。洪武五年，宋国公冯胜兵至河西，元守臣掠人民遁入沙漠，遂略地至嘉峪关而置甘州、肃州等卫，是即汉人断匈奴右臂之策也。洪武、永乐中，因关外诸番内附，复置哈密、赤斤、罕东、阿端、曲先、安定等卫，授以指挥等官，俱给诰印，羁縻不绝，使为甘肃藩蔽。后因诸番入贡者众，皆取道哈密，乃即其地封元之遗孽脱脱者为忠顺王，赐以金印，使为西城襟喉，凡夷使入贡者，悉令哈密译语以闻，而诸国之向背虚实因赖其传报。由是诸番唇齿之势成，华夷内外之力合，边境宁谧，余八十年。①

同时期的名臣马文升参与处理过哈密国国王复国的活动，撰有《兴复哈密国王记》，也强调了哈密"为西域之襟喉，以通诸番之消息"的重要性：

幅员之内，以中岳为地之中，惟西域最远，而夷人种类亦繁，自大禹时，始通贡中国。今之甘、凉，即汉匈奴右贤王之地也，武帝倾海内之财始取之，设酒泉、张掖、炖煌三郡，西至玉门关外，去中国数千余里。至光武时，乃闭关以谢西域。唐太宗好大喜功，斥地极远，而西域诸番入贡中国者始盛。唐之中叶，虽六盘山外，亦为吐蕃所据，终唐之世，不复入贡。延及有宋，赵元昊据有宁夏，僭号称帝，遂并西域，大为宋室患。元太祖起自朔漠，收并诸夷，入主中国者九十余年。

我太祖高皇帝膺天眷命，扫除胡元，统一寰宇，凡四夷来贡者不拒，未来者不强，其于西域也亦然，真得古帝王驭戎狄之道矣。迨我太宗文皇帝继承大统，开拓疆宇，始招来四夷，而西域入贡者尤盛。乃即保密地封元之遗孽脱脱为忠顺王，赐金印，令为西域之襟喉，以通诸番之消息……

自是阿黑麻感畏朝廷恩威，并黑楼国等处咸遣夷使入贡，诸番无警，边方底宁，而九重亦纾西顾之忧矣。②

---

① 许进：《平番始末》上，民国记录汇编本。
② 马文升：《兴复哈密国王记》，学海类编本。

对于明代朝廷而言，基本上，哈密宁则"诸番唇齿之势成，华夷内外之力合"，国家就无西顾之忧，故马文升才在此记中对自己的功绩颇有得色。

不仅这二人持此说，认为哈密乃西域之门户或咽喉可以说是当时官员文人的共识，如钱溥《与安南国王书》即有云："哈密越在流沙万里外，实西域诸番之门户。"① 王世贞亦云："哈密，故唐伊州地，东接甘肃，西距土鲁番，为西域诸国之喉咽。"② 与郑和下西洋一样，设置哈密七卫以通西域，也是明成祖朱棣的创举，其年在永乐二年。所设七卫以哈密为最西，故此小说称哈密西关并不背离史实，《明史纪事本末》云："永乐二年，恩克特穆尔贡马，诏封为忠顺王，即其地置哈密卫，关以西，卫七曰：哈密、安定、鄂端、齐勤蒙古、察逊、罕东、罕东左而哈密最西。"③《皇明象胥录》亦云："永乐二年，以安克帖木尔贡马，诏封为忠顺王，并即其地建哈密卫，先后画关以西置卫七，曰哈密，曰安定，曰阿端，曰赤斤蒙古，曰曲先，曰罕东，曰罕东左。而哈密最西。"④

哈密作为西域之咽喉，通过此地来朝觐的西域国家非常多，也包括郑和下西洋时所到达的国家，最突出的便是天方诸国⑤，如《皇明象胥录》云："以地当西域咽喉，天方等三十八国入贡必取道哈密，令译上诸番贡表，侦查向背。"⑥ 又王世贞《弇州四部稿》云："其西域天方等三十八国贡使至者，咸置哈密，译文具闻乃发。"⑦ 更有甚者，在一些文人的笔记中，郑和下西洋之所到国家，也即所谓的西南夷，有相当多一部分都曾经通过哈密关而入觐，谢肇淛之《五杂俎》云："国朝洪武初，四夷王会图共千八百图，即西南夷经哈密而来朝者三十六国。永乐中重译而至又十六国，其中如苏禄、苏门答剌、彭亨、琐里、古里、班卒、白葛达、吕宋之属二十余国，皆前代史册所不载者，汉唐盛时所未有也。"⑧ 如果说谢肇淛仅粗略提及西南夷，徐应秋《玉芝堂谈荟》则将这些国家一一列出：

① 钱溥：《与安南国王书》七，《明文衡》卷二八，《四库全书》本。
② 王世贞：《弇州四部稿》卷八〇《哈密志》，《四库全书》本。
③《明史纪事本末》卷四〇，《四库全书》本。
④ 茅瑞徵：《皇明象胥录》卷六《哈密》，中华文史丛书本。
⑤ 有明一代从早期一直到万历年间，天方国贡献不止，其途径大多经土鲁番、哈密，"明宣宗宣德七年，天方国王遣臣沙瓛贡方物，世宗嘉靖间偕撒玛尔罕、土鲁番诸国贡马及方物，后五六年一贡，迄神宗万历中不绝"（《钦定续通典》卷一四九"边防"）。
⑥ 茅瑞徵：《皇明象胥录》卷六《哈密》，中华文史丛书本。
⑦ 王世贞：《弇州四部稿》卷八〇《哈密志》，《四库全书》本。
⑧ 谢肇淛：《五杂俎》卷之四地部二，上海书店出版社，2001，第81页。

其经哈密而来者凡三十六国：曰和卓国、曰齐喇伯哩、曰赛玛尔堪、曰哈喇、曰于阗、曰安南、曰占城、曰暹罗、曰瓜哇、曰真腊、曰满剌加、曰古麻剌、曰三佛齐、曰浡泥、曰苏门答剌、曰苏禄国、曰彭亨国、曰西洋古里、曰古里、曰琐里、曰榜葛剌、曰天方、曰默德那、曰古里班卒、曰锡兰山、曰白葛答、曰吕宋、曰合猫里、曰打回、曰日罗夏治、曰阿鲁、曰甘巴里、曰忽鲁谟斯、曰柯枝、曰麻林、曰沼纳朴儿、曰加异勒、曰祖法马、曰溜山、曰阿哇、曰淡巴、曰须文达那、曰览邦。①

在这个名单中，占城、暹罗、瓜哇、满剌加、古麻剌、三佛齐、浡泥、苏门答剌、彭亨国、西洋古里、古里、琐里、榜葛剌、天方、默德那、古里班卒、锡兰山、白葛答、阿鲁、甘巴里、忽鲁谟斯、柯枝、沼纳朴儿、祖法马、溜山等皆在《三宝太监西洋记通俗演义》的榜上。这说明至少从明朝中后期始，已有相当多一部分文人，在其地理空间的观念知识中，哈密关才是联通整个西部"番夷"世界与明王朝中原地区之门户的象征。此种"错乱"情状的产生，乃与社会关注之变化有关，因为明中后期，与下西洋的话题冷寂相比，哈密之守和弃，却在一个较长的时间段里成为讨论九边防御乃至西部异域世界控驭的重要话题之一②；另外，其时文人之地理知识的获得更多地依靠前人的书籍而非实际经验，故多有与现实枘凿之乖处，甚或不乏张冠李戴的现象，这一点将在后文详述。

而罗懋登使用哈密西关来命名占城国的港口新州港，或许就是看中了哈密西关作为西域门户的象征意义。借着这一个象征，罗懋登隐喻了明王朝对于整个西番世界的征服以及对"蛮夷"的教化的"追忆"③。之所以如此说，是因为与改新州港名字相呼应，我们还可以从小说作者对郑和助手的改写上看到类似的创作意图。第十五回"碧峰图西洋各国　朝廷选挂

---

① 徐应秋：《玉芝堂谈荟》卷一，《四库全书》本。
② 章潢辑《图书编》引嘉靖朝许论《九边图论·甘肃论》："且哈密，甘肃藩篱，诸番领袖，成化以来，陷于土鲁番，恢复之议至勤累朝……"（章潢辑《图书编》卷五一，《四库全书》本）
③ 有学者认为《三宝太监西洋记通俗演义》的创作和刊行，实际上与明朝海防危机时重建"郑和记忆"有关，见邹振环《西洋记的刊刻与明清海防危机中的"郑和记忆"》，《安徽大学学报》2011年第3期。此论甚为中的。笔者以为此"记忆"并非仅限于郑和下西洋，还涵括了对明初威服四裔、万方来拜的盛景的追忆。

印将军"，在确定郑和为下西洋的统帅后，还要为他选择一位副手，其实小说对这位副手描写得很暧昧：

> 圣上道："征取西洋，次用副总兵官一员，挂征西副元帅之印，朕还取得有坐龙金印一颗在这里，是哪一员肯去征西，出班挂印？"又问了一声，还不见有人答应。圣上道："适来钦天监照见'帅星入斗口，光射尚书垣'，司礼监是个斗口了。今番副元师却应在尚书垣。你们六部中须则着一个出来挂印。"道犹未已，只见右班中闪出一位大臣，垂绅正笏，万岁三呼，说道："臣愿征西，臣愿挂副元帅之印。"圣上把个龙眼观看之时，这一位大臣，身长九尺，腰大十围，面阔口方，肌肥骨重。读书而登进士之第，仕宦而历谏议之郎。九转三迁，践枢陟要。先任三边总制，屹万里之长城；现居六部尚书，校八方之戎籍。参赞机务，为盐为梅；中府协同，乃文乃武。堂堂相貌，说甚么燕颔食肉之资；耿耿心怀，总是些马革裹尸之志。正是：门迎珠履三千客，户纳貔貅百万兵。原来是姓王名某，山东青州府人氏，现任兵部尚书。圣上道："兵部尚书，你肯征进西洋么？你肯挂副元帅之印么？"王尚书道："小臣仰仗天威，誓立功异域，万里封侯。小臣愿下西洋，小臣愿挂副元帅之印。"圣旨道："着印绶监递印与他，着中书科写敕与他。"王尚书挂了印，领了敕，谢了恩，竟回本班而去。有诗为证，诗曰：
> 海岳储精胆气豪，班生彤管吕虔刀。
> 列星光射龙泉剑，瑞雾香生兽锦袍。
> 威震三边勋业重，官居二品姓名高。
> 今朝再挂征西印，两袖天风拂海涛。①

一般而言，人们会以为这个所谓的王尚书便是王景弘，罗懋登序也提到了郑和的助手是"大司马王公景弘"，可细考历史，便会发现此处的王尚书并非王景弘，因为，一则历史上的王景弘是太监且最高做到南京守备一职，从未担任过兵部尚书这么高的职位，其身份便完全不相符；二则王景弘的事迹多与下西洋有关，与西北边务毫无瓜葛。而小说中明确交代此位

① 罗懋登：《三宝太监西洋记通俗演义》，第126页。

王尚书"读书而登进士之第，仕宦而历谏议之郎。九转三迁，践枢陛要。先任三边总制，屹万里之长城；现居六部尚书，校八方之戎籍。参赞机务，为盐为梅；中府协同，乃文乃武"，明显与西北边务有关。这里提到的三边总制乃是明中期才出现的一个军事职位。为了巩固西北防线，明成化年间设"三边总制"，实行集中统领，于固原设总制府，三边为陕西北部的延绥、宁夏和甘肃三镇。考历任三边总制且又任兵部尚书一职的王姓官员，一生仕成化、弘治、正德、嘉靖四朝的王琼庶几近之。王琼"成化二十年进士，授工部主事进郎中"，晚年以兵部尚书任三边总制，安定了混乱纷扰的西北边陲，《明史》赞之云："其督三边也，人以比杨一清云"，认为他的功勋可媲美三为总制、以靖边名闻天下的杨一清。这正应了小说中的赞语"威震三边勋业重，官居二品姓名高"，王琼在西北的功绩恰恰与处理哈密事物有关，《明史》卷一九八"王琼"云：

> 遂以兵部尚书兼右都御史代王宪督陕西三边军务，土鲁番据哈密，廷议闭关绝其贡四年矣，至是其将伊兰为酋苏勒坦莽肃尔所疑，率众二千求内属，沙州番人特默格图巴等素为土鲁番役属者，苦其征求，亦率五千余人入附。番人来寇连为参将云昌等所败，其引卫拉特寇肃州者，游击彭濬击退之。贼既失援又数失利，乃献还哈密，求通贡，归羁留使臣，而语多谩。琼奏乞抚纳，帝从兵部尚书王时中议，如琼请。霍韬难之，琼再疏请，诏还番使，通贡如故，自是西域复定……会番大掠临洮，琼集兵讨娄巴尔诸族，焚其巢，斩首三百六十，抚降七十余族。录功加太子太保，琼在边戎，备甚饬，寇尝入山西得利，逾岁复猎境上，阳欲东，琼令备其西，寇果入，大败之。诸番荡平，西陲益靖，甘肃军民素苦土鲁番侵暴，恐琼去，相率乞守臣奏留。

王琼在任上采取了不同于以前的方略，重新开放了已闭关以绝西域进贡的哈密卫，自是西域复定，又扫平屡次扰边的西域诸番，重新建立起明王朝在西域的威信，安定了西部边陲。所以说，在塑造尚书王某时，罗懋登与其说是以太监王景弘的形象为原型，毋宁说参考了明中期以兵部尚书节制三边的王琼，而这又与哈密西关有着某种呼应。显然，在罗懋登的心目中，明王朝下西洋而宣威德与靖定西域有着某种或隐或显的同构关系。

三

罗懋登创作《三宝太监西洋记通俗演义》时，正是明朝中后期，其时西部边疆基本无大患，保持了相对的稳定，而东部海患兴起——特别是嘉靖年间倭寇骚扰东南二十余年，"隆庆后不复言哈密事，土鲁番颇息肩而海虏转炽"①。所以俞樾分析作者写作此书的初衷是"然则此书之作，盖以嘉靖之后，倭患方殷，故作此书，寓思古伤今之意，抒忧时感事之忧。三复其文，以为长太息也"②，确有道理。此外，通过文本可知，作者创作这部小说还有一种回忆以及夸耀"西戎即序"往日荣光的心态在内，而这可以说是洪武、永乐两朝带给有明一代文人的精神遗产。

明王朝建立之初，其国家恩威泽被当时的亚洲地区，特别是在明成祖朱棣时达到了高峰，《明史》卷七《成祖本纪三》云："雄武之略，同符高祖，六师屡出，漠北尘清。至其季年威德遐被，四方宾服，受朝命而入贡者，殆三十国，幅员之广远迈汉唐。"又卷三百二十三《坤城传》对当时的盛况描写得更为细致：

> 自成祖以武定天下，欲威制万方，遣使四出招徕，由是西域大小诸国，莫不稽颡称臣，献琛恐后。又北穷沙漠，南极冥海，东西抵日出没之处，凡舟车可至者，无所不届。自是殊方异域，鸟言侏离之使，辐辏阙廷，岁时颁赐，库藏为虚，而四方奇珍异宝、名禽殊兽进献上方者，亦日增月盛，盖兼汉唐之盛而有之，百王所莫并也。余威及于后嗣，宣德正统朝犹多重译而至。

对于国家威望远迈唐汉，当时的文人与有荣焉，颇为自豪。这种自豪洋溢在当时文人所献的诗赋中，永乐朝文人夏元吉《麒麟赋》云：

> 彼汉廷之角端，徒自夸其美，而洼渥之神骏，焉能与之匹。兹实圣世之奇瑞，匪有资于人力。此所以海隅岛夷，不敢自勉，乃梯山而

---

① 茅瑞徵：《皇明象胥录》卷六《哈密》，中华文史丛书本。
② 俞樾：《春在堂随笔》卷七，转引自朱一玄编《明清小说资料选编》，南开大学出版社，2006，第183页。

航海，于以献于中国。①

这是拿汉代来比的。又金幼孜《狮子赋》云：

> 钦惟圣天子膺受天命，统绍鸿基，厚德深仁，覆冒无极……故东极扶桑，西抵月窟，南逾雕题，北抵穷发。自前代所不通，中国所不闻者，其人莫不向风慕义，畏威怀德，重译接踵而至。盖自三代以降，未有盛于今日者。②

更是欣欣然以为自三代而下，中原王朝对四裔的影响未有如当下之盛的。对国家初期强大繁荣的感受也深深影响了后来的文人，以至于当时的一些夸饰语还被他们反复地言说，《皇明象胥录》之吴光义序云："圣祖龙兴用夏变夷，功侔天地，文皇帝三犁之烈震聋殊方，缓耳雕脚之伦，鸟居兽语之类，莫不回面请吏，待玺纛乃能国，盖宾五帝所不宾，臣三王所未臣，轶唐驾汉，于斯盛矣。"在追忆中回味永乐一朝的天威。杨一葵的《裔乘》在回顾明初夷事后，评论道：

> 明兴，德化沦浃，旁盎四塞，举光天海，雕题凿齿之众，被发左衽之乡，曩日诸君之所不能致者，无不遵道遵路，罔敢二心，如讨来思、哈儿密、剌撒、喛喃诸国可数也，乃满剌加处极南之地，视诸夷尤远，而携其妻子观光上国，不事干戈而寓内熙靖，呜呼盛矣。③
>
> 外史氏曰：夷狄之为中国患自昔然矣，以彼桀骜狡谲，难以理喻，倘非德威所摄，声教所被，恶能使之颡首归化，来享来王乎。我明文命覃敷，西戎即序，旃裘之长，闻风而来，直达于万里之外，即或叛服，不一而旋梦旋戡，卒无损于国家之威重。④

杨一葵认为明初比前朝强的一面便是"西戎即序"，能够做到让昔日诸朝所未曾招致的夷狄都来尊享王化，即便有叛乱，也能随即平定，无损于国

---

① 夏元吉：《夏忠靖公集》卷一，皇明经世文编本。
② 金幼孜：《金文靖公集》卷六，皇明经世文编本。
③ 杨一葵：《裔乘》南夷卷二"满剌加"条，《玄览堂丛书续集》本。
④ 杨一葵：《裔乘》西卷二"阿哇"条，《玄览堂丛书续集》本。

家威望，这显然也是一种对明初荣耀的追忆和赞美。而这种心态，在罗懋登身上也十分明显，他在为《三宝太监西洋记通俗演义》所写的序言中，开端便不吝美言，极尽夸赞：

> 恭惟我皇明重新宇宙，海外诸番获睹天日，以莫不梯山航海而重译来朝，文皇帝嘉其忠诚，敕命太监郑公和、大司马王公景弘，泛灵槎奉使南印度、锡兰山国。溯流穷源，直抵西印度忽鲁谟斯，及阿丹、天方诸国。极天之西，穷海之湄，此外则非人世矣。历国大小三十余，番王、酋长匍匐罗拜之，为兢兢罔敢后。中间锄强扶弱，海道一清。归献天廷珠玉、锦罽，珍果异香，并狮象鸵鸟猛獒火鸡之属，磊砢然充后宫实外围，贡琛之盛前此未闻……翘举海外大小三十余国，尽匍匐罗拜之罔敢后！自非盛德际天蟠地，昭揭日月，而胡及天，所覆极地，所载极日月，所入文命诞敷，帖尔效顺。致令二百年余，借箸请缨之士，卷舌不谈；拥旄授钺之臣，韬戈不试，于都修哉！即碎南山之竹，捐西山之兔，曷足为圣明揄扬万一。

追忆和赞美的言辞与前述文人并无差别，都是回味明初洪武、永乐两朝德威泽被异域而无远弗届，奇珍异宝贡琛满朝的繁盛。由此亦可知，罗懋登尽管是借小说缅怀下西洋之壮举，但其最初之本心还是在痛感今日之"东事倥偬"的衰微时，抚髀追思昔日之天朝上国"西戎即序"的荣耀，以欲夸明代声教之远。这种心态几乎在每一个关心明王朝与四裔关系的文人身上都有体现，而不分什么西洋或西域。从这一点看，罗懋登选择哈密卫作为一个象征，是有足够的心理动机的。

如果说罗懋登选择哈密西关来代替新州港，以之为打开西番门户的象征，其主观心态是追思前朝"西戎即序"，以欲夸明代声教之远的话。其客观原因则在于作为小说的作者，罗懋登未必对西域与西洋之间的界限有着很明确的理解。这一点可以从小说对某些素材的处理上看出来。小说第九回"张天师金阶面主　茅真君玉玺进朝"讲说传国玉玺陷落西番之事：

> 万岁爷道："这传国玺现在何处？"天师道："这玺在元顺帝职掌。我太祖爷分遣徐、常两个国公，追擒顺帝，那顺帝越输越走，徐、常二国公越胜越追，一追一追到极西上叫做个红罗山，前面就是西洋大

海。元顺帝止剩得七人七骑，这两个国公心里想道：'今番斩草除根也！'元顺帝心里也想道：'今番送肉上砧也！'哪晓得天公另是一个安排。只见西洋海上一座铜桥，赤破破的架海洋之上，元顺帝赶着白象，驮着传国玺，打从桥上竟往西番。这两个国公赶上前去，已自不见了那座铜桥。转到红罗山，天降角端，口吐人言说话。徐、常二国公才自撤兵而回。故此这个历代传国玺，陷在西番去了。昨日诸番进贡的宝贝，却没有个传国玺在里面，却不都是些不至紧的？"①

这段叙述文字就地理方位而言是有一定问题的：徐达、常遇春追元顺帝，向西追的话是大陆之西北方向，那么元顺帝逃亡一定是朝着西域即广义之西番的方向，而作者却认为西番是在西洋大海的另一侧。这既不符合历史事实，也不符合地理常识。不管这个故事是不是一种民间传说，作者将之叙写于小说中，实际上犯了西域、西洋不分的错误。这个错误在作者吸收西游记素材时表现得更为明显。小说第二十一回"软水洋换将硬水 吸铁岭借天下兵"，在船队遇到软水洋的挑战时，金碧峰长老询问东海龙王："我且问你，自盘古到今，也可曾有人过此水么？"龙王便讲说唐僧师徒们前往西天取经，"当得齐天大圣将我海龙王奏过天庭，封奏掌教释伽牟尼佛。故此奉佛牒文，撤去软水，借来硬水，才能过去。这今早晚两潮，有些硬水，间或的过得此水"②。唐僧取经走的是西域的陆路，并不曾漂洋过海，作者显然张冠李戴，把西域和西洋搞混了。明乎此，也无怪乎罗懋登心安理得地将哈密西关借过来安在了新州港的头上，离开书本，他对地理方位的实际认知恐怕也分辨不清下西洋和征西番。

罗懋登所犯的错误与他的世界地理观有关。他秉持着佛教四大部洲的世界结构观，认为世界是由四大部洲组成：东胜神洲、南瞻部洲、西牛贺洲、北俱芦洲。四大洲之间并不连属，而由大海相隔。郑和下西洋所历之南亚、西亚诸国，都在这个西洋大海另一端的西牛贺洲也即西洋国上。在小说第十五回"碧峰图西洋各国 朝廷选挂印将军"中，金碧峰对永乐皇帝解释西洋国位置云：

---

① 罗懋登：《三宝太监西洋记通俗演义》，第 74 页。
② 罗懋登：《三宝太监西洋记通俗演义》，第 176 页。

　　长老道："软水洋以南，还是南瞻部洲；软水洋以西去，却是西牛贺洲了"圣上道："西牛贺洲是个甚么地方？"长老道："就却叫做西洋国。"圣上道："既叫做西洋，就在这里止了。"长老道："西洋是个总名，其中地理疆界，一国是一国，乞龙颜观看这个经折儿，就见明白。"①

后文金碧峰又说："南朝去到西洋并无旱路，只有水路可通。"由罗懋登对整个世界结构的认知可知，习惯上属于广义西域的国家，如处在西印度的吸葛剌国、金眼国②，以及处在西亚的忽鲁谟斯国、默加国、阿丹国、天方国等，全被纳入西洋的地界中，且被作者"斩断"了与中原的陆路连接。这显然与其对西洋诸国之具体的地理知识知之甚详相矛盾。与之可以对比的是，小说《西游记》虽然也存在四大部洲的世界结构观，但并未因这种世界结构观而把玄奘西行求法改写成乘船跨海旅行③。

　　这显然暴露出罗懋登的空间地理知识的一种缺陷，即细节清楚而宏观结构混乱不清。不过，与其说这是罗懋登个人知识的"不足"，毋宁说是当时很多知识者的通病，包括很多撰写过地理书的文人。有关苏门答剌国的认知便是一个很好的例证，以正常的地理方位知识判别的话，苏门答剌应在中国大陆地区正南偏西的方向，按四裔志分类的话，是南蛮或西南夷，属西洋的范围内，与中国大陆隔着一片大海而不相连属。不过在许多地理书中，它却被视作西域之国，严从简《殊域周咨录》云："苏门答剌国，古大食国也，在占城之西洋中，南接目连所居宾童龙国，东北近雪山葱岭，皆佛境，西北与大秦相邻，为其属。"④ 古大食国，即阿拉伯帝国，就方位而言，在中原的西北部，属广义的西域或西番。严从简对苏门答剌的认识与实际的地理方位可谓南辕北辙。在这个问题上，把西域、西洋搅

---

① 罗懋登：《三宝太监西洋记通俗演义》，第 120 页。
② 小说第六十九回"黄凤仙扮观世音　黄凤仙战三大仙"中，金眼国三大仙拜黄凤仙所扮之观世音时，祈祷道："弟子们这个地方，原是西洋印度之地，释伽佛得道之所，善不过的，怎么容得这等一干杀生害命的人在这里作吵呢？伏望大士大慈大悲，救我一方生灵，保佑弟子们一战成功，不劳余力！功成之日，替大士修饰仙岩，庄严宝相。弟子们不胜虔恳之至！"可知金眼国虽属虚构，但其所在之地，作者还是落实在实有之地理上了。
③ 张祝平先生论文探讨了相关的问题，见张祝平《〈西游记〉对佛教四大部洲方位的改造》，《南通大学学报》2005 年第 1 期。
④ 严从简：《殊域周咨录》卷九，中华书局，1993，第 309 页。

合在一起的人有很多，张燮《东西洋考》言苏门答剌"其先为大食国，盖波斯西境也"①。杨一葵的《裔乘》一方面把苏门答剌归属于西南夷，另一方面在具体的条文解释时又言："苏门答剌即汉条支，唐波斯大食地也。人众甚，多为安息属国。又有弱水，汉使者往来，莫有能至者。"②查继佐的《罪惟录》亦言："苏门答剌，汉之条支，唐之波斯大食，宋之须文达那，西洋会要也。"③既然这些有名的学者都会认为西洋中心的苏门答剌国也处在西域，那么罗懋登把哈密西关安在新州港头上，让唐僧师徒下西洋去取经，也就并不是一种匪夷所思的行为了。

混淆西洋与西域的问题，不仅存在于明代个人所撰的地理书上，甚至到了清初，官办的类书在此问题上也有所不察。《御定渊鉴类函》边塞部，即把西洋诸国分为了"西戎"和"海南"两部分，"西戎"条下所收天方、默德那、黑葛达、西洋古里、柯枝、小葛兰国、左法儿、琐里、天竺、榜葛剌、沼纳朴儿、狮子国等皆为郑和下西洋所到之国④，也即《三宝太监西洋记演义》小说作者所言的西牛贺洲之国。正因为当时这种西域与西洋纠缠在一起的地理观念颇为普遍，所以也就不乏人把西域之行看作下西洋了：

> 天顺七年二月十二日，兵部奉特旨遣使臣下旱西洋，曰：哈哩地面、曰赛玛尔堪地面、曰哈什噶尔地面、曰阿苏地面、曰吐鲁番地面、曰哈密地面、曰奇木加色稜处、各正副使一员，皆外夷人仕中朝者，或大通事或都督或都指挥等官皆有主名矣。⑤

明代地理书之所以会出现西域与西洋分不清的现象，很可能与明代郑和下西洋，发现新的地理后，相关的地理知识得到拓展有一定关系，原来属于西域范围的国家，重新被确定为处在西洋界属。忽鲁谟斯国便是如此：

> （明代）"西洋"与"西域"在范围和用法上，出现了重合现象。

---

① 张燮：《东西洋考》卷四"哑齐"，《西洋朝贡典录　东西洋考》，中华书局，2000，第70页。
② 杨一葵：《裔乘》西南夷卷之七，《玄览堂丛书续集》本。
③ 查继佐：《罪惟录》传三十六，四部丛刊本。
④ 《御定渊鉴类函》二百三十六卷"西戎"，《四库全书》本。
⑤ 陆容：《菽园杂记》卷五，中华书局，1985，第56页。

《实录》永乐十八年五月载:"凡使西洋忽鲁谟斯等国回还旗官,二此
至四次者俱升一级。"这是"西洋"与"忽鲁谟斯"连用的实例。上
文所述,西洋与古里连用,是不奇怪的,由于古里本身就是西洋大
国,而在此前的史籍中,忽鲁谟斯却一直是以西域大国见称的,此时
又被列入西洋诸国之列,西洋与忽鲁谟斯连用,说明以下西洋所到之
国通称为西洋诸国之义已现。①

　　这导致了很多国家的区域在归属"西域"或"西洋"时发生了一定的重
合,而在此过程中,新、旧地理书之间必然会出现龃龉不通,往往让那些
并不依赖于实际经验的拓展而拘泥于书本知识的承继的文人们无所适从,
从而导致当时社会有关西域、西洋的空间地理知识出现混乱、夹缠不清的
状况。② 因此,《三宝太监西洋记通俗演义》所出现的地理空间混乱等知识
性错误,并未超出当时知识界对于西洋或西域理解的合理范围,也不能完
全算作罗懋登个人的失误。

　　总之,缘于对明初期"西戎即序"之天朝胜景的追忆,以及空间地理
知识的缺陷,罗懋登将郑和船队下西洋之第一关隘——新州港改写为哈密
西关。这看似随意的一笔,实际上呈现了明代中晚期文人认知周边世界的
眼界不足以及固执于天朝中心观的保守心态。

（文章压缩后发表于《辽东学院学报》2015 年第 5 期）

---

① 万明:《释"西洋"——郑和下西洋深远影响的探析》,《南洋问题研究》2004 年第 4 期。
② 有研究者在讨论明人对印度的地理认知时指出了这一现象的存在:"地图绘制者往往无法
　消化海商或使者带回来的地理知识,而把从陆路到达的印度地区绘成'天竺',与亚洲大
　陆相联;将由海路到达的南印度诸地绘成与'天竺'分离的海中诸岛,后人亦多因无法
　理解不同时代汉文典籍对同一地区的记载,而误解其为两处不同的地方。地图中将印度
　画成两部分,这和明代史籍中的记载可以相互参证。因为文字史料中亦未明确将南印度
　诸地包括在印度范围内。诸种史籍多是将天竺、沼纳朴儿、榜葛剌归入西夷,把南印度
　诸地归入南夷或西南夷,没有将二者结合起来的例子。"见张翔宇《明代南亚地理知识详
　考》,硕士学位论文,首都师范大学,2014。

试论白话小说与文言小说之间的改编问题[*]

日本宫崎大学语言教育中心　上原德子

摘　要　将文言小说改编成白话小说的例子多见于明代。迄今为止对于这种现象已有不少研究。本文将针对文言小说改编成白话小说的倾向性进行探讨。关于改编问题的现行研究，多注目于文言向白话的文体转换、价值观转换居多。明末在大量短篇白话小说的创作需求下出现了许多由文言文改编为白话文的短篇小说，到目前为止也有大量考证。在小说资料比较容易大量收集供研究者分析的现在，应该尽可能地通过对小说资料的分析构筑理论体系。

关 键 词　明代　白话小说　文言小说　改编

一般认为明代小说的代表作是白话小说。明代作为白话小说发展的巅峰时期，涌现了众多的出版物。因此，提起明代的小说就联想到白话小说是理所当然的事情。虽然如此，白话小说作为中国文学漫长历史中出现的新的文体形式，在语言性、体裁性的确立上白话小说可以算作一种新体裁。在白话的文体确立之前，已经有很多由文言创作的小说。这样的文言小说在明代仍旧继续刊行。谈到明代小说就想到白话小说的看法一直是主流。从改编的角度来看，把文言小说作为白话小说的题材来源来看的情况很多。在阐述文言小说与白话小说改编问题中，认为文言小说是白话小说依据非常多。我们熟知的部分白话长篇小说，有由白话短篇小说连贯成白话长篇小说的，好像没有作者，只有编者。像《红楼梦》这样能够确认作者的长篇小说，也是在一个构想的基础上创作而成的长篇小说，是随着时代的变迁而出现的。

---

*　本文属于 2017 年度日本学术振兴会科学研究费补助金（项目编号：26580064）的研究成果之一。

本文在考证明代小说的基础上，考察应该以什么样的观点看待白话与文言这两种文体的小说。

一

可以说，从文言小说到白话小说改编的最典型的例子是《三言》和《二拍》。

川岛优子女士在《明代の白話小説と『夷堅志』（关于明代白话小说和《夷坚志》）》① 中论述了对于白话小说来说《夷坚志》有着怎样的意义，提出了《二拍》的编者凌蒙初有留意到《二拍》的内容与先行存在的《三言》内容不重复的观点，并且川岛女士阐述了凌蒙初在很短的时间内出版具有趣味性书籍的重要前提是有可以作为蓝本的文言小说。凌蒙初为了将文言小说与时代相结合，其小说大都在惩恶扬善的主题下展开。

另外，大贺晶子女士在《文言文で書かれた嘉靖萬曆期の短篇白話小説について（关于文言文创作的嘉靖万历时期的短篇白话小说）》② 中以《清平山堂话本》《熊龙峰四种小说》里的文言文作品为对象，探讨了明代短篇小说的变迁情况。其中有如下描述：

> 短篇白话小说作一种为新的文体诞生了。在模仿说书艺人语气的文体与形式里，为比较简单的改编文言文形式起到了范本的作用。在已有蓝本的基础上插入评书的内容形式可以增加文章篇幅、使其内容更为丰富。③

根据大贺女士的研究，从《清平山堂话本》《熊龙峰四种小说》中的文言文作品中，可以看出以唐代传奇为典型的传统文言小说中没有"作为读物的说话型小说"的发展过程。嘉靖万历时期的白话文小说写作还在发展中，此时期出现了以文言文为蓝本改写成"说话"风格出版的迹象。最

① 伊原弘・静永健编《南宋の隠れたベストセラー『夷堅志』の世界》，勉诚出版，2015，第 199~213 页。
② 《和汉语文研究》第 5 号，京都府立大学国中文学会，2007，第 50~71 页。
③ （原文）短篇白話小説という新しいジャンルが誕生し、芸人の語りを模した文体と形式の中で、扱いの比較的簡単な形式が規範として機能するようになり、そこで既存のテキストに講談の方をはめることによる増産がなされていったのであろう。

后从白话以及白话形式自身的发展来看这种迹象，会发现这是将"说话"
书面化。具体结果如下：

> 从《清平山堂话本》到《三言》可以看出《二拍》将短篇小说
> 进行统一规格的进一步整理和严格地运用。比起其他小说有着诗词的
> 插入，且导入和关联的文体形式不仅有着更加彻底的文章规范，而且
> 所收录的作品全部都是以白话文体来创作的。
>
> 《二拍》中有大量的文言被译成白话，其中很多添加了诗词及说
> 话人语气的作品。其中，（中略）能感受到作者必须用说书人语气写
> 作的强烈意识。①

大贺女士认为文言小说与白话小说的关系比一直以来学界所想的更加
具有流动性。除了将文言小说用白话小说的形式写下来的类型和以白话小
说为蓝本改写成文言小说的类型之外，还有横跨在文言与白话分界线上的
文体存在。她写道，《清平山堂话本》虽然是用文言创作的，却被归类到
传统的文言小说以外，另外也不能算作白话小说。由此可见，就算以文言
创作的作品，也不一定能被称为文言小说，同样也不是白话小说。本文将
用"横跨在文言与白话分界线上的文体"作为重要的关键词，在这个基础
上进行具体研究探讨。

笔者在以前的论文《〈刘东山〉小考》②中，对《初刻拍案惊奇》卷
三与文言小说《刘东山》进行了研究。两者进行比较的段落内容是几乎相
同的，因此可以一目了然地看出文言被翻译成白话这一情况。另外，《试
论刘东山故事》③中在研究文言小说与白话小说哪个是蓝本这一问题的基

---

① （原文）…それ（筆者注「清平山堂話本」から「三言」の範囲）に比べると、「二拍」
の統一規格はより整理され、厳格に運用されている観がある。詩詞の挿入や導入・つ
なぎのパターンがより徹底したものになるだけでなく、所収の作品はいずれも白話を
基調とした文体で書かれている。「二拍」には、文言小説を白話文に翻訳して詩詞と説
話人の語りを加えたものと見られる作品が大量に含まれる。そこでは（中略）、講談師
が語るように書かねばならないという強い意識が働いているのが感じられる。
② 『研究論文集－教育系・文系の九州地区国立大学間連携論文集－』第 2 巻第 1 号
（https://nuk. repo. nii. ac. jp/? action = pages_ view_ main&active_ action = repository_ view
_ main_ item_ detail&item_ id=82&item_ no=1&page_ id=13&block_ id=17），九州地区
国立大学間の連携に係る教育系・文系の編集委員会，2008。
③ 《人文论丛》2009 年卷，武汉大学中国传统文化研究中心年刊，第 443~453 页。

础上，指出从两者所描写内容来看，两篇文章的世界观并不存在差异。

文言小说与白话小说除了在语言上有区别，在各自的内容上也存在雅与俗分庭抗礼的情况。白话小说是带有强烈街谈巷尾说话人语气和说唱风格的读物，它代表了普通平民的价值观。与之相对，文言小说从六朝至唐代一直是士大夫在使用。而文言小说与白话小说都与士大夫有着很大关系，其中两者分庭抗礼的情况渐渐消失的过程十分值得研究。

综上所述，这些"改编"，从当时的出版情况来看，在白话小说创作旺盛的需求下，"改编"是白话小说的编者无法及时创作出原创作品，将文言小说作为蓝本活用的一种现象。改编是将小说的文体从文言变成白话，与此同时，对内容的大部分进行具体化、详细化，使小说更具有娱乐性的行为。

二

宋懋澄的《九籥集》卷四收录的《珠衫》与《古今小说》卷一《蒋兴哥重会珍珠衫》的区别是像《二拍》一样将文言小说的文体和体裁进行转换吗？关于白话短篇小说集《三言二拍》的各话是以什么资料为蓝本的问题，小川阳一教授在《三言二拍本事论考集成》① 中有详细的研究。根据他的研究，《初刻拍案惊奇》全篇，包括入话和正文全部都是以文言文献为蓝本写成的。他指出，《三言》每书四十篇，在总收小说一百二十篇中，大部分能够找到相对应的蓝本，而这些蓝本并不局限在文言小说。本文希望通过《珠衫》与《古今小说》卷一的《蒋兴哥重会珍珠衫》对比，进而确认《三言》对文言小说改编的特征。比较两者的情节发展，从后半部分可以看到稍有不同，但是，这种夫妇历经各种艰难最终破镜重圆的故事结构在《珠衫》与《古今小说》卷一中是共通的。

为了进一步看到两者的具体差异，首先比较两者登场人物，具体如下（左为《珠衫》，右边是《古今小说》的登场人物）：

楚中贾人某→蒋兴哥

妇人→三巧儿（蒋兴哥的妻子）

侍儿→晴云、暖雪（三巧儿的侍女）

---

① 新典社，1981。

新安人→陈大郎（徽州商人）

媪→薛婆（为陈大郎穿针引线的牙婆）

官→吾杰（进士，三巧儿的再嫁之夫）

妻→平氏（陈大郎的妻子）

主人翁→宋老儿（被蒋兴哥误杀的对象）

二子→宋福、宋寿（宋老儿的儿子）

另外，以下为新添加的登场人物：蒋世泽（蒋兴哥的父亲）、王公（蒋兴哥的岳父）、瞎先生（算命先生）、汪朝奉（蒋兴哥家的对门邻居）、吕公（陈大郎的相识）、平老朝奉（平氏的父亲）、陈旺夫妇（侍奉平氏的夫妇）、张七嫂（平氏的邻居，介绍她和蒋兴哥再婚）。

《古今小说》给《珠衫》中的登场人物安上了具体的名字，添加的登场人物也比《珠衫》多了近一倍。登场人物的增加也意味着与之相关的场面增加，从《古今小说》的篇幅比《珠衫》长得多这一点可以看出。在这里，扩展文章篇幅的具体方法可以认为是从两个方面入手的。一个是，如同前文描述的那样将文言小说具体化、详细化。另一个是，对故事情节的展开进行大范围的改编。

文言小说的具体化、详细化，以登场人物的增加为象征，同时，也有例如《古今小说》中丈夫在远方行商，独守空房的妇人（指以三巧儿为名的女性）如何一步步发展到与新安的男客商偷情的故事情节，在没有改变的情况下只添加了细致描写的例子。这个场面在《珠衫》中有如下描写：

> 妇人尝当窗垂帘临外。忽见美男子貌类其夫，乃启帘潜眄，是人当其视，谓有好于己，目摄之。妇人发赤下帘。

《古今小说》里添加了《珠衫》中以上数句描述三巧儿行为动机的句子。一心等待丈夫回家的三巧儿在听了算命先生预测自己的丈夫会在近期归来的话后，有了上文所写"当窗垂帘临外"的行为。可以看到文言所写的小说中，乍一看没有什么意义只用了一句话稍稍带过的行为，改编成白话小说后有了详细化、具体化的倾向。此外，《古今小说》中这一部分的改编，是考虑到当时在一定生活水准之上的女性不抛头露面的实际状况，对这里三巧儿的行为进行了详细说明。在对文言小说的改编中，此类手法不胜枚举。

与此相对，围绕配角新安商人的改编，其性质则有所不同。《珠衫》

里与妇人偷情的新安商人，在向妇人的丈夫展示了代表自己情夫身份，妇人对自己爱之证据的珠衫之后，退出了故事舞台。最后只在正文之外，后记的"或曰"部分里对新安商人的情况有如下交代：

> 或曰，新安人客粤，遭盗劫尽负债，不得还，愁忿病剧，乃召其妻至粤就家。妻至会夫已物故，楚人置所后室，即新安人妻也。

新安商人的结局在《珠衫》的正文中没有被提到，然而在《古今小说》中这一部分被积极地引入小说的正文当中。

新安商人在和妇人的丈夫见面之后的情况在《珠衫》的正文中没有提及，但在《古今小说》中，有如下梗概。从行商的广东返回新安的商人陈大郎，被妻子发现珍珠衫引起争吵，珍珠衫被妻子拿走。陈大郎想再见三巧儿又往襄阳而去，途中遇到强盗，惊魂之下又得知自己和三巧儿的奸情败露，无法再和三巧儿见面，从而一病不起，捎信给在新安的妻子平氏让她来看望，平氏惊讶地看到丈夫的信，出发前往襄阳。等平氏赶到之时，丈夫陈大郎已经在十日前病亡。平氏只好就地为其举行了葬礼。

《古今小说》的这一部分，不仅把在《珠衫》番外篇中描述新安商人结局的内容进行了更加详细的描述，还积极地进行改编，将地名从广东变成襄阳，死因除了被强盗抢劫的理由又加上了偷情败露的打击。

在《古今小说》中，故事的内容变得更加深刻。不久被不知所踪的佣人偷了值钱的东西后，孤身一人的平氏只好守着丈夫的棺木在异乡生活下来。在邻居张七嫂的撮合下，认识了正好单身的蒋兴哥，两人达成共识，从而结婚。婚后，蒋兴哥偶然发现平氏手上的珍珠衫，二人才知道彼此之间不可思议的曲折和巧合。下文列举的正是《古今小说》中的这个部分：

> 蒋兴哥道，这件珍珠衫，原是我家旧物。汝丈夫奸骗了我的妻子，得此衫为表记。我在苏州相会，见了此衫，始知其情，回来把王氏休了。谁知汝丈夫客死，我今续弦。但闻是徽州陈客之妻，谁知就是陈商。却不是一报还一报。平氏听罢，毛骨竦然。从此恩情愈笃。这才是《蒋兴哥重会珍珠衫》的正话。

《古今小说》中虽然有续写蒋兴哥再次与三巧儿邂逅的情节，不过在这里出现了"这才是《蒋兴哥重会珍珠衫》的正话"的句子，这句话也预示着整篇小说的正文在这里告一段落。

在这里，值得关注的是作为小道具的珍珠衫。对于楚商人的妻子（在《古今小说》中指三巧儿）来说，它是自己对新安商人（在《古今小说》中指陈大郎）爱情的象征。而对楚商人（在《古今小说》中指蒋兴哥）来说，它是妻子不贞的证据。从这个意义来看，珍珠衫是有着双重意义的重要存在。对这件珍珠衫的处理，和在《珠衫》中仅在新安人和楚人在广东交谈时出现，其后不知所踪的情况相对，《古今小说》中的珍珠衫，从三巧儿手里交给陈大郎，又从陈大郎手里传给其妻子平氏，最后平氏与蒋兴哥再婚之后被蒋兴哥发现，这样随着剧情的起伏珍珠衫在不同的人物手中传递。可以说，为了让珍珠衫贯穿于整篇小说之中，小说从围绕不贞妻子故事的文言小说《珠衫》上偏离，从《珠衫》的故事，向更富有娱乐性的作品变化。因此在《古今小说》中，小说名用了"蒋兴哥重会珍珠衫"，同时也能紧扣小说的正文内容。这样进行改编，与白话小说以娱乐性为目的不无关系。前文已经提到过《二拍》中文言小说及被翻译成的白话小说之间的关系，但《珠衫》和《古今小说》的关系与其在性质上有所不同。《古今小说》是在原著的基础上，将与原著相关的信息吸收到改编的作品中让作品充满娱乐性。

同样，《古今小说》的后半部分，有与《珠衫》十分相似的情节发展。蒋兴哥的前妻三巧儿知道，丈夫吴知县要审判遭了难的蒋兴哥之后，假称蒋兴哥是自己的亲哥哥，救了蒋兴哥的命，最终看出两人关系的吴知县让二人恢复关系破镜重圆。以上是后半部分的梗概。在这一部分，《珠衫》和《古今小说》有值得探讨的区别。《珠衫》中有楚人的后妻原来是新安商人妻子的记载，但只作为前述故事的补充，并没有引起重视。另外，与前妻重新结合的楚商人怎样和后妻一起三个人共同生活的情况也完全没有写下来。《古今小说》中，蒋兴哥认平氏为第一夫人，重新回到他身边的三巧儿为第二夫人，从此三人和睦相处，迎来了大圆满的结局。

对比《珠衫》，《古今小说》这样改编的意义在大木康教授的论文《『古今小説』巻一「蒋興哥重会珍珠衫」について（关于《古今小说》卷一《蒋兴哥重会珍珠衫》）》①中有所论述。他认为《古今小说》的改

---

① 《馮夢龍と明末俗文學》，汲古书院，2018，第174页。（原来是1993年发表的）

编"让平氏再嫁的情节更加充实",增加了"劝诫教化的因果报应观念"。换言之,《古今小说》比起《珠衫》被赋予了劝诫教化的作用。确实,在《古今小说》故事的起首部分中有这样几句话:

> 假如汝有娇妻爱妾,别人调戏上了,汝心下如何?古人有四句道得好,"人心或可昧,天道不差移。我不淫人妇,人不淫我妻。"看官,则今日我说《珍珠衫》这套词话,可见果报不爽,好教少年子弟做个榜样。

这里的开头语,清楚地向读者传达应该怎样理解接下来要说的故事及其作用。从这一点上看,其与大木教授的主张有相通之处。不过,这样在文章最开始的地方放上劝诫的开头语,与其说是白话小说的基本形式,不如说这样的文章结构是白话小说娱乐性的保证更为妥当。换言之,说教性并不是白话小说的本质,想要单纯的说教的话,没有必要进行如此复杂的改编。而只有娱乐性的话,小说的内容又会变得散漫空洞。因此,笔者认为,正是白话小说说教性与娱乐性的相互补充关系,形成了白话小说的特性。这一点在《古今小说》的故事中能够得到充分证明。

《古今小说》有以上的特点,那么反过来,《珠衫》又应该有怎样的特点和地位呢?前述大木教授的论文中,关于《珠衫》的创作过程,有这样的推测,从《古今小说》中开头语"看官,则今日我说《珍珠衫》这套词话……"来看的话,是不是可以猜想《珠衫》最开始是作为口头文学出现的。

这一点可以在宋存标的《情种》里查证。《情种》在收录《珠衫》的时候,宋存标记载着"此新珠衫也,坊间有旧刻,得此,后来居上"。因为《情种》中收录的文章和《珠衫》是一样的,所以像大木教授所说,《珠衫》是口头文学以某种形式被文字化的可能性是无法否定的。另外,冯梦龙的《情史》中也有"小说有珍珠衫记,姓名俱未的"的记载,所以先行资料的存在是毋庸置疑的。作为文言小说的《珠衫》沿袭自志怪传奇小说以来一成不变的文言小说的形式,取材自某种口传故事。《珠衫》作为口头流传的故事,或者以某种形式广为流传的街尾巷语,之后被人用文言记录下来,而作为口语流传的内容,或者被认为是虚构的故事,在当时能被文言而不是白话记载下来也可能是由明代文学的特征所决定。对此,将在其他论文中进行探讨。

关于《珠衫》的内容，大木教授有以下分析。"……'词话'是从宋懋澄的《珠衫》中借鉴的内容，在满足人们兴趣的同时，加入因果报应观念的内容。听到口传故事并想将它记录下来的宋懋澄，去掉了因果报应的内容，并添上'怎么会有如此愚蠢之事'的评论。"① 大木教授认为，对比《古今小说》中劝诫教化的意图，《珠衫》的主旨在于迎合人们的兴趣。《珠衫》里围绕出轨的夫妻间情感的要素，并从描写明代普通民众的人物形象上，来迎合人们的兴趣。但笔者认为，大木教授所说《珠衫》抛开了原作中的因果报应观念的分析，只是为了追求故事性的说法有些言过其实。

《珠衫》与《古今小说》的区别在于，虽然两者在描写波折离奇的因果关系上是共通的，但《古今小说》通过更加复杂的因果关系来让小说获得更多的娱乐性。事与愿违的是，在《珠衫》中由于各种因果关系而引发的惊讶与新鲜感在《古今小说》中反而消失了。关于《珠衫》和《古今小说》的关系，可以说，文言小说的《珠衫》有着白话小说中所没有的发人深省的对命运的敬畏观念。

至此为止提到的改编，不只是将文体、体裁整理成白话小说，而是在赋予故事娱乐性的同时倾注了编者的个人意志。如同先行研究所说的那样，改编是指在当时的出版状况、创作白话小说的需求之下，无法创作原创白话小说的编者以文言小说为蓝本发生的改写。改编也可以说是随着文言到白话的文体变化带来了内容的变化（很多时候是将文言具体化、详细化）并赋予了娱乐性。另外，迄今为止，研究将《三言》的特征作为冯梦龙自身作为编者的个人想法和意图加以论述，但对文言和白话这两种文体所包含的特征进行改编时，有进一步进行深入研究的必要性。而在本文中对此不做深入研究，将在以后进行深入探讨。

三

接下来，让我们继续以《珠衫》为例思考一下文言小说间的改编。《情史》由詹詹外史编写，迄今为止，詹詹外史一向被认为是冯梦龙。《情

---

① （原文）…「詞話」は、宋懋澄の「珠衫」からうかがうに、人間の心理への興味と同時に、因果応報のワク組を持った内容であった。その話を聞いて、記録を思い立った宋懋澄は、因果応報の部分を切りすて、「そんなばかなことがあるか」といった内容の評語を加えた。

史》全 24 卷，收集了古往今来与爱情相关的文章。《情史》一直因为和白话小说关联而被注目。它的出版时间具体不详，大致在明末崇祯年间。

《情史》卷十六"情报类"里将《珠衫》写作《珍珠衫》收录。这里的《珍珠衫》也许是文言小说在传播的过程中被改写的。《珠衫》作为《珍珠衫》被《情史》收录，可以通过全文看到被改动的地方。由于篇幅的关系，再次特别摘出起首部分被大幅改动之处的文字。以下被框起来的内容是《九籥集》收录的《珠衫》与虚线部分《珍珠衫》的不同之处。

（情）珍珠衫

（九）珠衫

（情）楚中贾人某者，年二十余，妻美而艳，夫妇之爱甚笃。某商于粤，久不归。其

（九）楚中贾人某者，年二十二三，妻甚美，

其人客粤，

（情）家近市楼居，妇偶当窗垂帘外望，忽见美男子貌类其夫，乃启帘流盼，既觉其

（九）家近市楼居，妇人尝当窗垂帘临外，忽见美男子貌类其夫，乃启帘潜盼，是人当其

（情）误，赧然而避。男子新安人，客二年矣，见楼上美人盼

（九）视，谓有好于己，目摄之。妇人发赤下帘。男子新安人，客二年矣，举体若狂，意

（情）己，深以为念。叩姓名于市东鬻珠老媪，因遗重贿，求计通之。媪曰「老妇知之

（九）欲达诚，而苦无自，思曾与市东鬻珠老媪相识，乃因鬻珠而告之，媪曰「老妇未尝

（情）矣。此贞妇不可犯也。寻常罕睹其面，安能为汝计耶。」新

安客哀祈不已。

（九）与娘子会面，雅命所不敢承。」其人出白金百两，黄金数锭，置案上揖而跪曰「旦

（情）　媪　曰「郎君明日午余，可多携

（九）夕死矣，案上二色，敬为姥寿，事成谢当倍此。」媪惊喜诺曰「郎君第俟旅中。

（情）白镪，到彼对门典肆中，与某交易，争较之际，声闻于内。若蒙见召，老妇得

跨足其门，或有机耳。然期在合欢，勿计岁月也。」客唯唯去。

（九）因此阶进，期在合欢，勿计岁月也。」其人殷勤而返。

　　《珍珠衫》在最开始描写妻子的美丽后，提到了两人夫妻恩爱。这句话，为之后二人最终破镜重圆埋下了伏笔。另外，老媪在被新安人请求为他和妇人牵线搭桥的时候，说妇人是"贞妇不会犯这样的罪"。《珠衫》中，对于妇人是不是贞妇没有任何记载。因为这句台词给人留下了《珍珠衫》里的妇人是贞女的印象。另外，老媪的"贞妇云云"的话，有着明确妇人不贞之后形象落差的效果。还有，对比《珠衫》中老媪和商人第二天在妇人的家门前惹起骚动的唐突描写，《珍珠衫》中预先在老媪的台词中预告了第二天两个人的行动。像这样在《珍珠衫》中被改写的大部分内容都是把《珠衫》中说明不足的地方进行详细描写，使之随着故事的情节推进发展，让故事更为流畅。《情史》被公认是由与《古今小说》编撰相关的冯梦龙编写而成的。从《情史》里《珍珠衫》被写成白话小说之前的阶段来看，可以推定其发展过程是《九籥集》→《情史》→《古今小说》。将改编为最终阶段的白话小说暂且放在一边，让我们想一想应该怎样看待从《珠衫》到《珍珠衫》的文言小说之间的改编。

　　这里将另一部也收录了《珠衫》的文言书籍《情种》和《九籥集》比较，可以确认的是，《九籥集》中的《珠衫》与《情种》中的《珠衫》原文没有文字上的差异。因此，《情史》是有意识地改变了文字。这种改编只是文言小说间的改编，文体和体裁没有变更，仍然保持着文言小说的

形式，而《情史》的编者在自己价值观的基础上进行了部分改写。编者评论如下所示：

> 夫不负妇，而妇负夫，故妇虽出不怨，而卒能脱其重罪，所以酬
> 夫者亦至矣。虽降为侧室，所甘心焉。十六箱去而复返，令之义侠，
> 有足多者。姬之狡，商之淫，种种足以诫世，惜不得真姓名。

根据此评论，《珍珠衫》体现了编者劝诫教化作用的主题。对妻子的行为进行了批判，而对得知真相后将妻子和她的嫁妆一起送回给前夫的县令的行为，编者认为是"侠义"。老媪和商人被认为是坏的存在。特别是对"侠义"重视的价值观与白话小说的倾向是一致的。根据以上叙述，可以说，《情史》像白话小说那样是在细节上追求统合性的改编。也可以说，在再创作文言小说时，编者已经初步形成了改写成白话小说的意识存在。

本文以考察应该怎样来理解明代的白话和文言两种文体的小说为目的，思考方向可以由文言小说向白话小说改编、由白话小说向文言小说改编、由文言小说之间或白话小说之间改编、由小说到戏曲或戏曲到小说这样跨越了种类的改编。然而，将白话小说改编成文言小说这样的例子，目前笔者并没有看到，而戏曲和小说间的改编是别的问题，在此不做探讨。

改编，包含各种各样的意思。从文言文到白话文的改写，明末在大量短篇白话小说的创作需求下出现了许多的改编小说，到现在为止也有大量考证。当时，白话小说的体裁有所形成，如说话风格的改编、插入诗词的改编等。这些"改编"，英文称为"adaptation"，日文称为"翻案"。而让小说复杂化的是，当时的编者考虑到时代潮流影响，对小说进行价值判断或者向读者投其所好，为增加娱乐性而进行改编。这些问题一直被看作一个整体来研究。但是，文言小说在传播的过程中形式发生了改变，假设没有文体变化的话，问题会稍微简单一些。在这种情况下，时间上没有太大差别的同一题材是怎样被传播的，可以通过考察士大夫的关系网，或者从文章的内容上进行专门分析。

研究明代文言小说改编问题的时候，因问题涉及方方面面，研究对象本身的暧昧状态也包含在其中，时而是强调冯梦龙的个人思想，时而是强调凌蒙初作为编者的优秀性。本文在没有理论性得出结论的情况下，将一

边关注明代白话小说的形成过程，一边进行研究。① 光是积累对个别作品的分析有时没有意义，正因为现在小说资料比较容易大量收集供研究者过目，所以笔者认为应该尽可能对小说资料进行分析并构筑理论体系。本文希望通过指出文言小说和白话小说间的诸多问题，使有关明代小说的发展研究更加深入。

① 例如，小松谦《「有詩爲證」の轉變—白話小説における語りの變遷》，《中国历史小说研究》，汲古书院，2001，第 240~260 页。

编后记

　　这部论文集是从 2015 年明代文学文献与文学思想学术研讨会暨中国明代文学学会（筹）第十届年会的 100 多篇参会论文中选编而成的，包括"文学文献研究"、"文学思想研究"和"文学史、文体和文本研究"三个部分。

　　相比其他朝代的文学研究，明代文学研究基础相对薄弱，诗文研究尤是。然而近 20 年来，明代文学研究取得了快速的发展，基本实现了诗、文与戏曲、小说研究的平衡发展，以及文本、文学史与文学理论研究的平衡发展。这首先得益于明代文学文献研究的发展，近年来大批丛书的整理出版和一系列重要作家别集的点校或注释本出版，为以上学术研究工作提供了充分的便利。在基础文献整理工作全面展开的同时，精细化的文献研究工作也在持续深入，比如，对原始文献的质疑与订正，对文献的生成、传播与影响过程的探究等。本集选编的几篇文献研究的论文正体现了这一特点。文论研究向来是明代文学研究的重要领域，近年来不断向着精深化和跨学科的方向发展，并取得突出的成就。学者们不再满足于平面化的理论内涵的解读与阐发，而是致力于关联性研究，细致追索某一特定理论现象的来龙去脉，从中发现其历史的、思想的关联因素，力求揭示真实的、立体的、精细的历史面貌。其中，以从创作实践中发现文学观念、强调通过士人心态探析文学与社会思潮之关联为特色的文学思想的研究，越来越受到学界的关注和重视，并不断取得新的学术成就。这在本届年会和这部论文集中同样有清晰的体现。无论出现什么样的学术风尚，文学文本以及相关文学现象的研究总是文学研究的基础。文学史、文体和文本研究是本届年会的另一重要主题，涉及文学群落、文体互动、文本生成等多个前沿话题，鲜明地体现多元视角和方法论意识。

　　本集所选均是与会议主题密切相关并具有突出的创新价值的学术论

文。没有入选的一批高水平的论文，或因与会议主题关系不甚紧密，或因作者暂时不打算公开发表，只能忍痛割爱了。论文集选编于 2018 年初，因一些技术性的问题，影响了出版进度，特向各位作者致歉！时间虽然迟了一些，却不妨借此彰显明代文学研究一时之盛况。是为记。

编　者

图书在版编目（CIP）数据

明代文学文献与文学思想：中国明代文学学会（筹
）第十届年会论文集 / 左东岭主编. -- 北京：社会科
学文献出版社，2020.12
　ISBN 978-7-5201-6996-7

　Ⅰ.①明… Ⅱ.①左… Ⅲ.①中国文学-古典文学研
究-明代-文集②文学思想史-中国-明代-文集　Ⅳ.
①I206.2-53②I209.48-53

中国版本图书馆 CIP 数据核字（2020）第 140816 号

明代文学文献与文学思想
——中国明代文学学会（筹）第十届年会论文集

主　　编／左东岭

出 版 人／王利民
责任编辑／吴　超
文稿编辑／李帅磊

出　　版／社会科学文献出版社·人文分社（010）59367215
　　　　　地址：北京市北三环中路甲 29 号院华龙大厦　邮编：100029
　　　　　网址：www.ssap.com.cn
发　　行／市场营销中心（010）59367081　59367083
印　　装／三河市龙林印务有限公司

规　　格／开　本：787mm×1092mm　1/16
　　　　　印　张：34.75　字　数：580 千字
版　　次／2020 年 12 月第 1 版　2020 年 12 月第 1 次印刷
书　　号／ISBN 978-7-5201-6996-7
定　　价／199.00 元

本书如有印装质量问题，请与读者服务中心（010-59367028）联系